Sur l'auteur

Née en 1918 à Philadelphie et morte en 1974 à New York, Jacqueline Susann est mondialement connue pour ses romans à succès. Après son mariage avec un producteur, elle devient chroniqueuse de mode. Son best-seller, *La Vallée des poupées*, bat en 1966 tous les records de vente et a été adapté au cinéma par Mark Robson, avec Patty Duke, Barbara Parkins et Sharon Tate dans les rôles-titres.

Du même auteur
aux Éditions 10/18

LA VALLÉE DES POUPÉES, n° 5093
LOVE MACHINE, n° 5435
UNE FOIS NE SUFFIT PAS, n° 5679

JACQUELINE SUSANN

UNE FOIS NE SUFFIT PAS

Traduit de l'anglais (États-Unis)
par Florent B. Peiré

10/18

PRESSES DE LA CITÉ

Ce livre est une œuvre de fiction. Les noms, les personnages, les lieux et les événements sont le fruit de l'imagination de l'auteur ou sont utilisés fictivement. Toute ressemblance avec des personnes réelles, vivantes ou mortes, serait pure coïncidence.

Titre original :
Once Is Not Enough
L'édition originale de ce texte a été publiée
par William Morrow chez Bantam Books,
Inc. and Sujac Productions, Ltd.

ISBN 978-2-264-07710-3
Dépôt légal : juin 2021

À Robert Susann, mon père,
qui comprendrait...

... et à Irving,
qui comprend

PROLOGUE

LUI

C'est en 1945 qu'il apparut dans le monde du spectacle. Il s'appelait Mike Wayne et il était né pour gagner. Dans l'armée de l'air, il avait acquis la réputation d'être le plus redoutable joueur de dés qu'on y ait jamais vu – et les treize mille dollars en liasses serrées dans sa ceinture étaient là pour prouver le bien-fondé de cette renommée.

Avant même d'avoir vingt ans, il avait déjà estimé que la Bourse et le show-business constituaient les deux plus belles tables de jeu au monde. Il en avait vingt-sept lorsqu'il se retrouva libéré de l'armée et, grand amateur de filles, il s'empressa de choisir le show-business. Il commença par faire fructifier ses treize mille dollars et, après cinq jours de jeu effréné au cercle de l'Aqueduc, repartit avec soixante mille dollars en poche.

Il les investit dans un show de Broadway et fit ainsi ses débuts dans la coproduction. Le spectacle fut bien accueilli et Mike épousa Vicki Hill, la plus belle des choristes.

Vicki voulait être une star, et il lui en donna l'opportunité. En 1948, il monta sa première comédie musicale à grand spectacle et confia le rôle principal à sa femme. Ce fut une réussite – malgré Vicki. Les critiques saluèrent le savoir-faire théâtral avec lequel il avait su recruter autour d'elle des interprètes de talent, et lui procurer un livret bien ficelé et une partition à succès. Mais tous s'accordèrent à reconnaître que Vicki n'était pas à la hauteur du rôle.

Quand le spectacle quitta l'affiche, il la « démissionna ». (« Mon chou, il faut savoir passer la main quand les dés sont contre toi. Je t'ai donné ta chance. Maintenant, à toi de me donner un fils. »)

Le 1er janvier 1950, elle accoucha d'une petite fille. Il la baptisa January. Et lorsque la nurse lui colla ce bébé dans les bras, il jura en silence qu'il lui offrirait le monde entier.

Quand elle eut deux ans, il prit l'habitude de l'embrasser avant d'embrasser sa femme.

Quand elle eut quatre ans, il partit en Californie pour produire son premier film.

Quand elle eut cinq ans, il produisit deux longs-métrages à succès dans la même année, et fut nommé pour un oscar.

Quand elle eut six ans, il décrocha l'oscar et son nom fut associé à ceux de plusieurs actrices magnifiques. (C'est à ce moment-là que sa femme commença à boire et prit un amant.)

Quand elle en eut sept, il baptisa du nom de January son avion particulier, et sa femme se tua en essayant de mettre un terme à sa nouvelle grossesse.

Alors, il se retrouva seul avec sa fille.

Il entreprit de lui expliquer la situation le jour où il la conduisit à un pensionnat dans le Connecticut :

« Maintenant que maman n'est plus là, ce collège de riches fera de toi une vraie dame.

— Pourquoi toi, tu ne peux pas m'apprendre, papa ?

— Parce que je suis toujours en voyage. Et, de toute façon, ce sont les dames qui doivent élever les petites filles.

— Pourquoi est-ce que maman est morte ?

— Je ne sais pas, ma chérie... Peut-être parce qu'elle tenait à être quelqu'un.

— Et ce n'est pas bien ?

— Pas quand on n'est rien du tout, ça vous ronge les entrailles.

— Et toi, tu es quelqu'un ?

— Moi ? Je suis un super-quelqu'un, déclara-t-il en riant.

— Alors, moi aussi, je serai quelqu'un, lui affirma-t-elle.

— D'accord. Mais pour le devenir, il faut d'abord que tu deviennes une dame. »

C'est ainsi qu'elle avait accepté d'entrer dans l'institution de Mlle Haddon. Chaque fois qu'il était à New York, ils passaient le week-end ensemble.

La réputation de Mike grandit. Comme tout joueur qui se respecte, il savait quand il fallait courir sa chance et quand il fallait s'arrêter. Il était connu aux courses pour changer la cote des chevaux sur un seul de ses paris. Un jour, il perdit son avion sur un coup de dés, mais il quitta la table avec un sourire parce qu'il savait bien qu'il prendrait sa revanche.

Et si vous lui aviez demandé quand sa chance l'avait abandonné, il aurait pu vous donner très précisément la date.

Rome, le 20 juin 1967.

Le jour où il apprit ce qui venait d'arriver à sa fille.

ELLE

Si vous lui aviez demandé quand sa chance à elle l'avait abandonnée, elle aurait été bien incapable de vous le dire parce qu'elle ne pensait jamais à elle-même autrement que comme *sa* fille. Et être *sa* fille, c'était tout simplement ce qu'il y avait de plus merveilleux au monde.

Dès le début, elle avait accepté son séjour chez Mlle Haddon comme un mauvais moment à passer. Les filles étaient toutes gentilles et se répartissaient en deux catégories : les plus âgées vouaient un culte à Elvis Presley et les plus jeunes faisaient partie de la « bande à Linda ». Linda, c'était Linda Riggs, une élève. Elle avait seize ans. Elle savait chanter et danser, et son tempérament super enthousiaste était tapageur mais contagieux. (Des années plus tard, lorsque January retrouva par hasard d'anciennes photos de l'école, elle fut stupéfiée par la ressemblance de Linda avec le musicien Ringo Starr.) Mais à l'époque où Linda était la vedette incontestée de l'institution, nul ne semblait remarquer sa maigre chevelure, son nez épaté, ou son encombrant appareil dentaire. Il allait de soi que, lorsque Linda aurait obtenu son diplôme, elle ne manquerait pas de devenir une étoile dans les comédies musicales de Broadway.

Quand Linda fut en dernière année, elle obtint le premier rôle dans la version édulcorée d'*Annie du Far West* montée par l'école. Au début des répétitions, Linda honora January (qui venait d'avoir huit ans) du titre de « petite copine favorite ». Cela signifiait que January allait recevoir l'insigne faveur de lui faire ses courses et de lui souffler ses répliques ou les paroles de ses chansons. January n'avait jamais fait partie de la « bande à Linda », mais cet arrangement lui convint parce que l'essentiel des conversations de Linda tournait autour de Mike Wayne. Elle était une grande admiratrice de ses films : *January l'avait-elle invité au spectacle de l'école ? Allait-il venir ? Il fallait qu'il vienne ! Après tout, Linda n'avait-elle pas veillé à ce que January figurât parmi les choristes ?*

Il ne manqua pas de venir, et cela donna à January l'occasion d'observer la star d'*Annie du Far West* qui se métamorphosa en une petite lycéenne écarlate et bafouillante lorsque Mike Wayne lui serra la main.

« Elle était géniale, non ? demanda January alors qu'ils s'éloignaient tous les deux.

— Atroce. Tu te démarquais davantage au milieu du chœur qu'elle dans tous ses numéros réunis.

— Mais elle a tellement de talent.

— C'est un gros boudin.

— Vraiment ?

— Vraiment. »

Pourtant, lorsque Linda reçut son diplôme, l'institution de Mlle Haddon sembla tout à coup bien vide. Une ravissante jeune fille du nom d'Angela tint la vedette du spectacle de l'école l'année suivante, mais tout le monde s'accorda à reconnaître que « ce n'était pas Linda ».

Deux ans plus tard, celle-ci connut une nouvelle gloire lorsque l'une des filles déboula dans le hall à grands cris, un exemplaire de la revue *Gloss* à la main. En petits caractères, sur la liste des collaborateurs du journal, figurait le nom de Linda Riggs, assistante de rédaction. Tout le monde, chez Mlle Haddon, en fut profondément impressionné, mais January fut secrètement déçue : qu'était devenu le projet de son amie de faire carrière à Broadway ?

Quand elle en parla à son père, il n'eut pas l'air étonné.

« C'est déjà surprenant qu'elle ait réussi à se faire embaucher comme bonne à tout faire dans un journal de mode, lança-t-il.

— Mais elle avait tellement de talent, renchérit January.

— Du talent pour les spectacles de Mlle Haddon. Mais on est en 1960 et les trottoirs sont pavés de filles qui ressemblent à Elizabeth Taylor ou à Marilyn Monroe, toutes à l'affût d'une opportunité de percer. Je ne dis pas que la beauté fait le succès… mais elle y contribue.

— Et moi, est-ce que je serai belle ? »

Le sourire de Mike s'épanouit pendant qu'il caressait la lourde chevelure brune de sa fille :

« Tu seras plus que belle. Tu as hérité des yeux noirs de ta mère, des yeux de velours : la première chose qui m'ait séduit chez elle. »

Elle ne lui avoua pas qu'elle aurait préféré hériter de ses yeux à lui. Des yeux si incroyablement bleus, qui rehaussaient ses cheveux noirs et son visage perpétuellement hâlé. Elle le trouvait extrêmement beau. Tout comme ses camarades de classe qui le comparaient à leurs pères, accablés et parfois mal rasés, anxieux à l'idée de perdre leurs cheveux ou leurs emplois, et qui se disputaient constamment avec la mère ou le frère cadet.

Alors que, lorsque January passait des week-ends à New York avec son père, elle ne voyait qu'un très bel homme qui ne vivait que pour lui plaire.

C'est pour ces fins de semaine que January décourageait toutes les avances des filles de l'école désireuses de se lier avec elle. Avoir une « meilleure amie », cela impliquait d'aller dîner chez elle les jours de congé et, parfois même, d'y demeurer le week-end entier – avec obligation de rendre la politesse. Or January n'avait pas la moindre intention de partager son père avec quiconque. Évidemment, il advenait que Mike parte en Europe ou sur la côte Ouest, mais les journées passées ensemble compensaient très largement celles où elle restait seule.

Merveilleux samedis matin, où la limousine l'emmenait à toute allure vers New York, jusqu'à la vaste suite d'angle de l'hôtel Plaza que son père louait à l'année ! À son arrivée, elle le trouvait immanquablement attablé devant son petit déjeuner. Une secrétaire pouvait passer prendre des notes ; un assistant de production recompter les recettes de la semaine ; un agent de publicité vérifier le texte d'une annonce ; des téléphones sonner, parfois sur trois lignes simultanément, mais lorsqu'elle entrait dans la pièce c'était comme si un signal d'alarme retentissait. Toutes les activités étaient brusquement suspendues, et il l'emportait dans ses bras. Le parfum de sa lotion après-rasage évoquait la pinède et la chaleur de son étreinte l'enveloppait d'un sentiment de sécurité infini.

Ensuite elle déjeunait pendant qu'il expédiait prestement les affaires en cours. Cela la fascinait toujours. Les manigances, les instructions tranchantes données par téléphone à des correspondants par-delà les océans. Elle grignotait et l'observait avec attention, s'efforçant de graver dans sa mémoire la manière dont il logeait l'appareil entre l'oreille et l'épaule tout en prenant des notes. Le bonheur l'envahissait lorsqu'il posait le regard sur elle au milieu de cette tornade et clignait de l'œil dans sa direction, comme pour dire : « Quoi que je sois en train de faire, je prends encore le temps de penser à toi. »

Et puis, après le déjeuner, le téléphone ne sonnait plus et on cessait enfin de les déranger. Le reste de la journée lui appartenait. Quelquefois, il la conduisait chez Saks et lui achetait tout ce qui lui faisait envie. D'autres fois, ils se rendaient à la patinoire du Rockefeller Plaza (il s'asseyait au bar et buvait un verre tandis que le moniteur l'entraînait sur la piste). S'il était en pleine préparation d'un nouveau spectacle, ils passaient assister aux répétitions. Ils ne manquaient pas un seul show sur Broadway ; parfois même, ils en voyaient deux dans la journée : un en matinée, un autre dans la soirée. Et cela se terminait toujours chez Sardi, à la meilleure table, sous la caricature de Mike accrochée au mur.

Seulement, elle haïssait les dimanches. Même s'ils prenaient du bon temps pendant le petit déjeuner tardif qui leur tenait lieu de déjeuner, son plaisir était toujours gâché par la perspective de devoir retourner au pensionnat dans la grande limousine noire. Elle savait pourtant qu'il lui fallait rentrer et que son père devait s'occuper de ses appels téléphoniques et de ses spectacles.

Ceux qu'il préférait organiser étaient les anniversaires de sa fille. Pour ses cinq ans, il avait engagé toute la troupe d'un petit cirque et invité l'ensemble de sa classe de maternelle. Sa mère était encore vivante cette année-là, une femme à la silhouette imprécise, aux immenses yeux noirs, qui, assise au bord de la piste, laissait traîner son regard sans manifester un grand intérêt. Pour ses six ans, il y avait eu une balade en traîneau jusqu'au restaurant de Central Park, le Tavern on the Green, où un père Noël avec sa hotte pleine de jouets l'attendait. Une autre fois, un magicien, et puis un théâtre de marionnettes.

En revanche, pour son huitième anniversaire, ils s'étaient retrouvés en tête à tête. C'était le premier anniversaire depuis la mort de sa mère et il tombait un jour de semaine. La voiture était venue la chercher au pensionnat de Mlle Haddon pour la conduire au Plaza. Elle s'était tenue bien droite pendant qu'il débouchait une bouteille de champagne et lui en versait un doigt.

« Il n'y a rien de meilleur, mon poussin. »

Il avait levé son verre.

« À la dame de mes pensées… la seule que j'aimerai jamais. »

Et c'est ainsi qu'il l'initia au Dom Pérignon et au caviar.

Ensuite, il l'avait entraînée jusqu'à la fenêtre et avait pointé du doigt le dirigeable Goodyear qui passait dans le ciel. Au lieu du logo jaune « Goodyear », elle avait pu y lire « Joyeux anniversaire, January ! » inscrit en immenses lettres rouges flamboyantes. À partir de ce moment-là, le Dom Pérignon et le caviar furent de rigueur pour toutes les grandes occasions.

Pour son treizième anniversaire, il l'emmena au Madison Square Garden. Le chapiteau était plongé dans le noir à leur arrivée, si bien qu'elle pensa qu'ils étaient en retard. Il lui prit la main et la mena à l'intérieur. Curieusement, aucune ouvreuse n'était présente pour les guider. Aucun gardien. Aucun spectateur. Tout était éteint. Il la dirigea le long d'une rampe, au cœur des ténèbres dans le chapiteau déserté. C'était étrange et un peu inquiétant de descendre ainsi, main dans la main, plus bas, toujours plus bas. Soudain, il s'immobilisa et prit la parole d'une voix douce :

« Fais un vœu, ma chérie, un vœu qui compte vraiment, parce qu'à cette minute tu te trouves à l'endroit précis où se sont tenus quelques-uns parmi les plus grands champions : Joe Louis, Sugar Ray, Rocky Marciano… »

Il lui fit faire le geste de la victoire des boxeurs et, imitant la voix nasillarde d'un arbitre, psalmodia :

« Et maintenant, mesdames et messieurs, je vous présente le plus grand champion de tous les temps, j'ai nommé Mlle January Wayne, qui entre dans l'adolescence ! »

Puis il ajouta :

« Te voilà passée dans la catégorie des poids lourds, mon poussin. »

Elle jeta les bras autour de son cou et il se pencha pour lui embrasser la joue ; mais dans l'obscurité, leurs lèvres se touchèrent et restèrent jointes… C'est alors que les panneaux publicitaires s'allumèrent de tous leurs feux : « JOYEUX ANNIVERSAIRE, JANUARY ! » Une table était dressée, avec caviar et champagne, un maître d'hôtel prêt à les servir, et un orchestre entonna : « Joyeux anniversaire. »

Les musiciens entamèrent ensuite un pot-pourri des airs préférés de la jeune fille. Ils sablèrent le champagne ; puis Mike lui tendit les bras et l'invita à danser. Au début, elle se sentit nerveuse mais, après quelques premiers pas hésitants, elle se blottit contre son torse, et ce fut soudain comme si elle avait dansé avec lui toute sa vie. Tandis qu'ils se laissaient bercer par la musique, il chuchota :

« Tu vas bientôt devenir femme. Un jour viendra un garçon qui comptera pour toi plus que tout au monde…

Et il te tiendra dans ses bras de cette manière et tu sauras alors ce que cela signifie que d'être amoureuse. »

Elle n'avait pas répondu parce qu'elle savait qu'elle se trouvait déjà dans les bras du seul homme qu'elle pourrait jamais aimer.

Il s'occupait de la production d'un film en Italie lorsqu'elle obtint son diplôme. Il était absent à la cérémonie de remise, mais January ne s'en souciait guère. Elle aurait bien aimé y couper elle-même, mais elle avait été sélectionnée pour prononcer le discours de clôture, et maintenant il n'y avait plus moyen d'y échapper. Elle partirait ensuite le rejoindre à Rome pour y passer l'été, après avoir obtenu gain de cause dans leur controverse sur l'université :

« Écoute, papa, j'ai été pensionnaire toute ma vie.

— Mais l'université, c'est important, ma chérie.

— Pourquoi ?

— Eh bien, pour apprendre des choses, y nouer des connaissances comme il faut, pour te préparer à… bon sang, je ne sais pas, moi. Tout ce que je sais, c'est que tu dois y aller. Pourquoi les autres filles vont-elles à l'université ?

— Parce qu'elles n'ont pas un père comme toi.

— Et sinon, qu'est-ce que tu veux faire ?

— Devenir comédienne, peut-être.

— Eh bien, pour ça aussi il faut étudier ! »

Et tout avait été organisé en conséquence. Une fois qu'il aurait terminé son film à Rome, il en produirait un autre à Londres. Et il s'était arrangé pour l'inscrire au conservatoire royal d'art dramatique pour la rentrée. L'idée d'étudier au conservatoire ne la séduisait pas vraiment. Elle n'était même pas tout à fait convaincue de vouloir réellement devenir comédienne…

Mais elle allait partir à Rome ! Elle portait une robe bleue en lin sous l'uniforme de remise de diplôme. Son billet d'avion et son passeport étaient dans son sac, et ses bagages déjà rangés dans le coffre de la limousine qui l'attendait devant les grilles. Il ne lui restait plus qu'à prononcer son allocution, se faire remettre le fameux diplôme, et bye bye !

À peine la cérémonie était-elle achevée qu'elle se frayait déjà un chemin dans l'allée, acceptant les compliments des parents de ses camarades de classe, franchissant à coups de coude les groupes de lycéennes agglutinées qui se faisaient leurs adieux en sanglotant, promettant de garder le contact. Salut ! Salut ! Elle arrachait sa toge. Elle lançait sa toque à Mlle Hicks, la responsable des cours d'art dramatique. Salut ! Salut ! Enfin dans la limousine et en route vers l'aéroport Kennedy !

Vol 704. La première classe à moitié vide. Trop excitée pour se concentrer sur le repas ou le film. Des heures et des heures à feuilleter des magazines et à rêvasser en buvant du Coca. Et puis, finalement, l'arrivée. Sept heures du matin à Rome. Et le voilà, entouré d'officiels aux airs importants au beau milieu de la piste, une voiture particulière à proximité. Elle sortit de l'avion. Elle sauta dans ses bras, ceux de l'homme le plus merveilleux de la terre, un homme qui lui appartenait, rien qu'à elle !

La limousine noire les emmena à la douane. Coup de tampon sur son passeport. Ils pénétrèrent dans le tohu-bohu de l'aérogare, où deux jeunes et séduisants Italiens, moulés dans un complet sombre, se précipitèrent pour prendre ses bagages.

— Ils ne parlent pas l'anglais, mais ce sont de bons garçons, déclara Mike en leur tendant quelques coupures froissées. Ils vont apporter tes affaires à l'hôtel.

Puis il l'entraîna au-dehors, vers une longue Jaguar de couleur rouge au châssis surbaissé. La capote était ouverte et Mike sourit de voir le plaisir manifeste de sa fille.

— J'ai pensé que ce serait plus drôle de la conduire nous-mêmes. Grimpe là-dedans, Cléopâtre. Tu t'apprêtes à faire ton entrée dans Rome.

Et c'est ainsi qu'elle découvrit la Ville éternelle en cette radieuse matinée de juin. Le vent était doux et les premiers rayons du soleil réchauffaient son visage. De rares commerçants remontaient sans hâte leur rideau de fer. De jeunes garçons en tablier nettoyaient les trottoirs devant les terrasses de cafés. De temps à autre, un timide coup de klaxon retentissait dans le lointain, un klaxon qui se joindrait bientôt au tintamarre qui ne manquerait pas de se faire entendre en période de pointe.

Mike gara la voiture devant un petit restaurant. Le patron en surgit, le serra dans ses bras et insista pour cuisiner personnellement les œufs et les saucisses qu'il leur servirait accompagnés des petits pains chauds que sa femme venait de sortir du four.

Le vacarme dans la ville était assourdissant à leur arrivée dans le quartier de la via Veneto où se trouvait l'hôtel Excelsior. January observa avec étonnement les terrasses de cafés de chaque côté de l'avenue, où les touristes lisaient le *New York Times* et l'édition parisienne du *Herald Tribune* tout en buvant un expresso bien serré.

— C'est *ça*, la via Veneto ?

Mike éclata de rire.

— Eh oui, c'est ça ! Désolé de n'avoir pu demander à Sophia Loren de passer par ici. À dire vrai, tu pourrais t'installer ici pendant une année entière sans jamais l'apercevoir sur la via Veneto. Par contre, en l'espace d'une heure à peine, tu verras déambuler le Tout-New York de Rome.

January fut enthousiasmée par l'immense suite de l'Excelsior. Les cheminées en marbre décoré, le salon, les deux vastes chambres à coucher étaient dignes d'un palais.

— Je t'ai gardé la chambre qui donne sur l'ambassade des États-Unis, déclara Mike. J'ai pensé que tu y serais moins dérangée par les bruits de la rue.

Puis il désigna ses valises.

— Défais tes bagages, prends un bain et repose-toi. J'enverrai une voiture te chercher aux alentours de quatre heures. Tu me rejoindras au studio et nous rentrerons ensemble.

— Je ne peux pas aller tout de suite au studio avec toi ? demanda-t-elle.

Il lui sourit.

— Écoute, je ne veux pas que tu sois fatiguée pour ta première soirée à Rome. Je te signale qu'ici on ne dîne pas avant neuf ou dix heures du soir.

Il se dirigea vers la porte et s'arrêta. Il la contempla pendant quelques secondes et hocha la tête.

— Tu sais quoi ? Tu es vraiment magnifique !

Ils étaient en plein tournage lorsqu'elle arriva au studio. Elle resta à l'écart dans les coulisses et scruta la pénombre. Elle reconnut Mitch Nelson, l'acteur américain que les journalistes présentaient comme le nouveau Gary Cooper. Sa mâchoire serrée et ses lèvres apparemment incapables de s'animer ne l'empêchaient pas de jouer une scène d'amour avec Melba Delitto. January n'avait vu Melba que dans des films doublés. Elle était très belle, mais désavantagée par son accent vraiment marqué, et elle s'embrouilla à plusieurs reprises avec son texte. Chaque fois, Mike lui souriait et s'approchait d'elle pour la rassurer, et ils reprenaient la scène. À la quinzième prise, Mike cria : « C'est bon pour moi ! » et les lumières se rallumèrent. À la vue de January, il esquissa ce sourire particulier qui lui était réservé et traversa le plateau. Il glissa le bras de la jeune fille sous lé sien.

— Tu es là depuis longtemps ?

— Depuis une dizaine de prises. Je ne savais pas que tu étais aussi metteur en scène…

— C'est que Melba joue un rôle en anglais pour la première fois et que les débuts ont été déments. Elle s'empêtrait dans son texte, le metteur en scène se mettait à l'insulter en italien, elle lui répondait en hurlant, il hurlait encore plus fort, et elle quittait le plateau en larmes. Ce qui impliquait une heure pour refaire son maquillage, plus une demi-heure pour accepter les excuses du metteur en scène. Alors qu'il me suffit d'aller la voir et de la réconforter en lui assurant qu'elle était excellente pour économiser une masse considérable de temps et d'argent et obtenir au bout du compte une prise de vues convenable.

Un jeune homme s'approcha d'eux avec empressement et dit avec un accent italien prononcé :

— Monsieur Mike, j'ai fini mon travail il y a deux heures, mais je patientais, parce que je voulais absolument rencontrer votre fille.

— January, je te présente Franco Mellini, dit Mike.

Le jeune homme n'avait pas beaucoup plus de vingt ans, il était grand et indéniablement beau garçon.

— OK, Franco, tu as été présenté. Maintenant, barre-toi.

Le ton de Mike était bourru, mais il sourit au garçon, qui s'inclina et tourna les talons.

— Ce gamin n'a qu'un petit rôle, mais il se peut bien qu'il décroche la timbale. Je l'ai découvert à Milan, où je faisais des repérages extérieurs. Il chantait et dansait dans un boui-boui tout en faisant le service. Un comédien-né. C'est incroyable comment il a charmé toutes les souris sur le plateau. Y compris Melba. Quand un Italien se mêle d'avoir du charme, alors attention ! conclut-il.

Ils marchaient bras dessus, bras dessous. Le studio était vide et January avait l'impression que toutes ses prières avaient été exaucées. C'était le moment qu'elle avait ardemment désiré, le moment dont elle avait rêvé : marcher à ses côtés, faire partie de sa vie, de son travail, partager ses préoccupations…

Tout à coup, il dit :

— Au fait, j'ai prévu un petit rôle pour toi dans le film. Juste quelques répliques, hein !

Elle lui sauta au cou.

— Eh, tu m'étrangles ! plaisanta-t-il.

Plus tard, comme ils avançaient à une allure d'escargot dans une circulation de dingues, il lui parla des soucis que lui donnait le film : l'angoisse de Melba concernant l'anglais, son antipathie pour Mitch Nelson, la barrière de langage qui rendait la communication difficile avec certains membres de l'équipe. Mais il pesta surtout contre le trafic. January l'écoutait et se répétait que ce n'était pas un rêve. Elle était bien là, on n'était pas samedi et aucune limousine ne l'attendrait demain pour la raccompagner au pensionnat ; elle resterait près de lui, comme ça, tous les jours ; elle se fichait des embouteillages comme d'une guigne. Elle se trouvait avec lui à Rome, rien qu'elle et lui, tous les deux, ensemble !

Quand ils arrivèrent enfin à l'hôtel, un autre jeune homme svelte et séduisant les attendait à la réception avec à ses pieds plusieurs grands cartons. January se demanda comment tous ces hommes faisaient pour rester aussi minces. Les Italiens ne goûtaient-ils pas à leur propre cuisine ?

— Voici Bruno, lui présenta Mike, tandis que le jeune homme souriant les suivait jusqu'à leurs appartements. J'ai pensé que tu n'avais peut-être pas assez de vêtements, aussi l'ai-je envoyé en acheter il y a quelques jours. Il fait des emplettes pour de nombreuses personnalités. Choisis ce qui te plaît ou bien garde le tout. Moi je vais prendre une douche, donner quelques coups de fil aux États-Unis, enfin… si j'arrive à me faire comprendre des standardistes d'ici : quelquefois, nos conversations ne vont guère plus loin que *pronto*.

Il l'embrassa sur la joue.

— Rendez-vous à neuf heures !

Il l'attendait dans le salon lorsqu'elle fit son entrée. Il laissa échapper un léger sifflement.

— Mon poussin, tu es roulée comme une…

Il s'interrompit brusquement et sourit.

— Eh bien… Disons que tu es joliment bien faite, mieux que n'importe quel mannequin en vue.

— Ce qui revient à dire que je suis un peu trop décolletée, plaisanta-t-elle. C'est justement pour ça que j'adore cette robe Pucci. Elle me colle à la peau et me fait paraître…

— … fantastique ! trancha-t-il.

— Je l'ai choisie, ainsi qu'une jupe, quelques chemisiers et un ensemble pantalon.

— C'est tout ? s'étonna-t-il avant de hausser les épaules. Mais au fond ça t'amusera peut-être davantage de dénicher toi-même ces petites boutiques bien cachées dont toutes les femmes parlent. Je demanderai à Melba de te dire où aller.

— Papa, je ne suis pas là pour un défilé de mode. Je veux te regarder faire ton film.

— Tu veux rire ? Enfin, mon poussin, tu as dix-sept ans et tu viens d'arriver à Rome ! Tu ne vas pas te cloîtrer dans un studio de cinéma surchauffé !

— C'est exactement ce que j'ai l'intention de faire. Et j'attends aussi ce bout d'essai que tu m'as promis.

Il éclata de rire.

— Peut-être bien que tu seras comédienne, en fin de compte. En fait, tu commences déjà à en avoir l'attitude. Allons-y. Je meurs de faim.

Ils se rendirent dans un restaurant du quartier du vieux ghetto. January admira les bâtisses anciennes, les rues silencieuses. Ils choisirent un restaurant à l'enseigne « Chez Angelino ». Le dîner fut servi aux lueurs des chandelles. Des musiciens ambulants jouaient de la musique sur la *piazza* Renaissance. La soirée tout entière sembla soudain baigner dans une splendide irréalité.

January se recula pour regarder son père lui servir du vin et elle constata qu'un autre de ses fantasmes se concrétisait : elle se retrouvait seule avec lui dans un décor de conte de fées. Toutes les femmes l'observaient avec admiration, mais il n'appartenait qu'à elle. Il alluma sa cigarette. Au moment où le garçon leur apportait un expresso, Franco et Melba firent leur entrée dans le restaurant. Mike leur fit signe de les rejoindre et commanda une autre bouteille. Melba commença à raconter l'une de ses scènes dans le film. Lorsque son anglais lui faisait défaut – ce qui arrivait souvent –, elle se faisait comprendre en mimant. Franco rit et s'adressa à January.

— Je parle anglais mal, dit-il. Vous voudrez m'aider ?

— Eh bien, je…

— Votre père tout le temps il parle de vous. Il comptait les heures jusqu'à votre arrivée.

— Vraiment ?

— C'est sûr. Exactement comme je compte les heures avant de vous retrouver ce soir.

Il tendit la main et effleura la sienne. Elle la retira et se tourna vers son père, mais il chuchotait quelque chose à l'oreille de Melba. L'actrice se trémoussait et frottait sa joue contre celle de Mike.

January détourna les yeux, mais Franco sourit.

— Peut-être que l'amour n'a pas besoin de mots, pas vrai ?

— Je trouve que votre anglais est excellent, répliqua-t-elle sèchement.

Elle s'efforçait de ne pas fixer du regard la main de Melba, posée sur la cuisse de son père.

— Oh, j'ai appris avec mes oncles de l'armée américaine, poursuivit Franco en riant. Ma mère était veuve de guerre. Elle était très jeune… *multa bella*… Elle ne parlait pas anglais, alors, mais elle apprend et m'apprend aussi. Et les oncles GI gentils pour maman. Mais elle est grosse maintenant et je lui envoie de l'argent parce que aujourd'hui plus de GI pour l'aider. Seulement Franco.

January se sentit soulagée lorsque Mike demanda l'addition. Il laissa une poignée de billets sur la table et tous se levèrent. Alors il se tourna vers January avec un sourire.

— Bon. Je pense t'avoir suffisamment accaparée, mon poussin. Et puis, toute belle jeune fille devrait passer sa première soirée romaine en compagnie d'un jeune et bel Italien. En tout cas, c'est ce qu'on raconte dans tous les scénarios des films que j'ai produits.

Il lança un clin d'œil à l'intention de Franco. Puis il entoura du bras la taille de Melba en sortant du restaurant.

Ils se tinrent tous ensemble au milieu de l'étroite rue pavée pendant un court instant, jusqu'à ce que Mike annonce :

— C'est bon, Franco. Je te permets de faire goûter à ma fille les plaisirs de la vie nocturne dans cette cité. Mais vas-y mollo. Après tout, nous allons passer encore deux mois ici.

Il prit Melba par le bras et se dirigea vers sa voiture. January les regarda s'en aller. Tout s'était passé si vite qu'elle n'arrivait pas à le croire : son père était parti, et elle se retrouvait là, plantée dans une rue inconnue de Rome en compagnie d'un jeune et bel Italien, avec les compliments de Mike Wayne !

Franco lui prit le bras et la guida en bas de la rue jusqu'à une voiture minuscule. Ils s'y glissèrent tant bien que mal puis, en quelques adroites manœuvres, il réussit à se faufiler dans les embouteillages. Elle ne desserra pas les dents pendant toute la durée du trajet. Elle avait d'abord songé à le prier de la ramener à l'hôtel. Mais que faire ensuite ? S'asseoir et patienter en se demandant ce qu'eux pouvaient bien être en train de faire ? Non ! Que *lui* s'assoie et l'attende et se demande ce *qu'elle* pouvait bien être en train de faire. Il l'avait abandonnée et laissée en tête à tête avec un garçon. Très bien. Elle allait lui apprendre quel effet cela faisait.

— Les petites voitures, plus pratiques dans Rome, dit Franco.

Ils empruntèrent des ruelles sinueuses et s'arrêtèrent devant la terrasse d'un marchand de glaces.

— C'est au sous-sol, expliqua Franco.

Après qu'ils se furent extirpés du véhicule, il la poussa vers un escalier obscur et exigu.

— Ça vous plaira, affirma-t-il. La meilleure discothèque de Rome.

Le bâtiment tout entier semblait attendre le boulet de démolition. Pourtant ils arrivèrent dans une sorte de cave où se pressaient des couples qui s'agitaient au rythme d'une musique étourdissante, sous un éclairage psychédélique. Apparemment, Franco connaissait tout le monde sur place, y compris le barman, qui les conduisit à une table de choix au fond de la salle. Franco commanda du vin et entraîna January, réticente, sur la piste de danse.

Elle était mal à l'aise parce qu'elle ne connaissait pas les dernières danses à la mode. Tout autour d'elle, les filles ondulaient sans prêter la moindre attention à leur cavalier. La piste offrait le spectacle d'un grouillement de vers de terre, qui se trémoussaient, se tortillaient, se contorsionnaient. January n'avait jamais connu une chose pareille. Au cours de son dernier trimestre dans l'institution de Mlle Haddon, elle n'avait accepté aucune sortie, puisque Mike était à New York et qu'elle lui avait consacré tous ses week-ends.

Mais Franco dissipa ses appréhensions d'un rire plaisant. Le tempo était rapide et, avec son aide, January se mit à danser, lentement d'abord, encore hésitante. Franco l'encourageait de la tête et marquait le rythme. Son sourire exhalait la confiance et l'approbation. Peu à peu, elle commença à imiter les autres filles avec plus ou moins de bonheur. Franco hochait la tête, les bras en l'air, ondulant du bassin. Elle l'imita tandis que les battements de la musique s'accentuaient ; très vite, elle s'abandonna à la danse sans retenue.

Lorsque la musique s'arrêta, ils tombèrent en nage dans les bras l'un de l'autre. Il la reconduisit vers la table et elle vida son verre d'un trait. Franco commanda une autre bouteille et la resservit. Des amis vinrent les rejoindre à leur table et ils se retrouvèrent vite toute une bande. Ils étaient peu nombreux à parler anglais, mais tous dansèrent avec elle en souriant. Même les filles semblaient chaleureuses et amicales.

Elle se serait bien amusée sans l'irritant souvenir de Melba et de son père. Elle avait bien remarqué la façon dont Mike couvait Melba des yeux, le désir dans leurs regards. January but un autre verre de vin. Melba ne comptait pas pour son père. Elle n'était que la vedette du film. Il veillait à ce qu'elle se sente en confiance. Ne lui avait-il pas expliqué que c'était pour ça qu'il allait lui murmurer quelques mots entre chaque prise ? Mais au fait, qu'est-ce qu'il lui murmurait au juste ?

Elle but une nouvelle gorgée et accepta d'un hochement de tête l'invitation d'un autre beau garçon. La musique enflait à crever les tympans. January se mouvait désormais avec la même assurance que les autres danseurs. (Peut-être Melba et son père étaient-ils allés s'asseoir dans un endroit paisible où l'on pouvait écouter de la bonne musique – de la musique pour les gens qui s'aiment –, au son des violons ?) Soudain, elle s'arrêta net et quitta la piste. Le garçon courut derrière elle, baragouinant en italien, l'air interrogateur.

— Expliquez-lui que je suis simplement fatiguée, lança January à Franco.

Elle s'assit en écoutant les propos qu'ils échangeaient en italien. Bientôt son cavalier se dérida, haussa les épaules et invita une autre fille. Vers une heure du matin, leur groupe commença à se disloquer. Elle se demandait si son père était rentré. Était-il inquiet de la savoir dehors à une heure aussi tardive ? Peut-être n'était-il pas encore de retour. Elle termina son verre et tendit la main vers la bouteille vide. Franco en commanda immédiatement une autre, mais le barman refusa d'un geste de la tête. Une vive discussion s'ensuivit. Pour finir, Franco se leva et jeta de l'argent sur la table.

— Ils ferment, dit-il. Venez, allons ailleurs.

Ils remontèrent l'escalier.

— Où les gens vont-ils à cette heure-ci ? demanda January. Je veux dire, les noctambules ? Y a-t-il un bar de nuit comme, par exemple, P. J. à New York ?

— Vous voulez dire un endroit où tout le monde se retrouve au milieu de la nuit ? Pas vraiment, parce qu'il n'y a que les Américains qui restent dehors aussi tard. Les Italiens ne traînent pas la nuit et ne fréquentent guère les discothèques. L'essentiel de leur vie sociale se passe chez eux, à la maison.

— Alors…

Elle marqua un temps d'arrêt au moment où ils émergeaient dans la rue. Cela signifiait que Mike n'allait pas tarder.

— Écoutez, dit Franco, nous pouvons aller chez moi. J'ai le même vin.

Il se tourna vers un autre couple qui sortait en même temps qu'eux.

— Vincente et Maria, vous venez avec nous ?

Vincente refusa l'invitation avec un clin d'œil et s'éloigna, un bras autour de sa compagne. Franco conduisit January vers la voiture. Elle dit brusquement :

— Je crois qu'il vaut mieux que je rentre moi aussi. J'ai passé une excellente soirée, Franco… Vraiment, c'était très agréable.

— Oh ! non. Allons prendre un dernier verre. Votre papa va penser que je suis un bien piètre cavalier si je vous ramène de si bonne heure.

Elle éclata de rire.

— C'est donc ça que vous êtes ? Un cavalier ? Engagé par mon père ?

Le visage du garçon se rembrunit. Il écrasa l'accélérateur et fila à travers les rues en prenant les virages à une vitesse folle.

— Franco, vous allez nous tuer ! Je vous en prie… Est-ce que je vous ai vexé ?

— Bien sûr que oui. Vous me traitez de gigolo.

— Allons, vous savez que je plaisantais…

Il freina dans une petite rue latérale.

— Écoutez, dit-il d'un air grave. Laissez-moi clarifier une chose : votre papa est un homme important, c'est vrai ; mais moi, je suis un bon acteur. Très photogénique. J'ai vu les rushs. Je vais percer, j'en suis sûr. Zeffirelli me demande d'ailleurs de faire un bout d'essai pour son prochain film. Ça va marcher, vous verrez. Dans le film de votre père, je n'ai plus que une ou deux scènes à tourner, alors je ne cherche pas à faire du zèle. Si je sors avec vous ce soir, c'est parce que vous êtes belle, et je veux vous voir. Votre papa parlait beaucoup de vous, et moi, je ne croyais pas, mais quand je vous vois cet après-midi, alors, j'y crois !

— D'accord, Franco, acquiesça-t-elle en riant. Maintenant, tout de même, admettez que, les gigolos, c'est dépassé ! Et essayez d'être un peu moins susceptible.

— Comment appelez-vous un homme qui s'achète ?

Elle haussa les épaules.

— Aucun homme digne de ce nom n'est à vendre ni prêt à se laisser entretenir. Quant à ceux qui le font, j'imagine qu'on dit que ce sont des play-boys ou des minets, des dragueurs des plages ou des gigolos.

— Je ne suis pas un gigolo.

— Personne n'a prétendu une chose pareille…

Il relança la voiture, mais à une vitesse plus raisonnable.

— À Naples, où je suis né, on apprend à se battre pour obtenir ce qu'on veut : les femmes, l'argent, ou simplement pour rester en vie ; mais nous ne nous laissons jamais acheter par les femmes. Nous sommes des *maschio* !

Il sourit.

— OK, c'est fini, n'en parlons plus. Je vous pardonne… si vous venez boire du vin !

— C'est-à-dire que…

— Sinon, je serai convaincu que vous n'êtes avec moi que pour plaire à votre papa. Sauf si nous prenons un verre chez moi.

— Alors d'accord. Mais juste un !

Il roula à travers les rues tortueuses, sur les pavés, le long de bâtisses massives et sombres, ramassées sur leurs cours intérieures. Finalement il s'arrêta devant une vieille maison imposante.

— Autrefois, c'était le *palazzo* privé d'une vieille dame aisée. À une époque, on raconte que Mussolini y a même vécu avec sa maîtresse. Maintenant ça tombe en ruine et on l'a divisé en appartements.

Elle le suivit dans la cour sombre aménagée de bancs de marbre craquelé et d'une fontaine hors d'usage. Il glissa sa clé dans la serrure d'une porte en chêne massif.

— Entrez. C'est chez moi. Pas très rangé mais sympathique… Oui ?

Le salon présentait un violent contraste entre un désordre bien contemporain et le caractère ancien et préservé de la vieille Europe : hauts plafonds, sol en marbre usé, sofa jonché de journaux, cendriers en fer-blanc débordant de mégots, cuisine minuscule encombrée d'assiettes sales, porte de la chambre à coucher entrouverte sur un lit défait. Franco vivait là avec le laisser-aller caractéristique d'un célibataire.

Le fouillis qui régnait n'avait pas l'air de le gêner beaucoup. Il alluma la chaîne haute-fidélité et la musique jaillit de toute part. Le manque de mobilier était compensé par la multiplication des haut-parleurs.

Elle observa avec curiosité les moulures, le marbre veiné, pendant qu'il s'activait à déboucher la bouteille.

— Ce vin-là, c'est le même que l'autre, assura-t-il en déposant les verres. Il l'entraîna vers le divan, balaya les journaux d'un revers de main et la fit s'asseoir. Le capitonnage ainsi que un ou deux ressorts faisaient saillie. Pourtant, il y avait de la fierté dans sa voix lorsqu'il lui annonça :

— Tous mes meubles, offerts par des amis !

— C'est un merveilleux divan, dit-elle. Si vous le faisiez refaire…

Il haussa les épaules.

— Quand je serai une grande vedette, je meublerai cet endroit impeccable. Peut-être…

— Pourquoi, peut-être ?

— Parce que, si je deviens vraiment célèbre, ils me demanderont de venir en Amérique. C'est là qu'il y a vraiment l'argent, non ?

— Melba Delitto est une grande vedette et elle n'est pas partie.

Il rit.

— Melba est déjà très riche. Et puis elle a trente et un ans ; c'est trop vieux pour partir.

— Mais elle a gagné tout cet argent en travaillant ici ?

— Non. C'est avec ses amants. Elle a eu beaucoup d'amants, beaucoup de diamants… Elle a gagné beaucoup d'argent avec les films, mais plus encore avec ses amants. Vous voyez, pour une femme, ce n'est pas pareil. Votre père lui a déjà offert une grande broche de diamants…

Elle se leva.

— Je crois qu'il faut que je rentre.

— Vous venez d'arriver ! Et vous n'avez pas bu le vin ; j'en ai ouvert une bouteille pleine.

— Franco, il se fait tard et…

Il la retint sur le divan.

— Buvez d'abord.

Il lui tendit son verre. Elle but lentement, à petites gorgées. La main de Franco glissa du dossier sur ses épaules. Elle fit semblant de ne pas s'en apercevoir, mais la main se fit pressante, comme si elle était animée d'une vie propre. Les doigts se mirent à jouer sur sa nuque.

Elle fit un effort pour boire encore un peu. Puis elle se leva.

— Franco, j'aimerais bien rentrer maintenant.

Il se leva en lui tendant les bras.

— Venez danser. À la manière d'autrefois.

— Franchement, je n'en ai pas envie…

Mais il l'avait enlacée étroitement et l'entraînait dans un slow. Elle sentit la fermeté de son corps, son bas-ventre durci contre le sien, il se pressait contre elle, se mouvant au rythme de la musique. Sa mince robe Pucci lui semblait fine comme du papier. Soudain, il l'embrassa. Sa langue lui desserra les lèvres de force. Elle essaya de le repousser, mais il lui étreignait la nuque d'une main, et de l'autre il s'attardait sur sa poitrine. Elle le repoussait toujours, mais il s'amusait de ses efforts. Puis, d'un geste rapide, il la souleva, l'emporta dans la chambre et la lâcha avec douceur sur le lit défait. Avant qu'elle ait pu esquisser le moindre mouvement, il avait retroussé sa robe et lui ôtait ses sous-vêtements. Elle hurla en sentant ses mains sur ses fesses nues.

Il la regarda avec stupéfaction.

— Qu'est-ce qu'il y a ? Qu'est-ce qui ne va pas ?

Elle sauta du lit en rajustant sa robe. Elle était trop furieuse pour pleurer.

— Comment osez-vous ? Comment osez-vous ?

Elle courut vers le vestibule, saisit son sac et s'enfuit vers la porte. Il la dépassa d'un bond et lui barra le passage.

— January, qu'est-ce qui ne va pas ?

— Ce qui ne va pas ? s'indigna-t-elle d'un ton rauque. Ce qui ne va pas ? Vous m'invitez à boire un verre et puis vous cherchez à me violer…

— À te violer ?

Il la contempla d'un air surpris.

— Mais je veux simplement faire l'amour avec toi.

— Pour vous, évidemment, c'est la même chose.

— Comment ça, la même chose ? Le viol, c'est un crime ; faire l'amour, c'est ce qui se passe entre deux personnes qui ont envie l'une de l'autre. Tu étais bien d'accord pour venir chez moi, non ?

— Pour prendre un verre… et pour… enfin, j'ai cru que vous étiez vraiment vexé.

— Peut-être que j'ai mauvais caractère. Mais toi, tu te conduis comme une petite Américaine trop gâtée.

— Mais je suis une petite Américaine.

— Pour ça, oui. Mais tu es aussi la fille d'un *maschio*. Ça fait une énorme différence. Il paraît que les filles américaines… elles ont leurs rites : premier rendez-vous, peut-être un baiser pour dire bonsoir ; deuxième rendez-vous, peut-être quelques caresses ; au troisième, on va un peu plus loin… mais on ne fait jamais l'amour avant la quatrième ou la cinquième rencontre ! Et les hommes, en Amérique, respectent cette cérémonie. Mais Mike Wayne, lui, dicte ses propres règles. Et je croyais que sa fille était comme lui.

— Si je comprends bien… Comme ça, vous pensiez que j'allais coucher avec vous ?

Il rit.

— Enfin… comme ça… tu as accepté de prendre un verre chez moi… tu as dansé avec moi. Tout cela est très bien et très normal. Ensuite on fait l'amour.

Il se pencha vers elle et lui caressa la poitrine.

— Tu vois, la pointe de tes seins est toute dure. Je les sens à travers ta robe. Ils ont envie de Franco même si toi tu ne veux pas. Pourquoi ne me laisses-tu pas les caresser ?

Elle écarta ses mains.

— Franco, s'il vous plaît, raccompagnez-moi.

Il se pencha et l'embrassa en la plaquant contre la porte. Elle résista avec violence, à coups de pied, en lui tirant les cheveux, mais il se contenta de rire, comme si tout cela n'était qu'un jeu. D'une main, il lui saisit les bras et les cloua derrière son dos ; de l'autre, il essaya d'ouvrir la fermeture à glissière de sa robe. Malgré sa panique, elle remercia le ciel en songeant que sa fermeture ne s'ouvrait que d'une dizaine de centimètres. Il tirait dessus sans s'arrêter. Puis, tout à coup, il se baissa et remonta la robe par-dessus sa tête. Elle ne portait pas de soutien-gorge et sentit soudain les lèvres de Franco sur sa gorge ; malgré sa fureur, elle éprouva alors une étrange sensation au bas de son ventre. Il glissa une main entre ses cuisses et la caressa.

— Tu vois, January, ma douce, tu es toute imprégnée de désir, du désir de moi.

D'un élan désespéré, elle se libéra et tâtonna pour rabaisser sa robe, suffoquant entre deux sanglots.

— S'il vous plaît… je vous en prie, laissez-moi partir.

— Pourquoi diable pleures-tu ?

Sa surprise n'était pas feinte. Il tenta de la reprendre dans ses bras et elle se remit à hurler.

— January, qu'est-ce qui ne va pas ? Je serai un bon amant. Je t'en prie. Déshabille-toi et viens te coucher avec moi.

Il bataillait avec la boucle de sa ceinture. Il se dégagea de son pantalon. Son sourire s'était fait enfantin, comme pour cajoler une petite fille boudeuse.

— Viens ! Regarde comme je te désire. Je t'en prie, regarde !

Il se dressait devant elle, à moitié nu.

Elle tenta de détourner le regard, mais elle était comme hypnotisée. Il sourit.

— Franco est un vrai étalon. Je vais te donner du plaisir. Viens…

Il lui tendit les bras.

— On fait l'amour. Ton corps m'appelle. Pourquoi tu nous refuses ce plaisir ?

Il lui prit les mains et les glissa dans son slip.

— Tu sens comme je te veux, dis ? Tu vois qu'il faut nous aimer ?

— Non…

C'était tout à la fois une prière et un gémissement.

— Oh ! Seigneur, non ! Pas comme ça…

Il semblait sidéré. Puis il jeta un regard sur la chambre à coucher.

— Ah ! C'est à cause du lit ? Écoute, je n'ai jamais fait l'amour dans ces draps. J'y ai seulement dormi.

— S'il vous plaît… je vous en prie, laissez-moi partir…

Les larmes lui brouillaient les yeux. Elle s'était recroquevillée, comme pour se protéger, en cachant son visage pour ne pas le voir. Soudain, il l'examina de plus près, s'avança et tendit la main pour lui toucher la joue comme s'il ne pouvait se résoudre à croire qu'elle versait de vraies larmes. Une étrange expression se peignit sur son visage.

— January, est-ce que tu as déjà fait l'amour ? lui demanda-t-il doucement.

Elle secoua la tête.

Il ne dit rien pendant un moment. Puis il se rapprocha d'elle, défroissa sa robe et essuya les larmes de son visage.

— Je suis désolé, murmura-t-il. Je ne savais pas. Tu as quel âge ? Vingt et un, vingt-deux ans ?

— Dix-sept ans et demi.

— *Mamma mia.*

Il se frappa le front.

— Tu as l'air si… si affranchie, tellement… comme les Américains disent, tellement décontractée. La fille de Mike Wayne, vierge.

À nouveau, il se frappa le front.

— S'il vous plaît, ramenez-moi.

— Tout de suite.

Il remit son pantalon et sa chemise, empoigna sa veste, et lui ouvrit la porte. Il lui prit le bras pour traverser le jardin jusqu'à sa voiture. Ils roulèrent en silence par les rues désertes. Il n'ouvrit pas la bouche jusqu'à la via Veneto. Puis il dit :

— Tu es amoureuse de quelqu'un aux États-Unis ?

— Non.

Il se tourna vers elle.

— Alors, laisse-moi… Oh, pas ce soir ! Et pas demain… pas avant que tu le veuilles. Je ne te toucherai pas avant que tu me le demandes, c'est promis !

Comme elle ne répondait pas, il ajouta :

— Tu ne me fais pas confiance ?

— Non.

Il éclata de rire.

— Écoute, jolie petite vierge américaine. À Rome il y a des tas de belles filles italiennes, des actrices, des mannequins, des femmes mariées. Toutes, elles veulent Franco. Même, elles font mon lit, ma cuisine, elles m'apportent à boire. Tu sais pourquoi ? Parce que Franco est un bon amant. Alors, si Franco demande à te revoir, et qu'il dit qu'il ne se passera rien, tu dois le croire. Ah ! Je n'ai pas besoin de me battre pour trouver de l'amour. Il y en a partout. Mais je veux te demander pardon. On repart de zéro. Comme s'il ne s'était rien passé.

Elle gardait le silence. Elle ne voulait pas dire quoi que ce soit, de peur de le mettre en colère. Ils étaient tout près de l'hôtel. Et tout ce qu'elle voulait, c'était sortir de sa voiture et s'éloigner de lui.

— C'est triste que tu ne veuilles pas de moi, dit-il doucement. D'autant plus que tu es vierge. Tu sais, petite January, la première fois qu'une jeune fille se donne à un homme, ce n'est pas toujours très agréable. Ni pour elle ni pour l'homme. Sauf si celui-ci est adroit et doux. Moi, je serais vraiment tendre. Je te prendrais très doucement. Je te donnerais même la pilule.

Il avait l'air si sérieux que les craintes de January s'évanouirent. Et le plus extraordinaire, c'est qu'il était convaincu de n'avoir rien fait de mal.

— Ce soir, j'ai tout gâché, reconnut-il. J'ai été un peu brusque parce que je croyais que peut-être ça faisait partie du jeu. Une Américaine que j'ai connue, elle m'a obligé à la poursuivre à travers la suite qu'elle occupait à l'hôtel Hassler. Finalement elle s'est enfermée dans la salle de bains. Je pars et elle crie : « Non, Franco ! Tu dois enfoncer la porte et m'arracher mes vêtements… »

Il se frappa le front en souriant.

— Tu as déjà essayé d'enfoncer une porte dans un hôtel italien ? Pire que de l'acier blindé ! Elle a fini par m'ouvrir et je l'ai poursuivie encore et j'ai arraché ses vêtements. Oh là là ! des boutons, des dentelles, ses collants déchirés, tout sens dessus dessous : c'était dingue ! On fait l'amour toute la nuit. Elle, c'est l'épouse d'un acteur américain très célèbre, aussi, je te dis pas son nom ; lui, il aime le faire comme ça aussi. Mais tu vois, je suis un gentleman : je ne dis jamais avec qui je couche. C'est pas correct. D'accord ?

Elle se surprit à sourire. Puis elle se reprit et regarda droit devant elle. C'était incroyable. Cet homme venait de lui arracher ses vêtements, il avait tenté de la violer, et maintenant il voulait qu'elle le félicite pour ses exploits passés ! Apparemment, il devina ses pensées, car il lui sourit en lui tapotant la main, d'un air presque condescendant.

— Tu vas me demander de te faire l'amour. Je le sais bien. En ce moment même, je vois la pointe de tes seins se durcir sous ta robe. Tu as beaucoup d'appétit sexuel…

Elle croisa les bras sur sa poitrine. Elle aurait dû mettre un soutien-gorge. Elle ne s'était pas rendu compte que l'étoffe de sa robe était si mince.

— Tu as de jolis petits seins, dit-il aimablement. Ça me plaît.

— Franco, ça suffit !

Encore une fois, le geste familier de se frapper le front.

— Oh là là ! comment la fille de Mike Wayne peut-elle être si… si… prude ?

— Je ne suis pas prude.

Elle se sentait enfin en sécurité, car ils arrivaient dans l'allée de l'Excelsior.

— Je n'ai pas de rendez-vous pour demain, dit-il en descendant de voiture pour lui ouvrir la porte.

Il aida January à sortir du véhicule.

— On se voit, non ?

— Non.

— Pourquoi ? Tu n'es pas fâchée tout de même ?

— Pas fâchée ? Franco, vous m'avez traitée comme… comme…

— … Comme on traite une jolie femme, dit-il en souriant. Je t'en prie… sans vouloir te commander, passe une bonne nuit. Je t'appelle demain et on passe la journée ensemble…

Il ouvrit largement les bras.

— Pas un geste de trop, je te le jure ! On fait un tour sur ma moto, et je te montre Rome.

— Non.

— J'appelle demain. *Ciao.*

Elle tourna les talons et traversa le hall désert. Il était près de trois heures du matin. Mike devait être dans tous ses états et l'attendre en rongeant son frein. Eh bien, elle ne lui dirait pas la vérité. Elle lui raconterait simplement qu'elle ne voulait plus s'embarrasser de la compagnie de Franco. Elle lui dirait qu'il s'était mal conduit. C'est à cela qu'elle pensait dans l'ascenseur grinçant manœuvré par un liftier ensommeillé.

Elle introduisit l'énorme clé dans la serrure. Il n'était pas encore couché ; elle pouvait voir le rai de lumière sous la porte. Elle entra dans le salon.

— Mike…

Puis elle regarda autour d'elle. La porte de sa chambre était fermée. Il lui avait laissé une liasse de billets de banque et un mot appuyé contre la lampe de son bureau.

« T'ai attendue jusqu'à deux heures, princesse. J'espère que tu t'es bien amusée. Fais la grasse matinée. Souviens-toi que toutes les boutiques sont fermées entre treize et seize heures. Alors contente-toi de visiter la ville en début d'après-midi. Va visiter la place d'Espagne. Un type appelé Axel Munthe possédait la petite maison qui se trouve là-bas et y recueillait des animaux errants. Un autre type appelé Keats habitait là aussi. Tu peux visiter son appartement. Vers quatre heures, rends-toi à la via Sistina. Melba prétend qu'on peut y trouver quelques boutiques formidables. Si tu as dépensé tout ton argent, tu pourras toujours te faire livrer les choses à l'hôtel avec paiement à la livraison. Dors bien, mon ange. Je t'embrasse. Papa. »

Elle contempla ce mot, puis la porte fermée. Il s'était endormi ! Il ne s'intéressait même pas à ce qui lui arrivait. Mais aussi, comment aurait-il pu imaginer que Franco aurait l'audace d'y aller aussi fort.

Elle gagna sa chambre. Sa colère s'était partiellement dissipée. S'il l'avait attendue jusqu'à deux heures, cela signifiait qu'il était rentré vers une heure du matin, peut-être même plus tôt. De sorte qu'il avait sans doute tout juste pris un dernier verre avec Melba. Rien de plus. Il n'y avait de grande histoire d'amour que dans l'imagination de Franco. Melba était vieille… enfin, vieille pour une actrice de cinéma ! Elle avait besoin de sommeil et ne pouvait s'offrir le luxe de traîner trop tard avec Mike ; elle pensait trop à sa carrière.

January alla se faire couler un bain. Et la broche de diamants ? Bon, qu'est-ce que ça prouvait ? Mike offrait toujours de somptueux cadeaux aux vedettes de ses films. C'était évident… Tout le reste ne se passait que dans l'imagination de Franco. La soirée s'était déroulée comme dans un rêve. Pourtant, cette soirée avait vraiment eu lieu. Elle se déshabilla et examina sa poitrine. Franco lui avait caressé les seins, les avait mordillés ; ses doigts s'étaient posés entre ses cuisses. Elle entra dans la baignoire et se frotta la peau avec violence.

Un peu plus tard, couchée dans cette chambre inconnue, elle se sentit parfaitement réveillée. Elle devinait les contours de la porte dans la pénombre. De l'autre côté, il y avait le salon. Et puis sa porte à lui. C'était là qu'il dormait. Oh ! Mon Dieu, si seulement elle avait pu se glisser dans ses bras comme au temps où elle était petite et faisait un cauchemar. Pourquoi n'avait-elle plus le droit de se faufiler tout contre lui et de lui raconter les choses affreuses qui lui étaient arrivées cette nuit ? Il l'aurait tenue étroitement serrée et lui aurait affirmé que tout allait s'arranger. Il était toujours son père. Pourquoi était-ce interdit désormais ? Bien sûr, elle savait que ce n'était plus possible. Était-ce parce qu'elle *désirait* sentir le corps de Mike contre le sien ? Oui. Mais chastement. Elle désirait sentir la force rassurante de ses bras. Elle désirait embrasser sa joue, surtout là où se formait une espèce de fossette. Elle voulait l'entendre dire : « Tout va bien, ma chérie. »

Il n'y avait rien de mal à cela. Elle se leva sans faire de bruit. Elle traversa le grand salon et tourna la poignée de sa porte, qui s'ouvrit facilement. D'abord, elle ne vit rien dans l'obscurité ; mais peu à peu, elle distingua les contours du lit dans la pièce. À l'aveuglette, elle longea le mur sur la pointe des pieds. Arrivée près du lit, elle ouvrit les draps pour s'y glisser, lesquels étaient frais et bien repassés. Elle tâtonna dans sa direction, mais sa main ne rencontra qu'un oreiller raide et froid : le lit était vide !

Elle s'assit et alluma la lampe de chevet. La courtepointe avait été retirée, rien n'était froissé. Et il n'était pas là. Elle retourna au salon. Elle regarda la lettre et puis l'argent. Franco avait donc raison sur tout : Mike se trouvait avec Melba. Mais pourquoi lui avoir dit… pourquoi lui avoir menti… pourquoi lui avoir laissé ce mot dans lequel il prétendait l'avoir attendue ? Elle le relut. En fait, il n'avait pas écrit qu'il était resté *éveillé* à l'attendre. Il disait qu'il l'avait attendue « jusqu'à deux heures ». Évidemment, lui et Melba avaient attendu jusqu'à deux heures ; puis ils étaient repartis. En ce moment, ils étaient sans doute en train de faire l'amour.

Elle regagna sa chambre. Mike avait parfaitement le droit de sortir avec Melba. Pourquoi en faisait-elle un drame ? Il avait toujours eu toutes sortes de filles, mais elle était la seule qui comptât dans son cœur. Leur amour à eux deux s'élevait bien au-dessus du sexe. Les gens avaient des relations sexuelles sans amour ; les animaux aussi : ils s'accouplaient, voilà tout. Comme la petite chienne qu'elle possédait lorsqu'elle avait cinq ans : on l'avait fait couvrir, et elle n'avait même pas accordé un regard au mâle à la fin ; et lorsque ses chiots étaient venus au monde, elle les avait aimés jusqu'à l'âge de trois mois. Ensuite, à la grande surprise de January, sa mère lui avait dit qu'il fallait écarter le petit mâle de la chienne, car, pour celle-ci, il n'était plus son enfant, mais simplement un mâle comme les autres. Et Melba n'était rien de plus pour Mike qu'une simple partenaire sexuelle.

January retourna au lit et tenta de s'endormir. Elle étreignait son oreiller comme elle le faisait si souvent, au pensionnat, lorsqu'elle se sentait seule. Soudain, elle le repoussa : son oreiller avait toujours été le symbole de Mike, du réconfort ; et maintenant Mike tenait Melba dans ses bras... Il fallait absolument qu'elle cesse de penser ainsi ! Après tout, comment imaginait-elle qu'il avait vécu depuis la mort de sa mère ? Seulement, elle n'avait jamais été *là*. Mais c'était le cas désormais. Et il fallait se faire à l'idée qu'elle était adulte et qu'elle serait pour lui une grande amie, un soutien. Il était seul depuis si longtemps qu'il avait pris l'habitude de s'accrocher à n'importe qui.

Quand, enfin, elle s'assoupit, elle fit des rêves étranges et décousus : elle se trouvait au parc d'attractions de Coney Island où son père l'avait emmenée quand elle était petite. Mais dans son rêve, on jouait une musique trépidante de discothèque. Elle se regardait en riant dans un miroir déformant : d'abord, sa silhouette était longue et maigre ; ensuite, courte et replète… Au-dessus de son épaule, elle apercevait le reflet de Melba. Mais le visage de Melba n'était pas déformé. Il était parfait. Et elle éclatait de rire. Son visage s'élargissait, jusqu'à couvrir tout le miroir. Melba riait toujours. Puis elle entendit le rire de Franco, dont le visage se reflétait dans le miroir à côté de celui de Melba. Ils pointaient January du doigt en se moquant de son image écrabouillée et grotesque. Pourquoi les miroirs de la foire la rendaient-ils ridicule alors que Franco et Melba étaient si beaux ? Elle cherchait Mike du regard. Il se trouvait au stand de tir. Melba marchait vers lui et posait une main sur sa cuisse.

« Papa, criait January, viens, emmène-moi loin de ce miroir ! »

Mais il répondait en riant :

« Demande à Franco de t'aider. Moi, je suis en train de fracasser toutes les pipes et les canards d'argile. Je fais tout ça pour toi, ma chérie. Je vais ramasser tous les prix pour les déposer à tes pieds. »

Et il continuait à tirer. Et chaque fois qu'il tirait dans le mille, la cloche sonnait, sonnait.

Elle ouvrit les yeux. Coney Island et le parc d'attractions avaient disparu. Un rayon de soleil s'était frayé un chemin sur le tapis à travers les rideaux. Dès qu'elle fut bien réveillée, elle entendit la cacophonie stridente de la circulation romaine : des klaxons de tous timbres, sopranos, suraigus ou barytons, se répondaient… Et à travers ce vacarme, une sonnerie insistante. C'était le téléphone du salon. Elle y entra d'un pas mal assuré. La pendule de marbre, sur la cheminée, carillonnait, il était onze heures. Elle souleva le récepteur.

— Allô, c'est Franco, proclama une voix pleine d'entrain.

Elle raccrocha.

Puis elle appela le service d'étage et commanda du café. La porte de la chambre de son père était entrouverte, la lampe de chevet toujours allumée, comme elle l'avait laissée cette nuit. Elle l'éteignit et, sur un coup de tête, froissa les draps. Elle ne voulait pas que la femme de chambre s'aperçoive qu'il n'était pas rentré. C'était pourtant ridicule. Ce n'était sans doute pas la première fois que son lit n'avait pas été défait. Ou alors si, mais défait par Melba.

Le téléphone retentit de nouveau. Elle espérait que ce serait Mike. Sa voix ne devait rien trahir. Enjouée, ou endormie ; oui, endormie, comme si elle avait passé une excellente soirée. Elle décrocha.

— Allô, c'est Franco, je crois qu'on a été coupés.

— Oh…

Elle ne chercha même pas à cacher sa déception.

— Imbécile de standardiste ! Elle nous a coupés.

— Non, c'est moi qui ai raccroché.

— Pourquoi tu fais ça ?

— Parce que je n'ai pas encore pris mon café et…

Elle marqua un temps de pause.

— … Enfin bon sang, pourquoi n'en aurais-je pas le droit ?

— Parce que la journée est superbe. Je viens te chercher. Nous allons déjeuner dans un petit coin tranquille…

— Écoutez, Franco, commença-t-elle à bredouiller. Ce que vous avez fait hier soir était… Enfin, c'était terrible. Et je ne veux plus jamais vous revoir.

— Mais hier soir, je ne savais pas que tu étais une enfant. Aujourd'hui je te traite comme une enfant. D'accord ?

— Non.

— Mais tu te fâches si je te traite comme une jolie femme. Écoute, j'ai briqué ma Honda pendant deux heures. Elle est vraiment magnifique… Je vais te dire : pas de petit coin tranquille pour déjeuner ; nous allons chez Doney, comme des touristes. Nous nous installerons sur la terrasse. Je t'offre un café et on va faire une balade. *Ciao !*

Il raccrocha avant qu'elle ait pu répondre.

Le petit déjeuner de l'hôtel ne lui fut jamais servi et, lorsque Franco l'appela depuis la réception, elle décida qu'elle pouvait bien l'accompagner chez Doney. Après tout, elle avait bien besoin d'un café. Elle rafla l'argent que Mike lui avait laissé. Puis, mue par une impulsion soudaine, le replaça à côté du petit mot. Elle appela la femme de chambre pour lui demander de faire son lit immédiatement. Qu'il revienne et se demande à quel endroit *elle* avait couché la veille au soir !

Il était impossible de rester longtemps fâché contre Franco. Chaleureux et spontané, il commanda pour elle du café et des croissants. Et on aurait dit que la moitié de Rome s'arrêtait à leur table pour lui parler. Peu à peu, son enthousiasme sans frein vint à bout de sa réserve et elle se prit à rire et à savourer son petit déjeuner. Ce garçon rayonnant et sûr de lui faisait presque oublier le Franco de la veille. Elle comprit qu'il cherchait à se faire pardonner et à lui plaire, et qu'il serait amusant de visiter Rome en sa compagnie. Elle portait une salopette et se rendit compte qu'inconsciemment elle avait déjà prévu de l'accompagner sur sa moto.

La Honda était d'un rouge éclatant. Franco tendit à January une paire de lunettes de moto surdimensionnées et lui enjoignit de s'installer derrière lui.

— Cette fois, c'est toi qui vas m'enlacer, affirma-t-il en riant.

Il se dirigeait prudemment à travers la circulation, signalant au passage les églises et les édifices importants.

— La semaine prochaine, on visite le Vatican. Et je t'emmène aussi dans quelques églises. Il faut que tu admires les statues en marbre de Michel-Ange.

Au bout d'un petit moment, ils quittèrent la ville en direction de la voie Appienne. Il ne roulait pas vite pour la laisser apprécier la suspension de l'engin, le vent qui soufflait dans ses cheveux et rafraîchissait son visage. Il lui indiquait les villas célèbres, les pans de ruines, la maison d'une star de cinéma. Puis il prit un raccourci par un tortueux chemin de campagne. Ils s'arrêtèrent devant un petit restaurant familial. Tout le monde (y compris le chien, par ses aboiements) l'accueillit avec chaleur. Les gens l'appelèrent par son prénom et adressèrent à January leurs plus radieux sourires avant d'apporter du pain, du fromage et du vin rouge.

— La voie Appienne, c'est la route de Naples, rappela-t-il. Il faut absolument que nous allions jusque-là un de ces jours. Et aussi Capri.

Il envoya un baiser du bout des doigts vers le ciel.

— Demain, je tourne, mais je t'emmène à Capri dimanche. Nous visiterons la *grotta azzura* et… oh, nous avons tellement de choses à voir !

Plus tard, en revenant vers la Honda, il lui entoura les épaules de son bras d'un geste fraternel. Au moment où ils allaient enfourcher la moto, elle se tourna soudain vers lui.

— Franco, je tiens à ce que vous sachiez que j'ai passé une merveilleuse journée. Vraiment parfaite. Merci infiniment.

— Ce soir je t'emmène dîner dans un endroit formidable. Tu as déjà goûté des praires à la Posillipo ?

— Non, mais je ne peux pas dîner avec vous ce soir.

— Pourquoi ? J'ai tenu ma promesse de ne pas te toucher.

— Ce n'est pas ça… Je… veux rester avec mon père.

— Tu veux quoi ?

— Rester avec mon père : je ne l'ai pas vu depuis hier soir.

— OK. Tu vas le voir maintenant, quand nous rentrons. Puis, à neuf heures, tu dînes avec moi.

— Je veux dîner avec mon père.

— Peut-être que ton père a d'autres projets…

— Non, je suis sûre qu'il compte dîner avec moi.

— Avant ton arrivée, il dînait chaque soir avec Melba.

— Mais je suis là à présent.

— Et tu penses dîner tous les soirs avec ton père ?

Il ne souriait plus.

— Peut-être…

Il mit le moteur en marche.

— Monte. Je vois ce que c'est, maintenant.

— Qu'est-ce que vous voyez ?

— Aucune fille ne souhaite dîner qu'avec son papa. Tu as certainement un autre rendez-vous.

— Franco, pour l'amour du ciel, je n'ai aucun autre rendez-vous !

Il lui saisit le poignet.

— Alors tu dînes avec moi ce soir, comme j'ai dit.

— Non.

Il lui lâcha le bras.

— Monte, dit-il d'un ton brusque. Je te ramène. Ah ! et moi qui croyais que tu étais vierge… Maintenant, je sais : Franco ne te plaît pas.

Ils dévalèrent le chemin de campagne. Il conduisait vite, rebondissant sur les nids-de-poule et les pierres. Plusieurs fois, elle manqua d'être désarçonnée. Elle s'accrocha à lui lorsqu'ils arrivèrent sur la voie Appienne. Un autocar d'excursion passait, bourré de touristes japonais. Il le doubla à toute allure et lui fit une queue de poisson. Le chauffeur se mit à hurler des insanités… Franco lui montra le poing et redoubla de vitesse.

January lui cria de faire attention, mais ses mots se perdirent dans le bruit du moteur et le vent. Elle commençait à avoir peur. Il conduisait avec violence. Elle le conjura de ralentir jusqu'à en perdre la voix. En fin de compte, elle se résigna à s'agripper à lui et à prier. Comme ils amorçaient un virage, elle aperçut une voiture qui tentait d'en dépasser une autre. Franco la vit lui aussi et essaya de braquer vers le bas-côté de la route. La moto se cabra comme un cheval dressé sur ses pattes de derrière. January fut projetée en l'air. Et dans la fraction de seconde qui précéda son évanouissement, elle fut surprise de constater qu'elle ne ressentait aucune douleur quand son corps s'écrasa contre le mur de pierres.

Lorsqu'elle ouvrit les yeux, January aperçut son père. Elle le voyait en double, en triple… Elle referma les yeux, parce que sa vision se brouillait. Elle essaya de le toucher, mais son bras lui semblait de plomb. Elle rouvrit les paupières. À travers le brouillard, elle discerna la vague silhouette de sa jambe surélevée. Alors elle se souvint de l'accident : la course sauvage, le mur de pierres blanches… et maintenant elle se retrouvait à l'hôpital avec une jambe cassée. L'été serait fichu, mais elle était heureuse d'avoir survécu. Et puis, à notre époque, les médecins faisaient en sorte que vous puissiez vous déplacer avec une jambe plâtrée, n'est-ce pas ? Elle essaya de bouger, mais tout son corps était lourd comme du ciment. Elle s'obligea à rouvrir les yeux, mais la lumière la faisait pleurer. Pourquoi son corps était-il si raide ? Pourquoi ne pouvait-elle pas sentir son bras droit ? Seigneur, peut-être que c'était plus grave qu'une simple jambe cassée.

Mike se tenait de l'autre côté de la pièce et discutait avec plusieurs médecins. Une infirmière s'affairait. Tous chuchotaient. Elle voulut lui faire comprendre qu'elle était réveillée.

Elle appela : « Papa… »

Elle essaya de nouveau. Elle avait l'impression de hurler. Mais il ne bougeait pas. Personne ne bougeait. Elle criait, mais aucun son ne sortait de ses lèvres. Elle appelait, mais ses lèvres restaient closes. Elle hurlait, comme enfermée à l'intérieur d'elle-même ! Elle tâcha de bouger le bras gauche et agita les doigts, et puis tout se dilua dans un sommeil gris et flasque.

Lorsqu'elle reprit conscience, il n'y avait plus qu'une petite lumière dans le coin le plus éloigné de la pièce. Une infirmière lisait une revue. Il faisait nuit, maintenant. La porte s'ouvrit. Son père et l'infirmière se mirent à chuchoter.

Il donna congé à la femme et approcha une chaise de son lit. Il lui tapota la main.

— Ne te fais pas de souci, ma chérie. Tout ira pour le mieux.

Elle tenta de remuer les lèvres. Elle tendit chacun de ses muscles, mais aucun mot ne se forma. Il continuait à parler :

— Ils m'affirment que, même avec les yeux ouverts, tu ne me vois pas. Mais ils ne savent pas tout. Tu vas t'en sortir. Pour moi !

« S'en sortir ! » De quoi parlait-il ? Il fallait qu'elle lui dise qu'elle allait bien. Une jambe cassée, ça se remettrait. Elle était désolée. Voilà qu'elle lui causait tous ces ennuis. Elle lui avait fait manquer sans doute toute une journée de tournage, simplement parce que Franco avait perdu son sang-froid cet après-midi. Mais il était ridicule de s'inquiéter autant. Pourtant, pourquoi ne pouvait-elle parler ? Elle remua les doigts de la main gauche, s'efforça de les lever. C'était possible. Son père regardait dans le vide. Elle tendit le bras et lui toucha l'épaule. Il faillit en tomber à la renverse.

— January ! INFIRMIÈRE ! Oh ! Mon poussin, tu as bougé ! Tu as bougé ton bras ! INFIRMIÈRE !

Elle essaya de lui dire qu'elle allait bien, mais se sentit soudain aspirée dans le vide. Le lourd sommeil gris cherchait à la reprendre. Elle ne voulait pas dormir ! Elle lutta. Subitement, la chambre fut pleine de monde. Deux hommes en blouse blanche s'approchèrent d'elle. L'une des blouses blanches lui souleva le bras droit et le laissa retomber. Une autre y planta une aiguille. C'était étrange : elle ne sentait rien. Un autre médecin planta une aiguille dans sa cheville gauche. Aïe ! Ça oui, elle l'avait senti ! Et puis le sommeil gris reprit le dessus.

Lorsqu'elle ouvrit les yeux, elle aperçut un grand bocal de liquide suspendu au-dessus de sa cheville. Les médecins étaient partis, mais son père se penchait sur elle.

— Fais-moi signe si tu m'entends, ma chérie.

Elle essaya de bouger. Oh, Seigneur ! Est-ce qu'ils lui avaient attaché la tête au montant du lit ? Elle la sentait lourde comme une pierre.

— Cligne des yeux, January. Cligne des yeux si tu comprends.

Elle cligna des yeux.

— Oh, ma chérie !

Il enfouit la tête dans l'épaule de la jeune fille.

— Je te promets que tout ira bien.

Alors elle sentit son cou se mouiller : des larmes, *ses* larmes. De sa vie, elle n'avait jamais vu Mike Wayne verser une larme. Personne ne l'avait jamais vu pleurer. Et c'était ce qu'il était en train de faire à cause d'elle. Soudain, pendant ce court instant, elle se sentit plus heureuse qu'elle ne l'avait jamais été. Elle ne s'inquiétait ni de sa jambe ni de son bras. Il l'aimait. Il tenait tellement à elle ! Elle allait guérir. Elle se remettrait très vite ! Ils passeraient l'été ensemble… Elle sur des béquilles, avec un plâtre, mais ça n'avait aucune importance. Elle tendit le bras pour lui caresser les cheveux, mais son sens des distances était faussé et ce fut son propre crâne qu'elle toucha. On aurait dit de la pierre. Mike se leva. Il avait repris contenance. Il vit le bras gauche de sa fille osciller au-dessus de son visage.

Sa tête ! Qu'était-il arrivé à sa tête ? Peut-être était-elle défigurée ! L'effroi la saisit ; une montée soudaine de bile lui tordit l'estomac. Mais elle se força à porter la main à sa joue.

Il comprit immédiatement son geste.

— Ton visage est intact, ma chérie. Il a fallu te raser la tête, mais tes cheveux repousseront.

ILS LUI AVAIENT RASÉ LA TÊTE !

Il lut la panique au fond de ses yeux, lui prit la main et la serra très fort.

— Écoute, je vais te parler franchement parce qu'il va falloir que tu en mettes un grand coup. Nous allons nous battre ensemble. Alors, je ne vais pas te raconter des histoires : tu as une fracture du crâne et une commotion cérébrale ; ils ont dû t'opérer pour évacuer le sang ; ils avaient peur qu'il ne se forme un caillot ou quelque chose du même genre. Mais ça va bien maintenant, l'opération a parfaitement réussi. Ta colonne vertébrale est brisée, deux vertèbres, mais elles se ressouderont. Tu as aussi ce qu'ils appellent des fractures multiples à la jambe. Ton corps est entièrement plâtré et c'est pourquoi il t'est impossible de bouger. Tu ne peux pas remuer le bras droit à cause de la commotion cérébrale, mais ils disent que ça reviendra comme avant.

Il tenta de sourire.

— À part ça, ma chérie, tu es en grande forme.

Il se pencha pour l'embrasser.

— Tu ne sais pas à quel point c'est merveilleux de te voir me regarder. C'est la première fois depuis dix jours…

DIX JOURS ! Dix jours depuis qu'elle était tombée de la moto !

Franco était-il blessé ? Combien de temps devrait-elle rester ici ? Elle essaya à nouveau de parler, mais aucun mot ne se forma. Mike lui prit la main et lui dit :

— C'est le contrecoup de la commotion, ma chérie. Le côté de la tête qui a été touché affecte la zone du langage. Ne t'affole pas. Cela reviendra. Je te le jure…

Elle voulait lui dire qu'elle ne s'affolerait pas. Tant qu'il serait près d'elle, tout irait bien. Elle voulait lui dire de retourner au studio. Il devait tourner son film… Elle voulait lui expliquer que tant qu'ils seraient liés, tant qu'elle serait certaine de le retrouver chaque soir, tant qu'il l'aimait et pensait à elle, rien ne pourrait l'arrêter. Elle gratta furieusement le drap de la main gauche : elle voulait un crayon, il fallait qu'elle lui dise tout cela. Des larmes de dépit coulèrent sur son visage : elle demandait un crayon, mais il ne comprenait pas.

— Infirmière ! appela-t-il, venez vite… Elle souffre peut-être !

(Papa, je ne souffre pas… Je veux simplement un crayon.)

L'infirmière était efficace. January sentit l'aiguille s'enfoncer dans son bras ; la torpeur l'envahit et elle entendit dans le lointain la voix de son père :

— Repose-toi, mon poussin. Tout va s'arranger.

1

Septembre 1970

Lorsque Mike Wayne pénétra dans la salle d'attente de l'aéroport Kennedy réservée aux personnalités, l'hôtesse eut la conviction qu'il était un acteur de cinéma. Il ressemblait à quelqu'un que l'on a vu souvent tout en sachant pertinemment qu'on ne l'a jamais rencontré.

— Le vol Swissair numéro sept est toujours prévu pour cinq heures ? interrogea-t-il en signant le registre.

— Je vérifie tout de suite, dit-elle en lui prodiguant son sourire le plus chaleureux.

Il lui rendit son sourire, mais elle savait d'expérience que c'était là le sourire d'un homme déjà pourvu d'une petite amie. Une fille qui allait atterrir par le vol numéro sept. Certainement l'une de ces beautés germano-suisses qui, ces derniers temps, envahissaient le marché. De sorte qu'une simple hôtesse n'avait pas la moindre chance.

— Une demi-heure de retard, le vol est attendu pour cinq heures trente, annonça-t-elle d'un air désolé.

Il la remercia d'un signe de tête et se dirigea vers les fauteuils de cuir proches de la baie vitrée. Elle déchiffra son gribouillis sur le registre : Michael Wayne ; elle avait entendu prononcer ce nom et elle connaissait ce visage, mais elle ne parvenait pas à l'identifier. Peut-être dans l'un de ces feuilletons de télévision, comme ce beau garçon qui jouait dans *Mannix*, qu'elle regardait le samedi soir quand elle n'avait pas de rendez-vous galant.

Il était plus âgé que les hommes avec lesquels elle sortait en général. La quarantaine, sans doute. Mais pour ce passager aux yeux bleus à la Paul Newman, elle aurait consenti bien volontiers à faire abstraction du fossé entre les générations. Dans un dernier effort pour attirer son attention, elle lui apporta des revues, mais il les refusa et se remit à contempler les avions que l'on ravitaillait au sol. Elle revint vers son bureau en soupirant : rien à faire ! Cet homme-là avait décidément autre chose en tête.

Mike Wayne avait en effet beaucoup de choses en tête : elle rentrait ! Après trois ans et trois mois d'hôpital et de soins, elle rentrait enfin.

Sa propre descente aux enfers avait commencé au moment de l'accident de January. Tout d'abord, le film avec Melba avait fait un bide. Il en portait seul la responsabilité. Quand votre enfant est en miettes, allez donc vous soucier d'un western spaghetti ! Et les pronostics sur l'état de January étaient alarmants : au début aucun chirurgien ne lui donnait le moindre espoir qu'elle marcherait à nouveau.

La paralysie était imputable à la commotion et réclamait un traitement de physiothérapie immédiat. Pendant des semaines, il avait scruté des radios auxquelles il ne comprenait rien, des électroencéphalogrammes, des clichés de la colonne vertébrale.

Il avait fait venir par avion deux chirurgiens de Londres et un éminent neurologue allemand. Ils tombèrent d'accord avec les spécialistes de Rome : tout retard dans le traitement réduirait les chances de guérison, bien que l'on ne puisse rien faire tant que les fractures ne seraient pas ressoudées.

Il passait le plus clair de son temps à l'hôpital et ne se rendait au studio que pour s'assurer que l'on avait bien éliminé toutes les scènes de Franco. Il n'avait pas cru un seul mot de la version que le jeune homme lui avait racontée – c'était January qui avait insisté pour qu'il roule plus vite – et, quand il en parla à January, elle refusa de démentir ou de confirmer. Mais il mit Franco à la porte et laissa au metteur en scène le soin de couper et monter le film. Il aurait voulu quitter Rome et emmener January avec lui, mais trois mois plus tard elle était encore partiellement plâtrée et incapable de parler. Le film sortit à Rome sous d'exécrables critiques et connut de médiocres entrées.

Présenté à New York, il fut retiré de l'affiche d'un cinéma d'exclusivité en moins d'une semaine et immédiatement relégué dans un cinéma de la 42e Rue où il partagea l'affiche avec un autre long-métrage. En Europe, la presse qualifia Mike Wayne de seul metteur en scène qui ait jamais réussi à priver Melba Delitto de tout sex-appeal.

Il s'efforça de prendre les choses avec philosophie. Tout le monde devait bien faire un bide tôt ou tard. Et cela lui pendait au nez depuis longtemps. Il était verni depuis 1947. Il se le répéta à lui-même. Il le répéta aux journalistes. Et pourtant, alors qu'il était assis au chevet de sa fille, une pensée le tarabustait comme un nerf à vif : était-ce juste un flop isolé, ou bien sa chance avait-elle tourné ?

Il lui restait encore deux films à réaliser pour la Century et il pouvait couvrir les pertes du premier avec les bénéfices des deux autres. Il ne voyait pas comment le prochain pourrait ne pas marcher : une histoire d'espionnage tirée d'un best-seller. Il commença les premières prises de vues à Londres en octobre. Chaque week-end, il prenait l'avion pour Rome et se forçait à franchir le seuil de la chambre d'hôpital avec un sourire, en réponse à celui qu'elle lui réservait chaque fois.

Il s'évertuait à ne pas se laisser décourager par l'absence de progrès de sa fille. Elle s'en sortirait, il le fallait. Pour son dix-huitième anniversaire, elle lui fit la surprise de hasarder quelques pas laborieux sur des béquilles, avec le soutien de son kinésithérapeute. Son bras droit avait recouvré sa mobilité, mais elle traînait toujours la jambe droite. Et elle s'était remise à parler. À certains moments, elle butait sur un mot ou bien elle bégayait. Mais il savait que c'était une simple question de temps. Alors, bon sang ! Si elle pouvait s'exprimer à nouveau et utiliser son bras droit, qu'est-ce qui l'empêchait de retrouver l'usage de sa jambe ? Sûrement pas les séquelles de la commotion cérébrale !

Quoi qu'il en soit, le sourire de January était toujours éclatant et victorieux. Ses cheveux avaient repoussé, courts et ébouriffés, et la faisaient ressembler à un garçonnet. Il en avait la gorge serrée et se sentait crispé à force de faire bonne figure. À dix-huit ans à peine, perdre tellement de mois !

Après son anniversaire, il dut partir pour les États-Unis tourner les scènes de poursuites à New York et San Francisco. Puis il y eut le montage et le mixage à Los Angeles. Il fondait les plus grands espoirs sur ce film et lui attribuait comme un parfum de succès. D'une certaine manière, il associa ses espoirs de réussite pour le film avec le rétablissement de January. C'était comme un pari : si le film marchait à tout casser, sa fille se rétablirait rapidement.

La première eut lieu à l'occasion d'un grand gala de charité à New York. Un scintillement de flashs, les célébrités, et Barry Gray qui s'était déplacé pour interviewer les vedettes. Le public applaudit et éclata de rire aux bons endroits. Quand les lumières se rallumèrent, les dirigeants de la Century remontèrent l'allée centrale avec lui, lui administrant de grandes claques dans le dos avec un large sourire.

Ce fut au cours de la fête de promotion à l'Americana qu'ils entendirent les premiers commentaires négatifs à la télévision. Mais tout le monde affirma que ça n'avait aucune importance : ce qui comptait, c'était le *New York Times*. À minuit, ils apprirent que le *New York Times* avait descendu le film en flammes (c'est à ce moment-là que les dirigeants de la maison de production quittèrent la soirée). Le chef de publicité de la Century, un bonhomme optimiste nommé Sid Goff, haussa les épaules.

« Bah ! Qui lit le *New York Times* ? Pour le cinéma, il n'y a que le *Daily News* qui compte. »

Vingt minutes plus tard, ils apprirent que le *Daily News* n'avait décerné que deux étoiles ; pourtant, Sid Goff se montrait toujours optimiste.

« J'ai entendu dire que le type du *Post* avait beaucoup aimé. Et puis, le bouche-à-oreille fera le succès du film. »

Mais ni le *Post* ni le bouche-à-oreille ne furent favorables. L'affaire se présentait mal ; mais Sid Goff demeurait encourageant.

« Attends un peu qu'on le montre dans toute l'Amérique. Les gens vont adorer. Et c'est tout ce qui compte. »

Le film reçut un accueil mitigé à Los Angeles. Il marchotta à Detroit et fut impitoyablement descendu à Chicago. Philadelphie et plusieurs autres villes importantes refusèrent même de le présenter dans leurs salles d'exclusivité.

Mike ne pouvait le croire. Il avait eu une telle confiance dans son film. Deux bides de suite. Et maintenant il devait affronter la vieille superstition du monde du spectacle : jamais deux sans trois. Morts, accidents d'avion, tremblements de terre, échecs cinématographiques. De toute évidence, les dirigeants de la Century pensaient de même car, lorsque Mike les appelait, tout le monde était toujours en conférence ou « venait tout juste de quitter les locaux ». Et le coup de grâce, ce fut lorsque la nouvelle arriva du bureau de New York qu'ils ne lui alloueraient pas plus de deux millions de dollars (publicité comprise) pour son troisième film.

Il ne pouvait pas s'en sortir avec un tel budget à moins de recruter des acteurs sur le retour et un metteur en scène débutant ou, au contraire, un metteur en scène expérimenté avec une kyrielle de flops derrière lui. Quoi qu'il en soit, il n'avait pas le choix. Il lui fallait tourner cet opus, c'était inscrit dans son contrat : il s'était engagé pour tourner trois films. Enfin, puisque les cartes étaient mauvaises à ce point, il n'avait plus qu'à se débarrasser du troisième bide à venir, le livrer, retourner à New York et monter à Broadway un show du tonnerre. Plus il y pensait, plus sa confiance revenait : sa rentrée à Broadway serait un événement. L'argent n'était pas un souci. Que diable, il financerait tout lui-même ! Il pesait plusieurs millions de dollars sur le marché. Que représentaient quelques malheureuses centaines de milliers de dollars ? Un seul problème : il fallait qu'il débarque avec un livret génial.

Voilà les sentiments qui l'animaient en cet été 1968 au moment de démarrer son troisième tournage. Il était très optimisme en prenant l'avion pour rendre visite à January à Rome, mais quand il la vit clopiner vers lui, traînant toujours la jambe, pour la première fois l'idée qu'elle pourrait bien ne jamais plus marcher normalement le frappa. Le sourire éclatant de January, son entrain manifeste ne faisaient qu'aggraver le désespoir de Mike. Mais sa fille voulait tout savoir sur son nouveau film : pourquoi avait-il choisi des inconnus ? Qui aurait la vedette ? Quand pourrait-elle lire le script ? Il se força à inventer des explications et à bavarder avec un enthousiasme qui lui devenait difficile à feindre. Il refréna sa panique jusqu'à ce qu'il se retrouve seul avec les médecins. Alors sa colère et sa peur explosèrent : qu'est-ce que c'était que toutes ces balivernes à propos des progrès constants de sa fille ? Et tous ces rassurants bulletins de santé des derniers mois ? Elle n'avait pas progressé d'un iota.

Ils convinrent qu'elle ne se rétablissait pas aussi vite qu'ils l'avaient espéré. Mais il fallait qu'il se rende compte qu'il leur avait été impossible de commencer le traitement aussi rapidement qu'il l'aurait fallu. Alors, ils lui livrèrent leur diagnostic : January ferait des progrès, mais elle continuerait à boiter et peut-être même aurait-elle besoin d'une canne toute sa vie.

Ce soir-là, il se soûla magistralement avec Melba Delitto. Et quand ils échouèrent dans l'appartement de la comédienne, il se mit à marcher de long en large en s'indignant contre les médecins, contre l'hôpital, contre l'absence de tout espoir.

Melba entreprit de le calmer.

« Mike, je t'adore. Et je ne t'en veux même pas de m'avoir fait connaître le plus grand flop de ma carrière. Mais maintenant voilà que tu as fait un autre mauvais film, ton prochain doit être bon... Il ne faut pas que le malheur subi par ta fille te gâche la vie.

— Qu'est-ce que tu veux que je fasse ? Me remettre tout simplement au travail en oubliant tout ce qui la concerne ?

— Non, il ne s'agit pas d'oublier. Mais tu dois vivre ta propre vie. Cesse de te battre pour l'impossible. »

La colère qu'il ressentait le dessoûla immédiatement. Toute sa vie n'avait été qu'un combat pour justement atteindre l'impossible. Fils d'une mère qui l'avait abandonné à l'âge de trois ans et d'un père, un boxeur irlandais, qui avait succombé à la suite d'un coup de poing distribué par un gamin de troisième ordre, Mike s'était élevé tout seul dans les quartiers sud de Philadelphie. Engagé dans l'armée de l'air à dix-sept ans parce que n'importe quoi était préférable au monde qu'il connaissait. Et puis la guerre. Se retrouver en plein cœur de la tourmente, voir des gars dont vous partagiez la chambrée se prendre une balle à côté de vous et se demander pourquoi eux avaient morflé et pas vous. Des hommes qui avaient des familles qui attendaient leur retour à la maison et des petites amies qui écrivaient de longues lettres et leur envoyaient des colis. Peu à peu, l'idée lui était venue qu'ils avaient peut-être pris la balle qui lui était destinée parce que, de retour au pays, quelque chose devait être entrepris. Et c'était son devoir de rentrer et de l'accomplir. Il sentit qu'il avait été choisi par la chance, cette chance qui lui permettrait de réaliser l'impossible. Et il lui fallait réussir à tout prix pour que le gars qui avait pris la balle à sa place accepte son sort. Il n'était pas religieux, mais il était convaincu que tout le monde devait finir par payer ses dettes. Il le pensait encore.

« Ma gosse marchera, affirma-t-il posément.

— Alors, emmène-la à Lourdes. Ou, si tu veux vraiment claquer ton argent, emmène-la à la clinique des miracles…

— Qu'est-ce que c'est que ça ?

— Elle se trouve dans les Alpes suisses, dans un trou perdu. C'est très cher, mais ils accomplissent des miracles. Je connais un pilote de course qu'on disait paralysé à vie après un accident à Monte-Carlo. Il est reparti sur ses deux pieds après un séjour dans cette clinique. »

Le lendemain, Mike s'envola pour Zurich et prit la route jusqu'à un château biscornu dissimulé au creux d'une vallée pour y rencontrer le Dr Peterson, un homme d'apparence fragile, qui lui sembla bien incapable de provoquer le plus petit miracle.

C'était donc encore la même quête futile. Une impasse de plus. Mais puisqu'il avait fait tout ce chemin, il fit le tour de l'établissement en compagnie du fameux médecin. Il aperçut des gens âgés victimes d'attaque cérébrale qui adressaient au praticien des signes joyeux tout en s'escrimant à marcher à l'aide de béquilles ou d'un appareillage orthopédique. Il suivit le chirurgien dans une pièce où de jeunes enfants chantaient. À première vue on aurait pu croire qu'il s'agissait d'une chorale comme les autres, jusqu'à ce que Mike se rende compte que chaque petit chanteur souffrait d'un handicap : certains avaient le palais fendu, d'autres portaient des prothèses auditives, d'autres encore souffraient de paralysie faciale. Mais tous souriaient et parvenaient à émettre quelques notes.

Dans une autre aile du bâtiment, des victimes de la thalidomide s'affairaient avec leurs membres artificiels, souriant fièrement lorsqu'elles réussissaient à se mouvoir un peu grâce à une nouvelle prothèse pourtant encombrante. Mike sentit son humeur s'améliorer, sans comprendre vraiment pourquoi au début. Puis la raison lui parut soudain claire comme de l'eau de roche : le désespoir était absent et, quel que soit l'endroit où il portait le regard, il ne percevait que l'effort de réussir, la lutte pour atteindre l'impossible.

« Vous voyez, expliqua le Dr Peterson, chaque moment de la journée est consacré aux soins et à la guérison. Nous avons là un petit garçon dont les deux bras ont été accidentellement arrachés par un tracteur. Avec ses bras artificiels, il a appris à jouer de la guitare. Nous chantons tous les soirs à la veillée. De temps à autre, nous montons des pièces de théâtre et des ballets, qui font eux aussi partie du traitement. Mais il n'y a ni télévision ni radio.

— Pourquoi les couper ainsi du monde extérieur ? demanda Mike. Ne sont-ils pas déjà écartés de la vie normale par leur maladie ? »

Le chirurgien sourit :

« La clinique est un monde en soi. Un monde où chaque malade aide son prochain. Les nouvelles de l'extérieur ne parlent que de guerres, de conflits sociaux, de pollution et d'émeutes… Si les gens bien portants ne peuvent se plaire dans ce monde-là, pourquoi nos malades voudraient-ils surmonter des obstacles infranchissables à seule fin d'y retourner ? Et puis, un enfant né sans jambes et qui, appareillé, parvient à faire deux petits pas après six mois d'acharnement pourrait se décourager devant la violence ou l'indifférence témoignée par des gens nés avec plus de chance que lui. La clinique des miracles, c'est un univers fait d'espérance et de détermination à guérir. »

Mike était songeur.

« Mais il n'y a personne ici avec qui ma fille pourrait devenir amie. Vos malades sont tous très vieux ou… extrêmement jeunes !

— Quels amis rencontre-t-elle dans sa chambre d'hôpital à Rome ?

— Aucun. Mais elle n'est pas non plus entourée de malades et d'estropiés. »

Le Dr Peterson réfléchit.

« Quelquefois, la vue de plus déshérités que soi aide à guérir. Un garçon arrive ici avec un seul bras et en voit un autre sans bras du tout. Soudain, avoir un seul bras ne lui paraît plus la fin du monde. Et le garçon auquel manquent ses deux bras mettra un point d'honneur à aider celui né sans jambes. C'est comme cela que cela fonctionne ici.

— Une simple question, docteur Peterson : êtes-vous réellement persuadé que vous pourrez faire quelque chose pour ma fille ?

— Il faut d'abord que j'étudie son cas et le dossier établi par les médecins traitants, Nous n'acceptons personne que nous ne puissions soigner. Et malgré cela nous ne pouvons jamais promettre une rémission complète. »

Trois semaines plus tard, Mike affréta un avion et accompagna January à la clinique suisse. Il n'avait pas embelli la réalité. Il lui avait raconté ce qui l'attendait, la situation de certains malades. Mais au moins, là-bas, elle aurait une chance d'aller mieux. Il ne lui avoua pas que le Dr Peterson avait émis quelques réserves concernant une guérison totale.

Le village le plus proche était situé à huit kilomètres de la clinique. Il s'installa à l'auberge et y passa une semaine pour voir comment sa fille prenait les choses. Si elle ressentit jamais la moindre répulsion, elle ne le montra pas. Son sourire était toujours radieux et elle apprécia tout le monde dans l'établissement.

De retour en Californie, il s'empressa de terminer le tournage de son dernier film. C'était un navet que rien ne pouvait sauver. Mais il avait d'ores et déjà lancé la publicité relative à sa « rentrée à Broadway ». Les agents, les acteurs et les metteurs en scène commençaient à téléphoner. Chaque soir, il s'enfermait dans son bungalow de l'hôtel Beverly Hills et lisait des textes. Des projets tirés de pièces de théâtre déjà reconnues, de jeunes auteurs, des amateurs. Il lisait tout, y compris les épreuves de romans à paraître. Son attaché-case en était bourré quand il reprit l'avion pour la Suisse. January vivait à la clinique depuis deux mois. Elle s'exprimait à la perfection. Son bras droit était aussi robuste qu'avant l'accident. Mais sa jambe n'était pas guérie : elle marchait mieux, mais claudiquait encore.

Le film fut terminé en décembre. Mike laissa au metteur en scène le soin du montage et du mixage et s'en désintéressa. Après un long entretien avec son directeur financier, il vendit son avion et des paquets d'actions, mais refusa d'abandonner sa suite au Plaza.

À la veille de Noël, il s'envola pour la Suisse avec un supplément de bagages qui lui coûta cinq cents dollars, trois malles bourrées de jouets pour les enfants. Il offrit à January un électrophone et des trente-trois tours contenant les airs des comédies musicales à succès des dix dernières années.

Ils célébrèrent son dix-neuvième anniversaire dans la petite salle à manger de l'auberge. Elle jacassait à propos des disques : combien elle les aimait, combien elle regrettait d'avoir manqué les spectacles de l'année précédente. Puis son visage se fit sérieux et elle se pencha vers lui pour lui prendre la main.

« Tu sais quoi, la prochaine fois que tu viendras, je serai capable de danser avec toi. C'est une promesse.

— Vas-y doucement, dit-il en riant. Il y a longtemps que je n'ai plus dansé.

— Eh bien, entraîne-toi, parce que je compte sur toi. »

Elle sourit.

« Oh, je ne parle pas des trucs de discothèque. Mais peut-être bien une petite valse lente. Au moins, ça, c'est un objectif qui vaut le coup. »

Il acquiesça et parvint à sourire. Le matin même, il s'était longuement entretenu avec le Dr Peterson, qui s'inquiétait lui aussi de l'absence de progrès de la jambe de January. Le médecin avait suggéré d'appeler en consultation l'un des plus grands chirurgiens orthopédistes de Londres.

Quelques jours plus tard, Mike rencontra, en compagnie du Dr Peterson, sir Arthur Rylander, le spécialiste anglais. Après avoir examiné les radios, sir Arthur estima que l'os était mal ressoudé. La seule chance de guérison était de refracturer l'os et de réduire la fracture de nouveau.

Lorsque Mike en parla à January, elle n'hésita pas.

« Allons-y pour la fracture ! J'ai toujours pensé que porter un plâtre dans les Alpes était du dernier chic. Tu n'as pas fait un film comme ça, dans lequel les héroïnes étaient si belles dans leurs vêtements d'après-ski ?

— J'en ai tourné au moins trois, dit Mike en riant. Et toutes mes héroïnes se sont toujours rétablies. Enfonce-toi bien ça dans la tête. »

L'opération se déroula à l'hôpital de Zurich. Deux semaines plus tard, January était de retour à la clinique. Tous ceux qui étaient en mesure de le faire posèrent leur paraphe sur son plâtre, et le cran formidable manifesté par January encouragea son père à rentrer aux États-Unis armé d'une résolution nouvelle. Avec autant de courage, sa fille méritait un royaume à son retour.

Il alla en Californie, vida son bureau de la Century et se rendit aux courses de Santa Anita. Il prit un pari risqué et gagna cinq mille dollars. Cela ne le surprit pas vraiment, car il avait l'intuition que sa chance était de retour. Cette même nuit, il lut le script d'un jeune auteur et sut que c'était le bon. Il décida de le commanditer lui-même. De retour à New York, il fit installer des téléphones supplémentaires dans son appartement du Plaza, loua un somptueux bureau dans l'immeuble Getty et organisa une conférence de presse : Michael Wayne était de retour à Broadway !

Pendant les quelques mois qui suivirent, ce fut un déferlement d'énergie frénétique. Il y eut des pourparlers avec des décorateurs, des metteurs en scène et des acteurs, des interviews chez Sardi, des apparitions à la télévision, de rapides dîners au Danny's Hide-a-Way, pour se détendre avec les comédiens, un passage dans l'émission radiophonique de Long John Nebel, à laquelle il participa pendant la moitié de la nuit…

Son retour provoquait la même excitation que celui d'une superstar. La presse l'aimait bien. Son enthousiasme et son charme « bourru » étaient communicatifs et se propageaient à tout son entourage. Au début des répétitions, il se mit à envoyer des comptes rendus quotidiens à January. Il lui transmit le script, les articles des journaux, des descriptions des répétitions, et la tint informée du moindre détail de « leur » projet. La seule chose qu'il négligea de lui dire, c'était que la jeune première s'était installée chez lui juste après la première semaine des répétitions.

La pièce fut présentée en octobre à Philadelphie et reçut un accueil mitigé. Des modifications y furent apportées, la jeune première perdit deux de ses meilleures scènes et n'adressa plus la parole à Mike. Puis ce fut Boston, où l'accueil fut excellent. Trois semaines plus tard, la pièce fut présentée à New York au milieu d'une ovation délirante et de critiques meurtrières. L'avis général sur la pièce se résumait à « vieillotte », « lourdingue », « mal ficelée ». L'auteur passa à la télévision et déclara que Mike avait trahi l'esprit de son œuvre en escamotant toute sa dimension mystique. La jeune première passa à la télévision et déclara que l'auteur était un génie dont Mike avait dénaturé l'œuvre (elle avait déjà quitté le Plaza pour se mettre en ménage avec l'auteur).

Mike refusa de retirer le spectacle de l'affiche. Les rôles furent abrégés et payés au cachet minimum. Il engloutit encore deux cent mille dollars en panneaux sur les autobus et le métro, en pleines pages de publicité dans le *New York Times*, en placards dans les journaux spécialisés et dans l'hebdomadaire *Variety*, en annonces radiophoniques et spots de télévision. Il reproduisit les critiques de Boston sur des pages entières de journaux de banlieue. Il retapissa la salle et fit les choses en grand comme cela avait été le cas pour ses précédents succès. Il s'envola pour la Suisse et raconta à January que c'était un triomphe, que le spectacle se jouerait indéfiniment, porté simultanément par trois troupes en tournée au grand complet.

Deux mois plus tard, après une longue séance avec son conseiller financier, il fut obligé de fermer. Le marché était défavorable, mais il céda encore des titres en Bourse et arriva à la clinique des miracles en vainqueur pour le vingtième anniversaire de sa fille, transportant l'habituel excédent de bagages sous forme de cadeaux.

Et lorsque January entra dans le salon sans béquilles, toute trace de claudication disparue, il eut l'impression d'être le plus grand gagnant de tous les temps. Ses pas étaient certes lents et mesurés, mais elle marchait.

Il serra les dents et avala avec peine sa salive. Elle était si belle avec ses grands yeux noirs et ses longs cheveux répandus sur les épaules.

Puis elle se jeta dans ses bras, tous deux parlant et riant à la fois. Plus tard, après le dîner à l'auberge, elle lui demanda :

« Pourquoi m'as-tu raconté que le show était un succès ?

— Pour moi, c'était le cas ! Juste un peu trop bien pour le public.

— Mais c'est ton argent que tu as mis dedans…

— Et alors ?

— Eh bien, tu as subi trois bides au cinéma…

— Qui t'a dit ça ?

— *Variety*.

— Où diable as-tu dégoté *Variety* ?

— Tu l'as oublié ici la dernière fois que tu es venu. Le Dr Peterson me l'a remis en pensant que tu voudrais peut-être le récupérer. Je l'ai lu de A jusqu'à Z. Mais pourquoi m'as-tu raconté que ça avait été un triomphe ?

— C'en était un… à Boston. Écoute, oublie cette histoire. Parlons plutôt de choses importantes. Le toubib dit que tu pourras sortir dans six mois.

— Papa… »

Elle se pencha vers lui et le regarda dans les yeux.

« Tu te rappelles quand j'ai eu treize ans, tu m'as dit que c'était une nuit pas comme les autres. Eh bien, ce soir, je suis enfin sortie de l'adolescence. J'ai vingt ans. Je suis une grande fille, maintenant. Je sais que la clinique coûte plus de trois mille dollars par mois. Éric, le petit garçon qui m'a appris à jouer de la guitare, a dû retourner chez lui parce que c'était trop cher. Alors, j'ai pensé que…

— La seule chose à laquelle tu dois penser, c'est à ta guérison.

— Et en ce qui concerne l'argent ?

— T'inquiète, j'ai gagné de l'argent avec les films ratés ! J'avais un pourcentage sur le chiffre d'affaires, ma chérie. J'ai touché le maximum.

— C'est bien vrai ?

— C'est bien vrai. »

Il avait repris l'avion résolu à casser la baraque. Son entretien avec le Dr Peterson l'avait troublé. (« Monsieur Wayne, il faut que vous pensiez à l'avenir de January avec beaucoup de précaution. Elle est très attirante, mais en même temps extrêmement naïve. Elle parle de devenir actrice, ce qui est bien normal puisque vous êtes dans la partie. Mais il faut vous rendre compte à quel point elle a été protégée dans le petit monde de notre clinique. Elle doit se réintégrer lentement dans votre monde, ne pas être jetée dedans d'un coup. »)

Mike repensait à cette conversation. D'une manière ou d'une autre, il fallait qu'il se débrouille pour reconstruire un univers à lui offrir. Quand l'appareil fut pris dans les turbulences, la folle pensée lui vint qu'un accident d'avion arrangerait tout, jusqu'à ce qu'il se rappelle qu'il venait juste de résilier son contrat d'assurance-décès.

Un « tabac » à l'écran, c'était la seule solution. Peut-être qu'après la série noire le mauvais sort était rompu. De retour à Los Angeles, il se terra une fois de plus à l'hôtel Beverly Hills pour lire des scénarios et des synopsis. Assez curieusement, il en trouva un à son goût presque immédiatement. C'était le texte d'un auteur qui n'avait connu aucune grande réussite depuis dix ans. Mais dans les années 1950, il avait remporté succès après succès. Et il avait gagné suffisamment d'oscars pour s'en servir comme cale-portes. Ce texte lui en apporterait un de plus : tout y était, une intrigue amoureuse, de l'action, une course-poursuite effrénée. Il rencontra l'auteur et lui versa mille dollars pour conserver une option pendant un mois.

Puis il rendit visite aux dirigeants des grandes sociétés de production.

À sa grande surprise, il ne put décrocher un centime pour ce script qui n'intéressait personne. La réponse était la même partout. Le cinéma était en plein marasme. Un scénario ne valait plus rien. Évidemment, s'il avait acheté les droits d'un best-seller, on aurait peut-être pu reconsidérer la question. Mais des scénarios, on marchait dessus dans les studios…

Tout le monde semblait saisi d'une panique silencieuse. Des bouleversements survenaient un peu partout. De nouveaux directeurs étaient arrivés ; d'autres étaient partis. Dans certaines maisons de production, Mike ne connaissait même pas les nouveaux responsables. Les principaux producteurs indépendants refusèrent eux aussi de le soutenir. Ils craignaient que Mike ne leur fasse courir trop de risques et que l'auteur ne fût passé de mode. À la fin du mois, il lui fallut renoncer à son option. Trois jours plus tard, deux types d'une vingtaine d'années, dont la seule expérience était d'avoir monté un film soporifique l'année précédente, se précipitèrent pour reprendre l'option. Ils obtinrent aussitôt le financement d'une célèbre maison de production.

Mike retourna à New York en cherchant désespérément à quoi s'employer. Il investit cent mille dollars dans le show qu'un grand producteur avait commencé à travailler. Les ennuis débutèrent lorsque l'acteur principal démissionna pendant la seconde semaine des répétitions. L'avant-première en province fut un cauchemar, suivi de huit semaines d'hystérie, de bagarres, de changements d'interprètes, jusqu'à ce que Mike prenne la décision d'arrêter le spectacle sans même chercher à le présenter ailleurs.

Après cela, il consacra deux mois à investir de l'argent dans un projet de feuilleton télévisé. Il travailla avec les scénaristes, fit réaliser l'épisode « pilote » à ses propres frais et dépensa en tout plus de trois cent mille dollars. Les chaînes de télévision visionnèrent le résultat, mais ne s'y intéressèrent pas. Sa seule chance de récupérer une partie de ses fonds serait de le diffuser en bouche-trou au milieu de l'été.

Quelques semaines plus tard, il assista à la projection privée du film qu'il n'avait pu monter lui-même. La salle était bondée de jeunes gens barbus, vêtus de tee-shirts et aux cheveux longs jusqu'au-dessous des aisselles. Les filles ne portaient pas de soutien-gorge sous leur débardeur et leurs cheveux étaient soit entortillés dans une coiffure afro, soit longs et raides. Mike se sentit malade rien qu'à regarder le résultat : ils avaient bousillé un grand scénario. Le film commençait par la fin, foisonnait de flash-back et de flous prétendument artistiques. La grande scène d'amour était devenue un cauchemar psychédélique, filmé caméra à l'épaule, à la mode ridicule du *cinéma-vérité*[1]. Évidemment, il était difficile de s'en sortir avec les veaux de cette lamentable époque qui se faisaient appeler comédiens. Les somptueux visages comme ceux de Garbo ou Crawford et les grands acteurs comparables à Gable ou Bogart n'étaient pas légion. Aujourd'hui le monde appartenait aux Affreux. C'était l'impression qu'il avait et il n'arrivait pas à en comprendre la raison.

Une semaine plus tard, il fut invité à l'avant-première dans la 86e Rue. La même faune était présente, accompagnée cette fois d'un public d'étudiants et de jeunes

1. En français dans le texte.

cadres travaillant dans la publicité. Le film fut acclamé par les spectateurs. Trois semaines plus tard, il battit les records de recettes dans tout le pays à l'occasion de sa sortie dans les circuits d'exploitation. Cela porta un coup dur à Mike. Apparemment, il n'était même plus capable de discerner le bon grain de l'ivraie. En tout cas pas pour le public actuel. Dire que, trois ans plus tôt, c'était lui qui faisait la pluie et le beau temps à Hollywood ! Les maisons de production lui faisaient alors confiance. Et, plus important, il croyait en lui-même.

Il était temps de passer la main. Mike Wayne avait fait son temps. Comment la mystérieuse alchimie avait-elle cessé aussi rapidement ? Il n'avait pas changé d'apparence et ses opinions étaient les mêmes qu'autrefois. Peut-être que l'explication était là : il n'avait pas suivi le mouvement, le triomphe du nu, les pièces et les films dépourvus d'intrigue, la nouvelle folie de l'unisexe.

Tant pis. Il avait cinquante-deux ans. Il avait savouré ses heures de gloire et le plaisir de pouvoir arpenter Broadway sans s'inquiéter d'être dévalisé. Il avait connu New York à l'époque des boîtes de nuit et des brochettes de jolies filles, pas celle des films pornos et des salons de massages spéciaux. Ce qui l'attristait plus que tout : c'était ce monde-là qui attendait sa fille.

Mike était assis dans le salon VIP et fixait le ciel gris. C'est à travers cette chape de plomb que January volait vers lui. Il lui avait toujours promis un monde brillant et ensoleillé. Eh bien, nom de nom, il tiendrait sa promesse !

L'hôtesse souriante était de retour. Elle lui annonça que le vol numéro sept était sur le point d'atterrir.

Il avait pris des dispositions pour que January soit accueillie avec les honneurs de l'aéroport. Un fonctionnaire l'attendrait pour lui faciliter le passage à la douane. Que diable une gosse qui venait de passer trois ans dans les hôpitaux pourrait bien avoir à déclarer ? Il sortit de la salle et ne s'aperçut même pas que l'hôtesse s'était levée d'un bond derrière son comptoir pour lui dire au revoir. En temps normal, il y aurait été sensible, parce que c'était une jolie fille. Mais, pour la première fois de sa vie, Mike Wayne avait peur.

Il la repéra au moment où elle entrait dans l'aéroport. Nom d'un chien, personne n'aurait pu la manquer !! Grande, bronzée, de longs cheveux flottants, elle aurait retenu son attention même sans être sa fille. Elle ne semblait pas remarquer les hommes qui se retournaient sur son passage. Un petit bonhomme trottinait à côté d'elle pour suivre ses longues enjambées, pendant qu'elle scrutait les lieux. Alors elle vit Mike et soudain il se trouva enveloppé, étouffé, couvert de baisers, et elle riait et pleurait tout à la fois.

— Oh, papa, tu es superbe ! Est-ce que tu te rends compte que je ne t'avais pas vu depuis le mois de juin ? Oh, mince ! Qu'est-ce que c'est bon de revenir chez soi, en ta compagnie.

— Tu es en beauté, mon poussin.

— Et toi, donc ! Et… Oh… Voici M. Higgens.

Elle se retourna pour présenter le petit bonhomme.

— Il a été si gentil avec moi. Je n'ai même pas eu à ouvrir mon sac ni…

Mike échangea une poignée de main avec le douanier et reprit le sac de sa fille.

— Je vous remercie infiniment, monsieur Higgens. Si vous voulez bien me dire où se trouve le reste des bagages de ma fille, je les ferai porter jusqu'à la voiture.

— C'est tout ce qu'il y a, monsieur Wayne. Tout le plaisir était pour moi. Et je suis enchanté d'avoir fait votre connaissance, mademoiselle Wayne.

Il leur serra la main et disparut dans la foule. Mike soupesa le sac de voyage.

— C'est tout ce que tu as ?

— Eh oui ! Mon plus bel ensemble, je l'ai sur le dos… Il te plaît ?

Elle s'écarta pour virevolter.

— Je l'ai déniché à Zurich. On m'a dit que tout le monde portait des tailleurs-pantalons, aujourd'hui. Et cet ensemble en daim m'a coûté la bagatelle de trois cents dollars.

— Il est splendide. Mais…

Il baissa les yeux sur le petit sac.

— Tu n'as rien d'autre ?

Elle rit.

— Oh ! c'est bourré de vêtements. J'ai trois jeans, une paire de chemises pastel, quelques pull-overs, des espadrilles et… et une somptueuse nuisette que j'ai achetée à Zurich. Je n'avais plus d'argent, sinon j'aurais acheté le déshabillé assorti. Mais à part cette légère omission, je suis parée pour toutes les circonstances.

— Nous t'achèterons de quoi t'habiller demain.

Elle glissa le bras sous celui de son père tandis qu'ils se dirigeaient vers la sortie.

— J'ai vu tellement de longueurs de jupe différentes dans l'avion. Mike, que portent les gens au juste ?

— Mike ? s'étonna-t-il. Et alors, où est passé le vieux papa ?

— Oh ! tu es trop beau pour que je t'appelle papa. Tu es superbe, tu sais. J'aime les pattes que tu t'es laissé pousser et plus encore le fait qu'elles grisonnent.

— Elles blanchissent ; et je suis un vénérable vieux monsieur.

— On en reparlera. Eh, regarde cette fille qui porte une robe indienne. Penses-tu qu'elle est costumée pour un spectacle ou quelque chose de ce genre-là, avec le bandeau, les nattes et tout le reste ?

— Allez, tu sais bien que les gens s'habillent de manière farfelue par les temps qui courent, dit-il.

— Comment le saurais-je ? Tous mes compagnons portaient des peignoirs.

Il s'arrêta brusquement et la regarda.

— Dieu du ciel, c'est vrai ! Pas de télévision, rien ?

— Non, rien du tout.

Il l'entraîna à l'extérieur vers la voiture.

— Eh bien, par les temps qui courent, tout le monde s'habille comme pour aller à un bal masqué. Je veux dire, les gosses de ton âge.

Mais January n'écoutait pas. Elle contemplait la voiture et émit un sifflement sourd.

— Oh là là ! je suis impressionnée.

— Tu es déjà montée dans une limousine, voyons.

— J'ai passé ma vie là-dedans. Mais ça, ce n'est pas une limo, c'est un carrosse.

Elle lui dédia un sourire appréciateur.

— Une Rolls-Royce Silver, le seul moyen de locomotion convenable pour une jeune fille.

Elle grimpa à l'intérieur et opina.

— Super beau ! Uniforme de chauffeur assorti aux banquettes, bar, téléphone, toutes les commodités indispensables *si* vous êtes Mike Wayne.

Elle l'entoura de ses bras.

— Oh, papa, je suis tellement contente pour toi !

Elle s'enfonça dans la banquette pendant que la voiture se dirigeait silencieusement vers la sortie de l'aéroport. Elle s'exclama :

— C'est tellement formidable d'être de retour ! Si seulement tu savais combien de fois j'ai rêvé de cet instant.

Même quand je croyais que peut-être il n'arriverait jamais plus, je continuais à faire ce rêve, celui de *marcher* vers toi, de nous retrouver ensemble à New York. Et tout se passe précisément comme je l'avais imaginé. Tout est exactement pareil.

— Tu te trompes, ma chérie, rien n'est plus pareil. À commencer par New York.

Elle pointa du doigt la circulation alors que la voiture empruntait la voie rapide.

— Ça, en tout cas, ça n'a pas changé. Et j'aime tout : les embouteillages, le bruit, la foule, même la pollution. C'est tout simplement merveilleux après toute cette neige hygiénique en Suisse. Je meurs d'impatience d'aller au théâtre avec toi. Je veux me promener dans Shubert Alley, voir les fourgonnettes sortir de l'immeuble du *Times*. J'ai envie d'encrasser mes jolis poumons trop proprets.

— Cela ne va pas tarder. Mais tout d'abord, nous avons une foule de choses à rattraper.

Elle se blottit contre lui.

— Ah ça oui. Je veux m'asseoir à notre table chez Sardi ; je meurs d'impatience de voir *Hair* ; je veux descendre la Cinquième Avenue, faire du lèche-vitrine. Mais ce soir, tout ce dont j'ai envie, c'est qu'on reste à la maison et qu'on se retrouve ensemble comme autrefois devant du caviar et du champagne. Je sais bien que ce n'est pas un anniversaire, mais tu conviendras que c'est quand même une occasion qui le mérite ! Et par-dessus tout, je veux connaître tous les détails sur ton film à succès !

— Mon film à succès ? Qui t'a dit ça ?

— Personne. Mais je sais comment tu procèdes. Quand j'ai reçu toutes ces cartes postales d'Espagne, l'été dernier, remplies de mystérieuses allusions à un nouveau grand projet… eh bien, j'ai compris que ça devait être un film et que tu avais peur que cela te porte malheur de m'en parler. Mais maintenant, quand je vois tout ça…

Elle fit un signe de la main.

— Allez, vas-y, raconte-moi.

Il la regarda, cette fois sans sourire.

— C'est toi qui vas *me* dire quelque chose. Es-tu encore une dure à cuire ? Parce que tu vas te rendre compte que bien des choses ont changé et que…

— Nous sommes ensemble, dit-elle. Et tant que cela ne changera pas, rien d'autre n'aura d'importance. Maintenant dis-moi : est-ce un film ou une pièce ? Et puis-je travailler avec toi ? À n'importe quel poste, figurante, scripte, balayeuse…

— January, ne t'est-il jamais venu à l'esprit qu'il existait des choses plus essentielles dans la vie que le théâtre et la perspective de me coller aux basques ?

— Cite-m'en une !

— Eh bien, trouver le garçon idéal, te marier, faire de moi un heureux grand-père.

Elle rit.

— Pas avant longtemps ! Écoute, pour commencer, tu es assis à côté d'une femme qui a consacré trois années entières à réapprendre à parler et à marcher.

Elle se pencha pour lui caresser tendrement le visage.

— Oh, Mike…

Elle sourit de bonheur.

— Je veux faire toutes les choses que nous avons toujours rêvé de faire ensemble.

— Parfois, nous changeons nos rêves, dit-il. Ou, plutôt, je devrais dire que nous les échangeons.

— Parfait. Qu'est-ce que tu as en tête ?

— Bon, comme tu sais, j'étais en Espagne, dit-il lentement. Mais ce n'était pas pour un film.

— Un feuilleton de télé, dit-elle. C'est de ça qu'il s'agit ! Pas vrai ?

Il regarda à travers la vitre, pesant ses mots.

— J'ai joué plusieurs coups dans ma vie et celui-ci est sans doute le meilleur. J'ai une grande surprise à te faire. Ce soir, tu vas…

Elle lui coupa la parole.

— Oh, Mike, s'il te plaît, pas de surprise ce soir. Juste toi et moi et le champagne. Si tu savais depuis combien de temps je rêve de me retrouver avec toi dans notre suite au Plaza, à admirer le parc et la colline où je faisais toujours des vœux quand j'étais petite, et à lever mon verre à…

— Est-ce que le Pierre te conviendra ?

— Qu'est-ce qui est arrivé au Plaza ?

— Le maire Lindsay en a fait cadeau aux pigeons.

Elle sourit, mais il lut la déception dans ses yeux.

— La vue est quasiment la même, s'empressa-t-il d'ajouter. Mais j'ai peur qu'il ne te faille renoncer à la colline de ton enfance. Les ivrognes et les détritus se la sont appropriée. Ils la partagent avec quelques gros chiens qui y font leurs besoins. Tout le monde a un gros chien, maintenant. Pas par amour des bêtes, mais pour sa sécurité.

Il sentait bien qu'il parlait trop. Il se tut pour admirer l'horizon de gratte-ciel qui se rapprochait, la beauté irrégulière des immeubles enveloppés de brouillard. Des lumières commençaient à scintiller par de petites fenêtres carrées. Le soir tombait sur New York.

Puis la première ligne de gratte-ciel disparut et ils débouchèrent au cœur de la circulation new-yorkaise. Comme ils descendaient la 60e Rue, Mike interpella le chauffeur :

— Arrêtez-vous devant ce bureau de tabac qui fait le coin en face de Bloomingdale.

Mike sauta de la voiture avant même que le chauffeur n'ait eu le temps de sortir pour lui ouvrir la porte.

— Je suis à court de cigarettes, expliqua-t-il. Vous ne pouvez pas vous garer ici en double file. Faites le tour du pâté de maisons avec Mlle Wayne. Je serai ressorti d'ici votre retour.

Il était au coin de la rue quand la limousine arriva dans le virage. Il alluma une cigarette une fois installé à l'intérieur. Soudain, il tendit le paquet à sa fille comme pour réparer un oubli.

— Tu fumes ?

— Non, merci. Mais as-tu vraiment…

— Est-ce que j'ai quoi ?

— Donné ton coup de fil ?

— Quel coup de fil ?

Elle rit.

— Oh, Mike… Il y a une cartouche pleine dans le compartiment du bar de la voiture.

Sa mâchoire se serra.

— D'accord, qui ai-je donc appelé ?

Elle glissa le bras sous le sien.

— Tu as commandé le caviar et le champagne. Rien qu'à voir ton visage, je savais que tu avais oublié.

Il soupira.

— Peut-être que j'ai oublié bien des choses.

Elle lui posa les doigts en travers des lèvres.

— Dis-moi seulement une chose. Est-ce que j'avais deviné juste, pour ce coup de fil ?

— Ben oui, tu as deviné juste.

La voix de January se fit anormalement douce.

— Mike, tu n'as rien oublié du tout…

Quand elle ouvrit les yeux, elle crut qu'elle se trouvait toujours à la clinique. Pourtant les ténèbres de la pièce ne lui étaient pas familières ; les silhouettes sombres des meubles étaient différentes. Alors elle comprit qu'elle se trouvait dans sa nouvelle chambre au Pierre. Elle alluma la lampe de chevet. Minuit. Cela signifiait qu'elle avait seulement dormi deux heures. Elle s'étira et contempla la pièce, vraiment somptueuse. Elle n'avait pas l'impression d'être à l'hôtel. La suite était spacieuse et luxueuse, plus vaste encore que toutes celles que Mike avait habitées par le passé. Il lui avait expliqué que l'hôtel louait des appartements en copropriété et que certains sous-louaient leurs suites. Eh bien, les propriétaires de cette suite-là avaient vraiment bon goût. Le salon lui avait paru si beau quand elle était entrée : chandelles, caviar et champagne dans la glace, avec la pénombre veloutée du parc qu'elle apercevait par la fenêtre, bien des étages en dessous…

Ils s'étaient mutuellement porté un toast et avaient dégusté le caviar… Une seule coupe de champagne avait suffi à la rendre somnolente et Mike s'en était aperçu immédiatement.

« Écoute, mon poussin. Ici il n'est que neuf heures du soir, mais en Suisse il est deux ou trois heures du matin. Tu vas filer droit au lit. Moi, je vais faire un petit tour, acheter les journaux, regarder un peu la télévision et me coucher de bonne heure, aussi.

— Mais nous n'avons pas encore parlé de toi… de ce que tu fais en ce moment, ni rien de tout ça !

— Demain. »

Sa voix était impérative.

« Rendez-vous au salon à neuf heures. Nous prendrons notre petit déjeuner ensemble et nous discuterons de plein de choses.

— Mais Mike…

— Demain ! »

De nouveau, cette intonation bizarre dans la voix. Presque tranchante. Une sécheresse inattendue et inédite. Comme avec ce reporter, dans le hall, qui les avait pris en photo. Il avait pourtant l'air d'un gentil jeune homme. Il les avait suivis jusqu'à l'ascenseur et avait demandé :

« Dites-moi, monsieur Wayne, quel effet cela fait-il à votre fille d'être... »

Mais sa phrase était restée en suspens. Mike Wayne avait poussé January dans l'ascenseur et lancé :

« Tire-toi ! Ce n'est pas le bon moment pour une interview. »

Maintenant qu'elle repensait à l'incident, tout cela ressemblait bien peu à son père. La publicité avait toujours été partie intégrante de sa vie : à neuf ans, elle avait même fait la couverture d'un magazine avec lui. Aussi avait-elle ressenti de la pitié pour le photographe.

Quand elle s'en était ouverte à son père, il avait haussé les épaules.

« Cela date de Rome, je pense. Je ne peux plus sentir ces types qui prennent des photos pour des revues professionnelles, mais que l'on retrouve ensuite n'importe où, dans n'importe quel magazine à deux sous. Je suis tout à fait d'accord pour organiser une interview ou poser pour un photographe en vue d'illustrer un reportage. Mais je n'aime pas ces types planqués derrière les portes et qui vous sautent dessus.

— Mais il attendait dans le hall. Il avait l'air sympathique.

— N'y pense plus. »

Il avait déjà eu cette intonation résolue exprimant une froide détermination. Ensuite, il avait débouché le champagne. Lorsqu'elle avait levé son verre en disant « À nous ! » il avait secoué la tête.

« Non. *À toi* ! C'est ton tour, maintenant, et je ne suis là que pour te voir le vivre… »

Elle était couchée dans le noir. Elle avait encore une longue nuit devant elle. Il fallait qu'elle essaie de se rendormir. Mais elle était bien réveillée et elle avait soif. Le caviar lui donnait toujours soif. Elle se leva pour gagner la salle de bains. L'eau du robinet était tiède. Elle décida de renoncer et de retourner au lit. Elle brancha la radio de chevet sur un programme musical. Elle allait sombrer dans le sommeil quand elle entendit un flash publicitaire dans lequel un présentateur enthousiaste vantait une nouvelle boisson gazeuse sans sucre. À l'entendre faire l'article pour son maudit soda, elle ressentit soudain le besoin impératif d'avaler un verre d'eau fraîche !

Elle quitta son lit. La suite comportait une grande cuisine. Elle y trouverait de la glace… Elle se précipita vers la porte, mais s'arrêta : elle n'avait pas de robe de chambre, que sa courte nuisette transparente sur le dos. Avec précaution, elle ouvrit la porte de la chambre et appela :

— Papa ?

Le salon était vide. Elle sortit sur la pointe des pieds et scruta l'obscurité de la salle à manger, le bureau, le long corridor vers la cuisine. Mike lui avait dit qu'il y avait une chambre pour le personnel, mais l'appartement était vide. Elle se dirigea vers la chambre de son père et frappa à la porte. Puis elle la poussa. Vide. L'espace d'une seconde, cela la fit penser à Rome… et à Melba ! Mais il ne lui aurait pas fait ce coup-là, pas pour sa première nuit à la maison. Il était sans doute allé faire un tour et avait dû tomber sur des amis.

Elle entra dans la cuisine. Le réfrigérateur était bourré de Coca-Cola, de 7Up, de *ginger-ale* ainsi que de toutes les variétés existantes de sodas sans sucre. Elle se versa un verre de Coca et revint au salon. Elle contempla le parc. De petites lumières scintillantes le faisaient ressembler à un arbre de Noël. Il était impossible de croire qu'il y ait quoi que ce soit de dangereux dans cette pénombre douce.

Soudain, elle entendit le déclic d'une clé dans la serrure. Son premier mouvement fut de courir à la rencontre de son père. Puis elle considéra sa chemise de nuit. Il était ridicule de sa part d'avoir acheté quelque chose d'aussi court et transparent. Mais après trois ans de pyjamas de flanelle, cette nuisette diaphane avait pris des allures de symbole, celui de la guérison et du retour à la vie normale. Elle lui demanderait de garder les yeux fermés et de lui prêter une de ses robes de chambre.

La porte s'ouvrit et elle entendit une voix féminine. Seigneur ! Il n'était pas seul. Elle regarda désespérément en direction du salon. Si elle voulait regagner sa chambre, il lui fallait traverser le vestibule, donc se retrouver nez à nez avec eux. La porte la plus proche donnait sur la chambre de Mike. Elle s'y glissa à l'instant même où ils entraient dans le salon. La chambre était dans le noir. Mince… où était donc la lumière ? Elle tâtonna le long du mur pour dénicher le commutateur.

— Mike, je trouve parfaitement absurde de devoir entrer ici subrepticement.

La voix de la femme était vive.

— Après tout, ce n'est plus une enfant.

— Dee… – sa voix à lui était ferme, mais enjôleuse : Il faut que tu comprennes. Pendant trois ans, elle n'a pensé qu'à la façon dont elle voulait passer la première soirée de son retour…

Sa compagne lâcha un soupir.

— Et qu'est-ce que tu crois que j'ai éprouvé quand tu m'as appelée pour me demander de déguerpir de l'appartement, après tout le mal que je m'étais donné pour me procurer le meilleur caviar et la bonne marque de champagne. Ce devait être la soirée où je la rencontrais. Au lieu de ça, je me suis vu congédier comme une quelconque choriste. Dieu merci, j'ai réussi à mettre la main sur David. Nous avons attendu dans ce bar du Sherry pendant des heures. Je suis sûre que je l'ai arraché aux bras de quelque jolie jeune fille…

— Viens, dit Mike doucement.

Il y eut un silence et January comprit qu'il embrassait la femme. Elle ne savait que faire. Ce n'était pas bien de rester ainsi dans l'ombre à écouter. Si seulement elle avait une robe de chambre !

Son père parlait doucement.

— January et moi prendrons le petit déjeuner ensemble demain matin. Je veux avoir une longue conversation avec elle avant que vous vous rencontriez. Mais crois-moi, j'ai eu raison de procéder comme je l'ai fait ce soir.

— Mais Mike…

— Pas de mais. Viens, nous n'avons déjà perdu que trop de temps.

La femme rit.

— Mike, tu as massacré ma coiffure. S'il te plaît, sois un amour et va me chercher mon sac… Je l'ai laissé sur la table, près de l'entrée.

January était pétrifiée. Ils étaient sur le point d'arriver dans la chambre à coucher ! La porte s'ouvrit et la lumière jaillit soudain. La femme venait de tourner le commutateur. Pendant un instant, elles se dévisagèrent. Pour une raison indéterminée, January eut l'impression de la reconnaître. Elle était grande et mince, les cheveux laqués, une peau incroyablement belle. C'est la femme qui reprit la première ses esprits

— Mike, viens donc par ici. On dirait que nous avons de la visite !

January ne bougea pas. Elle n'appréciait guère l'étrange sourire de la femme, comme si elle tenait la situation bien en main et savait parfaitement comment elle allait jouer la prochaine scène.

La première réaction de Mike fut la surprise. Puis ses yeux prirent une expression que January ne leur avait jamais vue auparavant. Contrariée. Quand il prit la parole, ce fut d'une voix glaciale :

— January, que diable es-tu en train de fabriquer dans notre chambre ?

— Je... j'étais en train de boire un Coca-Cola, dit-elle en désignant de la main le salon où elle avait laissé son verre.

— Mais que faites-vous dans le noir et sans votre verre ? demanda la femme.

January regarda son père, espérant qu'il mettrait un terme à cette abominable scène. Mais il se tenait près de la femme, attendant la réponse.

Elle avait la gorge sèche.

— J'ai entendu la porte, et des voix...

Les mots sortaient à grand-peine.

— Je n'avais pas de robe de chambre, alors je me suis faufilée dans ta chambre.

C'est alors que Mike et Dee remarquèrent la chemise de nuit transparente. Son père marcha promptement jusqu'à la salle de bains et revint avec l'une de ses propres vestes d'intérieur. Il la lui jeta en détournant les yeux. Elle l'enfila avec difficulté et se dirigea vers la porte. La voix douce de la femme la rappela :

— Un instant, January... Mike, tu ne peux pas laisser repartir ta fille sans nous avoir présentées.

January garda le dos tourné, immobile, dans l'attente qu'on la libère.

— January – la voix de son père parut soudain soucieuse : Je te présente Dee.

January se força à faire un léger signe de tête en direction de la femme.

— Oh ! Écoute, Mike, ce n'est vraiment pas une manière correcte de me présenter, dit la femme en passant le bras sous celui de son père.

Mike regarda sa fille et dit tranquillement :

— January, Dee est mon épouse. Nous nous sommes mariés la semaine dernière.

Elle s'entendit les féliciter. Ses jambes pesaient des tonnes, mais elle parvint, Dieu sait comment, à traverser le salon et à se réfugier dans sa propre chambre. C'est à ce moment-là seulement que ses genoux se mirent à trembler. Elle se précipita dans la salle de bains et vomit violemment.

2

Elle passa le reste de la nuit assise près de la fenêtre. Rien d'étonnant à ce que cette femme lui ait semblé familière. Deirdre Milford Granger n'était pas n'importe qui. On disait qu'elle était à la tête de la sixième fortune du monde ! Personne ne savait précisément si c'était vrai. De toute évidence, cette étiquette avait été façonnée par quelque journaliste, et elle était restée dans les mémoires. Les filles chez Mlle Haddon faisaient toutes sortes de plaisanteries au sujet de ce titre de gloire chaque fois que sa photo paraissait dans un journal ou une revue. À l'époque, les mariages successifs de Deirdre défrayaient la chronique : il y avait eu d'abord un chanteur d'opéra ; puis un écrivain, suivi d'un styliste célèbre. Cette dernière union avait fait la couverture de *Vogue* du temps de January. Le mari avait perdu la vie quatre ans plus tard dans un accident de voiture à Monte-Carlo. Des reportages photographiques de l'enterrement avaient montré Deirdre vêtue de noir, jurant en sanglotant que le défunt était le seul homme qu'elle ait jamais aimé, et qu'elle ne se remarierait jamais plus. Malencontreusement, elle semblait avoir changé d'avis…

Ou alors, c'était Mike qui l'avait fait changer d'avis ! Évidemment ! C'était elle, son nouveau grand projet.

Toutes ces cartes postales d'Espagne… Dee possédait une villa à Marbella – January l'avait lu dans *Vogue*. Dee disposait aussi d'une propriété à Palm Beach où elle entretenait quarante domestiques – January l'avait lu dans *Ladies' Home Journal*. Et son yacht en rade de Cannes – on en avait parlé dans la presse quand Karla avait été invitée à une croisière par Dee.

Karla avait quitté le milieu du cinéma en 1960. Elle vivait encore plus retirée du monde que Greta Garbo ou Howard Hughes. De sorte que son apparition sur un yacht avait donné matière à un article dans le magazine du *Times*. Toutes les filles chez Mlle Haddon étaient fans de la vedette polonaise. En 1963, January avait atteint le sommet de sa gloire au pensionnat quand son père avait proposé un million de dollars à la grande Karla pour qu'elle sorte de sa retraite. Celle-ci ne s'était pas donné la peine de répondre, mais Mike en avait retiré une immense publicité. Plus tard, son père lui avait avoué que l'un des grands rêves de sa vie aurait été de rencontrer la grande Karla. À n'en pas douter, il allait la rencontrer, maintenant. Si ce n'était déjà fait.

Ainsi, le nouveau grand projet, c'était Deirdre Granger ! Dans le genre poupée de porcelaine, Dee était belle. Mais elle paraissait fragile et exsangue. Mike était-il vraiment amoureux d'elle ? Elle semblait si froide, si peu capable d'offrir de la tendresse. Mais c'était peut-être là son côté fascinant. Mike avait toujours aimé relever les défis.

Elle demeura assise à la fenêtre jusqu'à ce que filtrent les premiers rayons de l'aube. Elle observa le ciel noir qui virait au gris, sachant que les rayons du soleil commençaient à escalader les grands immeubles résidentiels du haut de la Cinquième Avenue. Tout n'était que silence – ce moment indéfini entre la nuit et le jour.

Elle enfila un jean, un pull et des tennis et se glissa hors de l'appartement. Le liftier la salua d'un signe à mi-chemin entre un hochement de tête et un bâillement. Le réceptionniste la regarda d'un œil manifestement indifférent. Un homme en combinaison de travail lessivait le dallage de l'entrée et s'interrompit pour la laisser passer.

À cette heure-ci, New York était encore une ville aux contours vagues, désertée, abandonnée, comme inhabitée. Dans la lumière grise du petit matin, les rues semblaient curieusement immaculées. Elle se dirigea vers le Plaza et demeura un long moment les yeux levés vers la suite d'angle. Puis elle traversa la rue et pénétra dans le parc. Une femme déguenillée, vêtue d'un pardessus d'homme, fouillait une poubelle. Ses énormes jambes étaient enveloppées de chiffons sales. Des ivrognes dormaient sur les bancs, des bouteilles d'alcool vides brisées à leurs pieds. D'autres somnolaient dans l'herbe, en chien de fusil.

Elle marchait à grands pas vers le zoo, en direction du carrousel. Le soleil se frayait un passage à travers le brouillard et s'appliquait à dégager le ciel. Deux jeunes gens en survêtement passèrent près d'elle au petit trot. Les pigeons se mirent à picorer l'herbe en quête de leur petit déjeuner. Un écureuil vint à elle, les pattes tendues, ses petits yeux brillants quémandant une noisette. Elle haussa les épaules en montrant ses mains vides et il décampa. Trois jeunes Noires à bicyclette la saluèrent en faisant le signe de la paix. Elle continua à marcher. Les ivrognes endormis commencèrent à remuer. Une femme entra dans le parc, un vieux teckel dans les bras. Elle le posa à terre avec précaution en disant :

— Allez, mon chéri, fais ton petit caca…

Ni la femme ni le chien ne regardaient January. L'animal s'exécuta, la femme le félicita, le reprit dans ses bras et quitta le parc.

Les ivrognes s'efforçaient désormais de tenir debout. Ceux qui titubaient étaient soutenus par les autres. Soudain le parc fut envahi de chiens : un promeneur professionnel en tenant en laisse six de toutes races ; un homme avec un schnauzer ; une femme en bigoudis avec un cocker grassouillet.

Ce parc, qui lui avait semblé tapissé de velours la nuit dernière, paraissait maintenant hostile et crasseux. Le soleil dirigeait ses projecteurs sur les canettes de bière, les tessons de bouteilles, les emballages gras de sandwichs. Une brise secouait les arbres, et les soupirs des feuilles tourbillonnant vers leur mort créaient une ambiance déchirante qui contrastait avec les beuglements tonitruants des énormes autobus. Sous les bruits des klaxons, le monstre de pierre s'était réveillé.

Désormais c'était au tour des enfants d'arriver au parc. Des bambins en poussette conduits par de jeunes mères pâles et lasses. Parfois un vieux chien se traînait derrière, sa laisse attachée aux poignées, évoquant avec jalousie les jours heureux où c'était lui le principal centre d'intérêt de la famille. Des mères emmenaient vers l'aire de jeux des landaus dans lesquels sommeillait un nourrisson tandis que l'aîné âgé de deux ans était périlleusement perché au-dessus des roues.

Et puis ce fut au tour de l'escadron de la Cinquième Avenue : un défilé d'élégants landaus anglais où des couvertures en pure soie brodées de monogrammes dissimulaient de minuscules nouveau-nés. Des nurses en uniforme empesé poussaient ces fringants attelages vers les bancs les plus proches, où elles se retrouvaient pour bavarder pendant que somnolaient leurs petits protégés.

January les regardait avec envie. Ces petits fétus d'hommes qui se sentaient chez eux dans ce parc. Ils appartenaient à cette ville. Chacun y avait une identité, un nom, un foyer. Elle marchait à l'aventure et se rendit compte que ses pas la menaient vers la colline des vœux. Un si petit monticule qui pourtant, dans son enfance, lui paraissait aussi haut qu'une montagne. À cinq ans, elle s'était triomphalement hissée jusqu'au sommet et son père avait levé son bras en signe de victoire, en lui disant :

« Maintenant, cette colline est à toi. Ferme les yeux et fais un vœu… et il se réalisera. »

Elle avait silencieusement demandé une poupée. Il l'avait emmenée ensuite prendre un chocolat chez Rumpelmayer et, en partant, lui avait acheté la plus grande poupée du magasin. Depuis ce jour, la colline était restée à ses yeux chargée de pouvoirs.

Mais aujourd'hui la colline lui paraissait si désolée et vilaine. Elle piétinait les feuilles mortes en la gravissant. Elle s'assit, les genoux pliés sous le menton, serra les bras autour d'elle et ferma les yeux. Curieusement, les sons de la vie aux alentours étaient soudainement intensifiés : le vacarme de la circulation, les aboiements des chiens dans le lointain… Puis elle entendit des feuilles crisser et comprit que quelqu'un approchait. Toutes les histoires de violence qu'on lui avait racontées lui revinrent en mémoire. Cette personne tenait peut-être un couteau. Elle ne bougeait pas. Peut-être que, si elle gardait simplement les yeux fermés, tout serait terminé. Rapidement et sans douleur.

— January…

Son père se dressait à côté d'elle. Il lui tendit la main pour l'aider à se relever.

— C'est la troisième fois que je repasse devant la colline des vœux depuis une demi-heure, dit-il. Je savais bien que tu y viendrais.

Il lui prit le bras et la conduisit vers la sortie. Ils traversèrent la rue et s'arrêtèrent devant l'Essex House.

— Le café est buvable, ici. Viens, prenons le petit déjeuner.

Sans parler, ils prirent place dans la salle à manger impersonnelle, sans toucher aux œufs servis devant eux. Brusquement il lança :

— Bon, ça va ! Fâche-toi ! Mais, par pitié, dis quelque chose.

Elle allait lui répondre, mais le maître d'hôtel surgit et demanda si les œufs n'étaient pas à leur goût.

— Non. Nous n'avons simplement pas faim, dit Mike. Remportez-les et laissez seulement le café.

Il attendit que le garçon s'éloigne, puis se tourna vers elle.

— Pourquoi le parc ? Seigneur, pourquoi ? Tu aurais pu te faire assassiner !

— Je n'arrivais pas à dormir.

— Moi non plus ! Et même Dee. Elle a dû avaler un deuxième somnifère. Personne ne va se promener dans New York à l'aube ! J'ai passé la nuit assis, à guetter le matin. J'ai bien dû griller deux paquets de cigarettes entre-temps…

— Tu ne devrais pas, dit-elle d'une voix sans timbre. Les cigarettes sont mauvaises pour la santé.

— Écoute, laisse tomber ma santé pour l'instant. Bon sang, quand j'ai trouvé ta chambre vide, je suis devenu fou. Dee s'est réveillée juste au moment où j'allais appeler la police. Elle a réussi à me calmer, elle a pensé que tu étais sans doute sortie faire un tour pour reprendre tes esprits. C'est alors que je me suis souvenu de la colline des vœux.

Elle ne réagit pas et il tendit la main pour prendre la sienne.

— January, il faut que nous parlions.

Comme elle ne répondait toujours pas, il la regarda et lui dit doucement :

— Je t'en prie, ne me force pas à te supplier.

— Je n'étais pas en train de fureter ou d'écouter volontairement aux portes, hier soir.

— Je sais bien. C'est juste que j'ai été pris de court. J'étais en colère contre moi-même, pas contre toi. Je…

Il hésita et alluma une autre cigarette.

— Je voulais t'écrire que j'avais rencontré Dee.

— Oh ! Mike, pourquoi ne l'as-tu pas fait ?

— Parce que, jusqu'au dernier moment, je ne savais pas si j'allais vraiment l'épouser. Et quand tous les journaux se sont mis à parler de notre relation, j'ai eu peur que tu ne l'apprennes de cette façon. Béni soit le Dr Peterson qui vous maintenait à l'abri du monde extérieur. Parce que c'était à moi de te le dire en personne. J'avais l'intention de te l'annoncer dans la voiture, sur le chemin du retour de l'aéroport. Mais quand tu m'as confié que tu avais attendu si longtemps ce moment, que tu désirais plus que tout au monde rester en tête à tête avec moi, eh bien, sacré nom, j'ai pensé que tu avais mérité de passer ta première soirée comme tu l'avais rêvé. Du coup, j'ai appelé Dee pour lui demander de quitter l'hôtel. J'avais pensé que je pourrais te parler aujourd'hui au petit déjeuner.

— Et quand es-tu tombé amoureux d'elle ?

— Qui parle d'être amoureux ?

Il la regarda dans les yeux.

— Écoute, je te rappelle que la seule fille que j'ai aimée de ma vie, et que j'aimerai jamais, c'est toi !

— Alors, pourquoi ? Mais *pourquoi* ?

— Parce que j'étais fauché. Complètement à sec !

— Qu'est-ce que tu racontes ?

— Ruiné. Fichu. Après trois ans de bides ininterrompus, plus moyen de trouver un sou, même pour un spectacle *off Broadway*. Sur la côte californienne, on m'a traité comme un pestiféré. Et c'est alors que la clinique m'a annoncé la grande nouvelle que tu sortirais en septembre. Seigneur, c'était le moment dont nous avions tous les deux rêvé depuis si longtemps… et j'étais complètement dans les choux. Tu sais où je me trouvais quand j'ai reçu la nouvelle ? En ménage avec Tina St. Claire, en Californie.

— Elle a joué une fois dans un de tes films.

— Eh oui, quand elle avait dix-sept ans. Aucun talent, mais jolie fille. Du talent, elle n'en a toujours pas, mais elle joue dans un feuilleton télévisé classé dans les dix premiers en termes d'audience et qui n'est pas près de s'arrêter. Elle possède une immense baraque remplie de domestiques et de pique-assiette. Voilà ce que j'étais, le roi des parasites. Et pourquoi pas ? Elle avait une chouette maison, un bar bien fourni, et je n'avais rien d'autre à faire qu'à honorer Tina.

Il fit une pause.

— Voilà une drôle de façon pour un père de parler à sa fille, pas vrai ? Mais nous n'avons pas le temps de répéter en costume. Je dois te servir le scénario tel quel.

Il écrasa sa cigarette.

— Bon, j'étais donc là, au bord de la piscine de Tina, à me dorer la pilule au soleil comme un dragueur des plages. Un larbin chinois pour me servir à boire, un sauna pour me relaxer. J'avais tout ce qu'un homme peut désirer, sauf le pognon. On était en juillet. Et j'apprends la nouvelle que tu pourras sortir en septembre. Et, comme je disais, je me contentais de peaufiner mon bronzage en me creusant la cervelle pour savoir ce que je pourrais bien faire. Et paf ! Le soir même, c'est Tina qui me donne une idée. On était à une première. Tout le monde se fiche des soirées à l'ancienne avec projecteurs et tout le tintouin, mais de temps en temps ils font un effort, et me voilà comme un con à fouler le tapis rouge à ses côtés – en tant qu'homme de compagnie de madame… Pendant qu'elle se blottit dans son fauteuil à côté de moi, la voilà qui se met à me susurrer qu'elle ne sait pas ce qu'elle deviendrait si jamais je la quittais. Elle continue à me seriner qu'il est difficile de se trouver un bonhomme et qu'elle n'avait pas fait l'amour depuis un mois avant que je déboule dans sa vie. Et là, elle me dit : « On forme un si joli couple ensemble, et j'ai assez d'argent pour nous deux. Qu'est-ce que tu dirais si on se mariait ? Comme ça, au moins, je serais sûre d'avoir quelqu'un pour m'accompagner à la remise des grands prix de la télévision l'année prochaine… »

Il fixait un point derrière sa fille.

— À cet instant, je me suis rendu compte que j'étais au bout du rouleau. Elle n'avait même pas trente ans et elle voulait me garder. J'ai eu l'impression de jouer le contrepoint de *Boulevard du crépuscule*. Le lendemain, je me suis installé à ma place habituelle, au bord de la piscine, et j'ai cherché la solution. J'ai décidé que, si je devais me faire entretenir, ce ne serait certainement pas en échange du couvert et de la piscine d'une Tina St. Claire. S'il n'y avait pas d'autre solution, du moins je toucherais le fond en beauté. Et je me suis mis à réfléchir : Barbara Hutton était mariée ; Doris Duke, je ne savais rien d'elle ; la baronne de Fallon était une mégère… Et alors j'ai pensé à Deirdre Milford Granger. Nous nous étions rencontrés une fois, au temps de mon apogée, et elle n'était pas mal dans le genre fadasse.

Il s'interrompit.

— Charmante histoire, n'est-ce pas ? Enfin, au moins, je ne te raconte pas de bobards. Je ne te fais pas le coup du « je-viens-de-rencontrer-une-femme-dont-je-suis-tombé-éperdument-amoureux-et-j'ai-tout-lâché-pour-la-rendre-heureuse ». Ça non. Elle est devenue mon prochain projet. J'ai appris qu'elle se trouvait à Marbella. J'ai vendu tout ce que je possédais : ma voiture, mes montres Patek Philippe, le reste de mes actions IBM. En tout quarante-trois mille dollars. J'allais tout miser sur un gros coup de dés. J'ai débarqué à Marbella pour faire ma cour à la dame…

À ce souvenir il fronça les sourcils.

— Je n'ai pas compris tout de suite qu'après notre première rencontre elle avait fait prendre des renseignements sur mon compte. Elle prenait ses aises pendant que je distribuais des billets de vingt dollars aux maîtres d'hôtel et ramassais des additions à huit cents dollars laissées par sa bande d'amis dans les boîtes de nuit. Après trois semaines de ce petit jeu, je n'avais pas réussi à me rendre assez proche d'elle pour lui faire la bise au moment du bonsoir, encore moins pour l'inviter à un dîner romantique aux chandelles. Non, on se déplaçait toujours en bande. Pendant la journée, je confectionnais des cocktails pour tout le monde et la regardais jouer au backgammon. C'est à cette période, quand je me disais que c'était raté, que je me suis pointé un jour à sa villa à l'heure de l'apéritif. Je m'attendais à y trouver la foule habituelle, mais elle était seule. Elle m'a tendu un verre et elle m'a dit : « Mike, je crois que vous feriez mieux de me demander en mariage tout de suite vu qu'il ne vous reste que deux mille six cents dollars sur votre compte. »

L'expression de January le fit sourire.

— Eh oui ! Elle connaissait le solde de mon compte au centime près. Elle a ajouté : « Mais, tout d'abord, il faut que vous sachiez que je ne commanditerai jamais aucun de vos projets, que ce soient des films *ou* des pièces. Alors, vous voulez toujours m'épouser ? »

Il alluma une autre cigarette.

— Oh ! Et tu ne sais pas le plus beau, dit-il avec un triste effort pour sourire. Quand la dame m'a fait connaître son profond mépris pour le monde du spectacle et tout ce qu'il représentait, je lui ai naturellement sorti mes compliments bateau, du genre : « Écoutez, Dee, peut-être bien que c'était ce que j'avais en tête au début, mais maintenant je suis vraiment mordu et j'aimerais bien avoir trois spectacles à gros succès sur Broadway, parce que alors je pourrais vous demander votre main. »

Il marqua une nouvelle pause.

— Est-ce que cela te donne la nausée ? Parce que c'est l'effet que ça me fait, rien que d'en parler.

— Continue, dit January. Est-ce qu'elle t'a cru ?

— Eh bien, au moins elle ne s'est pas conformée au scénario habituel avec gloussements et minauderies. Le moins qu'on puisse dire, c'est que ce n'est pas une femme ordinaire. Elle a souri en me disant : « Allons, monsieur Mike Wayne, si vous les aviez, ces trois succès, vous ne m'auriez même pas offert un verre. »

Il s'arrêta, pensif.

— Je ne sais pas de quoi il retourne. Elle a quelque vieux compte à régler avec le monde du show-business. Peut-être qu'il y a longtemps un acteur lui a brisé le cœur, ou peut-être que c'est seulement du snobisme, en tout cas j'ai dû lui promettre d'abandonner définitivement le spectacle si elle m'épousait. Et voilà où j'en étais, à me faire dicter ses conditions. Avant d'accepter, je lui ai parlé de toi. Mais bien entendu, là encore, elle connaissait déjà tout à ton sujet. Je lui ai expliqué que ton avenir était ce qui comptait le plus pour moi. Et quand elle en a convenu, c'était fait !

— Où ont eu lieu les noces ? demanda-t-elle.

— Nous nous sommes mariés fin août, très simplement et en secret, à Londres. Mais la nouvelle a filtré et les réceptions en notre honneur se sont succédé. Et soudain *Boulevard du crépuscule* s'est transformé en un film de Fellini ! Avec des comtesses, des aristocrates, des top models internationaux mêlés à quelques authentiques princesses. Un monde où les femmes sont sveltes, superbes et plates de poitrine, où les hommes n'ont pas de fesses et où personne ne parle l'anglais comme sa langue maternelle. Elle fréquente ce genre de gens à New York aussi. Personne ne joue au golf, c'est le tennis qui a la cote ; quant au gin-rummy, c'est un jeu de péquenots : eux jouent au backgammon.

Il soupira.

— Et voilà la fin de l'histoire. Tu as des questions à me poser ?

— Une seule. Est-ce que, chaque vendredi, il nous faudra faire la queue pour toucher notre argent de poche ?

Leurs regards se croisèrent et il répondit :

— Où as-tu appris à frapper si fort ?

Elle ravala ses larmes et ne baissa pas les yeux.

— Enfin, c'est la vérité, n'est-ce pas ? Dee t'entretient, comme tu dis, en beauté.

— Superbement, tu veux dire, mon trésor, admit-il d'une voix dure. Mais elle le fait avec classe. Elle m'a bombardé directeur de l'une de ses sociétés. Bien sûr, ce n'est qu'un titre honorifique. Que diable puis-je connaître à l'immobilier ou aux pétroliers ? Mais je signe des documents une fois par semaine et tout le monde au bureau fait comme si ma présence était nécessaire.

Il sourit.

— Tout homme a besoin d'aller au bureau. Tu serais étonnée de savoir à quel point ça meuble la journée. J'y vais et je ferme la porte pour que ma secrétaire s'imagine que je suis occupé. Puis je lis les nouvelles du métier. Le mercredi est le grand jour : la parution de *Variety*, ce qui me prend toute la matinée. Et quand je descends voir les courtiers dans le même immeuble, j'en profite pour me faire cirer les chaussures, avant d'aller déjeuner et jouer au gin-rummy au Friars Club. Et je perçois un salaire, mille dollars par semaine, dans le temps je dépensais plus que ça rien qu'en pourboires, mais enfin c'est la belle vie. Je dispose de l'appartement de New York, des maisons, d'un chauffeur… J'ai tout ce qu'un homme peut désirer.

— Tais-toi, gémit-elle. Oh ! Seigneur, tais-toi. Je regrette ce que j'ai dit. Je sais que tu as fait tout ça pour moi.

Les sanglots lui obstruaient la gorge, mais elle se força à poursuivre :

— N'aurions-nous pas pu prendre un petit appartement quelque part. Peut-être que j'aurais trouvé un emploi.

— Pour faire quoi ?

— Du théâtre, peut-être, ou travailler pour un producteur, lire des scénarios.

Il secoua la tête.

— Tout ce secteur a changé. Il y a même des auteurs parmi les plus grands qui refusent d'écrire pour le théâtre aujourd'hui. Pourquoi le feraient-ils ? Pour se crever le cul pendant deux ans et voir un type du *New York Times* fermer leur spectacle en une soirée ? Bien sûr, il y a toujours Neil Simon qui ne rate pas souvent son coup ; mais même les plus grandes vedettes font la queue pour un petit rôle dans l'une de ses pièces. Et puis, il y a le *off Broadway*, les spectacles d'avant-garde, et même le *off off Broadway*, encore plus à la marge. Mais c'est un tout autre monde. Je n'y connais rien. Et ce n'est pas ce que je veux pour toi.

— Qu'est-ce que tu souhaites pour moi ? demanda-t-elle tranquillement.

— Je veux faire en sorte que le monde t'appartienne.

— Et tu crois que la solution était d'épouser Deirdre Granger ?

— Au moins je t'apporte un monde brillant et nouveau. Un monde où l'on parle d'autre chose que de théâtre et de recettes quotidiennes. Écoute, le monde du spectacle, pour toi, pourrait être comme une friandise. Quelque chose que tu apprécies, quelques soirées par semaine, mais ça ne peut pas remplir ta vie. En outre, tu ne l'as expérimenté qu'en tant que la fille de Mike Wayne. Dans les coulisses, tu ne visitais que la loge de la vedette. Jamais les cagibis sordides du troisième étage, à Baltimore ou Philadelphie. Tu as vu la réussite, ma chérie. La face brillante de la lune. Il est tout à fait normal de ta part de croire que c'est ton univers. Quel autre horizon t'ai-je jamais donné ?

— Et pourquoi désirerais-je un autre univers ? Tu adorais le show-business, ça, j'en suis sûre.

— Mais non, j'aimais tout autant les courses de chevaux. Ce qui me plaisait dans un spectacle ou dans un film, c'était de jouer. J'appréciais l'argent, la célébrité, les femmes. Écoute, tu ne crois quand même pas que je t'emmenais au théâtre chaque samedi parce que j'aimais ça ? Du diable, je le faisais parce que je ne savais pas quoi faire d'autre avec toi. Maintenant, ne te mets pas en colère, dit-il en voyant January devenir cramoisie. Mais que veux-tu qu'un homme fasse avec une petite fille tous les week-ends ? Je n'avais pas de vraie vie personnelle. Juste des filles que je fréquentais. Certaines étaient divorcées, avec des enfants de ton âge qui m'appelaient « Tonton Mike ». Ça aurait fait du propre avec toi, pas vrai ? Seigneur, c'est un miracle que tu sois devenue la jeune fille parfaite que tu es. Car une chose est certaine, c'est que je n'ai rien fait pour. Mais tout a changé, à présent. Au moins, je suis en mesure de te donner une chance d'accéder à un autre genre de vie. Tout ce que je te demande, c'est d'essayer cette voie.

— Quelle voie ?

— Observe comment vivent les autres gens. Fréquente les amis de Dee. Mets-y du tien. Si tu ne le fais pas, alors j'aurai perdu sur toute la ligne.

Elle réussit à sourire.

— Bien sûr que je vais essayer.

— Et fais aussi un effort avec Dee. C'est une sacrée bonne femme. Je n'ai jamais bien compris ce qu'elle attendait de moi.

— Exactement ce que désirait Tina St. Claire, dit January. Et Melba Delitto… et sans doute toutes les filles que tu as rencontrées.

Il secoua la tête.

— Le sexe ne compte pas tant que ça pour Dee, dit-il, pensif. Je suis arrivé à la conclusion qu'avec moi elle en attend davantage. Une camaraderie peut-être, être ensemble, former un partenariat. C'est une façon de vivre que je ne connais guère. Mais, s'il te plaît, fais un effort avec Dee. Si tu avais pu voir le mal qu'elle s'est donné pour organiser le dîner de ce soir. Elle a invité son cousin, David Milford, pour être ton cavalier.

— Est-ce que David Milford est lui aussi l'une des six grandes fortunes du monde ?

— Non. C'est le père de Dee qui avait tout l'argent. Et…

— Et il est mort quand elle avait dix ans, psalmodia January. Et six mois plus tard, la jeune et belle maman de Dee s'est suicidée de désespoir. Oh ! Papa, chez Mlle Haddon nous lisions le feuilleton de la vie de Dee chaque fois qu'elle se mariait. Les magazines l'appelaient « la petite princesse solitaire », toujours à la recherche du bonheur.

Elle fit une pause.

— J'ai l'air vache et ce n'est pas sorti comme je voulais. J'ai peut-être été coupée du monde pendant les trois dernières années, mais à la pension de Mlle Haddon Deirdre Milford Granger était presque une institution. Certaines filles avaient des mères qui connaissaient quelqu'un qui la connaissait. J'ai grandi en sachant tout ce qui la concernait, sauf qu'elle finirait par épouser mon père.

Il gardait le silence et fit signe au garçon d'apporter l'addition. Elle esquissa un sourire.

— Mike, pardonne-moi, ajouta-t-elle d'une voix douce.

Elle lui caressait les doigts du bout des siens.

— Allons, parle-moi de David. Tu l'as déjà rencontré ?

— Plusieurs fois, dit-il lentement. Il a belle allure. Il approche de la trentaine. Dee n'a jamais eu d'enfants. Sa mère et le père de David étaient frère et sœur. Les Milford n'ont pas vraiment d'argent. Oh, ils vivent à l'aise. En fait, ils vivent même très à l'aise. Il travaille chez un agent de change et gère les affaires de Dee. Son père est avocat et possède son propre cabinet, et David est le principal héritier de Dee.

— Eh bien ! dit calmement January. Tu as fait d'une pierre deux coups, une femme pour toi, un garçon pour moi…

Les yeux de Mike fulgurèrent.

— Ma parole ! Le diable m'emporte si tu n'es pas ma fille ! Toujours à frapper dans le mille. Mais, pour commencer, je n'ai pas de plan te concernant avec David. Je suppose que David a sa propre idée sur la personne qu'il veut épouser. Mais je serais un fichu menteur si je n'admettais pas que j'espère que, grâce à Dee, tu rencontreras quelqu'un de bien. David a sans doute une foule d'amis. Il te présentera un peu partout. De cette manière peut-être rencontreras-tu quelqu'un qui te plaise vraiment, quelqu'un que tu auras envie d'épouser. Je serais heureux d'avoir un et peut-être même deux petits-enfants, voire trois. Vraiment, ça me plairait. Mais je vais te dire ce qui ne me plairait pas : te voir transformée en mon double féminin.

— C'est bien dommage, dit-elle doucement. Parce que c'est exactement ce que je suis. Et qui plus est, c'est comme ça que j'ai décidé d'être.

— Pourquoi ? fit-il d'une voix grondeuse. Quelle sorte de modèle suis-je ? Moi qui de ma vie n'ai jamais été correct avec une femme. Mais je serai irréprochable avec Dee. Il est grand temps que je commence à payer mes dettes. Et, entre nous soit dit, je suis amplement débiteur.

Pendant un moment, January garda le silence. Quand elle reprit la parole, elle regardait par-dessus l'épaule de son père.

— Considère que tu as soldé tes dettes à mon égard. J'aurais aimé t'apporter un peu de chance. Ensemble, on aurait pu essayer…

Puis elle sourit.

— Mais ça, c'est le passé. Je suis sûre que David Milford me plaira et je ferai de mon mieux pour le charmer afin qu'il me présente à tous ses amis distingués. Alors, pour commencer, ce que j'ai de mieux à faire est d'acheter quelque chose de ravissant à porter ce soir.

Elle s'arrêta net.

— Ne t'inquiète pas, ma chérie, tout est arrangé. Non, ce n'est pas ce que tu crois.

Il fouilla dans sa poche et en sortit une carte de visite.

— Voilà, rends-toi à cette banque et demande à parler à Mlle Anna Cole. Tu devras signer quelques papiers. Il y a de l'argent placé à ton profit. Tu peux te faire ouvrir un compte courant immédiatement.

— Mike, je ne…

— Ce n'est pas l'argent de Dee, dit-il sèchement. Lorsque ta mère est morte, elle avait une petite assurance-vie de quinze mille dollars. Je les ai placés à ton nom. Dieu merci, car sinon j'aurais dissipé ça avec le reste. Avec les intérêts et tout, il devrait y avoir dans les vingt-deux ou vingt-trois mille dollars sur ton compte. Bon, va-t'en dévaliser Bonwit et Saks.

Ils descendirent la rue et s'arrêtèrent devant le Pierre. Machinalement, ils levèrent simultanément la tête, s'attendant presque à voir Dee apparaître à la fenêtre. Mike se mit à rire.

— Elle a pris un autre comprimé pour dormir quand je suis parti. D'ailleurs elle se lève rarement avant midi. Ah ! Voici la clé de la suite. Nous avons signalé ta présence, alors pense à vérifier au bureau si tu as des messages.

Elle rit.

— Mike, tu es la seule personne que je connaisse à New York. C'est pourquoi tu ferais peut-être bien de me laisser un message !

— Pas la peine. Je crois que tu l'as déjà reçu cinq sur cinq.

Il lui tourna le dos et pénétra dans l'édifice.

3

Elle retourna au Pierre, épuisée. Il était près de quatre heures et elle ne portait qu'un grand paquet. Le choix n'avait pas été facile. Elle n'avait aucune idée de comment s'habiller pour le dîner de Dee. Chez Bergdorf, une vendeuse lui avait affirmé que la mode était aux jupes aux genoux et que la mini était démodée. Mais à l'heure du déjeuner, des essaims de filles sortirent des bureaux et envahirent la Cinquième Avenue, vêtues de minijupes, voire de microjupes. Dans Lexington Avenue, elle aperçut des serre-têtes indiens, des jeans, des pantalons corsaires et de longues jupes de grand-mère. On aurait dit un défilé de carnaval. Finalement elle choisit une jupe longue en patchwork et une blouse en jersey rouge qu'elle remarqua sur un mannequin en vitrine chez Bloomingdale. La vendeuse lui assura que cette tenue conviendrait en toutes circonstances.

En pénétrant dans le hall, elle pensa à s'arrêter à la réception pour demander si on lui avait laissé un message. À sa grande surprise, l'employé lui tendit deux feuilles de papier. Son paquet coincé entre le menton et un bras, elle les examina en attendant l'ascenseur. L'un des messages était arrivé à trois heures, l'autre à trois heures et demie, et tous deux lui demandaient de rappeler le même numéro au Plaza, poste 36. Elle vérifia le nom du destinataire. C'était bien le sien. Elle se prit à sourire. Bien sûr : ce numéro au Plaza, c'était certainement celui du bureau de Mike. Quand elle entra dans l'appartement, la femme de chambre était occupée à épousseter les petits éléphants de jade exposés sur la tablette de la cheminée. À la lueur du jour, les lieux étaient encore plus impressionnants. Le soleil se reflétait sur les cadres en argent posés sur le piano : il y avait tellement de photos ! Elle reconnut un sénateur des États-Unis, Noureïev, un ambassadeur, et le visage remarquable de Karla. Elle s'avança pour examiner l'écriture enfantine dont l'encre avait passé : « Pour Deirdre, Karla. » January contempla les pommettes hautes, les yeux extraordinaires. L'employée de maison s'approcha.

— Il y a trois princes, ici à gauche, dit-elle. Et un maharadjah.

January acquiesça.

— J'admirais la photo de Karla.

— Oui, elle est très belle, approuva la femme de chambre. Oh, au fait… je m'appelle Sadie. Et je suis enchantée de faire votre connaissance, mademoiselle.

January sourit. La femme, sans doute d'origine scandinave, avait dans les soixante-cinq ans. Ses cheveux d'un blond délavé étaient réunis en un maigre petit chignon et son visage était propre et luisant. Son corps sec et osseux semblait robuste.

— Madame m'a ordonné de suspendre vos vêtements. Je me suis permis de ranger vos tiroirs. Quand recevrez-vous vos malles ?

— Je n'en ai pas, répondit January. Je ne possède que ce que vous avez vu, plus ce nouvel ensemble de chez Bloomingdale.

— Je vais vous le repasser. Madame est sortie pour l'instant mais, si vous avez besoin de quoi que ce soit, la sonnette se trouve près de votre lit. Elle est reliée à la cuisine et ma chambre est située juste à l'arrière. Je peux l'entendre où que je me trouve. J'ignore si vous fumez, mais j'ai rempli toutes les boîtes de cigarettes dans votre chambre. Si vous avez une marque préférée, n'hésitez pas à me le dire.

— Non, merci, je ne fume pas. Je crois que je vais prendre un bain et me reposer.

— J'ai aussi apporté les derniers journaux de mode dans votre chambre. Madame a pensé que cela vous intéresserait. Elle a laissé entendre que vous aviez grand besoin de vous mettre au parfum, quelque chose de ce genre.

Sadie saisit le carton de Bloomingdale et quitta la pièce. Une seconde plus tard, elle repassa la tête.

— Ernest vient à six heures, si vous avez besoin de lui.

— Ernest ?

— Oui, le coiffeur de madame… Il vient tous les après-midi à six heures.

Soudain January se rappela les messages téléphoniques qu'elle tenait dans sa main. Elle entra dans sa chambre, se jeta sur le lit et demanda le numéro au standard. Après trois sonneries, un autre standard répondit et January réclama le poste 36.

Il y eut un silence, un déclic, une autre voix :

— Le bureau de Mlle Riggs, à votre service ?

— Qui ça ? s'étonna January, en s'asseyant.

— Qui est à l'appareil ?

La voix semblait irritée.

— January Wayne. Qui est Mlle Riggs ?

— Oh… Je suis la secrétaire de Mlle Riggs ! Un instant, mademoiselle Wayne, nous avons essayé de vous joindre cet après-midi. Je vous passe Mlle Riggs.

Il y eut encore des déclics.

— January, c'est bien toi ?

C'était une voix atone, distinguée, douce et calme. January ne parvint pas à l'identifier.

— Mais qui est à l'appareil ?

— C'est moi… Linda, Linda Riggs !

— Linda… du pensionnat de Mlle Haddon ?

— Bien sûr ! Tu en connais une autre ?

— Eh bien… Tout cela remonte à si loin ! Comment vas-tu, Linda ? Comment m'as-tu retrouvée ? Et qu'est-ce que tu deviens ?

Linda se mit à rire.

— C'est moi qui devrais te demander cela ! Mais, d'abord, dis-moi une chose : pourquoi ton père a-t-il envoyé Keith Winters sur les roses ?

— Keith ?

— Keith Winters, le photographe !

— Ah ! Tu parles d'hier soir ?

Seigneur Dieu, tout cela ne remontait qu'à hier soir ?

— Oui, je l'avais envoyé prendre une photo de toi pour notre magazine.

— Quel magazine ?

Il y eut un bref silence. Puis, sur un ton qui laissait percer un peu d'irritation, Linda ajouta :

— Voyons, je suis rédactrice en chef de *Gloss*, tu le sais bien, et…

— Rédactrice en chef ?

— January, de quelle planète débarques-tu ? J'ai éclaté l'audience de l'émission de télé de Mike Douglas, le mois dernier. Et je suis invitée à celle de Merv Griffin la prochaine fois que je me rends en Californie.

— Eh bien, moi, j'étais en Europe et…

— Mais enfin tout le monde est au courant de ce que j'ai fait pour le magazine *Gloss*. Je suis l'une des rédactrices en chef les plus jeunes et les plus célèbres du monde. Bien sûr, je ne m'appelle pas Helen Gurley Brown, mais *Gloss* n'est pas *Cosmopolitan* non plus. J'ai juste besoin d'un peu de temps et je ferai de cette revue la plus grosse affaire sur le marché.

— C'est formidable, Linda. Je me rappelle quand tu as quitté le pensionnat de Mlle Haddon, j'avais dans les dix ans. Nous étions toutes très impressionnées d'apprendre que tu étais devenue…

— … assistante de rédaction !

Linda finit la phrase à sa place.

— C'était peut-être impressionnant pour les petites pensionnaires de Mlle Haddon, mais ce n'était jamais qu'un joli titre pour désigner une esclave. Bon sang, je traversais la ville dans tous les sens vingt fois par jour, à dégoter des bijoux pour les présentations de mode, apporter le café aux photographes et aux mannequins, faire les courses des maquettistes, aller rapporter une boucle d'oreille oubliée par un directeur mode, tout ça pour soixante-quinze malheureux dollars par semaine ! Mais à dix-huit ans, c'était marrant. Je ne dormais pas plus de quatre heures par nuit et je me débrouillais pour aller danser au Club tous les soirs. Seigneur, je me sens épuisée rien que d'y penser ! Au fait, quel âge as-tu ?

— Je vais avoir vingt et un ans en janvier.

— Et moi, j'en ai vingt-huit. C'est drôle comme ça fait peu de différence désormais, la question d'âge. Quand j'avais seize ans et que tu en avais huit, c'est à peine si je te considérais comme un être humain. Maintenant que j'y repense, tu n'étais au fond qu'une des marionnettes qui me suivaient partout au pensionnat, non ?

— Oui, j'imagine, dit January qui ne voyait aucune raison de lui préciser qu'elle n'avait jamais fait partie de « la bande à Linda ».

— Et voilà pourquoi j'ai envoyé Keith Winters au Pierre. Celebrity Service nous a signalé que tu rentrais d'Europe et j'avais envie de publier une photo de toi avec ton papa dans *Gloss*, accompagnée d'un petit article attendrissant sur la rencontre entre la fille de papa et la nouvelle femme de papa. Ton père a littéralement terrorisé Keith, mais la photo est quand même bonne : ou bien tu es très photogénique, ou bien tu es devenue une beauté fatale. Dis-moi, pourquoi ne viendrais-tu pas faire un saut demain, disons vers quinze heures ? Je vais monter un sujet quelconque et on prendra de bonnes photos de toi.

— Je serais ravie de te revoir, Linda. Mais pour ce qui est d'un article, je ne sais pas…

— Nous en parlerons demain. Tu sais où se trouve le Mosler, non ? 52e Rue, près de Madison. Nous occupons les trois derniers étages. Monte jusqu'à l'appartement-terrasse de l'équipe de direction. À demain. *Ciao !*

January se fit couler un bain, s'y plongea et ferma les yeux. Elle ne s'était pas rendu compte à quel point elle était fatiguée. Elle pensait à Linda, si laide, si avide, si pleine d'énergie… Et maintenant elle était – enfin, lui semblait-il – quelqu'un d'important. Elle se sentait très lasse et sur le point de s'endormir. Elle eut l'impression que quelques secondes seulement s'étaient écoulées lorsqu'elle entendit Sadie chuchoter :

— Mademoiselle, réveillez-vous !

Elle s'assit. L'eau était tiède. Bon Dieu, il était déjà six heures !

— Madame vous fait dire qu'il est temps de vous habiller pour dîner, expliqua Sadie. J'ai repassé votre robe et je l'ai suspendue dans le placard de votre chambre.

January avait fini de s'habiller lorsque Dee frappa à la porte et entra dans la chambre. Elles se dévisagèrent toutes deux pendant un moment. Puis, l'air gêné, January lui tendit la main.

— Toutes mes félicitations. Je crains d'avoir oublié de vous les présenter hier soir.

Dee pressa sa joue contre celle de January.

— Ni vous ni moi n'avons beaucoup parlé hier soir. Les conditions n'étaient pas idéales pour faire connaissance.

— J'ai… Oh ! mon Dieu !

— Qu'y a-t-il ? demanda Dee.

— J'ai oublié de m'acheter une robe de chambre.

Dee se mit à rire.

— Gardez celle de Mike, elle vous va à ravir ! Il y a des femmes qui sont sensationnelles dans un peignoir d'homme, ce n'est pas mon cas.

January décida que Dee était plus séduisante qu'elle ne l'avait jugé au début. Ce soir, ses cheveux laqués étaient remontés à la Pompadour. Et January savait bien que les cabochons de diamants à ses oreilles étaient authentiques. Son pantalon bouffant de soie noire la rendait extrêmement féminine, et January se demanda tout à coup si sa jupe en patchwork était convenable.

Dee se recula pour l'admirer.

— C'est joli, mais je crois qu'il vous faudrait quelques bijoux.

Elle sonna Sadie, qui apparut immédiatement.

— Voulez-vous me rapporter mon coffret à bijoux en or, Sadie.

Celle-ci revint avec un imposant coffret en cuir, et Dee se mit à disposer des chaînes d'or autour du cou de January. Elle insista aussi pour lui faire porter des anneaux aux oreilles.

— Ma chère, ils s'accordent parfaitement avec votre teint bronzé et vous donnent un petit air bohémien.

January se sentait écrasée sous le poids de quatre chaînes, d'une broche en jade et d'une dent de lion sertie d'or. Dee lui raconta qu'elle avait abattu le lion avec son propre fusil au cours d'un safari.

— J'aime bien votre maquillage, dit-elle en s'approchant. Ce sont vos propres cils ! Fantastique ! J'adore cette ostentation avec laquelle vous autres, jeunes filles, ne portez pas de rouge à lèvres. Quant à vos cheveux… Eh bien, ils sont merveilleux. De nos jours, vous les jeunes avez gagné sur toute la ligne ; vous les portez lisses et longs. Quand j'avais votre âge, les miens étaient hérissés de barrettes et permanentés, la faute à cette satanée coupe italienne. Ça faisait fureur dans les années 1950. J'ai souvent répété à Gina que je l'aurais volontiers tuée pour avoir lancé ce style. Avec mes cheveux raides, j'ai l'impression d'avoir passé la moitié de ma vie en bigoudis sous le séchoir. Et maintenant que les cheveux longs et lisses sont à la mode, eh bien… on ne peut guère porter les cheveux flottant sur les épaules passé trente-cinq ans. Moi, du moins, je trouve que ce n'est guère convenable… Sauf pour Karla, qui n'a jamais changé de coiffure depuis ses dix-huit ans.

— Comment se porte-t-elle ?

Dee haussa les épaules.

— Karla est l'une de mes plus anciennes et meilleures amies. Encore que je me demande pourquoi je supporte ses excentricités…

— Au pensionnat, nous regardions tous ses films à la télévision. Je la trouve encore plus formidable que Greta Garbo ou Marlène Dietrich, à cause de sa démarche de danseuse. Et elle a eu le cran de se retirer du monde du cinéma à quarante-deux ans et de ne plus revenir sur sa décision.

Dee alluma une cigarette.

— Elle n'a jamais beaucoup aimé jouer. Elle disait toujours que, dès qu'elle aurait gagné assez d'argent, elle laisserait tomber. Et elle a toujours économisé ce qu'elle gagnait.

— Où se trouve-t-elle en ce moment ?

— En ville, il me semble. Elle ne devrait pas tarder à me faire signe. Elle a conservé un appartement à l'East River View. Un merveilleux immeuble mais, mis à part quelques beaux tableaux offerts en cadeau et un ou deux tapis de valeur, des présents eux aussi, l'ameublement est spartiate. Karla ne supporte pas de dépenser de l'argent. Elle devait nous rejoindre à Marbella. Votre père était très déçu. Il souhaitait tant faire sa connaissance. Jusqu'à l'été dernier, elle était toujours dans les parages. Au printemps, ce pauvre David a hérité de la corvée de nous sortir toutes les deux. Non pas qu'elle sorte beaucoup, mais elle adore les ballets. À part ça, Karla a gardé la même hygiène de vie que lorsqu'elle était actrice : debout à sept heures, quatre heures d'assouplissements, longues marches, et au lit à dix heures. Mais elle accepte les invitations à dîner de ses amis intimes, et elle adore regarder la télévision. En fin de compte, elle est assez effacée quand on la connaît bien. De temps en temps, elle fait une fugue. Ça la prend parfois. En juin dernier, par exemple, la voilà qui disparaît sans dire au revoir. Personnellement – Dee baissa la voix –, je crois qu'elle est allée se faire tirer le visage. Elle commençait tout juste à se faner un peu… Et elle n'aurait pas supporté de voir fondre ses pommettes saillantes devenues immortelles.

January se mit à rire.

— Maintenant, je me sens très intimidée à l'idée de rencontrer David.

— Au nom du ciel, pourquoi ça ?

— Eh bien, si David a « hérité de la corvée » de sortir Karla pour vous être agréable, m'accompagner sera pour lui le comble de l'obligeance !

Dee sourit.

— Ma chère enfant, observez-vous dans la glace. Karla a plus de cinquante ans et David en a vingt-huit…

Elle éteignit sa cigarette et ajouta :

— Et maintenant il est grand temps que j'aille m'occuper de votre père. Tel que je le connais, il regarde le journal télévisé et ne s'est pas encore rasé. Pourquoi les hommes détestent-ils se raser deux fois par jour ? Nous autres, femmes, nous nous maquillons bien aussi souvent. Ah ! Pendant que j'y pense, j'ai dit à tout le monde, y compris David, que vous faisiez vos études en Suisse, à l'Institut international. C'est un excellent établissement.

— Mais pourquoi ?

— Vous parlez français, n'est-ce pas ?

— Oui, mais…

— Ma chère, croyez-moi, il vaut mieux ne pas monter cet accident en épingle. Pourquoi inciter les gens à croire que vous avez une lésion au cerveau ? Et certaines personnes sont médisantes dès qu'elles apprennent que l'on a séjourné dans un sanatorium. Or, nous voulons vous faire rencontrer des gens bien et vous voir mener une vie formidable. C'est pourquoi nous ne tenons pas à ce qu'une maladie du passé soit pour vous un handicap.

— Mais j'ai souffert d'une commotion cérébrale et de multiples fractures, pas de maladie…

— Ma chère, tout ce qui touche au cerveau affole les gens. Je me rappelle Kurt : j'étais prête à l'épouser, jusqu'à ce qu'il m'avoue qu'il avait une plaque d'acier dans le crâne par suite d'un accident de ski. Je ne pouvais pas supporter l'idée de toucher un homme dont la tête contenait de l'acier. Cela m'évoquait Frankenstein. Et puis, avoir un morceau d'acier dans le cerveau laisse à penser que la pression va nécessairement produire un effet indésirable. Suivez mon conseil, ma chère. Bon, à présent… J'ai demandé à David de venir ici vingt minutes à l'avance. Restez dans votre chambre jusqu'à ce qu'il arrive. Je vous ferai signe quand vous pourrez sortir. Il faut toujours réussir son entrée.

Elle se dirigea vers la porte et se retourna.

— Vous allez tomber amoureuse de David. C'est le cas de toutes les femmes. Même Karla l'a trouvé plus que divertissant, et Karla n'est pas femme à s'amouracher de n'importe qui. Alors, ne vous laissez pas désarçonner par sa prestance. Gardez votre sang-froid et déployez votre charme. Je suis sûre que vous en avez. Après tout, votre père en a presque trop.

Elle ouvrit la porte et s'arrêta juste au moment où January se laissait choir sur le bord du lit.

— Non, non ! Il ne faut pas vous asseoir. Vous allez froisser votre jupe. Soyez parfaite pour réussir votre entrée. Il faut que je me sauve. Ernest m'attend pour mettre la dernière main à ma coiffure. Restez où vous êtes… jusqu'au moment de rencontrer David.

4

À six heures et demie, David Milford se précipita chez lui pour se changer. Il brancha rageusement son rasoir électrique. Nom de Dieu, ce qu'il détestait Dee ! Mais tout ce que sa cousine désirait, elle l'obtenait. La preuve de son pouvoir avait été pleinement donnée à l'occasion de sa propre promotion à la vice-présidence de chez Herbert, Chasin et Arthur. Au milieu d'un marché en crise, quand la plupart des agents de change comprimaient leurs effectifs, lui avait eu de l'avancement. Et son avenir dans la maison était assuré, tout au moins tant qu'il gérerait le portefeuille de Dee. Maudite soit-elle ! Et maudit soit le père de David, pour ne pas posséder de fortune personnelle ! Non, ce n'était pas ce qu'il voulait dire : après tout, le vieux trimait dur et ne gagnait pas loin de cent cinquante mille dollars par an. Mais sa mère tenait à conserver leur appartement de dix pièces sur la Cinquième Avenue avec trois domestiques à temps plein, plus la maison de Southampton. À coup sûr, il ne lui restait pas grand-chose en fait d'héritage. De plus, aucun d'entre eux n'avait à se soucier de faire fortune puisque celle de la cousine Dee était largement suffisante pour toute la famille.

Son mariage avec Mike Wayne leur avait causé un choc. Sa mère était passée par une de ses crises d'anthologie : trois jours à sangloter, calmée au Librium. Les ex-maris de Dee n'avaient jamais constitué une menace. Ils étaient tous taillés sur le même modèle : charmants, bien élevés et insignifiants. Mais il leur fallait se méfier de Mike Wayne. En effet, au vu de son passé, les filles qui l'intéressaient avaient toujours fait la moitié de l'âge de Dee. Mais la principale inquiétude de la famille concernait l'omission du « cérémonial testamentaire ». C'était le père de David qui s'occupait de ce genre d'affaires. Dee établissait ce qu'ils surnommaient ironiquement entre eux « un testament à feuilles volantes ». Ainsi, avant de célébrer chacun de ses mariages, elle et son « promis » se rendaient à l'étude afin que Dee puisse faire établir un nouveau testament assorti d'un généreux héritage en faveur du nouvel élu de son cœur. Le jour des noces, un exemplaire était remis au marié. Mais dès le lendemain, Dee ne manquait pas de revenir seule à l'étude pour rédiger un nouveau testament, celui-ci allouant une somme modique à son nouveau conjoint dans la seule hypothèse où ils seraient encore mariés au moment de sa mort.

Cela faisait presque un mois qu'elle avait épousé Mike. Et son nom n'avait pas été porté sur le testament à feuilles volantes. Dans l'état actuel des choses, David, son père et Cliff (le plus jeune frère de sa mère, employé lui aussi au cabinet paternel) seraient appelés à agir en tant qu'exécuteurs testamentaires de la succession de leur parente. De ce seul fait, chacun d'eux récolterait plusieurs millions de dollars. La majeure partie des biens reviendrait à la fondation Granger, et David serait nommé président avec des émoluments de cent mille dollars par an.

Bien entendu, Dee était encore de ce monde et, la cinquantaine, ce n'est pas vieux. Mais la perspective pour elle d'atteindre un âge vénérable semblait plutôt compromise : depuis des années, les journaux rendaient compte avec force détails de ses ennuis de santé. D'abord, les évanouissements, dont le diagnostic signalait un souffle au cœur congénital et une tension trop haute. Mais Dee refusait de renoncer à ses comprimés amaigrissants et se complaisait dans sa minceur distinguée. Elle avait aussi subi plusieurs interventions, des trucs de femmes. Et cette « grippe » qui avait failli l'emporter quelques années auparavant (il s'agissait en réalité d'une overdose de somnifères causée par quelque mystérieux chagrin d'amour).

Bizarre : David n'avait jamais imaginé que Dee fût capable d'éprouver du désespoir. Mais pourquoi pas ? Lui-même n'aurait jamais pensé non plus pouvoir éprouver le moindre sentiment. Il débrancha le rasoir et se tapota les joues d'après-rasage. Autant voir les choses du bon côté. Pour le testament, peut-être Mike ne jouait-il pas la comédie et était-il vraiment amoureux de Dee. Ou alors se moquait-il de son argent. Parce que, enfin, il y en avait assez pour tout le monde, tant que Wayne n'avait pas les dents trop longues. Mais quel besoin avait-il d'amener sa fille pour compliquer les choses ? Personne ne soupçonnait même son existence jusqu'au coup de fil de Dee, la semaine dernière.

« David chéri, la délicieuse fille de Mike va arriver d'un jour à l'autre. Il faut que tu me rendes service et lui fasses visiter la ville. Cela me ravirait de la savoir entre les bonnes mains d'une personne que j'aime. Cela me rendrait tellement service. »

Un service ? Un ordre, plutôt !

Et une fois de plus, il jura entre ses dents : nom de Dieu, qu'il détestait Dee ! Mais par le diable, il détestait tout et tout le monde, ces jours-ci. Toutes les circonstances et les personnes qui l'éloignaient de Karla.

Karla ! Un instant, il s'observa fixement dans le miroir. Cela ne paraissait pas possible. Lui, David Milford, était l'amant de Karla. Il aurait voulu le crier au monde entier, arrêter les gens dans la rue pour le leur annoncer. Mais il savait que la loi du silence commandait sa relation avec Karla.

Karla ! À quatorze ans, il se masturbait devant sa photo. Ses copains tapissaient leurs casiers scolaires avec des images de Doris Day, Marilyn Monroe, Ava Gardner et des mannequins de charme des années 1950. Mais pour lui, il n'y avait jamais eu personne d'autre que Karla. À dix-sept ans, la première fille avec laquelle il avait couché était une jeune fille de bonne famille au visage chevalin, coiffée comme Karla. Dans les années qui suivirent, il se trouvait souvent une fille dont la classe lui rappelait celle de Karla. Mais, avec la maturité, il s'était intéressé aux filles pour leur charme propre et l'image de Karla s'était repliée dans une sorte de rêve mystique.

Et tout à coup, il y avait de ça huit ans, il était tombé sur une photo de presse montrant Karla sur le yacht de Dee. Il avait aussitôt écrit à sa cousine une lettre passionnée où il la conjurait de la lui présenter. Elle n'en avait tenu aucun compte, mais il n'avait jamais manqué de renouveler sa requête chaque fois qu'il la revoyait. Et soudain, au printemps dernier, alors qu'il avait quasiment renoncé à la rencontrer, Dee lui avait déclaré sur le ton le plus anodin :

« À propos, David, Karla est en ville. Voudrais-tu nous emmener voir un ballet ? »

Il s'était comporté comme un idiot ce premier soir. Au bureau, il n'avait pu travailler de toute la journée. Il avait couru chez lui et changé trois fois de costume, avant de décider lequel conviendrait le mieux. Et puis… les présentations désinvoltes par Dee, la ferme poignée de main de Karla… Il savait qu'il était resté bêtement planté là à contempler son merveilleux visage, à écouter la voix grave qu'il avait si souvent entendue à l'écran. Il avait déambulé ce soir-là dans un état de transe, incapable de se convaincre qu'il était enfin assis auprès d'elle, incapable de se concentrer sur le ballet ou encore de comprendre la désinvolture avec laquelle Dee agissait en présence de cette femme admirable. Mais bien sûr, lorsqu'on possédait l'immense fortune de Dee, peut-être que rien ne vous impressionnait plus. Pour Dee, même Karla n'était qu'une personne « amusante » de plus, une photo à glisser dans un cadre argenté pour l'ajouter à la prestigieuse galerie de portraits posée sur le piano.

Le lendemain de la représentation, il avait fait livrer trois douzaines de roses à Karla. Sa carte portait le numéro de son bureau, mais il avait ajouté à la main le numéro confidentiel de son domicile. Elle l'avait appelé au moment où il quittait le bureau. La voix froide et grave le remerciait, mais lui enjoignait avec fermeté de ne jamais recommencer car elle était allergique aux fleurs. Elle les avait déjà fait emporter par sa femme de chambre. Quand il avait commencé à bredouiller, elle avait éclaté de rire et lui avait dit :

« En contrepartie, je voudrais vous offrir un verre. Venez chez moi cet après-midi à cinq heures. »

Il tremblait comme un écolier en sonnant à sa porte.

Elle avait ouvert elle-même et l'avait accueilli à bras ouverts.

« Mon si jeune admirateur ! Entrez, entrez. Je vous en prie, ne soyez pas si nerveux, parce que je veux que vous me fassiez l'amour… »

Elle l'avait entraîné dans l'appartement tout en parlant. Il ne quittait pas des yeux son visage. Mais il avait conscience de la spacieuse vacuité de la pièce : quelques tableaux, un poste de télévision, un grand sofa, une cheminée pour feux de bois qui semblait n'avoir jamais servi, un escalier qui conduisait apparemment à un étage. Toutefois, ce qui l'avait frappé par-dessus tout, c'était de ne trouver aucun reflet de la personnalité de Karla dans cet appartement. C'était presque comme si elle l'avait « emprunté ». Pendant un instant ils s'étaient observés l'un l'autre. Puis elle avait tendu les bras et il n'y avait plus eu d'écolier. Et quand leurs corps s'étaient réunis, David avait soudain compris la différence entre la sexualité et l'amour. En cette fin d'après-midi de printemps, il n'avait d'autre désir que de lui faire plaisir. Et, ce faisant, son propre plaisir semblait étrangement intensifié.

Plus tard, allongée à côté de lui, elle lui avait dicté ses conditions.

« Dee ne doit jamais le savoir. Si tu veux continuer à me voir, personne ne doit être au courant. »

Il avait promis. Il la tenait serrée contre lui et débordait de dévotion et de promesses… Et il s'était entendu lui dire :

« Ce sera comme vous voulez, Karla. Vous savez que je vous aime. »

Elle avait émis un soupir tremblant.

« J'ai cinquante-deux ans. Trop vieille pour l'amour. Et bien trop vieille pour toi !

— J'ai vingt-huit ans. Je ne suis plus un petit garçon. »

Elle avait ri.

« Vingt-huit ans. Et si joli garçon ! »

Elle lui avait caressé la joue.

« Tu ne fais même pas tes vingt-huit ans. Mais… peut-être pouvons-nous être heureux pendant quelque temps. Je veux dire, si tu fais ce qu'il faut.

— Que voulez-vous que je fasse ?

— Je te l'ai déjà dit. Et tu dois aussi me promettre de ne jamais essayer de me joindre. Je ne te donnerai pas mon numéro de téléphone et tu ne devras jamais venir ici sans que je t'y invite.

— Alors, comment vous reverrai-je ?

— Je t'appellerai quand j'aurai envie de toi. Et tu ne dois pas parler d'amour. Tu ne dois pas t'imaginer être amoureux de moi, ou bien tu seras très malheureux. »

Il avait souri.

« J'ai bien peur d'être tombé amoureux de vous à quatorze ans… »

Il s'était brusquement interrompu. Bon Dieu, il avait eu tort de dire ça, soulignant ainsi leur différence d'âge. Mais elle avait souri.

« Tu étais amoureux de la Karla que tu voyais au cinéma, tu ne connais pas la véritable Karla. »

Il la serrait de très près et éprouvait une excitation étrange à sentir sa poitrine plate contre son propre corps. Il était habituellement attiré par les seins voluptueux mais, bizarrement, cela ne l'avait nullement gêné que les siens soient petits. Son corps était solide et ferme : un corps de danseuse. Il avait lu des articles sur l'entraînement de danse classique qu'elle avait suivi dès son plus jeune âge en Pologne, sa fuite à Londres pendant la guerre et son arrivée en trombe dans le milieu du cinéma. On racontait qu'elle s'entraînait tous les jours pendant quatre heures à la barre. Elle avait changé de studio de danse à plusieurs reprises à cause des photographes qui se débrouillaient toujours pour dénicher son adresse et la guettaient pour voler des clichés. Il avait aussi entendu dire qu'elle avait été lesbienne à ses débuts à Hollywood. Toutes ces pensées lui venaient à l'esprit tandis qu'il la tenait entre ses bras. Mais ces histoires entretenaient la légende, celle d'une femme mystérieuse, pourchassée par les photographes où qu'elle aille. Toutefois, en ce moment précis, elle semblait lui appartenir complètement, et son ardeur, sa passion étaient celles d'une jeune femme. Elle se collait à lui quand ils faisaient l'amour. Pourtant, quand c'était terminé, un rideau s'abaissait et la Karla de la légende réapparaissait.

Ils avaient entamé leur liaison au printemps dernier. Ils avaient passé un mois fantastique ensemble. Un mois pendant lequel il errait distraitement, trouvant tout irréel sauf ses rencontres avec Karla. Un mois pendant lequel il s'éveillait chaque matin sans croire vraiment à ce miracle. Mais il se sentait frustré de ne pouvoir l'appeler, de se faire monter un sandwich à l'heure du déjeuner par crainte de manquer son coup de fil, d'être incapable de s'engager dans une conversation ou une mission du bureau avant d'avoir enfin reçu son coup de fil.

Et un jour, elle n'appela pas. Il essaya de ne pas s'affoler : peut-être ne se sentait-elle pas bien, ou ce pouvait être sa mauvaise période du mois… Diable, une femme avait-elle encore ses règles à cinquante-deux ans ?

Le jour suivant, il vit les photos coutumières dans le journal : Karla baissant la tête pour échapper aux flashs à l'aéroport Kennedy. Elle était partie pour l'Europe, destination inconnue. Il avait essayé de retrouver la trace de sa réservation d'avion, mais il était évident qu'elle s'était servie d'un nom d'emprunt. Un reporter débrouillard annonça qu'une agence de voyages la croyait en route pour l'Amérique du Sud. Mais tout cela n'était que suppositions. Elle était partie. Il ne savait rien d'autre.

Il avait essayé de prendre un ton naturel quand il avait téléphoné à Dee le soir même. Il l'avait entretenue de la Bourse, du temps, de ses projets de départ pour Marbella… Et quand il avait finalement évoqué la disparition de Karla, Dee avait éclaté de rire.

« Oh, mon cher garçon, elle fait toujours ça. Karla ne veut pas s'enraciner. C'est pourquoi son appartement est à peine meublé. S'il était trop confortable, elle pourrait être amenée à croire qu'elle y habite.

— A-t-elle toujours été ainsi ?

— Toujours. J'ai rencontré Karla en Californie ; elle était alors au summum de sa gloire. À l'époque, j'étais encore mariée avec Emery et la maison de production de Karla venait d'acheter les droits de son livre. Naturellement, Emery désirait ardemment la rencontrer – c'est encore le cas aujourd'hui pour beaucoup de monde, mais tu ne peux pas imaginer comment c'était dans ce temps-là. Or, Emery avait dans ses relations un metteur en scène qui connaissait Karla et, un beau jour, pour Emery bien sûr, Karla apparut en personne à un brunch dominical. Cela se passait, il me semble, en 1954. Karla était au faîte de sa célébrité et de sa beauté. Je dois dire qu'elle dégageait un magnétisme indiscutable en entrant dans la pièce, malgré sa timidité affligeante. »

Dee s'était mise à rire et, à la chaleur de sa voix, David avait senti qu'elle revivait ce moment.

« Mais elle désira ce jour-là susciter mon attention, parce que son instinct animal lui avait fait sentir que j'étais bien la seule personne de l'assistance à ne pas être béate d'admiration devant elle et que cela l'intriguait. J'ai été gentille par égard pour Emery. Et elle nous a invités à venir prendre un verre chez elle la semaine suivante. »

Dee avait soupiré.

« Je t'ai parlé de Falcon's Lair ? C'était là qu'elle habitait. Non pas dans le quartier chic de Beverly Hills, mais tout en haut de quelque colline abandonnée de Dieu, entourée d'une muraille de pierre de deux mètres qu'elle avait fait construire. La maison était à peine meublée. On aurait dit qu'elle venait d'y emménager. Je te jure, il y avait encore des caisses dans les couloirs alors qu'elle vivait là depuis cinq ans. Personne n'a visité les autres pièces, mais j'ai eu l'impression que, mis à part le salon et la chambre à coucher, elles étaient vides. En fin de compte, elle n'a pas joué dans le film d'Emery. Bien des années plus tard, j'étais déjà divorcée et elle avait pris sa retraite, nous nous sommes croisées par hasard et sommes devenues amies. Mais il faut prendre Karla comme elle est. La clé de sa personnalité tient en trois C : cachottière, chiche et crétine ! Une fois que tu auras saisi cela, tu sauras qui est Karla. »

Dee était partie pour Marbella et David avait essayé de chasser Karla de son esprit. Il était revenu aux mannequins avec lesquels il sortait auparavant. Il s'était lié avec Kim Voren, un superbe top model hollandais qui l'adorait, mais elle lui avait déclaré qu'il était un amant égoïste qui lui donnait peu de plaisir. Il en avait été ébranlé : il avait toujours été un bon amant mais, avec Karla en tête, peut-être qu'il manquait quelque chose à ses effusions amoureuses. Là-dessus la nouvelle explosive du mariage de Dee avait semé la panique dans toute la famille et l'avait brusquement ramené sur terre.

Il avait alors concentré toute son attention sur son travail. Il avait reporté son charme sur Kim et, au bout de quelques jours, elle était revenue avec exubérance sur son opinion quant à ses talents amoureux. Et de retour dans sa routine habituelle, il avait presque apprécié le confort de savoir à l'avance ce que chaque journée allait lui apporter. Plus d'extases enivrantes, mais au moins il ne se sentait plus déprimé. Sans compter qu'il n'avait nul besoin de rester assis dans son bureau à attendre que le téléphone sonne. Et puis, il y a huit jours, la sonnerie du téléphone avait retenti. En plein milieu d'une opération boursière. La voix grave, l'accent prononcé : elle était de retour ! Dix minutes plus tard, il pressait la sonnette de son appartement. Quand elle l'avait accueilli, il n'avait pu dissimuler sa surprise : c'était comme si elle s'était échappée de l'un de ses anciens films. Elle paraissait à peine trente ans. Le visage magnifique n'avait pas une ride, la peau était tendue sur les pommettes. Elle avait ri en lui saisissant les mains.

« Je ne vais pas te raconter que Karla s'est longuement reposée, avait-elle dit. Je vais t'avouer la vérité. J'étais lasse du décalage entre les rides de mon visage et la fermeté de mon corps. Aussi ai-je pris le taureau par les cornes : un chirurgien extraordinaire au Brésil... »

Elle n'avait pas appelé Dee et lui avait recommandé de garder le secret au sujet de son arrivée.

« Je ne suis pas disposée à affronter les questions de Dee concernant mon visage. Ni ses commérages avec ses amies. »

Et maintenant, c'était comme si elle n'était jamais partie. Ils se voyaient tous les jours. Ou bien il se rendait chez elle à cinq heures, ou bien ils se retrouvaient pour voir un ballet ou un film étranger. Après quoi, ils retournaient chez elle pour faire l'amour. Ensuite, ils regardaient la télévision dans sa cuisine tout en mangeant les steaks qu'ils cuisinaient ensemble. Karla n'avait pas de domestiques, car elle détestait la présence de personnes étrangères autour d'elle. Une femme de ménage venait tous les deux ou trois jours à neuf heures et partait à midi.

Elle adorait vraiment la télévision. Elle possédait un récepteur dans chaque pièce. Les actualités ne l'intéressaient pas : elle exécrait la guerre et les films de ce genre lui faisaient horreur. David se rendit compte qu'elle avait traversé la Seconde Guerre mondiale dans un pays occupé. Elle ne voulait pas en parler et jamais il ne l'avait pressée de le faire. Il ne se souciait pas de lui rappeler qu'en 1939, pendant l'occupation de la Pologne, il n'était pas encore né.

Il finit de s'habiller et consulta sa montre : six heures quarante-cinq. Il gagna le salon et se prépara un martini-dry. Dans moins d'une heure, il se trouverait chez Dee pour faire la connaissance de cette belle-fille dont elle venait d'hériter. Dee ne lui avait fait part qu'hier de cette invitation à dîner. Et quand il en avait parlé à Karla la veille au soir, elle avait souri et dit qu'elle comprenait.

« Ne te tracasse pas. Je pourrai inviter un vieil ami à manger ton steak demain. »

Elle ne l'avait pas appelé de la journée. Parce qu'elle n'avait aucune raison de le faire, lui ayant enjoint de venir la retrouver à l'heure habituelle le surlendemain. Si seulement il pouvait l'appeler maintenant. C'était l'aspect le plus frustrant de leurs relations… Comment jouer son rôle de mâle s'il lui fallait rester assis comme une fille au cœur chaviré par l'amour et attendre que ce soit elle qui donne le feu vert ? Il s'assit et but son verre à petites gorgées. Il se sentait bizarrement perturbé et ne pouvait dire ce qui l'ennuyait le plus : l'idée de ne pas la voir ce soir ou la constatation qu'elle n'en éprouvait pas la moindre contrariété. Il était en proie à une sorte de désespoir affreux, une sensation que jamais il n'avait éprouvée avant de rencontrer Karla. Si seulement il avait pu lui téléphoner et lui dire qu'elle lui manquait, que la soirée se terminerait peut-être de bonne heure et qu'ils pourraient se retrouver quand même. Il vida son verre. Quelle situation impossible que de ne pouvoir la contacter ; elle avait même pris la précaution d'effacer le numéro du cadran de ses appareils. Cela privait leur liaison d'un peu d'intimité. Quelle intimité ? Il lui faisait l'amour et cela lui plaisait. Il était le seul à y mettre du sentiment. En fin de compte, elle se moquait de lui. Mais peu importait. Il ne vivait que pour être avec elle et, ce soir, c'était lui qui avait été obligé d'annuler le rendez-vous par la faute de Dee, qui n'avait sans doute jamais connu ce sentiment d'amour et de frustration. Bon sang, comme il la détestait !

Il se sentait encore d'humeur massacrante quand il sonna à l'appartement de sa cousine. Mario, qui exerçait à la fois comme chauffeur et valet de chambre lorsqu'elle était à New York, vint lui ouvrir. Mike le salua et Mario lui servit un martini.

— Dee est en train de se faire coiffer, dit Mike. Un de ces mecs en pantalon serré monte ici tous les soirs.

Puis la porte s'ouvrit et Dee fit irruption dans la pièce. Elle tendit sa joue à Mike, qui y posa un baiser, et s'approcha de David en lui déclarant à quel point elle le trouvait magnifique. Il lui retourna le compliment en lui disant qu'elle était elle-même très en beauté et il l'embrassa. Puis il prit place au bord du divan et échangea quelques formules d'usage avec Mike tout en se demandant où pouvait bien être sa fille.

Il avait presque terminé son martini quand elle entra dans la pièce. Il s'entendit poser des questions banales : Comment s'était passé son voyage ? Avait-elle ressenti le fameux décalage horaire dont tout le monde parlait ? Il savait bien qu'il avait l'air parfaitement idiot. Dieu du ciel ! Elle était belle à ravir.

Il s'entendit également lui promettre de l'emmener au Club, au Maxwell's Plum, chez Daly's Dandelion – tous les endroits qu'elle n'avait pas visités. Bon sang, le voilà qui lui proposait d'acheter des billets pour aller voir *Hair* ! Il alluma une cigarette et se demanda comment il arriverait à se dégager de toutes les invitations qu'il venait de lancer. Il avait parlé sous le coup de l'émotion. Pour ça, il était bien troublé, car il ne s'y attendait pas du tout. Il se rassit et s'efforça de se raisonner : d'accord, January était une jeune fille d'une beauté exceptionnelle, mais elle n'était pas Karla. D'un autre côté, Karla ferait sans doute une autre crise un jour et repartirait ; il devait se le mettre dans la tête une bonne fois pour toutes. Karla n'était que l'incarnation de la merveilleuse folie survenue dans sa vie.

Tout à coup, il se rendit compte qu'il fixait January du regard. Il devait reprendre la parole.

— Savez-vous jouer au backgammon ? demanda-t-il.

— Non, mais j'apprendrais volontiers, dit January.

— Bien. Je serais ravi de vous guider…

Il vida son verre. (C'était le comble : voilà qu'il s'engageait à lui enseigner le backgammon !) Il aurait mieux fait de la boucler et d'y aller mollo sur le martini. Il décida de s'en tenir à des sujets d'ordre général et commença à parler des tournois de backgammon de Las Vegas, Londres et Los Angeles. Dee était la championne de la famille : elle s'en tirait toujours très bien. Il s'entendit lui expliquer comment se déroulaient ces tournois, les paris qu'ils suscitaient… Soudain il s'interrompit. Il avait le sentiment qu'elle se moquait du backgammon comme de l'an quarante et qu'elle l'écoutait seulement par politesse. Que se passait-il ? Lui, l'amant de Karla ! Et cette jeune fille qui le faisait sortir de ses gonds. Cela devait être son détachement singulier, ce demi-sourire détendu qui le faisait bavasser comme un idiot.

La sonnette retentit et Mario fit entrer deux couples arrivés ensemble. David accepta un autre martini. Il aurait mieux fait de s'abstenir, mais cette fille lui faisait un effet déconcertant. Il observa la nonchalance désinvolte avec laquelle elle répondait aux présentations. Et toujours ce sourire aux lèvres…

Il remarqua aussi que l'attention de la jeune fille était constamment dirigée sur son père. Elle suivait du regard chacun de ses gestes, et parfois ils échangeaient un clin d'œil comme s'ils partageaient un amusement secret.

Les invités de Dee accablaient January de compliments délirants. Elle les recevait calmement, mais il devinait qu'elle n'était pas impressionnée pour autant. Puis il fut frappé par l'idée que peut-être lui non plus ne l'impressionnait pas le moins du monde. C'était une expérience inédite, comme lorsque la Hollandaise lui avait déclaré qu'il n'était pas brillant au lit. Était-il en train de se laisser gober tout cru par Karla ? Se laisser vider de toute personnalité ? Le reste de la soirée, il fit un effort délibéré pour chasser Karla de son esprit et se concentrer sur January. Cependant, plus la soirée avançait, plus il avait la sensation gênante de ne se rapprocher d'elle en aucune façon.

En fait, David produisait sur January un effet extrêmement déroutant. Après que Dee lui eut fait l'article, elle s'était attendue à éprouver de l'antipathie au premier coup d'œil. Au lieu de cela, elle avait trouvé très beau ce jeune homme qui semblait si peu imbu de sa personne. Il était très grand. D'habitude elle n'aimait pas les blonds, mais les cheveux de David étaient châtain foncé et décolorés par le soleil. Il avait le teint hâlé et les yeux bruns.

Il lui plaisait. Vraiment. Et ce demi-sourire qui ennuyait tellement David était le seul moyen pour elle de dissimuler ses sentiments. Les muscles de son visage lui faisaient mal à force de s'appliquer à sourire pendant qu'elle observait Mike qui jouait le rôle du « mari de madame ». En effet, il ressortait de l'attitude de chacun – les amis de Dee, et même les garçons et le maître d'hôtel au restaurant – qu'elle était encore Mme Deirdre Milford Granger. Et Mike, rien de plus que le dernier en date de ses époux.

Ils dînèrent chez Raffles, un restaurant-discothèque contigu à l'hôtel Pierre. Dee indiqua à chacun où s'asseoir autour de la grande table ronde. Mike se retrouva coincé entre deux femmes : une certaine Rosa Contalba (une Espagnole d'âge mûr, accompagnée par un jeune artiste yougoslave qu'elle parrainait). L'autre femme était quelconque et plutôt du genre volumineux (comme ses diamants). Et son mari était énorme. Assis à la gauche de January, il se croyait obligé de lui faire la conversation et se lança dans une interminable description de leur ranch dans le Montana. Au début, elle prit l'air intéressé, mais s'aperçut bien vite qu'il ne lui fallait pas plus qu'un « Vraiment ? » ou « Comme c'est intéressant ! » pour le relancer.

La discussion générale roulait sur les vacances d'été et les projets d'hiver. Rosa allait participer à un safari-photo en Afrique. La grosse femme endiamantée ressentait encore la lassitude d'avoir passé la saison des festivités mondaines à East Hampton et ne souhaitait pas déjà penser à l'hiver. Et tout le monde demandait à Dee quand elle allait faire l'ouverture de Winter Palace, à Palm Beach.

— Au mois de novembre. Mais je souhaite me libérer un peu des invités, qui devront comprendre que nous allons nous éclipser de temps à autre pour tous ces tournois de backgammon. Bien entendu, nous serons toujours là-bas pendant les vacances. January viendra probablement passer les fêtes de Thanksgiving et Noël, mais j'imagine qu'elle consacrera le plus clair de son temps à New York, à un poste distrayant.

Un poste distrayant ? Alors que January s'apprêtait à ouvrir la bouche, le gros homme la devança.

— Allons, Dee, ne me dites pas que cette ravissante créature va travailler !

Dee sourit.

— Stanford, vous ne vous rendez pas compte. De nos jours, les jeunes ont envie de faire quelque chose de leurs dix doigts…

— Oh non, grommela Standford. Ne me dites pas qu'elle est de ces énergumènes qui veulent refaire le monde : rendre les terres aux Indiens, militer pour les droits des femmes et des Noirs ?

— Et que dites-vous de ces fanatiques qui se barbouillent la figure et se rasent le crâne ? ajouta la grosse dame. J'en ai vu un groupe qui jouait du tam-tam en psalmodiant des incantations. En pleine Cinquième Avenue, juste en face de Doubleday.

— Ils ne sont pas pires que les affreuses gens qu'on voit aux actualités sur les campus universitaires, intervint Rosa. Eux aussi manifestent. En se tenant par la taille, garçons et filles… On est incapable de les distinguer les uns des autres sauf s'ils portent la barbe.

— Oh ! Cela me fait penser…

La grosse femme se pencha sur la table et chacun s'attendit à entendre un commérage croustillant.

— Savez-vous que Pressy Matthews n'est pas vraiment en cure ? Elle a fait une dépression nerveuse dans un sanatorium du Connecticut. Il paraît que sa fille est partie avec un Juif cet été. Ils ont acheté un break d'occasion, l'ont bourré de provisions, et ils traversent le pays en compagnie d'un gros chien bâtard, séjournant dans des camps de hippies. Le psychiatre de Pressy lui a conseillé de se montrer tolérante afin que la petite Pressy purge son esprit de toute idée de révolte. Mais à la rentrée, la petite Pressy ne retournera pas au lycée. Elle va avoir un enfant avec ce Juif, et ils souhaitent se marier après la naissance du bébé, parce que la petite Pressy exige que le nouveau-né assiste aux noces. Vous voyez le tableau ! La grande Pressy est tombée dans les pommes, ils essaient de garder le secret, y compris sur le séjour au sanatorium… Alors, cela doit rester entre nous.

Le gros homme ajouta :

— Enfin, au moins, il n'y a pas que des guitares et du hard rock chez les jeunes, il suffit de regarder January.

Chacun murmura que January était en effet une beauté mais, après que Dee eut souligné que January avait fait ses études à l'étranger, Rosa lui demanda vers quelles matières elle s'était orientée et Dee répondit rapidement :

— Les langues. January parle français couramment.

Puis Dee lança la discussion sur une adorable petite école maternelle où l'on enseignait les langues étrangères aux tout-petits. January observait son père, prêt à dégainer son Dunhill en or chaque fois qu'une de ses voisines prenait une cigarette. Il allait jusqu'à opiner et sourire à une histoire que lui débitait l'artiste yougoslave. À coup sûr, il payait ses dettes. Elle observait la façon dont il penchait son beau visage en faisant semblant d'écouter, tandis que la grosse femme continuait à radoter. À un moment, il s'aperçut que January le surveillait et leurs regards se croisèrent. Il cligna de l'œil et elle parvint à sourire. Puis il retourna à son office. Tout à coup, elle entendit Dee affirmer :

— January va adorer.

Elle va adorer quoi ? (Il était donc impossible de lâcher cette conversation une seconde.)

Dee souriait et expliquait tous les détails concernant l'école maternelle.

— L'idée consiste à enseigner très tôt les langues étrangères aux bambins pour les rendre bilingues. C'est pourquoi Mary Ann Stokes a eu un tel succès avec son école maternelle au nom français, La Petite École. Mary Ann et moi étudiions ensemble au Smith College. La pauvre fille a attrapé la polio dans sa jeunesse. Et puis sa famille a tout perdu… Alors, sans argent et avec un bras estropié… la perspective pour la pauvre Mary Ann de faire un mariage convenable était nulle. Aussi, quand elle a eu l'idée d'ouvrir cette école il y a quelques années, ai-je consenti à la commanditer. L'affaire roule toute seule à présent.

— Oh, Dee chérie ! s'exclama la grosse dame, vous êtes trop modeste. Toutes ces années… Je n'ai jamais su que vous subventionniez Mary Ann. C'est une école idéale. Ma petite-nièce y est inscrite.

Dee hocha la tête.

— Et naturellement, à la minute où je lui ai annoncé que le français était la seconde langue de January, elle a sauté au plafond. Après tout, cela fait partie des principes de l'établissement : l'enseignement aux tout-petits par de ravissantes jeunes filles de la bonne société. Ils vont adorer January.

— Moi, enseigner ?

January sentit sa voix se fêler. David l'observait attentivement.

— Quand commence-t-elle ? demanda-t-il.

Dee sourit.

— Eh bien, j'ai dit à Mary Ann que nous aurons besoin au moins de deux semaines pour mettre au point la garde-robe de January. Nous pourrions envisager qu'elle commence à travailler début octobre. Mary Ann vient prendre le thé demain, et nous réglerons les détails.

La musique passa du rock aux succès du moment. January dévisagea Mike, qui croisa son regard. Il lui fit un petit signe de tête et se leva. Mais Dee se dressa au même instant.

— Oh, Mike… Et moi qui craignais que tu ne t'en souviennes pas ! C'est notre chanson.

Mike parut un peu surpris, mais il arbora un sourire. Dee se tourna vers la tablée.

— *Three Coins in the Fountain*. C'est ce qu'ils jouaient dans un petit restaurant de Marbella la première fois que nous nous sommes rencontrés.

Tout le monde les regarda s'éloigner. Soudain David se leva. Il tapota l'épaule de January.

— Voulez-vous danser ?

Il la conduisit sur la piste pleine de monde, au point qu'il était impossible de vraiment danser. Ils se faufilèrent parmi les autres couples. David la serra de près et murmura :

— Ça va être bientôt fini et nous nous sauverons.

— Je ne crois pas pouvoir partir !

Elle regardait en direction de son père, qui murmurait quelque chose à l'oreille de Dee.

— Pourtant, c'est ce que vous avez de mieux à faire, dit-il d'une voix neutre.

Une fois la chanson terminée, ils retournèrent à leur table où les attendaient cafés et digestifs. Ils bavardèrent encore un moment avant que la soirée s'achève enfin et que tout le monde se lève en félicitant Dee pour le repas.

— J'emmène January prendre un dernier verre, dit David.

Il remercia rapidement Dee et Mike pour le dîner et, avant que January ait pu formuler la moindre objection, ils se trouvaient dans un taxi en route vers Le Club.

L'endroit était bondé, la musique assourdissante. David connaissait presque toutes les personnes dans la salle. Plusieurs couples de ses amis étaient debout, au bar. David proposa qu'ils se joignent à eux.

— Nous n'allons pas nous éterniser, du coup, nous n'avons pas vraiment besoin d'une table.

Elle répondit aux présentations, dansa avec quelques-uns des amis de David. Les chaînes de Dee pesaient comme une ancre autour de son cou, mais il semblait que toutes les filles sur la piste de danse en étaient affublées. Certaines en portaient même deux fois plus, sans paraître incommodées.

La longue chevelure des filles oscillait en harmonie avec leurs gestes, tandis que les colliers cliquetaient sur le tempo. Un garçon efféminé qui la serrait de trop près et insistait pour obtenir un rendez-vous pour le lendemain soir essaya de la traîner sur la piste. Elle s'efforçait d'être poliment évasive, lorsque David intervint.

— Il fallait que je vous arrache à Ned, dit-il. C'est une vraie folle, mais il se croit obligé de courtiser toutes les jolies filles pour prouver le contraire.

Miraculeusement, la musique changea et des chansons de Bacharach-David se firent entendre. Ils se rapprochèrent l'un de l'autre. David dut la sentir se détendre, car il murmura :

— Moi aussi j'aime ce genre de musique et je possède chez moi la plupart de ces disques.

Elle hocha la tête et sentit sa main lui caresser la nuque.

— J'aimerais coucher avec vous, dit-il.

Ils continuèrent à danser. Elle trouvait incroyable le ton prosaïque avec lequel il venait de s'exprimer. Pas de plaidoyer ardent comme Franco. Pas de serments. Juste une constatation. Ne devait-elle pas se sentir insultée qu'un homme lui parle ainsi dès leur première rencontre ? Chez Mlle Haddon, elle l'aurait été. Cependant, ce soir, elle ne se trouvait pas au pensionnat, mais au Club, en compagnie de David, un homme adulé et distingué. D'ailleurs, il n'avait pas prononcé ces mots comme une question, mais presque comme un compliment. Elle pensa qu'il valait mieux ne pas répondre.

Une fois de retour au bar, il se mêla à la conversation générale, et tout redevint banal et impersonnel. Les garçons évoquèrent les sélections du championnat de base-ball à venir. Les filles discutèrent de leurs vacances, de la manière dont la « saison » battait son plein, du prix à payer pour faire rallonger un manteau en zibeline – la revue *Women's Wear* annonçait qu'il n'y aurait pas de retour de la minijupe. January faisait semblant de s'intéresser à ces bavardages et souriait, mais elle se sentit soudain très lasse. Ce fut une délivrance lorsque David vida son verre et lui proposa de partir. Une fois dans le taxi, elle se lança dans un monologue soutenu : Comme Le Club était un endroit insolite ! Comme ses amis avaient l'air gentils ! Pourquoi la musique était-elle si forte ?

Elle ne s'arrêta de parler qu'en apercevant le perron de l'hôtel Pierre. David demanda au chauffeur de l'attendre et l'accompagna jusqu'à la porte.

— J'ai passé une très bonne soirée, dit-elle.

— Nous en aurons beaucoup d'autres, répondit-il.

Puis, sans préambule, il l'attira contre lui et lui donna un long baiser. Elle sentit sa langue écarter ses propres lèvres tout en étant consciente que le portier tournait discrètement la tête de l'autre côté. Elle fut consternée d'éprouver la même répulsion qu'elle ressentait chaque fois qu'un homme essayait de l'embrasser.

Quand il relâcha son étreinte, il lui dit :

— Ce sera formidable entre nous. Je le sens.

Puis il tourna les talons et remonta dans le taxi.

Mike et Dee étaient penchés sur le plateau de backgammon lorsque January entra dans la suite.

— Je l'ai battue ! lui cria-t-il. Pour la première fois, je l'ai battue.

— Il n'a respecté aucune règle ! s'exclama Dee d'une voix traînante. Il a tout bonnement eu une chance incroyable aux dés.

— Je ne respecte jamais les règles, plaisanta Mike.

Dee reporta toute son attention sur January.

— David n'est-il pas exquis ?

Mike se leva.

— Pendant que vous faites le bilan de la soirée, moi, je vais prendre une bière. Quelqu'un désire-t-il quelque chose ? Un Coca, January ?

— Non, merci.

Elle entreprit de retirer les bijoux de Dee.

Une fois que Mike eut quitté la pièce, Dee s'adressa à January :

— N'avais-je pas raison au sujet de David ? Il est beau comme un dieu, n'est-ce pas ? Quand le revoyez-vous ?

La jeune fille prit soudainement conscience qu'il ne lui avait pas fixé de rendez-vous. Elle tendit à Dee ses boucles d'oreilles et ôta les chaînes.

— Je vous remercie vivement pour les bijoux…

— Aucun problème. Maintenant parlez-moi de David. Où êtes-vous allés ?

— Au Club.

— Oh, c'est un endroit amusant. De quoi avez-vous parlé tous les deux ?

January se mit à rire.

— Dee, on ne peut pas parler au Club, à moins d'utiliser le langage des signes. Nous avons dansé et j'ai rencontré plusieurs de ses amis.

— Je suis ravie. David connaît tous les jeunes gens bien et…

— Dee, puis-je vous parler au sujet de la maternelle ?

— Quelle maternelle ? s'interposa Mike, qui était de retour dans la pièce.

Dee retourna à la table de backgammon.

— Oh, January et moi avons un projet en tête. Prépare le jeu, Mike, il faut que je te batte avant de nous coucher, histoire de te prouver que tu n'y connais rien. Dépêchez-vous d'aller dormir, January. Demain, nous aurons beaucoup de choses à nous dire.

January envoya un baiser à son père et s'enfuit vers sa chambre. Pendant un long moment elle observa la porte fermée. Mike Wayne, jouant au backgammon… Elle repensa à David. Peut-être, avec ce « Je veux coucher avec vous », ne cherchait-il qu'à lui faire un compliment. Et elle s'était braquée à cause de ça. Après tout, ce n'était pas comme s'il avait essayé de la peloter, ou s'il avait employé des mots obscènes.

Mais ce n'était tout de même pas correct ! Ou peut-être bien que si…

Le monde avait bien changé depuis son séjour au pensionnat. Mike aussi avait changé, le monde entier était différent. Peut-être était-il temps pour elle d'évoluer à son tour !

David était si gentil. Et beau garçon. L'avait-elle découragé ? Peut-être l'avait-il sentie se raidir quand il avait prononcé ces mots. Mais il l'avait embrassée pour lui dire bonne nuit. Elle n'avait pas répondu avec beaucoup d'enthousiasme, mais sans doute ne l'avait-il pas remarqué.

Et s'il l'avait remarqué ?

Il ne lui avait pas fixé d'autre rendez-vous. Il pouvait tout simplement avoir oublié. Après tout, elle-même ne s'en était aperçue que lorsque Dee en avait parlé. Le téléphone sonna. Elle allongea le bras avec tant de vivacité qu'elle faillit renverser la lampe.

— Salut, mon poussin.

C'était la voix de Mike, qui parlait en chuchotant.

— Oh, salut, papa.

— Dee est dans la salle de bains. Je crois que nous avons des choses à nous dire. Veux-tu qu'on se retrouve pour le petit déjeuner dans le salon, demain matin à neuf heures ?

— OK.

— Et ne sois pas si mélancolique. Je te promets que tu ne seras pas obligée d'enseigner à des marmots !

— Oh !

Elle fit entendre un petit rire sans joie.

— Tu vois. Je suis toujours là pour mettre les choses au point. Pas vrai ?

— Si.

— Bonne nuit, chérie.

— Bonne nuit, papa.

Le lendemain matin, Mike était assis sur le sofa et lisait le *New York Times* quand elle entra dans le salon. Sans dire un mot, il emplit une tasse et la lui tendit.

— Sadie prépare toujours la table avant d'aller se coucher, dit-il. Dee dort habituellement jusqu'à midi, il n'y a donc pas beaucoup de remue-ménage autour du petit déjeuner par ici.

— Tu te lèves toujours aussi tôt ?

— Seulement depuis ton arrivée.

Elle s'assit et sirota son café.

— Mike, il faut qu'on discute.

Il sourit.

— Qu'est-ce que tu crois que je fais ici ?

Elle riva ses yeux sur la tasse de café.

— Mike… je…

— Tu ne veux pas enseigner à l'école maternelle.

Elle le regarda.

— Tu étais au courant ?

— Pas avant que tu n'en parles. Et j'ai réglé ça avec Dee hier au soir. Pas de Petite École. Ensuite ?

— Je ne peux pas vivre ici.

Il fronça les sourcils.

— Pourquoi pas ?

Elle se leva et se dirigea vers la fenêtre.

— Oh, regarde, d'ici je vois ma colline. Avec un gros caniche blanc.

Il vint près d'elle.

— Pourquoi ne peux-tu pas vivre ici ?

Elle tenta de sourire.

— Peut-être parce que je ne peux pas supporter de te partager.

— Allons. Tu sais bien que tu ne me partages pas. Ce qu'il y a entre nous n'appartient qu'à nous.

— Non, fit-elle en hochant la tête, cela ne marchera pas. Je ne peux pas supporter de voir…

Elle s'interrompit.

— Laisse tomber.

— Qu'est-ce que tu ne peux pas supporter de voir ?

— Je… je ne peux pas supporter de te voir jouer au backgammon !

Pendant un instant aucun d'eux ne dit mot. Il la regarda dans les yeux, se força à sourire et lui prit les mains.

— Ce n'est pas inintéressant… vraiment. Écoute, elle a refait la chambre pour toi, changé le papier peint, acheté des cintres spéciaux pour les placards, tout le tremblement. Je pense que tu la blesserais si tu ne faisais pas au moins un essai. De plus, nous allons partir à Palm Beach au début de novembre. Dans six semaines, tu auras l'appartement pour toi toute seule. Fais un effort pendant un petit moment en tout cas. Ensuite, si tu veux déménager, d'accord. Mais au moins fais un essai, je t'en prie.

Elle réussit à sourire cette fois.

— OK, Mike.

Il se déplaça pour aller se verser une autre tasse de café.

— Comment as-tu trouvé David ?

— Je l'ai trouvé, ma foi, très stylé…

Elle surprit son regard étonné.

— Tu voulais qu'il me plaise, n'est-ce pas ?

— Bien sûr, mais je crois être comme tous les pères. Je sais qu'un jour tu tomberas amoureuse, je veux que tu tombes amoureuse, et pourtant quand je l'apprendrai cette idée me semblera probablement odieuse.

Il éclata de rire.

— Ne fais pas attention à ce que je te dis. Je n'ai jamais été bien en forme le matin. Maintenant, quel est ton programme ? Veux-tu me retrouver pour qu'on déjeune ensemble ?

— J'aimerais bien déjeuner… un autre jour. Il faut que je m'achète des vêtements. David m'a signalé des boutiques susceptibles d'être à mon goût sur la Troisième Avenue. Aussi vais-je filer là-bas. Et puis j'ai un rendez-vous à trois heures avec Linda Riggs.

— Qui est Linda Riggs ?

— C'est cette fille du pensionnat, celle dont tout le monde disait qu'elle deviendrait une vedette. C'est-à-dire, tout le monde sauf toi. Elle est rédactrice en chef du magazine *Gloss* à présent.

— Parfait. Cela remplira ta journée. Ce soir, Dee a invité des gens pour l'apéritif à sept heures, et ensuite nous irons au « 21 ». Veux-tu venir avec nous ? Ou as-tu prévu de revoir David ?

Elle rit.

— Hier soir nous sommes allés au Club. C'était bondé. La musique faisait un bruit infernal. David connaissait tout le monde. Impossible d'échanger deux mots. Et voilà… nous avons tout bonnement oublié de prendre rendez-vous. C'est idiot, non ?

— Non, cela arrive.

Il alluma une cigarette.

— Écoute, mon poussin, ne pense pas trop à lui. Prends les choses comme elles viennent, sans forcer.

— Mike, tu voulais que David me plaise. Quelque chose te tracasse. Qu'est-ce que c'est ?

— Eh bien, je me rends compte maintenant que tu es dans une situation très vulnérable. Tu es de retour… New York est devenue une ville étrangère… J'ai pris une nouvelle épouse… Tu ne sais pas quoi faire de tes journées… Une proie facile pour le premier type un peu séduisant qui se présente. Je suis enchanté qu'il te plaise, mais il y a un tas de filles ravissantes dans cette ville et c'est un beau parti.

— Et alors ?

— Eh bien, il pourrait ne pas avoir *oublié* de fixer un rendez-vous. Il pourrait tout simplement n'avoir plus une minute de libre ces temps-ci.

— Mike, tu sais quelque chose ?

Il se leva et alla à la fenêtre.

— Je ne sais rien. Je l'ai vu la semaine dernière sortir d'un cinéma d'art et d'essai avec Karla. Je dois avouer que j'étais très impressionné parce qu'elle est l'une des rares femmes que j'aimerais rencontrer. Je n'en ai tiré aucune conclusion. Mais il y a deux jours, je l'ai aperçu qui faisait les cent pas dans la 50e Rue devant le Carnegie Hall. Et Dee m'affirme que Karla loue un studio là-bas. Et ne voilà-t-il pas qu'elle est descendue et qu'ils sont partis ensemble. Il ne m'a pas vu. Et je n'ai rien raconté à Dee.

— Tu veux donc dire qu'il est avec Karla ?

— Je voudrais aussi te dire qu'il est impliqué avec un superbe mannequin hollandais, Kim Voren. Elle fait la couverture de *Vogue* ce mois-ci. Je t'ai peut-être donné l'impression que nous t'apportions David sur un plateau d'argent. C'est ce que Dee voudrait croire, mais David est son propre maître. Et je ne veux pas que tu aies de la peine. J'aimerais tellement t'offrir le monde. La nuit dernière, j'ai beaucoup réfléchi, peut-être parce que pour la première fois j'ai compris que tu étais une fille magnifique qui sortait pour la première fois. Une fille magnifique mais vulnérable. Et je ne veux pas que tu te morfondes à attendre que ce type-là te téléphone.

— Ce n'est pas mon intention. Je veux travailler.

Il traversa la pièce, se versa une autre tasse de café et alluma une nouvelle cigarette.

— Qu'est-ce que tu as envie de faire ?

Elle haussa les épaules.

— Jusqu'à présent j'avais toujours imaginé que j'évoluerais dans le monde du show-business à tes côtés. D'une certaine manière, j'ai l'impression d'y avoir passé toute ma vie. Je pense pouvoir jouer la comédie, mais je n'ai aucune expérience. Et je sais pertinemment que la concurrence est rude. Mais il y a des théâtres *off Broadway*. Je pourrais peut-être chercher un boulot comme aide-régisseur, ou doublure, figurante, n'importe quoi. Dee avait raison sur un point : je veux réellement m'occuper.

Il parut songeur.

— La plupart des producteurs et des metteurs en scène que je connais sont désormais sur la côte Ouest. Concernant les théâtres *off Broadway*, c'est une toute nouvelle faune. Tu sais quoi, je vais téléphoner à l'agence Johnson Harris, c'est une bonne agence artistique. Sammy Tebet est vice-président, responsable du département cinématographique. Il me doit quelques retours d'ascenseur. Je lui demanderai de te présenter à des gens honnêtes.

Il regarda sa montre.

— Je vais essayer de le joindre dans une heure.

— Ce serait formidable. Peut-être pourront-ils me recevoir demain.

Elle se leva.

— Et maintenant, je pars acheter New York, comme tu me l'as conseillé hier.

— Et aujourd'hui, tu as vraiment l'air disposée à le faire.

Elle hocha la tête.

— Tu vois sur moi l'effet d'une bonne nuit de sommeil.

5

La Troisième Avenue était un monde entièrement à part. January avait déposé à l'hôtel Pierre des cartons bourrés de pantalons, de jupes longues, de chemisiers, de salopettes – en quantité suffisante pour orner la plupart de ces lourds cintres en laiton que Dee avait fait installer dans ses placards. À présent sa garde-robe était tout aussi farfelue que celle de n'importe quelle New-Yorkaise.

Gloss était une véritable usine de vêtements à la dernière mode, dans laquelle le personnel cavalait frénétiquement dans tous les sens. La réceptionniste l'annonça, avant de lui indiquer son chemin à travers un long hall. Des employés s'agglutinaient pour analyser des maquettes. Des jeunes gens transportaient des cartons à dessin sous le bras. Des jeunes filles passaient en courant, un croquis à la main. Une lumière artificielle fluorescente inondait la plupart des bureaux sans fenêtres. Tout le monde arborait un air résolument « contemporain », les filles trop minces aux cheveux longs et aux lunettes teintées et les garçons à la barbe taillée avec soin. January était contente d'étrenner l'une de ses nouvelles tenues.

Elle s'arrêta à l'extrémité du hall devant une grande porte laquée de blanc, où le nom *LINDA RIGGS* était inscrit en grosses lettres de bois. La secrétaire, logée dans un petit box à l'extérieur, introduisit January dans une magnifique pièce d'angle aux immenses baies vitrées. Une séduisante jeune femme, assise derrière le bureau, prenait des notes, un récepteur téléphonique coincé entre la joue et l'épaule. La décoration des lieux était moderne et colorée : murs blancs, tapis orange posés sur des parquets en bois teinté de noir, tableaux inspirés des célèbres « taches d'encre » de Rorschach colorisées, chaises de cuir blanc, divan noir en velours, tables en plexiglas, anciens numéros de *Gloss* éparpillés un peu partout. Le bureau donnait toutefois une impression d'intense activité. January prit place en attendant que la femme raccroche le téléphone. L'idée de revoir bientôt Linda dans ce décor chic, avec ses cheveux en bataille et ses traits irréguliers, lui paraissait irréelle.

La femme lui signifia par un geste qu'elle tentait de mettre fin à la communication. January lui répondit par un sourire compréhensif et jeta un coup d'œil aux manuscrits empilés sur le rebord des fenêtres. Sur une table s'étalaient *Ladies' Home Journal*, *Cosmopolitan*, *Vogue* et d'autres revues concurrentes.

Elle raccrocha enfin.

— Je suis désolée. Cette conversation n'en finissait pas. Eh bien, tu es vraiment canon ! Mais comment en serait-il autrement avec Mike Wayne pour père…

January sourit poliment et se demanda où était Linda. Cette femme séduisante et affable l'observait comme si elle était une pièce de musée. January se leva.

— J'ai rendez-vous avec Mlle Riggs à trois heures et…

La femme se mit à rire.

— January ! Qui crois-tu que je sois ?

January parut abasourdie. Mais Linda rit de plus belle.

— J'avais oublié, Seigneur ! Cela fait combien de temps ?

— À peu près dix ans !

— C'est juste ! Eh bien, tu ne pensais pas que j'allais rester affligée de ce visage-là toute ma vie, non ? On m'a retiré mon appareil dentaire et posé quelques couronnes et, bien entendu, je me suis fait refaire le nez – mon cadeau de fin d'études. Et puis j'ai perdu dix kilos de ce qu'on appelle des « rondeurs juvéniles »…

— C'est incroyable, fit January. Linda, tu es superbe. Je veux dire… ta personnalité a toujours été si forte que les gens te trouvaient belle mais…

— J'avais l'air ébouriffée avant que ce soit dans le vent. Maintenant que je suis passée par cette transformation, les laides reviennent à la mode. Je te jure que par moments je voudrais retrouver mon ancien nez ! Entre parenthèses, Keith ne sait pas que je me suis fait arranger le nez et les dents…

Elle appuya sur un bouton de l'interphone posé sur son bureau et la voix de la réceptionniste se fit entendre.

— Oui, madame ?

— Norma, quand Keith Winters arrivera, envoyez-le directement ici.

Puis Linda se tourna vers January.

— J'aurais préféré que tu portes quelque chose de plus coloré. J'adore ton pantalon, et ta veste de daim est ravissante, mais tout cela est un peu trop beige et Keith va apporter des tas de pellicules couleur.

— Linda, je ne suis pas venue ici pour me faire photographier, mais pour te revoir. J'aimerais que tu me racontes tout sur toi et le magazine. Je suis tellement impressionnée.

Linda se leva de son bureau et prit place sur le divan. Elle saisit un paquet de cigarettes à disposition dans un grand plateau en verre.

— Nous avons ici tout ce qu'il est possible de fumer sauf de la marijuana. Alors, sers-toi.

— Merci, je ne fume pas.

— Je voudrais bien en dire autant. Comment fais-tu pour rester aussi mince sans fumer ? Je m'inquiète quelquefois, avec tout ce qu'on raconte sur le cancer, mais on prétend que les cigarettes contiennent une substance secrète qui les rend inoffensives pour les femmes jusqu'à la ménopause. À propos de ménopause, parle-moi de Deirdre Milford Granger.

— Elle s'appelle Mme Michael Wayne désormais.

— Bien sûr ! dit Linda en souriant. J'aimerais bien faire un article sur elle et ton père. Nous visons le groupe d'âge des vingt à trente ans, mais tout le monde adore lire des articles sur les gens odieusement riches. Nous avons essayé de la joindre à maintes reprises, mais elle nous a toujours éconduits. C'est pourquoi je brûle de faire un article sur toi. Ça va passionner nos lecteurs. Je suis surprise que Helen Gurley Brown ou Lenore Hershey ne se soient pas déjà manifestées. Quoique ce soit plus un sujet pour *Cosmopolitan* que pour *Ladies' Home Journal*. Je parie que Helen Gurley Brown va me faire retourner chez mon psychiatre.

— Pourquoi ?

— C'est qu'elle a tellement de succès ! Elle a percé en écrivant l'histoire d'une pauvre fille qui dégote un mari sublime. Et le plus drôle, c'est que de nos jours plus personne ne se marie, à part les vieux. En tout cas, c'est l'angle que je compte prendre dans mon article. Les sujets ne vous tombent pas tout rôtis dans le bec. Il faut les dénicher, arriver au front la première. C'est pourquoi je suis à mon bureau de huit heures du matin à huit heures du soir. Ce n'est pas facile, mais cela reste le seul moyen d'y parvenir. Parce que j'ai bien l'intention que *Gloss* dépasse un jour *Cosmopolitan* et tous les autres.

— Tu ne crois pas au mariage ? demanda January.

— Bien sûr que non. Je vis avec Keith et nous sommes très heureux comme ça. Nous prenons les choses comme elles viennent. Parce que rien n'est éternel, et surtout pas la vie.

— C'est le photographe ?

Linda sourit.

— En réalité, il est acteur. Photographe, c'est son violon d'Ingres. Je lui confie tous les reportages que je peux trouver. Il est diablement bon. Bien sûr, il ne vaut ni Halsman ni Scavullo. Il pourrait les égaler, s'il s'y consacrait entièrement, mais il est déterminé à devenir le Marlon Brando des années 1970. Il est vraiment merveilleux. Je l'ai vu jouer *Un tramway nommé désir* à l'Equity Library Theater dans le Queens. Mais le malheur veut qu'il n'y ait pas d'emplois dans le théâtre de nos jours. Et il n'a jamais eu la chance de percer à Broadway.

— Je pensais que ce serait toi, la grande star, dit January. Nous le pensions toutes, chez Mlle Haddon.

Linda secoua la tête.

— J'ai essayé. Mais, même avec le nez refait et le reste, je n'ai pas réussi à dégoter un rôle sérieux. Je veux dire que c'était lamentable, ces filles qui bossaient comme serveuses la nuit pour payer leurs cours et courir le cachet toute la journée. J'ai fait ça au début. Je suis même devenue serveuse dans une cafétéria. Et puis, un jour, j'y ai rencontré une femme qui cherchait du travail – une comédienne, elle aussi, qui avait dépassé la trentaine… J'ai alors compris qu'il était inutile de continuer et je suis entrée chez *Gloss*. La revue battait de l'aile et j'avais un tas d'idées pour la faire marcher, mais personne ne voulait m'écouter. Je suis restée là comme grouillot pendant deux ans. Et puis quelqu'un du service publicité m'a raconté que John Hamer allait fermer *Gloss*. Il est président du conseil d'administration de Jenrose : ils possèdent *Gloss* et plusieurs autres revues. Tout le monde cherchait déjà à se recaser ailleurs. Alors, risquant le tout pour le tout, je suis allée le trouver pour lui exposer mes idées. Je lui ai dit qu'il fallait cesser de concurrencer *Vogue* pour la haute couture et s'adresser plutôt à un public plus jeune, les femmes actives et les mères de famille, vendre de la publicité pour les derniers soutiens-gorge à la mode, publier des articles sans happy end de rigueur. Écrire sur les couples qu'aucun prêtre ou conseiller conjugal ne peut sauver, sur « l'autre femme » qui souffre, tandis que l'épouse légitime s'en bat l'œil et se paie du bon temps. Il a pris le risque et m'a nommée éditrice chargée des éditions spéciales. Au bout d'un an, nous avions doublé le chiffre de nos ventes et je suis passée rédactrice en chef. Nous avons été les premiers à faire un reportage photographique sur la mode des seins nus sur la Côte d'Azur. J'ai fait rédiger des articles pour et contre l'accouchement sans douleur, pour et contre le fait d'avoir des enfants… Nous avons fait des étincelles et nos chiffres de diffusion ne cessent de grimper. Mais si je veux damer le pion au *Ladies' Home Journal* et au *Cosmopolitan*, il faut que je les devance. Et si je ne peux pas obtenir Deirdre Milford Granger Wayne, alors je me contenterai de January Wayne ! Je voudrais faire un reportage photographique sur toi dans notre numéro de janvier, sous le titre : « January n'est pas qu'un mois de l'année, mais une fille qui a tout ce qu'elle veut au monde. »

— Linda, je refuse qu'on écrive un article sur moi.

Pendant un instant, Linda la regarda fixement.

— Alors, pourquoi es-tu venue me voir ?

— Parce que, eh bien… j'avais espéré que nous deviendrions amies. Je ne connais personne à New York.

— La petite princesse solitaire ? Allons donc, c'était le lot de ta belle-mère. Du moins jusqu'à ce qu'elle épouse ton père. Ce doit être un chaud lapin. Tu sais quoi ? J'ai toujours eu un faible pour lui.

January se leva, mais Linda lui attrapa le bras.

— Oh, Dieu du ciel, ne prends pas la mouche. Écoute, d'accord, tu te sens seule. Tout le monde se sent seul. Et l'unique moyen de ne pas l'être, c'est de coucher avec l'homme qui te plaît et de te réveiller le lendemain matin dans ses bras. J'ai trouvé ce bonheur-là avec Keith et c'est l'une des raisons pour lesquelles je voudrais faire cet article. Parce que, alors, je pourrais le payer convenablement. Tu vois, je crois que, si ses clichés commençaient à être reconnus, il prendrait la photographie plus au sérieux. Et je n'aurais plus à craindre de le voir partir six mois en tournée avec une troupe de comédiens.

L'intensité des sentiments de Linda transformait entièrement son visage, et tout à coup January eut devant les yeux la Linda de chez Mlle Haddon. La jeune fille tumultueuse. La Linda d'*Annie du Far West*.

Elles restèrent silencieuses un moment. Enfin, January reprit la parole.

— Linda, si tu tiens tellement à Keith, pourquoi ne vous mariez-vous pas ?

— Parce que je te l'ai expliqué : nous ne croyons pas au mariage !

Elle était redevenue la Linda Riggs du magazine *Gloss*.

— C'est mon partenaire et nous vivons ensemble et ça suffit et…

La porte s'ouvrit brusquement et Keith Winters fit irruption dans la pièce. January reconnut aussitôt le photographe du vestibule de l'hôtel Pierre. Ses cheveux étaient longs et mal coiffés ; il portait une casquette de marin, une veste des surplus de l'armée, un tee-shirt, des tennis et une salopette.

— Navrée, Keith, dit Linda. Je crains que le reportage ne soit annulé. La dame refuse.

Il haussa les épaules et retira l'appareil qu'il portait en bandoulière. Il en avait aussi un autour du cou. January se sentit légèrement coupable.

Keith prit un paquet de cigarettes sur le plateau. Puis il se tourna vers Linda.

— Dis donc, il vaut mieux que tu ne m'attendes pas pour dîner.

— Mais c'est le jour où Evie vient faire le ménage et je lui ai demandé de préparer du bœuf en croûte, comme tu l'aimes.

Il secoua la tête.

— J'ai rendez-vous avec Milos Doklov. Il faut que je descende dans le quartier des affaires à cinq heures et demie.

— Qui est-ce ? demanda Linda.

— Simplement l'un des meilleurs metteurs en scène des théâtres *off Broadway*. Il a été nommé à deux reprises pour recevoir un Obie Award.

Il regarda January.

— C'est le Tony Award attribué aux petits théâtres qui produisent des pièces plus expérimentales…

— Oh ! Je ne savais pas.

— Rassurez-vous, Linda non plus.

— Keith, je n'ai rien contre le théâtre *off Broadway*.

— Comment le pourrais-tu ? Tu n'y es jamais allée.

— J'irai à la première de ce spectacle-là.

— Calme-toi, fit-il. C'est super expérimental mais, si c'est assez bon pour Milos, je m'en contenterai.

— C'est merveilleux, fit Linda avec un enthousiasme forcé. Raconte-moi tout. Quel est ton rôle ? Quand a lieu la première ?

— La pièce se joue déjà et fait un « tabac » selon les critères d'*off Broadway*. Le jeune premier part jouer dans une autre pièce et j'auditionne pour son rôle.

— Eh bien, c'est formidable. Je mettrai le bœuf en croûte au congélateur et je t'attendrai. Nous sortirons du pâté et du vin pour fêter ça.

— Je n'aime pas le pâté.

Il s'adressa à January.

— C'est embêtant que vous foiriez le reportage. J'aurais pu gagner ma croûte, et ma bourgeoise a besoin d'un bon article. La nuit elle parvient à s'endormir uniquement quand les ventes montent.

January sentit un courant sous-jacent d'agressivité entre eux. Linda souriait, mais ses mains tremblaient quand elle essaya d'allumer sa cigarette. Tout à coup, January comprit que Linda avait désespérément besoin de cet article, et pas seulement pour la revue.

— Linda, peut-être que si je téléphonais à mon père et lui demandais…

— Lui demander quoi ?

Linda gardait les yeux fixés sur Keith.

— Pour l'article… je veux dire, à propos de ce que tu voulais faire sur moi.

Linda s'illumina.

— Oh, January, fais-le. Appelle-le maintenant. Prends le téléphone sur mon bureau.

January ne connaissait pas le numéro professionnel de son père. Peut-être Sadie pouvait-elle la renseigner. Elle appela l'hôtel Pierre. Non seulement Sadie connaissait le numéro, mais elle l'informa également qu'on avait livré deux douzaines de roses à son intention. Sadie lui lut la carte d'accompagnement.

— C'est de la part de M. Milford. Il a écrit un mot sur sa carte de visite : « Merci pour cette excellente soirée. Vous appelle dans quelques jours. D. »

Elle remercia Sadie et composa le numéro de son père. La secrétaire lui proposa d'essayer de le joindre au Friars Club. Elle songea aux fleurs en attendant qu'on le prévienne. « Vous appelle dans quelques jours. » Comme Mike l'avait dit, il ne se morfondait pas à l'attendre et il fréquentait sans doute déjà quelqu'un. Mais les fleurs servaient à lui montrer qu'il pensait à elle.

Son père lui parut essoufflé au téléphone.

— Qu'est-ce qui se passe, mon poussin ?

— Est-ce que je t'ai interrompu en plein travail ?

— Sûr ! Une partie de gin sans merci et un double Schneid…

— Oh, excuse-moi.

— Écoute, mon cœur, d'où je suis, je peux voir le type que j'ai battu à plates coutures tenter de regarder mon jeu. Tu as besoin de me parler de quelque chose en particulier ? Ou s'agit-il tout simplement d'un appel de courtoisie ?

— Je me trouve actuellement dans les bureaux de la revue *Gloss* et Linda veut faire un article sur moi.

— Et alors ?

— Es-tu d'accord ?

— Bien sûr…

Il s'interrompit.

— C'est-à-dire si c'est un sujet sur *toi*. Je ne veux pas que Dee soit dans le coup. Écoute, exige l'assurance écrite d'avoir un droit de regard sur l'article avant sa parution dans le magazine.

— D'accord.

— Oh… Et, dis donc, tout est arrangé pour que tu rencontres Sammy Tebet demain, au bureau de Johnson Harris. À dix heures.

— Merci, Mike.

— À tout à l'heure, mon poussin.

Elle raccrocha et leur exposa les conditions de son père. Linda acquiesça :

— Ça marche. Je vais immédiatement faire rédiger la lettre. Je mettrai Sara Kurtz sur le texte. Keith, tu peux commencer tout de suite les photos.

Elle appuya sur un bouton de l'interphone.

— Janie, envoyez-moi Ruth et ne me passez aucun appel. À moins qu'il ne s'agisse de Wilhelmine. Je veux absolument son nouveau mannequin allemand pour la couverture de février… Shotzie je ne sais quoi. Mon Dieu, vous savez bien que je ne retiens pas les noms. Quoi ? Non. Et dites à Léon de réserver l'illustration pour l'extrait du nouveau roman. Il faut que je voie ça ce soir avant mon départ. Oui, ce sera tout…

Elle leva les yeux vers une fille laide, à l'allure de petit oiseau effarouché, qui entrait timidement dans la pièce en serrant un bloc-notes. Linda lui fit un bref salut de la tête et raccrocha.

— Asseyez-vous, Ruth. January, Ruth est un as de la sténo. Je vais poser les questions, parce que je sais déjà quel angle doit avoir l'article. Et dans quelques jours, nous te fixerons un rendez-vous avec Sara…

Keith avait fini de charger ses appareils. Il sortit son photomètre, changea une lampe, puis prit un instantané au Polaroid pour vérifier la composition de son plan. Il l'examina, hocha la tête et se mit à mitrailler avec un autre appareil.

Le sourire de Linda était devenu professionnel.

— Allons, January. Après le pensionnat de Mlle Haddon, où es-tu partie étudier ?

— En Suisse.

— Dans quel établissement ?

January vit Ruth gribouiller une série de signes cabalistiques sur son bloc. Elle hésita un instant. Elle ne se rappelait plus le nom que Dee lui avait donné la veille. Ce que Dee voulait faire croire à ses amis était une chose. Mais January ne désirait pas mentir sur ce point, dans un texte imprimé. En outre, cela pourrait occasionner des ennuis à Linda. Pour ajouter à sa gêne, Keith s'agitait tout à coup à travers la pièce, prenant des clichés d'elle sous les angles les plus saugrenus. January se tourna vers Linda.

— Écoute. Concentrons-nous sur le moment présent. Je ne veux pas qu'on s'étende sur le pensionnat de Mlle Haddon, Dee, ou la Suisse. Je commence à chercher du travail demain et… nous allons partir de là.

Linda se mit à rire.

— Tu cherches du travail ? Toi ?

Keith s'approcha et prit un cliché. January sursauta.

— Oubliez-moi, supplia-t-il. Vous et Linda, continuez votre conversation. Je travaille mieux ainsi.

— Si tu veux du boulot, dit Linda, viens travailler pour moi.

— Ici ?

January commençait à être tendue. Le cliquetis incessant de l'appareil photo la mettait sur les nerfs.

— Bien sûr. Je serais enchantée d'ajouter ton nom sur la liste des collaborateurs du magazine. Tu pourrais être rédactrice stagiaire, sans être esclave ni grouillot. Je te paierai cent vingt-cinq dollars la semaine et te permettrai de rédiger des articles.

— Mais je ne sais pas écrire.

— Je ne savais pas non plus, répondit Linda. J'ai appris. Et maintenant je n'en ai plus besoin. J'ai un tas de *rewriters*. Tout ce que tu aurais à faire, ce serait d'obtenir les interviews, de t'y rendre, de prendre des notes ou de te servir d'un magnétophone. Et puis je chargerais quelqu'un de rédiger.

— Mais pourquoi voudrais-tu me recruter ?

— Pour ton influence. Écoute, l'année dernière, Sammy Davis Jr. était en ville et je n'ai eu aucun moyen de l'approcher. Si tu avais travaillé avec nous à ce moment-là, un coup de téléphone de ton père à Sammy aurait suffi. Mike Wayne s'est peut-être retiré du show-business, mais il a encore ses entrées auprès de gens inaccessibles pour nous. En ce moment même, nous nous concentrons sur les lecteurs friands de commérages sur les jeunes gens distingués. Tu pourrais même publier une chronique mensuelle sur ce qui se passe dans le beau monde. Et puis ta nouvelle belle-mère connaît la grande Karla. Alors, si nous pouvions avoir un article sur elle…

— Karla n'a jamais donné une interview de sa vie, fit Keith.

— Bien sûr que non, concéda Linda. Mais qui parle d'une interview ? S'il arrivait à January de la rencontrer lors d'une des réceptions de Dee et de surprendre quelque perle tombant de cette superbe bouche polonaise…

— January, j'ai six clichés de vous où vous froncez les sourcils, dit Keith. Prenez une autre expression.

January se leva et sortit du champ de l'appareil.

— C'est insensé, la façon dont vous vous comportez tous les deux. Je viens rendre visite à une amie d'enfance et je me retrouve à répondre à une interview. Je dis que je cherche du travail et tu me demandes de devenir Mata Hari. Pour parler comme toi, Linda, PAS QUESTION !

— Quel genre de travail cherches-tu ? demanda Linda.

— Jouer la comédie.

— Grands dieux ! grommela Linda.

— Avez-vous de l'expérience ? demanda Keith.

— Pas vraiment. Mais j'ai passé ma vie à observer et à écouter. Et au… en Suisse, je faisais beaucoup de lecture à haute voix. Chaque jour pendant deux heures : Shakespeare, Marlowe, Shaw, Ibsen.

Keith continuait de mitrailler tandis qu'elle parlait.

— Venez avec moi cet après-midi. Je vous présenterai à Milos Doklov, il a toujours un projet en route. Il se peut qu'il connaisse une autre personne en train de monter une pièce pour laquelle vous pourriez auditionner. Vous chantez ? Vous dansez ?

— Non, je…

— Quelle bonne idée, fit Linda. Et, Keith, vois si tu peux faire quelques clichés de January avec ce Milos. Prends aussi quelques photos d'elle avec le Village à l'arrière-plan…

Tandis que Keith commençait à ranger son appareil, Linda précisa :

— Je te contacterai d'ici un jour ou deux, January. J'aurai alors rédigé la lettre dans les termes exigés par ton père et je vais fixer ton rendez-vous avec Sara Kurtz.

Elle regarda alors Keith.

— Je tiendrai ton bœuf au chaud jusqu'à huit heures. Tâche de rentrer avant.

— J'essaierai. Mais n'y compte pas trop, dit-il. Venez, mademoiselle la comédienne, lança-t-il en prenant January par le bras. En route !

Une fois dehors, Keith ajouta :

— Maintenant, petite fille riche, vous allez voyager à la mode des acteurs au chômage.

— Comment cela ?

— En métro. Chacun paie sa part. Vous avez trente *cents* ?

— Oui, bien sûr. Vous savez quoi ? Je n'ai jamais pris le métro !

Il éclata de rire en l'entraînant dans l'escalier.

— Continue à me raconter ta vie, chérie. Tu m'épates !

Elle s'assit à côté de Keith, essayant de surmonter sa nausée, tandis que la rame traversait la ville dans un bruit de ferraille. Décidément, la pauvreté n'avait rien de merveilleux ou de pittoresque. L'homme assis à côté d'elle sentait la sueur. Sa voisine d'en face logeait un grand cabas à provisions entre ses jambes et se curait consciencieusement le nez. Il faisait froid et humide dans le wagon, et les parois étaient recouvertes de noms et de graffitis.

Elle se tenait très droite, s'efforçant de cacher sa répulsion tandis que Keith lui faisait la conversation malgré le bruit. À un moment, il grimpa sur un siège de l'autre côté du compartiment pour la photographier et manqua de se rompre le cou. La rame cahota et il s'étala par terre tandis que son appareil glissait à l'autre bout du wagon. January se hâta de lui porter secours et fut frappée d'observer que personne ne se ruait pour lui venir en aide ; les gens semblaient ne rien avoir remarqué. Ce fut un soulagement quand ils sortirent du métro.

Ils marchèrent sur cent cinquante mètres environ jusqu'à un immeuble miteux, puis entreprirent de monter les cinq étages à pied.

— Le bureau de Milos est là-haut sous les combles, expliqua Keith.

Ils s'arrêtèrent plusieurs fois pour reprendre leur souffle et parvinrent devant une porte en fer qui paraissait humide. Keith tira sur le cordon et une voix forte retentit :

— La porte est ouverte. Entrez !

Seule la voix était puissante chez Milos Doklov. C'était un petit homme maigre à l'air peu soigné, arborant des cheveux longs et filasse qui ne couvraient que par endroits son crâne brillant, des ongles longs et sales, et un sourire découvrant des dents gâtées.

— Salut, mec. Qui est la poulette ?

— January Wayne. January, je te présente Milos Doklov.

— Alors, tu rentres au bercail, dit Milos sans se soucier de January.

Keith sortit son appareil et prit un instantané de January qui observait la pièce avec curiosité.

— Je n'ai pas décroché le rôle avec Hal Prince, si c'est ce que tu veux dire, répondit Keith, en arrachant avec ses dents l'enveloppe d'un nouveau rouleau de pellicule.

— Chéri, chéri, dit Milos en sautant sur ses pieds comme un chat. Cette saloperie de Broadway tuera tout le talent que tu as en toi. Quand tu auras trouvé le succès ici et compris le sens de tout ça, alors tu pourras retourner à Broadway pour une saison, te faire un peu de blé. Mais n'oublie jamais : c'est ici qu'est la scène, c'est ici que ça se passe.

— Arrête de vendre tes salades. Milos. Je vais prendre le rôle.

Milos sourit tristement.

— Tu aurais pu jouer le rôle dès le début, et bénéficier de toutes les critiques. Regarde ce qui arrive à Baxter, il part jouer dans *Cendres et Jazz*.

Keith fit cliqueter son appareil une fois de plus.

— C'est encore du *off Broadway*.

— Oui, mais il finira par décrocher un Obie.

— Écoute, j'ai dit que j'allais prendre le rôle.

— Tu as rompu avec la modiste ?

— Non.

— Alors pourquoi ce revirement de cœur ? Il me semble qu'avant c'était elle, la principale raison de ton refus du rôle.

Keith se mit à recharger son second appareil. Il vérifia le posemètre.

— J'avais encore l'espoir de jouer dans la pièce de Hal Prince. Laisse tomber. Quand commencent les répétitions ?

— On n'aura que deux jours. Peut-être lundi ou mardi prochain. Tu n'as qu'à venir voir le spectacle tous les soirs, apprendre le rôle et la mise en place. Ce n'est pas la mer à boire.

— D'accord, Milos.

Il prit un dernier cliché de January.

— Pourquoi tu prends des photos ? demanda Milos.

— En vue d'un reportage sur la demoiselle.

— Vous êtes mannequin ? demanda Milos.

— Pas du tout !

Keith rangea son appareil dans son étui.

— Elle est comédienne. Connais-tu quelqu'un qui ait besoin d'une fille dans son genre ?

— Vous êtes bonne ?

— J'espère. Enfin, je crois l'être.

Milos se frotta le menton.

— Écoutez, une des muses part en même temps que Baxter. J'allais appeler Liza Kilandos. Il n'y a que dix lignes à jouer et c'est payé… ah… vous êtes membre du syndicat ?

— Pas encore.

— Très bien. Allez voir le spectacle ce soir avec Keith. C'est le rôle d'Irma Davidson.

Il lança le texte de la pièce à Keith.

— Potasse ça, mec. Et vous, January, revenez demain à quatre heures pour faire l'essai du rôle.

Une fois dans la rue, elle saisit le bras de Keith.

— Il a dit ça sérieusement ? Je veux dire, que je pourrais avoir un boulot tout de suite ? Ce serait formidable !

Le temps avait changé. On entendit soudain un roulement de tonnerre. Keith scruta le ciel.

— Il va tomber des hallebardes, mais ça ne durera pas. Entrons quelque part pour prendre un café, dit-il en la poussant vers une sorte de cave. Nous pouvons manger un sandwich ici et tuer le temps en attendant l'heure d'aller au théâtre. Cela ne vaut pas le coup de dépenser de l'argent pour retourner en ville. Dois-tu prévenir quelqu'un que tu ne rentres pas ?

Elle téléphona à l'hôtel Pierre. Son père n'était pas là et Dee se reposait.

— Dites-leur que je ne pourrai pas dîner avec eux, demanda-t-elle à Sadie. J'ai… j'ai un rendez-vous.

Ce n'était pas tout à fait vrai. Mais il valait mieux éviter une longue explication. Elle retourna à la table. La pluie tombait dru sur la chaussée. Assis dans le petit box, ils regardaient au-dehors la rue grise et trempée. Ils commandèrent des hamburgers et Keith prit encore quelques photos d'elle.

— Linda dit que tu es un bon photographe.

— Je m'en sors pas mal.

— Elle dit que tu pourrais devenir l'un des meilleurs si seulement tu le voulais.

— Écoute, j'aime mieux jouer la comédie sans trop me casser le tronc que devenir le meilleur photographe au monde.

January resta muette. Il ajouta :

— La dame se fait trente mille dollars par an. Je ne veux plus de ses boulots de charité.

— Mais elle dit que tu es bon.

— Oui, mais pas avec l'appareil photo.

Elle sentit ses joues s'empourprer et se pencha pour assaisonner son hamburger. Il se mit à lui parler de sa carrière, les quelques rôles convenables qu'il avait eus dans *La Jolie Fermière*, ses rôles *off Broadway*, les *Industriels*, l'unique film publicitaire pour la télévision qui lui avait permis de vivre pendant un an.

— Mais tout cela est fini. Je ne touche plus d'allocation de chômage. Et je n'ai nulle intention de dépasser Avedon et tous les autres.

— Mais tu pourrais apprendre.

— Pourquoi ?

Il secoua la tête.

— Ouais. Pourquoi ? Pourquoi est-ce que je me tuerais à apprendre un travail qui ne me procure aucun plaisir ? Bien sûr, on est souvent rejeté au théâtre. Mais c'est comme bander pour une fille qui se refuse à vous. On s'acharne en espérant toujours qu'elle finira par dire oui. Il faut bien dire qu'on a autant de mal à draguer une fille qui ne nous excite pas. Tu piges ?

— Mais ainsi tu serais avec Linda.

Il plongea le regard dans sa tasse de café.

— Pourquoi ne le serais-je pas tout en étant acteur ?

— Mais, je veux dire… En tant qu'acteur tu devras souvent être en tournée.

— Est-ce que tu sais ce que c'est que l'amour-propre ? Avant de retrouver une personne tous les soirs, tu as besoin qu'elle te respecte. Mais pour gagner son respect, tu dois d'abord te respecter toi-même. Je connais trop d'acteurs qui se sont vendus pour obtenir un rôle, ou qui se sont trouvé un protecteur… Et tu sais quoi ? Ils n'ont jamais fait une carrière digne de ce nom, parce que cela tue quelque chose en eux.

Elle demeura silencieuse. Soudain il lui dit :

— Et toi ? À quoi tu joues ?
— Comment ça ?
— Tu es amoureuse ?
— Oui. Ou, plutôt, non.
— Qu'est-ce que tu entends par là ?
— Eh bien, j'aime mon père. Je sais que ce n'est pas la même chose que d'être amoureuse, pas vrai ?
— J'espère bien que non.
— Et puis j'ai rencontré quelqu'un. Mais quand je pense à l'amour…
Elle secoua la tête.
— Je ne suis pas bien sûre de ce qu'on éprouve quand on est amoureux. Il me plaît, mais…
— Alors, tu n'es pas amoureuse. C'est tout le drame de ma vie : je n'ai jamais été amoureux.
— Jamais ?
Il secoua la tête.
— Pour moi, l'amour, ce sera quand je me tiendrai sur la scène et que je saurai que ce fichu public est venu là uniquement pour me regarder jouer. Ça, ce sera le véritable orgasme. Ce que je ressens pour une femme…
Il haussa les épaules.
— … c'est comme manger un bon plat. J'aime bien manger, j'aime la vie, j'aime goûter des choses nouvelles, éprouver des nouvelles sensations.
Il s'interrompit.
— Écoute, ne prends pas cet air choqué. Linda est au courant. Cela fait un bail que nous sommes ensemble et elle sait pourtant que je peux me tirer à tout moment. Et si je le fais, ce ne sera pas pour une autre fille, mais pour vivre autrement, changer de rôle, tu saisis ?
— Non.
— Tu fais semblant, pas vrai ? Personne au monde ne peut être aussi fleur bleue. Écoute, moi je suis fou

de la vie. J'ai envie de la bouffer par les deux bouts. Linda s'imagine être comme moi. Mais c'est faux. Sa seule raison de vivre, c'est son magazine. Bien sûr, elle me plaît, mais je ne suis pas le premier homme dans sa vie. Je crois qu'elle souffrirait plus de manquer un bon article que de perdre son mec.

Il se leva.

— Cela fait quatre-vingt-dix *cents* pour toi, on laisse trente *cents* de pourboire, quinze chacun. D'accord ?

— D'accord.

Les rues étaient trempées et quelques gouttes coulaient encore des feuilles. Ils marchèrent en silence. January se creusait la tête pour trouver quelque chose à dire qui ferait revenir Keith à de meilleurs sentiments vis-à-vis de Linda. Il était si indifférent… Ce n'étaient peut-être que des paroles en l'air, ou alors était-il tout simplement énervé. Bien des gens lancent des choses qu'ils ne pensent pas vraiment quand ils sont énervés. Physiquement, il était plutôt séduisant dans le genre rustique, et Linda était sincèrement amoureuse de lui. Les choses s'arrangeraient peut-être lorsqu'il jouerait dans cette pièce. Mike disait toujours qu'il était plus détendu quand les affaires marchaient.

La pluie recommença soudain à tomber. Keith la prit par la main et ils coururent le restant du chemin, baissant la tête pour passer sous les auvents ou les arbres. Ils étaient à bout de souffle, lorsque Keith s'arrêta devant une boutique.

— Voilà, nous y sommes.

— Mais… où est le théâtre ?

— Suis-moi.

Il lui fit traverser le magasin, qui était vide – à l'exception de quelques tables en bois chargées de limonade et de crackers au beurre de cacahuète prévus pour l'entracte. Une fille se tenait derrière un guichet improvisé. Elle salua Keith de la main et ils pénétrèrent dans une longue salle étroite dans laquelle étaient installées de multiples rangées de chaises pliantes à première vue inconfortables et, à l'avant, une scène sans rideau. Keith la conduisit au troisième rang.

— Ce sont les sièges réservés au personnel, fit-il avec un sourire ironique.

— C'est ça, le théâtre ?

— C'était un vieux magasin à l'époque. Ils en ont fait une salle de spectacle. Les loges sont en haut et Milos a ouvert un foyer au troisième étage pour les acteurs qui crèvent de faim. C'est un dortoir mixte et on y habite gratuitement quand on est sans travail.

À huit heures, la salle était pleine. À la grande surprise de January, on apporta d'autres chaises, qui remplirent tous les espaces vides.

— La pièce fait un carton, on dirait !

— Le succès est venu surtout grâce au bouche-à-oreille. Je vois passer pas mal de gens qui viennent des beaux quartiers. Peut-être que quelques producteurs viendront voir ça.

Les lumières se tamisèrent et toute la troupe vint sur le plateau. Ils saluèrent, se présentèrent et sortirent. Trois filles restèrent en scène.

— Celle de gauche, c'est celle que tu vas remplacer, chuchota Keith. Elles restent sur scène pendant toute la durée de la pièce. Elles représentent le chœur grec.

Les trois filles portaient des combinaisons de mécano grises. Elles déclamèrent quelques lignes puis le jeune homme qu'elles invoquaient parut. Il ressemblait à Keith. Il débita une longue diatribe à laquelle January ne comprit pas grand-chose. Le chœur grec l'interrompait de temps à autre d'un : « Amen, mon frère ! » Une fille entra sur scène. Il y eut une discussion violente. Ils s'assirent pour procéder au cérémonial alambiqué requis pour fumer un joint. La scène s'emplit de fumée artificielle.

— Voilà la séquence du rêve induit par le hasch, dit Keith. Ils utilisent un écran de fumée. C'est cette scène qui amène le Tout-New York.

Quand la fumée se dissipa, les deux protagonistes se trouvaient nus, comme les filles du chœur grec. Alors, le garçon et la fille se mirent à faire l'amour. Au début, c'était comme une danse lente, au rythme d'une mélopée produite par un haut-parleur installé dans les coulisses et accompagnée par le chœur grec. La musique se fit plus forte, le chant s'amplifia, leurs mouvements se firent de plus en plus rapides. La danse se transforma en frénésie lorsque le jeune premier entonna un chant et se mit à caresser les seins des filles du chœur et de la jeune première, tandis que celle-ci les caressait tous, à son tour. Les filles du chœur grec se caressèrent entre elles jusqu'à ce que tout le monde se trouve enlacé pendant une chanson intitulée : *Bouge, touche-moi, jouis... c'est ça, l'amour.*

Puis la scène fut plongée dans l'obscurité, les lampes se rallumèrent et ce fut l'entracte.

January se leva vivement.

— Je pars.

— Mais il y a encore un acte avec ta grande scène. Ton fameux monologue de dix lignes !

Keith se mit à rire.

— Avec ou sans vêtements ? demanda-t-elle.

— Dis-moi, la nudité frontale te gêne ?

Il l'agrippa par le bras tandis qu'elle se frayait un chemin dans l'allée.

— La nudité est une chose naturelle. Le travestissement du corps est une idée implantée dans notre esprit depuis la naissance. J'imagine que ça a commencé au moment où Ève a mangé la pomme. Mais un nouveau-né a des organes génitaux… Et pourtant tout le monde adore voir un bébé les fesses à l'air. Notre corps fait partie de l'expression de l'amour. Couvrons-nous notre visage pour dissimuler nos yeux qui regardent l'être aimé avec passion ou notre bouche qui émet des messages d'amour ? Notre langue caresse les lèvres d'une personne… Cependant est-ce que la langue est obscène ?

— Nous voyons avec nos yeux et parlons avec notre langue, dit-elle.

— Ouais… Et nous pissons avec nos bites et nos chattes, mais nous nous servons aussi d'elles pour faire l'amour.

Elle dégagea son bras et sortit en courant. Les gens se pressaient dans le hall pour acheter un verre de limonade à un dollar. Des limousines étaient garées dehors. Keith sortit à son tour et lui saisit de nouveau le bras.

— Je te comprends, moi non plus je n'aime pas trop la scène de sexe. Pourquoi crois-tu que j'ai refusé le rôle dans un premier temps ? Je savais bien que Linda sauterait au plafond. Mais les choses sont ainsi aujourd'hui. Puisque la nudité ne m'effraie pas, il n'y a aucune raison que je sois embarrassé par l'acte sexuel, car il n'y a rien de plus naturel.

— Vomir aussi, mais personne ne veut payer pour regarder ça !

— Écoute, January, la pièce est bien partie. C'est une grande chance pour moi. Du reste, tout le monde joue ce genre de rôle. Même les stars célèbres jouent des scènes déshabillées. Ce n'est plus qu'une question de temps avant que les acteurs aillent jusqu'au bout. Et ce n'est pas Keith, l'homme, que les spectateurs viennent regarder sur scène, mais Keith, l'acteur. Et c'est tout ce qui m'importe. Je préfère vivre dans le dortoir de Milos et jouer un porno hard-core plutôt que de m'agiter dans un studio de Park Avenue, un appareil photo à la main.

Ils avaient parcouru une centaine de mètres sous une pluie fine. Keith sourit sans conviction.

— Rentrons, le deuxième acte va commencer.

Mais January continua à marcher dans la direction opposée. Après une seconde d'hésitation, Keith lui cria :

— Dégage ! Cours chez toi. Rentre au Pierre où ton père se fait entretenir par sa bonne femme. Moi, au moins, j'essaie de m'en sortir tout seul. Si des gars comme ton père n'avaient pas jeté l'éponge, peut-être ne serions-nous pas embringués dans ce genre de saloperie. Mais ce sont des types comme lui qui ont choisi la prudence et refusé l'expérimentation. Eh bien, qu'ils aillent se faire voir, et toi, et Linda également.

Il fit demi-tour en courant vers le théâtre. Elle resta un instant immobile. Elle avait perçu du chagrin dans sa colère. Elle aurait voulu lui dire qu'elle comprenait, qu'elle n'était pas fâchée. Mais c'était trop tard. Les gens retournaient au théâtre pour le deuxième acte. Elle se retrouva seule, dans une rue subitement déserte, sans le moindre taxi en vue. Elle revint sur ses pas et inspecta les plaques minéralogiques des voitures. Beaucoup comportaient la lettre X indiquant qu'il s'agissait de voitures de location. Elle s'approcha d'un chauffeur.

— La pièce ne finit pas avant une heure. Voudriez-vous…

— Fous le camp, sale hippie !

Il alluma sa radio.

Son visage s'enflamma. Elle fouilla dans son sac, en tira un billet de dix dollars et s'approcha de la voiture suivante.

— S'il vous plaît, dit-elle en tendant l'argent. Pourriez-vous me conduire chez moi ? Vous serez rentré à temps pour la sortie du théâtre.

— Quelle est votre adresse ?

Le chauffeur regardait le billet.

— À l'hôtel Pierre.

Il acquiesça, prit le billet et déverrouilla la portière.

— Grimpez !

Pendant le parcours, il lui demanda :

— Qu'est-ce qui s'est passé ? Vous vous êtes disputée avec votre petit ami, ou est-ce la pièce qui vous a fait fuir ?

— Les deux.

— Ils sont nombreux à accourir de loin pour admirer des nichons, hein ? Je pense que c'est ce qu'on montre, n'est-ce pas ?

— Plus que ça, fit January à mi-voix.

— Sans blague. Voulez-vous que je vous dise ? Je suis marié avec trois gosses. J'ai voulu être artiste, autrefois. Je chante encore de temps en temps aux mariages des copains dans le Bronx, des ballades irlandaises. Je me débrouille très bien aussi avec Rodgers et Hammerstein. Mais de nos jours plus personne n'écrit plus ce genre de chansons. Il n'y a pas beaucoup de Sinatra parmi les artistes de la nouvelle vague. Oublié, Perry Como. Ceux-là, ils savaient chanter… Pas les foutaises que ma fille écoute sur son tourne-disque.

Ils arrivèrent enfin devant le Pierre. Il attendit qu'elle rentre dans l'hôtel et la voiture fut de nouveau happée par la circulation. Elle fut soulagée de trouver l'appartement vide. Une fois dans sa chambre, elle se tint debout dans l'obscurité à réfléchir. Dans le noir, les événements perdaient leur réalisme cru. Elle songea à Linda qui fondait toute son existence sur sa réussite au journal. À Keith, aussi, qui allait jouer dans ce spectacle atroce.

Au chauffeur qui avait autrefois rêvé de devenir chanteur… À son père, sûrement attablé dans quelque restaurant avec Dee et ses amis.

Elle resta là, prostrée. Où étaient-ils tous partis ? Où étaient passés le plaisir et le bonheur qu'elle avait attendus avec tant d'espoir ? Toutes ces longues journées de neige en Suisse où elle avait lutté pour remarcher… À quoi bon ? Elle alluma la lumière et la solitude de la chambre, de l'appartement tout entier, la troubla. Puis elle posa les yeux sur les roses, sur son bureau. Elle se mit à penser à David et, soudain, le théâtre miteux et la soirée abominable lui parurent très éloignés. Il existait encore un univers habité de gens beaux et propres. Et des théâtres à Broadway emplis de superbes décors et d'acteurs talentueux.

Elle pénétrerait dans cet univers-là et Mike serait fier d'elle, David aussi serait flatté de se retrouver en sa compagnie comme il l'était en celle de Karla ou du mannequin hollandais. À partir de maintenant, elle ne se contenterait plus d'exister simplement comme la nouvelle belle-fille de Dee, ou la fille de Mike Wayne. À partir de maintenant elle allait devenir January Wayne.

Une femme indépendante.

6

L'accueil de Sammy Tebet fut chaleureux et démonstratif. Il s'enquit de Mike, le taxa de sacré veinard de s'être dépêtré d'un tel panier de crabes, et annonça qu'une jolie fille comme January ferait mieux de se trouver un gentil garçon, se marier et ne plus penser à la scène. Mais si elle insistait, il ferait son possible pour l'aider. Puis il lui fit traverser le vestibule et la présenta à un jeune homme à l'air intelligent qui semblait avoir à peine atteint l'âge de se raser. Le jeune homme possédait son propre bureau et siégeait derrière un pupitre impressionnant sur lequel était posé un téléphone à cinq touches. Chaque fois que l'une d'elles s'allumait, une secrétaire harassée, assez âgée pour être sa grand-mère, passait la tête dans l'entrebâillement de la porte et suppliait :

— Monsieur Copeland… Je vous en prie, prenez la deux. C'est la côte Ouest.

Il la gratifiait d'un sourire et répondait :

— Ne vous affolez pas, Rhoda !

Puis avec un regard ennuyé, tout en faisant signe à January de l'excuser pour l'interruption, il appuyait sur le bouton et se lançait d'une voix animée dans une discussion d'affaires à plusieurs zéros.

Au milieu de tous ces appels téléphoniques, il parvint à organiser quelques rendez-vous pour elle. On lui avait parlé de deux spectacles en cours de distribution. Elle était de trop grande taille pour jouer l'ingénue, mais rien ne l'empêchait d'aller passer les auditions. Peut-être la doublure était-elle encore à prendre. L'autre était une comédie musicale. Savait-elle chanter ? Non… bon, il fallait y aller tout de même. Il leur arrivait de prendre une très belle fille qui n'avait pas de voix, quand ils avaient pour la soutenir assez de gueulards tonitruants. Dans le cas contraire, rien n'était perdu. Elle aurait l'opportunité de rencontrer Merrick et celui-ci pourrait peut-être penser à elle la prochaine fois qu'il monterait quelque chose. Il lui donna une liste de producteurs à aller voir « juste pour se construire un carnet d'adresses ». Ils monteraient quelque chose plus tard dans la saison. Il prit aussi un rendez-vous pour elle avec une agence pour un spot publicitaire. Ce n'était pas vraiment son domaine, mais il se trouvait qu'au bar du P. J., la veille au soir, il était tombé sur le directeur et celui-ci lui avait confié qu'il recherchait des filles avec de beaux cheveux. Elle le remercia et il lui tendit la main d'un air pontifiant.

— Ne me remerciez pas, mon petit. C'est Sammy Tebet qui m'a demandé de vous aider. C'est lui qu'il faut remercier. Aimez-le ! Aimez-le ! Lui, c'est quelqu'un de bien. Il paraît que votre père était autrefois côte à côte au sommet avec David Merrick. Eh bien, espérons qu'il aura toutes les raisons d'être fier de vous. Cela fait partie des aspects positifs du succès et cela leur donne une raison de continuer à vivre. Une dernière chose, appelez-moi une fois par semaine et laissez votre numéro à Rhoda.

Puis il retourna à son téléphone à boutons lumineux et January donna son numéro à la surexcitée Rhoda.

Elle suivit toutes les pistes qu'il lui avait fournies. Elle auditionna pour une pièce. Elle n'avait pas été très bonne et le sentit. Elle fut congédiée avec l'habituel : « Je vous remercie. » Elle se rendit à pied à l'agence de publicité, dans Madison Avenue, et patienta pendant une heure dans un bureau, en compagnie d'une trentaine de filles dont la chevelure descendait jusqu'à la taille. Quand elle put enfin rencontrer le directeur, elle apprit que c'était un spot publicitaire pour une marque de cigarettes. Posséder une belle chevelure était obligatoire, afin de suggérer que les « jeunes gens en bonne santé » fumaient. Ils aimaient bien ses cheveux et lui demandèrent d'apprendre à avaler la fumée et de revenir dans deux jours. Elle acheta un paquet de cigarettes, retourna à l'hôtel, s'enferma dans sa chambre et s'entraîna.

Après quelques bouffées, la pièce se mit à tournoyer. Elle ne bougea pas et eut la nausée. Mais, au bout d'un moment, cela passa et elle réessaya. Cette fois, elle courut à la salle de bains pour vomir. Puis elle s'effondra sur le lit et se demanda quel plaisir les gens pouvaient bien éprouver à cela !

Dee et Mike l'invitèrent à dîner. Elle déclina l'invitation en expliquant qu'elle avait une audition le lendemain matin et qu'il lui fallait potasser le manuscrit en vue de la « lecture ». Elle passa le restant de la soirée à essayer d'avaler la fumée tout en combattant des accès de nausée.

À onze heures du soir, elle réussit à se tenir debout devant son miroir et à inhaler la fumée sans tomber dans les pommes. Comme pour saluer son succès, le téléphone sonna. C'était David.

— Je pensais vous laisser un message. Je ne croyais pas vous trouver chez vous.

— Je me suis entraînée à avaler la fumée.

— À avaler quoi ?

— De la fumée de cigarette.

— Quel genre de cigarettes ?

Elle regarda le paquet.

— Des True.

— Pourquoi ?

— Pourquoi des True ? Parce que j'aime le nom de la marque.

— Non, pourquoi avaler la fumée ?

Il l'écouta attentivement, tandis qu'elle expliquait l'histoire du spot publicitaire.

— Écoutez, n'essayez pas de faire descendre la fumée plus bas que votre gorge. L'effet sera le même. Pas besoin de vous esquinter les poumons. Et quand vous aurez obtenu le contrat, jetez le paquet à la poubelle.

Elle rit.

— Je parie que vous pensez que je suis un peu ravagée de rester là à me rendre malade, pour un simple spot publicitaire.

— Non, je pense que vous êtes une fille décidée. C'est ce que j'aime bien en vous.

— Ah bon… oui.

Elle savait que sa voix trahissait son trouble.

— Êtes-vous prise demain soir ? demanda-t-il.

— Non.

— Voudriez-vous dîner avec moi ? Je vous donnerai des leçons de cigarette. Peut-être même que je vous apprendrai à faire des ronds de fumée.

— Oh, formidable ! À quelle heure ?

— Je vous laisserai un message dans la journée.

— Parfait… Bonne nuit, David.

Le lendemain matin, elle se réveilla tôt. Rhoda lui avait demandé d'arriver à onze heures au bureau d'un producteur pour une lecture. Elle était dans tous ses états car M. Copeland avait déclaré qu'elle était le type même du rôle, selon Rhoda. Aujourd'hui serait peut-être son jour de chance. Elle se forcerait à avoir des pensées positives. Elle allait décrocher le rôle. Après tout, il fallait bien que quelqu'un soit engagé. Et ce soir, elle revoyait David.

Tout en s'habillant, elle songeait à la soirée. Elle avait porté la tenue bohémienne pour sa première sortie avec lui. Qu'allait-elle mettre ce soir ? La longue jupe en daim avec des bottes ? Ou l'ensemble décontracté, pantalon noir et veste assortie repérés dans *Vogue* ? Le vendeur de la boutique de la Troisième Avenue lui avait affirmé que c'était la tenue idéale pour donner à un homme l'envie de la déshabiller. Enfin, elle avait toute la journée devant elle pour réfléchir.

Son euphorie persista, même pendant l'attente dans une pièce bondée dans les locaux du producteur. Keith avait raison : il y avait si peu de rôles disponibles et tellement d'acteurs. Des acteurs expérimentés en plus, à en croire les bribes de conversations qu'elle surprenait.

Ils parlaient de royalties sur les spectacles passés, d'assurance chômage. Certains plaisantaient même sur leurs expériences en tant que modèles dans des ateliers de *bodypainting*. Aucun boulot n'était avilissant, du moment qu'il leur permettait de payer le loyer, de courir le cachet et de prendre des cours de théâtre. Elle s'émerveillait de leur attitude si positive. Aucun d'eux ne semblait se laisser abattre par les refus. Échecs et déceptions faisaient partie du métier. Ils pouvaient ne pas avoir de quoi manger tous les jours, mais ils s'arrangeaient pour payer leurs cours. Elle entendait des bouts de phrases sur Uta, Stella, le Studio… Et elle remarqua que tous possédaient un jeu de photos avec leur nom indiqué au verso. L'autre objet de première nécessité était l'agenda écorné et surchargé de rendez-vous pour les « contacts », auditions et leçons.

Elle attendit pendant deux heures avant d'être introduite devant un homme harassé, qui la regarda et soupira :

— Qui vous envoie ?

— M. Copeland.

Autre soupir.

— Pourquoi Sheldon fait-il ça ? Je lui ai dit hier que nous cherchions une blonde au visage fatigué, approchant de la trentaine. Ce n'est correct ni pour vous… ni pour moi. Il croit vous occuper en vous envoyant ici et là, mais il vous fait perdre votre temps… et le mien. Voilà, mon petit. Meilleure chance pour votre prochaine audition.

Puis il se tourna vers sa secrétaire.

— Combien y en a-t-il encore qui attendent ?

January croisa sur le seuil une grande fille rousse qui entrait. Elle se demanda si Sheldon avait également envoyé celle-là. Pensait-il que voir un producteur harassé en fin de journée ferait sur lui une « impression » pour une future audition ? Peut-être devrait-elle raconter tout cela à « Sheldon ». Elle sortit dans la rue. Une petite rafale de vent projeta de la poussière dans ses yeux. Son rimmel commença à couler tandis qu'elle s'essuyait l'œil.

Elle héla un taxi, mais il ne s'arrêta pas. Tous les taxis semblaient pris. Elle se mit à marcher en direction de l'hôtel. Mike avait raison. Ce n'était pas le monde éblouissant qu'elle avait aperçu pendant ses sorties du pensionnat. Elle remonta Broadway. L'après-midi touchait à sa fin. Les prostituées avec leurs perruques démesurées commençaient à prendre leur faction au coin des rues. Un aveugle traînait la jambe derrière un chien à l'air triste. Un groupe de jeunes Japonais armés d'appareils photographiques prenaient des instantanés de la rue. Elle avait envie de crier : « Ça n'a pas toujours été comme ça ! » mais peut-être que ça l'était, et que seule la place qu'elle occupait à côté de Mike dans la limousine lui avait donné l'impression que c'était différent. Et maintenant, après deux jours à courir le cachet, l'idée la frappa soudain qu'elle se moquait du théâtre – si Mike en était absent – comme d'une guigne.

Il était quatre heures et demie quand elle parvint au Pierre. Elle allait plonger dans la baignoire et laver à grande eau tout le découragement et la poussière de la journée. Ce soir, elle se voulait fraîche et superbe pour dîner avec David. Elle se sentit mieux rien qu'à cette pensée. Elle avait envie d'un endroit tranquille, éclairé aux chandelles, et d'une longue conversation. Elle espérait en apprendre davantage sur lui et sentait confusément qu'il comprendrait le malaise qu'elle éprouvait. Mike se serait contenté de lui assener un « Je te l'avais bien dit »...

Elle trouva un message dans son casier. Elle le lut avec méfiance. C'était de la part de David. Il viendrait la chercher à cinq heures et demie. Cinq heures et demie ? Pourquoi cinq heures et demie ? C'était peut-être un cocktail. Oui, probablement. Elle se précipita dans l'appartement, prit une douche rapide et enfila sa jupe longue. Elle était en train d'appliquer son rouge à lèvres quand il l'appela de la réception.

— Montez, dit-elle. Je ne sais pas préparer un martini. Mais Mario est là et Mike va arriver d'une seconde à l'autre.

— Non. Il faut nous dépêcher. Descendez !

Elle attrapa un châle de laine et descendit le retrouver. Il la regarda en fronçant les sourcils.

— Je suis idiot. J'aurais dû vous dire de vous mettre en salopette.

Elle remarqua qu'il portait un vieux pantalon en velours côtelé, un veston et une chemise de sport.

Il prit son bras.

— Il y a un film d'espionnage génial au Baronet. Je ne parviens jamais à voir les films qui me font envie et il y a toujours la queue pour celui-là. Aussi ai-je pensé que, si on attrapait la séance de six heures, on réussirait à avoir des places. On pourra toujours manger un morceau après.

La soirée avait été un désastre total. Elle y repensait, immergée dans la baignoire. David avait adoré le film et, après la projection, ils s'étaient rendus à pied au Maxwell's Plum. Le restaurant était bondé, mais David connaissait le gérant et on les avait aussitôt casés à une petite table contre le mur. David connaissait aussi les gens de la table voisine. Il fit les présentations, lui commanda un hamburger et bavarda avec ses amis tout au long du dîner. À dix heures, ils quittèrent le restaurant.

— Voulez-vous venir chez moi ? demanda-t-il.

— Quoi ?

— Venez chez moi.

Il lui prit la main en hélant un taxi.

— Pourquoi ne viendriez-vous pas à mon hôtel ? demanda-t-elle.

— Dee et Mike pourraient s'y trouver. D'ailleurs, je serais gêné de coucher avec vous, les sachant dans le même appartement.

Le taxi stoppa devant eux avant qu'elle ait eu le temps de répondre et il l'aida à monter. Puis il se pencha vers le chauffeur en lui donnant une adresse à l'est de la 70e Rue.

— David, je ne vais pas coucher avec vous !

Elle avait presque crié. Elle reprit d'une voix plus basse :

— Je vous en prie, ramenez-moi à la maison.

— Changement de direction ! cria-t-il au chauffeur. Allez à l'hôtel Pierre.

Puis il se tourna vers elle avec un sourire pincé.

— Parfait. Parlons de choses plus importantes. Comment vous êtes-vous débrouillée avec le spot publicitaire. L'avez-vous décroché ?

— L'audition aura lieu demain. David, ne soyez pas fâché. Mais je… eh bien… je ne peux vraiment pas coucher avec quelqu'un que je connais à peine.

— Oublions ça, dit-il tranquillement. C'était juste une suggestion.

— J'ai de la sympathie pour vous, David.

Quel besoin avait-elle de s'excuser ! Après tout, ce n'était pas comme si elle lui avait refusé une danse.

— C'est bon, January. Je comprends, répliqua-t-il d'une voix neutre. Nous voilà arrivés.

Et lorsqu'il l'accompagna à la porte et l'embrassa sur le front, cela fit à January l'effet d'une gifle.

Elle se coucha et chercha à la radio un programme musical. Elle aimait bien David. C'est-à-dire qu'elle serait capable de l'apprécier s'il lui en laissait le temps. Elle avait besoin de l'apprécier et c'était ce qu'elle souhaitait, car soudain elle se sentait si seule.

Il lui sembla s'être endormie depuis peu quand le téléphone sonna.

— Est-ce que je t'ai réveillée ? dit Linda, d'un ton joyeux.

— Quelle heure est-il ?

— Sept heures et demie du matin, température extérieure : vingt degrés, qualité de l'air acceptable. Je suis assise à mon bureau et j'ai déjà fait une heure de yoga.

January alluma la lampe.

— Mes rideaux sont tirés. Ici, on pourrait croire qu'il est minuit.

— January. Il faut que je te voie. C'est important.

La voix de Linda était joyeuse mais insistante.

— Enfile un pantalon et viens prendre le petit déjeuner avec moi. Je vais le faire livrer.

— Je ne peux pas. J'ai rendez-vous à neuf heures avec l'agence Landis. Au fait, félicite-moi : j'ai appris à fumer.

— Abandonne, avant de ne plus pouvoir t'en passer.

— Oh, je ne fume que pour tourner dans un spot publicitaire. J'avoue pourtant que cela m'a aidée à supporter une soirée d'un ennui mortel hier. Quand tu regardes devant toi et que ton soupirant parle à la table voisine, une cigarette peut devenir ta meilleure amie.

— January, il faut que je te voie.

— Pour l'article ?

Après un court silence, Linda reprit :

— Bien sûr. Écoute, serais-tu par hasard libre à dîner ?

— Tout ce qu'il y a de plus libre.

— Parfait… alors viens ici sur le coup de cinq heures et demie. On aura une réunion avec Sara Kurtz pour discuter de l'article. Puis nous irons chez Louise. C'est un bon restaurant italien, où deux femmes seules peuvent aller s'asseoir sans qu'on les imagine en train de draguer. À tout à l'heure…

Linda terminait une réunion du comité de rédaction quand January arriva. Elle lui fit signe de prendre place sur le divan, au fond de la pièce. Linda siégeait à son bureau, ses rédacteurs et leurs adjoints assis en demi-cercle autour d'elle.

— Je crois qu'on a fait à peu près le tour de tous nos projets pour le numéro de février, dit-elle.

Les chaises grincèrent alors que tout le monde s'apprêtait à se lever, mais tout à coup Linda reprit la parole.

— Oh, Carol, peux-tu contacter John Weitz ? Il a dit qu'il allait reprendre le Colony et donner une réception pour la Saint-Valentin. Vérifie si ça tient toujours. On peut peut-être prendre quelques clichés du décor pour le numéro de février. Demande-lui aussi s'il a une idée de la liste de ses invités… Je sais bien que c'est un peu tôt, mais il doit bien avoir dix ou douze noms à l'esprit.

Elle se leva, signifiant que la réunion était officiellement achevée. Elle sourit faiblement pour montrer sa lassitude. Ses yeux scrutèrent le groupe qui se dispersait en hâte.

— Où est Sara Kurtz ? s'enquit-elle.

— Elle est au téléphone avec Londres, répondit un jeune homme. Elle est convaincue que les Bow Bell Boys ne sont pas de pure souche anglaise et veut le vérifier.

— C'est ridicule, aboya Linda. C'est le groupe qui rencontre le plus de succès aux États-Unis, depuis les Rolling Stones.

Le jeune homme hocha la tête comme pour s'excuser.

— Oui, mais Sara jurerait avoir vu le chanteur principal participer à un concours organisé par les maisons de disques de Cleveland en 1965. Elle prétend qu'il vient tout droit de Shaker Heights. Et vous connaissez Sara : elle n'oublie jamais un visage.

— Eh bien, envoie-la-moi. J'ai besoin d'elle tout de suite.

Tout le monde sortit par petits groupes.

Linda rejoignit January et se laissa tomber sur le divan.

— Et c'était censé être une journée tranquille ! soupira-t-elle.

Elle regarda January allumer une cigarette.

— Ah, tu as décroché le spot, à ce que je vois.

— Tu te trompes. J'ai été une des trois dernières éliminées. Il paraît que j'avale la fumée comme une championne… mais que, pour l'exhaler, j'ai besoin de m'exercer encore.

Linda éclata de rire et retourna à son bureau. Elle appuya sur un bouton de l'interphone.

— Dites à Sara Kurtz de venir me voir immédiatement. Je ne vais pas attendre toute la nuit qu'elle ait terminé ses élucubrations.

— Crois-tu que le gars soit vraiment originaire de Cleveland ?

Linda haussa les épaules.

— Sara cultive les disc-jockeys. Le gars de Cleveland a dû l'envoyer proprement sur les roses. Elle ne s'arrêtera pas tant qu'elle ne lui aura pas rendu la monnaie de sa pièce. Pauvre de lui, s'il s'avère qu'il est vraiment l'un des Bow Bell Boys !

— Elle a l'air redoutable…

— C'est le cas. On va régler notre histoire. Après on bavardera.

Au bout de quelques secondes, une fille de haute taille et qui ressemblait de manière inquiétante au chanteur Tiny Tim bondit dans la pièce. Linda présenta Sara Kurtz, qui se pencha pour serrer la main de January.

Puis elle tira un bloc fripé d'un sac en denim défraîchi et se mit à gribouiller. Elle était principalement intéressée par l'orthographe du nom de January et fut surprise d'apprendre qu'on l'écrivait comme le mois de l'année. Elle posa quelques questions supplémentaires avant de se déplier et de sortir de la pièce à reculons.

— Un vrai fauve, dit Linda. Keith prétend qu'elle a le physique requis pour jouer avec les New York Knicks, mais son père était un excellent journaliste et, bizarrement, elle a hérité par osmose de son style. Nous la gardons pour les échos un peu rosses, cela la fait jouir. Je lui ai dit que cet article doit être positif, c'est pourquoi elle a un air encore plus malheureux qu'à l'accoutumée.

— Pourquoi se complaît-elle à fustiger les gens ? demanda January. Après coup, elle ne doit plus pouvoir les regarder en face.

— Si tu avais le physique de Sara, tu aurais tout naturellement l'univers en horreur.

— Mais tu as dit que la laideur était à la mode…

— Je l'ai dit. Mais il y a une laideur dans le vent et une qui ne l'est plus. Sara est définitivement hors du coup. Mais ne t'en fais pas. Tu auras un droit de regard complet sur l'article. Voilà le papier, signé et tout !

Elle tendit une enveloppe à January.

— Dis à papa qu'il n'a pas à se faire de souci.

January mit l'enveloppe dans son sac. Linda l'observa avec attention.

— Es-tu si ennuyée d'avoir raté ce spot publicitaire ?

— Bien sûr que non. Pourquoi ?

— Pendant une seconde, tu as donné l'impression que c'était une catastrophe.

January eut un sourire crispé.

— C'est ridicule. J'ai tout pour être heureuse : je vis à New York, mon père a une femme merveilleuse, et j'ai une très belle chambre au Pierre, entièrement redécorée pour mes beaux yeux.

— Des clous, Julie !

— Quoi « des clous, Julie » ?

— J'ai dit : des clous ! January, à qui veux-tu faire croire cela ? Tu as horreur de vivre au Pierre et tu ne peux pas supporter de voir ton père avec Deirdre Milford Granger.

January haussa les épaules.

— Ce n'est pas vrai. D'ailleurs je les vois rarement. Mais je n'ai aucun plaisir à demeurer là. C'est son appartement à elle et je m'y sens comme une intruse.

— Eh bien, déménage !

— Mon père ne veut pas.

— Écoute, si tu essaies de plaire à tout le monde, tu finiras par ne plaire à personne.

January écrasa sa cigarette.

— L'ennui, c'est que je ne sais pas ce que je veux vraiment. Probablement parce que toute ma vie je n'ai jamais pensé à autre chose qu'à être avec mon père. Et maintenant, lorsque je sors avec un garçon, c'est comme si… je ne savais pas quoi faire… comment agir.

Linda siffla.

— Dis donc, toi, t'as besoin d'un psy.

— J'en ai assez fréquenté à la clinique.

— Quoi ?

— Oh, Linda… c'est une longue histoire. Mais écoute. Quand on grandit sans avoir de mère, il est normal de faire de son père le centre de sa vie. Et raison de plus quand on a un père comme Mike.

— J'en conviens, dit Linda. Ton père est diablement séduisant. Mais David Milford l'est aussi. Ronnie Wolfe a publié dans sa chronique que tu étais avec lui au Raffles l'autre soir. Je n'ai pas de goût pour les mondanités. Mais si c'est la voie que tu dois suivre, marcher côte à côte avec David Milford est le seul moyen d'avancer.

— C'était une réception organisée par Dee. Nous avions aussi rendez-vous hier soir. Il m'a demandé de l'accompagner chez lui, mais j'ai refusé. Du coup, il n'a même pas essayé de m'embrasser quand il m'a ramenée chez moi.

Linda se leva.

— Allons chez Louise. Un verre sera le bienvenu, pour l'une comme pour l'autre.

Le restaurant plut à January. Louise était une femme chaleureuse et maternelle, et elle leur apporta un plat de foies de volaille fait maison. Elle souhaita à January la bienvenue à New York et lui dit qu'elle ressemblait à une vedette de cinéma. Dans cette atmosphère familiale, January commença à se détendre. Elle commanda un verre de vin blanc et Linda commanda un double martini *on the rocks*. Pendant un instant, elles gardèrent le silence.

Linda avala une grande gorgée en faisant tourner les glaçons au fond de son verre. Puis elle dit :

— Comment as-tu trouvé Keith ?

— Il est très gentil.

— L'as-tu revu depuis l'autre jour ?

— Moi ? Pourquoi cela ?

— Parce que, moi, je ne l'ai pas revu, aboya Linda, qui but ensuite une autre longue gorgée de martini.

— Dis-moi, je t'en prie. Dis-moi la vérité. Est-ce qu'il t'a fait la cour ?

— S'il m'a fait quoi ?

— T'a-t-il draguée ?

— Sûrement pas ! Nous sommes allés voir le spectacle et…

— Et quoi ?

— Je suis partie à toutes jambes pour fuir la pièce, et lui aussi je suppose.

January rompit le silence qui venait de s'établir.

— Écoute, Linda, je suis peut-être vieux jeu. Mais j'ai été choquée et…

— Moi, je n'ai rien contre la nudité, fit Linda. Mais… qu'est-ce que je débite là comme bêtises. J'ai l'air d'avoir subi le même lavage de cerveau que Keith. Ma parole, nous appartenons à cette génération émancipée : le corps est beau, alors exhibons-le. Eh bien, je suis allée là-bas hier soir. Keith était assis dans la salle et ne m'a pas vue. Mais dis-moi ce qu'il y a de beau à regarder une poignée de gens moches se frotter les uns contre les autres dans un théâtre crasseux sur une scène poussiéreuse. Leurs pieds étaient noirs de crasse, c'était repoussant. Et ne crois pas que ces gens aux voitures imposantes viennent là pour l'art ! Ils ne sont là que pour assister à la décadence de quelques acteurs faméliques. Bon sang ! Les acteurs essuient assez d'échecs pour que l'on respecte leur intimité. Mais il n'y a plus de dignité personnelle. C'est pour les croulants. Nous sommes la nouvelle génération. Nous sommes libérés. Le mariage est démodé. Les bâtards ont le vent en poupe.

— Mais tu disais pas plus tard qu'hier que tu ne croyais pas au mariage.

Linda secoua la tête.

— Je ne sais plus ce en quoi je crois. Regarde, ma mère a eu quatre maris et est en train de chercher le cinquième. Mon père s'est marié trois fois. Ils m'ont donné à eux deux sept demi-frères et sœurs que je connais à peine. Ils sont tous en pension, chez une quelconque Mlle Haddon. Mais comme ils sont nés dans les liens du mariage, tout est en ordre. En tout cas, c'est ce que pense ma mère parce que c'est ce qu'on lui a appris. Mais notre génération est hostile au mariage, parce que c'est ce qu'on nous a enseigné.

— Qui ?

— Les gens que nous rencontrons et qui nous sont chers.

— Linda, tu as envie d'épouser Keith, n'est-ce pas ?

— Peut-être. Mais s'il pensait que je nourris un tel sentiment, il prendrait ses jambes à son cou, s'il ne l'a pas déjà fait.

— Mais qu'est-ce qui s'est passé ?

— Il n'est pas rentré la nuit dernière. Il m'a téléphoné pour m'annoncer qu'il voulait vivre pendant quelque temps dans cette communauté dégueulasse afin de réfléchir en paix. Il sait bien que je n'approuve pas sa participation à cette pièce. Il avait omis de me préciser de quelle pièce il s'agissait l'autre jour au bureau. Écoute, si la nudité est importante pour l'intrigue, si c'est du réalisme, d'accord. Mais la façon dont ils font ça dans ce spectacle…

Elle secoua de nouveau la tête.

— Mais je sais ce qui turlupine Keith en réalité. C'est le fait que je gagne trente-cinq mille dollars par an plus une prime à Noël et que lui n'en gagne que trois mille cinq cents, y compris l'allocation chômage. Pour lui, je représente les institutions. Je ne sais vraiment plus que faire. J'ai essayé d'adopter son mode d'existence. J'ai bavardé avec ses amis pendant des heures. J'ai bu de la bière à la place des martinis. J'ai porté des salopettes au lieu de pantalons. Mais aucune loi ne m'ordonne de vivre comme un porc. Je paie quatre cents dollars par mois pour mon appartement situé dans un bon quartier, un bel immeuble avec concierge et garçons d'ascenseur. Je pars au bureau tous les matins avant neuf heures et quelquefois je ne rentre pas chez moi avant minuit. J'ai acquis le droit d'avoir un joli endroit où vivre. Pourquoi abandonnerais-je tout cela pour travailler dans un journal clandestin et gagner cinquante billets l'article ?

— C'est ce qu'il veut que tu fasses ?

— Il passe sa vie à me rabaisser, moi, *Gloss* et tous les articles que j'ai en tête. Mais il professe un enthousiasme délirant pour un type qu'il connaît et qui vend des poèmes sordides à des journaux avec des reproductions de pénis sur la couverture. Il dit que ce gars écrit parce qu'il a quelque chose à dire et sans être à la recherche d'une gloire éphémère. Je te le dis, je suis écœurée par tous ces discours. Mais je l'aime et j'ai envie de lui. Je refuse de le forcer à faire les choses à ma façon… mais si seulement nous pouvions trouver un compromis, je sais que nous pourrions avoir ensemble une vie formidable. Je le voudrais tellement, oh, Dieu, comme je le voudrais !

— Cela doit être agréable de savoir vraiment ce qu'on veut, dit January.

— Tu ne le sais pas, toi ? On ne t'a rien appris, dans cette mystérieuse université suisse ? À propos, comment s'appelait cette école ? Sara va avoir besoin de connaître au minimum tes titres universitaires.

— Linda, je te raconterai tout… après le dîner.

Quand elles en furent au café, Linda écouta sans rien dire le récit de January sur son séjour à la clinique. Elle sirotait du cognac, et des larmes lui vinrent aux yeux quand January eut terminé.

— Doux Jésus, dit-elle doucement. Tu en as vraiment bavé. Trois ans de ta vie perdus… trois ans à attendre le retour auprès du père de tes rêves. Pour le retrouver marié…

January esquissa un sourire.

— Oh, ce n'est pas comme s'il m'avait délaissée. Il n'est pas mon amant.

— Il ne l'est pas ?

— Linda !

— Allons donc, January. Tu n'as pas couché avec ce délicieux Italien qui t'a rompu les os. Tu as repoussé David Milford. N'importe quel psychiatre te confirmerait qu'après ta deuxième sortie avec David tu avais le désir subconscient d'attiédir vos relations, parce qu'il te plaisait trop. Tu te sentais coupable. C'était comme tromper papa.

— Ce n'est pas vrai. Rappelle-toi la manière dont il a organisé cette sortie. Pour notre premier rendez-vous en tête à tête, je n'ai eu droit à rien du tout : ni chandelles, ni vin, ni conversation ; il arrive à cinq heures et demie, m'appelle de la réception, ne monte même pas prendre un verre. Et puis c'est la course sur un kilomètre jusqu'au cinéma. Ensuite on se précipite au Maxwell's Plum. C'est un endroit très animé, mais pas le meilleur choix pour un premier rendez-vous avec une fille, si on veut réellement faire connaissance. Et après tout ça, le voilà qui tout à coup me demande de monter chez lui.

— Je te l'accorde. Il faut avoir une vraie conversation avant de coucher ensemble. Mais quand un homme vous invite à aller chez lui, c'est généralement dans un seul et même but. Bien évidemment, c'est tout à fait différent si c'est toi qui l'invites à boire un dernier verre chez toi. Tu contrôles alors la situation et l'issue de la soirée te paraît plus naturelle, et moins préméditée. Mais tu ne peux pas aisément l'inviter à l'hôtel. Sincèrement, January, la première chose que tu as à faire, c'est de te trouver un appartement où tu te sentiras chez toi.

— Je voudrais bien, mais…

— Mais quoi ? Écoute, que tu t'en rendes compte ou non, tu te ronges les sangs chaque fois que tu vois ton père avec Dee. Ce n'est bon ni pour toi… ni pour eux. Tu peux me croire, tu n'auras jamais de liaison tant que tu ne seras pas partie de chez papa. Quant à ta carrière théâtrale, eh bien, je suis la dernière à pouvoir te donner le moindre conseil…

— Je ne suis pas Keith. J'ai conscience que je ne tiens pas tant que ça à être comédienne, fit January. Mais je sais que je veux faire quelque chose de mon existence. Être dans la vie active. Je ne veux pas devenir comme ma mère.

— Pourquoi ? Qu'a-t-elle fait d'autre que mourir quand tu étais petite ?

— Oh, elle… elle restait sur la touche avec ses grands yeux bruns, occupée à observer la vie des autres. Tandis que Mike agissait. Je veux agir moi aussi.

— Eh bien, je te l'ai dit. Il y aura toujours un poste pour toi chez *Gloss*.

— Je ne cherche pas un boulot purement honorifique, Linda.

— Ce n'est pas le cas. Je te donnerai réellement du travail.

— Tu parles sérieusement ?

— Oui. Et quel serait le problème si je te demandais d'utiliser tous les moyens à ta disposition pour joindre certaines personnes ou pour obtenir un article ? Moi-même je le fais. La sœur de ma mère a épousé un joueur de golf professionnel. Je me suis servie d'elle pour obtenir la permission d'assister à un grand championnat. Et, ainsi, j'ai pu écrire mon article sur la façon dont vivent les épouses des golfeurs. Seulement je ne pourrai pas te payer très cher au début.

— J'ai plus de quinze mille dollars à moi, répondit January. Et tu as raison. Je vais déménager.

— Dis donc, fit Linda en faisant claquer ses doigts, il y a un vieux garçon dans mon immeuble, Edgar Bailey. Un pédéraste refoulé, si tu veux mon avis. Il est professeur à Columbia et part en Europe pendant un an en congé sabbatique. Il m'a justement demandé l'autre jour si je connaissais quelqu'un susceptible de sous-louer. Il n'y a qu'une pièce, un studio. Le loyer est très abordable car il bénéficie du programme d'allocation logement de la ville. Apparemment, l'immeuble tout entier a dû être construit autour de son studio ! Veux-tu que je me renseigne sur le montant du loyer ?

January regarda sa montre.

— Il n'est que neuf heures. Appelle-le tout de suite. On pourrait peut-être y jeter un coup d'œil ?

Edgar Bailey fut enchanté de rencontrer January, dont le prénom l'enthousiasma. Il lui montra la vaste penderie, le petit cabinet de toilette, son *fabuleux* canapé convertible de marque Castro et la cuisine avec une fenêtre. Il déclara qu'il payait cent soixante-dix-neuf dollars de loyer, mais qu'à cause du mobilier il exigeait deux cent soixante-quinze dollars pour la sous-location.

— Allons, monsieur Bailey, intervint Linda. Vous ne payez que cent trente-neuf dollars de loyer. C'est le gérant qui me l'a dit. En passant, l'assemblée des propriétaires aimerait bien vous mettre dehors. January vous versera deux cent vingt-cinq dollars par mois, ça ne vaut pas un dollar de plus. Le mobilier est sans valeur. Et quant à votre Castro, il a plus de dix ans d'existence !

L'homme pinça les lèvres pendant un instant. Puis il saisit une bouteille de sherry et trois verres minuscules.

— À ma nouvelle locataire ! Je sais que je pourrais obtenir beaucoup plus, mais je préfère louer à quelqu'un d'adorable qui prendra soin de mon petit intérieur.

Linda leva son verre.

— Vous savez aussi que vous devez partir dans dix jours et que vous devez trouver quelqu'un au plus vite.

January leva son verre à son tour et sourit.

— Bon voyage, monsieur Bailey. Et à ta santé, Linda.

Linda secoua la tête.

— Non, cette fois c'est pour toi. À Mlle January.

7

January, calée sur le canapé convertible Castro, des piles de vieux exemplaires de *Gloss* amoncelées autour d'elle, bûchait sur sa première mission, un article intitulé « Les petits déjeuners des FBM » (filles belles et maigres). Elle n'avait pas réussi à joindre Babe Paley, ni Lee Radziwill. Toutefois, Dee l'avait autorisée à la citer, quand elle proclamait : « Mais qui se lève avant midi ? Il n'y a que les enfants qui prennent leur petit déjeuner. »

Elle avait aussi noté les réflexions d'une poétesse décharnée, d'une starlette de l'écran qui n'avait que la peau sur les os et d'une écrivaine, membre militant du Mouvement de libération des femmes. Elle aurait bien voulu contacter Bess Meyerson et Barbara Walters. Est-ce que Barbara Walters prenait son petit déjeuner *avant* ou *après* l'émission *Aujourd'hui* ? Rien que pour joindre ces gens-là, il fallait pratiquement y consacrer toute la journée.

January avait étudié très précisément tous les articles actuels des principaux magazines et découvert que les histoires qui retenaient son attention savaient happer le lecteur dès les premières lignes. Elle avait essayé différentes entrées en matière, mais aucune ne lui paraissait convenable. Bien sûr, Linda confierait ensuite son article à une rédactrice, mais January souhaitait l'impressionner avec un papier entièrement rédigé de sa main. Son travail au journal lui avait donné pour la première fois de sa vie une identité propre. La petite pièce aveugle dans laquelle elle se rendait chaque jour était *son* bureau. La sous-location de M. Bailey était à présent *son* appartement et elle en payait le loyer avec ses propres deniers.

Les trois semaines écoulées avaient été fébriles. Trois semaines pendant lesquelles elle n'avait dépendu que d'elle-même et avait pris ses décisions toute seule. Les premiers jours avaient été les plus difficiles. Tout particulièrement lorsqu'il avait fallu annoncer à Mike et à Dee qu'elle déménageait. Dee avait froncé les sourcils sous le coup de la contrariété mais, avant qu'elle ne fît une objection, Mike avait dit :

« Je m'imaginais bien que tu voudrais être chez toi, comme la plupart des jeunes filles. Et si c'est vraiment ce que tu désires… tu en as incontestablement le droit. »

Dee avait absolument voulu visiter l'appartement avant que January ne signe le contrat de sous-location. Edgar Bailey n'avait pu cacher sa stupéfaction en la voyant entrer chez lui.

« Oh, mademoiselle Granger… je veux dire madame Wayne… Oh… J'étais loin de me douter que January était votre fille. »

January l'avait senti prêt à s'évanouir à l'idée d'avoir transigé à deux cent vingt-cinq dollars.

« Comment, il n'y a qu'une pièce ? avait demandé Dee.

— Mais elle est très spacieuse, était intervenu Edgar Bailey. Et je suis si content d'avoir quelqu'un comme January, pour continuer à vivre au milieu de mes affaires, dans mon petit intérieur. »

Dee était passée devant lui, avait tiré les rideaux et grommelé :

« Oh ! January. La fenêtre donne sur une cour.

— Un jardin, avait timidement rectifié Edgar Bailey.

— Exposé plein nord et une seule pièce. J'imagine que c'est ainsi que la nouvelle génération vit de nos jours. »

Dee avait soupiré.

« Quitter un appartement luxueux pour un taudis ! »

Edgar Bailey s'était animé.

« Madame Wayne, c'est un très bel immeuble. »

Dee l'avait écarté d'un geste.

« Eh bien, je suppose qu'on peut rendre tout cela un peu plus gai. Enlever ces abominables rideaux, changer la moquette, acheter de nouveaux coussins…

— Madame Wayne ! s'était exclamé Edgar Bailey d'une voix à la limite de la crise de nerfs. Il ne faut rien changer. Ces rideaux ont été fabriqués pour moi par… »

Mais Dee avait déjà disparu dans la cuisine, et January l'y avait suivie, après avoir vivement assuré à M. Bailey que tout resterait intact et qu'elle adorait les stores vénitiens et ses rideaux à fleurs.

Elle avait signé le contrat de sous-location et emménagé le 1er octobre. David lui envoya une plante verte, un dracéna. M. Bailey lui avait laissé un petit bouquet de boutons de roses (qui ne s'ouvrirent jamais) accompagné d'un mot pour lui souhaiter bonne chance. Linda lui envoya du papier à lettres de chez Bergdorf, gravé à ses nom et adresse. Et à cinq heures, Mike arriva avec une bouteille de champagne. Ils le dégustèrent avec des glaçons et Mike balaya du regard l'appartement en souriant.

« Tu veux que je te dise ? Je trouve ça formidable. Tu as vécu avec des gens toute ta vie. En pension, à la clinique. Il est temps que tu aies un chez-toi. »

Dee passa le chercher à sept heures. Ils allaient voir une exposition dans une galerie d'art, et elle avait apporté un panier bourré à craquer d'amuse-gueules pour l'apéritif.

« Tu peux en avoir besoin à n'importe quel moment. J'ai fait emballer plusieurs boîtes d'huîtres fumées… Pourquoi fais-tu la grimace ? David les adore. Tu les sers sur ces petits biscuits importés d'Europe. David aime aussi ce que j'appelle le fromage à trous de souris. Tu le coupes en cubes, tu piques des cure-dents dessus et le voilà heureux comme un coq en pâte. À propos, où en êtes-vous tous les deux ?

— Il m'a envoyé cette plante », répondit January.

Dee sourit avec suffisance.

« Mike et moi partons faire un court séjour en Europe. Je vais participer à un championnat de backgammon à Londres. Nous serons vite de retour, mais nous avons quand même mauvaise conscience de t'abandonner dans ce petit appartement miteux, à te fatiguer pour ce boulot nul. Avant de m'en aller, y a-t-il autre chose que je puisse faire pour toi que de révéler aux lecteurs de ta revue que je ne prends pas de petit déjeuner ? »

January hésita.

« Karla se trouve-t-elle à New York en ce moment ?

— Pourquoi cette question ?

— Je voudrais bien l'interviewer. »

Dee émit un petit rire glacial.

« Elle n'a jamais donné d'interview. Et ce n'est pas parce qu'elle connaît Garbo, ou Howard Hughes… Ce n'est qu'une Polonaise stupide. Allons bon, January, on dirait que pour toi tout le monde est logé à la même enseigne. Je connais bien Karla et elle est idiote. Elle n'a jamais lu un livre de sa vie. Elle n'a jamais voté. Elle n'est au courant de rien en dehors de son aisance matérielle. Oui, elle se trouve actuellement à New York.

Elle m'a même appelée l'autre jour. Mais pour te dire la vérité, j'ai été trop occupée pour aller la voir. Rencontrer Karla de temps à autre me suffit amplement. Je veux dire qu'elle refuse d'aller déjeuner dans les endroits civilisés. Et si on l'invite à dîner, il faut lui donner auparavant la liste complète des invités. C'est ridicule. Elle n'est ni Noureïev, ni la princesse Grace de Monaco. C'est une ancienne actrice qui, pour une raison insensée, jouit encore d'une publicité incroyable. »

Ainsi donc, aucune chance d'interviewer Karla.

January avait écrit un mot de remerciement à David pour la plante. Il lui avait téléphoné pour lui annoncer qu'il s'absentait pour affaires et l'appellerait dès son retour. Cela faisait dix jours. Elle avait dîné tantôt avec Linda, tantôt avec d'autres jeunes filles du bureau. Mais elle était ravie de rentrer chez elle pour travailler à son article ou lire. Elle s'était acheté une machine à écrire portative et apprenait à taper avec deux doigts.

Linda voyait Keith de temps à autre, mais ils n'avaient pas officiellement renoué. Il dormait souvent chez elle, mais tenait à laisser ses affaires à la « communauté ». « Je crois qu'il ne reste avec moi que pour ma cabine de douche, lui avait confié Linda. Nous sommes ensemble… mais ce n'est plus pareil. » Elle refusa d'assister à son spectacle, mais adopta le nouveau régime diététique auquel s'adonnait Keith : une nourriture bio, un cocktail de vingt vitamines par jour et, deux fois par semaine, des piqûres de vitamines en dose massive par un nouveau médecin dont Keith vantait le génie. L'efficacité de ce traitement sautait aux yeux car Linda, qui avait toujours fait preuve d'une énergie enthousiaste, était à présent survoltée. Elle semblait ne jamais dormir. Quelquefois, elle téléphonait à January à trois heures du matin et criait : « Hé, ne me dis pas que tu dors ! Il y a un très bon Bogart sur la 9. »

Mike lui avait envoyé une carte pour annoncer que Dee faisait partie des finalistes du championnat. Quelque chose ne tournait pas rond. Mike, le joueur invétéré, debout aux côtés de sa femme qui lançait les dés.

Pour l'heure, assise dans son lit, January cherchait sa phrase d'introduction tout en se demandant si elle serait capable d'écrire un article amusant sans verser dans la cruauté. Elle relut la déclaration du mannequin au visage insipide, devenu actrice, et qui venait de tourner son premier (et dernier) film. Son rôle avait été coupé au maximum à cause de la platitude de son débit, mais elle ne paraissait pas s'en émouvoir.

« Oh ! Ils ont été si charmants avec moi. On me servait du foie de veau au petit déjeuner et je n'ai jamais été si mince. »

Bon sang, qu'est-ce que Sara Kurtz ferait, avec une citation pareille ! songea January.

Elle soupira et s'installa à sa machine à écrire. Même la déclaration de Dee lui paraissait sarcastique. Et pourtant, elle avait semblé drôle quand sa belle-mère l'avait prononcée sur un ton languide. Elle inséra une feuille vierge dans la machine et se lança dans son introduction. Elle pouvait dire que le mannequin était anémique et mangeait du foie par obligation… Et si elle commençait par « La raison pour laquelle Deirdre Wayne est si belle… » Non. Elle déchira la feuille. Elle devait trouver une meilleure façon d'attaquer le sujet. Elle insérait une nouvelle feuille quand le téléphone sonna. Le bruit résonna à travers la pièce car elle avait oublié de baisser le volume de l'appareil. C'était probablement Linda au bout du fil, avec encore un de ses avis impromptus sur un film de Bogart. Elle fut surprise d'entendre la voix familière.

— Salut, chérie.

— Papa ! Où es-tu ?

— Chez P. J. Clarke.

— Quoi ?

— Nous débarquons de l'avion et j'avais une grande envie de chili. Alors nous sommes venus directement de l'aéroport. Que dirais-tu de nous rejoindre ? Je vais t'envoyer la voiture.

— Oh, j'aimerais bien. Mais je suis en pyjama et je travaille sur un article que je dois remettre au bureau avant la fin de la semaine.

— Tu l'écris toi-même ?

— Oui. Et je pense qu'il sera très bien.

— Dis donc, c'est formidable ! Bon… il faut que je retourne auprès de Nicky la Grecque – c'est le nouveau surnom que j'ai inventé pour Dee vu qu'elle apprécie autant le backgammon que les Grecs ! Elle est arrivée troisième au championnat et a empoché quinze mille dollars. Peux-tu déjeuner avec moi demain ? Rien que nous deux.

Il criait pour couvrir le brouhaha du restaurant.

— Oh, Mike, ça me ferait un plaisir fou.

— Eh bien, réfléchis cette nuit à l'endroit où tu veux aller. Je t'appellerai au journal vers midi. Oh ! Attends une seconde, voilà Dee qui vient par ici. Je pense qu'elle veut te dire bonjour.

— January… !

C'était la voix sèche de Dee.

— Félicitations ! Je suis éperdue d'admiration, fit January.

— Oh ! Nous avons eu un temps merveilleux. Est-ce que tu viens ?

— Non. Je l'ai dit à Mike. J'ai du travail par-dessus la tête.

Dee éclata de rire.

— Oh, la carriériste ! Oh ! Mike… !

La voix de Dee s'éloigna du téléphone.

— Retourne à notre table. Quelqu'un pourrait nous la prendre. Commande ton horrible chili et pour moi une salade d'épinards... January, tu es encore là ?

— Oui, et vous me donnez faim.

— Il y a foule ici ce soir. Je ne sais pas pourquoi tout le monde se tourne tout à coup vers la porte. Ce doit être quelqu'un qui entre. Probablement Onassis et Jackie. Dis-moi, January. Ta vie de travailleuse te procure-t-elle du bon temps ?

— J'en suis ravie, Dee. Je crois que je peux vraiment écrire... un peu.

— Eh bien, c'est charmant et... !

La voix de Dee avait soudain ralenti.

Au même instant, January entendit un grand crescendo de voix dans l'assistance chez P. J.

— Dee, vous êtes toujours là ?

— Oui !

La voix de Dee semblait tendue.

— Vous allez bien ?

— Oui... je vais bien. Dis-moi, January. Quand as-tu vu David pour la dernière fois ?

— Eh bien, je...

— On est à deux doigts de l'émeute, il vient d'entrer avec ma vieille amie Karla.

— Karla chez P. J. ?

— Oh, elle fait ça de temps à autre. Une apparition là où personne ne s'attend jamais à la voir.

La voix de Dee avait retrouvé son aisance.

— Mais ne te tourmente pas, chérie. Karla n'est pas une rivale pour toi.

— Je ne me tourmente pas, Dee. À dire vrai, David me fait grande impression.

— Retourne à tes occupations, mon ange. Je vais prendre les choses en main. Il me faut quelques jours pour m'organiser après mon retour. Pourquoi ne viendrais-tu pas déjeuner ? Dimanche, vers une heure.

January raccrocha. Le fait que David soit avec Karla ne la tracassait pas, mais elle était contrariée qu'il fût rentré à New York sans l'avoir appelée. Elle revint à sa machine à écrire, mais elle fut incapable de se concentrer sur l'article. Elle se rendit à la cuisine pour prendre un Coca et fixa du regard le nouvel arrosoir qu'elle avait acheté pour la plante de David. Elle l'avait arrosée la veille et le fleuriste lui avait conseillé de ne pas le faire plus de deux fois par semaine. Elle attrapa l'arrosoir et le remplit, puis elle se rendit d'un pas décidé dans le salon et le vida dans la plante. « Crève, saleté ! Crève ! Crève ! »

Lorsque Dee sortit de la cabine téléphonique, elle fit semblant de se cogner contre David et Karla, qui se dirigeaient vers une petite table au fond de la pièce.

— Karla. Je ne peux pas y croire. Tu affrontes P. J., fit Dee avec légèreté.

Karla sourit.

— On projetait *Les Chaussons rouges* dans un petit cinéma près d'ici. Je l'ai vu pourtant un millier de fois, mais ce film me plonge toujours dans le ravissement. Il faisait si beau ce soir que j'ai voulu marcher, et cela m'a donné faim.

Elle se tourna pour observer Mike, qui avait quitté la table et s'approchait de Dee.

— Et voici ton charmant nouveau mari ?

— Oui, et cela fait longtemps que je désirais vous rencontrer, fit Mike.

Karla lui tendit la main.

— C'est fait… Vous voyez, cela s'est fait tout seul.

— Combien de temps restes-tu en ville ? demanda Dee.

Karla haussa ses épaules carrées.

— C'est l'avantage de ne pas travailler. J'habite où cela me plaît… aussi longtemps que j'en ai envie.

— Nous allons ouvrir la maison de Palm Beach d'ici une dizaine de jours. Peut-être aimerais-tu y séjourner ? Je peux te donner l'aile gauche comme la dernière fois.

Karla sourit de nouveau.

— C'est très gentil. Je viendrai peut-être… ou j'irai à Gstaad faire du ski. Qui sait ? Dix jours, c'est loin pour moi. En ce moment je n'ai de pensée que pour mon estomac et je meurs de faim.

Elle se tourna vers Mike.

— J'ai été ravie de vous rencontrer.

Sur un dernier sourire, elle se dirigea vers sa table, suivie de David.

Dee s'assit avec Mike et fouilla dans son sac à la recherche de son étui à cigarettes.

— Mike, je ne voudrais pas être indiscrète, mais penses-tu que January aurait découragé David ?

— Karla est une rivale de poids, répondit-il avec un sourire.

— Ridicule ! Karla a l'âge d'être la mère de David. Je croyais qu'il tomberait fou amoureux de January. Ils paraissent si parfaitement assortis.

— Dee, j'ai appris depuis longtemps qu'avoir le physique du rôle ne signifie pas toujours qu'on peut le jouer.

— Mais January devrait essayer de l'encourager. Après tout, elle n'est plus un bébé. Elle va avoir vingt et un ans dans quelques mois.

Mike rit.

— Elle n'est pas encore sur la pente descendante ! D'ailleurs, les filles d'aujourd'hui ne se précipitent pas dans le mariage. La moitié d'entre elles n'y croient même plus.

— January n'est pas une fille d'aujourd'hui. Elle est prise entre deux univers. Le monde isolé qu'elle vient de quitter et le nouveau dont elle cherche la porte. S'il lui arrivait d'être vraiment amoureuse et que cela ne marche pas, elle pourrait craquer.

— Elle ne va pas craquer et il me semble qu'elle se débrouille même très bien. Elle a trouvé du travail, un appartement. Que veux-tu de plus ? Ça fait à peine un mois qu'elle est ici. Écoute. Tu ne peux pas résumer les gens en deux phrases. C'est le cas pour David comme pour January.

Il porta son regard vers le fond du restaurant.

— Karla est une femme bien attirante.

— Ce n'est qu'une paysanne stupide et sans éducation.

Il secoua la tête.

— Vous, les nanas, vous me stupéfiez. Elle a séjourné chez toi à Marbella, elle a fait une croisière sur ton yacht, tu viens de l'inviter à Palm Beach…

— Chéri, j'ai constamment des invités. Cela fait toujours bien d'avoir chez soi une célébrité. D'ailleurs, Karla me fait de la peine. C'est vraiment une âme solitaire.

Il se mit à rire.

— Qu'y a-t-il de si drôle ? demanda Dee.

— Vous, les femmes, la façon dont vous dispensez votre pitié. Tu te fais du souci pour January qui ne s'entend pas assez bien avec David et tu te désoles de voir Karla perdue et solitaire. Écoute, ma fille trouvera son chemin. Quant à Karla, elle est loin d'être perdue. Il est facile de voir pourquoi David la courtise.

— Vraiment ?

La voix de Dee était froide.

— Alors pourquoi te retrouves-tu avec moi qui suis si banale ?

Il allongea le bras pour lui tapoter la main.

— Ma bien-aimée, je me suis fait les dents sur les plus grandes beautés de Hollywood. Toi, tu es quelqu'un d'extraordinaire. La question à poser… c'est… pourquoi as-tu voulu de moi ?

— Parce que…

— Parce que quoi ?

— Parce que je t'aimais, fit-elle avec sérieux. Oh, je sais que nous aurions pu vivre ensemble sans être mariés. Mais je trouve que c'est sordide. Pourtant je ne suis pas vieux jeu. Bon sang, de la façon dont vont les choses aujourd'hui, on vous taxe de démodé si vous avez le moindre principe. Vous avez de l'argent ? Il ne faut pas trop le montrer. Vous avez une maison luxueuse ? Vous êtes une espèce de criminel. Mais où est le mal dans le fait d'avoir de grandes propriétés ? J'entretiens d'un bout à l'autre de l'année une légion de serviteurs dans toutes mes maisons, car je leur procure du travail. Les pilotes de mon avion ont une famille à nourrir. Grâce à moi, ils peuvent envoyer leurs enfants à l'université. Le capitaine de mon bateau touche un salaire pour les cinquante-deux semaines de l'année, tout comme l'équipage. Quand je donne de grandes réceptions à Palm Beach, je fais travailler des traiteurs, des musiciens, des décorateurs. J'aime porter de beaux vêtements. J'aime voir les autres en porter. J'aime les dîners agréables et les gens comme il faut. Je déteste cet endroit et tous ceux qu'on prétend être « dans le vent ». Et quand je vois Karla entrer ici, je sais bien qu'il ne s'agit pas d'une sortie d'un soir avec David. Même une femme comme Karla peut souffrir de la solitude. Ce n'est pas drôle de vivre seule. David peut offrir à Karla une vie palpitante, le plaisir charnel, une camaraderie – tout ce que je souhaite pour ta fille.

Mike jeta encore un coup d'œil sur Karla. David lui chuchotait quelque chose à l'oreille.

— Tu sais, David paraît avoir ses idées bien à lui.

Dee regardait droit devant elle.

— C'est à January de le faire changer d'avis.

— Vraiment ?

— Oh ! Mike, n'as-tu pas remarqué qu'une femme peut faire croire à un homme que ses idées viennent de lui ?

— Est-ce possible ?

— Je parie que tu as cru me séduire en me faisant la cour, dit-elle.

— Si je ne l'ai pas cru, j'ai en tout cas dépensé un fric fou à Marbella.

— Je vais te confier un secret. J'ai décidé de t'épouser lors de la deuxième soirée que nous avons passée ensemble. Je n'avais plus qu'à te laisser entrer dans la danse.

Il rit et fit un signe pour demander l'addition.

— Je ne sais toujours pas pourquoi j'ai eu une telle chance.

Il se pencha sur la table et prit ses mains.

— Allons, Dee ? Pourquoi m'as-tu choisi ?

Son regard rencontra le sien et y resta accroché.

— Parce que je te désirais. Et j'essaie toujours d'obtenir ce que je désire.

David arriva à la Côte Basque à treize heures, le lendemain. Dee lui avait téléphoné à dix heures le matin même.

« David chéri, je voudrais te voir. As-tu le temps de déjeuner avec moi aujourd'hui ? »

Pendant toute la matinée, il avait eu l'impression qu'un ulcère lui rongeait l'estomac. Ils s'assirent sur une banquette. Il lui posa toutes les questions escomptées, sur le championnat de backgammon, sur Londres, sur les nouveaux spectacles qu'elle avait vus dans le West End. Il lui faisait face avec un sourire forcé, attendant le coup de cravache. Et quand le repas fut fini et qu'elle se mit à parler de l'état actuel du marché en Bourse, il alluma une cigarette et se détendit. Peut-être s'était-elle retrouvée seule pour le déjeuner, ou bien était-ce son propre sentiment de culpabilité qui le rendait nerveux à ce point. Il demanda l'addition. Encore quelques minutes, et la corvée serait terminée. Il sortirait alors à l'air libre.

Elle frappa au moment où il signait le chèque.

— David, qu'est-ce que cette histoire entre toi et Karla ?

Il garda la main ferme en continuant d'écrire (deux dollars pour le chef, quatre dollars pour le garçon).

Il sentit une veine pulser dans son cou et se demanda si elle l'avait remarqué. Lentement, il remit son stylo dans sa poche, et prit un ton dégagé et léger pour lui répondre.

— Je pense qu'elle a beaucoup d'esprit… Nous rions beaucoup.

— Oh, ça va, mon garçon. Karla est tout sauf une femme amusante. Au contraire, elle peut être très ennuyeuse.

Dee secoua la tête.

— Je peux comprendre ta liaison avec cette charmante Hollandaise – Kim je ne sais quoi –, même si elle va chez Raffles vêtue d'une blouse transparente. Elle, au moins, a quelque chose à montrer. Mais quand on voit un homme jeune s'attacher aux pas d'une vieille femme… les gens causent.

— Ah ! Et qu'est-ce qu'ils disent ?

— Qu'elle lui donne de l'argent, qu'il est impuissant et ne lui sert que de cavalier, ou qu'il est homo…

Le sourire de Dee tournait presque à la mélancolie.

— Je n'ai pas besoin de te le dire, parce que nous avons tous tenu les mêmes propos sur d'autres gens.

— C'est ridicule !

— Toi et moi savons que c'est ridicule. Mais les gens cancanent.

— Nous avons du plaisir à nous rencontrer, c'est tout. Elle aime être avec moi, dit-il, sans en démordre.

Dee eut un rire jovial, mais son regard demeura froid.

— Ne me fais pas rire. Elle est incapable de se plaire dans la compagnie d'autrui. Par contre, celle de quelqu'un pourvu d'un gros héritage ne la laisserait pas insensible.

Elle ouvrit son étui à cigarettes et attendit que David ait trouvé une allumette. Elle exhala lentement la fumée en regardant la cigarette.

— Je devrais renoncer à ces trucs-là… On m'a dit que Nina Creopopolis souffrait d'emphysème. À propos, que penses-tu de Becker, Neiman et Boyd ?

— Ce sont d'excellents avocats d'affaires. Pourquoi ?

— J'ai l'intention de m'adresser à eux. Je souhaite faire rédiger un nouveau testament.

— Pourquoi ? Je veux dire, c'est papa qui a toujours établi tes testaments. Écoute, ce n'est pas uniquement parce que c'est mon père, mais tu ne peux pas comparer le cabinet de Becker, Neiman et Boyd à celui de papa.

— Tu es de parti pris, mon cher.

Elle lui tapota la main.

— Mais j'aime ça. Dieu sait que personne n'a autant que moi l'esprit de famille. Mais il me faut l'opinion d'une personne extérieure. Ce changement que je prévois dans mon testament n'est pas comme les précédents et j'ai besoin d'un conseil très élaboré. Après tout, j'ai maintenant un mari et une belle-fille. Je tiens à eux, David. Vraiment. Je dois veiller à ce qu'ils soient pourvus.

— Naturellement.

Oh, Dieu, sa voix avait tremblé. À présent, Dee avait dû deviner son angoisse. Il se tourna vers elle avec son expression la plus candide et honnête.

— Dee, tu sais que cela briserait le cœur de papa si tu changeais de cabinet d'affaires.

— Et toi, est-ce que cela te briserait le cœur si je prenais un autre courtier ?

Il n'essaya même pas de répondre. Sa main trembla lorsqu'il alluma sa propre cigarette. On ne jouait plus au chat et à la souris. La souris était prise et le chat commençait à jouer avec elle.

Elle se pencha pour l'embrasser sur la joue.

— Écoute, pour le moment, je n'en suis qu'au stade de la réflexion. Je réfléchis, c'est tout.

Il la raccompagna à sa voiture et elle fit mine de ne pas remarquer le photographe de *Women's Wear* qui la prenait en photo. Elle tendit la joue à son cousin et ajouta :

— Ce déjeuner m'a fait très plaisir, David. Il est important de rester ainsi en contact. J'aime voir ma famille heureuse… et unie.

Il garda les yeux fixés sur elle jusqu'à ce que sa voiture ait disparu dans la circulation. Puis il gagna la cabine téléphonique la plus proche et appela January.

8

Mike mixait des bloody mary lorsque January arriva au Pierre pour le déjeuner du dimanche. Elle avait déjà revu Mike, mais c'était la première fois qu'elle retrouvait Dee depuis son retour de Londres. Dee posa les mots croisés du *Times* et tendit la joue à January.

— Je ne sais pas pourquoi je m'embête avec ce satané truc, dit-elle. Je l'ai commencé hier soir et j'en ai perdu le sommeil, alors que c'est une activité tout ce qu'il y a de plus inutile. Je connais des gens ennuyeux à mourir qui les résolvent à toute allure. Il faut dire que la plupart se servent d'un dictionnaire. Mais c'est tricher. Maintenant assieds-toi et raconte-nous tout sur ton boulot. Ça t'amuse ?

— Oui, mon article a été accepté. J'en suis ravie. Bien sûr il faut l'éditer, et ma ponctuation laisse à désirer, mais Linda et toute l'équipe ont affirmé qu'il était très bon. Je souhaite qu'il vous plaise aussi à tous les deux.

Dee sourit.

— J'espère que tu ne prends pas ce travail trop à cœur, au point de négliger ta vie mondaine.

— Eh bien, je me lève tous les matins à sept heures. Et je quitte rarement le bureau avant sept heures du soir.

— Mais c'est de l'esclavage, fit Dee.

— Tu es bien trop mince, dit Mike, en lui tendant son verre. Je parie que tu sautes des repas.

— Oh, je mange comme quatre ! Hier soir j'ai fait un repas fabuleux… J'ai même mangé de la glace aux cerises flambées. J'étais avec David.

Dee montra un intérêt poli.

— Et comment va mon jeune et beau cousin ?

— Bien. Nous sommes allés au St. Regis, voir Véronique.

— Véronique ? Elle fait encore son numéro de troisième ordre d'imitation d'Édith Piaf ? demanda Dee.

January haussa les épaules.

— Je ne l'avais jamais vue avant. Mais elle fait un grand numéro : trois danseurs russes l'accompagnent, des jeunes hommes. L'un d'eux a subi une opération pour changer de sexe… dans l'autre sens. C'était une fille, et maintenant c'est un garçon.

— Allons, January, la réprimanda Dee gentiment. On ne doit pas colporter des ragots dégoûtants. Je sais bien que c'est le genre de sujets que ton magazine aime exploiter, mais…

— Vous tombez juste. Je voudrais bien pouvoir traiter l'histoire de « Nina devenue Nicolas ». Je me suis mise en quatre hier soir pour essayer d'obtenir son autorisation !

— Tu ne vas pas me dire que tu as discuté avec cette créature.

— Bien sûr que si. Au premier étage, dans la suite de Véronique.

Dee posa son verre.

— Mais comment se fait-il qu'elle t'ait reçue ? Véronique est-elle une amie de David ?

— Non, de Karla.

— Karla !

La voix de Dee était montée d'une octave.

— Oui. Voyez-vous, David avait réservé une table pour deux et, quand nous sommes arrivés, on nous a collés derrière un pilier. Alors, un jeune Grec est venu vers nous, s'est présenté et a annoncé que son ami et lui-même étaient en compagnie de Karla et qu'elle serait heureuse de nous inviter à sa table. Une table merveilleusement placée à l'écart, mais d'où l'on voyait parfaitement la scène. Et Karla est si belle. J'étais tellement absorbée par ma contemplation que j'ai bien failli rater Nina-Nicolas. Et après le spectacle, Karla nous a emmenés chez Véronique, et Nina-Nicolas s'y trouvait. Elle… ou plutôt lui… nous a parlé sans fard de son opération. Linda promet qu'elle m'augmentera si je décroche une interview pour *Gloss*. Mais Nina-Nicolas prétend que tous les magazines l'ont sollicité… et que certains lui ont même offert de l'argent pour raconter son histoire.

— Je pense que la vanité peut t'ouvrir sa porte, fit Mike. Dis-lui que tu le feras photographier en couleurs par un professionnel de premier ordre et que tu lui offriras les clichés et les négatifs. Tu pourrais aussi te fendre d'un vêtement, une combinaison Cardin par exemple… Il existe beaucoup de manières d'appâter quelqu'un.

January soupira.

— L'ennui, c'est que nous ne disposons pas d'un tel budget.

Dee la coupa.

— January ! Raconte-moi ce qui s'est passé après le spectacle.

— Eh bien, nous avons pris un verre dans la suite de Véronique et…

À ce moment-là, Sadie entra pour annoncer que le déjeuner était prêt. Ils passèrent dans la salle à manger.

Mario les servit, et Mike insista pour que January prenne une saucisse.

— Il faut manger. Je n'aime pas te voir aussi maigre.

Dee eut un sourire qui se voulait accommodant. Puis elle dit :

— Tu nous parlais de Véronique.

— Oh… oui, dit January en avalant un morceau de saucisse. C'était comme si nous étions soudain transportés dans un pays étranger. Chacun avait un accent différent. Véronique est française, l'accent de Karla évoque l'Europe de l'Est, les deux garçons grecs avaient eux aussi un accent, et Nina-Nicolas est russe. Tout le monde s'est par conséquent rabattu sur le français comme dénominateur commun, ce qui me convenait parfaitement. Seul le pauvre David ne comprenait pas un mot.

— Où êtes-vous allés après ? demanda Dee.

— Nulle part. Karla est partie avec les Grecs et David m'a simplement raccompagnée parce qu'il devait jouer au squash ce matin à neuf heures.

Dee garda le silence pendant un instant. Elle picora dans ses œufs, puis posa sa fourchette.

— Je suis si furieuse que je ne peux pas avaler.

— Qu'est-ce qui ne va pas ? fit Mike, en continuant de beurrer sa tartine.

— Qu'on largue ta fille avant minuit, pour que David puisse filer à Westport avec Karla.

— Qu'est-ce qui te fait dire cela ? demanda Mike.

— J'ai parlé à Karla hier. Elle m'a dit qu'elle partait hier soir pour Westport passer un dernier week-end à la campagne avant l'hiver. Ne vois-tu pas que tout cela était prémédité ? Karla ne va jamais dans les cabarets. Elle ne sort jamais nulle part. Assurément, elle connaît Véronique, mais elle a refusé de se rendre à une réception en l'honneur de Noureïev, qu'elle admire vraiment, à cause de son appréhension de la foule. Et comme David a eu de toute évidence le sentiment qu'il devait absolument voir January, ils ont décidé tout ce cirque entre eux. Jolie façon de faire d'une pierre deux coups. Karla a pu revoir Véronique, en souvenir du bon vieux temps, pendant que David accompagnait January. L'idée était de larguer January, pour filer ensuite tous les deux en voiture à Westport.

La mâchoire de Mike se contracta, mais il continua de manger.

— Si David veut passer le week-end au vert, j'estime que ça le regarde.

— Et ridiculiser ta fille, pour une femme qui a le double de son âge, aussi ?

Mike s'arrêta de manger, repoussa son assiette et dit d'une voix contenue :

— Dee, je crois que tu devrais laisser les gens prendre leurs décisions eux-mêmes et vivre leur vie comme ils l'entendent.

January aurait soudain voulu disparaître. Dee était effectivement contrariée, et la mâchoire de Mike fortement crispée. Faisant un effort pour rompre la tension, elle reprit d'un ton léger :

— Écoutez, vous deux, j'ai passé une soirée merveilleuse. David et moi, nous nous entendons très bien et…

— Alors pourquoi as-tu laissé cette Polaque partir avec lui ? demanda Dee.

January se cramponna à la table, à en faire pâlir ses jointures. Elle avait vraiment passé une excellente soirée avec David. Le jeune homme s'était montré amical et attentionné. Et voilà que Dee gâchait tout. Il ne lui était pas venu à l'idée une seconde que la rencontre avec Karla avait été arrangée au préalable. David avait paru sincèrement étonné de la voir, et Karla avait fait tous les efforts pour se montrer aimable et chaleureuse envers elle. Elle l'avait questionnée sur son travail et l'avait autorisée à la citer sur le fait qu'elle mangeait des flocons d'avoine le matin pour le petit déjeuner.

Maintenant, elle avait soudain des doutes. Cette rencontre avait-elle été prévue d'avance ? David était-il vraiment amoureux de Karla ? Toutes ces pensées lui traversaient l'esprit, tandis qu'elle sentait la tension monter entre Mike et Dee. Tout à coup, elle pensa qu'il valait mieux partir. C'était déjà assez désagréable d'apprendre que David était sorti avec elle par charité. Mais elle n'avait pas l'intention de voir Mike et Dee s'empoigner à son sujet ! Et ils parlaient d'elle comme si elle n'était pas là. Et comment Mike devait-il la considérer ? Comme un vrai zéro !

La colère de son père incita Dee à mettre de l'eau dans son vin. Les lèvres tremblantes, elle tenta de sourire. Sa voix se fit suppliante.

— Mike… J'essaie seulement d'aider ta fille. N'était-ce pas ta plus grande préoccupation, quand nous nous sommes mariés ? Ne m'as-tu pas dit que tu souhaitais que January ait tout ce qu'elle désirait, après les épreuves qu'elle avait subies ? Toutes ces années perdues ?

— Cela ne te donne pas pour autant le droit de régir son existence, de la forcer à sortir avec un homme qui a ouvertement d'autres inclinations.

— Oh, bonté divine. David m'a dit que January était l'une des plus belles filles qu'il ait jamais rencontrées. J'ai peut-être poussé un peu fort à la roue, parce que rien ne semble avoir eu l'effet escompté. J'ai décoré cette belle chambre pour January et elle a déménagé. J'avais envisagé que nous passerions les vacances ensemble à Palm Beach. Je pensais envoyer mon pilote chercher January et David pour nous retrouver tous en famille pour Thanksgiving. Et à Noël, j'ai l'intention d'organiser un grand bal, comme celui que j'avais donné il y a quelques années. Faire venir par avion un musicien comme Peter Duchin. Inviter le maire Lindsay, Lenny, Rex… tous les gens amusants. Et j'avais espéré que January et David annonceraient leurs fiançailles à cette occasion…

— Tout cela est très gentil de ta part. Mais ce n'est peut-être pas ce que souhaite January.

— Comment peut-elle savoir ce qu'elle souhaite ? reprit Dee d'une voix glaciale. Il faut qu'on lui apprenne les choses désirables.

— Pendant trois ans, on lui a enseigné à marcher et à parler ! cria Mike. À partir de maintenant, c'est elle qui dirige sa vie.

Les yeux de Dee se rapetissèrent.

— Très bien ! Qu'elle travaille pour cette revue crasseuse ! Qu'elle vive dans cet immeuble de troisième ordre. Je ne ferai plus aucune tentative. Pourquoi devrais-je me casser la tête pour deux ingrats comme vous ? Vous ne savez ni l'un ni l'autre comment jouir des douceurs de l'existence. Qu'elle gèle à New York cet hiver. Je ne l'inviterai pas à Palm Beach.

— Dans ce cas, moi non plus je n'irai pas !

— Vraiment ? fit Dee d'une voix douce. Dis-moi, Mike, que vas-tu faire ? Partir d'ici ? Trouver un grand appartement pour toi et ta fille ? Produire un spectacle sensationnel à Broadway ? Faire fortune avec tous tes succès, pour la lui laisser en héritage ? Vas-y. Pourquoi me casserais-je les pieds à essayer de la marier ? Toi, tu peux déposer l'univers à ses pieds. Continue ! Produis un spectacle, un film… rends-lui ses rêves.

January vit son père pâlir. Elle se leva.

— Mike… tu m'as permis de réaliser tous mes rêves. Tu n'as rien à faire de plus. Je suis grande désormais. J'aime mon travail au journal. Et désormais c'est à moi de transformer mes rêves en réalité. Je serai ravie de venir à Palm Beach pour Thanksgiving. Je m'en réjouis vraiment d'avance. Et, Dee, je vous assure que j'apprécie tout ce que vous avez fait pour moi. J'aimais la chambre que vous m'aviez offerte, mais j'ai besoin d'être chez moi, à présent. Et David est charmant. En fait, c'est l'un des plus gentils garçons que j'aie jamais rencontrés… Alors, vous devriez cesser de vous disputer à cause de moi.

Elle s'interrompit. Assis, raides et immobiles, ils se regardaient fixement. Elle s'écarta de la table.

— Il faut que je me sauve. J'ai promis à Linda de l'aider à réfléchir à de nouveaux articles.

Elle embrassa son père. Sa joue était froide comme la pierre. Puis elle quitta l'appartement.

Mike ne tourna pas la tête. Il observait Dee, fou de rage. Il prit la parole d'une voix basse et contenue :

— Tu viens de me rabaisser devant ma fille.

Dee eut un rire nerveux.

— Oh, arrête, Mike. Nous n'allons pas nous disputer. Cela ne nous était pas encore arrivé. Et cela n'arrivera plus jamais.

Elle s'avança vers lui et l'enlaça. Sa voix était tendre, mais il lut la peur dans ses yeux.

— Mike, tu sais que je t'aime…

Il la repoussa et quitta la table. Elle courut après lui tandis qu'il se dirigeait vers la chambre.

— Je fais mes bagages, et je serai parti d'ici une heure.

— Mike !

Elle lui saisit le bras, tandis qu'il tirait une valise d'un placard.

— Mike, fit-elle d'un ton suppliant. Pardonne-moi, je t'en prie, je t'en prie, pardonne-moi, ne t'en va pas. Ne t'en va pas, je t'en prie.

Il s'arrêta et la contempla avec curiosité.

— Dis-moi quelque chose, Dee… Pourquoi m'as-tu épousé ?

— Parce que je t'aime.

Elle lui passa les bras autour du cou.

— Oh, Mike… notre première dispute et c'est ma faute. Pardonne-moi. S'il te plaît, mon ange. Cela ne nous va pas de nous quereller. C'est à cause de ta fille.

Il se dégagea, mais elle le poursuivit.

— Mike, je n'ai jamais eu d'enfant… Si je fais probablement des erreurs, c'est parce que mon plus cher désir est de traiter January comme ma fille. Je m'y prends mal sans doute. Je dis ce qu'il ne faudrait pas dire, je me montre autoritaire, protectrice et abusive… comme je le fais avec David. Je n'ai jamais eu ni frère ni sœur… il est un peu comme mon fils. Et maintenant avec January… Je crois que j'ai exagéré. C'était uniquement parce que je souhaitais la voir heureuse. Quant à nous, il est ridicule de nous empoigner. Nous disons tous les deux des choses que nous ne pensons pas. C'est David et Karla qui m'irritent, pas toi.

Son affolement augmentait tandis qu'il continuait à lancer des choses dans sa valise.

— Mike, ne fais pas ça… je t'en prie. Je t'aime. Comment te le prouver ? Je vais téléphoner à January pour m'excuser. Je ferai n'importe quoi.

Il s'interrompit et la regarda.

— N'importe quoi ?

— Oui.

— Parfait. Je ne t'ai jamais rien demandé. J'ai même signé, avant de t'épouser, un contrat de mariage établissant qu'en cas de divorce je n'aurais pas un sou. Pas vrai ?

— Je le déchirerai, dit-elle.

— Non, tu peux le garder. Je ne veux pas un centime. Mais à partir de maintenant cesse de broder sur l'amour que tu portes à January et le souci que tu as de son avenir. Accorde tes actes à tes paroles.

— Que veux-tu dire ?

— Je veux être certain que, si, un jour, je tombe raide mort pendant une de tes parties de backgammon, ma fille sera riche.

— Tu as ma promesse. Je ferai cela demain. Je lui léguerai un million de dollars.

Il la considéra d'un regard dur.

— Des clopinettes.

— Combien veux-tu ?

— Dix millions.

Elle hésita un instant, puis acquiesça lentement.

— Très bien, c'est promis. Dix millions.

Il eut un léger sourire.

— Et à partir de maintenant, calme-toi aussi au sujet de David. C'est un ordre. S'il en pince pour Karla, ce feu s'éteindra de lui-même et non pas parce que tu l'auras exigé. Mais en aucune circonstance, je ne veux pousser January dans ses bras. Souviens-t'en.

— Je te le promets.

— Et je ne veux plus entendre d'observations déplacées au sujet de son boulot. Mon Dieu, elle fait de son mieux. Elle a de l'ambition et, quand on perd ça, c'est la fin de tout.

— Je te le promets, Mike.

Dee l'entoura de ses bras et l'embrassa dans le cou.

— Allons, souris maintenant, ne sois plus fâché.

— Tu ne te mêleras pas de son existence. Tu te garderas d'intervenir.

— Je ne parlerai plus jamais d'elle à David.

— Et les dix millions que tu as promis de lui léguer, c'est convenu ?

Elle acquiesça.

Il la regarda un instant puis la souleva et la posa sur le lit.

— OK. Maintenant que nous avons eu notre première dispute, faisons l'amour pour nous réconcilier.

David arriva au Racquet Club avec cinq minutes d'avance. La voix de son père lui avait semblé insistante et annonçait des ennuis. Alors que tout allait si bien !! Habituellement, il détestait les lundis, mais il s'était réveillé le matin même avec le sentiment d'avoir le monde à portée de sa main. Sa sortie avec January au St. Regis s'était déroulée sans bavure. Elle avait cru d'emblée que sa rencontre inopinée avec Karla était simplement due au hasard. Elle en avait même éprouvé de la joie, comme si elle-même était fan de l'actrice. Et elle ne s'était nullement doutée qu'à minuit lui et Karla avaient pris la route pour Westport. Encore maintenant, il se sentait le cœur léger, rien que d'y penser. C'était la première fois qu'il passait toute la nuit avec elle. Il n'oublierait jamais la vision incroyable de Karla, dans la cuisine, le lendemain matin, en train de lui préparer des œufs au bacon. Il venait de passer les plus belles vingt-quatre heures de sa vie. Elle avait emprunté la maison de campagne d'un ami et rien n'avait interrompu leur intimité. La bâtisse était construite en retrait au beau milieu de trois hectares de terrain. Le temps lui-même s'était mis de la partie. Le dimanche, ils avaient profité de l'une de ces rares journées où l'automne rivalise de beauté, et correspond en tout point, avec les descriptions poétiques que l'on en fait. En ce qui le concernait, l'automne annonçait toujours le début de l'hiver. Des jours qui raccourcissaient, une pluie grise sur Wall Street, un vent chargé de poussière et des taxis en nombre insuffisant. Mais l'automne, sur une route de campagne à Westport, c'était une débauche de feuilles richement colorées qui craquaient sous les pas et d'air pur, sans oublier l'impression d'être complètement isolé du monde.

Le lundi avait pourtant bien commencé. Le beau temps les avait suivis en ville. Même l'air âcre de New York semblait plus pur. Le marché s'était clôturé sur une hausse de trois points et, à trois heures, elle l'avait appelé pour lui dire qu'il pouvait l'accompagner chez Boris Grostoff. Cela signifiait qu'elle l'incluait désormais dans le cercle de ses amis. Boris avait été son metteur en scène préféré, et ses petits dîners intimes comptaient parmi les rares réceptions auxquelles Karla se rendait.

Il vit entrer son père et se leva pour l'accueillir. Le vieil homme attendit qu'on leur ait apporté leurs consommations. Puis il en vint au fait.

— À quoi ressemble January Wayne ?

David fut alarmé par la question.

— January ? Pourquoi ? Eh bien, elle est belle.

— Vraiment ?

Son père parut surpris. Il sirota son scotch d'un air pensif.

— Alors pourquoi Dee est-elle si désespérée de la marier ?

— Je ne comprends pas.

— Dee est venue à mon bureau ce matin pour modifier son testament. Son souci primordial est de marier sa belle-fille. Je me suis imaginé qu'elle était mal faite, ou laide.

David secoua la tête.

— En réalité, c'est l'une des plus jolies filles que j'aie jamais vues.

Son père mit la main à sa poche et en tira un mince carnet relié de cuir.

— J'ai noté là-dessus quelques changements qu'elle souhaite apporter à son testament. On est en train de les rédiger.

— Est-ce qu'ils me concernent ?

— Plutôt, oui. Tu n'es plus l'exécuteur testamentaire de ses biens.

David sentit ses joues s'empourprer.

— Elle m'évince !

— Moi aussi, j'ai reçu ma part de retour de bâton. À partir de maintenant, notre cabinet partage les pouvoirs exécutifs avec Yale Becker, de chez Becker, Neiman et Boyd. Mais elle te laisse encore une porte ouverte, mon garçon. Une clause stipule que dans le cas où, *avant* la mort de Dee, David Milford serait marié à une personne qu'elle approuve, il deviendrait alors exécuteur testamentaire et présiderait la fondation.

— La salope, fit David à voix basse.

— Oh, ce n'est pas tout, reprit son père. Sa belle-fille, January Wayne, héritera de un million de dollars à la date de son mariage, plus dix millions déposés dans un trust, qui lui seront versés à la mort de son père, ou à la mort de Dee si celle-ci venait à décéder avant lui.

— Je n'arrive pas à le croire, fit David.

— Moi non plus, dit son père. Naturellement, le trust n'est pas irrévocable. Dee peut toujours le modifier. C'est bizarre que Mike Wayne n'y ait pas pensé. Il est évident que le raffinement de cet homme ne s'étend pas aux subtilités de l'établissement d'un testament. Je trouve sa confiance en elle puérile, surtout quand on connaît Dee. Mais, pour le moment, il ne court pas trop de risques parce que, me semble-t-il, elle est très amoureuse de lui. La générosité surprenante de Dee à l'égard de sa fille lui permet de s'assurer en quelque sorte qu'il restera à ses côtés. Mike Wayne semble de toute évidence dominer dans ce mariage. Et, chose étonnante, il ne demande rien pour lui-même, seulement cet héritage ahurissant pour sa fille. J'en ai conclu que la fille était totalement impossible à marier et que l'argent était le seul moyen de lui procurer un époux.

David fronça les sourcils.

— Elle m'a flanqué January dans les pattes dès le premier jour. Elle veut voir cette fille mariée et hors du circuit. Je suis d'avis que, pour la première fois de sa vie, Dee est vraiment amoureuse. Elle aime aussi tout régenter autour d'elle et se rassurer sur son propre pouvoir. Mais sur Mike Wayne, elle n'en a aucun, sauf par le biais de sa fille.

— Et elle s'est imaginé que Mike serait ravi que tu épouses sa fille ?

— Non. Je crois qu'elle veut que January convole pour avoir enfin le monopole de l'affection de Mike.

— David, qu'est-ce que tu me racontes là ?

— Je ne peux pas comprendre pourquoi, reprit lentement David. Mais, le premier soir, j'ai surpris à plusieurs reprises les regards échangés entre January et son père. Et cette intimité entre eux n'est pas celle qu'on retrouve habituellement entre un père et sa fille. J'étais censé être le soupirant de January, mais j'ai senti, à vrai dire, que Mike était mon rival. Dee a dû éprouver la même chose.

— Mais pourquoi t'aurait-elle retiré l'exécution de ses dernières volontés ?

David sourit.

— Elle attend de moi que je la débarrasse de sa rivale. C'est l'hameçon, cela saute aux yeux.

— Seigneur. As-tu une chance ? Je veux dire, la fille s'est-elle entichée de toi ?

— Je ne sais pas. Je suis sorti plusieurs fois avec elle, mais…

— Eh bien, veux-tu l'amener dîner à la maison ?

— Non. Laisse-moi faire à mon idée. Enfin je suppose qu'il y a des gens qui ont renoncé à plus que ça pour dix millions de dollars, soupira-t-il.

— À quoi renonces-tu ? demanda son père.

— À Karla.

Son père roula des yeux ronds.

— Dieu du ciel ! J'étais épris d'elle quand j'avais ton âge. Je n'ai jamais manqué un seul de ses films. Il y a vingt-cinq ans, elle me faisait fantasmer. Mais aujourd'hui… Mon Dieu, elle a l'âge de ta mère !

— Karla n'a que cinquante-deux ans.

— Ta mère en aura cinquante en février.

— Je ne pense pas à son âge quand je suis avec Karla. Et ce n'est pas comme si j'avais l'intention de l'épouser. Écoute, papa, je sais bien que cette liaison aura une fin. Je sais qu'un jour je me réveillerai et que j'en aurai soudain plein le dos de manger des steaks dans sa cuisine et de courir voir des films que je déteste. Ce jour-là, je battrai tous les records du cent mètres en direction de January Wayne.

— Et tu crois qu'elle va rester là à t'attendre ?

David soupira.

— J'essaie de garder une porte ouverte. Pour le moment, j'y parviens encore. Mais, présentement, je ne peux renoncer à Karla. Pas encore…

— Beaucoup de gens sont au courant de ta liaison avec Karla ?

— Non. Elle ne sort pas, sauf en de rares occasions comme ce soir. Je l'accompagne pour aller dîner chez un metteur en scène.

— C'est précisément le rôle que les gens te prêteront si tu poursuis cette relation. Chevalier servant… d'une ex-reine de l'écran !

Son père se pencha au-dessus de la table.

— Et si le fait de garder une porte ouverte ne suffisait pas à January ? Pendant que tu t'occupes avec Karla, suppose qu'elle rencontre un autre homme et que celui-ci soit adoubé par Dee. Pourquoi pas un courtier lui aussi, mais dans une autre maison de courtage… Cette femme, Karla, te confierait-elle son argent et te permettrait-elle de gérer sa fortune ?

David secoua la tête.

— On raconte qu'elle est la femme la plus avare au monde.

Son père hocha la tête.

— Disons qu'elle ne te servirait pas exactement d'atout dans la firme de courtage.

David acquiesça.

— Tu marques un point. Car j'ai le sentiment très net que, si je ne fais pas une cour assidue à la petite January, la prochaine démarche de cousine Dee sera de changer également de courtier.

Son père leva son verre.

— Alors, vas-y, mon fils. Fonce !

9

Il y avait une forte affluence sur la piste de danse du Club. David tenait January étroitement serrée contre lui et la faisait évoluer pas à pas autour de la piste. Il l'avait emmenée dîner au Mistral et lui avait plusieurs fois pris la main, agréablement surpris qu'elle réponde à sa pression. Dee et Mike partaient pour Palm Beach dans moins d'une semaine et il était bien décidé à ce que January raconte à Dee le tour délicieux qu'avait pris leur relation. Une fois Dee partie, il lui serait plus difficile de tenir le compte de toutes les soirées resplendissantes qu'ils avaient passées ensemble. Mais au moins elle saurait qu'il pensait à son avenir.

Bien entendu, tout allait dépendre de la réaction de January. Il devait la rendre éperdument amoureuse de lui et c'était une autre affaire qu'avec Kim Voren. Pour celle-ci, David représentait un baiseur de première classe, mais aussi la sécurité et un rang social, ce dont January n'avait nul besoin. Non, il fallait l'attaquer avec force, au lit. Une fois qu'il parvenait à ses fins avec une fille, le reste était facile. Il pouvait laisser tomber Kim pendant une dizaine de jours et elle sautait quand même de joie, quand il lui téléphonait.

Il avait seulement besoin de temps. Il avait annoncé à Karla que Dee le forçait à sortir avec January de temps à autre. Karla comprenait. Il avait craint sa réaction quand il avait fait allusion à l'obligation de passer Thanksgiving à Palm Beach, mais Karla avait répondu : « Oui, je suis invitée, moi aussi. »

L'espace d'un instant, il avait paniqué. Il ne pourrait jamais tenir le coup. En présence de Karla, il se comportait comme un possédé. Dee et January s'en rendraient compte immédiatement.

« Tu viendras ? »

Il avait essayé de communiquer à sa voix l'enthousiasme habituel.

« Non. Thanksgiving n'est pas une fête pour moi. Bien que citoyenne des États-Unis, je n'ai jamais pu m'y habituer. C'est une fête tellement américaine, comme le 4 Juillet. »

Ces derniers temps il avait remarqué une légère agitation dans son attitude. Quand elle parlait de l'Europe, ce qu'elle faisait très souvent à présent, il éprouvait un mauvais pressentiment. Mais dans son for intérieur, il savait bien qu'il ne serait de nouveau tranquille que si elle disparaissait brusquement de la surface de la terre ! Parce qu'il se rendait compte désormais que cet amour ne s'éteindrait jamais de lui-même, en ce qui le concernait. Parfois, il rêvait qu'elle mourait. Il ne pourrait commencer à vivre pleinement que quand elle serait définitivement perdue pour lui.

Et même en ce moment précis où il tenait dans ses bras cette fille sublime, évoluant parmi les autres danseurs sur la piste, il songeait à Karla. C'était idiot, écœurant même. Il avait toujours réussi à contrôler ses émotions auparavant. Aucune femme ne l'avait jamais dominé. Même dans ses aventures les plus passionnées, il pouvait avoir été entraîné par ses sentiments quelques semaines, cela faisait partie de l'amusement et de l'excitation propres à toute nouvelle liaison, mais finalement il avait su prendre l'ascendant tandis que la femme se mettait à le désirer plus que lui ne la désirait, ce qui avait le pouvoir de le refroidir immanquablement. Mais cela ne s'était pas produit avec Karla. Et cela ne se produirait jamais.

Son devoir était de prendre dans la vie de January une importance de premier ordre. Il fallait que cette fille le désire, ait besoin de lui et attende qu'il se décide. Il voulait gagner encore un peu de temps. Il la regarda et sourit. Elle était vraiment belle, plus belle que Kim, en fait. S'il passait à l'attaque ce soir… était-ce trop précipité ? On était au mois de novembre. Cela faisait presque deux mois qu'ils se connaissaient. Kim avait couché avec lui le premier soir. Karla le lendemain après-midi. Il sauterait le pas cette nuit même. Il avait même acheté les disques qu'elle aimait. Tout à coup il se sentit un peu nerveux. Il n'avait pas dragué une fille depuis une éternité. C'était toujours elles qui s'en chargeaient. Soudain, il ne savait plus comment le formuler. Peut-être avait-il perdu la main. Ou peut-être January était-elle un cran au-dessus des autres filles de cette ville. Elle ne le pelotait pas sous la table, et ne proposait pas : « Et si on rentrait faire l'amour… »

Il dressa l'oreille. Elle lui avait posé une question.

— Je sais qu'ils jouent toujours à guichets fermés, mais si vous avez des difficultés, Keith Winters, un ami de Linda, connaît un acteur de *Hair* qui pourrait nous avoir des places.

Bon Dieu, il lui avait promis de l'emmener voir cette pièce à son arrivée à New York ! Il lui sourit.

— J'en aurai deux pour la semaine prochaine. Nous avons au bureau une excellente agence de revente de billets. Ne vous inquiétez pas.

Il devait coucher avec elle, et pas plus tard que ce soir. Il fallait régler cela avant leur départ pour Palm Beach.

Son père disait que le nouveau testament de Dee était signé et authentifié. C'était maintenant un document officiel. Naturellement, s'il épousait January, ou s'ils se fiançaient, les dispositions changeraient. Un sentiment d'urgence l'envahit. Il lui prit le bras et l'entraîna hors de la piste.

— Il est impossible de parler ici, dit-il. Je ne sais pas pourquoi nous n'arrivons jamais à avoir une vraie conversation. Nous ne pouvons jamais nous retrouver seuls.

Il la fit s'asseoir et elle lui suggéra :

— On pourrait aller chez Louise.

Il rit.

— Non parce que Carmen, la serveuse, et moi sommes tous deux des enragés de football et on discuterait du match de dimanche prochain. Écoutez, pourquoi ne pas aller chez moi ? J'ai tous vos disques préférés, plusieurs albums de Sinatra et d'Ella. Nous pourrions boire du champagne et avoir une vraie conversation.

À sa grande surprise, elle accepta sans se faire prier. Il signa l'addition et la dirigea vers la sortie. Plusieurs de ses connaissances l'observèrent et lui firent signe qu'ils approuvaient son choix. Oui, évidemment. Elle était d'une beauté éblouissante ! Grande, mince et jeune… Si jeune. Qu'il cesse enfin de penser à Karla ! Sinon, il ne serait pas en forme cette nuit. Après tout, il allait peut-être devoir se mesurer à des concurrents redoutables. Elle avait certainement eu des tas d'amants européens dans cette université suisse. Voire avant même de partir là-bas. Une fille qui avait grandi sous l'égide de Mike Wayne devait partir au quart de tour. Pour preuve, la rapidité avec laquelle elle avait emménagé dans son appartement. Et toute cette flopée d'artistes qu'elle fréquentait au magazine… Ces gens-là le faisaient penser à des vers sur une assiette. Ils finissaient tous par coucher les uns avec les autres.

Bon, il allait la prendre dans ses filets cette nuit. Ensuite, il pourrait toujours s'arranger pour la retrouver, deux ou trois soirs par semaine. Et peut-être au printemps se fianceraient-ils officieusement. Mais il devait la tenir à distance aussi longtemps qu'il le pourrait... Pourquoi la tenir à distance ? Karla se fichait éperdument de son avenir à lui, tandis que January représentait son avenir. Très bien. Procédons avec ordre et méthode. Il allait se montrer à la hauteur cette nuit. Et il garderait quand même Karla. L'essentiel était de ne pas perdre la tête.

January, assise à côté de lui dans le taxi qui roulait à toute allure sur Park Avenue, savait bien qu'il allait tenter de lui faire l'amour. Et elle le laisserait faire. Désormais, elle était curieuse du déroulement des choses. Elle était convaincue qu'une fois dans ses bras quelque chose de merveilleux se produirait. Ils s'enflammeraient… et peut-être tomberait-elle enfin amoureuse. Elle éprouvait une certaine attirance pour lui, et Linda avait juré que, dès qu'ils auraient fait l'amour, tout serait différent. Son amie avait été stupéfaite d'apprendre qu'elle était encore vierge. Et il suffisait d'observer l'attitude de toutes les autres filles du magazine pour se rendre compte que la virginité n'était pas quelque chose dont il y avait lieu d'être fier. C'était un peu comme si vous faisiez tapisserie à une soirée.

Elle avait mené sa petite enquête : personne n'était vierge à *Gloss*. Sauf le critique de théâtre, un garçon de trente et un ans à l'accent allemand qui trimbalait toujours à son bras une môme de dix-huit ans, mais

Linda disait que, selon la rumeur, « il se suffisait à lui-même ».

Linda couchait maintenant avec le directeur artistique. Keith ne l'avait pas appelée de toute la semaine et elle prétendait avoir besoin d'un corps d'homme auprès d'elle.

Le taxi s'arrêta dans la 73e Rue. Une fois arrivé devant l'appartement, David sembla nerveux en enfonçant les clés dans les serrures de sûreté de sa porte. Puis, il la fit entrer et alluma la lumière. Elle retira son manteau et examina les lieux. Le salon était assez agréable – une fausse cheminée, un tas d'enceintes de haute-fidélité. La porte de la chambre était ouverte… Mon Dieu ! Un lit rond et des murs rouges ! Elle eut envie d'éclater de rire. Un bordel conçu par quelqu'un avec plus de muscles que de cervelle !

Il alluma la chaîne hi-fi et la voix de velours de Nat King Cole flotta à travers la pièce. Il sortit alors du bar une bouteille de Dom Pérignon d'un air triomphal.

— Je vous ai entendue dire que vous l'aimiez, du coup, j'ai acheté cette bouteille dès le lendemain, qui n'attend que vous depuis ce jour-là.

Il la déboucha.

— Je ne comptais pas sur votre visite ce soir, aussi le champagne n'est-il pas frais, nous le boirons avec de la glace.

Il lui tendit une coupe.

— Alors, qu'est-ce que vous pensez de mon appartement ? Non, ne répondez pas. Je sais. Le séjour est la version Macy's de Park Avenue et la chambre à coucher reflète les fantasmes d'un jeune homme de classe aisée.

Il s'interrompit en songeant que Karla n'était jamais venue chez lui et que les plus grands fantasmes de son existence avaient été assouvis dans la chambre spartiate de Karla, sur son lit en érable d'une étroitesse guindée. Il la chassa de ses pensées et esquissa un sourire.

— Vous savez, enfant, j'avais une chambre de garçon typique, décorée par ma mère. Des oriflammes au mur, des lits superposés jusqu'à l'âge de douze ans. Pourtant j'étais fils unique et, la seule fois où le second lit a servi, ce fut lors de la visite d'un cousin, qui y passa une nuit.

Ils s'assirent sur le divan. À présent Nat King Cole chantait *Darling, je vous aime beaucoup* d'une voix douce et enjôleuse. Elle observa la bouteille de Dom Pérignon destinée aux grandes occasions… Elle en but une longue gorgée. C'était bien une grande occasion, non ? Elle allait se faire sauter !

Il lui avait versé du champagne dans une grande coupe de style ancien et s'était servi un verre plus petit. Cela la déconcerta… Il dissimulait mal son envie de la soûler. Non, elle devait changer d'état d'esprit et stimuler le peu d'attirance qu'elle ressentait pour lui au lieu de l'effacer. Son père n'aurait certainement jamais employé un procédé aussi vulgaire avec une femme… Mais ce n'était pas le moment de penser à lui. Elle allait tout gâcher. Elle le voyait déjà froncer les sourcils : « January, je voulais que ce jeune homme te plaise, mais pas ce… » Elle eut envie de prendre ses jambes à son cou. Franco était plus séduisant que David, pourtant, lorsqu'il l'avait touchée, elle avait paniqué. Seigneur ! Que faisait-elle là ? Elle pouvait encore s'en aller… Mais quoi ? Rester vierge toute sa vie ? Raconter à Linda qu'elle s'était enfuie devant David, Nat King Cole, le Dom Pérignon, un lit rond et des murs rouges ? Elle engloutit le reste du champagne. David bondit pour remplir à nouveau son verre. C'était dingue. Allait-elle coucher avec David uniquement parce que Linda lui conseillait de le faire ? Ou pour prouver à Mike qu'elle valait bien Karla. Pourquoi le faisait-elle, au fond ? Sûrement pas parce qu'elle était amoureuse de lui. Que connaissait-elle de l'amour ? Quelle base de comparaison avait-elle ? Linda prétendait que l'amour auquel elle aspirait n'existait qu'entre Ingrid Bergman et Bogey, dans les films retransmis à la télévision tard dans la nuit. Aujourd'hui cette forme d'amour n'existait plus. Même son père lui avait dit qu'il n'avait jamais été « amoureux », mais qu'il aimait faire l'amour. C'était tout. Elle était comme lui. Elle saisit le verre que David lui tendait et le sirota doucement. David était beau. Une fois la chose commencée… elle y trouverait du plaisir… et l'aimerait… et… Elle sourit et lui tendit son verre vide ; puisqu'il voulait la voir bourrée, pourquoi pas ?

Il parut aux anges en le remplissant de nouveau. Mais il semblait toujours légèrement nerveux. Il avait terminé son petit verre et à présent remplissait une large coupe à ras bord pour lui-même. La bouteille était déjà vide lorsque Nat eut fini de chanter et que Dionne Warwick commença à ronronner sur les chansons de Bacharach-David. January appuya la tête contre le divan et ferma les yeux. Elle sentit David l'embrasser dans le cou. Dionne chantait : « Dis une petite prière pour moi. » Oui, Dionne, prie pour moi… pour January… tu m'as rencontrée avec mon père en 1965. Je n'avais que quinze ans et tu as dit à mon père que j'étais adorable. Dis-moi, Dionne, étais-tu amoureuse la première fois que tu as fait l'amour ? Tu devais l'être, pour chanter comme tu le fais…

David était penché sur elle à présent. Maintenant, il lui mordillait l'oreille. Oh ! Sa langue était dans son oreille. Comment pouvait-on aimer cela ? C'était froid et humide. Quand il s'attaqua à sa bouche, sa langue lui écarta les lèvres. Elle s'affola en comprenant qu'elle n'aimait pas cette sensation. Il avait la langue râpeuse. Ses mains, en cherchant ses seins, tripotaient les boutons de sa blouse. Elle espéra qu'il n'allait pas les casser… c'était sa nouvelle chemise Valentino. Mais peut-on dire à un homme qu'on préfère ôter soi-même son corsage, alors qu'on est censé être emportée par une violente passion qui vous fait tout oublier.

À quel moment allait-elle éprouver quelque chose ? Elle essaya de répondre à ses avances, en lui caressant les cheveux… On aurait dit du carton, il devait employer de la laque ! Elle ne devait pas penser à ces choses-là, pas à un moment pareil. Elle ouvrit les yeux pour l'observer. Après tout, il était bien bâti, mais il avait l'air ridicule avec ses yeux fermés, étalé sur le divan. Pourquoi ne pouvaient-ils pas se conduire raisonnablement et marcher jusqu'à cette horrible chambre, se déshabiller et… et quoi ? Ne devait-il pas la prendre dans ses bras, lui dire qu'il l'aimait au lieu de se contenter de lui mordre les lèvres et d'abîmer sa plus jolie blouse ? Elle remarqua que la boucle dorée de ses mocassins Gucci avait déchiré le satin du divan. D'un certain côté, cela lui plut. Elle devait faire un effort… Elle ferma les yeux… elle voulait s'exalter… éprouver quelque chose… Oh ! Dieu merci, il avait finalement réussi à ouvrir sa blouse, sans arracher les boutons. Désormais il tâtonnait avec la fermeture de son soutien-gorge. Là, il était très adroit… et maintenant le soutien-gorge se baladait autour de son cou. Devait-elle faire un geste symbolique de protestation ou l'aider ? Elle décida de le repousser.

— Détends-toi, ma petite chérie, chuchota David tandis que sa tête s'abaissait vers ses seins.

Il se mit à les lécher doucement et elle sentit ses tétons se durcir… et une sensation étrange dans la région pelvienne. Il la fit se redresser, lui ôta sa blouse d'une main et, de l'autre, chercha la fermeture Éclair de sa jupe. Ah, là aussi, il était expert… la jupe tomba. Il enleva le soutien-gorge. Elle se tenait debout devant lui avec ses bottes et son collant. Il la souleva et la porta dans la chambre. Elle aurait pu marcher toute seule. Elle aurait préféré marcher. Un mètre soixante-dix pour cinquante kilos. Elle n'avait que la peau sur les os mais, cinquante kilos plus les souliers, ça devait sembler une tonne pour un homme qui s'efforçait de jouer les Roméo.

Elle essaya de ne plus penser à sa longue jupe de soie en tas sur le plancher du salon, ni à son soutien-gorge, à côté. Et sa blouse roulée en boule quelque part sur le divan. Qu'allait-elle faire quand ce serait fini ? Aller là-bas, nue comme un ver, et ramasser ses habits ? Il la jeta sur le lit. Puis il lui enleva ses chaussures et son collant.

Elle était allongée complètement nue et il lui disait qu'elle était belle. À présent il se déshabillait. Elle le regarda se débarrasser de son pantalon… elle vit la forte saillie dans son caleçon. Il faillit s'étrangler en arrachant sa cravate. Il enleva sa chemise et, avec un air de triomphe, son slip. Il sourit fièrement et vint au lit. Elle contemplait, les yeux ronds, l'immense pénis qui se dressait agressivement.

— C'est une merveille, n'est-ce pas ? demanda-t-il.

Elle ne put répondre. C'était la chose la plus laide qu'elle ait jamais vue… Tout rouge… Et avec toutes ces veines, on aurait dit qu'il allait éclater.

— Embrasse-le !

Il le lui mit sous le nez. Elle se détourna et il se mit à rire…

— OK… Tu demanderas à l'embrasser, avant qu'on ait fini…

Elle jugula sa nervosité. Où était passée la sensation romantique qu'elle espérait ? Pourquoi n'éprouvait-elle que de la répulsion et de la peur ? Il était couché sur elle, appuyé sur les coudes, et lui suçait les seins. Puis ses mains descendirent entre les jambes. Involontairement elle les ramena l'une contre l'autre. Il la regarda, surpris.

— Il y a quelque chose qui ne va pas ?

— C'est que… il y a trop de lumière ici…

Il rit.

— Tu ne veux pas faire l'amour la lumière allumée ?

— Non.

— La dame commande… je m'exécute.

Il alla éteindre. Elle le regarda venir à elle. Tout cela lui semblait irréel. Était-elle vraiment allongée sur le lit, attendant d'être prise par ce… cet étranger ? Elle se remémora qu'elle avait omis d'aller voir un médecin, alors que Linda le lui avait conseillé, afin d'obtenir la pilule ou un stérilet.

— David… commença-t-elle.

Soudain il enfonça cette chose palpitante entre ses cuisses. Et il poussait… poussait… Elle sentait ses doigts partout… sur ses seins… entre ses jambes… Il lui écartait les jambes… il poussait en elle.

— David, je ne prends pas la pilule, dit-elle d'une voix étouffée, alors qu'il essayait de l'embrasser.

— OK. Je me retirerai à temps, murmura-t-il.

Il respirait lourdement. La sueur mouillait sa poitrine. Et pendant tout ce temps, il essayait de pousser cette énorme chose en elle. Elle sentait ses pressions répétées, dégoûtée chaque fois par l'impact sur la paroi de muscles et de tissus qui le repoussait. Ne voyait-il pas que c'était impossible ? Mais la chose devenait de plus en plus exigeante… encore et encore. Cela la déchirait. Oh Dieu, il la tuait ! Elle se mordit les lèvres pour s'empêcher de crier et enfonça les ongles dans son dos. Elle l'entendit murmurer : « Formidable, hein chérie, donne, allons, donne-toi ! » Puis il y eut une douleur aveuglante lorsqu'il finit par entrer. Une douleur insoutenable comme s'il broyait l'os et le muscle. Soudain, il se retira d'elle et elle reçut sur le ventre une giclée d'un liquide chaud et gluant. Puis, il retomba sur le dos, haletant. La chose entre ses jambes gisait recroquevillée et inerte comme un oiseau mort. Graduellement, son souffle redevint normal. Il se tourna vers elle et lui emmêla les cheveux.

— Alors… c'était bien, chérie ?

Il prit des mouchoirs en papier sur la table de nuit et les lui posa sur le ventre.

Elle avait peur de bouger. La douleur intense l'effrayait. Peut-être l'avait-il déchirée ? Linda disait que cela faisait un peu mal au début ; elle n'avait jamais dit que c'était une torture ! Comme un robot, elle s'essuya le ventre. C'était visqueux. Elle désirait se précipiter sous une douche chaude. Mais, avant tout, elle voulait s'en aller. Il lui caressa les cheveux.

— Que dirais-tu de me tailler une pipe, chérie ? Après, on pourrait recommencer.

— Une pipe ?

— Descends !

Il poussait sa tête en direction de la chose molle qui maintenant reposait sur la partie interne de sa cuisse. Elle sauta du lit.

— Je rentre chez moi !

Puis elle s'arrêta en voyant le sang. Cela faisait une grosse tache sur les draps et lui coulait le long des jambes.

Il s'assit.

— Pour l'amour du ciel, January, pourquoi ne m'as-tu pas dit que tu avais tes règles ?

Il sauta du lit et arracha le drap.

— Oh, nom de Dieu ! Ça a traversé le matelas.

Elle demeura sans bouger, la main bloquée entre les jambes. Elle avait l'impression que, si elle enlevait sa main, ses organes allaient tomber !

Il se tourna et la regarda.

— Bon Dieu, ne mets pas de sang sur la moquette. Il y a des Tampax dans l'armoire à pharmacie.

Elle courut dans la salle de bains et verrouilla la porte, retira sa main, et rien d'incroyable ne se produisit. Le saignement s'était arrêté. Elle prit une serviette et lava le sang sur ses jambes. Elle se sentait endolorie et déchirée à l'intérieur. La lumière vive, en haut de l'armoire à pharmacie, donnait à son visage une nuance jaunâtre. Elle se regarda dans la glace. Le maquillage de ses yeux avait coulé, ses cheveux étaient ébouriffés. Il fallait s'habiller et partir. Elle ôta son maquillage, puis, enroulée dans une autre serviette, ouvrit la porte de la salle de bains et se précipita dans le salon. Il ne leva même pas les yeux vers elle. Encore nu, il avait défait le lit et frottait furieusement le matelas avec un détachant liquide.

Elle saisit ses vêtements dans le salon, ramassa ses chaussures et son collant dans la chambre à coucher et retourna en courant à la salle de bains. Quand elle en sortit, le lit était encore défait, mais il était habillé.

— Eh bien, il faut que j'attende que ça sèche pour savoir ce qu'il en est, dit-il, sinon je téléphonerai à un service de nettoyage. Allez, je te raccompagne.

Il reprit la parole dans le taxi. Là il passa un bras autour d'elle. Instinctivement, elle se dégagea. Il lui prit la main.

— Écoute, je suis désolé de m'être emporté à cause des draps. Mais ils viennent de chez Porthault et tu aurais dû me prévenir que tu avais tes règles. Je sais bien que tu as vécu en Europe et qu'il y a des étrangers qui aiment ça. Mais moi, je ne traverse jamais la mer Rouge. As-tu trouvé les Tampax ?

— Je n'ai pas mes règles, dit-elle.

Pendant une seconde, il ne comprit pas. Puis l'idée fit son chemin et il s'effondra sur la banquette.

— Oh, mon Dieu, January, tu n'es pas… je veux dire, tu n'étais pas… Oh ! Mais qui a jamais entendu parler d'une vierge de vingt ans ? Surtout avec ton allure. Je t'ai trouvée étroite, mais je mettais cela sur le compte de ta minceur… Quelle histoire !

Il émit un gémissement et ils roulèrent encore un peu tandis qu'il regardait fixement devant lui.

— Pourquoi es-tu si contrarié ? demanda-t-elle.

— Parce que, bon sang, ce n'est pas mon genre de dépuceler les vierges.

— Malheureusement, il faut bien que quelqu'un le fasse ! dit-elle. Je me rappelle un Italien qui m'avait dit cela.

Une fois au coin de sa rue, il demanda au chauffeur de s'arrêter.

— Écoute, allons prendre un dernier verre dans ce bar, j'ai à te parler.

Ils commandèrent chacun un scotch. Elle avait le goût en horreur, mais elle espérait que cela la ferait dormir. Comme elle désirait sombrer, cette nuit, dans un sommeil de plomb !

David faisait des ronds sur la nappe avec son verre.

— Je suis encore sous le choc, mais écoute… Je suis vraiment fier que tu m'aies choisi pour être le premier. Et tu ne le regretteras pas. La prochaine fois, je te rendrai vraiment heureuse, January… Je… J'ai beaucoup d'affection pour toi.

— C'est vrai ?

— Oui.

— Eh bien, tant mieux. Je suis très flattée.

Il allongea le bras et lui prit la main.

— C'est tout ce que tu éprouves ?

— Eh bien, David... je...

Elle s'interrompit car elle avait été sur le point de dire « je ne te connais pas très bien ». C'était insensé. Elle venait de coucher avec lui !

— January... je veux t'épouser. Tu es au courant, n'est-ce pas ?

— Non.

— Non quoi ?

— Non, je ne savais pas que tu voulais m'épouser. Je sais bien que Dee souhaite que tu m'épouses, mais j'ignorais que tu le désirais aussi. Tout cela est ridicule, n'est-ce pas, David ? Nous ne nous connaissons pas. Nous avons couché ensemble, mais nous ne nous connaissons pas. Et nous voilà assis, dans ce bar, à essayer de trouver quelque chose à nous dire, alors que cela ne devrait pas se passer ainsi. Est-ce qu'on n'est pas censé vouloir crier, chanter, quand on vit sa première aventure amoureuse ? Et quand on aime, ne doit-on pas s'attendre à ce qu'il vous arrive quelque chose de merveilleux ?

Il fixa un point derrière elle et murmura :

— Dis-moi ce que tu penses devoir éprouver.

— Je ne sais pas, moi... mais...

— Comme si on souhaitait que la nuit ne s'achève jamais ? demanda-t-il.

— Oui, je suppose.

— Et avoir peur de partir tellement il serait merveilleux de posséder cette personne et de demeurer avec elle chaque seconde.

Elle sourit.

— À nous entendre, on croirait que nous avons regardé tous les deux le même film à la télé hier soir.

— January, veux-tu m'épouser ?

Elle regarda son verre, avala une longue gorgée et secoua la tête dans un geste d'impuissance.

— Je ne sais pas, David. Je n'éprouvais rien pour toi et…

— Tu sais, intervint-il, les choses dont nous venons de parler n'arrivent pas dans la vraie vie. Peut-être pour une nuit, à des jeunes fumant de la marijuana, ou alors à des gens impliqués dans des relations amoureuses clandestines, ou bien…

— Ou bien ?

— Si une préadolescente rencontre son héros… quelqu'un qu'elle a toujours idolâtré. Je suppose que chaque fille a un type d'homme dont elle rêve… comme certains hommes ont dans la tête la femme de leurs rêves. Mais la plupart des gens traversent la vie sans jamais rencontrer ni réaliser ce rêve.

— Est-ce obligatoire ?

Il soupira.

— C'est peut-être mieux ainsi. Parce que, si jamais on rencontrait la personne de ses rêves, on ne pourrait jamais la laisser s'échapper. Et on ne peut pas s'accrocher éternellement à un rêve. On ne peut pas épouser un rêve. Le mariage est bien différent : il concerne deux êtres qui désirent les mêmes choses, deux êtres qui s'apprécient.

Comme elle demeurait silencieuse, il ajouta :

— Je… Je t'aime, January. Voilà, je l'ai dit.

Elle sourit.

— Entre la parole et la pensée, il y a une marge.

— Tu ne me crois pas.

— Je crois que tu essaies de t'en convaincre avec autant d'insistance que tu en mets à me convaincre.

— M'aimes-tu ?

— Non.

— Non ? Alors pourquoi es-tu rentrée avec moi ce soir ?

— Je désirais tomber amoureuse de toi, David. Je pensais, en cette occasion, y parvenir. Mais non.

— Écoute, c'est ma faute. J'ignorais que tu étais vierge… La prochaine fois, ce sera différent, je te le jure.

— Il n'y aura pas de prochaine fois, David.

Pendant un instant, il parut désemparé.

— Tu veux dire que tu n'as plus envie de me voir ?

— Je te reverrai, mais je ne coucherai pas avec toi.

Il fit signe au garçon et régla l'addition.

— Écoute, c'est une réaction tout à fait normale après ce qui vient d'arriver.

Elle se leva et il l'aida à enfiler son manteau. Il la tint par le bras en marchant.

— January, je n'ai pas l'intention de te bousculer. Je ne te demanderai pas de coucher avec moi. Peu m'importe s'il me faut attendre plusieurs mois. Tu as peut-être raison, il nous faut dans un premier temps apprendre à nous connaître. Mais je te le promets, tu vas m'épouser. Tu vas m'aimer et me désirer. Nous avancerons pas à pas. Nous allons passer Thanksgiving ensemble à Palm Beach. Quatre jours et quatre nuits tous les deux. Au moins, ce sera un bon début. Et je promets de ne jamais plus te demander de coucher avec moi. Quand cela arrivera, c'est toi qui choisiras le moment. Et quand tu t'endormiras cette nuit… rappelle-toi que je t'aime.

Quand elle fut enfin de retour chez elle, elle se fit couler un bain et ôta ses vêtements. Elle se détendit dans l'eau chaude et essaya de penser à ce que David lui avait dit. Ce n'est que plus tard, une fois au lit, cherchant le sommeil, qu'elle se souvint qu'il ne s'était même pas soucié de l'embrasser pour lui dire bonne nuit.

Quand elle se réveilla le lendemain matin, elle s'aperçut qu'elle avait eu une hémorragie au cours de la nuit. Sa première pensée fut d'appeler Linda, mais elle n'était pas encore disposée à l'affronter. Elle imagina sans peine l'expression que son amie ne manquerait pas de prendre quand elle lui raconterait sa soirée. Elle parcourut rapidement l'annuaire et trouva le numéro du Dr Davis, le gynécologue dont Linda lui avait parlé. Quand elle expliqua qu'elle avait une hémorragie, on lui demanda de venir sur-le-champ.

Chose étrange, elle fut moins gênée par l'examen physique que par les explications qu'elle dut fournir au médecin, assise devant son bureau, tout habillée. Elle fut soulagée quand il lui assura que, bien que ce genre de saignement fût rare, elle n'avait rien de grave. Il lui prescrivit la pilule et un calmant, puis il lui conseilla de rentrer chez elle et de se mettre au lit pour le reste de la journée.

Lorsqu'elle arriva à son appartement, un coursier sonnait à sa porte. Il lui apportait un petit paquet de chez Cartier. Elle signa le reçu et entra. C'était une rose sculptée à la main en or et ivoire, attachée à une lourde chaîne en or. Le billet disait : « Les véritables meurent. Celle-ci durera plus longtemps, pour vous rappeler que mes sentiments sont éternels. David. »

Elle la rangea dans son tiroir. Le bijou était magnifique mais, pour le moment, elle n'avait aucune envie de penser à David. Elle s'était arrêtée en chemin, pour prendre son ordonnance, mais dans ses dispositions actuelles elle n'avait aucun désir de se mettre à la pilule. Elle rangea les médicaments à côté de l'écrin de Cartier et elle prit un calmant. Puis elle appela Linda pour lui dire qu'elle avait passé la matinée chez le dentiste et ne viendrait pas au bureau. Elle s'étendit et essaya de lire, mais le comprimé fit son effet. Et elle était plongée dans un profond sommeil lorsque le téléphone sonna vers cinq heures du soir. C'était David. Elle le remercia pour le collier.

— Pouvons-nous prendre un verre en vitesse, cet après-midi ? demanda-t-il.

— Je crains que non. Je suis… J'ai du boulot par-dessus la tête, dit-elle.

Il se tut.

— C'est qu'il va y avoir une réunion d'analystes de valeurs mobilières, sur la côte dans quelques semaines, et plusieurs responsables sont en ville actuellement. Je crains que mes soirées ne soient prises pendant quelque temps.

— Aucun problème, David.

— Je te téléphonerai tous les jours et nous dînerons ensemble dès que je serai libre. J'aurai des billets pour *Hair*, la semaine prochaine.

— Parfait, David.

Elle raccrocha et resta allongée dans la pénombre. Elle appréciait ce moment intermédiaire entre la veille et le sommeil. Mais à neuf heures du soir, le calmant cessa d'agir ; elle s'assit alors et alluma la lumière. La nuit entière s'étendait devant elle. Elle pensa qu'il était l'heure de dîner, mais elle n'avait pas faim. Elle avait dressé une liste de sujets pouvant donner lieu à des articles intéressants. Elle avait eu l'intention de les soumettre à Linda aujourd'hui et examina la liste. Peut-être pourrait-elle essayer d'en écrire un. Elle était tout particulièrement intriguée par la question : « Y a-t-il une vie au-delà de trente ans ? » L'idée lui était venue en voyant Linda refuser une secrétaire avec des références de tout premier ordre, pour engager une fille de dix-neuf ans dont la sténo laissait à désirer.

« January, je ne veux pas d'une femme de quarante-trois ans au secrétariat de *Gloss*. Peu m'importe qu'elle ait été secrétaire du président-directeur général d'une compagnie de pétrole pendant vingt ans. *Gloss* est une revue jeune, pleine d'allant. Je ne veux voir dans ce bureau que des gens jeunes et beaux. »

Lorsqu'elle s'était présentée pour le spot publicitaire, January avait remarqué que l'âge des secrétaires et réceptionnistes de l'agence s'échelonnait entre dix-neuf et vingt-neuf ans. Naturellement, ce critère ne s'appliquait pas aux chefs de service ou à la rédactrice en chef – Linda approchait de la trentaine –, mais pour le poste qu'elle occupait elle était jeune. Décidément, elle aimait bien Linda, mais à part leur enthousiasme commun pour la revue elles étaient totalement différentes. À *Gloss*, Linda avait le pouvoir. Quand elle passait dans les couloirs, tout le monde se mettait au garde-à-vous. À la réunion hebdomadaire du comité de rédaction, Linda, belle et froide, restait maîtresse de la situation. Tous les rédacteurs et les rédacteurs adjoints admiraient l'élégance presque classique de son style et de son allure. Pourtant, une fois sortie du bureau, Linda, en compagnie d'un homme, perdait toute sa classe. Elle avait du mal à comprendre l'attitude de Linda, qui avait besoin de sentir un « corps d'homme » auprès d'elle et savait jouir avec un partenaire pour lequel elle n'éprouvait pas de sentiments. La nuit dernière avait été abominable, sans compter la souffrance physique. Elle n'avait ressenti aucun désir pour le corps de David. Y avait-il quelque chose chez elle qui ne tournait pas rond ? Il fallait vraiment qu'elle en parlât à quelqu'un. Mais pas à Linda, qui lui suggérerait aussitôt des vitamines ou une visite chez son psy.

Tout à coup, elle eut un besoin pressant de revoir Mike. Peut-être pourraient-ils déjeuner ensemble le lendemain ? Elle ne pourrait pas lui raconter ce qui s'était passé, mais rien que de lui parler lui ferait du bien. Il n'était que neuf heures et demie. Il ne serait pas encore rentré, mais elle pouvait lui laisser un message.

Elle n'en crut pas ses oreilles quand il répondit lui-même au téléphone. (Elle avait peut-être interrompu une conversation entre lui et Dee.) Elle essaya de prendre un ton léger.

— Je peux rappeler si vous jouez au backgammon.

— Non, tu m'as réveillé en fait.

— Oh, pardon. Excuse-moi auprès de Dee…

— Non, attends une minute. Quelle heure est-il ?

— Neuf heures et demie.

— Je suis bien réveillé à présent, et je meurs de faim. Que dirais-tu si je sautais dans un taxi et venais te chercher. On irait manger un hamburger.

— Où se trouve Dee ?

— Je lui ai tiré dessus et j'ai caché son corps dans le placard.

— Mike !

Il rit.

— Rejoins-moi à la porte de ton immeuble dans un quart d'heure. Je te donnerai tous les détails sanglants.

Ils entrèrent dans le bar du coin de sa rue et elle évita soigneusement la table où elle s'était assise la nuit précédente avec David.

— Ton vieux traîne la patte, fit Mike. J'ai fait dix-huit trous au golf, je suis rentré à cinq heures et je me suis écroulé. Dee avait envie d'aller dîner dehors et de voir un film, mais impossible de me réveiller. Elle a dû essayer, mais de toute évidence j'ai continué à dormir. Elle m'a laissé un mot pour dire qu'elle sortait jouer au backgammon chez une amie. Elle s'est sans doute dit que j'allais ronfler toute la nuit.

— Et moi qui t'ai réveillé. Je suis navrée.

— Non, je suis content de te voir.

Le garçon leur servit les hamburgers. Mike mordit dans le sien avec appétit.

— Je mourais de faim, comme tu peux voir. Mon estomac m'aurait réveillé aux environs de minuit, mais du coup je t'aurais manquée.

Soudain son regard se fit perçant.

— Comment se fait-il que tu sois toute seule ce soir ?

— Oh, hier soir, j'avais rendez-vous avec David. Aujourd'hui, il s'est rendu à je ne sais quelle réunion.

— Traduction : tout ne va pas comme sur des roulettes ?

— Il m'a offert un collier de chez Cartier.

Mike repoussa sa bière, alluma une cigarette, et dit d'un air détaché :

— Un peu tôt pour Noël, non ?

— Il veut m'épouser.

Ses traits se détendirent. Il se mit soudain à sourire.

— Ah bon, doux Jésus, ce n'est pas du tout la même chose. Pourquoi n'as-tu pas tout de suite annoncé la couleur ?

— Je ne suis pas amoureuse de lui.

— En es-tu sûre ? Je veux dire... tu ne le connais que depuis peu. Tu es certaine qu'il ne fait pas l'affaire ?

— Certaine.

Elle allongea le bras et prit une de ses cigarettes. Il leva les sourcils.

— Depuis quand fumes-tu ?

— J'ai appris en essayant de décrocher un spot publicitaire.

Au bout d'un moment, elle ajouta :

— Je suis désolée au sujet de David.

Il rit.

— C'est à lui que tu dois le dire, pas à moi. Mon Dieu, rien n'est perdu. Alors, tu es sortie avec lui et il s'est déclaré ? Tu n'as qu'à lui rendre son foutu collier et en rester là.

Elle gardait les yeux fixés sur son hamburger dont elle n'avait mangé que la moitié. Soudain, elle se rendit compte qu'il se refusait à croire à une intimité quelconque entre elle et David. Il voulait considérer le collier comme un présent d'homme qui fait sa cour. Mike, si détendu avec les autres femmes, devenait complètement vieux jeu dès qu'il s'agissait de sa fille.

— Mike, est-ce que j'ai du sex-appeal ?

— Quelle question ridicule !

— Est-ce que j'en ai ?

— Comment, diable, veux-tu que je le sache ? Je peux te dire que tu es belle, que tu as une silhouette formidable. Mais en ce qui concerne le sex-appeal, c'est une question tout à fait personnelle. Une nana bourrée de sex-appeal à mon goût peut ne pas en avoir pour le type d'à côté.

— Pour moi, tu as du sex-appeal.

Il la regarda, puis secoua la tête.

— Et David n'en a pas ?

— David, non.

Il émit un sifflement.

— Oh, bonté divine ! Voilà un gars que toutes les femmes de New York voudraient se taper, y compris la vedette de cinéma sur laquelle on fantasme le plus au monde ! Et il n'a pas de sex-appeal selon toi, mais moi j'en aurais…

Elle essaya de prendre un ton léger.

— Eh bien, peut-être que cela signifie que je dois rencontrer quelqu'un qui te ressemble.

— Ne parle pas comme ça. Tu t'es comportée comme si ce gars te convenait.

— David me plaisait. Je l'aime encore bien. Mais pour ce qui est de l'amour, il me rebute. Ses cheveux blonds peut-être…

Il repoussa son verre de bière.

— Il ne manquait plus que ça ! Chaque type qui se présente est appelé à perdre à la dernière minute, à cause de moi. C'est ça ?

— Écoute, il n'y a pas lieu de te frapper parce que j'ai changé d'idée en ce qui concerne David.

— Si nous ne réglons pas le problème une fois pour toutes, tu vas changer d'avis chaque fois. Tu marcheras jusqu'à l'autel et feras demi-tour au dernier moment. Ça peut arriver, diable ! Ça s'est déjà vu, et ça se termine toujours en catastrophe. Écoute, ne te fais pas une fausse image de moi, une image qui éclipse celle de tous les autres hommes. Je n'ai rien d'extraordinaire. Tu ne me connais que comme papa… et papa est l'homme idéal. Eh bien, reprends-toi. Il n'y a pas d'homme idéal. C'est la femme qui idéalise. Et il est temps pour toi d'apprendre que papa Mike est bien différent de Mike le mec, ajouta-t-il d'une voix grave.

— Je vois Mike le mec, et je l'aime.

— Tu ne vois que ce que je t'ai laissée voir. Mais maintenant je vais te dire les choses sans détour. J'ai été un père lamentable et un mari pire encore. Je n'ai jamais rendu une femme vraiment heureuse. J'aimais faire l'amour, mais je n'ai jamais aimé. C'est encore le cas aujourd'hui.

— Tu m'as aimée et tu m'aimes toujours.

— C'est vrai. Mais je ne suis pas resté à la maison tous les soirs pour te border dans ton berceau. J'ai vécu ma vie. Comme cela a toujours été le cas.

— C'est parce que maman est morte.

— Morte ? Elle s'est tuée, sacré nom de Dieu.

January secoua la tête… Pourtant, curieusement, elle devinait qu'il disait la vérité. Il but une gorgée de bière et fixa son verre.

— Oui, elle était enceinte et je cavalais. Aussi, une nuit elle s'est soûlée et m'a laissé un mot pour dire que c'était sa façon de me rendre la pareille. Quand je suis rentré à la maison, je l'ai trouvée sur le carrelage de la salle de bains. Elle s'était fiché un couteau dans le ventre pour en extraire l'enfant. Il était là, lui aussi, couché dans le sang. À peine un bébé, cinq mois peut-être… Un garçon. J'avais suffisamment d'influence pour que cela ne s'ébruite pas, pour faire croire que sa mort était due à une fausse couche naturelle, mais…

Il s'interrompit et la regarda.

— Maintenant, tu sais.

— Pourquoi m'as-tu raconté ça ?

— Parce que je veux t'aguerrir. T'apprendre à être indépendante. À être *ma* fille. Si tu m'aimes autant que tu le dis, aime-moi pour ce que je suis. Et si tu m'acceptes tel que je suis vraiment, et non tel que tu me rêves, alors tu trouveras l'homme qu'il te faut et tu tomberas amoureuse. Et tu vas tomber amoureuse une dizaine de fois. Mais seulement si tu apprends à affronter la réalité en face. Poursuis ce que tu désires dans la vie. Ne vis pas dans un rêve. Ne deviens pas une perdante comme ta mère. Elle errait comme une âme en peine, avec ses grands yeux noirs, sans jamais m'accuser ouvertement, me condamnant pourtant de chacun de ses regards silencieux. J'ai presque éprouvé du respect pour elle, quand on m'a dit qu'elle avait un autre type. J'ai même été un peu jaloux et j'étais sur le point de tenter de la reconquérir quand on m'a raconté qu'elle ne pouvait même pas le garder. Quand elle était avec lui, elle se soûlait et pleurait sur mon absence.

Chaque fois que je la regardais, elle poussait un de ses soupirs coutumiers.

Il se tourna vers elle.

— Ne soupire jamais, c'est la pire des choses. Dieu sait qu'il y a des moments ces temps-ci où je soupirerais volontiers… Mais, chaque fois que je commence, je me rappelle que j'ai mis le pied dans cet engrenage pour nous deux.

— Nous ? dit-elle. Au commencement, c'était seulement pour moi.

— OK… OK. C'était peut-être aussi le seul moyen de m'en tirer. Mais j'ai essayé de tout te donner. Un grand appartement, une bonne, une voiture… OK, tu as tourné le dos à tout cela. Mais au fond de toi, tu sais pertinemment que tout cela t'attend, tu ne joues donc pas tes derniers sous. Dee a essayé de te marier avec David, mais tu n'aimes pas la couleur de ses cheveux. OK… Ainsi, il a dit qu'il voulait t'épouser ? Mais nous savons toi et moi que cela n'est pas spécialement une preuve d'amour. Il est évident qu'il ne meurt pas d'envie de te voir. Je ne crois pas à ces prétendues réunions d'affaires le soir. Je me suis trop longtemps servi de cette excuse pour y croire.

— Tu crois qu'il rejoint Karla ?

Il haussa les épaules.

— S'il a cette chance… il est peut-être avec elle. À mon idée, un type qui se tape Karla doit devenir dingue. Je sais que ce serait mon cas.

Il s'interrompit et la considéra pensivement.

— Dis, peut-être n'es-tu pas amoureuse de David pour la simple raison que cela ne l'arrange pas que tu le sois… pour l'instant. Il faut comprendre qu'il ne tient pas à t'avoir sur les bras au beau milieu de sa relation avec Karla. As-tu jamais songé à ça ? lui demanda-t-il avec un sourire ironique. Il te tient peut-être à distance.

Après tout, si un type n'est pas romantique avec une fille, comment peut-elle être amoureuse de lui ? Attends qu'il passe à la vitesse supérieure. Je parie que ce sera une tout autre musique.

— Tu deviendrais dingue de Karla ?

— Quoi ?

— Tu as dit que tu deviendrais dingue de Karla.

— Tu n'as rien entendu d'autre de ce que j'ai dit ?

Elle acquiesça.

— Mais si, j'ai entendu. Je te pose seulement une question.

— Évidemment.

Il termina sa bière.

— Et tu penses vraiment que c'est une rivale trop forte pour moi ?

Il sourit et lui tapota la main.

— Tu es une jeune fille, elle, c'est une femme. Mais ne t'inquiète pas. David t'a demandé de l'épouser. Cela signifie que tu es la fille qu'il désire réellement dans son avenir. Au moment où il le décidera.

— Au moment où il le décidera ? Oh ! Mike, penses-tu vraiment que David ne m'ait pas attaquée en force et…

Il donna un coup de poing sur la table, la mâchoire serrée.

— Est-ce que ce salopard a tenté quelque chose ? Je le tuerai de mes propres mains. Ne me dis pas qu'il a voulu, qu'il s'est permis des privautés avec toi…

Elle avait peine à le croire. Mike qui avait eu toutes les femmes, qui lui avait parlé de Tina St. Claire et de Melba… Mike ramenait soudain leurs relations à celles d'un père outragé et d'une fille innocente. C'était dingue, incroyable. Cependant, quelque chose en elle la poussait à lui dissimuler la vérité.

— David s'est montré un gentleman en tout point, mais je sais que je pourrais l'avoir comme je le voudrais.

— N'importe quelle femme peut avoir n'importe quel homme. Il lui suffit d'écarter les jambes. Mais tu es différente. David aussi en est bien conscient, répondit-il froidement.

— David ! Dee s'amène avec un gentil cousin présentable, et je dois me comporter comme une poupée Barbie, tomber amoureuse de lui et vivre heureuse jusqu'à la fin des temps. Et tu sais quoi ? J'ai essayé, je me suis presque fait un lavage de cerveau pour y croire. Dis-moi, est-ce cela que tu désirais pour moi ? Tomber amoureuse d'un gentil mannequin en plastique, porter une robe de mariée toute blanche, m'installer dans une maison, et peut-être élever une fille et lui trouver un David à épouser ? Comme dit la chanson : « N'y a-t-il rien de plus, mon ami… N'y a-t-il rien de plus ? »

Mike demanda l'addition. Puis se leva et laissa quelques billets sur la table. Ils marchèrent dans la nuit. Deux garçons aux cheveux longs avec des papillons rouges cousus au dos de leurs salopettes passèrent. Ils s'arrêtèrent près d'un réverbère et se mirent à s'embrasser.

— Il semble qu'il y ait de l'amour dans tous les coins, ces temps-ci, dit Mike.

— Ce sont des papillons rouges.

— Des quoi ?

— Un groupement communiste de libération homosexuelle en provenance du Canada. Quelques-uns se trouvent à New York pour recruter de nouveaux membres. Linda pensait faire un article sur eux. Mais ce n'est pas un sujet pour *Gloss*.

Mike secoua la tête.

— Tu sais quoi ? Quand tu m'as demandé au bar « N'y a-t-il rien de plus ? », je n'ai pas su te répondre. Parce que je ne sais plus. Je ne comprends plus ce qui se passe, dans la vie, dans le spectacle, dans tous les domaines. L'univers entier a changé. Dans mes films et tous les films de mon temps, le méchant était appelé à mourir. Et c'était le héros qui remportait le duel au pistolet. Il y a dix ans, si j'avais eu une fille de vingt ans qui sortait avec un David, je lui aurais dit : « Quel besoin as-tu de te presser ? Le monde t'appartient, et je te le donnerai. » Mais j'ai changé, tout comme le monde. Aussi, il se peut que je cherche à te caser dans le premier abri venu, solide et douillet. Parce que j'observe le monde clinquant d'aujourd'hui où tout est permis et je suis d'avis qu'il pue. Moi, je peux me permettre de lui tourner le dos, parce que j'ai cinquante-deux ans. J'ai déjà vécu une bonne partie de ma vie. Mais toi tu ne le peux pas, parce que tu n'as rien d'autre. Et je ne peux pas faire revenir le monde à ce qu'il était avant. L'appartement d'angle du Plaza appartient désormais à quelqu'un d'autre. Le théâtre du Capitole est devenu un immeuble de bureaux. Le Stork Club est devenu Paley Park. L'univers que je connaissais a disparu. On ne peut plus le voir que dans les films qui passent la nuit à la télé. Malheureusement, tu n'as pas d'autre choix que d'affronter le monde d'aujourd'hui. Aussi, profites-en. Parce que soudain, un jour, tu vas te réveiller et t'apercevoir que tu n'es plus à l'affiche. Ça t'arrivera du jour au lendemain. Aussi, saisis toutes les opportunités qui passent à ta portée parce que, quand tu regarderas en arrière, le chemin te paraîtra vachement court.

Il enroula le bras autour de ses épaules.

— Regarde. Je viens de voir passer une étoile filante. Fais un vœu, chérie.

Ils étaient arrivés devant son immeuble. Elle ferma les yeux, mais ne put penser à rien qu'elle désirât vraiment. Et quand elle les rouvrit, il était parti. Elle le regarda s'éloigner dans la rue. Il avait encore une démarche de vainqueur.

Plus tard, couchée dans le noir, elle songeait à ce que son père lui avait dit. Il avait peur du monde d'aujourd'hui – peur pour elle… et peur pour lui-même. Et, comme il le disait, c'était son monde à elle maintenant, le seul à sa portée. Il ne tenait qu'à elle de l'attraper et de le dompter. Elle ferait partie des gagnants et lui prouverait qu'on pouvait y parvenir. Elle sourit, et s'étira dans l'obscurité.

— Papa, chuchota-t-elle, quand Dee rentrera de son backgammon, ne restez pas debout tous les deux à vous tracasser au sujet de mon avenir. Parce que, papa, je souris, je ne soupire pas, je souris !

10

Dee ne se trouvait pas à la maison pour discuter avec Mike des problèmes de January. Lorsqu'elle avait vu son mari plongé dans un profond sommeil après sa partie de golf, elle s'était glissée dans le bureau et avait donné un rapide coup de téléphone. Puis elle avait griffonné un mot qu'elle avait posé en évidence sur l'appareil, à côté du lit, disant qu'elle n'avait pas voulu le réveiller et qu'elle était sortie jouer au backgammon.

Elle s'était assise dans la voiture et avait ordonné à Mario de la conduire au Waldorf.

— Je vais passer quelques heures chez une amie. Revenez m'attendre à l'entrée de Park Avenue, à vingt-trois heures.

Elle entra au Waldorf, traversa le hall et gagna la sortie sur Lexington Avenue. Elle héla un taxi. Le lieu où elle se rendait se trouvait à quelques pâtés de maisons et elle aurait pu le rejoindre à pied, mais elle avait trop hâte d'arriver. Il n'était que six heures. Elle s'était annoncée pour six heures et demie. Ma foi, ça leur permettrait de passer une demi-heure de plus ensemble.

Quand elle parvint devant le grand immeuble, le portier empilait des bagages dans un taxi pour un résident. Elle passa devant lui sans s'arrêter et prit l'ascenseur. Le liftier était nouveau – elle ne l'avait encore jamais vu –, et il se contenta d'acquiescer quand elle lui indiqua l'étage. De nos jours, les immeubles de luxe étaient curieusement surveillés !

Elle sortit de l'ascenseur, longea le couloir jusqu'au bout et sonna à la porte. Le liftier ne s'était même pas soucié de vérifier dans quel appartement elle se rendait. Elle sonna une seconde fois. Elle regarda sa montre – six heures et quart. Où pouvait-on bien aller à une heure pareille ? Elle plongea la main dans son sac et en tira une clé. Elle pénétra dans l'appartement, alluma les lampes du salon, prit une cigarette et se versa à boire.

Puis, se contemplant dans le miroir, elle remit de l'ordre dans sa chevelure. Grâce à Dieu, Ernest l'avait coiffée en page aujourd'hui – le style Gibson, à la Pompadour, se décoiffait facilement au lit. Comme elle enviait les filles d'aujourd'hui, avec leurs cheveux défaits, flottant au vent ! Elle examina les nouveaux cils qu'on lui avait posés chez Elizabeth Arden. Ils étaient merveilleux. Elle éteignit une des lampes et revint se planter devant la glace. Oui, c'était mieux ainsi…

Elle prit place dans le fauteuil club et but à petites gorgées. Son cœur battait la chamade. Bien qu'elle fût venue ici bien souvent, elle était, chaque fois, aussi émue qu'une écolière. Il était sept heures cinq, quand elle entendit enfin la clé tourner dans la serrure. Elle écrasa la cigarette qu'elle venait d'allumer et se leva.

— Où pouvais-tu bien être ?

Karla laissa tomber sur une chaise son sac à bandoulière et ôta son imperméable.

— Serais-je en retard ? fit-elle d'un ton dégagé.

— Tu sais très bien que tu es en retard. Où étais-tu ?

Karla sourit.

— J'étais sortie me promener, tout simplement. J'aime toujours marcher un peu à la tombée de la nuit. D'ailleurs, je n'ai fait que deux heures de barre aujourd'hui. J'avais besoin d'exercice.

— Tu n'avais nul besoin de te promener. Tu l'as fait exprès… pour me faire attendre !

Elle s'interrompit, en s'apercevant que sa voix montait d'un ton.

— Oh ! Karla, pourquoi fais-tu tout ce que tu peux pour me mettre hors de moi ?

Avec un sourire qui s'épanouit lentement, Karla ouvrit tout grand les bras. Dee hésita une seconde et courut s'y jeter. Et le baiser de Karla étouffa toutes ses protestations. Un peu plus tard, serrées l'une contre l'autre, dans la froide obscurité de la chambre à coucher, Dee se colla contre Karla, en disant :

— Oh, Dieu, si seulement nous pouvions rester éternellement ensemble.

— Seule la mort est éternelle, répondit Karla.

Elle se dégagea et allongea la main pour prendre une des cigarettes de Dee. Elle ouvrit l'étui en or et l'observa.

— Magnifique.

— Mike me l'a offert, sinon, je te l'aurais donné. Mais je t'ai déjà offert trois étuis. Et tu les as tous perdus.

Karla haussa les épaules, en exhalant la fumée.

— Peut-être que mon instinct me commande de m'arrêter de fumer. Je m'astreins à ne pas dépasser dix cigarettes par jour.

— Tu es tellement obsédée par ta santé. Avec les kilomètres que tu parcours à pied et tes exercices de danse… Oh, à propos, j'ai fait rédiger un nouveau testament.

Karla se mit à rire.

— Dee, tu n'as aucune chance de mourir. Tu es trop méchante pour cela.

— J'ai aussi versé dix mille dollars sur ton compte d'épargne, aujourd'hui.

— Le livret de caisse d'épargne commun aux noms de Connie et Ronnie Smith. Connie y met de l'argent, et Ronnie le retire. Je suis certaine que tout le monde à la banque est au courant.

— Ils ne me reconnaissent pas, protesta Dee.

Karla sauta du lit et exécuta une arabesque.

— Mais moi, je n'y peux rien, je suis si admirable que tout le monde me reconnaît ! lança-t-elle, en ironisant sur sa propre popularité.

— Idiote ! fit Dee en riant. Reviens ici.

Karla enfila un peignoir et alluma la télévision. Elle remonta sur le lit, s'assit en tailleur et, se servant de la télécommande, fit défiler les chaînes jusqu'à ce qu'elle tombe sur *Grand Hôtel*, avec Garbo, Barrymore et Joan Crawford dans les rôles principaux.

— À quelle heure dois-tu être de retour, Dee ?

Dee se pelotonna contre elle.

— Je n'ai pas d'heure. Il a fait dix-huit trous au golf et va sans doute dormir toute la nuit. Juste pour être sûre, je lui ai laissé un mot pour le prévenir que je jouais au backgammon avec Joyce.

— Qui est Joyce ?

— Quelqu'un de mon invention. Comme ça, il ne peut rien vérifier.

— Mike Wayne est très séduisant, dit lentement Karla.

— Je ne l'ai épousé qu'à cause de toi.

Karla se renversa en arrière pour mieux rire.

— Oh, Dee. Je sais bien que la presse me considère comme pas très maligne parce que je refuse les interviews, mais ne va pas t'imaginer que ce soit réellement le cas.

— C'est la vérité ! Je te l'ai dit avant d'épouser Mike, avant même de le rencontrer, que j'allais me remarier. Il *fallait* que je me remarie. Au printemps dernier, quand j'ai demandé à David de sortir avec nous, je savais que les gens commençaient à se poser des questions. Pas à ton sujet, mais au mien… Ils se demandaient ce que je fabriquais. Toi, tu as la réputation de vouloir vivre comme tu l'entends. Chacun sait combien tu te bats pour protéger ta vie privée. Mais moi, les gens sont habitués à me voir dans les journaux – à l'ouverture de la saison d'opéra, au ballet, aux premières de certains spectacles de Broadway, surtout lorsqu'il s'agit de galas de charité. Et puis il y a les bals… Et je patronne trois grandes œuvres de bienfaisance, sans oublier mes relations d'affaires : je suis présidente du conseil d'administration de deux grosses sociétés. Il y a des dîners auxquels je dois participer et j'ai besoin d'un cavalier présentable, car il me faut faire des apparitions publiques, pendue au bras d'un homme. On va donner mon nom à un hôpital en Espagne. Au printemps prochain, quand je me rendrai à la cérémonie, c'est l'évêque qui officiera en mon honneur. Tu vois bien que je ne peux pas risquer un scandale.

— Pourquoi ne pas donner l'argent à des associations et t'épargner toutes ces fonctions officielles ?

— Tourner le dos au monde ? Comme tu essaies de le faire ? Dans ce cas-là, me promettrais-tu de venir vivre avec moi pour toujours ?

Karla eut un rire grave.

— Malheureusement, la seule personne avec laquelle je doive vivre pour toujours, c'est moi-même.

— Mais toi, tu n'as pas peur de rester seule, alors que, moi, cette idée me terrifie. J'ai toujours détesté la solitude. Mais c'est depuis que tu es entrée dans ma vie que je ressens une vraie terreur. Lors de ta première disparition, j'ai avalé un flacon entier de somnifères. Je souffre encore à chacun de tes départs, mais au moins je ne suis pas seule.

— Cette sorte de peur, je ne peux pas la comprendre, dit Karla, tout en regardant le film.

— Peut-être parce que la solitude a été ma compagne depuis l'enfance. Mes parents sont morts très tôt et j'ai grandi entre des banques et des administrateurs, avec l'assurance que je n'étais pas une belle petite fille, mais que ça n'avait aucune importance, à cause de mon immense richesse. Sais-tu à quoi cela aboutit ? Cette impression que chaque homme que tu rencontres te flatte et prétend être amoureux uniquement à cause de ton argent.

— Dee, c'est ridicule. Tu es très belle.

Dee sourit.

— J'ai le genre de beauté que procure l'argent, avec des soins, des régimes. Je ne suis pas naturellement belle comme Jackie Onassis ou Babe Paley.

— Moi, je trouve que tu l'es ! dit Karla, les yeux fixés sur un gros plan de Joan Crawford.

Dee regarda l'écran de télévision.

— Elle est magnifique, et sa beauté lui a procuré de l'argent, et des hommes qui l'ont aimée. Tandis que mon argent m'a assuré la beauté et des hommes qui prétendaient m'aimer. Mais je l'ai toujours su, et je ne me suis jamais laissée aller à éprouver des sentiments pour un homme. Dans le fond de mon cœur, je hais les hommes. Avec les femmes, c'est différent. Et j'ai toujours choisi des femmes qui avaient beaucoup d'argent, pour avoir la certitude qu'elles me désiraient pour moi-même. Ça a été le cas avec toutes. Mais je ne les ai jamais vraiment aimées. Je ne me croyais pas capable d'aimer sincèrement une autre personne, jusqu'à ce que je te rencontre. Karla, comprends-tu que tu es la seule personne que j'aie jamais aimée de toute ma vie ?

— Tu sais, ce film-là tient encore le coup !

— Pour l'amour du ciel, vas-tu arrêter de regarder cette connerie ?

Karla baissa le son et sourit à Dee.

— Tu es contente, à présent ?

Dee la fixa.

— Veux-tu que je te dise ? Je ne crois pas avoir été heureuse un seul jour depuis que nous nous sommes rencontrées.

— Mais j'ai cru t'entendre dire que tu m'aimais.

Karla suivait le déroulement du film, le son coupé.

— C'est pourquoi je suis si malheureuse ! Oh, Karla, ne comprends-tu pas ? Proches comme nous le sommes, comme en ce moment…

Elle passa la main sous la robe de chambre de Karla et caressa son corps.

— En ce moment, alors que je te caresse, je n'ai pas l'impression que tu m'appartiens réellement, ou que mes paroles et mes actes t'atteignent.

— Tu me donnes l'impression d'être vraiment sexy pour l'instant, et je devrais ôter mon peignoir pour que nous fassions l'amour.

Une fois de plus, Dee constata la perfection indescriptible de leur intimité physique. Et quand ce fut terminé, elle se colla contre Karla et lui dit :

— Je t'adore. Je t'en prie, je t'en prie… Ne me fais pas souffrir.

— Je croyais t'avoir, à l'instant, rendue très heureuse.

— Je ne parle pas seulement du sexe. Tu ne comprends donc pas ce que tu me fais ! Chaque fois que tu disparais…

— Mais maintenant, tu devrais savoir que je reviens toujours.

— Comment puis-je en avoir la certitude, alors que tu risques de repartir une fois de plus ? Karla, te rends-tu compte que je t'aime depuis plus de neuf ans et que, si nous mettions bout à bout tous les moments passés ensemble, nous arriverions tout au plus à quelques mois ?

Karla remit le son. Garbo était en plein milieu d'une scène d'amour avec Barrymore.

— Tu te lasserais de moi si je restais trop longtemps, fit Karla.

— Jamais !

Karla gardait les yeux rivés sur l'écran.

— Ma chère petite Dee, de la même façon que tu es incapable de rester seule, il y a des moments où Karla est obligée de partir seule.

Dee attrapa la télécommande et éteignit le poste.

— Karla, tu es au courant pour les somnifères que j'ai pris la première fois. Eh bien, je m'étais juré de ne jamais recommencer. J'ai tant souffert, à chacun de tes départs. Chaque fois, je me suis dit que je tenais mieux le coup, que tu reviendrais… Mais au printemps dernier, après ton départ, je… je me suis ouvert les poignets. Oh ! cela ne s'est pas ébruité. Je me trouvais à Marbella et j'y ai de bons amis médecins. C'est là que j'ai compris que je devais me marier pour préserver mon équilibre mental.

Les grands yeux gris de Karla la regardèrent avec compassion.

— Quand tu racontes des choses comme ça, cela m'attriste. Peut-être devrais-je sortir complètement de ton existence.

— Oh, Dieu ! Tu ne saisis donc pas ? Je ne peux pas vivre sans toi. Et je sais aussi que, si je multiplie les scènes comme celle-ci, tu me quitteras. C'était une raison de plus pour épouser Mike Wayne. Il n'est pas comme les autres. Je ne peux pas l'ignorer ni le mener par le bout du nez. Il me faut jouer mon rôle d'épouse et je dois lui rendre des comptes. Et c'est cette obligation qui m'empêche de sombrer dans l'abîme à cause de toi. Je sais que, tant que je me comporterai comme son épouse, il restera avec moi parce qu'il n'a pas d'argent, et que je viens de créer un trust de dix millions de dollars pour sa fille.

— Ça n'est pas dans tes habitudes… Généralement, c'est toi qui tires les ficelles.

Dee sourit.

— Ce trust n'est pas irrévocable, je peux toujours le modifier. Il faut que tu viennes à Palm Beach. Mike va jouer au golf toute la journée. Nous pourrons être ensemble, et même passer des nuits l'une avec l'autre, comme maintenant. La maison est si grande qu'il ne pourra jamais nous trouver.

Karla se mit à rire.

— À quoi rimaient tes discours au sujet du qu'en-dira-t-on ? En ce qui me concerne, m'incruster avec un couple de nouveaux mariés ferait sûrement jaser.

— Pas si tu viens pour les vacances, à une période où tout le monde reçoit des invités, et même si tu t'attardais personne ne jaserait.

— Nous verrons.

Karla reprit la télécommande à Dee et alla remettre le poste en marche. Puis elle revint sur le lit et passa d'une chaîne à l'autre. Elle tomba sur un film de Cary Grant, et se cala le dos, enchantée.

— Quel homme merveilleux ! J'ai failli tourner un film avec lui mais, malheureusement, nous ne nous sommes pas entendus sur les conditions.

Dee s'allongea sur le dos et observa le profil parfait de Karla. Elle vit les cicatrices fraîches derrière ses oreilles et se demanda soudain pourquoi Karla l'avait fait.

Dee s'était fait remonter la peau du visage il y avait sept ans. Mais c'était pour rester belle pour Karla. Elle avait recommencé l'année précédente. Encore une fois, uniquement pour Karla. Et, au printemps dernier, quand elle avait vu apparaître de toutes petites rides sous les yeux de Karla et un léger relâchement de la mâchoire, elle s'était retrouvée à prier pour que ça arrive vite… Que ce magnifique visage se décompose, afin que personne d'autre qu'elle ne la désirât plus ! Mais lors de sa dernière disparition, Karla était allée se faire opérer. Pourquoi ? Recommencer à travailler ne l'intéressait pas. Chaque fois qu'une offre se présentait à elle, elle la refusait. Alors, pour quelle raison avait-elle fait ça ? Tout à coup, Dee se sentit défaillir. Karla avait-elle des vues sur David ? Jusqu'à cet instant précis, Dee avait pensé que Karla était juste flattée de voir David tourner autour d'elle. Mais à présent, la crainte commençait à s'installer parce que Dee se rendait compte soudain que c'était possible. Karla était homosexuelle, elle le lui avait avoué. Elle avait raconté qu'elle s'en était rendu compte dans son enfance. Elle ne s'était pas étendue sur ce sujet, mais Dee supposait que cela s'était sans doute passé dans un corps de ballet. Pourtant, Karla avait aussi eu des liaisons qui avaient défrayé la chronique avec des hommes et elle avait reconnu l'attirance véritable qu'ils exerçaient sur elle.

Dee ferma les yeux, submergée par une vague de désespoir. Vingt ans auparavant, à Hollywood, Christopher Kelly, l'acteur avec lequel Karla avait failli s'enfuir, ressemblait beaucoup à David. Peut-être s'enflammait-elle pour un certain type d'hommes. Elle regarda Karla, qui lui adressa un sourire éclatant et reporta son attention sur l'écran de télé. Dee aurait voulu hurler. Elles étaient là, couchées toutes les deux, et pourtant elle n'osait ni questionner, ni s'immiscer dans les sentiments personnels de Karla. Elle avait appris à ses dépens qu'aucune intimité physique ne l'autorisait à investir la vie privée de Karla. La partie d'elle-même qu'elle tenait cachée ne se laissait envahir ni par les larmes, ni par les menaces, ni même par l'argent. Depuis longtemps, elle avait découvert la ladrerie pathologique de Karla. Cette femme millionnaire ne donnait un peu d'amour qu'en échange d'une grosse somme d'argent. Mais ce soir les dix mille dollars avaient tout au plus provoqué un sourire poli. Elle semblait préoccupée. Peut-être Karla était-elle véritablement amoureuse de David. Son désarroi lui fit soudain oublier toutes les règles, mais c'est d'une voix égale qu'elle demanda :

— Karla, as-tu souvent vu David ces temps-ci ?

Karla ne quitta pas l'écran de télévision des yeux.

— Oui.

— Je crois qu'il s'intéresse à ma belle-fille.

Karla sourit.

— Je crois que tu voudrais le voir s'intéresser à ta belle-fille.

— Mais enfin, il ne représente rien pour toi, n'est-ce pas ?

— Bien sûr que si ! Autrement, pourquoi le verrais-je ?

Dee sauta du lit.

— Quelle salope tu fais !

Karla sourit.

— Tu vas prendre froid, si tu restes dénudée ! Et tu devrais vraiment te mettre à la danse classique, tes cuisses le réclament.

Dee disparut dans la salle de bains et Karla remonta le son du téléviseur. Elle semblait complètement absorbée par le film lorsque Dee revint dans la chambre pour s'habiller en silence. Elle s'avança ensuite vers le lit.

— Karla, pourquoi me tourmentes-tu ?

— Pourquoi est-ce que je te tourmente ? fit Karla avec froideur. Tu as un mari, et une fortune colossale. Tu prends plaisir à diriger la vie des autres, à les gouverner, à les effrayer avec ton argent. Mais tu ne peux ni contrôler ni faire trembler Karla.

Dee s'effondra au bord du lit.

— Si tu savais comme c'est démoralisant d'avoir autant d'argent.

Karla soupira.

— Oh, ma pauvre Dee. Tu souffres parce que tu te demandes si les gens t'aiment vraiment pour toi-même. Tu prétends en avoir beaucoup souffert. Mais nous avons tous des cicatrices.

Karla éteignit la télé avant de poursuivre :

— Malheureusement, ou plutôt heureusement pour toi, tu n'as jamais connu les blessures que l'on reçoit quand on essaie de devenir une vedette, ni le travail plus ardu encore pour le rester, avec en tête le souvenir constant de ce que c'était que d'être pauvre.

— Mais c'était amusant, ce défi…

— Amusant ?

Karla sourit.

— Tu ne me racontes rien sur tes premières années. Mais j'ai lu tout ce qu'on a écrit à ton sujet. Bien sûr, ton enfance en Europe pendant la guerre a dû être effroyable. Je m'en souviens. J'avais une vingtaine d'années à l'époque de Pearl Harbor. Je fréquentais des comités, je tricotais pour les Anglais, pour les Russes – oui, ils étaient nos alliés, en ce temps-là –, mais nous ne connaissions rien des combats sauf par nos lectures. Il n'y avait pas de télévision pour nous apporter, comme aujourd'hui, la guerre au beau milieu de notre salon. C'est horrible.

Elle frissonna.

Karla regardait dans le vide.

— Tu frémis parce que la télévision te l'apporte dans ton salon, mais en Pologne la guerre pénétrait directement à l'intérieur de nos maisons.

— De vos maisons ?

— J'avais vingt ans, au moment où les Allemands et les Russes ont signé leur alliance. En 1939, Hitler a envahi la Pologne et l'a divisée en deux.

— C'est à ce moment-là que tu es partie à Londres ?

— Non. D'abord en Suède, ensuite à Londres. Mais ce n'est pas une conversation qu'on tient avant d'aller au lit et je me sens soudain très fatiguée.

Dee se savait invitée à partir. Karla la congédiait. Elle hésita. Elle pouvait s'en aller en menaçant de ne jamais la revoir. Mais elle reviendrait en rampant. Toutes deux le savaient.

— Karla, nous partons pour Palm Beach la semaine prochaine. Viens nous rejoindre, je t'en prie.

— Peut-être bien.

— Faut-il t'envoyer l'avion ?

Karla s'étira.

— Je te le ferai savoir.

Dee vit qu'elle tombait de sommeil.

— Je t'appellerai demain. Karla, je t'aime.

Lorsque Dee rentra au Pierre, Mike arrivait tout juste. Il lui passa le bras autour des épaules.

— Je suis allé manger un hamburger. Ta partie s'est bien déroulée ?

Il ouvrit la porte de l'appartement et elle jeta son manteau sur le divan. Il vint à elle et l'entoura de ses bras.

— Désolé que le vieux se soit endormi. Mais je suis en pleine forme, à présent… sous tous les angles, ajouta-t-il.

Dee le repoussa.

— Non, pas ce soir, Mike, je t'en prie.

Il demeura figé pendant un instant, puis il s'efforça de faire bonne figure.

— Qu'est-ce qui s'est passé ? Tu as perdu au backgammon ?

— Oui, un peu. Mais je vais me refaire. Je me le suis juré…

Elle se tourna vers lui, avec un sourire tendu.

— Tu sais, c'est une question de fierté.

11

Ce mardi avant Thanksgiving, à minuit, Linda assise au beau milieu de son lit tempêtait contre l'hypocrisie de cette fête devant une audience captive représentée par January.

— Que célébrons-nous au juste ? demandait-elle. Le fait que quelques agités se faisant appeler des « colons » ont débarqué dans ce pays et ont rencontré des Indiens amicaux qu'ils ont ensuite chassés de leurs terres.

— Oh ! Linda, ils avaient de bonnes relations avec les Indiens. Les combats n'ont commencé que plus tard. En réalité, Thanksgiving servait à célébrer une année de bonnes récoltes et d'amitié avec les Indiens.

— Des clous ! Et puis, quel est le colon débile qui a décidé que cette célébration aurait lieu un jeudi pour le plaisir de gâcher toute une semaine de travail ? Si encore c'était l'été, on pourrait aller se baigner dans les Hamptons. Mais qu'est-ce que je vais faire pendant un long week-end de novembre ?

— Et ta famille ? s'enquit January.

— Quoi, ma famille ? La nouvelle femme de mon père a dans les vingt-cinq ans, elle vient d'avoir un nouveau bébé et, la dernière chose qu'ait envie de voir mon père, c'est bien sa fille qui est plus âgée que sa femme ! Ça pourrait lui rappeler qu'il n'est plus tout jeune lui non plus… Quant à ma mère, elle est sur le point de se séparer de son mari. Elle l'a surpris, au cours d'un cocktail, troussant sa meilleure amie dans la salle de bains, et tu peux imaginer qu'elle ne se sent pas spécialement d'humeur à manger de la dinde. Toi, tu as de la chance : quatre jours fantastiques à Palm Beach, dans un palace en front de mer ; et tu vas t'y rendre dans ton avion privé, avec deux hommes à ta dévotion pendant que tu te feras dorer la pilule. Papa et David. À moins qu'il n'y ait que papa qui compte pour toi et que David soit plutôt gênant après tout…

January s'approcha de la fenêtre. Elle s'apprêtait à se coucher lorsque Linda l'avait appelée pour lui demander avec insistance de venir la rejoindre dans son appartement. Elle avait bien dit que c'était urgent, mais depuis vingt minutes il n'était question que de Thanksgiving.

En fait, January se réjouissait sincèrement de ce voyage. Mike était parti depuis dix jours. Et David était sorti deux fois avec elle depuis cette horrible nuit. Ils étaient allés voir *Hair*. (Il avait détesté, elle avait adoré.) La fois suivante, ils étaient allés au cinéma à la première séance et avaient passé la soirée au Maxwell's Plum.

Il l'avait chaque fois raccompagnée chez elle et lui avait dit bonsoir, sans renvoyer le taxi, avec ce sourire qui signifiait : « J'attendrai que tu me le demandes. »

Elle se rendait compte que la remarque désobligeante de Linda à propos de son père et David était due à sa solitude. Son amie portait une vieille veste de pyjama qui avait appartenu à Keith. Soudain, elle s'aperçut que January la fixait du regard et elle lui sourit.

— Toutes les filles conservent une vieille veste de pyjama d'un ancien amant, pour certaines occasions…

pour bien se rappeler que, dans le fond, les hommes ne valent pas grand-chose.

— Allons, avec Keith, c'est un problème de carrière avant tout, lui répondit January pour tenter de lui remonter le moral.

— Je ne parle pas de Keith. Je te parle de Léon… Le salaud numéro un. À cinq heures précises, cet après-midi, il m'a annoncé qu'il retournait chez sa femme. Il m'aime, mais son psy est d'avis que j'ai sur lui un effet castrateur. De plus, il semblerait qu'il ne puisse se permettre de payer une pension alimentaire et les soupers qu'il m'offre de temps à autre. Sans compter son psy, trois fois par semaine.

Elle haussa les épaules.

— Finalement, il ne m'a jamais vraiment plu.

— Alors, pourquoi couchais-tu avec lui ?

— Ma chérie, Léon est un excellent directeur artistique. Il pourrait gagner bien davantage dans un autre magazine…

— Tu veux dire qu'il va rester chez nous ?

— Bien entendu. Nous continuerons à être amis. Peut-être même coucherons-nous ensemble de temps à autre. Écoute-moi bien, l'une des principales raisons pour lesquelles j'ai commencé cette liaison était de le garder au journal. Comme ça, c'est lui qui me lâche pour retourner chez sa femme. Mais j'ai fait suffisamment de thérapie pour pouvoir m'en sortir. J'ai pleuré en lui disant que je l'aimais vraiment, et je lui ai fait promettre de profiter sans arrière-pensée de ses vacances, je lui ai assuré que je comprenais ses raisons, qu'il avait une femme et un gosse… Bref, je lui ai filé un tel sentiment de culpabilité qu'il ne quittera jamais le magazine.

— C'est tout ce qui compte pour toi ? Le magazine ?

Linda alluma une cigarette.

— Quand j'étais chez Mlle Haddon, toutes les filles me suivaient à la trace parce que j'étais toujours en pleine forme, toujours dans le coup, pas vrai ? Et les garçons sortaient avec moi parce que j'allais jusqu'au bout. Mais, même en allant jusqu'au bout, je ne savais jamais s'ils me rappelleraient le lendemain ou combien de temps je les garderais. Parce que j'étais bien certaine qu'ils en trouveraient toujours une autre qui irait jusqu'au bout, et mieux que moi. Et quand je suis sortie du pensionnat, que je me suis fait refaire le nez et que j'ai essayé de devenir comédienne, j'ai vu comment les filles se rabaissaient pour passer des auditions. Et j'étais l'une d'entre elles, à chanter de tout mon cœur sur une scène noire et vide pour entendre une voix impersonnelle prononcer : « Je vous remercie beaucoup. » Et même si on avait la chance de dégoter un rôle, on se retrouvait au même point la saison suivante, à ramper, à supplier, à se démener, essayant encore, priant, pour avoir encore la chance de se retrouver sur la même scène toute noire et s'entendre dire : « Je vous remercie. » Mais quand j'ai été engagée à *Gloss*, j'ai compris que je n'aurais qu'à faire le larbin pendant une période donnée dans ma carrière. Et si je réussissais, *Gloss* serait toujours là. Pas comme une comédie musicale qui ferme boutique au bout d'une saison, pas comme un homme qui quitte ton lit et ne revient pas. Il va y avoir une foule de Léon et peut-être même encore davantage de Keith.

— Keith… ce n'était donc pas le grand amour ?

Linda sourit.

— Oh, allons, January. Tu crois qu'il est le seul homme pour lequel j'aie langui d'amour ? Il me plaisait tout simplement d'une autre manière que Léon.

— Mais tu m'avais dit que tu voulais l'épouser. Que Keith était…

— Il était important à ce moment-là. Écoute, j'aurai vingt-neuf ans la semaine prochaine. C'est un âge pourri. Parce que personne ne te croit quand tu l'annonces. Vingt-sept ans, tout le monde te croit sur parole ; mais vingt-huit ou vingt-neuf, ça sonne faux. Et vingt-neuf ans, c'est trop vieux pour faire ne serait-ce qu'un mauvais mariage. Mais ce n'est pas trop vieux lorsqu'on est rédactrice en chef de *Gloss* et la plus jeune rédactrice en chef de New York. Du coup, je ne vais pas passer mes nuits à pleurer parce que Keith est parti pour toujours.

— Mais comment sais-tu que c'est pour toujours ?

— Il a mis le grappin sur une vieille, je veux dire, une femme vraiment vieille : Christina Spencer, tu te rends compte ?

Voyant que ce nom ne disait rien à January, elle expliqua :

— Elle est riche. Oh, pas au même point que Dee, elle n'a jamais eu droit à des pleines pages de *Vogue* comme elle. C'est plutôt le genre à faire de temps en temps la page centrale de *Women's Wear* avec une de ces petites photos où on la voit sortir du restaurant lambda. Mais elle pèse quelques millions.

Linda éteignit sa cigarette.

— Bon Dieu, ces femmes qui ont du pognon ! Elles se paient un nouveau visage, des amants plus jeunes… Il y a quelques jours, j'ai vu une photo de Keith, au beau milieu de *Women's Wear*, dans un nouveau blazer Cardin, qui l'accompagnait à un gala de bienfaisance au Plaza. Simplement, ils avaient coupé à moitié la silhouette de Keith et le mentionnaient dans la légende comme un « cavalier inconnu ».

— Mais que peut-il bien attendre d'elle ? demanda January.

— Cela fait dix ans que Christina Spencer investit dans toutes les comédies musicales de Broadway. J'ai lu ce matin dans le *New York Times* qu'elle est l'une des principales commanditaires de *Caterpillar*, la nouvelle comédie musicale de rock, et que Keith va y jouer un rôle important.

— Tu as de la peine ? lui demanda doucement January.

Linda secoua la tête.

— Depuis Tony, je n'ai jamais vraiment souffert.

— Tony ?

— Oui, c'est celui qui a le plus compté. Quand il est parti, j'ai avalé la moitié d'un tube de somnifères. J'avais vingt ans, et je croyais que notre amour serait éternel. Bon, j'ai survécu. À Tony et aux somnifères. Et puis j'ai eu pas mal d'aventures. Tu sais, tu t'envoies n'importe qui de disponible, parce que tu veux montrer à Tony que tu ne te ronges pas les sangs, et tu veux te prouver que « tout va pour le mieux dans le meilleur des mondes ». Mais la liaison ne dure pas, parce que, si séduisant soit-il, l'homme n'est pas Tony. Oh, elle peut quand même tenir plusieurs mois, voire toute une année. Mais il y a toujours quelque chose qui cloche, peut-être que tu émets des ondes négatives, parce qu'il arrête tout à coup de téléphoner. Il oublie même qu'il a laissé chez toi trois chemises propres sorties de chez le teinturier que tu as payé de tes deniers. Je crois que c'est à ce moment-là que j'ai commencé à choisir des hommes qui pouvaient être utiles au magazine. Et la plupart du temps, il ne s'agit même pas d'une histoire de sexe. Imagine, par exemple, une grande agence de publicité qui achète un placard en couleurs pleine page pour ses annonceurs. Le directeur de l'agence, Jerry Moss, habite à Darien, avec une femme adorable et leurs deux enfants, alors qu'il a été pédé comme un phoque toute sa vie. Mais, l'an dernier, il est tombé amoureux de Ted Grant, un mannequin homme que je connais. Et je suis devenue leur chaperon. Il m'arrive de sortir avec les deux ensemble. Naturellement, sa femme est persuadée que c'est pour affaires. Je suis même allée chez eux à Darien pour Noël, avec Ted qui jouait le rôle de mon petit ami, et je suis restée trois quarts d'heure à faire la causette avec la femme pendant qu'ils faisaient leur petite affaire dans les cabinets au premier étage. Et puis il y a eu un dessinateur et sa femme, homosexuels tous les deux. Elle a sa petite amie, il a son petit copain, et je suis là pour jouer la cinquième roue du carrosse, ce qui trompe tout le monde, sauf les principaux intéressés. Le dessinateur m'a été très utile, et sa femme organise des dîners sympathiques où je rencontre des gens du meilleur monde. Oui, j'aime *Gloss*, et il me le rend bien. Je peux sentir sa courbe des ventes monter entre mes mains bien mieux qu'un pénis ramolli. Oh, ça aussi, ça m'est arrivé. Quand ils ne parviennent pas à bander et que le type reste là avec son machin tout flasque, et te regarde comme si c'était toi qui l'avais mis dans cet état. Il reste allongé là et te met au défi de le faire durcir. Voilà, il t'en tombe des comme ça, comme s'il en pleuvait. Alors débarque un Keith, et tu commences à penser que, cette fois, peut-être… et tu te mets en tête que ça pourrait arriver. Mais tu sais au fond de toi que c'est impossible. Et quand il te plaque, tu ne pleures pas vraiment.

— Je vois, je suis désolée, dit January en se dirigeant vers la porte.

— Assieds-toi, idiote. Je ne t'ai pas fait venir pour te raconter ma vie sexuelle. Ou faire un mélo à propos de Keith. J'ai du ressort. Et puis je me suis tiré les cartes toute seule l'autre jour, et apparemment il va m'arriver quelque chose d'important en 1971. Alors ce soir, après que Léon m'a appris la bonne nouvelle, je suis rentrée chez moi, j'ai sorti une côtelette d'agneau du congélateur et, en attendant qu'elle dégivre, je me suis mise à lire les épreuves du nouveau roman de Tom Colt.

— Il est aussi bon que les autres ?

— Meilleur. Plus commercial. Ses derniers étaient trop bons. Je veux dire qu'ils devenaient trop littéraires ; seuls les critiques les ont compris et, du coup, ils ne se sont pas vendus du tout. Mais celui-là va faire un malheur. C'est pour ça que je crois au destin. Si Léon avait été là, nous aurions fait l'amour et je n'aurais pas lu les épreuves.

— Qu'as-tu l'intention de faire ? lui demanda January. Acheter les droits pour le publier en feuilleton ?

— Tu plaisantes ? J'ai appris que *Ladies' Home Journal* a offert vingt-cinq mille dollars pour en publier deux extraits. Son livre est hors de portée, mais pas lui… Tu comprends ?

— Linda, je suis fatiguée, et je n'ai pas encore fait mes valises. Alors, ne jouons pas aux devinettes. Non, je ne comprends pas.

Linda écarquilla les yeux.

— Dis donc, tu es complètement dans les vapes ces temps-ci. Je te dis que tu ferais bien de le faire avec quelqu'un, sinon, tu vas y laisser ta peau…

— C'est des bobards, et…

January s'interrompit.

— Et quoi ? demanda Linda. Hé… tu rougis ! Tu l'as fait avec David ! Eh bien, Dieu soit loué ! Tu prends la pilule ? Tout va pour le mieux ? Pas étonnant que tu sois aussi excitée à l'idée d'aller à Palm Beach : quatre longues journées et quatre nuits de sable chaud, d'amour et…

— Linda ! Nous ne l'avons fait qu'une fois, et c'était horrible.

Linda marqua un temps.

— Tu veux dire qu'il n'a pas pu ?

— Non, il… il a été bien, j'imagine. C'était horrible pour moi.

Linda eut un rire de soulagement.

— C'est toujours comme ça la première fois. Du moins pour la femme, jamais pour l'homme. D'après ce qu'on m'a dit, ces salauds s'envoient en l'air dès la première fois, même s'ils ont treize ans et qu'ils font ça dans un couloir sombre avec la fille perdue du quartier. Il se peut qu'elle ne jouisse pas – et ils peuvent jouir avant même d'être entrés en elle –, mais ils jouissent à tous les coups, les salauds ! Et c'est un fait auquel le Mouvement de libération des femmes ne pourra rien changer. Une vierge est toute crispée à l'intérieur, même si elle a été caressée avant. Une vierge a mal lorsque le glorieux membre la pénètre. Et une vierge – qu'on l'appelle madame ou mademoiselle – jouit rarement avant que la passion l'ait rendue humide et molle. Dieu merci, tu n'es plus vierge… Mais c'est dommage que tu l'aies fait avec David.

January acquiesça.

— C'est ce que j'ai pensé. Je crois que j'aurais peut-être dû attendre…

— Bien sûr. J'aurais pu t'arranger ça avec quelqu'un… même avec Léon, tiens.

— Tu es folle !

— Ne le fais jamais la première fois avec quelqu'un pour qui tu ressens quelque chose. Comme je te l'ai dit, la première fois est généralement horrible, et tu risques de perdre le type. Est-ce que tu as complètement rompu avec David ?

— Je ne le pense pas, pas vraiment… Il dit qu'il m'aime et veut m'épouser.

Linda la regarda dans les yeux.

— Alors pourquoi continuons-nous à pleurer sur ton hymen perdu ? Vous, les petites saintes-nitouches, vous êtes toujours les plus délurées au plumard. Bon, félicitations, et tout le reste. Mais revenons à Tom Colt. D'après mes informations, il a besoin d'argent, et il a accepté de faire la tournée des grands-ducs.

— Mais il est très riche. Je l'ai rencontré quand j'étais petite. Il possédait une maison en ville où il habitait avec l'une de ses épouses, et mon père avait acheté les droits de l'un de ses livres pour en faire un film. Il a écrit au moins quinze romans à succès… Il roule sur l'or.

— Ton père aussi, à cette époque. Peut-être que la chance a tourné pour Tom ? Il est marié, il verse des pensions alimentaires à trois ex-femmes et vient de régler un solde de tout compte important à la quatrième. Sa dernière épouse vient juste de lui donner un fils. Imagine, à son âge ! Lui qui n'avait jamais eu de gosse jusqu'à maintenant. Et puis, comme je te le disais, ses derniers livres n'ont pas bien marché. Et quand tu vis dans une grande maison à Beverly Hills, avec une Rolls, des domestiques, une salle de projection privée – et tout le tremblement –, tu ne peux pas te permettre de publier trois livres qui ne se vendent pas. En tout cas, pas avec tous les frais. Il n'a plus vendu de droits pour un film depuis 1964 – et c'est de là que vient la grosse galette, des droits et des livres de poche. Mais avec ce nouveau bouquin, il a retrouvé son style percutant d'autrefois. Il prétend qu'il a renoncé à écrire pour les critiques, et qu'il souhaite renouer avec son public. C'était écrit dans cette interview qu'il a accordée à *Paris Review*, il y a un mois. Il déclare ne pas se soucier d'être accusé par les milieux artistiques de se prostituer. Il désire se retrouver en tête du peloton et vendre les droits pour un film. Du coup…

— Du coup ?

— Du coup, il va avoir besoin d'un maximum de publicité. Et il peut se permettre d'exiger le prix fort pour publier un extrait de son livre. Mais il pourrait accepter qu'on lui consacre un article de couverture du journal pour pas un rond.

— Et qu'est-ce qui empêche Helen Gurley Brown d'avoir la même idée, si ce n'est déjà fait ? rétorqua January.

— Oh, c'est probablement le cas… mais, nous, nous t'avons, toi !

— Moi ?

— Toi ! Tu connais Tom Colt !

— Oh, Linda… Je l'ai rencontré quand j'avais cinq ans. Que veux-tu que je fasse ? Que je lui envoie des photos de moi bébé et lui dise « Devinez qui c'est ? » avant d'enchaîner sur le bon vieux temps ? Et puis tu m'as dit qu'il habitait à Beverly Hills, non ?

— Au besoin, je t'enverrai là-bas. En première classe. Écoute, le livre ne sortira pas avant février ou mars. Tout ce que tu as à faire, c'est lui demander une interview, ne serait-ce que par égard pour papa.

January se leva.

— Je suis fatiguée, Linda. Et je dois faire mes valises…

— D'accord. Amuse-toi bien. Et pendant que tu te doreras au soleil et que tu feras l'amour, vois si tu peux sortir de ton chapeau une lettre intéressante à envoyer à Tom Colt. Tu pourrais même demander à papa d'ajouter un post-scriptum…

12

Mike attendait à l'aéroport lorsque le petit avion privé Grumman atterrit. Il regarda January en descendre, avec David à son bras. Elle ne l'avait pas encore aperçu et, pendant un bref instant, il s'offrit le plaisir de la détailler à son insu. Chaque fois qu'il la revoyait, il décelait quelque imperceptible changement. Une nouvelle facette de sa beauté se révélait. Il appréciait la spontanéité de son apparence dans le vent. Le pantalon évasé, le chapeau souple, et les cheveux longs et raides. Elle ressemblait à l'un de ces mannequins de la nouvelle vague. Et puis elle le repéra et courut vers lui en criant :

— Papa… Oh, papa… je suis si contente de te revoir.

Il sourit en remarquant que, dans les moments d'émotion, elle renonçait toujours à l'appeler *Mike* pour revenir à *papa*.

— J'ai laissé à Mario le soin de préparer les apéritifs. Ce soir, je suis votre chauffeur, annonça-t-il tandis que David s'installait sur la banquette arrière du coupé décapotable, coincé entre les bagages.

— Combien d'invités cette fois-ci ? demanda David.

— Peut-être huit ou dix. Mais je m'y perds avec ces déjeuners de trente ou quarante personnes que Dee donne tous les jours. Je pars au golf le matin à neuf heures et, quand je reviens à quatre heures de l'après-midi, la moitié d'entre eux sont encore là. Ensuite, à sept heures, c'est l'arrivée des invités pour le cocktail. Mais Dee a décidé que le dîner de Thanksgiving serait exclusivement réservé aux intimes : juste deux tables de douze personnes. Pour le moment, espérons que le soleil continuera à être de la partie. Vous avez tous les deux grand besoin de prendre des couleurs.

Le beau temps se maintint pendant tout le week-end. Il y avait toujours deux ou trois parties de backgammon en cours au bord de la piscine. Les buffets chauds ou froids défilaient, poussés par un interminable cortège de domestiques. Mike et January s'asseyaient côte à côte ; ils prenaient des bains de soleil, se promenaient sur la plage et se baignaient ensemble. Et lorsqu'elle joua au tennis avec David, Mike la regarda avec émerveillement le battre immanquablement à chaque volée. Où avait-elle appris à si bien jouer ? Alors, en un éclair, il se souvint soudain de tous ces tournois de tennis auxquels il n'avait jamais assisté. Tous ces petits billets griffonnés à la hâte qu'il avait reçus à Los Angeles, Madrid ou Londres ! « Je joue pour la coupe juniors. Espère tu viendras. » « Je représente l'école de Mlle Haddon dans la division de l'Est. Espère que tu pourras être là. » « Ai gagné. » « J'envoie la coupe au Plaza. » « Ai gagné. » « J'ai terminé seconde. » « Ai gagné. » « As-tu reçu mon trophée ? Celui-là est en argent massif. » « Ai gagné. » « Ai gagné. »

Dieu, comme il lui avait peu donné de son temps ! Et, tout à coup, il se surprit à se demander ce qu'il était advenu de tous ces trophées et toutes ces coupes. Elle ne lui avait jamais posé la moindre question à ce sujet. Ils étaient probablement rangés dans quelque garde-meuble, à côté des machines à écrire, du piano, des classeurs et des meubles de bureau qu'il avait accumulés au cours de tous ces come-back. Et il ne savait même plus où il avait rangé les reçus du garde-meuble.

Combien il avait négligé son enfance tandis qu'elle avait manqué une bonne partie de son adolescence ! À présent, elle entamait ses meilleures années, et il allait également les laisser s'échapper. Il était marié… C'était là le seul échec dont il ne pouvait pas se sortir tout simplement en en claquant la porte derrière lui

Soudain, en regardant sa fille jouer au tennis, il fut pris de panique à l'idée qui venait de surgir de son subconscient. Il avait pensé à son mariage comme à un échec. Pourtant, en fait, rien n'avait changé. Dee continuait à lui sourire tous les soirs de l'autre côté de la table. Elle lui prenait toujours le bras lorsqu'ils accueillaient leurs invités. Il couchait toujours avec elle deux fois par semaine… Voilà ! C'était ça ! Il venait de toucher le point sensible. C'était lui qui couchait avec elle. Ces derniers temps, il avait eu l'impression qu'elle lui faisait plaisir, qu'elle le tolérait. Il la trouvait passive. Depuis combien de temps n'avait-elle pas gémi et ne s'était-elle pas accrochée à lui en lui murmurant combien il était merveilleux ? Mais peut-être était-ce sa faute à lui ? Peut-être qu'elle devinait que c'était lui qui se forçait. Ces choses-là se ressentent. Oui, c'était sa faute à lui. La pauvre chérie estimait probablement qu'il passait trop de temps au club. Dieu sait qu'il ne lui accordait pas beaucoup d'attention. Le golf toute la matinée, le poker l'après-midi (il avait trouvé quelques bons pigeons). Bien entendu, il rentrait à l'heure pour l'apéritif. Mais les soirées étaient toujours consacrées aux dîners.

Eh bien, la situation allait changer. Dès le départ de January, il sortirait à Dee le grand jeu comme autrefois. Finies les parties de poker tous les après-midi. Ce ne serait pas un mal de lui en réserver quelques-uns. Oui, mais il ne serait pas vraiment avec elle. Il participerait aux déjeuners avec ses amis, et se contenterait de les regarder jouer au backgammon. Non, il resterait fidèle au golf. Et qui plus est, il avait déjà gagné dans les cinq mille dollars au poker. Il avait même ouvert un compte d'épargne. Cinq mille dollars, bien sûr, c'était une bagatelle. Mais c'était son argent à lui, de l'argent qu'il avait gagné au jeu. Que diable, que l'on gagne au poker ou ailleurs, c'était toujours la même poussée d'adrénaline ! Mais il devait accorder à Dee plus d'attention au lit. Peut-être se montrait-il trop négligent en ce domaine. Eh bien, dimanche, le départ de January et de tous les invités marquerait le début d'une nouvelle lune de miel. Il se sentit soudain beaucoup mieux. Il était nécessaire de faire un petit bilan de temps en temps. Il avait cru qu'il manquait quelque chose à leurs rapports, alors qu'il était le seul fautif. Bon sang, elle s'entourait de la même bande à Marbella, des gens qui l'accompagneraient en Grèce au mois d'août et ailleurs, quel que soit l'endroit où elle déciderait de se rendre. À Londres, ils n'étaient jamais moins de vingt aux cocktails du Dorchester. C'était sa manière de vivre. Il l'avait toujours su. Il n'était là que pour le côté sentimental. Cela s'était passé ainsi dès leur première rencontre, et elle s'était pâmée d'amour pour lui. Il ne lui restait plus qu'à recommencer – à partir de dimanche.

Toutefois, durant les quelques jours qui suivirent, il profita au maximum de la présence de sa fille. Il observait la progression de son bronzage, comparait son corps magnifique en bikini à celui de Dee, désespérément pâle, ses cheveux flous et libres aux chignons figés de Dee, ses jeans farfelus aux impeccables pantalons en peau de requin blanc de sa femme. Les petits anneaux en argent que January portait à tous les doigts, aux bijoux hors de prix de chez David Webb qu'arborait Dee. Elles étaient si radicalement opposées ! Dee était une vraie beauté. Pourtant, il était content que sa fille fût comme elle était. On trouvait chez elle quelque chose de si net, de si éblouissant. Et il aimait l'intérêt souverain qu'elle portait à toute chose : un intérêt fondamental pour le magazine *Gloss* ; un intérêt superficiel pour David ; un intérêt feint pour les banalités colportées par Dee à propos des liaisons sentimentales de certaines personnalités locales. January devait se perdre dans tous ces noms, néanmoins, elle écoutait avec attention.

Il était difficile pour Mike de se faire une idée précise sur David. Il était toujours là, souriant, le parfait chevalier servant. On pouvait s'imaginer sans peine que Dee et lui étaient cousins germains, taillés comme ils l'étaient dans la même étoffe : des aristocrates dans toute leur splendeur. Ses excellentes manières, sa façon désinvolte de jouer au backgammon avec les invités de Dee, ses vêtements parfaitement adaptés en toute occasion. Ses shorts de tennis étaient coupés à la perfection, son sweater très sport convenait totalement aux circonstances, et même sa transpiration était chic, juste quelques gouttes sur ses sourcils, de quoi faire briller son bronzage. Mais n'était-ce pas ce que Mike avait désiré pour January ? Bien avant de rencontrer Dee, il était convaincu que sa fille mériterait mieux qu'une vie dans le show-business. C'était la raison pour laquelle il avait choisi cette école huppée dans le Connecticut, sur le conseil de son directeur financier : « Elle fera la connaissance des filles de la bonne société, elle rencontrera leurs frères – voilà comment ça se passe. C'est à cela que servent les bonnes écoles. »

Mais la seule chose qu'elle avait retirée de cette école était une panoplie de coupes de tennis et un poste dans un magazine. De toutes les filles qu'elle y avait connues, il avait fallu qu'elle se lie avec Linda, une vraie mangeuse d'hommes, du genre à sauter chaque soir dans un lit différent. D'un autre côté, cela ne faisait-il pas partie de la liberté sexuelle de l'époque ? Il observa sa fille sur le court de tennis. Et elle ? Non ! Non pas qu'il s'attendît à ce qu'elle restât vierge jusqu'à la fin de ses jours, mais elle était du genre à franchir le pas après les fiançailles. Ou peut-être juste avant, pour se rassurer. Pour le moment, elle se préoccupait exclusivement du magazine. Mais, comme disait Dee, sa carrière l'amuserait pendant un certain temps, et puis elle épouserait David.

Il se demanda pourquoi il se sentait déprimé. C'était ce qu'il avait souhaité pour elle, non ? Mais avait-il réellement envie qu'elle devienne une jeune Dee ? Et pourquoi pas ? Ce serait toujours mieux que de la voir suivre l'exemple des autres jeunes : aller vivre avec un garçon et faire la foire à Greenwich Village. À moins qu'elle ne lui ressemble encore davantage et qu'elle n'ait l'intention de devenir une superstar. Et après ? À supposer qu'elle y parvienne, elle s'offrirait quelques fiévreuses années au septième ciel, mais le couronnement prévisible de toute superstar, lui-même y compris, se résumait en deux mots : la solitude et l'échec. Si un homme avait de l'argent, il pouvait tenir un peu plus longtemps. Mais pour une femme, même avec de l'argent, la solitude venait plus vite. L'échec d'une femme, c'était son âge. Même pour une actrice de légende comme Karla, quel genre de vie pouvait-elle bien mener ? Continuer la danse ! Soit, mais en dehors de ça comment occupait-elle ses journées ? Sans compter que la plupart des grandes vedettes n'avaient pas la chance d'être aussi stupides que Karla, qui se contentait de faire ses promenades et de danser. Les plus émotives, celles qu'on méprisait, restaient seules chez elles dans leur grande maison de Beverly Hills, à prendre toutes sortes de pilules ou à picoler. N'importe quoi, du moment qu'elles survivent à la nuit et puissent se réveiller pour vivre une autre journée interminable, rythmée uniquement par les plateaux-repas avalés devant les feuilletons retransmis à la télévision. Non, tout roulait pour January. Elle avait appris les principes de base chez Mlle Haddon – et il lui avait fourni le reste. Un endroit comme celui-ci pour venir passer les vacances – le soleil en hiver et la neige en été. Tout ce qu'elle pouvait désirer.

Et c'était pour elle qu'il l'avait obtenu. Il la regarda sortir du court de tennis avec David. Elle l'avait encore battu. C'était bien sa fille : une championne. Mais David aussi était un champion. L'art de perdre avec élégance était difficile à acquérir. David y était passé maître : son saut par-dessus le filet pour aller la féliciter, la manière dont il lui passait le bras autour des épaules pendant que les autres invités applaudissaient. Mais par-dessus tout, Mike admirait le charme et l'enthousiasme qu'il répandait dans toutes les soirées sans fin que Dee donnait chaque jour.

January semblait pourtant avoir apprécié ce week-end. Peut-être avait-il tout fait pour le mieux. Peut-être que tout marchait selon ses espérances. Peut-être que, lors de leur prochain séjour à Palm Beach pour les vacances de Noël, leur liaison serait consolidée. Dee en serait très heureuse. Mais, que diable ! Rien ne pressait… January n'aurait que vingt et un ans au mois de janvier. Elle méritait un peu de temps pour elle.

Du temps pour quoi faire ? Elle était une fille, et il pensait à elle de manière subjective. Les filles n'avaient pas besoin d'enchaîner les conquêtes. Elles se contentaient de se choisir un homme pour la vie. Et January ne faisait pas partie de ces militantes féministes à la noix. Il ne les prenait même pas au sérieux, d'ailleurs. Parfois, quand il en voyait une à la télé, il l'interpellait à l'écran : « Ouais, ma chérie, une bonne partie de jambes en l'air, et tu changerais de couplet ! »

C'était tout ce qu'elles étaient : des bonnes femmes sans jules. Et January n'aurait jamais à s'en faire de ce côté-là.

Le dimanche venu, il se leva tôt car il avait promis à sa fille de prendre un petit déjeuner matinal avec elle à la piscine. Elle devait partir vers quatre heures. Ensuite, il se retrouverait seul avec Dee. Et il était bien décidé à tenir sa promesse. Cela faisait une semaine qu'il n'avait pas couché avec Dee. Il se demanda si elle l'avait seulement remarqué. Ici, ils avaient chacun leur chambre. Des chambres ? La sienne faisait dix mètres sur douze, face à l'océan. Il disposait aussi d'un sauna, d'une douche, et d'une salle de bains en marbre noir avec une baignoire encastrée dans le sol. Elle était contiguë à celle de Dee, mais c'était tout un périple pour la rejoindre. Il devait d'abord traverser le salon de Dee et sa salle de bains – gigantesque et couverte de marbre blanc et or, dans laquelle poussait un arbre, et dont tout un pan de mur formait un aquarium rempli de poissons exotiques. L'aquarium servait également de cloison à la chambre de Dee ; celle-ci était plus petite que celle de Mike, mais sa terrasse, face à l'océan, était presque aussi vaste qu'une salle de bal. Il leur arrivait d'y prendre leur petit déjeuner, à l'ombre d'un parasol.

Il allait commencer son programme aujourd'hui même : pas de bloody mary avant le déjeuner, pas de martini au cocktail ; et, ce soir, il lui ferait l'amour avec toute son ardeur renouvelée.

Il passa la matinée avec January. Elle feuilleta les pages magazine du *New York Times*, et il s'intéressa aux pages sportives. C'était encore un aspect formidable de leur relation : ils ne pensaient pas que la conversation soit absolument nécessaire quand ils se retrouvaient ensemble. Ce ne fut qu'après avoir terminé la lecture des rubriques sports et spectacles qu'il remarqua qu'elle lisait une pile d'épreuves.

— C'est bien ? lui demanda-t-il.

— Très bien.

Elle leva les yeux et repoussa ses lunettes de soleil dans ses cheveux.

— Tom Colt… Tu te souviens de lui ?

— Comment pourrais-je l'oublier ? J'ai engrangé trois millions de dollars de bénéfices sur le film que j'ai tiré d'un de ses livres.

— Je veux dire, te souviens-tu du jour où tu m'as emmenée chez lui ?

— Je t'ai emmenée chez lui ? Ah oui, bien sûr. Une maison de ville vers la 60e Rue, non ?

— *Gloss* voudrait lui consacrer un article. Qu'est-ce que tu sais de lui ?

— À l'époque, il était très amoureux de lui-même. Son premier roman lui avait valu le prix Pulitzer, mais au lieu de s'en satisfaire il m'avait annoncé sans sourciller qu'il visait plus haut : le prix Nobel. Il avait déjà écrit six livres, et il s'imaginait y parvenir au prix de dix années prolifiques. Mais il faut croire que ses mariages et ses multiples altercations dans les bars ont eu raison de son rêve.

Mike prit un air songeur.

— Je sais que ses derniers livres ne se sont pas bien vendus. Mais je ne pensais pas qu'il était désespéré au point d'aller se faire interviewer par un magazine comme *Gloss*.

— Mike ! Est-ce que tu as déjà lu *Gloss* ?

— D'un bout à l'autre quand tu m'as dit que tu comptais y travailler. Et ce n'est pas pour Tom Colt. Écoute, ma chérie, rappelle-toi, il y a six ans, lorsque tous les journaux ont raconté comment son bateau avait chaviré : il avait nagé sous l'eau et frappé les requins de ses poings nus pour les tenir à distance jusqu'à ce qu'on vienne le secourir ?

— Pour de vrai ?

— Il a aussi combattu un taureau en Espagne. Assommé un lutteur professionnel dans un bar. Quand son avion s'est écrasé, il a marché pendant plus de un kilomètre, jusqu'en ville, avec une jambe cassée. Il tient aussi l'alcool mieux que n'importe qui, et il serait capable de mettre K-O Muhammad Ali avec une main attachée dans le dos.

— Vraiment ?

Mike se mit à rire.

— Non… mais c'est le genre de publicité qu'il veut. En réalité, il a assommé pas mal de types dans les bars, mais personne ne sait s'il y avait un lutteur professionnel dans le tas. L'histoire du requin est authentique, ainsi que celle du taureau. Tout le monde a prétendu qu'il s'agissait d'un taureau harassé, mais le fait est qu'il est descendu dans l'arène et qu'il n'a pas eu peur de le braver. Ce que je veux te faire comprendre, c'est que c'est ça, le genre de publicité qu'il recherche. Et je ne le vois pas se plier à une interview pour *Gloss*.

— Nous pouvons toujours essayer.

— Oh, tu veux dire que ce n'est pas encore fait ?

January regarda fixement ses jambes bronzées.

— Je suis censée lui écrire une lettre.

— Et, en passant, lui signaler que je suis ton père ?

— Oui, vraiment en passant. Tu pourrais par exemple ajouter un petit post-scriptum écrit de ta main ?

— Sûrement pas. Ce n'est pas que je ne le ferais pas pour toi. Tu sais que je ramperais sous la terre pour t'aider en quoi que ce soit. Mais si tu veux avoir la moindre chance d'obtenir une interview de lui, ne mentionne surtout pas que je suis ton père.

— Et pourquoi pas ?

— Eh bien, comme je te le disais, lorsque je l'ai connu, il pensait au prix Nobel. Mais pour faire de son livre un grand film commercial, il fallait que je mette de côté un certain nombre de scènes et de personnages importants de l'histoire, faute de quoi le film aurait duré six heures… Il ne me l'a jamais pardonné !

— Mais puisque le film a rapporté de l'argent…

— Il en a rapporté… à moi et au studio de production. Lui, il s'est contenté d'empocher un petit cachet – dans les deux cent mille dollars –, mais pas de pourcentage. Il voyait ça sous un angle artistique. Disons pour résumer que nous ne sommes pas ennemis, mais que nous ne sommes pas exactement les meilleurs amis du monde !

— Quel âge a-t-il ?

Mike fronça les sourcils.

— Cinq ou six ans de plus que moi… dans les cinquante-sept ou cinquante-huit ans. Mais d'après ce qu'on m'a dit, il continue à boire et à s'afficher avec de jeunes nanas.

Il poussa un soupir.

— Tu sais quoi ? Il n'y a rien de pire qu'un vieux beau. C'est comme une femme de quarante ans qui essaierait de se faire passer pour une lycéenne.

— Que me conseilles-tu à propos de l'interview ?

— De laisser tomber…

À ce moment-là, le maître d'hôtel vint leur annoncer que le déjeuner était servi et que les invités commençaient à arriver à la piscine. Dee fit son entrée, vêtue d'un pyjama fluide et d'un chapeau à larges bords, et l'impressionnant buffet débuta officiellement.

Par la suite, Mike n'eut plus vraiment l'occasion de discuter avec January. Une cinquantaine d'invités étaient présents. Plusieurs jeunes gens rivalisèrent avec David pour accaparer l'attention de la jeune fille. Mike le remarqua et il nota également l'attitude confiante de David. Et pourquoi pas ? Le gaillard l'aurait pour lui tout seul pendant tout le voyage de retour en avion. Mike commençait à l'apprécier davantage. Le peu de fois où il avait parlé avec lui pendant le week-end, il avait trouvé chez ce garçon une chaleur qu'il n'avait pas détectée auparavant. Le fait d'être avec January l'avait probablement décontracté. À moins que, considérant David comme un futur fiancé pour January, il ne cherchât à l'estimer à tout prix.

Quoi qu'il en soit, il n'était pas d'humeur à analyser ses propres pensées. Elle allait bientôt partir, toute la bande également, et ce soir il se retrouverait seul avec Dee. Demain, les déjeuners en tête à tête reprendraient… Ensuite, ce seraient les premières invitations avant le grand rush de Noël. Elle avait parlé d'aller passer une semaine à Palm Springs en janvier – un tournoi de backgammon –, et ils inviteraient des amis. Peut-être qu'après ça ils retourneraient à New York. Il appréciait le soleil et le golf – mais trop c'était trop. Même si, à New York, il se contentait de jouer et de traîner, c'était différent. New York avait quelque chose de tonifiant, sans doute à cause du froid piquant. C'était sa ville. Il pouvait toujours descendre la Cinquième Avenue et rendre visite à des amis, aller discuter le coup au Friars Club, voir les comédies musicales de Broadway… aller dîner au Danny's Hide-a-Way avec January pendant que Dee jouait au backgammon.

Il se rappelait le bon vieux temps où il se sentait comme chez lui au Danny's. Il s'asseyait à la table d'honneur avec sa petite amie du moment, et la plupart du temps il connaissait tout le monde dans la salle. Mais avec les années, il avait cessé de voir les mêmes visages partout. Où tout le monde était-il donc passé ? Au « 21 » et au Danny's, de nouvelles têtes apparaissaient aux tables d'honneur : des vedettes de la télé, des artistes du disque, des personnalités en vogue. Mais il voulait tout de même retourner à New York. Et, ce soir, il coucherait avec Dee, il la ferait jouir pour qu'elle s'attache davantage à lui. Et plus tard, il lui suggérerait une halte à New York de quelques semaines après Palm Springs.

Il emmena January et David à l'aéroport et les regarda monter dans l'avion. Puis il retourna à sa voiture. Ils paraissaient si jeunes et si beaux. Quand était-il devenu vieux ? Tout en conduisant, il s'observa dans le rétroviseur. Il allait avoir cinquante-trois ans. Ce n'était pas si vieux que ça. Il était encore dans la fleur de l'âge. Et en pleine forme. Pas un pouce de graisse. Les femmes continuaient à le considérer d'un œil intéressé. Bien sûr, c'étaient surtout les amies de Dee – qui avaient toutes la quarantaine – ; mais au club, de jeunes joueuses de golf lui faisaient encore de l'œil. Il leur renvoyait imperturbablement un large sourire amical, sans plus, même s'il aurait bien aimé apprendre à les connaître… comme cette fille d'un banquier ami de Dee, une certaine Monica. Elle avait dans les trente-deux ans, était divorcée, et elle s'était soudainement mise à prendre des cours de golf journaliers. Un de ses partenaires au poker lui avait dit que c'était pour ses beaux yeux à lui… Ah, Monica… Ça pourrait être chouette. Mais il ne se laisserait pas tenter. Il avait conclu un pacte avec lui-même : s'il épousait Dee, et à condition qu'elle dote January, il serait réglo.

En outre, Dee n'était pas désagréable à regarder. Mince. Un peu molle par endroits, mais belle dans l'ensemble. Diable, beaucoup d'hommes auraient donné n'importe quoi pour pouvoir coucher avec elle quand l'envie leur en prenait… Et pourtant ces temps-ci, il n'en avait eu envie que deux fois par semaine. Il avait eu tort. Elle n'était pas du genre à venir le lui demander, pas comme Tina St. Claire qui lui aurait dit : « Hé, mon chéri, allons baiser. » Non. Les femmes comme Dee attendaient. Et elles ne baisaient pas : elles faisaient l'amour. Il fallait toujours leur faire un brin de cour. Il avait laissé tomber tout ça, et il devait y remédier. Si c'était là la vie qui l'attendait, autant la rendre agréable.

Il était presque six heures lorsqu'il fut de retour à la maison. Tout le monde était parti et un maître d'hôtel réapprovisionnait le bar de la terrasse.

— Où se trouve Mme Wayne ? lui demanda Mike.

Le maître d'hôtel le contempla pendant quelques instants sans paraître comprendre. Mike jura intérieurement. Ce connard était un de ces larbins qui pensaient encore à Dee en tant que Mlle Granger. Eh bien, il ne le dirait pas, il ne demanderait jamais : « Où est Mlle Granger ? » Même s'ils restaient plantés toute la journée à se défier du regard. Le vieux domestique tint le coup un moment, puis un large sourire illumina ses traits comme si la mémoire lui revenait comme par enchantement.

— Je crois que madame se repose au premier.

Mike opina et se dirigea vers l'escalier massif. Mais il changea d'avis et prit l'ascenseur menant à la cave à vin. Il y choisit une bouteille de champagne, qu'il remonta à la cuisine, et attendit que la domestique place la bouteille dans un seau et prépare du caviar sur une assiette de glace.

Quand il pénétra dans la chambre de Dee avec le plateau dans les bras, elle était étendue sur sa chaise longue, son répertoire téléphonique sur les genoux, et il comprit qu'elle préparait ses invitations pour la semaine suivante. Il posa le plateau sur la table.

— C'est pour quelle occasion ? lui demanda-t-elle.

— La nôtre… Enfin seuls… Et j'ai très envie de toi.

Il lui prit son répertoire des mains et s'assit sur le bord de la chaise longue.

— Nous n'avons aucun rendez-vous ce soir, n'est-ce pas ?

— Plusieurs soirées où nous pouvons nous rendre si l'envie nous en prend. Vera est en ville, et les Arnold Ardens donnent une soirée en son honneur. Et puis il y a…

Il se pencha sur elle pour l'embrasser.

— Que penserais-tu de les manquer toutes… ?

Il commença à passer la main sous son peignoir, mais elle le repoussa.

— Mike, il n'est que six heures.

Il éclata de rire.

— Y a-t-il un règlement qui impose l'amour à heure fixe ? Allez, buvons un peu… et faisons l'amour sur ce grand lit d'où nous voyons la mer, et peut-être que, avec un peu de chance… nous verrons la lune se lever. Baiser à la lumière du crépuscule, il n'y a rien de mieux, Dee.

— Mike !

Elle se leva d'un bond et se mit à arpenter la pièce.

— À qui crois-tu parler ? L'une de ces filles faciles avec lesquelles tu avais l'habitude de sortir ?

Il s'approcha d'elle.

— Oh, Dee, ça fait partie du langage de l'amour, je ne voulais pas te choquer.

— Moi, je trouve que c'est vulgaire.

— Allons, je t'ai déjà dit ça au lit, lui répondit-il en souriant.

— C'est différent. Je veux dire que, quand tu le fais, je ne peux pas t'empêcher de dire ces mots-là, mais je ne les aime pas, voilà tout. Oh, je sais que ça excite beaucoup certains hommes de les proférer, mais pourquoi ? L'un de mes maris ne parvenait même pas à avoir une érection s'il ne me forçait pas à prononcer ce mot, à lui dire que je voulais qu'il me… tu sais quoi.

Il se força à sourire.

— Très bien. J'essaierai de surveiller mon langage au lit…

Il s'approcha à nouveau d'elle, mais elle s'esquiva.

— Qu'est-ce qu'il y a encore ?

— Oh, Mike, ne sois pas ridicule. Ce n'est pas l'heure de…

Et elle lui tourna le dos. Il l'observa un instant. Puis il saisit la bouteille de champagne et se dirigea vers la porte. Elle le rappela :

— Allons, Mike, ne sois pas fâché. Je ne suis pas d'humeur, voilà tout.

— Parfait, je comprends.

Il lui fit un petit salut, la bouteille levée.

— Je crois que je vais me boire ça tout seul. Parce que c'est un jour mémorable, tu sais : c'est la première fois que je me fais rembarrer, mais, comme dirait l'autre, il y a une première fois à tout…

Et il referma la porte derrière lui.

Quand il eut quitté la pièce, Dee resta très calme. Elle avait fait une erreur. Elle aurait dû lui céder, mais elle en avait été tout bonnement incapable.

Elle était épuisée. Épuisée de sourire et de passer d'une réception à l'autre, en jouant le rôle de la belle

Dee Milford Granger Wayne. L'heureuse Dee Milford Granger Wayne, mariée à un homme si séduisant.

Pauvre, pauvre Dee Milford Granger Wayne, dont le cœur était brisé parce que cette satanée Polonaise ne s'était pas montrée. Dieu, elle aurait tant voulu que Karla soit là. Elle aurait particulièrement aimé que Karla voie January et David nager, danser, jouer au tennis tous les deux et qu'elle se rende compte à quel point ils étaient jeunes et allaient bien ensemble. Quand elle lui en avait parlé jeudi, Karla avait répondu « peut-être ». Elle avait même promis que, dans le cas où elle se déciderait à venir, elle arriverait à l'aéroport à quatre heures. Dee avait fait attendre le pilote jusqu'à quatre heures et demie !

Elle avait caché sa déception à David et January. Elle était quand même enchantée qu'ils s'entendent si bien. Cela avait été le seul rayon de soleil du week-end. David semblait vraiment apprécier January. Si seulement Karla avait été là pour le constater. Pourquoi n'était-elle pas venue ? Par simple perversion. Après tout, il n'y avait plus personne à New York. Qu'avait pu bien faire Karla pendant ce long week-end ?

David aussi avait songé à Karla. L'actrice n'avait pas quitté ses pensées de tout le week-end. Et il pensait encore à elle à présent, assis dans l'avion à surveiller la descente sur Butler Jetport, le terrain privé de l'aéroport de La Guardia. Il se rendit soudain compte qu'il n'avait quasiment pas adressé la parole à January de tout le voyage. Mais elle avait lu les épreuves d'un livre, et ne les avait posées que pour regarder le paysage par le hublot. Il se demandait à quoi elle pensait mais, au fond, cela lui était parfaitement égal.

En fait, January réfléchissait au sujet de David. Elle avait achevé la lecture du livre et avait pris la décision d'envoyer une lettre à Tom en tant qu'assistante de rédaction à *Gloss*. Elle n'avait pas l'intention d'annoncer à Linda que Mike ne leur serait d'aucun secours.

Elle observa le visage bronzé de David, absorbé par la vue des lumières de l'aéroport à travers le hublot. Il avait été si gentil pendant tout le week-end ! Toujours prêt à jouer au tennis ou à aller se baigner avec elle. Ce sentiment fugace qu'elle avait commencé à ressentir pour lui s'était évanoui à la suite de cette nuit horrible. Mais elle pouvait peut-être le ranimer. Il suffirait peut-être d'aller boire un verre ensemble, de discuter, peut-être même qu'ils pourraient de nouveau faire l'amour. Et cette fois, tout se passerait bien. Mais elle ne pourrait plus supporter son affreuse chambre rouge… Plus jamais !

David avait commandé une voiture qui les attendait sur le terrain d'aviation. Ils entassèrent leurs valises dans le coffre et prirent la direction de l'immeuble de January. David aida le chauffeur à porter les bagages jusqu'à la loge du concierge. Elle lui sourit.

— J'ai vraiment apprécié ces quatre jours passés en ta compagnie, lui dit-elle.

— Moi aussi…

Elle jeta un coup d'œil à sa montre.

— Il n'est que neuf heures. Tu veux monter prendre un verre ? Tu n'as jamais visité mon somptueux appartement…

Il lui rendit son sourire.

— Tu veux me promettre quelque chose ? Réserve-moi une soirée pour très bientôt. J'ai tellement de coups de fil à passer maintenant que je suis rentré… et je sais qu'il y a une pile de messages qui m'attendent. Je te téléphone demain, au saut du lit.

Elle le regarda remonter dans sa voiture. Eh bien ! À présent, elle comprenait mieux ce que Linda pouvait ressentir… Quelle rebuffade !

David n'avait pas du tout eu l'impression de la repousser. Il avait cru qu'elle ne l'invitait que par politesse. Et il n'avait nul désir de perdre une heure à échanger des banalités devant un verre. Il rentra chez lui, renvoya la voiture, et contacta aussitôt le service qui enregistrait ses messages. Il en avait reçu plusieurs : Kim se trouvait à une soirée chez Monique (« Viens, s'il te plaît… »), la princesse Delmanio avait tenté de le joindre (elle donnait une soirée de backgammon…), sa femme de ménage l'avait contacté (elle ne pouvait pas venir lundi, mais est-ce que mardi conviendrait ; elle avait laissé un numéro de téléphone où la rappeler). Il avait bien encore quelques messages dont il se moquait éperdument. Mais aucun de Karla. Pourquoi y en aurait-il eu, après tout ? Elle savait pertinemment qu'il ne serait pas de retour avant ce soir. Elle l'appellerait demain à son bureau.

Il envoya brusquement promener sa corbeille à papier d'un coup de pied rageur. C'était ridicule. Il n'était que neuf heures et demie. Karla était la femme qu'il aimait. Il avait toute la soirée devant lui, qu'ils auraient pu passer ensemble. Et pourtant, il n'avait aucun moyen de la joindre. Il ne pouvait pas continuer ainsi à attendre qu'on l'appelle, comme une jeune fille bien élevée. Il empoigna son pardessus, sortit en trombe de l'immeuble et héla un taxi. Il avait l'intention de se rendre chez elle, de frapper à sa porte et d'exiger qu'elle lui donne son numéro de téléphone. Si elle était endormie, cela lui était bien égal. Il allait faire valoir ses droits. Et puisqu'il exigeait désormais qu'elle le traite comme un homme, il allait devoir se comporter comme tel. Ce soir, il allait camper sur ses positions, au risque qu'ils connaissent leur première dispute. Mais, par-dessus tout, il voulait la prendre dans ses bras, la regarder dans les yeux, sentir ses bras musclés l'enlacer avec force, entendre son rire voilé.

Le taxi s'arrêta. David régla la course et descendit d'un bond. Ernest, le concierge poli et affable, était de fonction. Il lui adressa l'habituel signe de tête amical mais, au lieu de lui souhaiter une bonne soirée comme à l'accoutumée, il lui demanda :

— Où allez-vous, monsieur Milford ?

— Chez Mlle Karla.

— Mais elle est partie vendredi matin.

— Partie !

— Oui, avec deux valises.

— Où ça ? Je veux dire, elle n'a pas déménagé ? Ou bien…

Le concierge lut la panique sur le visage de David.

— Allons, jeune homme, il n'y a pas de quoi s'affoler. Bien sûr qu'elle n'a pas déménagé. Vous connaissez Mlle Karla. Elle part toujours sur un coup de tête. Personne ici n'était au courant de ses intentions mais, vendredi matin, elle est descendue à neuf heures, pelotonnée dans son gros manteau de fourrure derrière ses lunettes noires. Au lieu de partir à pied pour son studio de danse, comme d'habitude, elle a demandé qu'on lui appelle un taxi. Et comme je vous le disais, elle a emporté des valises. Elle m'a dit qu'elle avait laissé un mot pour qu'on lui fasse suivre le courrier et qu'on interrompe son abonnement au *Wall Street Journal*. C'est le seul journal qu'elle lit, mais elle m'a demandé de vérifier que ça serait fait. Puis je l'ai entendue indiquer l'aéroport Kennedy au chauffeur de taxi. Je n'en sais pas plus.

— Je… j’étais moi-même parti, tenta de se justifier David.

Il ne pouvait pas supporter le regard compatissant du concierge.

— Je me trouvais à Palm Beach… Vous pouvez vous en douter à voir mon bronzage… Et je n’ai même pas pris le temps d’appeler les abonnés absents. J’ai bien peur de ne pas avoir laissé de message d’au revoir à Mlle Karla. J’ai appelé de l’aéroport, et puisqu’elle ne répondait pas… Vous savez comment fonctionne le téléphone, on n’est jamais sûr de rien… Alors j’ai pensé que je ferais aussi bien de faire un saut jusqu’ici. Mais je trouverai sûrement un message d’elle au bureau demain matin.

— Mais bien sûr, mon garçon.

David s’éloigna. Elle était partie. Finies les salutations du concierge lui souhaitant une bonne soirée. Bon sang, il avait vraiment profité de ces bonnes soirées ! Ces moments vers lesquels il avait volé, heureux et confiant, souriant au concierge qui le savait attendu, saluant le garçon d’ascenseur, lui aussi au parfum. Et la voilà repartie à nouveau. Pour combien de temps ? Et pour quelle raison ? Les lumières de la rue se troublèrent devant ses yeux… Il se mit à courir. Elle s’était envolée sans même lui dire adieu… Il continua à courir… c’était le seul moyen de ne pas s’effondrer. Il courut tout le chemin jusqu’à son appartement. Et lorsqu’il y pénétra, il s’adressa aux murs vides en criant :

— Mon Dieu… Karla ! Pourquoi ?

Et puis il se mit à sangloter. De gros sanglots sans larmes. C’était la première fois que ça lui arrivait depuis ce jour où on l’avait viré de l’équipe de baseball d’Andover.

13

Karla se blottit dans le fauteuil du jet. Après avoir appelé toutes les compagnies aériennes, elle avait choisi ce vol de onze heures pour Londres, une fois qu'on lui avait assuré qu'elle ne partagerait avec personne la rangée de sièges.

Elle portait, comme à l'accoutumée, ses immenses lunettes noires. Jusqu'ici, les jeunes hôtesses de l'air ne l'avaient pas reconnue. Certaines d'entre elles n'étaient encore que des enfants lorsqu'elle avait quitté le monde du spectacle, mais elles appartenaient à cette nouvelle génération qui l'avait découverte dans les films de ciné-club à la télévision. Elle les regardait plaisanter, préparer des hors-d'œuvre et des apéritifs, un sempiternel sourire aux lèvres alors qu'elles arpentaient les couloirs d'un bout à l'autre de l'avion pour servir les passagers. Elles semblaient tellement jeunes. Et heureuses. Avait-elle jamais été si jeune, avait-elle jamais ri de cette façon ? Non... c'était chose impossible pour ceux qui avaient grandi dans un village des environs de Wilno.

WILNO. Un mauvais choix de relocalisation de son père... une erreur partagée par tant de Polonais.

En 1920, la Pologne avait lancé une attaque couronnée de succès contre la Russie et s'était emparée de Wilno, alors capitale de la Lituanie. Et ce nouvel État avait été pris d'assaut par des fermiers à la recherche de terres nouvelles. En 1921, Andrzej Karlowski était arrivé avec sa femme, leur petite fille encore bébé et leurs deux petits garçons. Originaire d'un village situé près de Bialystok, il espérait faire fortune à Wilno et envoyer ses fils à l'université lorsque l'heure viendrait. Au lieu de cela, il trouva un pays ravagé. Ses voisins étaient des Ukrainiens et des Ruthéniens qui avaient conservé leurs caractères nationaux. Il y avait une petite église catholique dans le village le plus proche, et une école publique tenue par des religieuses. Andrzej et sa femme étaient contraints de travailler quinze heures par jour pour défricher leur terre aride. Ils n'avaient même pas le temps de regretter leur ancienne vie et les amis qu'ils avaient quittés. La ferme leur prit toute leur énergie – et vola aussi leur rêve d'envoyer leurs fils à l'université. C'est dans ce milieu sordide que grandit la petite Natalia Maria Karlowski.

Placide et apathique, elle grandit sans rires, sans histoires imaginaires, sans rêves, et sans autre ambition que celle d'épouser un garçon qui possédât un riche lopin de terre.

Les Karlowski étaient de bons catholiques, et le seul jour où elle voyait sa mère occupée à autre chose qu'éplucher des pommes de terre était le dimanche, à la messe. Ce jour-là, sa mère échangeait son fichu contre un chapeau noir orné d'une grosse épingle, son tablier contre une robe noire chatoyante, et son couteau de cuisine contre un chapelet qu'elle tenait entre ses mains rugueuses et calleuses. Son père enfilait son unique costume noir, celui qu'il portait pour la messe du dimanche, les mariages et les enterrements.

Elle allait à l'école communale, et ses premières années scolaires furent aussi calmes et monotones que les jours passés à la ferme. Elle avait neuf ans lorsque sœur Thérèse arriva, qui apporta avec elle les premiers fragments de beauté et d'excitation dans la vie terne de ses jeunes élèves.

Sœur Thérèse était originaire de Varsovie. Elle avait voyagé à Moscou et à Paris. Elle avait étudié la danse, et puis s'était soudain sentie « appelée » par le Christ. Elle avait alors tout abandonné pour entrer au couvent. La petite école du village était sa première affectation. Elle raconta sa vie sans détour à ses élèves envoûtées qui la contemplaient en silence – c'était la première fois qu'elles voyaient une jolie femme, à la peau fraîche et sans gerçures, aux mains blanches. Le rude hiver polonais privait les jeunes femmes de leur beauté avant même qu'elle n'éclose.

Toutes les petites filles adoraient sœur Thérèse. Et quant à la petite Natalia, elle tomba complètement sous son charme. Lorsque sœur Thérèse proposa, pendant le cours de gymnastique, de leur apprendre quelques pas de danse, Natalia se mit au travail avec une énergie démoniaque. À la maison, elle passait des heures dans sa petite chambre à répéter chaque exercice, parce qu'elle avait remarqué combien sœur Thérèse était heureuse lorsqu'une des filles faisait montre d'un tant soit peu de grâce. Un seul mot d'éloge de sœur Thérèse provoquait chez elle une douce confusion qui la plongeait dans un rêve éveillé. Et puis, un après-midi, sœur Thérèse lui demanda de venir la voir après la classe. Elle avait les mains moites et il lui sembla que son cœur, à battre si fort, allait sortir de sa poitrine. Sœur Thérèse se dirigea vers elle en souriant.

— Natalia, je crois que tu as les qualités requises pour devenir une vraie ballerine. J'en ai parlé avec la mère supérieure et, si tes parents sont d'accord, j'aimerais essayer d'obtenir une bourse en ton nom pour l'école de danse de Prasinski. Tu devras aller vivre là-bas, où tu poursuivras tes études, en plus de pratiquer la danse cinq heures par jour.

Son père et sa mère donnèrent aussitôt leur accord. Ils ne connaissaient rien à la danse ; mais si c'était une religieuse qui le proposait, cela ne pouvait être que positif. Natalia était déchirée. Elle se rendait compte de la chance fantastique qu'on lui offrait, mais elle détestait l'idée de quitter sœur Thérèse. Pourtant, lorsque celle-ci lui eut annoncé qu'elle viendrait la voir pour contrôler ses progrès, Natalia fut réconfortée. Toutes les élèves se choisirent un nom de scène pour les récitals de danse que donnait l'école. Natalia n'avait pas d'imagination et on l'inscrivit sous le nom de Natalia Karlowska.

Au cours des sept années qui suivirent, sa vie entière fut centrée sur la danse et sur sœur Thérèse. Tous les samedis après-midi, les élèves dansaient un ballet dans le petit théâtre de l'école. Le produit de la vente des tickets d'entrée servait à faire vivre la petite troupe de ballet. Pendant ses premières années d'apprentissage, Natalia apporta son concours à la construction des décors, au maquillage et à la confection des costumes des jeunes danseuses. À l'âge de douze ans, elle entra dans le corps de ballet de l'école. Toutes les semaines, sœur Thérèse venait s'asseoir dans la salle et Natalia dansait pour elle de tout son cœur.

Son père et sa mère étaient venus assister à son premier récital, mais ils étaient mal à l'aise dans leurs vêtements du dimanche. Étouffant de chaleur dans l'auditorium, son père s'endormit au cours du second acte, et sa mère dut le pincer pour l'empêcher de ronfler. Ils ne revinrent jamais – le voyage était long et il y avait trop de travail à la ferme…

Lorsque Natalia dansa son premier solo, et que toutes les filles insistèrent pour lui trouver un nom de scène, ce fut sœur Thérèse qui suggéra « Karla ». Et après le spectacle, lorsqu'elle sauta dans les bras de sœur Thérèse qui lui souffla « Félicitations… Karla », elle ne se considéra plus autrement que sous ce nom. Elle venait de renaître et de recevoir le baptême une seconde fois.

Un jour après un récital, sœur Thérèse demanda à voir ses parents.

— Tu as dix-neuf ans, dit-elle à Natalia. Il est temps de penser à ton avenir. Est-ce que je peux passer chez vous dimanche prochain après la messe ?

Elle ne devait jamais oublier ce dimanche. Elle avait quitté l'école de danse par le premier train de la matinée. Lorsqu'elle parvint chez elle, ses parents étaient encore à l'église, mais elle sentit l'odeur de la dinde et de la tarte aux pommes. Elle s'immobilisa dans le petit salon, qui lui parut soudain atrocement pauvre malgré la propreté immaculée. C'était le mois de juin, aussi sortit-elle pour cueillir quelques fleurs printanières, qu'elle disposa en différents coins de la pièce. Elle essaya aussi de dissimuler les endroits déchirés des chaises avec des napperons. Mais sœur Thérèse, à son arrivée, ne sembla pas remarquer la pauvreté des lieux. Elle admira les chenets de la cheminée, les chopes en étain, déambulant dans la pièce, belle comme une poupée de porcelaine. Sœur Thérèse fit compliment de la dinde, du chou rouge et des boulettes de pâte. Le visage rondouillard de sa mère s'épanouit, et Karla s'aperçut, pour la première fois de sa vie, que sa mère avait des fossettes et que les yeux gris de son père étaient si beaux quand il souriait. Elle resta assise en silence tandis que sœur Thérèse expliquait à ses parents qu'elle aimerait envoyer Natalia à Varsovie.

— Ma famille est très riche, annonça tranquillement sœur Thérèse. Et le frère de ma mère, mon oncle Otto, habite à Londres. Lui aussi est un gros commerçant. Ils feront pour Natalia ce qu'ils avaient espéré faire pour moi. Elle pourra vivre avec ma famille à Varsovie le temps de passer des auditions pour les ballets. Plus tard, elle pourra sans doute aller habiter chez mon oncle Otto si elle souhaite entrer dans la troupe du Sadlers Wells à Londres. Me donnez-vous l'autorisation de l'inscrire ?

Ses parents hochèrent la tête ensemble. Ils avaient du mal à imaginer. Varsovie… Londres… tout ce que la religieuse proposait recevait d'avance leur accord, mais ils n'avaient pas les moyens de lui exprimer leur reconnaissance.

Plus tard dans la journée, Natalia et sœur Thérèse firent une petite promenade.

— Je ne partirai pas à Varsovie, dit soudain Natalia. Je ne veux pas vous quitter.

— Après quelques semaines d'acclimatation, tu te sentiras très heureuse là-bas, lui dit sœur Thérèse en riant. Bientôt, notre petite école de Prasinski ne pourra plus rien t'apprendre. Tu es presque prête à t'envoler.

Elle s'arrêta tout à coup devant un arbre et demanda à Natalia :

— Qu'est-ce que cela ?

Karla rougit.

— J'ai construit ce banc pour vous quand j'avais neuf ans.

Sœur Thérèse s'approcha. Quelques planches clouées autour de l'arbre formaient un siège, et une petite barrière entourait le tout. Karla eut un rire gêné.

— Vous n'avez pas seulement fait entrer la danse dans ma vie, mais aussi la poésie. Un jour, à l'école, vous nous avez parlé d'un belvédère… Vous l'avez décrit d'une manière si réaliste que je pouvais presque vous imaginer assise dedans. Alors, de retour à la maison, j'en ai fabriqué un. Je rêvais qu'un jour je pourrais vous le montrer – mais à présent je vois bien comme il est laid.

Sœur Thérèse franchit la petite barrière et prit place sur le petit banc en planches.

— Il est ravissant, ma petite Karla. Viens t'y asseoir avec moi.

Sœur Thérèse sentait bon le savon et la violette. Karla l'enlaça brusquement en lui disant :

— Je vous aime. Je vous aime depuis la première fois que je vous ai vue.

Sœur Thérèse se dégagea doucement.

— Je t'aime, moi aussi.

— Vous m'aimez ! Alors laissez-moi vous embrasser, vous serrer dans mes bras, et…

Elle effleura du bout des lèvres la joue de sœur Thérèse et lui prit la main. Mais encore une fois, sœur Thérèse se dégagea calmement de l'étreinte de la jeune fille.

— Tu ne dois pas t'approcher de moi. C'est mal.

— C'est mal d'aimer ?

— Il n'y a jamais rien de mal dans l'amour, lui dit sœur Thérèse. Mais l'amour physique entre nous n'est pas permis. Tu ne dois pas m'embrasser, ni me toucher.

— Mais j'ai envie de le faire, vous ne comprenez pas ? Oh, ma sœur, je ne sais rien des choses de l'amour. Je parle très peu avec les filles de l'école. Mais quelquefois, la nuit, quand je suis couchée dans mon box, je les entends se glisser dans le lit les unes des autres, et je sais qu'elles se caressent. Elles ont essayé de m'approcher moi aussi, mais je les ai repoussées. Il n'y a que vous qui comptiez pour moi. Je reste seule, et je rêve que vous arrivez, en chemise de nuit, vous me prenez dans vos bras, et puis…

— Et puis ? demanda sœur Thérèse.

— Et puis je vous serre très fort, je vous embrasse, je vous touche. Oh, sœur Thérèse, je vous veux près de moi. Est-ce vraiment mal ?

Sœur Thérèse se mit à dévider le chapelet qu'elle portait autour du cou.

— Oui, Karla, c'est mal. Tu vois, quand j'ai appris la danse à Varsovie, je suis, moi aussi, allée rejoindre d'autres filles la nuit. Ça arrive parfois, quand les filles atteignent la puberté. Elles se retrouvent entre elles car elles n'ont pas le temps de faire la connaissance de jeunes garçons. Alors elles s'aiment entre filles. Je l'ai fait, mais je savais que c'était mal et cela me tourmentait. Je savais aussi que je n'étais pas aussi bonne danseuse que les autres, que j'avais été admise grâce à l'argent de ma famille et à sa notoriété. Et un jour, après qu'on m'eut attribué un rôle pour lequel une autre fille s'était présentée, j'ai entendu quelqu'un murmurer : « C'est grâce à son joli minois qu'elle a eu ce rôle, pas à ses pieds. » Et la fille qui n'avait pas eu le rôle a éclaté en sanglots et s'est enfuie en courant. Elle disait que ma beauté était démoniaque et qu'elle m'attirait des faveurs que je ne méritais pas.

Le visage de sœur Thérèse se durcit à ces souvenirs désagréables.

— Cette nuit-là, reprit-elle, je me suis mise à genoux, et j'ai prié pour demander du secours. Et, tout à coup, ce fut comme si on m'avait libérée d'une prison. Je me suis rendu compte que je n'avais pas vraiment envie de devenir une grande ballerine. J'ai découvert que je voulais seulement *Le* servir et *L'*aimer. Mon doux Jésus. Je passais des jours à prier. J'ai lu la vie de tous les saints, j'ai appris comment *ils* avaient été appelés, et soudain, après avoir lu la vie de la Petite Fleur – la petite sainte Thérèse qui voulait simplement faire de « petites choses » –, j'ai su que je voulais devenir religieuse. Je savais bien que je ne pourrais jamais faire de grands miracles, mais que je pourrais rendre des gens heureux en faisant de petites choses. Et la première petite chose s'est produite lorsque j'ai quitté la danse. La fille qui était partie en pleurant a obtenu le rôle en fin de compte. Et crois-moi, Karla, j'ai alors ressenti ma première joie véritable. Et à mon arrivée ici, quand j'ai vu tous vos petits visages sérieux, j'ai su que je n'avais pas étudié en vain pendant des années, si cela pouvait apporter un peu de bonheur aux enfants de Wilno et à toi, ma petite Karla. Et tu dois t'entraîner à la danse de toutes tes forces et ne jamais oublier qu'*Il* te regarde, et que c'est un péché mortel de faire l'amour avec une femme. Un jour, un homme viendra et alors tu comprendras ce qu'est le vrai amour.

— Pourquoi cet homme n'est-il pas venu pour vous ? demanda Karla.

— Il est venu. Il s'appelle Jésus.

Puis elles quittèrent le belvédère, et ne reparlèrent plus jamais d'amour.

Lorsque la fin de l'été arriva, sœur Thérèse modifia ses plans au sujet du voyage à Varsovie.

— Nous devons t'envoyer en Angleterre…

— Quand ?

— Immédiatement. J'ai écrit à mon oncle Otto, à Londres, en lui parlant de toi et j'ai reçu sa réponse aujourd'hui. Lui et tante Bosha seront très heureux de t'accueillir chez eux pendant que tu auditionneras pour les ballets du Sadlers Wells.

Karla tenta de gagner du temps.

— Pas encore. Peut-être l'année prochaine.

Mais sœur Thérèse insista.

— Tu dois te préparer à partir dans dix jours. Voilà ton billet d'avion pour Londres.

Karla regarda le billet que sœur Thérèse lui avait mis dans la main.

— Non, non. Je ne veux pas y aller.

— Karla, tu dois m'écouter. La guerre est imminente. L'Allemagne a signé un pacte de non-agression avec la Russie. Von Ribbentrop s'est rendu à Moscou la semaine dernière. Pourquoi crois-tu que je t'ai découragée de partir à Varsovie ? Tu ne seras en sécurité qu'à Londres.

— Mais vous ? Si c'est si dangereux, pourquoi restez-vous ?

— Je suis protégée. J'appartiens à l'Église. Même pendant la guerre, on ne touche pas aux religieux. Dieu me protégera. Jésus veille sur nous tous.

— Alors laissez-le veiller sur moi.

— Non. Tu as reçu ta vocation.

Le lendemain, il n'y eut pas classe, car les élèves et les professeurs se rassemblèrent autour du poste de radio, et apprirent qu'Hitler avait adressé un ultimatum à l'Angleterre et à la France concernant Dantzig et le corridor polonais. Les filles se mirent à discuter entre elles et des groupes se formèrent – est-ce que la guerre allait aussi affecter la danse ? Le lendemain, toutes les élèves reprirent le travail à la barre, et les répétitions eurent lieu comme à l'ordinaire. Pourtant, la réalité et la peur touchèrent le ballet Prasinski le 31 août, le jour où Hitler présenta à la Pologne ses seize conditions de paix, et où la Pologne les rejeta. Prasinski fut soudain le lieu d'une activité frénétique. Ce jour marqua la fin des cours. On sortit les valises. Les professeurs tentèrent d'acheter des billets de train pour rentrer chez eux. Ce soir-là, toutes les élèves se rassemblèrent en petits groupes en chuchotant. Celles qui devaient repartir dans des villes éloignées s'assirent ensemble, en se tenant par la main, pour se déclarer ouvertement leur amour. Karla, toute seule dans son coin, pensait à sœur Thérèse. Que faisait-elle ? Priait-elle avec les autres sœurs ? Pensait-elle à sa petite Karla ?

Le lendemain matin à l'aube, sans avoir formellement déclaré la guerre, l'Allemagne envahit la Pologne. Les élèves partirent à pied, sans plus attendre leur train. D'autres s'installèrent dans la gare, espérant prendre n'importe quel convoi. Karla eut de la chance, car elle réussit à se faire conduire en camionnette par un fermier qui possédait un terrain près de chez ses parents.

Quand elle atteignit enfin la ferme de ses parents, ceux-ci étaient assis devant le poste de radio, les yeux dans le vague, tels des somnambules. Leurs fils avaient quitté l'université pour s'engager dans l'armée et tout ce pour quoi ils avaient travaillé s'en allait en fumée. Karla n'avait jamais lu le journal de sa vie, mais elle s'en fut au village acheter le quotidien du jour. Elle y lut des choses qu'elle ne comprenait pas et se rendit compte qu'elle ne connaissait rien en dehors de la danse. Elle connaissait tout de Nijinski – sa femme, son imprésario, ses professeurs –, mais elle ne savait rien du tout du monde dans lequel elle vivait. Elle était consciente du péril hitlérien, mais la signification réelle d'une guerre n'avait pas pénétré les petites danseuses du ballet Prasinski.

À présent, les moments les plus importants de la journée étaient ceux des bulletins d'information de Radio Varsovie, annoncés par les premières notes de la *Polonaise en la majeur* de Chopin. Lorsqu'elle apprit que les unités motorisées allemandes avaient atteint la banlieue de la capitale et ouvert le feu sur Varsovie, elle comprit qu'il était temps pour elle de partir. Elle devait rejoindre Londres et l'oncle Otto. Elle fit sa valise, embrassa ses parents, et parcourut à pied les deux kilomètres qui la séparaient du couvent de sœur Thérèse.

À son arrivée, elle aperçut sœur Thérèse, assise à côté de la radio, son chapelet à la main, les yeux perdus dans le vague. Toute la nuit, elle avait essayé de joindre ses parents à Varsovie, mais le téléphone ne fonctionnait plus. Lorsqu'elle vit la valise de Natalia et que celle-ci lui annonça qu'elle était prête à aller à Londres, elle hocha tristement la tête.

— C'est trop tard. Plus d'avions, plus de trains, plus de danse. C'est la fin de ton rêve.

Dans le secret de son cœur, Karla se sentit soulagée de ne pas avoir à quitter Wilno et sœur Thérèse. Pendant la semaine qui suivit, elle partagea son temps entre les visites au couvent et les nouvelles radiophoniques à la ferme, auprès de son père et de sa mère. Les programmes radio rythmaient leur vie. Ils étaient sans nouvelles des autres membres de leur famille, à Bialystok. Apparemment, ceux-ci avaient pris la fuite. La route de l'exode passait par la Roumanie. Un flot interminable de gens transportant des paquets, des meubles de valeur, et même du bétail, tentait de franchir la frontière. L'armée polonaise combattait vaillamment mais, le 17 septembre, les Russes envahirent à leur tour la Pologne, en forçant les frontières orientales. Andrzej commanda à sa femme et à sa fille de chercher refuge au couvent. Maria, dont les yeux bleus étaient devenus vitreux de peur au milieu de son visage rond et gercé, refusa de quitter son mari et sa terre, mais elle pressa Karla d'y aller. Elle regarda sa fille comme si elle la voyait pour la première fois et lui dit :

— Tu es grande, tu seras une belle et forte femme. Cours au couvent. Même les Russes ne toucheront pas à l'église.

D'une certaine façon, Karla se rendit compte que c'en était fini de la seule vie qu'elle ait jamais connue. Ces deux étrangers étaient ses parents. Elle se serra contre eux, mais ils réagirent à peine, telles des images pétrifiées. Ils ignoraient comment prodiguer ou recevoir de l'affection. Ils avaient élevé leurs enfants parce qu'ils étaient nés. Ils avaient travaillé leur terre aride parce qu'elle était là. Et voilà que leurs deux fils avaient déserté l'université, et qu'avec eux s'envolaient tous leurs espoirs en l'avenir. Il ne leur restait plus que la terre.

Sœur Thérèse accueillit Karla. En fuyant, les gens abandonnaient leurs chiens, leurs chats, et même des agnelets. Tous les jours, Karla sortait pour recueillir les animaux délaissés. Elle les hébergeait au couvent. Mais au fur et à mesure que les jours passaient, et que les Russes se rapprochaient, la mère supérieure lui demandait de les relâcher. Eux-mêmes manquaient de vivres, et c'étaient des créatures de Dieu, le Seigneur prendrait soin d'elles. Karla plaida leur cause car elle avait appris à aimer les petits chats et les chiens. Elle supplia qu'on lui permette de garder les plus petits, mais la mère supérieure fut inflexible. Une autre religieuse les rassembla et les chassa du couvent. Sœur Thérèse trouva Karla en pleurs dans sa chambre. La jeune fille leva les yeux vers elle et s'écria :

— Je n'aimerai plus jamais personne, même pas un animal ! La séparation fait trop mal.

Sœur Thérèse lui caressa les cheveux.

— Aime le Seigneur. Il ne t'abandonnera jamais, on ne te L'enlèvera pas. Il sera avec toi éternellement.

— Il ne me quittera jamais ?

— Jamais. Cette vie n'est qu'un passage que nous devons traverser du mieux possible. Mais ce n'est rien d'autre que la préparation au monde réel – à la vie qui nous attend après la mort –, quand nous irons à Lui.

— Peut-être que je pourrais entrer dans les ordres.

Sœur Thérèse regarda gravement la jeune fille.

— C'est une décision trop importante pour être prise dans la précipitation. Je ne crois pas que tu aies vraiment la vocation. Tu prends cette décision par peur. Mais prie le Seigneur, demande-Lui de te montrer la voie.

Karla passa ainsi de longues journées avec les sœurs ; elle prenait ses repas avec elles, assistait aux messes du matin et du soir, tandis que l'armée polonaise combattait toujours. Après dix-neuf jours d'une incroyable résistance contre les forces allemandes bien supérieures, les défenseurs héroïques de Varsovie, exténués, se rendirent. Jusqu'à la dernière minute, Radio Varsovie continua à s'identifier à l'aide des trois premières notes de la *Polonaise* de Chopin.

Quelques jours plus tard, des officiers russes arrivèrent au couvent et les informèrent qu'elles vivaient à présent en territoire russe occupé. Les écoles furent fermées, et il fut notifié aux citoyens encore présents que la soviétisation immédiate des territoires occupés par la Russie avait commencé. Des rumeurs circulèrent bientôt à propos d'arrestations nocturnes effectuées par des officiers russes. Au début, elles furent mises sur le compte de menées subversives contre le nouveau gouvernement. Le 30 septembre, le président Mosćicki passa la frontière roumaine avec tout son cabinet, et les exilés constituèrent un gouvernement provisoire depuis Paris.

Le général Sikorski, également en exil, organisa quelques coups de main par l'intermédiaire d'officiers supérieurs polonais demeurés dans le pays, et petit à petit naquit la Résistance polonaise. Ce fut une vague puissante qui enfla de plus en plus malgré des représailles cruelles et barbares. On désigna ce mouvement de résistance sous le nom de l'armée intérieure polonaise – ARMIA KRAJOWS, dont les Polonais chuchotaient sous le manteau les initiales : AK.

Les religieuses ne furent pas importunées mais, pour des raisons de sécurité, après avoir entendu raconter des histoires de femmes violées par des soldats éméchés, la mère supérieure permit à Karla de porter l'habit. Chaque week-end, Karla conduisait la vieille camionnette du couvent jusqu'à la ferme de ses parents, auxquels elle apportait les dernières nouvelles. Et puis elle rentrait avec des œufs frais que ses parents tenaient à offrir aux sœurs. Les Soviétiques avaient rouvert les écoles primaires et secondaires. Les religieuses n'avaient plus le droit d'y enseigner, et les universités polonaises de Lwow et de Wilno furent transformées en centres destinés à convertir la population à l'ordre soviétique. Bien que les couvents et les églises n'aient pas été profanés, la religion était désormais vue d'un mauvais œil.

Un week-end juste avant Noël, Karla arriva à la ferme pour voir ses parents conduits de force jusqu'à une voiture par deux officiers russes. Elle portait sa robe de religieuse, et faillit se précipiter vers eux, mais sa mère lui fit un petit signe, et lui dit de loin :

— Bonjour, ma sœur. Les œufs destinés au couvent se trouvent dans la cuisine.

Elle s'avança vers eux, mais elle lut dans les yeux de son père qu'il la pressait de ne rien dire malgré sa peur. Les soldats russes l'ignorèrent, firent entre eux quelques plaisanteries sur la laideur de son habit noir, et emmenèrent ses parents dans la voiture. Elle se sentit impuissante. Que se serait-il passé si elle s'était précipitée vers les soldats pour leur dire que c'étaient ses parents ? Elle aurait sans doute été emmenée avec eux dans un camp de travail.

De retour au couvent, en sortant de la camionnette, elle remarqua un jeune et bel officier russe qui s'était retourné dans la rue pour l'observer. Elle se dépêcha d'entrer et de verrouiller la porte. Cette nuit-là, en se regardant dans le petit miroir de la salle de bains, elle se rendit compte que la coiffe de son habit, tout en cachant sa chevelure, faisait mieux ressortir ses pommettes et ses grands yeux. Elle s'inspecta sous toutes les coutures. Effectivement, elle était belle. Pas jolie à la manière de sœur Thérèse, mais, d'après le regard que lui avait lancé l'officier russe, elle savait qu'un homme pouvait la trouver désirable. Désormais, elle souhaitait ardemment entrer dans les ordres, et dans ses prières quotidiennes elle demandait au Seigneur de l'aider à mieux L'aimer, et à moins aimer sœur Thérèse. En fait, à cause des arrestations de plus en plus fréquentes, elle avait trop à faire pour continuer à rêver de sœur Thérèse. La moitié de la chapelle avait été transformée en dortoir pour accueillir les enfants trouvés errant seuls dans les rues, des enfants dont les parents avaient été arrêtés pendant la nuit. Et la bibliothèque, qui avait servi de bureau à la mère supérieure, tenait lieu de crèche pour cinq nourrissons. Les mères qui s'attendaient à être arrêtées cachaient leurs bébés dans les armoires et priaient pour que leurs pleurs n'attirent pas l'attention. Quelquefois, elles les dissimulaient dans leur jardin, bien emmaillotés, avec l'espoir qu'un voisin plus chanceux pourrait en prendre soin. Et les voisins, invariablement, les conduisaient au couvent, où leur nombre augmentait tous les jours. Au début on avait arrêté des personnes sous le prétexte d'activités politiques ; désormais, il suffisait d'être polonais pour être envoyé dans les camps de travail.

Comme les rumeurs de viol s'amplifiaient, les femmes se mirent à porter d'épaisses lunettes pour paraître moins attirantes aux yeux des soldats russes. Certaines transportaient en permanence un mouchoir et un petit couteau de poche. Si un militaire s'approchait, elles s'entaillaient le doigt et laissaient couler un peu de sang sur leur mouchoir. Dans le cas où le soldat essayait de les attraper, elles faisaient mine de tousser dans leur mouchoir et, montrant le sang fraîchement coulé, prononçaient le mot « tuberculose ». C'était une ruse efficace qui modérait rapidement l'ardeur des soldats.

Sœur Thérèse et Karla s'étaient procuré des lunettes épaisses apportées par les enfants. Ceux-ci arrivaient avec leurs pauvres trésors : une boucle de cheveux de leur mère, les lunettes de leur père, la bible familiale.

L'hiver 1939 fut précoce. Dès le mois d'octobre, la neige s'amoncelait sur le sol et, à la tombée de la nuit, on pouvait entendre les soldats entonner des chansons de leur lointain pays. Mais quand ils avaient bu, leurs chants devenaient plus tapageurs, et ils venaient souvent traîner près du couvent. De nombreuses religieuses avaient très peur d'eux, mais sœur Thérèse leur disait alors : « Ils sont eux aussi des enfants de Dieu. C'est une guerre entre les États, pas entre *peuples*. Rappelez-vous qu'ils se trouvent ici en pays étranger, loin de ceux qu'ils aiment. Les conquérants sont parfois les plus solitaires. »

Quelques semaines plus tard, Karla se trouvait dans le dortoir des enfants, auxquels elle faisait réciter leurs prières. Elle allait éteindre la lumière lorsqu'un vacarme retentit au rez-de-chaussée, à la porte du couvent. Les enfants se mirent à pleurer en entendant les voix des Russes et les bruits de bottes. Elle enfila rapidement ses grosses lunettes et ordonna aux enfants de rester tranquilles. Puis elle se faufila hors du dortoir et descendit l'escalier sur la pointe des pieds. Ce qu'elle vit dans le parloir la glaça d'horreur. Elle se sentit envahie par une nausée soudaine et posa la main sur sa bouche pour étouffer le cri qui lui montait à la gorge. Elle voulut se sauver en courant, mais elle était comme paralysée, collée au mur dans la pénombre. Elle essayait de fermer les yeux, mais la vision d'horreur la fascinait.

La mère supérieure était nue. Elle qui avait toujours paru si altière lorsqu'elle s'avançait dans la chapelle enveloppée de son épais habit noir, une croix d'argent pendant sur sa poitrine, n'était plus qu'une vieille femme décharnée aux seins plats et tombants, aux jambes striées de veines bleuâtres, débarrassée de son habit. Une créature tremblante, objet de ridicule pour les hommes ivres qui se moquaient d'elle chaque fois qu'ils la regardaient. Elle s'était blottie dans un coin et marmonnait des prières, tandis que les soldats russes violaient méthodiquement en grognant toutes les autres religieuses étendues nues sur le sol et qui tentaient désespérément de se libérer du poids de leurs impitoyables agresseurs.

Karla aperçut sœur Thérèse. Du sang coulait entre ses cuisses tandis qu'un des soldats se dégageait d'elle. Un autre la saisit par le cou et l'embrassa avec violence. Puis il promena sa bouche sur tout le corps de la religieuse, commençant par lui mordre les seins, tout en glissant ses doigts sales entre les cuisses. Pendant qu'il bavait ainsi sur elle, un autre soldat l'approcha par-derrière et, lui écartant les fesses, s'enfonça en elle. Au même moment, le premier soldat ôta son pantalon et la pénétra à son tour. Karla ne parvenait pas y croire, deux hommes déchiraient son amie, l'un par-devant et l'autre par-derrière ! Heureusement, sœur Thérèse perdit soudain connaissance.

Karla demeura accroupie dans le noir pendant une demi-heure. Pendant ce temps, au moins dix soldats s'attaquèrent à la malheureuse sœur Thérèse. Subitement, elle entendit des pas derrière elle. C'était Eva, une fille de treize ans qui l'aidait à s'occuper des petits enfants. Karla tenta de lui faire signe de s'éloigner, mais il était trop tard. La gamine vit les corps nus étendus sur le plancher, et se mit à hurler. Les soldats se tournèrent vers le couloir sombre.

— Sauve-toi, Eva, lui souffla Karla. Cours te mettre au lit.

Mais la fillette resta immobile, comme paralysée, tandis qu'un soldat s'était approché. Celui-ci empoigna Karla et Eva et les poussa dans la pièce. Un des agresseurs leva les yeux vers Karla, et vit ses grosses lunettes. Il haussa les épaules de dégoût, mais lui déchira quand même son habit en tirant sur le plastron blanc empesé. Il considéra sa poitrine plate, ses lunettes, et la repoussa pour s'intéresser à Eva, qui hurlait toujours. Karla se précipita pour protéger la fillette, mais elle fut projetée à travers la pièce et alla s'étaler contre le corps nu de la mère supérieure, qui continuait à murmurer des prières. Karla rajusta son habit et se redressa devant la vieille religieuse, serrant les dents tandis que montaient dans le couvent les cris de la pauvre Eva. Sœur Thérèse avait la chance d'être toujours inconsciente.

L'orgie commença à se calmer au bout d'une demi-heure. Les soldats, satisfaits, rajustèrent leurs pantalons, bouclèrent leurs ceinturons et regardèrent une dernière fois les corps nus étendus sur le sol, tels des noceurs qui, après s'être empli la panse à un banquet, répugnent à abandonner les reliefs de nourriture. Celui qui semblait être le chef de la bande désigna du doigt sœur Thérèse, Eva et trois autres religieuses, et aboya un ordre. Elles furent enroulées dans des couvertures, et les soldats les portèrent ainsi par-dessus l'épaule comme des sacs de pommes de terre pour les transporter au-dehors. Karla se dégagea de l'étreinte glacée de la mère supérieure :

— Où les emmenez-vous ?

Un soldat qui parlait polonais lui répondit :

— À notre campement. Ne t'en fais pas, mocheté. Nous ne voulons que les beautés. Nous te laissons, toi et les autres, pour que vous vous occupiez des gosses.

Elle resta désemparée sur le pas de la porte tandis que les voitures s'éloignaient dans l'air glacé de la nuit. Lorsque les derniers rires se furent éteints dans le lointain, la mère supérieure commença à se déplacer comme une somnambule. Elle chercha à tâtons ses habits sur le sol, tandis que les autres nonnes ramassaient les grains de chapelet éparpillés d'un bout à l'autre de la pièce. Les livres de prières qui leur avaient été arrachés des mains gisaient abandonnés par terre. Karla aperçut le chapelet et la bible de sœur Thérèse près de l'endroit où elle avait été violée. Elle tomba à genoux et toucha le sang répandu. Elle y trempa le doigt, qu'elle porta à ses lèvres. Puis elle pressa le livre contre sa joue. Ensuite, elle se porta au secours des autres religieuses violentées. Elle leur fit couler des bains, posa de la glace sur leurs lèvres gonflées, et pria avec elles et pour elles. À l'aube, un semblant d'ordre avait été rétabli dans le couvent. Enveloppée dans un nouvel habit, la mère supérieure paraissait avoir retrouvé un peu de son ancienne autorité.

Les soldats revinrent une semaine plus tard. Ils furent encore plus féroces que la fois précédente et, ce soir-là, Karla ne put leur échapper. Ils lui arrachèrent ses lunettes et ses vêtements. Elle fut jetée sur le sol, et sa tête heurta une chaise. Elle pria pour perdre conscience, mais elle était lucide lorsqu'elle sentit ses jambes écartelées par quelque chose qui lui fit aussi mal, lui semblait-il, qu'un couteau effilé. Le soldat s'enfonça en elle. Sauvagement, ils lui passèrent dessus l'un après l'autre – cinq, six, sept, huit… Son sang se mêlait à leur sperme… tandis qu'ils lui écrasaient les lèvres et lui mordaient les seins.

Elle vit le plus fort des soldats s'approcher d'elle. Il lui fit l'effet d'un géant. Il tomba sur elle et elle sentit son haleine fétide pendant qu'il l'embrassait voracement. Alors, elle souhaita mourir, puis elle entendit la porte s'ouvrir, d'autres voix. Oh, mon Dieu, d'autres soldats. Mais elle sentit soudain qu'on arrachait l'homme étendu sur elle tandis que les soldats se relevaient précipitamment. Et puis un officier vint l'aider à se redresser, avec douceur. C'était le jeune capitaine russe qu'elle avait vu dans la rue. Blond aux yeux bruns, des yeux qui lui semblaient tristes lorsqu'il lui tendit son habit déchiré pour qu'elle se couvre. Puis il lança des ordres aux soldats et un autre officier les fit sortir. Il s'adressa à Karla en polonais :

— Je suis désolé pour les actes commis par ces hommes. Ils seront punis. Nous sommes des soldats, pas des animaux. Je reviendrai demain pour voir comment nous pouvons réparer le tort qui vous a été causé.

Quand ils furent partis, Karla et les autres sœurs se relevèrent lentement. Elles marchèrent à pas comptés, silencieusement et le désespoir au cœur. Certaines religieuses se rassemblèrent dans une petite chapelle érigée dans une des pièces, et se mirent à prier. Karla se réfugia dans son lit, où elle demeura immobile. Elle songea à se donner la mort, mais elle craignait de passer le reste de l'éternité au purgatoire. Elle repensa à sœur Thérèse. Et pour la première fois, dans sa peur et sa solitude, elle se surprit à penser à sa mère. Et écoutant, dans l'obscurité de la nuit, les sanglots étouffés monter des autres petites alcôves, elle se rendit compte que les sœurs appelaient Jésus à leur secours, mais que pour sa part elle se retrouvait seule au monde.

Le lendemain matin, le jeune capitaine revint, s'excusa à nouveau et promit que le couvent serait totalement protégé. Il s'appelait Gregory Sokoyen. Son père était le général Alexis Sokoyen et lui-même venait d'épouser une ravissante jeune fille dont le père occupait un poste important au gouvernement. Son épouse lui manquait beaucoup, et il se mit à rendre visite à Karla plusieurs soirs par semaine. Il s'asseyait au parloir pendant qu'elle faisait de la couture, et il évoquait son enfance et la progéniture qu'il espérait avoir avec sa jeune femme.

Elle l'écoutait poliment. Il était séduisant, et c'était par surcroît le premier jeune homme qu'elle eût jamais connu. Il ne lui fit aucune avance, et apportait toujours des provisions pour les religieuses et des friandises pour les enfants.

Ce fut à la fin du mois de novembre que Karla s'aperçut que son ventre s'arrondissait. Ses règles n'avaient jamais été très régulières mais, cette fois-ci, elle avait vraiment du retard. Malgré son angoisse, elle continua à travailler avec méthode. Lorsque les enfants allaient jouer dehors et qu'elle remarquait que les soldats regardaient avec intérêt telle fillette de dix ou onze ans, elle lui coupait aussitôt les cheveux et l'habillait en garçon. Et tous les soirs, dans le secret de sa chambre à coucher, elle effectuait les exercices de danse les plus énergiques en espérant ainsi déloger le bébé qui se formait en elle. Au bout d'un certain temps, elle se rendit compte que c'était sans espoir. Sa poitrine s'affermissait, et elle avait le ventre tendu.

Un matin, le jeune capitaine arriva sans prévenir, avec de nouvelles provisions. Il avait apporté des couvertures chaudes et plusieurs kilos de céréales. Elle l'aida à les décharger, mais eut soudain un accès de nausée. Elle courut vers l'évier de la cuisine, et il lui tint la tête pendant qu'elle vomissait.

— Vous êtes malade, vous devriez vous coucher, lui dit-il.

Elle esquissa un sourire en s'asseyant.

— Ça va très bien. C'est déjà passé.

— Quelle est la cause de votre nausée ?

— Les soldats russes, lui répondit-elle d'une voix éteinte.

Il baissa les yeux vers son ventre dissimulé sous les nombreux plis de l'habit.

— Un bébé ? Vous voulez le garder ? ajouta-t-il après avoir réfléchi un instant.

— Le garder ? Comment pourrais-je vouloir le garder en sachant pertinemment qu'il vient d'une de ces brutes ?

— Mais il est aussi à vous. C'est votre corps qui le forme, votre sang. Ce sera peut-être une petite fille qui vous ressemblera.

Elle se tordit les mains.

— Et que pourrais-je faire d'elle ? Comment pourrais-je l'élever ? Et puis comment être sûre que ce ne sera pas un garçon qui ressemblera à Rudolph, Léopold, Nicolas, Igor ou Sverski, ou…

— Vous connaissez tous leurs noms ?

— Quand vous êtes étendue à terre, et qu'ils s'appellent entre eux, impossible d'oublier. Vous vous rappelez leur mauvaise haleine, les poils sur leurs nez, leurs dents cariées et leurs noms. Oh, mon Dieu – s'il y a un Dieu –, comment pourrais-je me débarrasser de cette chose qui grossit en moi ?

Il eut un léger sourire.

— Je crois connaître un moyen. Je l'ai vu faire un soir, il y a une semaine. Des soldats fouillaient des maisons à la recherche de prisonniers évadés des camps de travail. Soudain, j'ai entendu un cri, je me suis rué dans l'escalier. L'un des soldats avait violé une femme. Il faut les comprendre, certains de ces hommes sont des paysans et ils se sentent seuls. Certains n'avaient jamais quitté leur ferme auparavant, sans compter qu'ils n'ont jamais bu autant d'alcool. Et les voilà qui tout à coup boivent de la vodka polonaise à volonté, de belles femmes croisent leur chemin. Et ils se mettent à les violer. Cet homme a violé une femme qui était enceinte. Elle a supplié l'homme de la laisser tranquille, elle lui a annoncé qu'elle était enceinte de trois mois et qu'elle risquait de perdre son enfant. Je l'ai entendue le supplier, mais je suis arrivé trop tard et elle a perdu le bébé ou ce qui était le commencement d'un bébé. J'ai abattu le coupable.

Il se leva.

— Réfléchissez-y. Je reviendrai ce soir à onze heures. Vous me direz ce que vous aurez décidé.

Quand il revint, le couvent était plongé dans le noir, mais Karla l'attendait à la porte. Elle le conduisit tranquillement jusqu'à sa chambre. Sans honte, et parce que c'était nécessaire, elle ôta sa robe. Il se déshabilla rapidement. Elle vit son jeune corps dans la pénombre.

— Sœur Karla, êtes-vous bien décidée ? C'est peut-être un petit garçon qui aura vos yeux gris.

— Allons-y, dit-elle simplement.

Il s'étendit à côté d'elle et lui caressa le corps. Elle était toute crispée. Lorsqu'il posa les lèvres sur sa poitrine, elle le repoussa.

— S'il vous plaît, faites ce que vous avez à faire, et finissons-en.

— Non. Je veux d'abord vous faire l'amour.

Et malgré elle, il commença à la caresser doucement, à lui baiser les lèvres, le cou, les seins, et elle ne tarda pas à se décontracter un peu. Et lorsqu'il s'allongea sur elle pour la prendre avec ardeur, elle sentit tout à coup une étrange sensation l'envahir. Elle se serra contre lui et, lorsque l'incroyable explosion se répandit en elle, elle cria de plaisir, certaine d'avoir perdu le bébé. Lorsque l'officier se retira d'elle, elle sauta hors du lit, et alla se blottir dans un coin de la chambre, les mains sur les yeux.

— Ne me dites pas ce que c'était. Faites-le disparaître, emmenez-le sans que je le voie, l'implora-t-elle.

— Il n'y a rien à voir.

— Parce que, s'il a une apparence humaine, j'aurai l'impression d'avoir commis un meurtre.

— Venez, ma sœur. Il est évident que Dieu veut que vous gardiez cet enfant, parce qu'il n'y a rien. Le bébé est encore en vous.

— Mais j'ai senti, j'ai senti mes entrailles se retourner.

Il lui sourit.

— Vous avez eu un orgasme, ma douce Karla.

Plus tard, couché à côté d'elle, il lui dit :

— Vous devez penser à votre avenir, à présent. Le vôtre et celui de votre enfant.

— Je ne dois pas être la seule dans ce cas. Que font les autres ?

— Les mères sont envoyées en Russie, dans les camps de travail. Les médecins les accouchent, et les bébés sont envoyés à l'orphelinat. Ils seront élevés aux frais de l'État. La Sibérie manque de jeunes colons… Les orphelins y seront expédiés par la suite, quand ils en auront l'âge.

— Et que deviendront les enfants du couvent ?

Il poussa un soupir.

— Tant que je reste ici, ils sont en sécurité. Mais je peux être muté ailleurs d'un jour à l'autre. Et combien de temps durera la paix avec l'Allemagne ? Des bruits courent déjà…

— Alors je dois essayer de rejoindre l'AK.

Il lui posa un doigt sur la bouche.

— Je ne veux rien savoir. Mais je vous trouverai de l'argent. Ce que vous avez l'intention de faire, il ne faut pas me le dire.

— Je dois d'abord faire quitter le pays à ces enfants.

— S'il vous plaît, Karla, ne dites rien.

Par la suite, il arriva tous les jours avec un peu d'argent. Elle ne lui demanda jamais d'où il le tenait, et il ne lui demanda jamais ce qu'elle en faisait. S'il avait remarqué que le nombre des enfants diminuait chaque fois qu'il venait au couvent, il n'en laissa rien paraître.

Un soir, il la trouva seule. Elle avait posé des bougies sur la table et fait elle-même la cuisine. Elle s'était débarrassée de son habit de religieuse et avait passé une robe. Stupéfait, il la vit lui tendre un verre de vin.

— Avez-vous le droit de ne pas porter l'habit ?

— Je ne suis pas une vraie religieuse, lui avoua-t-elle. Asseyez-vous, Gregory. J'ai un tas de choses à vous dire.

Tout le long du dîner, elle lui raconta les événements qui l'avaient conduite jusqu'au couvent. En l'évoquant, elle trouvait que son histoire était bien peu fertile en aventures et qu'il ne lui était pas arrivé grand-chose. Pourtant, elle était seule dans un couvent en compagnie d'un jeune officier russe, et elle attendait un bébé.

— Que ferez-vous du bébé ? lui demanda-t-il.

Elle haussa les épaules.

— L'AK s'en chargera. Je vais essayer d'aller en Suède. J'espère accoucher là-bas et le confier à une famille.

— Et ensuite ?

— Ensuite, je me rendrai à Londres. Sœur Thérèse avait un oncle là-bas. L'oncle Otto. J'ai son adresse.

— Et le bébé ?

— Il sera adopté. J'enverrai si je peux de l'argent pour assurer les frais de son éducation.

— Mais pourquoi tout ce tracas pour un bâtard dont vous ne voulez pas ? Si vous le mettiez au monde ici, il pourrait toujours être placé dans un orphelinat.

Les yeux de Karla lancèrent des éclairs.

— Parce qu'il sera tout de même à moitié à moi. Et ce monde est si cruel. Je dois lui donner une chance malgré tout. Mais il ne devra jamais savoir que je suis sa mère. Je me contenterai d'envoyer de l'argent pour son éducation.

— Et vous irez le rechercher ensuite ?

Elle fit non de la tête.

— Je veux être danseuse. Cela demande beaucoup de travail. Je donnerai de l'argent à mon enfant, mais pas d'amour. De cette manière, ce qu'il n'a jamais eu ne lui manquera pas.

Elle posa la main sur son ventre.

— Il n'est pas bon de grandir en sachant qu'on n'a pas été désiré. Il vaut mieux croire que ses parents sont morts.

Cette nuit-là, il la serra très fort contre lui. Et elle le regarda intensément, comme pour imprimer son image dans un coin de son âme.

— Je ne vous oublierai jamais, Karla, lui dit-il quand ils firent l'amour.

Elle se cramponna à lui parce que, tout en sachant qu'elle ne pourrait jamais aimer véritablement un homme, elle lui était reconnaissante de tout ce qu'il avait fait pour elle… et parce que son corps était si jeune et fort.

Karla ferma les yeux tandis que l'avion entamait sa descente sur Heathrow Airport, l'aéroport de Londres. Elle avait envoyé un télégramme à Jeremy. Mais serait-il là ? Il vieillissait. Chaque fois qu'elle le revoyait, il semblait s'être ratatiné davantage. Que ferait-elle le jour où Jeremy ne serait plus là ?

L'appareil se posa... Il y avait des photographes sur le terrain d'aviation. Karla couvrit son visage et suivit l'officier de la compagnie aérienne qui la conduisit jusqu'à la limousine. Jeremy Haskins l'attendait à l'intérieur de la voiture. Elle s'assit à côté de lui et lui prit la main.

— C'est gentil d'être venu à ma rencontre.

Le vieil homme esquissa un sourire.

— J'aurai quatre-vingts ans le mois prochain, Karla. Aussi longtemps qu'il me restera un souffle de vie, je considérerai comme un honneur de venir t'attendre devant tout avion, bateau ou train que tu choisiras de prendre pour venir me voir.

Elle ferma les yeux.

— Nous avons fait une longue route ensemble, Jeremy.

— Je l'ai su dès que je t'ai vue pour la première fois, reconnut-il.

Ils s'étaient connus dans un abri antiaérien. Elle était terrifiée. Arrivée le jour même à Londres, elle avait été accueillie par le sourire de l'oncle Otto, lequel l'avait emmenée chez lui. Elle disposait d'une jolie chambre. Tante Bosha était chaleureuse et gaie, et toute la matinée Karla avait parlé de la Pologne et narré les circonstances de sa fuite. Elle avait essayé de ne pas trop s'appesantir sur ce sujet, mais ils étaient avides d'informations. Elle avait passé sous silence les détails violents – le viol, les soldats russes, sa propre grossesse – et s'était contentée de parler avec flamme de l'AK. L'oncle Otto n'avait pas reçu de nouvelles de sœur Thérèse, ni du reste de sa famille, et sans le dire expressément Karla lui avait laissé entendre que sa nièce et les autres religieuses étaient en sûreté avec les petits orphelins.

Elle était sortie prendre l'air à la tombée de la nuit. L'oncle Otto l'avait prévenue de ne pas trop s'éloigner, car les raids aériens pouvaient commencer d'une minute à l'autre. Londres était la cible principale des bombardements allemands, et les Anglais avaient pris l'habitude de passer la nuit dans les abris antiaériens. Les nazis avaient renoncé aux raids de jour depuis le mois d'octobre après que la colossale contre-attaque de la RAF eut causé des pertes importantes dans la force de frappe de la Luftwaffe. Mais ils poursuivaient leurs attaques nocturnes contre Londres, semant panique et destruction sur leur passage, malgré des résultats insignifiants sur le plan stratégique.

Elle s'était éloignée d'une dizaine de pâtés de maisons lorsque mugit la première sirène. Elle demeura figée là où elle se trouvait, tandis que les habitants affluaient vers les bouches de métro les plus proches. Elle fit mine de retourner vers son point de départ, mais comprit rapidement qu'elle n'aurait jamais le temps. Par ailleurs, l'oncle Otto et la tante Bosha avaient dû eux-mêmes rejoindre un abri. Elle suivit donc le flot des Londoniens. Une fois en sécurité, elle s'assit dans un coin en se bouchant les oreilles pour ne plus entendre le fracas des bombes au-dessus d'elle.

— Alors, fillette, on dirait que c'est ton premier bombardement ?

Elle regarda l'homme qui lui souriait, se surprit à lui rendre son sourire et répondit :

— Ça l'est, si on veut.

— D'où viens-tu ?

— De Wilno en Pologne. Mon anglais est si mauvais ?

— Effroyable. Mais comme je ne parle pas un mot de polonais, tu as un point d'avance sur moi. Comment t'appelles-tu ? Mon nom est Jeremy Haskins.

Il la força à parler pendant que tombaient les bombes, et elle évoqua l'oncle Otto et la tante Bosha, et son intention d'auditionner pour la compagnie de ballet Sadlers Wells. Bien sûr, ça ne se ferait pas tout de suite, car il y avait si longtemps qu'elle ne s'était pas exercée. Elle comptait d'abord chercher du travail dans une usine ou ailleurs, et s'entraîner tous les jours chez elle pour retrouver la forme.

— Je ne te vois pas bien dans le noir, lui dit-il. Es-tu belle ?

— Je suis bonne danseuse, se contenta-t-elle de répondre.

Lorsque sonna la fin de l'alerte, ils sortirent de l'abri. Il la raccompagna et lui raconta sa vie. Il était publicitaire pour les films J. Arthur Rank. Sa femme était infirme et sa fille avait été tuée au cours d'un bombardement aérien. Ils atteignirent la maison de l'oncle Otto mais, pendant un instant, elle crut s'être trompée de rue. De la rangée d'habitations ne restait plus qu'un amas de ruines fumantes. Les camions de pompiers arrosaient encore les restes calcinés des immeubles. On entendait les gémissements des gens qu'on emportait en ambulance, les vagissements des bébés et les sanglots contenus des femmes qui fouillaient les décombres à la recherche d'objets précieux.

Soudain, elle aperçut l'oncle Otto, en pleurs, qui tenait la tante Bosha par la main. Elle courut vers eux.

— Notre argent, presque toute notre fortune, était là. Tout a brûlé. Il n'y a plus rien. Les perles de Bosha, tout a disparu.

Il jeta un rapide coup d'œil vers Jeremy.

— Nous possédions de si belles choses de notre vieux pays, des choses que j'espérais vendre pour aider ma famille en Pologne lorsque tout ceci serait terminé. Des tapisseries, des dentelles fines, des tableaux… Tout a disparu, y compris un Goya ! Aucune somme d'argent ne peut compenser cela. Et pourquoi ? Nous n'étions pas une cible militaire, c'est du pur vandalisme, de la destruction pour le plaisir, ajouta-t-il en levant les yeux au ciel.

Il parut soudain se rappeler l'existence de Karla.

— Tes vêtements… Tout a brûlé. J'irai retirer de l'argent à la banque demain. Ce soir, nous sommes hébergés chez un voisin, près d'ici. Je crains qu'ils n'aient pas de chambre pour toi, mais je leur demanderai si quelqu'un d'autre peut se charger de toi.

— Elle peut venir chez nous dans la chambre de notre fille, se pressa de dire Jeremy Haskins.

L'oncle Otto fronça les sourcils. Il dévisagea Jeremy Haskins comme s'il ne l'avait pas encore remarqué. Puis il se tourna vers les ruines calcinées de sa maison et poussa un profond soupir. Il se sentait trop vieux, trop fatigué et découragé pour endosser la responsabilité supplémentaire d'une jeune Polonaise inconnue. Il exprima son accord avec un certain soulagement, et Karla se mit à suivre docilement Jeremy Haskins dans le métro. Ils montèrent dans un wagon grouillant de monde et ne se dirent pas un mot pendant une bonne partie du trajet. Puis, sentant son regard sur elle, elle rougit et baissa les yeux.

Il lui prit les mains.

— Elles auraient besoin d'une manucure. Mais sais-tu que tu es vraiment très belle ?

Elle contempla ses mains. Cet homme si gentil, qui l'avait réconfortée pendant le bombardement, et qui avait convaincu l'oncle Otto de sa sincérité… qui était-il réellement, et où allaient-ils ? Sa prétendue fille morte était sans doute une invention de toutes pièces, tout comme sa femme prétendument malade. Il allait certainement l'emmener dans une petite chambre sale et… Son regard tomba sur ses chaussures maculées de boue. Quelle importance ? Où aurait-elle pu aller ? Et après les Russes, que pouvait lui faire de pire ce pauvre petit Anglais ? La forcer à écarter les jambes… quelle importance ?

Il reprit la parole.

— Écoute, jeune fille, il y a un rôle dans un film que produit un de mes amis. Ce n'est pas un grand rôle, mais il te conviendrait. Il s'agit de jouer une espionne nazie et je me disais… je crois que ton accent serait parfait. Sais-tu jouer la comédie ?

— Je ne sais pas… Je parle mal anglais.

— Bien sûr. Mais ce serait parfait pour ce rôle. Nous irons voir mon ami demain. Et tu sais, ma fille, ce n'est pas le Sadlers Wells, mais ça sera sûrement mieux que l'usine.

Il habitait une jolie maison, et elle fit la connaissance de son épouse infirme, une jolie dame qui semblait fragile comme de la soie, prénommée Helen. Elle regardait son mari préparer le thé avec des yeux où l'on pouvait lire à la fois la gratitude et l'approche de la mort. Elle fut ravie que Karla vienne vivre chez eux. Sa fierté se mêla de tristesse lorsqu'elle la conduisit à la chambre de sa fille. Karla n'avait jamais dormi dans une aussi jolie pièce, elle se sentit en sécurité et elle sut que, une fois encore, elle avait trouvé quelqu'un qui penserait pour elle.

Elle obtint le rôle et sa vie s'accéléra tout à coup, comme un film muet passé à une trop grande vitesse. Tests de maquillage, essayages de costumes, soirées entières à améliorer son accent trop fort, et une dernière discussion… au sujet de son nom. Elle insista pour conserver son nom, Karla, tout simplement. Karla. Arnold Malcolm, le producteur, finit par accepter. Lui aussi avait pressenti que cette Polonaise entêtée crèverait l'écran. Et tout se déroula comme il l'avait prévu. Les journaux s'enthousiasmèrent pour cette nouvelle artiste étrangère. Elle provoqua une petite sensation lorsque sortit le film, et la seule chose qui l'attrista fut la mort de Helen, une semaine avant la fin du tournage. Une fois de plus, Karla se rendit compte du danger de s'attacher à quelqu'un. Elle s'était prise d'affection pour cette femme délicate qui souffrait en silence, et qui l'avait aidée à améliorer son anglais, et encouragée jour après jour. Ils l'enterrèrent en silence et sans larmes. Le jour même des funérailles, elle reprit le métro pour aller travailler au studio. Karla s'assit stoïquement et, en sortant de la rame, annonça :

— Je déteste faire des films, je déteste la langue anglaise que je n'arriverai jamais à apprendre. J'ai horreur d'attendre, j'ai horreur des projecteurs, mais par-dessus tout j'ai horreur de prendre le métro.

Jeremy avait réussi à sourire.

— Un jour, tu maîtriseras l'anglais, et tu rouleras en limousine.

Jeremy avait vendu sa maison et avait acheté un appartement pour lui et Karla dans Kensington. Il abandonna son poste chez J. Arthur Rank pour devenir l'imprésario de Karla. Les journaux prétendaient tous qu'il était son amant, mais en réalité ils n'avaient couché ensemble qu'une seule fois. Elle l'avait fait par gratitude, et il s'en était aperçu.

— J'étais stupide d'espérer ton amour. Je suis trop vieux pour toi, avait-il soupiré.

— Non, lui avait-elle répondu en le regardant dans les yeux. Ce n'est pas ta faute. Vois-tu, je suis lesbienne.

Elle avait lâché cela sur un ton si prosaïque qu'il avait pris cet aveu comme un fragment supplémentaire d'information sur sa vie. Puis, alors qu'ils étaient allongés tous deux côte à côte, se tenant la main comme deux vieux amis, elle lui avait raconté toute sa vie. Elle lui avait parlé des hommes qui l'avaient violée, de Gregory, et du bébé, qui vivait chez un couple suédois. Elle leur envoyait maintenant de l'argent tous les mois. Et lorsqu'il lui avait demandé pourquoi le bébé ne devait jamais découvrir qu'elle était sa mère, elle lui avait répondu :

— On ne peut pas perdre ce qu'on n'a jamais eu. C'était encore un si petit bébé quand je l'ai quitté – il ne m'a pas connue, je ne l'ai pas connu. De cette façon, nous ne nous infligerons aucune douleur ou déception l'un l'autre. Pourquoi mon enfant devrait-il se demander quel salaud était son père, ou se sentir abandonné à cause de mon absence ?

Lorsqu'il avait essayé de la sonder au sujet de Gregory – et de la forcer à admettre qu'elle l'avait vraiment aimé – elle avait haussé les épaules.

— Peut-être que j'ai ressenti quelque chose pour lui. Je ne le saurai jamais. J'étais à un tel point remplie de haine pour ce que les Russes avaient fait à sœur Thérèse et aux autres que je ne me suis jamais réellement posé de questions à son sujet.

Et puis elle lui avait raconté une autre histoire d'amour, brève mais tendre, qu'elle avait connue avec une résistante de l'AK, une femme belle, gentille et attentionnée qui l'avait aidée dans sa fuite et lui avait permis d'accoucher en Suède. Non, ce qu'elle aimait, c'était la tendresse féminine. Elle ne pourrait jamais aimer vraiment un homme.

Ils devinrent donc bons amis. Ils s'attelèrent ensemble à perfectionner son anglais et à apprendre les rôles qu'elle devait jouer. Pour son quatrième film, elle eut droit à un cachet de star. Tous les jours, elle s'asseyait avec Jeremy dans la salle de projection du studio pour visionner les rushs quotidiens. Elle ne parvenait pas à croire que, cette femme séduisante qu'elle voyait sur l'écran, c'était elle.

Ce fut Jeremy qui se prononça contre les interviews.

— Nous n'en autoriserons aucune. Ton anglais n'est pas assez bon, tu pourrais ne pas comprendre certaines questions et ils déformeraient tes propos, et…

— Et je suis bête et insipide.

— Non, ce n'est pas vrai. Tu es encore très jeune. Sur l'écran, tu parais être une femme du monde, une femme mystérieuse. Mais pour qui te connaît bien, tu n'es qu'une enfant.

— Non, Jeremy. Je suis sotte. Je le sais. Tu n'as pas à faire semblant. J'entends les autres actrices parler de Shakespeare ou même citer des passages de ses pièces. Elles parlent entre elles de livres écrits par Maugham, Colette, et même par des écrivains américains comme Hemingway. Elles me posent des questions sur les auteurs polonais. Je n'en connais aucun, mais *elles* si. Elles parlent d'art et, moi, je n'y connais rien.

— Tu manques peut-être d'instruction, mais tu n'es pas bête. Le seul fait de comprendre qu'il existe des choses que tu ne connais pas prouve ton intelligence. Si tu veux, je t'aiderai à avoir de l'instruction.

— Est-ce que l'instruction pourrait me faire gagner plus d'argent ?

— Non… Mais cela…
— Alors c'est inutile, lui dit-elle.

Karla avait peur de se rendre en Californie, mais Jeremy avait signé un contrat avec la Century. Et puis, le jour même où elle devait partir pour Hollywood, le couple suédois lui avait télégraphié pour l'informer qu'il ne souhaitait plus continuer à se charger de son enfant. Malgré ses protestations, Jeremy l'avait envoyée toute seule en Californie. Il était inquiet à l'idée de se séparer d'elle, mais il avait besoin de plusieurs semaines pour faire rapatrier l'enfant à Londres. Lorsqu'il avait rejoint Karla, il avait découvert que ses craintes étaient fondées, car elle habitait dans un immense manoir à peine meublé que le studio lui avait trouvé et vivait une exaltante histoire d'amour avec Heidi Lanz.

— Karla, tu ne peux pas te permettre ce genre d'histoire, lui avait-il dit. Cette publicité pourrait ruiner ta carrière. Heidi est une grande vedette, elle a un mari et trois enfants. Le public ne penserait jamais ça d'elle.

— Parle-moi de mon enfant.

— Tout va bien. J'ai trouvé un couple parfait – John et Mary. Ils croient que l'enfant est une vague relation familiale et que ton intérêt pour lui est le fait de notre amitié. Il est un peu lent – les médecins disent que c'est parce qu'il n'a pas eu assez d'oxygène à la naissance –, mais je crois que c'est surtout la faute du couple suédois. Ils ne lui parlaient presque pas. John et Mary sont merveilleux, tout ira bien. Bien entendu, ils croient que nous sommes amants.

— Attends de rencontrer Heidi.

— Karla, il faut que tu sois plus discrète.

— Après ce film en Amérique, je deviendrai une star. Une star internationale. Ils me comparent déjà à Garbo et à Dietrich et ils prétendent que je leur rappelle le charme du passé. Regarde ces photos de moi dans *Photoplay*, *Modern Screen*, *Movie Mirror*, de merveilleux articles sur la grande Karla. Alors ne t'en fais pas – ma publicité est excellente. Je t'ai obéi à la lettre. Aucune interview, le plateau est interdit à la presse, je déjeune seule dans ma loge. Personne ne peut me rencontrer à part Heidi.

Il soupira.

— Karla, j'ai déjà vu à Londres des photos de vous deux, en pantalon, tentant d'échapper aux photographes.

— Ici, tout le monde porte des pantalons, et nombreux sont ceux qui cherchent à fuir les photographes.

— Est-ce que tu n'oublies pas d'économiser pour ton enfant ? Tu m'as bien dit que tu voulais pour lui les meilleures écoles, tout ce qui t'a manqué…

— Si j'économise ?

Elle renversa la tête en arrière, et son rire de gorge monta dans la pièce.

— Cela fait presque sept semaines que je suis ici et je n'ai signé qu'un seul chèque. Heidi paie pour tout !

La romance entre Karla et la star viennoise ne dura pas longtemps. Mais Jeremy vit avec étonnement les plus célèbres lesbiennes de la cité du cinéma rechercher la compagnie de Karla. Il s'était demandé s'il ne passait pas entre elles une sorte de signal – tel un panneau lumineux posté sur leur front et visible d'elles seules. Mais Karla refusa de les fréquenter.

Byron Masters était son partenaire dans son troisième film. Il était beau et élégant, et ne se faisait jamais doubler dans les scènes dangereuses. Marié trois fois, il était bisexuel. Et Karla fut stupéfaite de sa ressemblance avec Gregory. Elle prétendit soudain être timide. Et lorsqu'elle apprit qu'il vivait avec une autre vedette masculine, elle se sentit prête à relever le défi. Elle eut tout à coup envie de tenir dans ses bras le corps jeune et vigoureux d'un homme.

Le tournage commença et, au bout d'une semaine, Byron quitta son giton et tomba éperdument amoureux d'elle, au point qu'elle devint la star du film, et leur histoire fut racontée dans tous les magazines de cinéma.

Pendant quelques mois, elle profita de son aventure amoureuse avec Byron. Elle l'invitait à dîner dans sa demeure très sobrement meublée. Ils cuisinaient des steaks qu'ils mangeaient dans la cuisine. Jeremy avait discrètement emménagé dans un petit appartement meublé et s'intéressait de son côté à une riche divorcée qui travaillait dans la promotion immobilière.

Mais Byron adorait le faste de Hollywood – les grandes réceptions, les premières sous les projecteurs, auxquelles Karla refusait d'assister. Chez elle, il s'amusait de la voir manger son steak avec les doigts – ils se comportaient comme deux gosses en pique-nique. Mais elle était consciente de ne pas savoir se tenir à table (Jeremy avait renoncé à la reprendre lorsqu'elle ingurgitait bruyamment sa soupe ou son thé), et elle avait peur des foules et des banalités venimeuses, de rigueur dans les grandes réceptions. Elle craignait notamment que l'on ne se moque de son accent. C'est ainsi que son aventure avec Byron s'acheva progressivement et qu'il tomba amoureux de sa nouvelle partenaire.

Karla prit cette rupture avec philosophie. Elle trouvait toujours une starlette qui se faisait une fête à l'idée de coucher avec la grande Karla. Sur le plateau, Karla ne prenait même pas la peine de la saluer, ce qui garantissait que, dans le cas où la fille se mettrait en tête de raconter sa « romance » avec elle, personne n'ajouterait foi à cette prétention. Et puis, de temps à autre, elle rencontrait un garçon qui ressemblait à Gregory, et elle lui permettait de venir chez elle lui faire l'amour et de manger des steaks dans la cuisine. La presse se jetait toujours avec avidité sur ces aventures. Les revues spécialisées se seraient damnées pour obtenir de nouvelles histoires sur Karla, mais la liaison était en général déjà terminée avant que ne paraisse l'article.

Et puis, en 1952, Karla tourna avec Christopher Kelly. D'origine franco-hollandaise, il avait les cheveux blonds et les yeux bruns qui plaisaient tant à Karla. La popularité du jeune homme était également à son apogée. Il se retrouva dans la cuisine devant un steak dès la première semaine de tournage. Et leur relation gagna en intensité au cours des trois mois du tournage.

Elle apprit qu'elle était enceinte pendant la dernière semaine et y réfléchit sans passion et sans émotion. Théoriquement, le plus commode aurait été pour elle de se débarrasser à la fois du bébé et de Christopher, mais elle se rendit compte que, pour la première fois, elle ne pouvait se résoudre à le quitter. Elle fut prise de court car, jusqu'à maintenant, elle ne s'était jamais amourachée d'un homme au point de ne pas vouloir qu'il s'en aille. Curieusement, il était pour elle plus facile de gérer ses liaisons avec les femmes. Elle pouvait établir elle-même les règles du jeu et elle n'avait pas peur d'être blessée. Les femmes l'aimaient. Avec elles, la seule difficulté était de les faire sortir de sa vie en les faisant souffrir le moins possible. Et la plupart des hommes s'étaient pliés à ce schéma, jusqu'à devenir presque efféminés dans leur désir de lui plaire, uniquement pour la garder.

Mais Christopher était différent. Il l'avait obligée à le suivre dans sa somptueuse villa, au milieu de tous ses domestiques. Il lui avait appris à nager. Il avait même essayé de lui apprendre à jouer au tennis, mais elle se contentait de renvoyer la balle n'importe où de l'autre côté du filet.

Le film était maintenant presque terminé. Six semaines plus tard, elle devait commencer à tourner le suivant. Si elle le souhaitait, elle pouvait exiger d'avoir Christopher comme partenaire. La Century avait déjà engagé quelqu'un d'autre – un jeune premier inconnu. Ils voulaient éviter d'avoir à payer le cachet de deux stars et Karla était capable de soutenir le film à elle seule. Mais si elle imposait la participation de Christopher, ils le prendraient.

Christopher se fichait de tout. Il faisait partie de cette nouvelle génération de vedettes qui travaillait sans être liée par contrat à une maison de production unique. Son cachet était de deux cent mille dollars par film, et il travaillait aussi bien pour la Twentieth, la Metro, la Century – ou pour n'importe quelle autre maison qui lui offrait ce cachet et lui proposait un rôle de vedette avec une partenaire du même standing.

Elle attendit la fin du tournage et, un soir, alors qu'ils se promenaient en voiture, elle lui parla de sa grossesse.

— J'ai un retard de sept semaines, lui dit-elle.

Il faillit sortir de la route.

— Karla, c'est fabuleux ! Allons directement à Tijuana nous marier… On gardera le secret et, dans une semaine, nous annoncerons à tout le monde que nous nous sommes mariés avant la fin du film. Ton petit homme, Jeremy, nous arrangera tout ça.

Elle donna son accord, et il fit demi-tour, en direction du Mexique.

— Ce sera formidable, dit-il. Nous abandonnerons nos deux maisons pour trouver une énorme bicoque… ou nous ferons peut-être construire. Il y a un beau terrain sur le Crescent. J'ai deux pensions alimentaires à payer. Mais au diable tout ça ! Je gagne deux cent mille billets par film et, avec ce que tu te fais, nous pourrons vivre comme des nababs. Nous appellerons notre maison Karl-Kel. Nous serons les nouvelles altesses du spectacle et recevrons beaucoup. Karl-Kel deviendra le nouveau Pickfair, cette immense baraque des stars du muet sur Sunset Boulevard, et nous serons le nouveau couple princier. Nous vivrons la grande vie !

Vivre la grande vie !

— Fais demi-tour immédiatement, lui dit-elle sèchement.

— Qu'est-ce qui t'arrive ?

— Fais demi-tour. Je ne partirai pas au Mexique. Si tu oses m'y emmener, je t'accuserai de m'avoir enlevée.

Ils reprirent le chemin du retour en silence. Vivre la grande vie ! Avoir un autre bébé ! Comment s'était-elle permis d'avoir une telle pensée ? Elle avait déjà un enfant à entretenir. Une charge lancinante. Et puis elle ne pourrait jamais vivre ainsi – rester détendue alors que les gens viendraient chez elle boire ses alcools et manger sa nourriture. Ce serait comme si elle les voyait prendre son argent, elle qui avait travaillé si dur pour le gagner !

Le lendemain, Jeremy prit les contacts nécessaires pour qu'elle puisse avorter et elle fit changer son numéro de téléphone. Une semaine plus tard, Christopher Kelly tenta de se suicider. Il survécut, mais cet acte de désespoir ne conduisit pas Karla à répondre à ses télégrammes éperdus.

Elle dépensa beaucoup d'argent pour tenter de retrouver la trace de sœur Thérèse. Mais elle et sa famille semblaient avoir disparu de la surface de la terre. Elle finit par abandonner ses recherches et ne se consacra plus qu'à son travail.

Au milieu des années 1950, Karla était devenue pour tout le monde Karla, la légende vivante ! Mais son salaire n'atteignait pas les sommets de sa renommée. Son contrat avec la Century était au départ de cinq cents dollars par semaine. Avec les augmentations et les primes, son salaire était monté à trois mille dollars les deux dernières années. Elle savait qu'elle était sous-payée, mais le contrat devait expirer en 1960, et Jeremy disait que par la suite elle gagnerait beaucoup plus.

Jeremy s'était enrichi. Il avait placé son argent en Bourse et avait plus que triplé sa mise. Il avait supplié Karla de le laisser placer en son nom l'argent qu'elle gagnait, ou la mettre en rapport avec un conseiller en investissements. Mais elle tenait bon et continuait de déposer son argent sur de simples comptes d'épargne, et jamais plus de dix mille dollars dans la même banque.

Elle tourna dans plusieurs navets en 1957 et 1958, mais sa gloire personnelle lui permit de traverser cette période. La légende s'amplifiait et son éloignement des studios de cinéma la maintint dans l'ignorance totale des résultats du box-office. Jeremy fit en sorte que le public lui aussi ignore la chute de popularité de Karla. L'annonce de sa retraite des studios en 1960 fit les gros titres des journaux et provoqua des ondes de choc dans toute l'industrie du cinéma et dans le monde entier. En fait, ni Karla ni Jeremy n'avaient eu l'intention de se retirer définitivement, mais la rupture se produisit lorsque Jeremy voulut négocier un nouveau contrat avec le patron de la Century.

— J'ai appris qu'Elizabeth Taylor a touché un million de dollars pour *Cléopâtre*, lui avait dit Karla. J'exige d'être payée un million cent mille. Dis au producteur que je lui offre un marché pour trois films à trois millions trois cent mille.

Pendant que Jeremy négociait avec le studio, une négociation qui prit plusieurs semaines, elle entreprit de faire installer une barre de danse dans l'une des pièces vides de sa maison, et elle s'astreignit quotidiennement à quatre heures d'exercice à la barre. Elle fit aussi de longues promenades.

Et puis, un soir, Jeremy vint dîner chez elle. Il lui dit qu'il avait conclu un accord, mais qu'ils en discuteraient après le repas. Elle acquiesça avec son détachement habituel. Ils s'assirent dans la cuisine, et il la regarda mordre dans son steak à pleines dents tandis que la sauce coulait sur le menton de ce magnifique visage auquel tant de gens vouaient un véritable culte.

— Karla, connais-tu le livre *L'Empereur* ?

Il se repentit aussitôt de lui avoir posé cette question. Comment aurait-elle pu le connaître ? Ils savaient bien tous les deux qu'elle ne lisait jamais de livres.

— Il est en tête de tous les best-sellers, reprit-il. Et la Century essaie d'avoir Marlon Brando ou Anthony Quinn pour jouer le rôle-titre.

— Et alors ? demanda-t-elle en mâchonnant son morceau de steak.

— Ils ont besoin de toi pour jouer l'impératrice.

— Est-ce un rôle pour Karla ?

— C'est un rôle merveilleux.

— Bien payé ?

— Très peu.

Elle arrêta de manger.

— Je croyais que nous obtiendrions un million.

Et, sous la lumière crue de la cuisine, il lui expliqua la réalité : financièrement, ses derniers films n'avaient pas très bien marché, mais sa légende était si bien établie que personne ne s'en était rendu compte en dehors des grands patrons de l'industrie du cinéma. Elle toucherait cent mille dollars pour le film et, au-delà du seuil de rentabilité, deux et demi pour cent des bénéfices, ce qui signifiait qu'elle toucherait des intérêts uniquement si le film dépassait les dix millions de dollars.

Elle demeura silencieuse. Au bout d'un moment, il reprit :

— Nous n'avons guère le choix.

Elle repoussa son assiette.

— Si j'accepte un cachet aussi bas, tout le monde saura que j'ai dégringolé. Mais si je me retire, personne n'en saura rien.

Jeremy sursauta.

— Tu n'as que quarante-deux ans et tu es au sommet de ta carrière.

— Oh, je me retire, mais pour un an seulement. Après, ils viendront me rechercher. Tu verras. Et ils se battront entre eux pour m'avoir.

Il la regarda au fond des yeux. C'était là un plan brillant, mais pourrait-elle tenir le coup financièrement ?

— Tu n'as que deux cent cinquante mille dollars sur ton compte, lui dit-il.

— Placés à six pour cent. Je n'y toucherai pas.

— Mais de quoi vivras-tu ?

Karla traversa la pièce pour aller observer par la fenêtre le mur de pierres qu'elle avait fait ériger autour de sa maison.

— Il fait humide dehors, ce soir, mais je crois que je vais faire un petit tour malgré tout.

Elle enfila un manteau et sortit.

À son retour, Jeremy regardait la télévision dans le salon. Il éteignit le poste.

— As-tu pris une décision ? lui demanda-t-il.

— As-tu jamais entendu parler d'une femme du nom de Blinky Giles ?

— Oui, c'est une millionnaire du Texas, ou d'ailleurs.

— C'est aussi une lesbienne, plutôt hommasse. Il y a un an, elle a fait savoir dans son milieu qu'elle jetterait cent mille dollars à mes pieds si je lui permettais d'être ma maîtresse pour une nuit. J'en parlerai à Sonya Kinella… Elle organise des dîners le dimanche avec tous les homosexuels du coin. Je lui dirai que Blinky peut venir me rendre visite ce week-end.

Blinky Giles, cette grosse lesbienne masculine qui respirait fort. Mais elle était venue chez elle et avait jeté l'argent à ses pieds. Cent mille dollars, nets d'impôts. C'était incroyable. Assise à côté de Jeremy, elle y pensait encore. Et après Blinky, il y avait eu la Comtesse…

Sa légende s'amplifiait à mesure que se prolongeait son absence. Les offres des producteurs montèrent également jusqu'à ce qu'un beau jour, trois ans après sa retraite volontaire, Jeremy vienne lui apporter un contrat de un million de dollars et dix pour cent des bénéfices.

Au grand étonnement de Jeremy, elle refusa. Elle lui avoua franchement qu'elle avait peur de faire sa rentrée. Elle venait d'être présentée à Dee Milford Granger, la « sixième femme la plus riche du monde ». Dee était amoureuse de Karla-la-légende. Que se passerait-il si le film était un échec ? La légende s'écroulerait ! Pourquoi prendre ce risque pour faire un come-back ? Si elle continuait à être une légende, il y aurait toujours des femmes comme Dee qui lui offriraient n'importe quoi pour simplement coucher avec elle. Ainsi, ces trois dernières années, elle avait réussi à économiser un demi-million de dollars sans travailler. Dee possédait un avion privé, un yacht, et un mari homosexuel qui la laissait faire tout ce qu'elle voulait. Dee n'était pas aussi généreuse que les autres. Elle avait ce genre d'attitude qui est souvent le fait des riches, exigeant à tout moment qu'on lui prouve qu'on l'aimait pour elle, et non pour son argent. Mais au moins Dee était-elle belle, sans compter qu'elle représentait la sécurité. Karla refusa donc le mirifique contrat de un million de dollars, ainsi que toutes les offres qui suivirent. Parce qu'elle se sentait en sûreté, à l'idée qu'elle avait l'ascendant sur Dee et qu'elle pouvait la garder à son service aussi longtemps qu'il lui plairait et dans les conditions qui lui conviendraient. Et tout s'était passé exactement comme elle l'avait prévu jusqu'à ce que le mari de Dee se tue dans une voiture de course, ce qui avait contraint Dee à prendre David comme chevalier servant.

David… Elle s'était crue trop âgée pour tout ça. David, blond aux yeux bruns. David, aussi jeune que Gregory à l'époque, alors qu'elle était si vieille. Mais une femme ne vieillit jamais. Ce ne sont que des années qui s'accumulent. Au plus profond d'elle-même, elle avait éternellement dix-huit ans et, avec David, elle se sentait jeune, un peu fofolle, et en pleine forme.

La voiture approchait de Park Lane. Jeremy lui parlait de la dernière offre qu'elle avait reçue (non plus pour un million de dollars, mais de belles sommes encore pour des participations en vedette). La dernière offre s'élevait à un demi-million pour deux semaines de travail, avec un défraiement de mille dollars par jour. Elle sourit en hochant la tête. Pourquoi s'en faire ? Qu'essaierait-elle de prouver ? Elle n'avait jamais vraiment cru en elle comme actrice, ni même comme danseuse d'ailleurs. Elle n'avait appris la danse que pour plaire à sœur Thérèse. C'était peut-être encore la raison pour laquelle elle continuait à la pratiquer – elle avait l'impression de payer une dette. Elle n'avait rien d'une dévote – elle n'allait plus jamais à la messe – et pourtant, tous les soirs, elle se mettait à genoux et récitait la prière en polonais qu'elle avait toujours récitée depuis qu'elle avait appris à parler. Et souvent, dans l'obscurité, elle sentait la présence de Dieu autour d'elle, et elle enfouissait la tête sous l'oreiller pour Lui dire en silence qu'elle faisait de son mieux.

En entrant dans l'hôtel Dorchester, elle se voila le visage avec un pan de son manteau de zibeline, que Dee lui avait offert. Elle savait que son avenir était avec Dee, et que son aventure avec David avait pris trop d'importance. Il était temps de rompre, temps de s'occuper de ses affaires, et de rendre grâce à Dieu pour Jeremy.

Mais ce soir-là, longtemps après le départ de Jeremy, elle continua à admirer Hyde Park par la fenêtre. Elle savait que son ami avait remarqué son visage lisse. Lorsqu'elle avait quitté David pour aller se faire refaire le visage, elle avait prié pour que le jeune homme l'attende. Parce que, pour la première fois de sa vie, elle avait su qu'elle n'était pas une vraie lesbienne. Dans les bras de David, elle se sentait heureuse et protégée. Chaque fois qu'ils se retrouvaient, il lui devenait de plus en plus difficile de rejoindre Dee. Après le corps vigoureux et svelte de David, le corps moelleux d'une femme commençait à la dégoûter. Aussi, quand elle se mit à genoux pour réciter sa sempiternelle prière, elle se surprit à prier aussi pour que David l'attende une fois de plus…

14

Dans le bureau de Linda, January buvait le café tiède d'une Thermos en plastique. Linda était de mauvaise humeur. Elle se sentait toujours morose le lundi. Et tout particulièrement en ce lundi pluvieux de février ! January se sentait en forme malgré le mauvais temps. Après tout, le mois de février n'avait que vingt-huit jours. Et le printemps débutait officiellement le 21 mars. Une fois février enterré, l'hiver était pratiquement terminé !

Elle avait toujours détesté l'hiver. Une saison qui avait pour elle signifié l'école, contrairement à l'été et aux vacances qui annonçaient Mike. Cependant, à présent, les vacances rimaient avec Palm Beach. Elle y avait passé la période entre la veille de Noël et le Nouvel An. Mais avant Palm Beach, il y avait eu…

CETTE FAMEUSE SEMAINE À NEW YORK AVANT NOËL.

Du houx et des arbres de Noël en plastique dans les bureaux, même si tout le monde travaillait à la mise en pages du numéro d'avril. Le soudain changement d'attitude de tous les employés de son immeuble. Le concierge qui bondissait pour lui ouvrir la porte. Le liftier qui avait acquis un nouveau talent pour arrêter la cabine exactement au niveau de l'étage. Les quinze noms d'employés, jusque-là anonymes, qui surgissaient soudain sur la « liste des étrennes » glissée sous les portes par le concierge.

Le plaisir de patauger sous la pluie. À chaque coin de rue, des gens croulant sous le poids de leurs paquets, et qui faisaient signe en pure perte à des taxis toujours occupés. De tristes sires habillés en Père Noël, agitant spasmodiquement le bras pour faire sonner leurs clochettes : « Joyeux Noël. Pensez aux pauvres. »

Jouer des coudes chez Saks – un asile de fous couvert de décorations argentées. Acheter une écharpe en cachemire pour David ; s'entasser dans l'ascenseur jusqu'au troisième étage afin de trouver un sac Pucci pour Linda, un sac que Linda s'était d'ailleurs empressée d'échanger. (January, je te l'ai répété un million de fois… c'est Gucci qui est *in*… Pucci est *out* !)

Pour Mike, au moins, le choix avait été facile. Deux douzaines de balles de golf avec son nom gravé dessus. Mais pour Dee ! Que pouvait-on bien lui acheter ? (Et c'était avant d'apprendre que les stalactites en cristal posées sur l'arbre de Noël de Dee venaient de chez Steuben.) Inutile d'offrir du parfum à Dee, son placard en était rempli. À Palm Beach comme au Pierre. Probablement aussi à Marbella. La vendeuse de chez Bonwit lui recommanda un cadeau « amusant », comme une paire de bottines en flanelle rouge. Elle finit par faire l'acquisition de quelques mouchoirs brodés importés d'Europe, dans une boutique de Madison Avenue. Dee pourrait toujours en faire cadeau à quelqu'un d'autre.

NOËL À PALM BEACH !

L'arbre de Noël de trois mètres cinquante de haut croulant sous les boules d'argent et les stalactites en cristal, un géant déplacé dans une pièce vitrée surplombant la piscine. Ainsi déraciné, on aurait dit une sentinelle en colère, protestant dans son silence glacé contre l'atmosphère tropicale.

Et il y avait Mike, splendide et bronzé. Dee, belle et pâle. Une myriade de réceptions, de parties de backgammon, de potins. Une prolongation de dix jours au week-end de Thanksgiving. Se rendre aux courses avec Mike, et se retenir de sangloter en le voyant tranquillement déposer son pari au guichet des dix dollars. Parce qu'elle se rappelait le temps révolu où il prenait le téléphone pour miser cinq mille dollars sur une seule course. Oui, elle s'en souvenait bien. Tout comme lui. Les soirées qui se succédaient semblaient être des répétitions de la première. Et puis cette surprise-partie organisée par Dee à l'occasion du vingt et unième anniversaire de January. Cinq mille dollars de décoration florale, une piste de danse grande comme une piscine olympique. Deux orchestres, un à l'intérieur, un dans les jardins. David était venu pour l'occasion. Ils dansèrent tous les deux en jouant les amoureux à l'intention de Dee. Les invités étaient ceux qu'elle avait vus tout le long de la semaine. Ils étaient seulement plus nombreux. Ils apportèrent tous « juste un petit souvenir », qui provenait sans doute de leur surplus de cadeaux de Noël. (Elle était à présent équipée pour la vie en foulards de soie.) Certains tiraient par la main leur fille prognathe ou leur fils taciturne. Et toujours les inévitables journalistes, prenant des clichés des mêmes personnes qu'à la réception précédente ainsi qu'aux suivantes !

APRÈS NOËL À NEW YORK !

La découverte du premier cafard dans l'évier. Mort, bien sûr. Mais ses frères et sœurs ? Ce n'était sûrement pas un cafard solitaire.

Coup de téléphone angoissé à Linda.

— Ne t'affole pas, January. Il y en a dans tout New York. Appelle le concierge. Comme tu lui as offert des étrennes généreuses, il enverra le service de désinfection.

Le concierge la remercia pour ses vingt dollars, mais lui expliqua que le préposé était en vacances à Porto Rico et qu'il ne pourrait le joindre avant une dizaine de jours.

David sortit avec elle en plusieurs occasions. Ils rejoignirent chaque fois un autre couple, ou un groupe, au Raffles ou au Club, où la musique était trop forte pour permettre une véritable conversation et, par conséquent, tout le monde dansait, souriait et se saluait par de grands gestes d'un bout à l'autre de la salle. Et puis, un soir, il la raccompagna chez elle et renvoya le taxi. Ils demeurèrent un instant devant son immeuble. Après un silence pénible, il lui dit :

— Tu ne me proposes même pas de monter voir la plante que je t'ai offerte ?

— Oh, elle se porte bien. On m'a dit que je devrais la tailler au printemps.

Son haleine fumait dans l'air glacé. Il y eut un autre silence gêné. Puis elle ajouta :

— Écoute, David, je t'aime bien, vraiment. Mais ce qui s'est passé ce soir-là entre nous a été une erreur. Alors, comme on dit dans les films, « restons bons amis ».

Il lui sourit.

— Je n'ai pas l'intention de te violer. Je t'aime bien, moi aussi. Et même plus que ça. Je… je… bref, pour le moment, il se trouve que je suis frigorifié, et que nous n'avons pas eu l'occasion de nous parler de toute la soirée.

January se demanda pourquoi cette soirée devrait être différente des autres.

— D'accord, mais mon appartement n'est rien de plus qu'une grande pièce, tu sais ?

Dans l'ascenseur, il y eut à nouveau un silence gêné. Elle comprit tout à coup qu'ils n'avaient rien à se dire. Absolument rien. Et cela lui fit perdre toute son assurance. Elle bredouilla en ouvrant la porte :

— C'est un peu en désordre. J'emploie avec Linda une femme de ménage qui a une vie amoureuse mouvementée. Une fois sur deux, elle arrive en pleurnichant avec un œil au beurre noir. Mais ça, c'est quand tout va bien. Quand ça va mal, elle ne se montre pas. Linda prétend que cela signifie que son homme est parti et qu'elle est restée chez elle à boire en attendant qu'il revienne.

Elle savait que David se souciait fort peu de sa femme de ménage.

— Eh bien, voilà. Regarde ta plante. Elle a grandi de cinq centimètres, et elle a trois nouvelles pousses.

— Pourquoi ne pas t'en débarrasser ?

— Me débarrasser de quoi ?

— De la femme de ménage.

Il déboutonna son pardessus et ôta l'écharpe qu'elle lui avait offerte.

— Oh, c'est que Linda compatit aux déboires en amour de quiconque. Et moi, j'ai de la sympathie pour quiconque survit à tous ces yeux au beurre noir.

Elle s'assit sur le canapé. Il prit place dans le fauteuil club, près d'elle, et fixa le plancher, les mains jointes entre les genoux.

— January, je veux te parler de…

Il leva les yeux.

— Devons-nous garder cette lampe allumée ?

— Tu veux dire que tu n'aimes pas la lampe Tiffany de M. Edgar Bailey ?

— J'ai l'impression de me trouver sur une piste de bowling, avec toute cette lumière.

Elle se leva et alla éteindre la lampe qui les éclairait par le dessus.

— Puis-je t'offrir un verre de vin ou un Coca ? C'est tout ce que j'ai.

— January… Assieds-toi. Je n'ai besoin de rien. Je veux juste que nous parlions de nous deux.

— Très bien, David.

Elle revint s'installer et attendit tranquillement.

— Tu dois te poser bien des questions à mon sujet, en ce qui concerne notre relation, commença-t-il. Eh bien, j'ai eu des problèmes personnels et…

Elle lui sourit.

— David, je te l'ai déjà dit – nous sommes amis. Tu ne me dois aucune explication.

Il se leva et pêcha une cigarette dans sa poche, puis se retournant d'un coup vers elle :

— Nous ne sommes pas amis. Je… je t'aime. Je ne retire rien de tout ce que je t'ai dit cette nuit-là. Nous allons nous marier. Mais pas encore. J'ai quelque chose à terminer, des affaires à régler. J'aimerais que tu ne parles pas de ça à Dee. Si elle entend que j'ai des problèmes de travail, elle se fera du souci.

Il tenta un sourire, mais y renonça.

— En fait, elle essaie de jouer les mères poules. C'est très gentil de sa part, mais je voudrais qu'elle profite pleinement de sa vie avec ton père. C'est vraiment quelqu'un de génial et je suis assez grand pour régler mes problèmes moi-même. Alors, January, fais-moi confiance et sois patiente. Nous allons nous marier très prochainement. Garde cette pensée à l'esprit, même si parfois je ne t'appelle pas.

Elle le regarda et hocha lentement la tête.

— Eh bien ! Tu me stupéfies ! Vraiment ! Mais comment te faire comprendre que je n'ai pas l'intention de t'épouser ? Enfin, si ça peut te soulager, je laisserai croire à Dee et à mon père que nous sortons beaucoup ensemble.

Il lui répondit avec humeur :

— Qu'est-ce qui te fait croire que je me soucie de leur opinion ?

— Parce que c'est le cas. Et cela me facilite les choses à moi aussi, tu sais. Dans la mesure où nous nous voyons de temps en temps et où ils pensent que c'est... que c'est sérieux... pourquoi pas ?

Il se laissa tomber dans le fauteuil club et regarda dans le vague. Il avait l'air d'un jouet gonflable qui aurait soudain crevé. Elle pouvait presque voir son corps se dégonfler sous ses yeux.

— C'est tellement mal tombé, soupira-t-il. Je veux dire que, dans d'autres circonstances, nous nous serions si bien entendus.

Il contempla le plancher un moment, puis leva les yeux et esquissa un sourire.

— Tu sais quoi ? Tu es une chic fille, January. Bien. Nous leur ferons donc croire que nous sortons beaucoup ensemble, si cela peut t'aider. Et quand tu auras pris un peu de maturité, je crois que nous serons parfaits l'un pour l'autre. Absolument parfaits.

Il l'appela à la fin de la semaine pour lui annoncer qu'il partait en Californie assister au congrès d'analystes financiers dont il lui avait parlé. Elle n'était pas certaine qu'un quelconque congrès d'analystes financiers ait lieu en Californie, mais en revanche elle savait que Karla était arrivée à Los Angeles, en provenance d'Europe par la ligne polaire. Les journaux avaient publié les habituelles photographies de Karla tenant un journal devant son visage pour le dissimuler. Un des journalistes prétendait qu'elle était allée rendre visite à Sonya Kinella, une riche mondaine italienne poétesse à ses heures. Leur amitié datait des débuts de Karla au cinéma.

Quoi qu'il en soit, January n'avait pas le temps de se poser trop de questions au sujet de David et de Karla pour le moment. Thomas Colt devait arriver le 5 février pour participer à une grande réception publicitaire que ses éditeurs organisaient en son honneur. L'événement aurait lieu dans moins d'une semaine et, tandis que January buvait son café tiède en ce sombre lundi de février, Linda fulminait contre l'impertinence d'une certaine Rita Lewis qui n'avait répondu à aucun de ses appels téléphoniques.

— Je l'ai appelée cinq fois en trois jours. J'ai même parlé à la secrétaire de M. Lawrence, dit-elle en posant le récepteur

— Qui est-ce ?

— L'éditeur en personne. J'ai dit à sa secrétaire que *Gloss* n'avait pas reçu d'invitation à la réception du St. Regis, et je lui ai demandé s'il s'agissait d'un oubli. Elle a pris sa voix de « secrétaire du président » pour m'annoncer : « Eh bien, en réalité, mademoiselle Riggs, ce n'est pas à proprement parler une conférence de presse. Oh, il y aura sans doute quelques représentants de la presse mais, en fait, c'est plutôt une réception de bienvenue à New York en l'honneur de M. Colt. Le maire sera présent, et toutes les célébrités. » J'ai eu la nette impression que *Gloss* n'était pas assez prestigieux. Elle a conclu avec la promesse de faire parvenir mon message à Rita.

— Eh bien, il nous reste encore quatre jours, dit January avec optimisme. Peut-être qu'elle nous appellera.

Quatre jours passèrent sans que Rita Lewis donnât le moindre signe de vie. January essaya de réconforter Linda.

— Allons, Linda, il va rester à New York pendant un certain temps. Il doit y avoir un autre moyen de le joindre.

Linda soupira en regardant le ciel gris par la fenêtre.

— Il pleut encore ?

— Non, il neige, lui répondit January.

— Parfait ! dit allègrement Linda. J'espère que ça va tourner à la tempête. Comme ça, la moitié des invités ne viendront pas, et les autres seront tout mouillés et de mauvais poil. Honnêtement, January, tous les gens que je connais et qui ont connu ton père m'ont dit que c'était merveilleux de travailler avec lui, que c'était un homme haut en couleur… Tout le monde l'adorait – tout le monde, à l'exception de Tom Colt !

— Peut-être qu'ils avaient tous les deux une personnalité trop forte pour s'entendre. À moins que cela ne tienne à Tom Colt. Écoute, j'ai sorti le grand jeu. Je lui ai écrit une lettre en novembre en omettant de lui indiquer que j'étais la fille de Mike, parce que je savais que cela m'ôterait toute chance de recevoir une réponse. J'ai simplement signé J. Wayne. Je lui ai fait suivre une autre lettre deux semaines plus tard. Comme je ne recevais toujours pas de réponse, j'ai appelé Jay Allen, son attaché de presse à Los Angeles. Jay a travaillé dans le temps avec mon père, et il m'a très gentiment donné l'adresse de la maison de vacances de Tom Colt. J'ai envoyé une nouvelle lettre là-bas. Toujours rien ! Alors je lui ai écrit une carte de Noël avec un petit mot qui disait : « J'espère vous rencontrer quand vous viendrez à New York. » Puis trois semaines plus tard, je lui ai encore envoyé une lettre élogieuse où je lui disais que j'avais lu les épreuves de son livre et que j'étais sûre que ce serait un grand succès.

January se pencha en avant :

— Linda, sois réaliste. Tom Colt n'est pas venu assister à la remise de l'oscar pour le film que mon père a tiré de son livre. Il avait été primé dans cinq catégories. Bien sûr, il n'en avait pas écrit le scénario, car il pensait que c'était en dessous de lui. Tu dois comprendre le genre de snobinard qu'il est. Mike m'a dit que tout le monde avait supplié Tom d'assister à la cérémonie. Pourtant, il a refusé. Et tu sais pourquoi ? Parce qu'il a prétendu qu'il était un écrivain sérieux, pas un artiste de cirque. Il a ajouté qu'il n'avait rien à voir avec le film bassement commercial que Hollywood avait tiré de son livre. Alors pourquoi espérer qu'il nous accordera un entretien ?

— Tout ce que tu dis est vrai, approuva Linda. Et alors ? Qui aurait cru qu'il accepterait de faire une tournée publicitaire ? Ça, c'est du cirque ! Il ne doit pas soupçonner ce dans quoi il s'est embrigadé. Et en ce qui concerne la publicité d'un magazine, il ne voit probablement pas le rapport avec un roman sérieux. Oh, je suis sûre qu'il s'attend à ce que *Life* fasse un article sur lui. Et *Time*. Et *Newsweek*. Mais *Gloss* ? Il n'en a sans doute jamais entendu parler. À moins qu'il ne pense qu'il s'agisse d'une nouvelle marque de dentifrice. Mais je n'abandonnerai pas. Même si je dois employer les grands moyens, comme avec le Dr Blowacek, qui venait de Yougoslavie. Je l'ai traqué, et j'ai fini par l'avoir avant tout le monde. C'est cet article qui m'a promue au poste de rédacteur en chef. January, *Gloss*, c'est ma vie ! Je progresse en même temps que lui ! Et je dois obtenir Tom Colt pour *Gloss* ! Je dois y arriver !

Son visage était sombre et elle était devenue très pâle. Elle soupira.

— L'interview du Dr Blowacek m'a fait remarquer par mon patron. Et depuis, j'ai toujours su trouver les sujets qui faisaient grimper le tirage et les recettes publicitaires. Maintenant, je dois chercher des sujets qui élèveront *Gloss* au niveau des autres magazines. Si j'obtiens une interview de Tom Colt, je ferai de *Gloss* un magazine de poids. Voilà pourquoi, pour moi, une réponse négative n'est pas acceptable. Bien sûr qu'il sera à New York pour un bout de temps, mais nous devons lui mettre le grappin dessus les premières. Et ce cocktail nous aurait bien aidées. Il apprécie les jolies filles. C'est pour cette raison que Rita Lewis ne m'a pas invitée. Elle ne veut pas qu'il accepte un entretien pour *Gloss*. Elle est très versée dans la littérature et elle préférerait lui offrir un paragraphe dans *The New York Review of Books* plutôt qu'une photo de couverture chez nous. C'est pour cette raison que j'ai besoin d'aller à cette réception. J'ai dans l'idée que, si nous pouvions seulement l'approcher, nous parviendrions à le convaincre.

— Alors allons-y, lui dit January.

— Tu veux dire qu'on devrait se taper l'incruste ?

— Pourquoi pas ?

Linda fit non de la tête.

— C'est une réception trop sophistiquée. Avec tous ces invités triés sur le volet, il y aura sûrement des hôtesses à la porte qui vérifieront toutes les invitations.

— Essayons quand même, insista January. Nous nous mettrons sur notre trente et un, louerons une limousine, et voilà…

— Louer une limousine ? Quelle idée géniale, January !

— C'est le seul moyen. Avec le temps qu'il fait, nous ne trouverons pas un seul taxi. Les gens arriveront dans l'état que tu peux imaginer, tout trempés, avec des têtes de chien battu. Si nous voulons nous incruster, faisons-le avec classe.

Linda eut un rire nerveux.

— Penses-tu vraiment qu'une limousine nous donnera suffisamment de classe pour réussir à passer ?

— Tu sais, Ernest Hemingway a défini un jour la classe comme la grâce sous la contrainte. En nous pointant en limousine, je crois que nous aurons au moins fait un pas dans la bonne direction.

La réception avait lieu dans une petite salle de bal. À en juger par le brouhaha qui y régnait, le mauvais temps n'avait pas dissuadé les invités. Les gens s'entassaient dans l'entrée en petits groupes bruyants et une longue feuille de papier – la liste des invités par ordre alphabétique – gisait abandonnée sur une table, à côté de la porte. Linda avait eu raison de choisir d'arriver en retard. Une fois les personnalités enregistrées, les employés affectés au contrôle avaient dû se mêler aux célébrités à l'intérieur, dans l'espoir de boire un verre gratis.

Elles se frayèrent un passage dans la salle principale et January reconnut plusieurs écrivains, quelques représentants de la presse, des vedettes de Broadway, des célébrités de Hollywood et les piliers de cocktails invétérés.

Un bar était installé au fond de la pièce. Elles repérèrent Tom Colt immédiatement. Il était beaucoup mieux que sur la photo de la jaquette de son livre. Le visage énergique, les cheveux noirs, des traits de lutteur, tel un homme qui aurait survécu à la violence et aux combats évoqués dans ses romans.

— Il m'intimide, chuchota January. Va le voir si tu veux… je vais rester en retrait et je te regarderai faire.

— Il est splendide, souffla Linda.

— Sûrement. Mais comme un serpent à sonnette dans un bocal. Je veux dire que… Linda, tu ne peux pas parler de *Gloss* à un tel homme.

— Eh bien, c'est exactement ce que je m'apprête à faire, et tu vas venir avec moi. Allez.

Elle prit January par le bras et traversa la foule en direction du bar.

Tom Colt était entouré d'un cercle d'admirateurs qui tentaient de s'approcher le plus près possible de lui. Mais il se tenait droit comme un I, une bouteille de Jack Daniel's devant lui, et remplissait lui-même son verre. Il avala une longue gorgée de bourbon en observant le petit homme rondouillard qui avait écrit un best-seller cinq ans auparavant. Il n'avait plus rien pondu depuis, mais il gagnait sa vie en participant à des émissions et en assistant à des cocktails. Il était également devenu alcoolo. Il posa sa main potelée sur le bras de Tom Colt.

— Je lis tout ce que vous écrivez, couina-t-il, faisant claquer ses lèvres de plaisir en levant les yeux au ciel : Bon Dieu, j'adore vos bouquins. Mais faites bien attention à ne pas vous laisser embringuer dans la télévision. Regardez ce qu'ils ont fait de moi : une vraie pute, ajouta-t-il en gloussant.

Tom Colt se dégagea et jeta un coup d'œil circulaire sur le groupe de gens trempés qui l'entourait. Une certaine irritation se lisait dans ses yeux sombres. Il aperçut soudain January et Linda.

— Excusez-moi, dit-il au petit écrivain rondouillard, mais mes deux cousines de l'Iowa viennent d'arriver ici. Et elles ont fait toute la route en car.

Il prit par le bras les deux jeunes filles éberluées et les entraîna dans la salle.

— Dieu soit loué pour vous deux… qui que vous soyez. Ce raseur se collait à moi depuis vingt minutes, et personne ne venait à mon secours parce que tout le monde était persuadé que je m'amusais follement.

Linda le regarda d'un œil vitreux ; January était absolument subjuguée. Elle parvint à dégager son bras et lui dit :

— Je suis heureuse que nous ayons pu vous être utiles, et…

Linda remonta soudain à la surface.

— Et maintenant, c'est à vous de nous rendre service.

Tom Colt plissa les yeux.

— J'ai l'impression que j'aurais peut-être mieux fait de rester tranquillement au bar.

— Je suis Linda Riggs, rédactrice en chef du magazine *Gloss*, et voici mon assistante, January Wayne. Elle vous a écrit plusieurs fois pour vous demander une interview.

Il se tourna vers January.

— Dieu du ciel ! Seriez-vous la J. Wayne des lettres et de la carte de Noël ?

Elle fit oui de la tête et, pour quelque étrange raison, elle se surprit à rougir. Il se mit à rire, comme à une bonne plaisanterie.

— Ainsi vous êtes J. Wayne. Et moi qui ai cru tout ce temps que ces lettres m'étaient envoyées par quelque homosexuel maigrichon. Eh bien, heureux de vous connaître, J. Wayne. Je suis bien content que vous ne soyez pas une tante… Mais pour ce qui est de l'interview, c'est niet. Mon éditeur en a prévu déjà toute une tapée. Mais pourquoi J. Wayne ? ajouta-t-il en l'observant à nouveau. Était-ce pour vous faire passer pour un homme ? Si j'avais su que vous étiez une fille, je vous aurais répondu au moins.

— Oh, le prénom « January » ne vous aurait pas beaucoup mieux renseigné sur mon sexe.

— Bien sûr que non. C'est un drôle de prénom. C'est…

Il s'interrompit soudain et pointa vers elle un index accusateur.

— Est-ce que, par hasard, vous ne seriez pas la fille de ce jean-foutre de Mike Wayne ?

Elle tenta de s'éloigner, mais il la rattrapa par le bras.

— Écoutez-moi, il a bousillé l'un de mes meilleurs livres.

— Ne parlez pas comme ça de mon père ! Ce film lui a valu un oscar.

— January, supplia Linda d'une voix implorante.

— Laissez-la donc se fâcher ! dit en riant Tom Colt. J'ai un fils de six mois. Si un jour quelqu'un descend un roman de son vieux père, j'espère qu'il le mettra K-O pour moi.

Il sourit et tendit la main à January.

— On fait la paix ?

January saisit la main qu'il lui tendait. Puis il passa son bras sous celui des deux femmes.

— Très bien, maintenant que nous voilà bons amis, tirons-nous d'ici tous les trois. Où pouvons-nous aller boire un verre tranquillement ?

— Chez Elaine, répondit Linda. Beaucoup d'écrivains vont là-bas, et…

— Ouais, j'en ai entendu parler, dit Tom Colt. Mais pas ce soir. Le petit chapon du bar m'a dit qu'il s'y rendrait plus tard. Allons plutôt au Toots !

— Où ça ? demanda Linda.

— Au Toots Shor – le seul endroit où on peut boire sérieusement.

Les tenant toujours par le bras, il se dirigea vers la porte. Une jeune femme apparemment harassée, aux longs cheveux filasse, se rua vers lui.

— Monsieur Colt, où allez-vous ?

— Je sors.

— Mais vous ne pouvez pas partir comme ça. Ronnie Wolfe n'est pas encore arrivé, et…

Il lui tapota le dessus de la tête.

— Pas d'affolement, ma petite dame de la presse. Vous avez fait du bon travail. L'alcool coule à flots. Je suis ici depuis deux heures et j'ai parlé à tous les gens que vous m'avez amenés. Notre marché précisait que je devais participer à une réception de représentation. Mais on ne m'a jamais dit combien de temps je devais y rester. Oh, à propos, vous ai-je présenté mes cousines de l'Iowa ?

— Je connais Rita Lewis, dit Linda, incapable de dissimuler son plaisir. En fait, nous n'avons jamais été présentées. Mais elle a beaucoup entendu parler de moi cette semaine.

— J'ai demandé à ma secrétaire de vous envoyer l'invitation, dit Rita en sautant sur l'occasion. Je vois que vous l'avez bien reçue.

— Non, nous nous sommes tapé l'incruste, répondit January avec joie.

— Mais vous pouvez vous rattraper, ajouta Linda. Tout ce que nous demandons, c'est une interview en profondeur avec M. Colt. Et il fera notre couverture.

— Pas question, fit Rita Lewis. M. Colt a un programme intense d'entretiens pour toute la semaine. Tous les grands magazines, plus l'Associated Press, l'United Press…

— Mais notre article sera totalement différent, plaida Linda.

— Exactement, approuva January. Nous voulons assister à certaines de ses interviews et de ses conférences de presse et nous occuper, en quelque sorte, des potins des coulisses ; nous aimerions le suivre même dans les autres villes.

— N'y comptez pas, dit Rita. Je ne veux pas qu'il figure dans *Gloss*.

Elle ajouta à l'intention de Linda :

— Et ce n'est pas la peine de l'assaillir de coups de téléphone.

Tom Colt, qui avait assisté au feu croisé de la discussion comme à un match de tennis, s'interposa :

— Attendez une minute ! Qui êtes-vous donc ? Une sorte de général nazi ? Vous vous permettez d'interdire aux gens de me téléphoner ?

— Bien sûr que non, monsieur Colt. Ce n'est pas ce que je voulais dire. Mais je sais à quel point Linda peut se montrer obstinée. Et je suis sûre qu'elle a bien formé January. C'est juste que votre emploi du temps est déjà établi et que *Gloss* n'en fait pas partie ! Vous pouvez faire ce que vous voulez avec chacune d'elles sur votre temps libre, mais vous ne pouvez pas leur accorder une interview. J'ai signé des engagements qui pourraient s'en trouver compromis.

Tom Colt la fixa d'un regard où se lisait à présent une certaine cruauté.

— Écoutez, ma petite, reprenons tout depuis le début. Vous pouvez me prendre des rendez-vous… Je vous suivrai bien sagement comme un petit chien. J'ai signé un contrat. Et je tiens toujours parole. Mais ne me dites jamais ce que je ne peux pas faire.

Il passa un bras protecteur autour de l'épaule de January.

— J'ai connu cette petite fille quand elle n'était qu'un bébé. Son père est mon copain. Il a tiré un sacré film de l'un de mes livres. Et vous voudriez m'interdire d'accorder une interview à son magazine !

Rita Lewis jeta à Linda un regard suppliant.

— Bien, mais faites un tout petit article, Linda. Je vous en prie. Sinon, je perdrai McCall's et Esquire. Pas d'interview en profondeur, et ne le suivez pas partout…

— Elles peuvent me suivre aux chiottes si elles en ont envie, tempêta Tom Colt. Mais pour l'instant, allons donc boire un coup.

Puis il prit chacune des deux filles par le bras et les entraîna dehors.

January ouvrit lentement les yeux. Elle s'était assoupie dans son fauteuil. Pourquoi n'avait-elle pas gagné le lit ? Pourquoi avait-elle dormi tout habillée ? Elle se leva, mais le sol commença à tanguer dangereusement. Elle retomba dans le fauteuil. Il était sept heures du matin ! Elle n'avait dormi que deux heures.

Elle se releva et se déshabilla maladroitement. Elle dut plusieurs fois s'accrocher au fauteuil pour ne pas tomber. Elle ouvrit le lit tant bien que mal, puis courut en catastrophe dans la salle de bains pour vomir. Elle revint ensuite s'affaler en travers du lit. Les événements de la soirée lui revinrent petit à petit. L'abrupt changement de Tom Colt envers son père… Tous trois quittant le St. Régis sous les yeux désemparés de Rita Lewis. L'étonnement de Tom Colt devant leur véhicule. Il avait apprécié en ajoutant que c'était la première fois qu'il voyait des resquilleurs se rendre en limousine à une réception. Et puis leur arrivée au Toots Shor… Toots avait donné une grande bourrade dans le dos de Tom Colt, et il était même venu s'asseoir avec eux à la table d'honneur. Mais personne ne commanda le repas. Ils carburèrent au Jack Daniel's du début à la fin. Lorsque Tom Colt avait proclamé que personne ne pouvait vraiment être son ami sans boire du Jack Daniel's, January et Linda n'avaient hésité qu'une fraction de seconde avant d'annoncer qu'elles adoraient le bourbon.

January avait trouvé le premier verre un peu corsé, mais le second descendit beaucoup plus facilement. Et le troisième lui procura une merveilleuse sensation de légèreté et de bien-être. Et lorsque Tom Colt se pencha pour les embrasser toutes les deux sur la joue en les appelant Chocolat et Vanille (January arborait encore son bronzage de Palm Beach et Linda avait les cheveux méchés de blond ce mois-là), January pensa qu'ils formaient un trio très amusant. Des gens venaient faire un tour à leur table, à grands coups de tapes dans le dos et de « Assieds-toi, vieux feignant » (ça, c'était Toots). Des journalistes sportifs qui connaissaient son père se joignirent à eux. Tom n'arrêtait pas de remplir les verres de tout le monde. À minuit, il insista pour aller prendre le dernier verre au « 21 ». Ils firent la fermeture du « 21 », puis se rabattirent chez P. J. Clarke. À quatre heures du matin, ils sortirent en titubant de chez P. J. – ça, elle s'en souvenait. Elle se revoyait riant comme une folle au vestiaire avec Linda, mais tout ce qui avait été dit ou fait ensuite se perdait dans un épais brouillard.

Elle gagna en trébuchant sa salle de bains et avala de l'aspirine. Puis elle retourna s'allonger mais, dès qu'elle eut fermé les yeux, la chambre se mit à tourner. Elle les rouvrit et tenta de fixer son attention sur un objet immobile, la lampe Tiffany de M. Bailey. Elle dut s'assoupir à nouveau, car elle se retrouva soudain en plein rêve. Elle avait conscience que c'était un rêve. Elle était encore suffisamment éveillée pour se rendre compte qu'elle rêvait, mais assez endormie pour laisser le songe suivre son cours. Un homme se penchait au-dessus d'elle. Il allait la prendre, d'un instant à l'autre, et pourtant elle ne ressentait aucune angoisse. Elle avait envie de lui, même si elle ne distinguait pas clairement son visage… Elle le regarda de plus près et vit que c'était Mike. Mais lorsque leurs lèvres se touchèrent, elle constata qu'il s'agissait de Tom Colt. Pourtant, ses yeux n'étaient pas sombres comme ceux de Tom, ils étaient bleus. Mais pas du même bleu que ceux de Mike… Ils étaient de la couleur de l'aigue-marine. Elle tendit les bras vers lui et se réveilla pour de bon. Elle demeura étendue sur le lit en essayant de déterminer à qui appartenait ce visage – à Mike ou à Tom ? –, mais elle ne put se souvenir que de la couleur de ces yeux magnifiques.

Elle s'efforça de se rendormir pour retrouver ces yeux. Mais elle plongea cette fois dans un sommeil paisible et sans rêves, que vint brutalement interrompre la sonnerie du téléphone. C'était Linda.

— January, tu es levée ?

La tête lui cognait, mais son estomac allait mieux.

— Quelle heure est-il ? demanda-t-elle d'une voix lente, de peur du moindre mouvement brusque.

— Onze heures, répondit Linda. Et j'ai une gueule de bois carabinée.

— Ah, c'est donc ça ? fit January. J'ai cru mourir.

— Bois du lait.

— Oh, mon Dieu ! fit January en sentant monter une soudaine nausée.

— Écoute, mange un morceau de pain et bois un verre de lait. Tout de suite ! Ça absorbera tout l'alcool qui te reste dans le sang. Quand tu l'auras fait, rappelle-moi. Nous devons établir notre plan d'attaque.

— Quel plan ?
— Pour revoir Tom Colt.
— Oh, Seigneur… Il le faut vraiment ?
— Hier soir, tu m'as dit que tu l'adorais.
— C'était sûrement après avoir fait la connaissance de son bon ami Jack Daniel's.
— Nous ne recommencerons pas ce soir, dit Linda.
— Recommencer quoi ?
— À boire avec lui. Nous resterons sobres. Nous nous contenterons de siroter un peu de scotch. Lui, il pourra boire autant qu'il voudra. Mais si nous voulons écrire cet article, nous devons garder l'esprit clair, sans rien lui dire. Nous essaierons simplement de ne pas rivaliser avec lui.
— C'est ce que nous avons fait hier soir ?
— En tout cas, nous avons fait de notre mieux.
— Linda… Je vais être malade.
— Mange du pain. Je passe un pantalon et je descends chez toi. Nous allons mettre sur pied un plan de campagne.
January parvint à boire un demi-verre de lait, et elle regarda Linda préparer le café. Puis Linda s'installa dans le fauteuil club en arborant un sourire épanoui.
— Maintenant, assieds-toi… Reviens à toi… Tu dois appeler Tom Colt.
— Pourquoi moi ?
— Parce que, bien que j'aie l'intention de coucher avec lui dès ce soir, j'ai la sensation très nette que, ce matin, mon nom ne lui dira rien alors que le tien devrait lui dire quelque chose, après ce grand amour qu'il a senti tout à coup naître en lui pour ton papa.
— Je continue à croire qu'il n'est pas spécialement fou de Mike, dit January. Il était seulement furieux que Rita Lewis lui donne des ordres.
Linda alluma une cigarette et but son café.

— January, cette mixture de café instantané est horrible. Tu dois apprendre à faire du vrai café.

January haussa les épaules.

— Celui-ci me convient.

Mais Linda hocha la tête.

— Ça ne conviendra pas à ton homme.

— Quel homme ?

— N'importe quel homme qui passera la nuit chez toi. C'est la première chose qu'ils ont l'habitude de demander le lendemain matin – un café correct.

— Tu veux dire qu'il faut aussi leur faire le café ?

— Parfois même des œufs. Et si tu tombes sur un dingue de la macrobiotique, comme Keith, il lui faudra du granola avec des raisins et des noisettes, enrichi à la vitamine E et… enfin, Dieu merci, j'en ai fini avec tout ça.

— Est-ce qu'il t'arrive de penser à Keith ? Est-ce qu'il te manque ?

Linda fit non de la tête.

— Quand *Caterpillar* a fait sa première, j'ai failli lui envoyer un télégramme, mais je me suis dit que c'était idiot. C'est fini. Je suis heureuse que sa comédie musicale soit un succès, parce que ça doit lui coûter cher de coucher avec Christina. Et puis il suffit de rencontrer un homme comme Tom Colt pour se rendre compte que Keith n'est qu'un petit garçon.

— Mais, Linda… Tom est marié, et il a un bébé de six mois.

— Sa femme et son bébé vivent sur la côte Ouest… alors que, moi, je suis ici. De plus, je ne cherche absolument pas à l'enlever à sa femme et à son gosse.

— Alors pourquoi cours-tu après lui ?

— Parce qu'il me plaît… Il est beau, et j'ai envie de coucher avec lui. Et toi aussi, d'ailleurs. Du moins, hier soir, tu en avais l'air.

— Moi ?

— January, tu devrais être du signe des Gémeaux, et pas du Capricorne – tu as réellement une double personnalité. Je veux dire que, quand tu as bu, tu deviens vraiment quelqu'un d'autre. Hier soir, chez P. J., il nous embrassait toutes les deux, l'une après l'autre… De vrais baisers… Et il m'appelait Vanille… et toi Chocolat.

— Il nous embrassait, chez P. J. ?

— Parfaitement.

— Il nous embrassait pour de bon ?

— En ce qui me concerne, j'ai senti sa langue jusqu'au fond de ma gorge. Je ne sais pas pour toi.

— Oh, Seigneur !

— Et en rentrant à la maison, dans le taxi ?

— Quoi, dans le taxi ? fit January, soudain inquiète.

— Quand il a passé la main dans ton soutien-gorge en disant : « Petits nichons. Mais je les aime bien. »

January s'enfonça la tête dans l'oreiller.

— Linda… Je ne te crois pas.

— Bien sûr… Et puis il a embrassé les miens en disant qu'ils étaient vraiment excitants.

— Que faisait le chauffeur ?

— Je suppose qu'il regardait comme un fou dans le rétroviseur. Mais il paraît qu'ils voient de tout, même des viols.

— Linda, dit January d'une toute petite voix, ça me revient petit à petit. Je me souviens qu'il a passé la main sous mon corsage et que je me suis dit que c'était la chose la plus naturelle du monde. Oh, mon Dieu… Comment ai-je pu le laisser faire ?

— Parce que tu finis par devenir une gentille fille normale.

— Parce qu'il est normal de se laisser toucher par un homme devant une autre fille ?

— Allons, je n'ai jamais aimé les ménages à trois. Quand je suis au lit avec un homme, je ne me trouve bien que toute seule avec lui. Mais la soirée d'hier a simplement été bien amusante. Il n'y a pas de quoi s'affoler.

January sortit du lit et se fraya un chemin dans la chambre pour aller chercher une cigarette. Elle l'alluma, aspira profondément, puis se retourna vers Linda.

— Très bien. Je sais que j'ai été longtemps éloignée de tout ça, et que les mentalités ont changé. Par exemple, que ce n'est pas la peine d'être marié pour aimer quelqu'un ou coucher avec lui. Je sais que tout le monde pense comme ça, mais aucune règle ne m'oblige à les suivre. Je me suis sentie en dehors du coup parce que j'étais vierge. Je me suis littéralement forcée à croire que David me plaisait. Et ça a été horrible.

Elle haussa les épaules en écrasant la cigarette qu'elle venait d'allumer.

— Linda, j'ai envie de tomber amoureuse. Oh, Seigneur, qu'est-ce que j'ai envie d'être amoureuse ! Je veux bien que le mariage ne soit pas nécessaire. Mais quand je serai amoureuse, et que l'homme que j'aimerai me touchera, je veux que ce soit quelque chose de merveilleux entre nous, et pas seulement un moment « sympa ».

— January, quand les gens sont défoncés – que ce soit au bourbon, au vin ou au haschisch –, ce qu'ils font ou ce qu'ils ressentent correspond généralement à la vérité. La boisson supprime tout simplement les inhibitions. Si tu as laissé Tom Colt te toucher et si, comme tu le dis, tu as pensé alors que c'était parfaitement naturel, cela veut dire que, au plus profond de toi, tu désirais qu'il te touche.

January alluma une autre cigarette.

— Ce n'est pas vrai. J'admire son œuvre, j'admire sa force, mais, Seigneur, que doit-il penser de nous ? Deux resquilleuses qui font monter un homme dans leur propre limousine et qui lui permettent de…

Elle écrasa sa cigarette.

— Oh, Linda, mais lui, que doit-il penser de nous ?

— January, cesse de te torturer à propos de ce qu'il peut penser de nous. Est-ce que tu te rends compte du nombre de verres de bourbon qu'il a bus, et du nombre de seins qu'il a dû tripoter au cours de sa vie ? Il ne se souvient probablement même plus de tes deux bijoux. Maintenant, il est presque midi, bon Dieu. Allez, appelle-le.

— Non.

— S'il te plaît… Fais ça pour moi. Il faut qu'il nous invite toutes les deux ce soir. Dans la soirée, tu pourras dire que tu ne te sens pas bien et t'éclipser. Mais je t'en prie, appelle-le. J'ai vraiment envie de lui. Écoute, il n'y en a pas deux comme lui dans le coin, pas vrai ? Il a l'air si dur, par moments. Et pourtant, quand il sourit, ou qu'il te regarde dans les yeux, tu crois mourir.

— Tu veux dire que tu désires coucher avec Tom Colt, tout en sachant pertinemment qu'il n'y a aucun avenir possible avec lui ? En sachant qu'il est marié ?

— Qu'est-ce que tu essaies de me fourrer dans la tête ? Un complexe de culpabilité ? J'ai Tom Colt dans la peau et je lui plais, qu'est-ce qu'il y a de mal à ce que nous passions quelques merveilleuses nuits ensemble ? À qui cela peut-il nuire ? Aucun voisin ne se moquera de la pauvre épouse qui fait innocemment sa lessive. *Sa* femme est jeune et appétissante et, si elle en bave, c'est à Malibu, avec une gouvernante pour s'occuper du bébé, sûrement entourée de voisins qui sont tous des célébrités de Hollywood. Que pourrais-je lui prendre ? Elle n'est pas ici, n'est-ce pas ? Bon, tu vas l'appeler ?

— Non. Et même s'il n'était pas marié, je ne l'appellerais pas.

— Pourquoi donc ?

January alla ouvrir les persiennes.

— On dirait qu'il neige à nouveau, dit-elle. Dieu merci, la couche d'hier soir n'a pas tenu.

— Pourquoi ne l'appellerais-tu pas même s'il n'était pas marié ? insista Linda.

— Parce que… Eh bien, on n'appelle pas un homme. C'est à lui d'appeler.

— Oh, Seigneur… C'est à n'y pas croire. On dirait que tu sors d'un film de Priscilla Lane. Rendez-vous du samedi soir et petit corsage fleuri. De nos jours, les femmes ne sont pas tenues d'attendre tranquillement qu'un homme les appelle. Et puis Tom Colt n'est pas un homme comme les autres – c'est une superstar – et nous avons un article à faire sur lui.

Linda décrocha le téléphone et composa le numéro du Plaza.

— Je crois que, pour terminer, nous devrons lui faire rencontrer une ou deux fois cette grande brute de Sara Kurtz, pour qu'elle puisse saisir son style… Allô… Oh, monsieur Colt, s'il vous plaît…

— Pourquoi Sara Kurtz ? demanda January.

— Parce que c'est l'article le plus important qu'ait jamais publié *Gloss*. Et Sara est la meilleure rédactrice que j'ai sous la main… Allô… allô ?… Oh… ici, Mlle January Wayne ! Oui… January… comme le mois.

— Linda !

— Allô, monsieur Colt… ? Non, ce n'est pas January. C'est Linda Riggs… mais January est assise à côté de moi… Oui, nous allons bien… Oh, un petit peu… Mais bien sûr… Nous aimerions toutes les deux vous revoir… Qui ? Hugh Robertson ? Vraiment ?… Oh, formidable. Nous serions enchantées… Très bien. Chez vous à sept heures… dixième étage…

Elle nota le numéro de sa suite sur un carnet.

— Nous y serons.

Linda raccrocha avec un sourire épanoui.

— Hugh Robertson vient le voir pour l'apéritif en fin d'après-midi. Et nous irons dîner tous ensemble. Tom nous envoie sa limousine.

— Pourquoi l'as-tu appelé « monsieur Colt » au téléphone ? demanda January.

— C'est drôle, hein ? Mais j'ai eu peur, tout à coup. Il m'a paru si froid, au début. Mais ce soir, après un ou deux verres, je l'appellerai Tommy. Et songe que nous aurons Hugh Robertson comme mise en bouche ! Je me demande l'effet que ça fait de faire l'amour avec un cosmonaute.

— Tu devrais avoir ta chance, lui dit January. Au moins, lui, il est divorcé.

— C'est toi qui t'occuperas de Hugh… Moi, je veux Tom.

— Pourquoi dédaignes-tu Hugh ? demanda January. Lui aussi, c'est une superstar. Je veux dire qu'il a eu droit à la couverture de *Time* et de *Newsweek*.

— Écoute, January, je ne suis pas une groupie… En fait, je n'ai encore jamais emballé la moindre vedette, alors les superstars… ! Keith est entré dans la troupe de *Caterpillar* après notre rupture, et il n'est toujours pas une vedette. Il n'a même pas été cité par les critiques. Alors quand je dis que je veux Tom Colt, c'est parce qu'il a quelque chose de spécial… Je veux dire qu'il m'aurait tourné la tête même s'il était simple comptable au chômage. Il est si fort… si totalement indépendant…

Et pourtant, il y a parfois en lui quelque chose de doux et mélancolique. Tu n'as pas remarqué ?

— Non. Pour mon malheur, je suis tombée amoureuse de Jack Daniel's et je n'ai plus regardé personne dans les yeux. Mais ce soir, je ferai attention.

— Non. Ce soir, c'est Hugh Robertson que tu regarderas dans les yeux. Moi, je m'occuperai de Tom Colt. Imagine… demain à la même heure, je prendrai probablement le petit déjeuner avec lui au Plaza.

15

Elles arrivèrent au Plaza à sept heures cinq, excitées comme deux lycéennes en goguette. En pénétrant dans le hall, January s'immobilisa soudain. L'endroit lui rappelait tant de souvenirs. Linda la tira jusqu'à l'ascenseur.

— Viens donc. Nous allons être en retard.

— Linda, je ne suis plus revenue ici depuis…

— January, ce n'est pas le moment de penser à papa. Nous sommes dans le présent ! Tom Colt… Hugh Robertson… tu te souviens ?

Elle poussa January dans la cabine de l'ascenseur.

Hugh Robertson leur ouvrit la porte. January le reconnut d'après ses photos. Il se présenta et les invita à entrer.

— Tom est au téléphone, dans la chambre à coucher. Il discute de ventes à l'étranger avec son agent de Munich. Je suis chargé de servir les apéritifs. Je ne vous demanderai pas ce que vous buvez, parce qu'il semble n'y avoir que du Jack Daniel's.

Linda accepta un verre, mais January déclina l'offre. Elle se dirigea vers la fenêtre. C'était incroyable… Tom Colt dans sa suite. Celle que Mike louait à l'année. Avec la même table près de la fenêtre. Elle la toucha doucement, comme si elle s'attendait à voir se matérialiser une vision. Combien de fois s'était-elle assise là à le regarder composer des numéros ! Parfois, tous les téléphones sonnaient en même temps. Elle se retourna. Et juste à ce moment-là, tous les téléphones se mirent à sonner en même temps tandis que Tom Colt entrait dans la pièce en jurant.

— Qu'ils aillent au diable… laissons-les sonner. C'est samedi, et je ne suis pas obligé de travailler.

Il vint serrer la main de January.

— Hello, princesse, vous êtes-vous remise de la fiesta d'hier soir ?

— Oui, merci.

Elle se sentit soudain gênée et désorientée, tandis qu'il allait saluer Linda.

Puis ils se rendirent au « 21 ». Tom fut raisonnablement sobre. Lorsqu'il remarqua que January ne touchait pas à son bourbon, il demanda la carte des vins.

— Du vin blanc, j'imagine. Ça vous va ?

— Mais vous disiez hier soir… commença January.

— Nous sommes ce soir, dit Tom. Je dis une chose différente tous les soirs.

Ce fut une soirée détendue, mais January se retrouva incapable d'aborder le moindre sujet de conversation avec Tom. Elle pesait chaque phrase avant de parler, se la répétait en pensée, et puis l'instant passait sans qu'elle ait rien dit. Elle se trouvait complètement idiote. Linda bavardait si facilement, racontant à Tom ses débuts chez *Gloss*, et par quel miracle elle avait continué à y faire carrière. January essaya de trouver quelque chose à dire. Pourquoi se sentait-elle soudain si intimidée et détournait-elle les yeux chaque fois qu'il la regardait ? Peut-être devrait-elle lui dire qu'elle avait beaucoup aimé son livre ? Comment le lui dire : « Monsieur Colt, je pense… » Non… « Tom, j'ai adoré votre livre… » Non, cela sonnait faux. « Tom, votre livre deviendra le best-seller numéro un... » – trop présomptueux. Qui était-elle pour lui prédire comment l'accueillerait le public ? Et si...

— Oh, Tom, dit Linda, je voudrais que vous me dédicaciez votre livre. Il est tellement sensationnel.

(Et voilà, c'en était fini avec le bouquin comme sujet de conversation.)

Tom leur promit de leur acheter à chacune un exemplaire chez Doubleday.

— Ils restent ouverts tard le soir. Je suis content que vous aimiez mon livre. Lawrence et Company m'ont annoncé qu'il prendrait la sixième position du classement du *New York Times* la semaine prochaine. En fait, cet ouvrage n'est pas aussi bon que les autres qui n'ont pas marché, mais il est commercial, et c'est ce qu'il faut de nos jours.

Puis il se tourna vers Hugh et lui demanda pourquoi il s'enterrait à Westhampton.

— Il doit y avoir une dame là-dessous, dit-il.

— Et c'est une très grande dame, répondit Hugh. La Mère Nature.

— Vous voulez parler de l'écologie ? s'enquit Linda.

— Non, je me fais surtout du souci pour le vieux corps de cette dame. Elle risque de se désintégrer sous le choc. C'est aux failles de la terre que je m'intéresse. La plus connue est celle de San Andreas, avec tous ces visionnaires mystiques qui prédisent que la Californie sera submergée cette année. Je suis d'avis que Los Angeles ne va pas tarder à subir un tremblement de terre, mais je ne pense pas que le raz de marée en fera une nouvelle Atlantide. C'est à d'autres failles que je m'intéresse – il y en a tellement sur notre terre. Je cherche surtout à savoir si de nouvelles ont surgi. J'ai donc décroché une subvention de recherche et j'essaie de prouver certaines théories qui accorderaient un répit de quelques années à notre pauvre petit monde.

— Mais, à supposer que nous n'employions pas la bombe et que nous cessions de polluer l'air, est-ce que le monde ne continuerait pas tout simplement à exister ? demanda Linda.

Hugh lui sourit.

— Linda, l'autre soir, quand je me suis étendu entre les dunes dans mon sac de couchage et que…

— Vous dormez dans les dunes en février ? s'exclama Linda.

— J'ai une petite maison de pêcheur sur la plage, lui dit Hugh. Mais je ne dois pas y passer plus de quelques heures par jour. J'enfile mes sous-vêtements thermiques, je prends mon sac de couchage et je me fais un petit nid entre deux dunes pour me protéger du vent. Bien sûr, c'est beaucoup plus agréable en été, mais le ciel est fascinant en toutes saisons et il vous ramène à votre taille réelle. Surtout lorsque vous vous rendez compte que, d'après la théorie de l'univers, notre monde n'est qu'une escarbille. Pensez donc – il y a là-haut des millions de soleils qui abritent peut-être la même forme de vie que la nôtre. Et quand vous levez les yeux, vous vous dites qu'il existe peut-être des mondes qui ont cinquante millions d'années d'avance sur vous.

— J'étais en seconde année au pensionnat de Mlle Haddon, intervint January, lorsque j'ai appris pour la première fois que les étoiles étaient immenses et qu'elles pouvaient abriter d'autres mondes. Jusque-là, j'avais cru qu'elles étaient petites, chaudes, confortables, comme des illuminations divines. Je ne me rappelle pas qui m'a enseigné cela, mais je me souviens du terrible choc de cette révélation. En effet, je vivais dans la terreur constante que l'une d'elles ne tombe et ne s'écrase sur nous. Quand j'en ai parlé à mon père, il m'a dit que chaque étoile avait sa place, et qu'après leur mort les gens partaient vivre sur l'une d'elles.

— Jolie théorie, dit Hugh. Votre père est sûrement un brave homme. Je veux dire que c'est une belle histoire à raconter à une petite fille. Comme ça, elle croit à la vie éternelle et n'a plus peur de l'inconnu.

Puis il se mit à expliquer les systèmes solaires, et affirma être convaincu qu'il y aurait un jour des communications interstellaires.

Tom semblait captivé par les théories de Hugh et le bombardait de questions. January écoutait avec intérêt, mais Linda s'ennuyait ferme. Après plusieurs tentatives pour ramener la conversation sur des sujets plus personnels, elle abandonna et s'enfonça dans son fauteuil. Elle jetait des regards meurtriers à January chaque fois que celle-ci posait à Hugh une question qui le lançait dans un autre long exposé.

Mais January était sincèrement passionnée. En même temps, il lui était facile de discuter avec Hugh. Et elle avait l'impression que leur conversation l'aidait à communiquer dans le même temps avec Tom. Elle parvint même à les faire rire tous les deux – du moins lorsqu'elle parlait à Hugh. Lorsque Tom lui adressa directement la parole, elle se sentit tendue, recommença à choisir ses mots et se replia sur elle-même.

Elle observa discrètement Tom alors que Hugh expliquait quelque chose à propos de la lune et des marées. Son expression était si intense, celle d'un homme taillé dans le granit. Et pourtant, elle le sentait vulnérable, alors que Mike ne l'avait jamais été. Mike avait toujours été un gagnant. Il suffisait de l'observer pour comprendre qu'il était invulnérable. Et pourtant, étrangement, on sentait que, malgré toute la force dont il faisait montre, Tom avait beaucoup souffert. Tom n'était pas aussi fort que Mike, mais en même temps il le dominait par certains aspects. Il avait reconnu que certains de ses romans n'avaient pas marché, les quatre derniers, ce qui ne l'avait pas empêché de se remettre au travail et d'en écrire un autre. Mike avait abandonné la partie parce qu'il était persuadé que sa chance avait tourné. De toute évidence, Tom Colt ne croyait pas à la chance.

— Êtes-vous joueur ? lui demanda-t-elle brusquement.

Les deux hommes arrêtèrent de parler et la regardèrent. Elle aurait voulu passer sous la table. La question lui avait échappé. Tom la fixa pendant quelques secondes et lui répondit :

— Seulement si la cote est en ma faveur. Pourquoi ?

— Comme ça. Vous me rappelez quelqu'un.

— Un vieil amour perdu ? lui demanda Tom.

— Oui… son père ! lança Linda.

Tom se mit à rire.

— Eh bien, c'est une bonne leçon de modestie. Et quand un homme de près de soixante ans croit qu'il peut distraire deux belles jeunes filles, il est impératif de le ramener sur terre.

— Il est impossible que vous ayez soixante ans ! fit mine de s'indigner Linda.

— Pas la peine de me flatter, lui dit Tom dans un sourire. Eh oui, j'ai cinquante-sept ans, quelques années de plus que Mike Wayne. Pas vrai, January ? Quant à toi, Hugh, tu es assez jeune pour savoir que nous ennuyons ces jeunes personnes avec nos histoires d'étoiles. Les seules étoiles qui les intéressent sont sans doute Paul Newman ou Steve McQueen.

— Je ne me suis pas ennuyée le moins du monde, protesta Linda. C'était fascinant.

Ils quittèrent le « 21 » sur le coup de onze heures. La nuit était claire et sans vent.

— Ramenons les filles chez elles à pied, proposa Tom. Elles partagent un appartement.

— Nous vivons dans le même immeuble, précisa Linda, mais nous y avons chacune notre appartement.

Tom renvoya la voiture, et ils marchèrent d'abord jusque chez Doubleday. Les vendeurs saluèrent Tom. Il acheta des livres pour January et Linda, les dédicaça et en signa quelques-uns à contrecœur pour le magasin. Puis ils sortirent rapidement. Linda s'efforçait de laisser January et Hugh marcher devant tandis qu'elle tenait Tom par le bras, mais celui-ci continuait à discuter avec Hugh, et ils se retrouvèrent tous les quatre de front. Ils finirent par emprunter un trottoir plus étroit, et furent obligés de se scinder en deux couples. Linda et Tom marchaient devant et January remarqua que Tom tenait Linda par la main. Elle comprit tout à coup que Hugh venait de lui poser une question.

— Je suis désolée, mais je n'ai pas entendu ce que vous me disiez. Ce taxi faisait tellement de bruit… je…

Il lui sourit.

— Ne vous en faites pas à cause de votre amie. Tom est marié… Et vous n'êtes pas du genre à tomber pour une aventure d'un soir.

— Je ne m'en fais pas. Qu'est-ce qui vous fait croire ça ?

— La façon dont vous les regardiez se tenir la main pendant que je vous parlais. Et aucun taxi n'est passé près de nous.

— Oh, mon Dieu, je devais avoir la tête ailleurs ! C'est une mauvaise habitude. Mais sincèrement, Hugh, je suis enchantée d'être avec vous.

— Nous sommes tous les deux des bons à rien, Tom et moi, en ce qui concerne la romance. Moi, j'ai les étoiles et l'océan tandis que Tom s'est trouvé une nouvelle femme et un bébé tout neuf. Il s'agit de son premier bébé… Vous vous rendez compte ? Quatre mariages, et un premier bébé à cinquante-sept ans. Alors si votre amie a la moindre idée derrière la tête…

— Non, Linda connaît le topo.

— Ce genre de vocabulaire ne vous va pas, lui dit Hugh.

— Comment savez-vous ce qui me va ?

— Parce que je sais qui vous êtes et ce que vous êtes. De la même manière que je sais qui est Linda. Tom tombe toujours sur des Linda. Il en a même épousé une ou deux. Vous savez pourquoi ? Parce qu'il ne court pas après les filles. C'est un feignant – il prend celles qui viennent à lui. C'est plus facile. Et puis je ne le crois pas capable de tomber amoureux, sauf peut-être des personnages qu'il crée dans ses livres. Alors ce sont les filles qui le pourchassent. Seulement, maintenant qu'il a un fils, il va rester lié à sa petite épouse jusqu'à ce que la mort les sépare.

— Comment est-elle ? demanda January.

— Belle et rousse… Elle a fait une petite carrière dans le cinéma, il y a quelques années. Elle n'est pas allée plus loin que des petits rôles. Mais elle était jolie. Elle a rencontré Tom, elle lui a couru après et a elle abandonné sa carrière pour lui donner un fils.

— Comment s'appelait-elle, je veux dire comme actrice ?

Il s'arrêta pour la regarder dans le noir.

— January, lui dit-il doucement, vous voulez un conseil, ma chère ? Laissez-le aux Linda. Vous souffririez.

Avant qu'elle puisse répondre, Tom appela soudain Hugh.

— Hé, Hugh, tu veux toujours que j'aille passer la journée avec toi à la plage, demain ?

— Bien sûr, tout est réglé. Le congélateur est rempli à ras bord de steaks.

— Alors que penserais-tu d'inviter les filles, histoire de leur faire cuire les steaks ?

— Nous en serions ravies, répondit rapidement Linda. Je ne suis encore jamais allée à la plage en février.

Ils avaient atteint leur immeuble. Linda regarda Tom.

— Puis-je vous inviter à monter prendre un dernier verre ? Je n'ai pas de bourbon, mais il doit me rester un peu de whisky…

— Non, nous devons partir tôt demain matin, dit Tom. J'aime la plage par temps gris, même s'il fait froid. C'est à ce moment-là que le monde entier vous appartient. À Malibu, c'est dans le froid et le brouillard que je travaille le mieux.

Le dimanche, il faisait froid et la pluie menaçait, mais ils partirent tous les quatre pour la plage à dix heures trente du matin. Ils étaient chacun vêtus d'un pantalon épais, d'un chandail et d'une veste épaisse. Pour la première fois, Tom semblait vraiment détendu.

Il finit par pleuvoir, mais la maison était douillette et le feu brûla dans la cheminée toute la journée. January avait parfois l'impression qu'ils se trouvaient seuls au monde, assis autour de l'âtre. C'était une solide petite maison. Un grand séjour, une vaste cuisine, une chambre à coucher à l'étage avec une terrasse attenante.

— Parfait pour un célibataire, dit Hugh.

— Parfait pour un couple d'amoureux, ajouta Linda en regardant Tom. Appréciez-vous autant nos plages de New York que celles de Malibu, Tommy ?

Il lui ébouriffa les cheveux en souriant.

— Linda, vous pouvez me traiter de sous-merde, ou d'enfant de salaud, ou de ce que vous voulez… Mais ne m'appelez jamais Tommy.

La limousine vint les chercher à dix heures pour les ramener en ville. Hugh restait à Malibu. En partant, Tom saisit une bouteille de bourbon.

— Provisions pour la route, annonça-t-il.

Linda le prit par le bras et ils descendirent vers la voiture. De son côté, Hugh accompagna January. Une pluie légère leur fouettait le visage.

— On dirait que le couple s'est formé, dit Hugh. Maintenant, c'est à vous de veiller sur eux pendant la tournée.

— La tournée ?

— Linda m'a dit que vous l'accompagniez pour écrire l'article. Et cette tournée n'est pas faite pour Tom. Il risque de boire trop. Dans le fond, il est très timide. Je ne le connais que depuis six ans, et j'ignore quel démon le poursuit. Dieu sait que les femmes l'aiment, et qu'il séduit même les hommes. Mais on dirait qu'il se sent obligé de prouver quelque chose à chaque instant. Peut-être est-ce pour cette raison qu'il boit autant. Peut-être, après chaque livre, a-t-il l'impression qu'il a dit tout ce qu'il avait à dire. Il sait pourtant qu'il doit continuer. Cette tournée ne lui fera aucun bien – à son psychisme, je veux dire. C'est pourquoi je vous demande de veiller sur lui. Il lui faut quelqu'un qui l'aide à ne pas trop taquiner sa bouteille de bourbon.

January lui sourit. Linda et Tom étaient déjà dans la voiture.

— Je vous aime bien, monsieur Hugh Robertson, lui dit-elle.

— Moi aussi, January Wayne. Je crois que vous êtes spéciale.

— Merci.

Il lui prit la main.

— Je veux dire… dans le meilleur sens du terme. Je suis votre ami.

Elle acquiesça et lui serra la main.

Après un dernier sourire, elle monta dans la voiture. Tom déboucha sa bouteille et en but une longue gorgée. Il la tendit à Linda. Elle s'arrangea pour en boire, elle aussi, une bonne lampée. Puis il tendit le bourbon à January. Elle hésita et leurs regards se croisèrent dans la semi-obscurité qui régnait dans la limousine, et pendant un instant d'éternité le temps sembla suspendu dans les airs, comme dans un film lorsque l'image devient fixe. Elle tendit lentement la main, soutenant toujours son regard, et puis, tout à coup, il reprit la bouteille d'un geste brusque.

— Non, j'ai changé d'avis. Plus de boisson jusqu'à la maison. Demain, nous avons du travail.

Le moment était passé. Tom parla des interviews qui étaient prévues, des apparitions qu'il devait faire à *Today* ou à l'émission de télévision de Johnny Carson, des voyages éclair à Boston, Philadelphie et Washington avant de commencer la véritable tournée à travers tout le pays.

— Je crois que nous ferions mieux de ne pas assister à vos interviews. Rita en ferait vraiment toute une histoire. Mais si tout va bien, nous couvrirons vos passages à la télé, et certaines conférences de presse, ainsi que celles que vous donnerez dans d'autres villes.

— Ça marche. Mais je ne vois pas comment vous en tirerez un article intéressant.

— C'est la première fois que vous participez à une tournée ?

— Bien sûr que non.

Linda lui sourit.

— Ça sera intéressant, je vous le promets.

Lorsque la voiture s'arrêta devant chez elles, Tom descendit et les accompagna jusqu'à la porte. Il les embrassa toutes les deux sur la joue, et repartit vers la limousine. Pendant une fraction de seconde, Linda en resta sans voix, puis elle dit entre ses dents :

— Monte, January, maintenant.

Elle poussa January à l'intérieur et se rua vers la limousine au moment où Tom allait y grimper.

— Tom, dit-elle, je sais que vous êtes interviewé par *Life* demain… mais à quelle heure est-ce que…

January n'entendit pas le reste. Elle prit directement l'ascenseur et monta à son appartement. Elle était complètement désorientée…

Elle se déshabilla et se mit au lit. Elle se demanda si Linda avait suivi Tom au Plaza dans la chambre à coucher qui avait été celle de Mike et s'efforça de ne plus y penser.

Si Linda voulait avoir une aventure avec Tom Colt, pourquoi pas ? Elle donna un coup de poing dans l'oreiller et essaya de s'endormir. Tout lui semblait trop calme. Elle entendait le tic-tac du réveil, la télévision de l'appartement d'à côté, un couple qui se disputait de l'autre côté de la cour… Puis le téléphone sonna.

C'était si inattendu qu'elle sursauta. Elle décrocha à la seconde sonnerie.

— J'espère que je ne vous réveille pas ?

Elle en resta muette d'étonnement. C'était Tom Colt.

— January, vous êtes là ?

— Non… je veux dire, oui, je suis là… non, vous ne me réveillez pas.

— Bien, dit-il. J'allais demander qu'on me réveille demain matin lorsque je me suis souvenu que j'étais libre demain soir. Avez-vous déjà vu *The Gingerbread Lady* ?

— Non.

— Voilà, je suis un grand admirateur de Maureen Stapleton. Alors je vais prendre trois places, et nous irons le voir demain soir. Dites-le à Linda.

— Elle l'a peut-être déjà vu, dit January.

— Et alors ? Nous, non. Ça fait deux sur trois. Cela va fonctionner comme ça entre nous, à la majorité des voix. Alors je passerai vous prendre toutes les deux demain à sept heures. Bonsoir.

Après avoir entendu Tom raccrocher, elle contempla un moment le téléphone. Elle raccrocha lentement à son tour. Linda n'était donc pas avec lui. Elle y pensa, étendue dans le noir… Linda n'était pas avec lui ! Mais pourquoi en était-elle si heureuse ? Parce qu'elle le voulait pour elle-même ! Elle ne bougea plus, presque abasourdie par cette subite révélation. Et pourtant, c'était vrai… Elle était en train de tomber amoureuse d'un homme plus âgé que son père. Un homme qui avait une femme et un bébé ! Et elle ne lui était pas indifférente !

Sinon pourquoi l'aurait-il appelée, elle, et pas Linda, au sujet de *The Gingerbread Lady* ? Pouvait-il avoir une inclination pour elle ? Mais Hugh n'avait-il pas dit qu'il était paresseux et qu'il laissait les filles le choisir plutôt que de faire le moindre effort pour aller vers elles ? Et Linda ne l'avait-elle pas déjà attiré dans ses rets ? Pourtant, c'était elle, January, qu'il avait appelée. Elle s'étira et se laissa aller à rêver… Supposons que sa femme lui demande soudain le divorce, et supposons qu'elle meure brusquement… Non, elle n'en avait pas le droit… Elle ne pouvait pas l'éliminer ainsi… Bon. Supposons qu'il tombe réellement amoureux d'elle et demande le divorce… Non… Il n'abandonnerait pas son fils… Tom Colt junior représentait beaucoup pour lui… Et si sa belle jeune femme venait lui révéler que ce n'était pas vraiment son fils, qu'elle s'était fait mettre en cloque par un quelconque apollon des plages et qu'elle demande le divorce… ? Dans ce cas, il ne se sentirait pas coupable… Il entretiendrait l'enfant parce qu'il portait son nom, et puis il pourrait épouser January… Et ils vivraient ensemble dans sa maison sur la plage… Elle lui taperait ses manuscrits, et… Ce serait merveilleux… et…

C'ÉTAIT N'IMPORTE QUOI !

Oui… vraiment n'importe quoi… mais elle enlaça son oreiller et s'endormit en pensant à la manière dont il l'avait regardée dans la voiture pendant cet instant trop court.

16

Elle connut un sommeil agité. Mais lorsque le réveil sonna, elle sauta hors de son lit, tout excitée à l'idée de la journée qui commençait. Elle se surprit à chanter sous la douche : « Je suis amoureuse, je suis amoureuse, je suis amoureuse d'un garçon merveilleux ! » Puis elle se rappela une autre chanson de Rodgers et Hammerstein : « Ce monsieur est un crétin, ce n'est pas du tout mon genre, mais si je pleure toutes les larmes de mon corps, c'est parce qu'il n'est pas à moi. » Mais elle ne pleurait pas du tout. Elle se tenait debout sous la douche comme une idiote à chanter de vieux succès… et elle ne s'était jamais sentie aussi bien de toute sa vie.

Cependant, il était marié. Elle y songea en s'habillant. Où était passé son sens moral ? Elle savait pourtant combien sa mère avait souffert lorsque son père la trompait avec d'autres femmes. Néanmoins, elle n'avait pas l'intention de coucher avec Tom Colt. Simplement, il était si merveilleux de ressentir quelque chose pour un homme autre que Mike. De désirer être en compagnie d'un autre homme… Recueillir son admiration. Est-ce que c'était mal de souhaiter seulement passer du temps en sa compagnie. Surtout si personne ne l'apprenait.

Il lui fut très pénible de jouer l'indifférence devant Linda.

— Qu'est-ce que ça veut dire, nous allons voir *The Gingerbread Lady* ? s'était exclamée Linda. Je préférerais voir *No, No, Nanette*. Et puis pourquoi est-ce toi qu'il a appelée ?

— Je ne sais pas, dit January, peut-être parce qu'on a tout le temps été tous les trois. Il a peut-être pensé qu'il devait se montrer neutre.

— Eh bien, le trio va se transformer en duo, et pas plus tard que ce soir !

— Et notre collaboration pour l'article ?

— On change tout. À partir de maintenant, tu n'en es plus.

— Mais pourquoi ?

— Écoute, January, de toute façon, Sara Kurtz doit faire le rewriting. Et quand viendra l'heure de prendre la route, nous ne serons que deux – Tom et moi. Je le lui annoncerai, le moment venu… Je lui expliquerai que j'ai dû te mettre sur un autre coup. En même temps je le présenterai à Sara, et je lui dirai que c'est à elle que j'enverrai les bandes à transcrire. Je suis sûr qu'en la voyant il ne demandera pas à ce qu'elle soit du voyage.

January hésita.

— Linda, laisse-moi essayer d'écrire l'article. Je crois vraiment que j'en suis capable. Permets-moi de t'accompagner dans la tournée. Je ne me mettrai pas en travers de ton chemin, je te le promets.

— Ma chère, tu es déjà en travers de mon chemin. Malheureusement, il faut que je m'en accommode pour ce soir et que je fasse contre mauvaise fortune bon cœur. Il y a des moments où, dans un trio, il y en a toujours un qui tient la chandelle.

Ils s'assirent tous les trois dans l'obscurité du théâtre. Tom leur avait dit que Maureen Stapleton était, d'après lui, la meilleure actrice de New York. January, qui avait vu Maureen dans plusieurs comédies musicales, était de son avis. Mais, pour la première fois de sa vie, elle ne parvint pas à se concentrer sur ce qui se passait sur la scène. Elle était trop consciente de la présence de Tom à côté d'elle. Assise près de lui dans le noir, elle éprouvait une intimité particulière, bien qu'il semblât ne s'intéresser qu'à la pièce. À plusieurs reprises lorsque leurs bras se frôlèrent par inadvertance, elle eut l'envie insensée de lui prendre la main. Il avait des mains si fortes, si propres… Elle aimait la forme de ses doigts. De lui émanait un parfum qu'elle connaissait déjà. Elle renifla un peu pour essayer de savoir ce que c'était.

— C'est de l'eau de Cologne N° 5 de Chanel, lui dit-il. Je m'en applique régulièrement après m'être rasé. Il y a toujours quelqu'un pour se faire des fausses idées à ce sujet.

— Non, j'aime beaucoup, répondit-elle.

— Eh bien, je vous en offrirai.

Puis il reporta son attention sur la scène.

Après le spectacle, ils allèrent faire un tour dans les coulisses pour saluer Mlle Stapleton, qui les accompagna chez Sardi. Tom lui dit que, s'il avait l'occasion d'écrire quelque chose pour la scène, il penserait à elle pour un rôle. Puis ils se mirent à parler de comédies musicales passées et récentes, en faisant des comparaisons. January cita des titres qui étonnèrent Tom.

— Mais vous n'avez pas pu les voir, lui dit-il. Elles ont été jouées avant votre naissance.

— Effectivement, dit-elle, mais, depuis l'âge de huit ans, non seulement j'ai vu toutes les comédies qui passaient à Broadway, mais je venais souvent m'asseoir dans ce même restaurant où j'écoutais parler des comédies des années 1940.

Elle se rendit compte qu'ils faisaient tous partie d'un monde dans lequel Linda ne pouvait pas pénétrer, January essaya donc de la faire participer à la conversation.

— Linda et moi sommes allées à la même école. Elle était la vedette du pensionnat. Vous auriez dû la voir dans *Annie du Far West*.

Linda commença à briller un peu à leurs yeux et, avant la fin de la soirée, elle suggérait à Maureen Stapleton de l'interviewer pour *Gloss*.

Lorsque Tom raccompagna Linda et January, Linda ne fit aucune tentative pour l'inviter à monter.

— J'ai décidé d'attendre la tournée, dit-elle à January. Et je crois qu'il est du même avis. Ça paraîtra beaucoup plus naturel.

Le lendemain matin, la sonnette de la porte résonna en même temps que le réveil. January enfila une robe de chambre et regarda par le judas. C'était un livreur avec un colis. Elle ouvrit le battant avec précaution, en maintenant la chaînette de sûreté. Elle signa le reçu, donna un pourboire au livreur et lui indiqua d'abandonner le paquet devant la porte. Elle ne retira la chaînette qu'au moment où le livreur eut regagné l'ascenseur. (C'était une habitude que Mike l'avait forcée à adopter, en lui affirmant qu'elle faisait partie des règles de survie d'une jeune fille vivant seule à New York.) Lorsque l'ascenseur se referma, elle sortit dans le couloir et prit le paquet. Elle l'emporta dans la chambre et l'ouvrit avec soin. Il contenait le plus grand flacon de N° 5 de Chanel qu'elle ait jamais vu auparavant. Aucun mot n'accompagnait le présent. Elle porta le flacon à sa joue

– il avait donc pensé à elle ; où avait-il pu trouver un flacon de cette taille à huit heures et demie du matin ? Est-ce qu'il en avait envoyé un à chacune d'elles ? Le livreur était-il actuellement en chemin pour apporter le sien à Linda ?

Elle arriva au bureau inondée de parfum. Linda le sentit immédiatement.

— Qu'est-ce que tu t'es mis ?

— Le N° 5 de Chanel.

January attendait la réponse de Linda, mais celle-ci se contenta de hausser les épaules.

— J'ai déposé une nouvelle sur ton bureau. Lis-la… Moi, je la trouve bonne. Dis-moi ce que tu en penses. Je suis peut-être trop concernée. C'est l'histoire d'une fille qui se fait refaire le nez pour garder son petit ami… Elle devient magnifique, mais elle perd le gars pour une fille qui ressemble à ce qu'elle était avant l'opération. C'est une drôle d'histoire… Je l'ai reçue par la petite porte.

— Par la petite porte ?

— Sans l'avoir sollicitée, sans agent littéraire, et par un écrivain dont je n'ai jamais entendu parler, avec une enveloppe jointe à son adresse dans le Bronx. C'est un vieux manuscrit, alors j'imagine que cette Mme Debbie Mallon a dû essuyer plusieurs refus… Elle l'a sans doute envoyé d'abord à *Ladies' Home Journal*, *Cosmo*, *Redbook*, et d'autres revues avant de songer à nous. Vois ce que tu en penses.

January alla s'installer dans son bureau. Elle s'assit, alluma une cigarette et ouvrit le manuscrit à la première page.

Il n'avait donc pas envoyé le moindre flacon de Chanel à Linda…

Elle relut le premier paragraphe du manuscrit. Elle n'arrivait pas à se concentrer.

Mais peut-être que lui aussi trouvait qu'à trois il y en avait immanquablement un qui tenait la chandelle… et que c'était une sorte de « cadeau de consolation ».

Elle revint au premier paragraphe de la nouvelle. Elle jeta un coup d'œil à sa montre. Hier, Tom l'avait appelée chez elle… le matin. Il était déjà presque dix heures et il l'avait peut-être déjà rappelée. Elle aurait dû s'inscrire aux abonnés absents. Mais jusqu'ici, elle n'en avait pas eu besoin. Mike savait toujours où la joindre. Il l'appelait presque tous les jours au bureau après sa partie de golf. Même David savait comment la joindre. Alors, si Tom Colt voulait lui parler, il se douterait certainement qu'il fallait appeler au *Gloss*. Il avait bien trouvé son numéro de téléphone personnel, qui n'était pas encore dans l'annuaire, ce qui signifiait qu'il avait dû le demander aux renseignements. Peut-être qu'il avait appelé Linda et que celle-ci était en train de lui annoncer que January était sur un autre reportage, et trop occupée pour les accompagner en tournée.

Elle observa le manuscrit : *Rhinoplastie*, par Debbie Mallon. Probablement une histoire réelle tirée de la vie de la fille. Sûrement… Pauvre Debbie Mallon avec son manuscrit non sollicité… Et il fallait qu'elle le lise. January éprouvait un cas de conscience. Elle devait lire l'histoire du nez de Debbie, sinon Dieu l'abandonnerait… Et Il ne permettrait pas à Tom de l'appeler. C'était ridicule. De toute façon, Dieu n'était pas de son côté. Pourquoi l'aurait-Il été ? Pourquoi Dieu voudrait-Il qu'un homme marié l'appelle ? « Mais c'est seulement pour être avec lui », murmura-t-elle en regardant le plafond. « Je désire juste lui tenir la main… » Quel mal y avait-il à ça ? Elle se força à lire… « J'avais une tête de perroquet, mais Charlie m'aimait.

Et Charlie ressemblait à Warren Beatty. C'était suffisant pour bourrer de complexes une fille qui… »

Elle se força à continuer. Debbie donnait beaucoup de précisions cliniques sur toute l'opération. Jusqu'à ces aiguilles enfoncées dans le nez. Et le menton… Ils lui ajoutaient quelque chose au menton… Tout ça pour perdre Charlie à la fin de la page dix. Elle s'arrêta au milieu de l'opération. Dix heures et quart. Peut-être qu'il avait appelé Linda, mais elle ne pouvait pas retourner dans le bureau de celle-ci avant d'en avoir fini avec le nez de Debbie.

À dix heures et demie, elle avait terminé la lecture de la nouvelle. Elle ne savait trop qu'en penser. Mais pourquoi ne pas donner une chance à Debbie ? Elle remit le manuscrit dans son enveloppe en papier bulle, et se rendit dans le bureau de Linda.

— C'est bon, lui dit-elle en lui tendant l'enveloppe.

— C'est aussi mon avis, lui dit Linda. Sara possède le plus gros nez de toute la ville, alors, si je lui donne cette nouvelle à mettre au point, nous pourrons passer *Rhinoplastie* dans le numéro d'août. Nous pouvons nous permettre de publier une petite œuvre de fiction d'un auteur inconnu, parce que c'est dans ce numéro que nous publierons l'article sur Tom Colt. Ah, j'ai bien l'intention de prendre de belles photos de lui pendant la tournée… Si seulement Keith n'était pas embarqué dans *Caterpillar*… !

— Tu voudrais qu'il fasse la tournée avec toi et Tom Colt !

— Oui, uniquement parce que ses tarifs sont dans mes cordes. N'importe quel autre photographe risque d'être cher, très cher. Oh, je sais ! Je vais appeler Jerry Coulson. Il est super, mais il l'ignore. Je devrais m'en tirer à bon compte.

— Est-ce que Tom a donné son accord pour les photos ?

— Je ne le lui ai pas demandé. Et je n'en ai pas l'intention. Écoute, à ce moment-là, ce sera le grand amour entre nous deux. Déjà, hier soir au théâtre, il n'a pas arrêté de me faire du pied. Et il a continué chez Sardi pendant que vous parliez de comédies musicales.

— Oh… Eh bien, je crois que je vais retourner dans mon bureau…

— Assieds-toi. J'ai fait monter du café.

— Non, j'ai mon article à terminer sur les chats des vedettes. Est-ce que tu te rends compte que les vedettes qui possèdent un chat sont peu nombreuses ? La plupart ont des chiens.

— C'est ridicule. Pam Mason a au moins mille chats.

— Mais elle habite en Californie ! Dis-moi, penses-tu que Maureen Stapleton possède un chat ?

January réalisa qu'elle parlait un peu trop vite.

— Je ne sais pas…

Le téléphone sonna sur le bureau de Linda.

— Peut-être que c'est Tom. Je lui demanderai le numéro de téléphone de Maureen.

Elle appuya sur la touche.

— Allô… Quoi ? Bien sûr, Sherry… Sans blague ! Viens me raconter ça.

Elle raccrocha.

— Ne t'en va pas, January. On va rire. Sherry vient de me dire que Rita est furieuse. D'ailleurs, j'ai déjà appelé Tom deux fois, mais sa suite ne répondait pas.

Sherry Margolis, une séduisante jeune fille qui dirigeait le service de presse du magazine, entra dans la pièce quelques instants plus tard. Linda la fit s'asseoir.

— Alors, tu disais que Rita était furax contre moi ?

Linda arborait un sourire complaisant.

— Elle m'a demandé si tu avais des nouvelles de Tom Colt, lui dit Sherry. Elle est dans tous ses états. Il paraîtrait qu'elle est arrivée au Plaza à sept heures pour l'emmener à l'émission *Today*, et qu'il dormait encore. Il était attendu à la télévision pour huit heures. Il a prétendu qu'il croyait que c'était pour le mardi suivant. Elle l'a attendu dans le hall au bord de la crise de nerfs, et il est descendu, très calmement, à huit heures moins dix. Elle était venue en voiture, et ils sont arrivés à l'heure de justesse. Après l'émission, pendant qu'il discutait avec Barbara Walters, elle a pris le temps d'aller aux toilettes mais, à son retour, il n'était plus là ! Quelqu'un lui a dit qu'il était dans la salle de rédaction. Il y avait un remue-ménage et elle a vu Tom parler au téléphone. Elle s'est imaginé qu'il était en ligne avec toi, et puis il est parti brusquement. Elle l'a appelé, elle lui a couru après, mais l'ascenseur s'est refermé sous son nez. Elle ne s'est pas affolée en pensant qu'il était rentré directement à son hôtel. Elle lui avait dit qu'il avait une interview à dix heures. Mais il se trouve qu'il n'est pas à l'hôtel et, depuis une demi-heure, elle essaie de faire patienter un type de *Playboy* qui en est déjà à son troisième bloody mary. Un de plus, et il sera incapable d'interviewer Tom Colt, même si celui-ci finit par se pointer. La suite de Tom Colt ne répond pas, elle est même allée frapper à sa porte. La femme de chambre lui a dit qu'elle venait de faire le ménage et qu'il n'y avait personne à l'intérieur. Rita a comme l'intuition qu'il a passé le week-end avec toi, et elle se figure que, toi, tu dois savoir où il se trouve…

Le sourire de Linda s'élargissait de plus en plus.

— Exact. Seulement, tu diras à Rita que, quand je l'ai quitté hier soir au Plaza, il était sain et sauf, bien bordé dans son lit.

Sherry la regarda avec admiration.

— Eh bien, c'est plus fort que la thérapie de groupe, parce que c'est à ça que Rita Lewis consacre quatre soirées par semaine. Je suis ravie de lui faire parvenir ton message.

Lorsque Sherry eut quitté la pièce, Linda fit un clin d'œil à January.

— Ça va tuer Rita. Elle avait des vues sur Tom depuis le début. Attends qu'elle aille à sa réunion de thérapie de groupe ce soir, et qu'ils se mettent à lui dire qu'elle n'est pas rejetée, qu'eux ils l'aiment et qu'elle doit se satisfaire *de leur* amour…

— Comment sais-tu ça ?

— Parce que moi aussi j'ai essayé. Dieu merci, j'ai vite eu les moyens de me payer un psy privé trois fois par semaine.

— Honnêtement, Linda, je ne te comprends pas, lui dit January. Pourquoi veux-tu faire croire à Sherry que tu as couché avec Tom alors que ce n'est pas vrai ? Est-ce qu'il y a une sorte de gloire à avoir une belle moyenne à la batte, comme au base-ball ?

— Lorsque tu couches avec un minus, lui dit Linda, tu gardes ça pour toi. Mais avec un Tom Colt, il faut que ça se sache.

Sherry revint soudain en trombe.

— Linda, allume la télé. Il vient d'y avoir un tremblement de terre en Californie. Pour de vrai !

— Est-ce que tu as appelé Rita pour lui faire passer mon message ? lui demanda d'abord Linda.

— Oui, et elle l'a assez bien pris – seulement trois hoquets et un sanglot étouffé.

Sherry alluma le poste de télévision. Des employés arrivèrent en provenance des autres bureaux.

En quelques secondes, ils étaient tous agglutinés autour du récepteur et entendirent avec stupéfaction le speaker annoncer que la première secousse sismique avait eu lieu à soixante-cinq kilomètres du centre de Los Angeles à cinq heures cinquante-neuf, heure de la côte Ouest, ce qui correspondait à huit heures cinquante-neuf à l'heure de New York. Le séisme montait à 6,5 sur l'échelle de Richter et on l'avait ressenti sur une zone de cinq cents kilomètres, de Fresno à la frontière mexicaine, et jusqu'à Las Vegas vers l'est. Les dépêches prétendaient que le choc initial équivalait à l'explosion d'un million de tonnes de TNT.

Ils cherchèrent d'autres stations de télévision. Les bulletins spéciaux d'information bouleversaient les émissions régulières… On annonçait de nouvelles secousses, la propagation d'incendies. À New York, l'aéroport Kennedy était un véritable asile d'aliénés. Un journaliste de la télévision posait des questions à droite et à gauche, et un homme lui raconta que sa maison s'était écroulée, mais que, Dieu merci, sa femme et ses enfants étaient sains et saufs.

Sherry cria soudain :

— Tom Colt est là-bas !

Le journaliste l'avait lui aussi repéré. Il écarta la foule et lui brandit un micro sous le nez.

— Pourquoi repartez-vous si vite à Los Angeles, monsieur Colt ?

— Pour rejoindre ma femme et mon bébé.

Il se détourna.

— Sont-ils sains et saufs ? lui demanda encore le reporter.

— Oui, lui répondit Tom Colt, j'ai appelé ma femme juste après l'émission *Today*. La première secousse venait d'avoir lieu, et il y en a eu une seconde pendant que je lui parlais.

— N'étiez-vous pas venu dans l'Est pour assurer la promotion de votre livre ?

— Mon livre ?

Tom Colt paraissait être ailleurs.

— Écoutez, mon vieux, pour l'instant, on est en plein tremblement de terre. J'ai une femme et un fils là-bas, et tout ce qui m'intéresse, c'est de les savoir en sécurité.

Sur ces paroles, il écarta le journaliste et se dirigea vers l'avion.

Linda se leva et éteignit la télévision.

— Bon, voilà... On peut se remettre au travail. Le pire est passé. Los Angeles va souffrir de dégâts matériels, mais au moins la ville n'a pas disparu sous les eaux.

Tout le monde se dispersa rapidement. On entendit des murmures :

— Viens dans mon bureau, j'ai un transistor.

— On pourra toujours regarder la télé dans un bar pendant l'heure du déjeuner !

Lorsqu'elles se retrouvèrent seules, Linda soupira en regardant par la fenêtre.

— C'est incroyable !

Elle tourna dans son fauteuil.

— Vraiment incroyable ! Ma vie amoureuse doit être maudite. Même la nature est contre moi. C'est déjà assez difficile de garder un homme dans les conditions de concurrence habituelles. Non, il fallait que j'aie à lutter contre un tremblement de terre !

Elle soupira à nouveau.

— Bon, puisqu'il semble en fin de compte que je sois libre ce soir, que dirais-tu d'aller dîner chez Louise ?

— Non, je crois que je vais rester à travailler à mon article sur les chats.

January retourna à son bureau. Il était parti. Vendredi, samedi, dimanche, lundi, quatre soirées de sa vie...

quatre soirées avec Tom Colt. Et même si rien ne s'était passé, cela avait été merveilleux… Et il était encore merveilleux d'avoir quelqu'un à qui penser. Même s'il ne devait jamais revenir.

Le lendemain, elle s'inscrivit aux abonnés absents. Mais lorsqu'une semaine se fut écoulée sans un seul mot de lui, même Linda succomba au désespoir.

— Je crois que c'est foutu. Son livre est monté à la quatrième place du classement du *Time*. Je pense qu'il fera ses conférences de presse là-bas. Et pourquoi pas ? Johnny Carson y est tout le temps. Merv Griffin est là-bas, et aussi Steve Allen… Il a de quoi s'occuper pendant un mois. Mais il pourrait au moins m'appeler pour me le dire.

January avait décidé d'essayer de chasser Tom Colt de ses pensées. Elle se disait que c'était un signe du ciel. Ce devait être Dieu qui lui disait : « Arrête-toi avant de faire une bêtise. » C'était Sa manière de lui dire qu'Il la désapprouvait. January n'était pas spécialement religieuse. Mais il lui arrivait encore de parler au Dieu de son enfance, ce merveilleux vieillard à la longue barbe blanche qui trônait dans les cieux avec son grand livre, comptant les points, notant les bonnes actions sur une page et les péchés sur l'autre, comme sur un registre.

Ce qui ne l'empêchait pas d'appeler tous les jours le service des abonnés absents et de trouver une excuse chaque soir pour ne pas aller dîner avec Linda. Elle passa encore une soirée mortelle au Club avec David. Tout le monde parlait du tournoi de backgammon qui allait avoir lieu à Gstaad. Dee allait y participer, le tournoi durerait trois jours… David ne pouvait pas lâcher son travail, mais il enviait Mike… Gstaad était formidable en cette saison, tout le monde descendrait au Palace Hotel… et se retrouverait à l'Eagle Club.

David la raccompagna chez elle à onze heures et demie et ne demanda même pas à monter prendre un verre. Mais January était tout excitée. Si Dee et Mike partaient à Gstaad, ils passeraient d'abord par New York. Elle reverrait Mike. C'était exactement ce dont elle avait besoin – un long déjeuner avec lui, et une bonne conversation à cœur ouvert… Elle lui parlerait de ses sentiments confus envers Tom Colt. Il l'aiderait à se ressaisir, et il la comprendrait. Après tout, il avait souvent connu lui-même de semblables situations.

Elle appela Palm Beach le lendemain matin. Lorsque le maître d'hôtel lui eut dit que M. et Mme Granger étaient partis pour Gstaad trois jours plus tôt, elle raccrocha et regarda le téléphone comme une idiote. Il était revenu à New York et ne l'avait même pas appelée. Il devait y avoir une explication. Elle avait parlé à Mike seulement quelques jours plus tôt… Elle s'affola tout à coup. Peut-être avait-il eu un accident. Mais c'était ridicule, les journaux en auraient parlé. À moins qu'il ne soit malade… Il se trouvait peut-être à l'hôpital, à la suite d'une crise cardiaque, ou d'autre chose. Et Dee, pendant ce temps-là, jouait au backgammon. Elle demanda la communication avec le Palace Hotel à Gstaad. Elle s'habilla et attendit d'être rappelée. Dix minutes plus tard, elle entendit la voix de Mike comme s'il avait été dans la pièce d'à côté.

— Comment vas-tu ? s'égosilla-t-elle.

— À merveille. Tout va bien. Et pour toi ?

— Ça va bien…

Elle poussa un profond soupir.

— Oh, Mike, j'ai eu très peur.

— De quoi ?

— Eh bien, hier soir, David m'a dit où tu allais. Et je me suis dit que tu passerais par New York. Alors j'ai appelé Palm Beach, et on m'a dit que tu étais déjà parti depuis trois jours… Et j'ai cru que…

— Attends, dit-il en riant. D'abord, nous sommes arrivés à l'aéroport de New York à cinq heures du matin. Nous sommes restés juste le temps que l'avion fasse le plein. Je n'ai pas voulu te réveiller. Et je me suis dit que nous nous arrêterions quelques jours au retour. Écoute, j'ai de grandes nouvelles pour toi : j'ai fini par comprendre les ficelles de ce jeu idiot. Les dernières semaines à Palm Beach, j'ai gagné quelques dollars, mais je n'ai pas encore le niveau pour participer à un tournoi ; toutefois à la loterie je m'offrirai un joueur. C'est un jeu super, chérie, attends d'attraper le coup.

— Oui, Mike…

— Mais tu es en train de payer la communication… Appelle l'opérateur et demande-lui de mettre ça sur mon compte.

— Non, Mike, c'est moi qui paie. Je veux que ce soit comme ça.

— Bon, d'accord. Écoute, je suis pressé. J'ai trouvé un pigeon au poker. En attendant que l'avion fasse le plein, j'ai plumé Freddie de trois grosses coupures en moins d'une heure. Et il est du voyage. Je crois que je le ferai passer tous les jours à la caisse.

— Qui est Freddie ?

— Oh, un jeune benêt marié à une riche dondon. Tu as dû le rencontrer à Palm Beach…

— Très bien, Mike. Bonne chance avec Freddie.

— Au revoir, ma chérie. À bientôt.

Ce soir-là, elle accepta une invitation à dîner avec Linda et un de ses amis, qui, de son côté, amenait un copain. Ils optèrent pour un petit restaurant de la 56e Rue et Linda l'avertit de choisir le plat le moins cher au menu : « Le mien doit payer deux pensions alimentaires, et le tien une pension plus les frais de psychiatre pour son fils. »

January décida que son chevalier servant avait l'air d'un grand cochon maigre. Il était mince et élancé, mais toute ressemblance humaine s'arrêtait là. Il avait le visage tout rose, et son nez était un véritable groin. Des mèches de cheveux roux lui recouvraient à peine le crâne, et de petits favoris clairsemés et inégaux refusaient de pousser. Il évoqua ses parties de squash, son jogging journalier et les travaux pénibles sur Madison Avenue. Les deux hommes travaillaient dans la même agence de publicité et, pendant la majeure partie de la soirée, ils parlèrent de leurs clients et des potins de leur bureau. D'après leur conversation, il ressortait qu'ils déjeunaient tous les jours ensemble. Alors pourquoi continuaient-ils à discuter de travail ? January s'aperçut qu'ils étaient très tendus. Comme aurait dit Mike, ils faisaient partie des perdants. Ils dînaient avec deux filles qu'ils tentaient d'impressionner, et ils devaient croire que parler affaires était le meilleur moyen de parvenir à leurs fins. Elle s'étonna de l'irréalité de leurs désirs. Ne se regardaient-ils jamais dans la glace en se rasant ? Même si le cochon rose (qui répondait au nom de Wally) avait été le propriétaire de l'agence de publicité, il ne l'aurait pas impressionnée pour autant. Elle se repentait d'avoir accepté ce rendez-vous. En ce moment, elle aurait pu être chez elle et manger tranquillement devant la télévision, ou lire un bon livre. Le dîner se termina péniblement à dix heures et demie. Il faisait un froid de canard dehors, mais le cochon rose annonça qu'il n'avait pas fait son jogging ce jour-là, et ils rentrèrent tous les quatre à pied. Linda invita tout le monde à venir prendre un dernier verre chez elle, mais January prétexta la fatigue.

Le cochon rose insista pour la raccompagner jusqu'à la porte de son appartement mais, lorsqu'elle lui souhaita bonsoir après avoir introduit sa clé dans la serrure, il la dévisagea avec stupéfaction.

— Vous plaisantez ?

— Non. Bonsoir, et merci pour ce dîner très agréable.

— Mais, et nous ?

— Quoi, et nous ?

— Ne me dites pas que vous êtes du genre frigide ?

— Non. Pour l'instant, je serais plutôt du genre fatigué.

— Bon… Voyons cela.

Il se pencha sur elle et l'embrassa de force sur la bouche en lui enfonçant la langue dans la gorge tout en glissant les mains sur son corps, sous son manteau, sous son corsage. Dans un accès de colère, elle lui assena un coup de genou qui l'atteignit au bon endroit. Il se plia en deux avec un grognement. En quelques secondes, ses yeux porcins s'emplirent de larmes de douleur, puis sa bouche se tordit en un rictus mauvais. Elle eut alors vraiment peur de lui et tenta d'ouvrir la porte pour se réfugier chez elle, mais il lui fit faire volte-face et la gifla.

— Sale petite conne ! Je ne peux pas supporter les pucelles dans ton genre. Je vais te montrer.

Il l'empoigna. Elle ressentait à présent plus de rage que de crainte et, dans un sursaut d'énergie, elle le repoussa, ouvrit le battant, se glissa dans son appartement et lui claqua la porte au visage. Elle demeura un instant tremblante, sous le choc. Il avait cru coucher avec elle pour un dîner à trois dollars quatre-vingt-quinze !

Elle se déshabilla lentement et se fit couler un bain. Il lui fallait beaucoup de mousse et de parfum pour faire disparaître le souvenir de cette atroce soirée. Elle allait se glisser dans sa baignoire lorsque le téléphone sonna. Elle entendit la voix étouffée de Linda.

— January… Est-ce que Wally est chez toi ?

— Non, alors !

— Oh… Bien, écoute. Steve est dans la salle de bains. Je viens de contacter mon service des abonnés absents. Et devine quoi ? Tom a appelé !

— Il a appelé !

— Oui. Il est en ville. Il a cherché à me joindre à dix heures et demie. Il faut que tu le rappelles maintenant. Il est au Plaza.

— Moi ? Mais c'est toi qu'il a appelée !

— January, je ne peux pas. Je suis au lit avec Steve – c'est-à-dire que je m'y trouverai lorsqu'il sortira de la salle de bains. Écoute, dis-lui que tu lui téléphones de ma part, que j'ai une conférence tardive… Enfin, raconte-lui ce que tu veux, mais essaie de savoir s'il a prévu de me voir demain.

— Impossible. Honnêtement, Linda, je ne peux pas.

— Fais-le. Allez, maintenant. Tu pourras même t'incruster au rendez-vous.

— Non.

— Je t'en prie. Oh, hello, Steve… J'étais en communication avec mon service téléphonique.

Il y eut un silence, puis Linda reprit d'une voix impersonnelle :

— Très bien, mademoiselle Green. Merci pour mes messages et, s'il vous plaît, passez cet appel pour moi.

January s'assit sur le lit. L'eau du bain avait refroidi. Vingt minutes plus tard, elle n'avait toujours pas appelé Tom. Elle ne pouvait s'y résoudre. Comment aurait-elle pu ? Mais elle devait le faire pour Linda. Ses propres sentiments la retenaient mais, à la fin, elle décrocha le téléphone.

Le standardiste de nuit du Plaza l'informa que M. Colt avait laissé la consigne de ne le déranger sous aucun prétexte. Elle lui fit dire que Mlle Linda Riggs avait appelé. Puis elle raccrocha en se demandant si elle était contrariée de ne pas avoir pu lui parler ou heureuse qu'il n'apprenne jamais qu'elle l'avait appelé.

Linda la rappela avant que son réveil n'ait sonné.

— January… Réveille-toi. Je n'ai qu'une seconde. Steve est au petit coin et va revenir pour son coup du petit matin. Dis-moi vite… Tu as eu Tom ?

— Oh, Seigneur… Quelle heure est-il ?

— Sept heures. Tu as pu lui parler ?

— Non, il ne voulait pas être dérangé, mais je lui ai fait dire que tu avais appelé.

— Brave fille ! On en rediscutera tout à l'heure.

À onze heures et demie, Linda fit venir January dans son bureau.

— Je viens de lui parler au téléphone, lui annonça-t-elle. Nous allons tous les trois voir *No, No, Nanette* ce soir.

— Oh…

— Tu ne me remercies pas ?

— Linda, je ne suis pas obligée d'y aller. En fait, je crois que je n'irai pas.

— Non, tout est réglé. Il m'a dit : « La dernière fois, c'est moi qui ai choisi le spectacle… Qu'est-ce que vous voulez voir cette fois-ci ? » Et quand je lui ai dit *No, No, Nanette*, il m'a répondu que c'était parfait parce que Patsy Kelly avait toujours été l'une de ses actrices favorites. Et puis il m'a demandé : « Est-ce que vous voulez demander à January de venir ? » Je lui ai répondu : « Oui, je pense que ça fera meilleur effet. Après tout, vous êtes marié. En tournée, cela n'aura plus d'importance, car tout le monde saura que je suis là pour écrire un article sur vous. » Nous nous sommes quittés là-dessus. Mais je veux l'avoir ce soir. Alors nous n'irons pas chez Sardi. Allons dans un endroit où il pourra boire tout son soûl et, au moment favorable, tu t'éclipseras. Ou bien, si je lui demande de venir boire un verre chez moi, tu ne nous suivras pas.

— Linda, il invitera peut-être Patsy chez Sardi…

— Oh, zut. Ça veut dire que nous resterons assis à parler théâtre, et que tout le monde sera très sage, comme l'autre fois.

— Il semble aimer le théâtre.

— Eh bien, nous improviserons. Nous le retrouvons dans sa suite au Plaza à six heures. Il a dit que nous mangerions quelques amuse-gueules avec l'apéritif, histoire de tenir le coup jusqu'à la fin du spectacle. Mais si j'arrive à le faire boire l'estomac vide, je marque un point.

Elles arrivèrent au Plaza à six heures. Rita Lewis était là avec un jeune journaliste de *Life*, manifestement dans ses petits souliers. Tom fit les présentations, un verre de bourbon à la main. Rita accusa un choc à la vue de Linda et January. Tom leur servit un verre à chacune, et elles s'assirent tranquillement pendant que se poursuivait l'interview. January remarqua que Tom regardait souvent l'horloge posée sur la tablette de la cheminée. À six heures et demie, le jeune homme posait encore des questions. À sept heures moins le quart, Tom demanda :

— Ça doit durer encore combien de temps ? C'est que nous avons des places pour une comédie musicale.

— Monsieur Colt, lui dit Rita d'une voix au bord de la crise de nerfs, c'est une interview pour *Life*.

M. Harvey est là pour un bon moment. Je veux dire que l'entretien n'est pas limité dans le temps. Et le photographe doit arriver à huit heures et demie.

— Il semble que nous allons devoir ajourner la séance, lui dit Tom.

Il se tourna vers le journaliste.

— Je suis désolé, jeune homme, mais…

Rita sursauta.

— Monsieur Colt, vous ne pouvez pas faire ça. Vous avez déjà retardé notre programme de deux semaines. J'ai dû reporter tous les rendez-vous – l'émission de Mike Douglas, celle de Kup à Chicago…

— Eh bien, la prochaine fois que vous me direz que j'ai une interview à cinq heures, vous me préviendrez de la durée.

— Mais je vous ai laissé une enveloppe avec votre emploi du temps ! Il y est dit clairement : « Le reporter de *Life* et le photographe à cinq heures… première séance. » Tout le monde sait qu'une séance d'interview dure plusieurs heures. Et il est impossible de bousculer un photographe. Nous avons Rocco Garazzo – un des meilleurs de New York.

— Désolé, ma petite dame. Ce sera pour une autre fois. Voilà, l'apéritif est servi, amusez-vous bien.

— Monsieur Colt…

La voix de Rita se brisa, ses yeux s'embuèrent de larmes.

— Vous allez me faire perdre ma place. On dira que j'ai saboté l'interview. Et je ne pourrai pas retrouver un autre emploi, parce que tout le monde saura que je n'ai pas été assez compétente pour prendre soin d'un écrivain célèbre. Je perdrai aussi mes contacts personnels, comme ceux de *Life*, parce que ce que vous faites est une insulte pour leur reporter. Il fait son métier de son mieux, et…

— Ça va, dit-il tranquillement, vous avez gagné.

Il se tourna vers Linda.

— Les tickets sont à mon nom. Allez au spectacle, les filles. Revenez ici quand ce sera terminé. Prenez ma voiture, elle est garée devant la porte.

Puis il ôta sa veste, se servit un verre bien dosé et s'adressa au journaliste :

— Très bien, monsieur Harvey. Je suis désolé pour ce malentendu. Faites votre boulot, et prenez tout le temps qu'il vous faudra.

En route vers le théâtre, Linda s'enthousiasma de la tournure que prenaient les événements.

— Il a commencé à boire. Et maintenant, nous ne risquons plus d'aller chez Sardi. Mais je retournerai le voir seule. Je crois que ce sera le bon moment.

Après le spectacle, Linda se calma un peu.

— Peut-être que Rita et les gens de *Life* seront encore là. Il vaut mieux que tu reviennes avec moi. S'il est seul, tu restes boire un verre, et puis tu te défiles. Je te ferai signe. Quand je te dirai « January, je crois que ton article sur les chats fera un malheur », tu me répondras par exemple : « Puisque tu m'y fais penser, j'ai du travail à terminer ce soir, et il vaut mieux que je rentre. » D'accord ?

— D'accord. Mais, Linda, est-ce que tu vas… ?

— Est-ce que je vais quoi ?

— Est-ce que tu vas vraiment lui courir après ? Comme un homme court après une fille ?

Linda éclata de rire.

— January, je crois que si tu faisais monter un homme chez toi, tu t'attendrais à ce qu'il t'envoie des fleurs le lendemain.

— Mais oui… C'est ce qu'a fait David.

— Peut-être est-ce pour cette raison que David ne t'appelle qu'une fois tous les dix jours. Mais il se trouve que je sais que le mannequin avec qui il sort ne reçoit pas très souvent de fleurs de sa part, et qu'elle lui apporte son petit déjeuner au lit. Et si on songe que Kim ne doit manger qu'une branche de céleri tous les deux jours pour rester mince et jolie, on se dit que ça ne doit pas être facile de regarder un garçon manger des œufs et du bacon lorsqu'on meurt de faim.

— Ce qui signifie ?

— Ce qui signifie qu'il n'y a plus de différence entre filles et garçons. Une fille peut être aussi agressive qu'elle le désire. Elle a le droit d'appeler un homme au téléphone. Elle peut lui demander de coucher avec lui. C'est comme ça que ça se passe, aujourd'hui. Nous sommes dans les années 1970 et non plus dans les années 1950.

— Je suis curieuse d'une chose : si Tom Colt t'attire tant, pourquoi as-tu couché avec Steve hier soir ?

— Hier soir, je ne savais pas encore que Tom reviendrait quand j'ai dit à Steve que je voulais coucher avec lui. Je ne pouvais pas le renvoyer, si ? Et puis il se débrouille très bien au lit, et il y avait longtemps que je n'avais plus fait l'amour.

— Mais est-ce que tu ne dois pas ressentir quelque chose pour un homme avant de coucher avec lui ?

— Oui, je dois avoir envie de lui.

— Linda !

Linda la fixa, dans l'obscurité de la limousine.

— Tu sais quoi, January ? Tom Colt a cinquante-sept ans, mais il est dans le coup. C'est avec toi que se creuse le fossé des générations.

January et Linda arrivèrent à l'instant où Rita Lewis et le reporter quittaient les lieux. Tom accueillit les deux jeunes filles avec enjouement, leur posa des questions sur la comédie musicale qu'elles venaient de voir, et insista pour que tout le monde prenne un dernier verre, y compris Rita Lewis, complètement épuisée. Rita dit qu'elle devait partir, mais le journaliste de *Life* accepta la proposition. Pourtant, au bout d'un moment, il annonça à Tom :

— Il faut vraiment que je m'en aille. J'ai dit à ma femme que je serais à la maison à dix heures, et elle a dû me préparer mon dîner.

— Pourquoi ne pas l'avoir dit plus tôt, mon vieux ? lança Tom, navré. Quand je bois, j'oublie de manger. Dire que je vous laissais crever de faim, vous et cette pauvre jeune femme de la presse. Où habitez-vous ?

— Près de Gramercy Park.

— Eh bien, ma voiture est devant la porte. Faites-vous reconduire. Vous la renverrez pour qu'elle raccompagne les filles chez elles.

— January, déclara vivement Linda, j'aime bien cet article sur les chats que tu as commencé.

January avança vers la porte.

— Je dois encore y travailler, dit-elle. En fait j'avais l'intention de m'y mettre un peu ce soir… Je crois que je vais partir avec M. Harvey. Il pourra me déposer.

— Le pauvre bougre meurt de faim, dit Tom. Et il va dans la direction opposée. Vous allez le promener à un bout de la ville et le faire revenir à l'autre bout pour une histoire de chats. Ça ne peut pas attendre jusqu'à demain ?

— Eh bien, il faudrait vraiment que je…

— January écrit ses meilleurs articles pendant la nuit, dit rapidement Linda.

— Comme nous tous. Mais cette fois, son génie devra patienter. Allez-y, Bob.

Le jeune homme hésita.

— Ce n'est pas grave. Je peux très bien…

— Foutez le camp, lui dit Tom avec bonhomie. Allez rejoindre votre femme et votre dîner.

Puis il se tourna vers Linda et leva son verre à son intention.

— Chérie, vous voulez bien me resservir ? Et servez donc un peu de Canada Dry à notre mère Michel.

Tom but deux verres coup sur coup. Puis il ramassa une enveloppe sur la table.

— Ce sont les instructions de notre attachée de presse pour demain.

— Vous feriez mieux de les lire, suggéra January. Je veux dire… vous avez peut-être un rendez-vous matinal.

— Oh, je sais. Je dois me rendre à Philadelphie pour l'émission de Mike Douglas. Et ensuite à Washington.

— Vous repartez ? lui demanda Linda.

— Seulement pour deux jours. Ensuite, je reviens ici pour une semaine. Et puis ce sera Chicago, Cleveland, Detroit… Et puis je serai encore de retour pour quelques jours avant de rentrer à Los Angeles.

— À quelle heure partez-vous demain matin ? lui demanda Linda.

Il désigna l'enveloppe.

— Ouvrez et regardez vous-même.

Linda décacheta l'enveloppe.

— Vous ne partez pas avant midi, lui dit-elle. Il est indiqué que la limousine viendra vous prendre à ce moment-là. Mais vous avez un petit déjeuner prévu à neuf heures ici avec Donald Zec.

— Oui. Il arrive de Londres et il doit faire un article sur moi pour le *Daily Mirror*.

Il se leva.

— Je ferais mieux d'aller me coucher. Je veux être en forme pour Donald. C'est un copain à moi.

Il se dirigea vers sa chambre à coucher.

— January, dit Linda, je crois que ton article sur les chats est…

— Je dois vraiment partir, fit January. Je peux prendre un taxi.

Tom se retourna.

— Vous partirez toutes les deux avec ma voiture. Je vais me déshabiller et, quand je vous appellerai, vous viendrez toutes les deux me border dans mon lit, et nous prendrons ensemble un dernier coup pour la route.

Il disparut dans la chambre. January eut un haussement d'épaules d'impuissance à l'intention de Linda. Celle-ci était furieuse.

— Je dois me renseigner pour savoir quand il part pour Chicago, Cleveland et Detroit. Parce que je serai avec lui. Je ne pourrai pas l'accompagner à Philadelphie et Washington car il est trop tard pour réserver les chambres d'hôtel. Et puis je crois qu'il sera accompagné par les gens de *Life*.

Elle fixa soudain January.

— Écoute, va-t'en maintenant.

— Tu veux dire, partir comme ça, sans lui dire au revoir ?

— Oui. Quand j'entrerai dans sa chambre, je lui dirai que tu voulais vraiment t'en aller.

— Mais Linda, c'est d'une telle grossièreté…

— Il n'a pas sérieusement envie que tu sois là. Il n'a dit ça que par politesse. Et puis tu n'as pas réellement insisté pour partir. Bob Harvey était prêt à faire un détour, mais tu t'es vite inclinée.

— Eh bien, non, Linda. Je ne veux pas que Tom Colt pense que je le déteste. J'ai accepté son invitation pour le théâtre, je ne peux pas agir comme s'il me faisait soudain horreur. Il me prendrait pour une sauvage.

— Qu'en as-tu à faire de ce qu'il pense ? Quand il se trouvera au lit avec moi, il ne pensera plus à rien, de toute façon. Allez, January, prends ton manteau, et pars.

La voix sonore de Tom leur parvint subitement de la chambre à coucher.

— Hé, les filles, apportez la bouteille et trois verres.

— Va-t'en, siffla Linda.

— Linda, tu vas vraiment lui dire que j'avais du travail ? Je t'en prie.

— Oui mais, pour l'amour de Dieu, va-t'en !

Il entra brusquement dans la pièce. Il était en robe de chambre et, de toute évidence, ne portait rien en dessous :

— Hé, qu'est-ce que vous faites debout l'une en face de l'autre comme des serre-livres ? Prenez la bouteille et venez avec moi.

Linda lança un regard mauvais à January et saisit la bouteille. Elles entrèrent toutes les deux dans la chambre à coucher. Tom Colt se jeta sur le lit par-dessus les couvertures.

— Nous allons boire un dernier verre. Ensuite, vous partirez toutes les deux sur la pointe des pieds et vous éteindrez la lumière.

Lorsqu'il vit que Linda n'avait apporté que deux verres, il lui montra la salle de bains.

— Il y a un autre verre là-dedans. Cette fois, January, je veux que vous buviez avec nous. En l'honneur de ma tournée.

Linda s'en fut à la salle de bains et, obéissante, en revint avec un verre. Il leur versa une bonne rasade d'alcool à chacune et se servit lui-même un demi-verre de bourbon.

— Bon, allez vous asseoir de chaque côté du lit.

Les deux filles s'assirent et il taquina Linda en lui ébouriffant les cheveux.

— Maintenant, buvons à la santé du grand écrivain qui va se vendre comme un paquet de céréales. Braves gens, venez voir l'écrivain… Foutez-vous de lui tant que vous voudrez, du moment que vous achetiez ses bouquins.

Il vida d'un coup la moitié de son verre. Linda but le sien complètement, puis regarda Tom, en quête d'une approbation.

Il lui fit un clin d'œil et lui remplit à nouveau son verre. Il se resservit, puis regarda dans la direction de January. Elle avait bu une toute petite gorgée… Soudain elle vida tout son verre d'un seul coup et il le lui remplit de nouveau en souriant. January avait la gorge en feu. Pendant une fraction de seconde, elle pensa que c'était la sensation que l'on devait éprouver en avalant du poison. Puis la brûlure fit place à une sensation de douce chaleur au creux de la poitrine. Elle sirota son second verre, qui, une fois encore, passa mieux que le premier. Elle était décidée à le déguster. C'était mieux que de se brûler la gorge en une seule lampée. Elle se demanda si Tom se souvenait que ni elle ni Linda n'avaient dîné. Elle avait un peu le vertige, comme si elle avait pu se voir de l'extérieur. Elle se pencha vers le bout du lit. Linda avait posé la tête sur la poitrine de Tom. Comme sans y penser, il lui caressait les cheveux. Puis il lui souleva le menton. Elle avait les yeux fermés. January se demanda comment elle pourrait s'éclipser. Il s'inclina pour déposer un baiser sur le sourcil de Linda.

— Tu es belle, lui dit-il lentement.

January savait qu'elle devait partir, mais elle était comme paralysée. Linda regardait Tom dans le blanc des yeux, comme si elle allait y plonger tout entière.

— Linda, dit-il lentement, il faut que tu m'aides.

Linda hocha la tête sans mot dire. Il continua à lui caresser la tête.

— Linda, je suis fou de January, comme qui dirait. Que me conseilles-tu de faire ?

Pendant un instant, un calme absolu régna dans la chambre. Ils étaient tous trois immobiles comme les personnages d'un musée de cire. Linda était toujours étendue contre Tom qu'elle regardait dans les yeux. January était assise au bout du lit, tenant encore son verre à la main. Quelques secondes passèrent avant que January se mette soudain en mouvement et bondisse hors du lit.

— La salle de bains, dit-elle. Je dois y aller.

Elle s'y précipita et s'écroula, la tête dans les bras, contre la baignoire. Toute la scène lui semblait irréelle. Est-ce que Linda continuait à regarder Tom ? Comment avait-il pu lui dire ça ? Ou bien était-ce un gag, une petite plaisanterie entre eux ? Bien sûr ! C'était ça ! Ils devaient déjà être dans les bras l'un de l'autre en se moquant d'elle qui était tombée dans le panneau. Eh bien, non... Elle n'était pas dupe. Et elle continuerait à prétendre qu'elle avait vraiment eu besoin d'aller à la salle de bains. Elle tira plusieurs fois la chasse, fit couler de l'eau dans le lavabo et fit beaucoup de bruit en se lavant les mains. Puis elle ouvrit la porte, et entra résolument dans la chambre.

Tom était assis tout droit contre les oreillers et la contemplait. Aucun signe de Linda. Ils se dévisagèrent un instant. Puis, avec un sourire presque triste, Tom fit un geste, vers elle. Elle avança lentement et vint délicatement s'asseoir au bord du lit.

— Où est Linda ? demanda-t-elle.

— Je l'ai renvoyée chez elle.

Elle fit mine de se lever, mais il la fit se rasseoir en la prenant doucement par la main.

— Ne sois pas si nerveuse. Je ne vais pas te violer. Ce n'est pas souvent que je tombe amoureux d'une fille dont le père est plus jeune que moi. Je peux avoir toutes les filles que je veux, des filles pas compliquées.

Il m'arrive même de les épouser. Trop souvent… C'est là mon problème. Je crois que les jeunes d'aujourd'hui ont raison de vouloir abolir le mariage. Les gens devraient rester ensemble tant qu'ils s'aiment, et non pas parce que c'est la loi, comme s'ils exécutaient une peine de prison. Maintenant, je vais te dire la vérité. Non, je ne suis pas amoureux de ma femme. Je ne l'ai jamais vraiment été, sauf qu'elle m'a donné un gosse, et que c'était quelque chose que je voulais. Si je la quittais, elle garderait le bébé. Alors je ne le ferai pas. Je meurs d'envie de toi. Linda aurait été plus facile. Elle n'aurait posé aucune question et il se serait agi seulement de prendre du bon temps ensemble. J'ai bien essayé d'avoir envie de Linda, mais tu étais là. Je me suis rendu compte que je pensais tout le temps à toi. Je n'étais pas vraiment obligé de revenir ici et de faire la tournée dans l'Est. Le livre se vend très bien, plus de cinquante mille exemplaires jusqu'ici, et il va y avoir un nouveau tirage de vingt-cinq mille. Mais je suis revenu, et j'ai accepté de reprendre cette tournée à cause de toi.

Il l'attira à lui et l'embrassa doucement sur les lèvres.

— Il ne va rien se passer ce soir, January. En fait, il ne se passera rien avant que tu aies les mêmes sentiments envers moi…

— Tom. Je… Oh, Tom, je suis amoureuse de vous, et mon désir m'horrifie parce que vous avez une femme et un enfant.

— Mais ce que nous pouvons ressentir l'un pour l'autre n'a rien à voir avec mon enfant. Je t'ai déjà dit ce qui se passe avec ma femme.

— Tom, je ne pourrais pas me contenter d'une semaine… ou de seulement ce soir… Vous comprenez ?

— January, l'amour n'est pas éternel. Remercie le destin, et prends l'amour là où tu le trouves.

Elle le regarda fermement.

— M'aimez-vous, Tom ?

Il parut songeur.

— C'est un mot bien grave. Et je dois avouer que je l'ai employé plusieurs fois sans vraiment le penser. Mais j'ai l'impression que, si je dois l'employer avec toi, il faudra que ce soit vrai.

— Oui, ce n'est que comme ça que je pourrais…

Elle cherchait désespérément les mots appropriés.

— Vous voyez, je me sentirais si coupable… Je veux dire que je me sens déjà coupable de me trouver ici avec vous alors que je sais pertinemment que vous êtes marié et que vous avez un enfant. Ce que nous faisons est mal, absolument mal… Mais si je sentais que vous m'aimiez sincèrement et que personne n'en souffrirait en dehors de nous… eh bien, c'est à cette seule condition qu'il pourrait se passer quelque chose entre nous. J'ai l'impression que Dieu ne serait pas trop fâché, parce que nous serions tous les deux réellement amoureux.

Elle se sentit rougir, et fixa ses mains.

— Je sais que je dois vous paraître stupide, et…

Il lui releva le visage, et elle vit qu'il avait de la douceur dans les yeux.

— January, vous êtes encore plus merveilleuse que je ne l'aurais cru.

Puis il la prit dans ses bras et lui caressa les cheveux, comme il aurait consolé un enfant. Après quelques instants, il se dégagea lentement, se leva et la conduisit dans le salon. Il prit le manteau de January et, tout à coup, elle bondit dans ses bras. Le manteau tomba par terre tandis qu'elle se serrait contre lui et l'embrassait. Et pour la première fois de sa vie, elle comprit le plaisir intime d'un vrai baiser. Leurs corps étaient soudés. Elle se serra encore plus fort, comme si elle avait voulu se fondre en lui… Soudain, le téléphone sonna. C'était le chauffeur qui annonçait qu'il était de retour.

— Il est temps que tu t'en ailles, lui dit-il en lui ramassant son manteau.

— Oh, Tom, j'aimerais tant que vous ne repartiez pas.

— C'est seulement pour quelques jours. Peut-être est-ce mieux ainsi, cela nous permettra de réfléchir.

Puis il l'embrassa doucement, et la regarda marcher dans le couloir jusqu'à l'ascenseur.

Elle était folle de joie… Elle avait un peu peur et elle se sentait troublée. Cela ne pouvait pas être mal. C'était sûrement un signe du destin que Tom habite dans la suite de Mike. Elle connaîtrait sa première véritable expérience amoureuse dans le lit de Mike.

Elle continua à méditer, assise à l'arrière de la limousine. Elle revécut tous les événements de la soirée, tout ce qu'il avait dit. Et puis quelque chose la tracassa. Au début, ce ne fut qu'une légère fausse note au milieu du concert de sa joie. Mais avant même d'arriver chez elle, elle était presque affolée. Que voulait-il dire quand il avait prétendu que ces deux jours leur donneraient à tous les deux une chance de réfléchir ? Oh, Seigneur, cela signifiait-il qu'il pouvait changer d'avis ? L'avait-elle effrayé avec son discours sur l'amour et la culpabilité ? Lui dirait-il à son retour : « J'ai bien réfléchi, January… il serait préférable qu'il ne se passe rien entre nous » ? Non, il ne pourrait pas dire ça. Il était amoureux d'elle. Et puis, dans l'obscurité de la limousine, elle revit soudain leurs deux corps collés l'un à l'autre et elle se souvint qu'elle n'avait pas senti chez lui la moindre érection. Absolument rien ! Oh, Seigneur, peut-être ne lui avait-elle fait aucun effet, ou alors elle devait vraiment l'avoir terrifié !

17

Elle ne ferma pas l'œil de la nuit ; moins encore, sans doute, que lorsqu'elle avait appris le mariage de Mike. Cette nuit-là, elle était restée assise, hébétée, près de la fenêtre, n'éprouvant rien d'autre qu'une sensation de vide. Cette fois-ci, ce fut différent. Elle fuma un paquet entier de cigarettes.

« C'est l'affaire de quelques jours… Peut-être est-ce mieux ainsi… Cela nous permettra de réfléchir. » Ces mots l'obsédaient. Réfléchir à quoi ? À terminer leur histoire avant même qu'elle ne commence ? Comment avait-elle pu être aussi sotte ? À exiger qu'il l'aime, lui… Comment avait-il dit cela ? Il avait souvent menti en parlant d'amour, mais avec elle ce mot prendrait tout son poids. Évidemment, elle n'avait réussi qu'à le faire fuir. A-t-on idée de demander à un homme de but en blanc s'il vous aime vraiment ? Non, pas si l'on sait se contrôler. Mais, précisément, elle en était incapable. De plus, elle ne voulait pas jouer la comédie avec Tom. Si ce qu'il y avait entre eux était sérieux, le fait qu'il soit marié compliquerait bien assez les choses sans qu'il y ait besoin de comédie. Elle voulait avoir avec lui des rapports sincères, elle voulait pouvoir lui dire ce qu'elle éprouvait et combien elle l'aimait…

À neuf heures, elle parvint à se traîner jusqu'au bureau. Elle avait bien envisagé de se déclarer malade pour éviter de rencontrer Linda, mais il faudrait bien l'affronter tôt ou tard. Elle résolut d'en finir et se dirigea tout droit vers son bureau.

À sa grande stupéfaction, elle trouva Linda toute souriante.

— Assieds-toi. Prends du café et raconte-moi tout en détail.

— Linda… Tu sais, hier soir, je…

— Ne crois pas que je sois bouleversée, dit-elle gaiement. Du moins plus maintenant. Je dois reconnaître que, hier soir, j'ai envisagé plusieurs formes de suicide. Mais ce matin, je me suis retrouvée devant la porte de mon psychiatre dès sept heures et demie, attendant qu'il vienne ouvrir boutique. J'ai réussi à lui arracher vingt minutes d'entretien, malgré la présence d'une bonne femme ménopausée et hystérique. Je lui ai tout raconté. Lorsque je suis arrivée au bout de mon histoire, je sanglotais plus fort que l'autre patiente. Il m'a dit : « D'habitude, Linda, j'attends que vous trouviez vous-même la solution de vos problèmes. Mais cette fois, je vous dis tout de suite que Tom Colt n'est amoureux ni de vous ni de January. Pour un homme de cet âge, posséder tant de femmes signifie qu'il a constamment besoin de se prouver quelque chose. Et dans le cas précis de Tom Colt, sa préférence pour January a un rapport évident avec son père. » Ensuite, il m'a expliqué qu'en te choisissant il essayait de se venger contre ton père.

— Eh bien, dit doucement January, rappelle-moi de ne jamais faire appel à un psychiatre.

— Tu en avais bien un dans ta clinique en Suisse, non ?

— Oui, mais nous n'avons jamais rien abordé de personnel. Je veux dire que son traitement ne servait qu'à me redonner l'espoir de marcher normalement, de retourner dans la société et de vivre à nouveau avec mon père. C'est tout. Je me demande comment tu peux t'asseoir devant un étranger et lui livrer tes pensées les plus intimes, même s'il est psychiatre.

— Le Dr Galens n'est pas un étranger. C'est un analyste freudien, mais il croit à la possibilité d'une thérapie pour les problèmes quotidiens. Comme lorsque je me fais virer du lit pour te céder la place. Il replace ensuite ces faits dans une optique freudienne après avoir démontré leurs liens avec mon passé. Tu vois, j'ai beau être devenue une journaliste connue et m'être fait refaire le nez, il reste toujours au fond de moi une gamine dénuée de charme qui supplie qu'on la délivre. Voilà pourquoi j'ai besoin du sexe ; pour prouver que je suis jolie. Quant à toi… Tout ce qui t'arrive est en rapport avec ton père. Même cet accident de moto, par exemple. Tu n'es montée sur cette foutue machine que pour punir ton père de sortir avec Melba.

— Tu veux dire que tu lui as parlé de moi ?

— Oui. Il a dit que tu avais le complexe d'Électre. C'est pour cette raison que cela ne fonctionne pas avec David : il est trop jeune et trop beau.

— Linda ! Tu ne lui as tout de même pas raconté cela !

— Bien sûr que si ! C'est mon psychiatre. Il faut qu'il sache tout, non seulement sur moi, mais aussi sur les gens que je fréquente. Tu vois bien qu'il est fantastique. Au fond, tu sais, je suis une fille très superficielle. Oh ! Ne fais pas cette tête-là. Je sais que je dis la vérité. J'ai le complexe de la superstar. Malheureusement, je ne chante pas comme Barbra Streisand. Comme actrice, je peux difficilement me faire passer pour Glenda Jackson. Et Ann-Margret n'a pas à redouter mon sex-appeal. Alors, que me reste-t-il pour accéder au rang de superstar ? Il me reste mon magazine : *Gloss*. Le Dr Galens m'a obligée à reconnaître que je me consacrais corps et âme à cette publication non parce que j'y crois… mais parce que JE SUIS *Gloss*. Si *Gloss* marche bien, alors moi aussi. Je ne suis ni démocrate ni républicaine. Mais en 1972, et quoi qu'en pense le directeur, *Gloss* soutiendra à fond le candidat démocrate parce que j'entends bien jouer mon rôle sur la scène politique. J'ignore qui sera le candidat, Muskie, Lindsay, Humphrey ou Ted Kennedy, mais rien ne m'arrêtera.

Elle se tut et sourit.

— Mais en voilà assez sur ce chapitre. Maintenant que tu sais que je paie le Dr Galens pour qu'il mette de l'ordre dans ma tête, parle-moi d'hier soir. Était-ce bien ?

— Nous n'avons rien fait. Je veux dire… nous avons seulement discuté.

— Quoi ?

— Parce que… Linda, je préfère ne pas en parler.

Linda hocha la tête avec optimisme.

— Ne t'en fais pas. Il avait probablement trop bu.

Puis, changeant soudain de ton, elle redevint la femme d'affaires.

— Dis-moi, sais-tu te servir d'un magnétophone ?

— Oui.

— Bon. Prends celui-ci.

Elle tendit à January un petit appareil.

— Il n'est pas difficile de deviner qui va accompagner Tom Colt dans sa tournée. Alors tous les soirs, ou tous les matins, peu importe, tu raconteras là-dedans comment se passe cette tournée. Raconte tout ce que tu vois. Sara rédigera ensuite son texte à partir des cassettes. Confie-toi à cet appareil comme à un journal intime, sans rien omettre…

— Linda, je ne pourrai pas.

— Je ne parle pas de ta vie sexuelle, January. Celle-là, c'est à moi qu'il faut la raconter. Encore que, d'après tes récentes expériences, je redoute un désastre complet.

— Que veux-tu dire ?

— Regarde ce qui s'est passé avec David.

— Mais David ne m'intéressait pas. Je… J'aime Tom Colt.

Linda poussa un soupir.

— Écoute, s'intéresser à un type ou l'aimer ne signifie pas nécessairement que tu vas faire des merveilles au lit avec lui. Les courtisanes les plus célèbres de l'histoire étaient parfois des lesbiennes, ce qui ne les empêchait pas de tourner la tête aux hommes. Il y faut de l'art, tu comprends ? Pas seulement de l'amour. D'autant qu'il ne s'agit pas d'un homme ordinaire. Il s'agit de Tom Colt, qui est déjà une légende et tout le tintouin.

— J'ai appris à vivre avec un homme légendaire. Ils sont humains.

— Oh, vraiment ? Voilà donc pourquoi tu es tombée amoureuse de lui : parce que ton père a révélé ses faiblesses, tu recherches quelqu'un de plus grand et de meilleur. Ton superman personnel, hein ?

— Linda, tu sais ce que je pense ? Tu as poussé trop loin ton analyse.

— Soit. Prends toujours ce magnétophone. Et qui sait, peut-être que, lorsque nous écouterons ces bandes, ce n'est pas seulement la personnalité de Tom Colt que nous découvrirons, mais la vraie January Wayne.

Elle essaya de se confier dans le magnétophone. De parler de Tom, de la première impression qu'il lui avait faite, du cocktail, de sa force, de sa gentillesse. Mais quand elle écouta son enregistrement, cela ressemblait au journal intime d'une collégienne.

Elle vécut une journée épouvantable. Et si Tom ne rappelait jamais ? S'il voulait en finir ? N'avait-elle pas tout gâché ? Elle quitta son bureau à seize heures. Peut-être que si elle tentait de tout coucher par écrit, d'affronter une feuille de papier blanc sur une machine, elle pourrait parler objectivement de sa rencontre avec Tom… Après quoi, elle lirait son texte au magnétophone.

Elle décida de rentrer chez elle à pied pour s'éclaircir les idées. Elle avait beau essayer de se persuader que tout irait bien, elle ne pouvait chasser de son esprit la fameuse phrase : « Peut-être est-ce mieux ainsi… Cela nous permettra de réfléchir. »

« Réfléchir ». Qu'est-ce que cela voulait dire ? Cela ne pouvait signifier qu'une chose : qu'il voulait en finir. Oh, Dieu, si seulement Mike avait été là, si elle avait pu parler à quelqu'un.

Elle rentra chez elle et contacta la messagerie. Aucun message. Il lui sembla soudain que les murs de sa chambre se resserraient sur elle. Les bouteilles vides de Coca, les cendriers pleins, toutes ces traces d'une nuit insupportable étaient encore éparses dans la pièce. Elle commença à mettre de l'ordre. Mais tout à coup elle éprouva le besoin de quitter cette pièce. Il fallait absolument qu'elle parle à quelqu'un.

Elle se précipita sur le téléphone et appela David. Il répondit à la seconde sonnerie.

— January, quelle bonne surprise ! Voilà qui est à mettre au nombre des grands événements de ma vie. C'est la première fois que tu m'appelles.

— Je… Eh bien… Je viens de travailler très dur sur une histoire et je crois que je suis en panne d'inspiration.

J'ai besoin d'un point de vue masculin. David… pourrais-tu m'inviter à dîner ce soir ? J'ai besoin de discuter avec quelqu'un qui m'aide à y voir clair.

— Oh, mon pauvre ange, pourquoi faut-il que ce soit ce soir ? J'ai déjà un rendez-vous avec un client à sept heures et demie. Mais écoute… Jusque-là je suis libre… Veux-tu que je te rejoigne pour boire un verre ? Il n'est que cinq heures et demie.

— Non. Je préfère te rencontrer quelque part. J'ai besoin de sortir d'ici.

— January, quelque chose ne va pas ?

— Non, simplement, je suis restée trop longtemps claquemurée à écrire.

Il se mit à rire.

— Je suis très impressionné. Écoute, il faut que je me trouve quelque part dans l'East Side à sept heures et demie. Pourrions-nous nous retrouver à l'Unicorn ? Nous aurions ainsi plus de temps pour bavarder.

— Très bien, David… J'y serai dans dix minutes.

— Mettons quinze, dit-il en riant. Je viens de rentrer chez moi et je voudrais me raser.

Ils s'installèrent à une petite table de l'Unicorn et, sous le regard stupéfait de David, elle commanda un Jack Daniel's. Elle avait horreur du bourbon, mais cela lui donnait l'impression d'être un peu plus proche de Tom.

— Très bien, dit-il en souriant. Et maintenant, raconte-moi ce qui embarrasse à ce point l'écrivain le plus jeune et séduisant des États-Unis.

— Voilà. C'est une nouvelle que j'essaie d'écrire. Je viens de comprendre que je l'écris entièrement du point de vue de la femme et que j'ai besoin de connaître celui de l'homme.

Il fit un signe approbateur, gravement.

— Très juste, fit-il en regardant sa montre. Continue, vas-y.

— Eh bien, mon héroïne est amoureuse d'un homme marié, un homme beaucoup plus âgé qu'elle…

— Oh, avec des petits-enfants, etc. ?

— Non, il a un bébé… et une femme. Pas de petits-enfants.

— Quel âge a-t-il ?

— Il approche de la soixantaine.

— Dans ce cas, ton intrigue ne colle pas. Un homme qui approche de la soixantaine devrait avoir des petits-enfants, pas un bébé. Ajoute donc plutôt des petits-enfants, ça fait déjà plus émouvant.

— Cela n'a pas tellement d'importance : le nœud de mon histoire, c'est la relation entre cet homme et la jeune fille.

— Quel âge a la jeune fille ?

Elle prit une bonne gorgée de bourbon.

— Elle… Je ne sais pas encore exactement.

— Mettons trente-deux. Il est rare qu'un homme au-delà de la cinquantaine épouse une fille de moins de trente ans. Sinon, ça ne marcherait pas. Et s'il a un bébé d'une autre femme, celle-là aussi doit avoir la trentaine.

— Pourquoi la fille n'aurait-elle pas une vingtaine d'années ?

— Ce n'est possible que si l'homme est un parfait salaud. Et dans ce cas, rien ne t'empêche de donner quatorze ans à la fille. Mais s'il a une femme et un enfant en bas âge, il faut que ce soit vraiment une femme, pas une gamine.

— Très bien. Mettons qu'elle ait la trentaine, qu'ils tombent amoureux et qu'elle éprouve un sentiment de culpabilité à l'égard de la femme et du bébé…

Elle refuse que ce soit une simple aventure. Mais elle est folle de lui, elle lui dit qu'elle ne veut ni casser son mariage ni rien de semblable, mais s'ils entament une relation il faudra qu'ils soient amoureux…

— Et alors, quel est le problème ?

— Penses-tu qu'elle aurait tort de lui parler ainsi ?

Il contempla son verre.

— Pourquoi aurait-elle tort ? Toutes les filles disent ce genre de choses, même lorsqu'il s'agit de passades d'une nuit.

— Ce n'est pas ce que je veux dire, David. Je veux dire… Supposons qu'ils aient passé plusieurs jours ensemble, sans relation sexuelle… Ensemble, simplement, et qu'ensuite ils soient séparés. Lorsqu'il revient, il lui dit qu'il la désire, et elle répond : « Il faut que tu me dises que tu m'aimes », et…

— Oh ! non ! grommela-t-il. January, pour quel canard écris-tu donc, *Femme actuelle* ? N'importe quelle fille un peu futée se garde bien d'exiger d'un garçon qu'il lui fasse une déclaration d'amour.

— Vraiment ?

— Bien sûr. Il n'y a pas de meilleur moyen pour le faire détaler.

— Bon. Mais dans mon histoire, la fille est passablement idiote. Mieux, elle trouve le moyen de placer cette conversation juste avant qu'il ne parte pour un voyage d'affaires. Elle lui dit qu'elle veut de l'amour et rien de moins, et aussi qu'il lui manquera pendant les quelques jours où il va être absent. Ce à quoi il répond : « C'est l'affaire de quelques jours. Peut-être est-ce mieux ainsi. Cela nous permettra de réfléchir. »

Il resta un instant silencieux, puis sourit.

— Joli !

— Comment ?

— January, peut-être que là, finalement, tu tiens le bon bout. Quelle fin ! Je vois cela d'ici. Cette phrase devient ta dernière ligne, points de suspension. Et tu abandonnes ton lecteur dans le doute : reviendra ? reviendra pas ?

Elle but une autre gorgée de bourbon.

— Si c'était toi le lecteur, comment interpréterais-tu cette fin ?

Il rit et fit signe au garçon pour demander l'addition.

— Elle a tout fichu en l'air. Elle ne le reverra plus.

— Tout le monde l'interprétera ainsi ?

Il griffonna l'addition et secoua la tête.

— Non, et c'est cela qui est bien. Les femmes s'imagineront sans doute qu'il reviendra. Mais n'importe quel homme comprendra. Ce genre de phrases : « Cela nous permettra de réfléchir », c'est vraiment la meilleure excuse pour se défiler.

— À t'entendre, dit-elle, c'est sans appel.

Il se leva et l'aida à passer son manteau.

— Mais c'est toi qui l'as écrit, ma chère.

18

Le lendemain soir, elle accepta une invitation de Ned Crane, un jeune homme beau et fade qu'elle avait rencontré avec David. Il l'avait invitée à plusieurs reprises et elle avait toujours refusé. Mais soudain tout lui sembla préférable à une autre nuit blanche.

Ils allèrent dîner au Club, où ils rejoignirent un groupe d'amis de Ned et, pendant quelques instants, elle fut plutôt contente d'être entourée de bruit et de mouvement. Elle but du vin blanc, consentit à se faire bousculer sur la piste de danse et fit également des efforts pour prendre part à la conversation. Mais, vers onze heures, elle se sentit brusquement épuisée. Elle ne parvenait plus à réprimer ses bâillements et se demandait comment elle pourrait s'éclipser. Elle fut tirée d'affaire vers onze heures et demie, lorsque quelqu'un proposa d'aller jouer au backgammon chez Vera… January en profita pour déclarer qu'elle ne connaissait pas Vera et qu'elle ne savait pas jouer au backgammon. Elle parvint à convaincre Ned qu'elle pouvait parfaitement rentrer chez elle en taxi.

Il était minuit quand elle s'écroula sur son lit, si fatiguée qu'elle s'endormit tout de suite. Elle dormait encore à huit heures et demie le lendemain, heure à laquelle le service des abonnés absents l'arracha à son sommeil.

— Mademoiselle Wayne, je viens de reprendre mon travail et je constate que vous n'avez pas appelé hier soir pour prendre vos messages.

— Mon Dieu non ! J'étais si fatiguée… J'ai même oublié de remonter mon réveil. Merci de m'avoir appelée. De toute façon il était temps que je me lève.

— Souhaitez-vous écouter vos messages ?

— Oh oui, bien sûr.

— Sara Kurtz vous a téléphoné. Elle espère recevoir des bandes dans l'après-midi. Elle a dit que vous comprendriez.

— En effet, merci.

— Il y a également un certain M. Colt, qui a appelé de Washington.

— Quoi ?

— M. Colt a appelé de Washington hier soir, d'abord à huit heures et demie, puis à dix heures. Il a demandé que vous le rappeliez à l'hôtel Shoreham.

— Oh merci ! Merci !

— Désolée de vous avoir réveillée.

— Non ! Au contraire… C'est merveilleux. Je… De toute façon il est grand temps que je me lève. Merci infiniment !

Elle réussit à joindre Tom au Shoreham juste au moment où il allait sortir.

— Oh, Tom… Je suis rentrée à minuit et j'ai complètement oublié de rappeler les abonnés absents. Je suis désolée.

— Une minute ! dit-il en riant. D'abord, comment vas-tu ?

— Je vais bien… Non pourtant, non… Tu me manques. Et toi, comment vas-tu ? Est-ce que je te manque ?

— Oui… pour tout.
— Quand reviens-tu ?
— Vendredi soir. Veux-tu dîner avec moi ?
— Est-ce que je… Oh, je… Oui, j'en serais ravie.
— Très bien. Je t'appellerai dès mon arrivée.
— D'accord. Écoute, Tom. Peut-être vaudrait-il mieux que ce soit moi qui t'appelle… Je resterai en contact avec le Plaza… Parce que tu risques d'essayer de me joindre au moment où je serai dans la rue entre mon bureau et mon appartement.
— Je te trouverai, January, ne t'inquiète pas.
Et il raccrocha.

Toute la matinée, elle s'appliqua à dicter un compte rendu sans passion du cocktail donné en l'honneur de Tom Colt. Elle décrivit son attitude, celle des gens qui étaient présents, et cette impression d'être pris au piège que ressent l'écrivain lorsqu'il est soumis, seul, aux feux de la rampe.
Linda écouta la bande et hocha la tête.
— Cela ne me paraît pas mauvais. Je vais le transmettre à Sara.
Puis elle regarda January dans les yeux.
— Mais que t'arrive-t-il ? Tu as une mine affreuse.
January attendit un instant avant de répondre.
— Linda, je ne sais que faire… J'ai tellement peur.
— De quoi ?
— Eh bien… Tom rentre demain.
— Ne me raconte pas que tu veux continuer à jouer les vierges effarouchées !
— Non… Je… Je vais coucher avec lui. Mais suppose que je ne lui fasse aucun effet.
— Un homme de la race de Tom Colt sera excité, ne t'en fais pas.

January fixa ses mains posées sur ses genoux.

— Linda, quand il m'a serrée contre lui l'autre soir au Plaza, il… il ne portait rien sous son peignoir et…

— Et ?

— Il n'y a rien eu.

Linda sifflota.

— J'oubliais. Évidemment. Il approche de soixante ans et il boit : mortelle combinaison. Tu vas devoir l'exciter oralement.

— Je ne crois pas que je le pourrais. Je ne sais même pas comment faire.

— Fais comme si c'était une sucette ; fais comme… Oh ! cela nécessite un peu d'expérience : je peux te le dire, car je suis sans doute la plus experte dans cet exercice-là, tous les hommes le disent. Le tout est de commencer. C'est un peu une question d'instinct, et puis, Tom te guidera, j'en suis sûre.

— Mais que faire s'il jouit ?

— Tu l'avales.

— Quoi ?

Linda grommela d'impatience.

— January, quand tu fais l'amour avec un homme que tu aimes vraiment, c'est là l'expression ultime, l'accomplissement de l'amour : l'homme éjacule, toi tu le prends et tu l'avales. Tu avales un peu de lui-même.

— Linda, je serais capable de vomir ! C'est la chose la plus dégoûtante que j'aie jamais entendue.

Linda se mit à rire.

— Écoute, ô femme de l'âge de la pierre : c'est en outre quelque chose qui peut te faire le plus grand bien, car c'est très riche en hormones et excellent pour la peau. Je m'en sers comme masque de beauté chaque fois que possible.

— Tu… quoi ?

— Je m'en fais un masque. Lorsque Keith vivait avec moi et que nous faisions l'amour tous les soirs, je l'excitais manuellement, mettons trois fois par semaine, et juste avant l'explosion je me tenais prête, un verre à la main. Je le transvasais ensuite dans un flacon que je plaçais au réfrigérateur. Épatant, je te le dis. Un peu comme le blanc d'œuf, mais en mieux. Tu le laisses environ dix minutes, jusqu'à ce qu'il commence à durcir en séchant, et tu rinces à l'eau froide. Pourquoi t'imagines-tu que j'aie gardé chez moi ce toqué de l'agence publicitaire ? Parce que lui m'en produisait un demi-verre.

— Linda, je n'ai jamais rien entendu de plus affreux. Je suis sûre que je ne pourrai pas… J'en ai la nausée rien que d'y penser. C'est…

— Bon, quand tu seras penchée sur Tom, si tu ne peux pas te résoudre à l'avaler, laisse-le gicler sur ta figure, étale-le sur ta peau et…

January se leva d'un bond.

— Linda, je ne peux pas en écouter davantage ! Je…

— Assieds-toi ! Mon Dieu ! Maintenant je constate que tu as vraiment passé trois ans loin de tout et de tous, au fin fond de la Suisse. Et ce n'est pas précisément chez Mlle Haddon que les sexologues iraient poursuivre leurs recherches. Personne ne t'oblige à faire une seule de ces choses que je te raconte. Seulement il est grand temps que tu saches que ceux qui les font ne sont pas des tarés… Et le moins que tu puisses faire, c'est d'écouter !

— Soit. Mais je ne veux ni étaler, ni avaler, ni stocker un gramme de ce truc.

— D'accord. Mais tu ne peux pas non plus rester sur le dos, raide comme une planche, en lui accordant pour seul plaisir la faveur de te pénétrer. L'amour se fait à deux.

— Mais que puis-je faire ?
— Réagis !
— Comment ?
— Oh, mon Dieu ! soupira Linda, qui se leva, fit quelques pas dans la pièce, puis revint à son bureau et se pencha un peu en avant, les yeux plongés dans ceux de January : Quand il t'a embrassée, tu l'as embrassé à ton tour, non ?
— Oui.
— Et alors ! Tu as réagi, non ?
— Oui.
— Trrrès bien ! Maintenant, quand tu seras au lit avec lui et qu'il t'embrassera les seins, commence à le caresser.
— Où ça ?
— Mais enfin, January, n'importe où. Frotte-lui d'abord la nuque, par exemple. Embrasse-lui le cou, les oreilles, la joue… Montre-lui que tu es vivante, quoi. Que tu aimes ce qu'il est en train de te faire. Remue et geins de plaisir, mords-le.
— Le mordre ?
— Pas jusqu'au sang, des mordillements, comme les petits chats… Griffe-lui le dos, puis laisse courir tes mains, et enfin ta langue…
— Oh, mon Dieu, dit January en retombant contre le dossier de son siège. Linda, et si je ne peux pas ? Suppose que je me fige tout à coup quand je serai au lit avec lui ?
Linda la considéra pendant un instant.
— Je sais, dit-elle en faisant claquer ses doigts. À quelle heure le vois-tu demain ?
— À son retour de Washington, pour le dîner.
— Dans ce cas, tu prends une injection de vitamines à quatre heures.
— Une injection de vitamines ?

Linda compulsa son fichier, retint une carte, et griffonna un nom et une adresse.

— Voici. Dr Simon Alpert. Lui et son frère Preston sont extraordinaires. Keith m'a emmenée chez lui deux ou trois fois quand il avait sa passion de la forme – il l'a toujours, j'imagine, et ça doit être une nécessité vitale pour lui, avec Christina Spencer.

— Mais comment des injections de vitamines peuvent-elles me mettre en forme pour faire l'amour avec Tom Colt ?

— Écoute, tout ce que je sais c'est que, le jour où Keith m'a fait faire une de ces piqûres, le monde entier a explosé… j'ai tout vu en technicolor. Je travaillais vingt heures par jour, j'avais des orgasmes avec Keith qui semblaient durer une heure entière, j'étais parfaite au lit, sans être trop agressive. Keith disait toujours que j'étais trop agressive parce que je le guidais. C'était son chauvinisme mâle. Je veux dire : quand il me caressait avec la langue, quel mal y avait-il à ce que je lui suggère… va plus à gauche… ou plus fort… ou plus doucement. Certains hommes s'imaginent que s'ils y mettent la langue nous serons pleines de reconnaissance. Et ceux qui le font à demi me tuent. Tu sais… un petit frôlement de leur langue l'espace d'une seconde, et ils nous regardent comme s'ils venaient de nous offrir la lune. En retour, tu es censée t'emballer et t'échiner sur eux des heures durant, même si leur machin a l'allure d'un spaghetti. En tout cas, lorsque je prenais une piqûre de vitamines, tout ce qu'il faisait me plaisait follement, et je ne cherchais jamais à diriger la mise en scène. Vraiment c'est quelque chose de merveilleux, cette piqûre. Un mélange de vitamines B et de certaines vitamines E, je crois. Le Dr Alpert le prépare devant toi. Tâche d'avoir le Dr Simon Alpert plutôt que Preston – il a la main plus légère pour manier l'aiguille. Mais c'est comme si on t'injectait de la dynamite. D'ailleurs, il est normal que ces piqûres soient exceptionnelles – elles coûtent vingt-cinq dollars et pour que Keith y mette ce prix, tu sais… Je crois qu'on m'en a fait trois… Et il me semble qu'elles ont tendance à diminuer l'appétit, car après je n'avais même plus envie de toucher à la nourriture. Beaucoup de femmes y vont pour soigner leur obésité, et de nombreux médecins prescrivent ce genre de traitement. Il y en a un qui l'applique seulement, dit-on, aux vedettes, à certains gros bonnets de Washington, un grand compositeur et plusieurs producteurs de Hollywood.

— Pourquoi donc y as-tu renoncé ?

— À vingt-cinq dollars la piqûre… Leur effet dure environ trois jours, et une femme que j'avais rencontrée dans la salle d'attente m'a dit qu'elle s'en faisait faire quatre par semaine. Mais depuis que j'ai rompu avec Keith, je n'ai plus besoin de tant d'énergie. En tout cas, pas pour les nazes qui traversent ma vie en ce moment.

— Mais n'est-ce pas dangereux ?

— Écoute, January : tu as vingt et un ans, tu as eu une aventure qui t'a laissé un souvenir pénible avec un rêveur qui ne t'a pas plu. Et David est passé aux oubliettes. Maintenant, tu as la chance de rencontrer Tom Colt… et tu restes là, devant moi, à me raconter que tu as peur d'échouer. Dieu ! si j'avais la perspective d'un rendez-vous avec lui, je courrais déjà les magasins de Madison Avenue en quête d'une robe divine et je ne resterais pas à me demander si oui ou non j'arriverais à le faire bander : pour ça, je n'aurais vraiment aucune inquiétude…

January sourit.

— À t'entendre, je me fais l'effet d'une attardée sexuelle.

— Écoute, dit Linda en riant, tu n'as rien qui ne se guérisse en baisant un bon coup. Alors, appelle le Dr Alpert et prends un rendez-vous pour cet après-midi. Tu verras que tu n'auras plus envie de sortir du lit après ça. Oh !… Passe aussi au bureau de Léon et demande-lui de te trouver un *popper*.

— Qu'est-ce que c'est ?

— De l'aminophylline. Tu le mets dans un inhalateur Benzedrex que tu laisses sur la table de nuit. Vous en inspirez une dose chacun juste au moment où vous allez jouir. C'est dingue !

— Linda, puis-je te demander une chose ? Dis-moi… Y a-t-il tout de même encore parmi nous des gens qui couchent avec quelqu'un qu'ils aiment et ont une relation parfaitement satisfaisante sans tout ça ?

— Bien sûr que oui, chérie. C'est ce qui t'est arrivé avec David.

Elle quitta le bureau à cinq heures et se précipita chez elle. Après s'être longuement prélassée dans son bain, elle s'aspergea de parfum. Elle prépara deux tenues – un pantalon et un chemisier, une maxi-jupe et une blouse de soie ; le choix allait dépendre du lieu où il voudrait aller. Elle enfila son nouveau soutien-gorge Pucci, en se demandant si Linda les trouvait démodés. Mais Linda clamait que tous les soutiens-gorge étaient démodés quelle que soit la marque.

À sept heures, elle se trouvait toujours en petite tenue à patienter, l'œil fixé sur le téléphone. Elle avait fumé un demi-paquet de cigarettes et bu une gorgée de Jack Daniel's – elle en avait acheté une bouteille pour le cas où il viendrait chez elle. Elle s'était également procuré du vrai café et des œufs. Elle ne savait pas au juste ce qui l'attendait – mais en tout cas elle ne voulait pas être prise au dépourvu. À huit heures, elle avait déjà appelé le Plaza à trois reprises, et chaque fois l'opérateur confirmait : oui, ils avaient bien une réservation au nom de M. Colt, mais il n'était pas encore arrivé…

Il l'appela à neuf heures.

— January, pardonne-moi… Les avions ne décollaient pas à cause du mauvais temps et j'ai dû prendre le train. J'étais censé arriver à six heures – c'est pourquoi je n'ai pas téléphoné –, mais il y a eu une heure d'attente à Baltimore ! Et – tu me croiras si tu veux – nous avons dû nous arrêter une demi-heure à cause d'une femme qui accouchait.

— Oh, Tom ! Pas possible !

Elle était tellement soulagée de l'entendre qu'elle riait de tout son cœur.

— Écoute, je suis brisé.

Elle sentit son cœur lui manquer.

— Accepterais-tu que nous nous fassions simplement servir à dîner dans mon appartement du Plaza ?

— Mais Tom… Si tu es trop fatigué pour que nous nous voyions, je le comprendrai très bien.

Que disait-elle !

— Non, il faut que je mange. Et même, je meurs de faim, à moins que pour toi il ne soit trop tard ?

— J'arrive dans un instant.

— Bien. Ma voiture t'attend devant ton immeuble.

— Tu veux dire… Tu savais que j'accepterais ?

— Bien sûr… N'est-ce pas toi qui as dit : pas de comédie ?

Quand elle déboucha dans le couloir, il l'attendait à la porte. Elle se jeta dans ses bras et il l'embrassa gaiement.

— Mon Dieu, tu es superbe ! dit-il. Entre donc, les steaks vont être prêts. Je me suis dit qu'une fille amoureuse se soucierait peu du menu.

Il débordait d'histoires sur son voyage, dont, à vrai dire, il avait détesté chaque minute. Il s'était senti réduit à l'état de singe savant, surtout devant la télévision. Tous les autres participants avaient eu beau lui déclarer leur admiration pour son œuvre, c'était lui qui admirait leur aisance, leur maîtrise, tandis qu'assis sous les projecteurs ils échangeaient des propos distingués. Quand était venu son tour, il avait eu l'impression d'être parmi eux une sorte d'animal préhistorique, trop lourd, déplacé dans ce contexte et dans ce lieu. Mais les animateurs des émissions l'avaient tous aidé, et il s'en était tiré tant bien que mal.

— Vraiment, tu mérites chaque livre que tu vends, déclara-t-il.

Il ajouta qu'il se trouvait maintenant en troisième position sur la liste des best-sellers du *New York Times*.

Ils dînèrent, puis s'installèrent sur le divan pour regarder les dernières informations. Il buvait du bourbon. Elle aussi en prit un verre, qu'elle but à petites gorgées.

Tom sembla étonné qu'elle en voulût un, mais elle savait bien que, s'ils devaient entrer dans la chambre à coucher, elle avait besoin de se détendre. Soudain, il se tourna vers elle et lui demanda :

— Dis-moi… Que penserais-tu d'aller à la plage ?

— À Westhampton ?

— Oui. Hugh m'a invité. Nous pourrions dormir chez lui puisque, de toute façon, il passe la moitié de la nuit dans les dunes, et il m'a assuré que, s'il avait envie de rentrer, il pourrait toujours camper sur le divan.

— Quand ? demanda-t-elle.

— Demain. Nous pourrions partir à trois heures. Le matin, j'ai deux interviews.

— Ce serait formidable.

Il se leva, la prit dans ses bras et l'embrassa doucement. Il glissa les mains sous sa chemise et son soutien-gorge. Elle se souvint de ce que Linda lui avait dit : « Fais quelque chose. Montre-lui que tu tiens à lui ! » Elle essaya de laisser courir sa main le long de son dos, puis vers l'avant. Soudain, il s'écarta.

— Écoute, il se fait tard et je suis épuisé. Nous allons avoir tout le week-end à nous.

Il lui passa son manteau et alla vers la porte.

— January, dit-il, tu n'en as pas parlé une seule fois de toute la soirée.

— Parlé de quoi ?

— D'amour, dit-il en souriant. M'aimes-tu toujours ?

— Oh ! Tom, tu sais bien que c'est le cas !

Il sourit et frôla ses lèvres des siennes. Elle se demanda pourquoi il lui avait dit cela, puis elle leva les yeux vers lui.

— Tom… m'aimes-tu ?

— Je crois que oui… Je crois bien que oui, répondit-il en hochant lentement la tête.

Le lendemain matin, elle se rendit au cabinet du Dr Alpert dès neuf heures. Elle remplit la carte que lui tendait la réceptionniste, non sans un brin d'appréhension, mais elle savait qu'il lui fallait quelque chose. La veille au soir, Tom avait interrompu leurs effusions parce qu'il n'avait pas eu d'érection, et il s'était écarté pour qu'elle ne s'en rende pas compte. Elle n'était pas parvenue à l'exciter. Ainsi, le parfum Fracas, le soutien-gorge Pucci n'avaient servi à rien.

À minuit, elle avait appelé Linda, et quand Linda avait crié « Qu'est-ce qui s'est passé ? » et qu'elle avait répondu « Rien », Linda lui avait conseillé de voir le

Dr Alpert, si elle ne voulait pas gâcher complètement le week-end.

« Mais est-il possible qu'un homme vous aime et n'ait pas d'érection ?

— Mon Dieu, January ! Si tu savais combien de types arrivent chez moi chauds comme des locomotives, me sautent dessus et repartent après avoir vu leur engin tomber comme du caoutchouc mou, tout juste bon à remballer…

— Linda !

— Veux-tu cesser de crier "Linda !" et agir ? Cet homme a possédé des femmes de toutes sortes. Mais il a cinquante-sept ans et il commence un peu à se fatiguer. C'est à toi de savoir l'allumer. La vue de ton corps de nymphette n'y suffira pas. Il faut que tu prennes les choses en main. »

Maintenant, dans le cabinet du Dr Alpert, elle avait fini de répondre à toutes les questions sur la carte.

La réceptionniste la conduisit vers une pièce minuscule, avec pour tout mobilier une table d'auscultation. Il y avait au moins sept cabines semblables, et toutes étaient occupées. La salle d'attente était déjà assez pleine quand elle sortit. La réceptionniste lui montra une blouse de papier et lui dit :

— Déshabillez-vous et allez ensuite au bout du couloir.

Elle s'enveloppa dans la blouse de papier froissé et se dirigea vers la pièce située à l'autre bout du couloir. Une infirmière l'y attendait avec un électrocardiographe. Elle fit signe à January de s'allonger sur la table et se mit à lui poser les électrodes.

Quand l'examen fut terminé, l'infirmière la mena dans une autre pièce.

— Maintenant, mademoiselle Wayne, nous allons vous faire une prise de sang.

— Mais je suis venue pour une injection de vitamines : je l'ai précisé au médecin ce matin, par téléphone.

— Le Dr Alpert exige toujours un examen complet lors de la première visite.

January tendit le bras. Elle grimaça quand l'infirmière préleva le sang, et plus encore quand elle lui piqua le doigt, mais tout cela lui inspirait confiance. Ce médecin était vraiment un homme sérieux, on pouvait compter sur lui. Pas étonnant que ses piqûres soient efficaces.

On la raccompagna ensuite à sa cabine. Elle s'installa sur le bord de la table d'auscultation et attendit. Certes, le cabinet était rempli de clients, mais elle était venue de bonne heure exprès, expliquant – comme Linda le lui avait recommandé – qu'elle avait un avion à prendre et devait donc être sortie pour midi.

Au bout d'un quart d'heure, un homme d'âge mûr, un stéthoscope pendu à son cou, entra dans la pièce. Il arborait un sourire chaleureux.

— Je suis le Dr Simon Alpert. Quel est votre problème ? Vous vous sentez un peu apathique peut-être ? J'ai noté que vous n'avez que dix de tension. Voilà qui indique une petite tendance anémique : oh ! rien d'inquiétant, mais vous devriez avoir douze.

Elle remarqua son col de chemise élimé et ses ongles en deuil. Était-il possible que cet homme fût le patron du superbe cabinet de Park Avenue, de cette réceptionniste efficace et de cette infirmière si professionnelle ? Peut-être ressemblait-il à Einstein, qui ne se peignait jamais et déambulait en espadrilles. Il avait les dents entartrées et, comme il souriait toujours, elle se surprit à en observer les taches. Ses gencives non plus n'étaient pas brillantes. Il semblait avoir lui aussi besoin de faire une cure de vitamines.

— Dites-moi donc exactement ce qui vous amène, commença-t-il. Je crois que vous êtes recommandée par une de mes anciennes patientes, Mlle Riggs ?

Elle regarda au loin, puis fixa ses propres ongles parfaitement manucurés.

— Je… je… il y a quelque temps j'ai fait la connaissance d'un homme et…

— Ici nous ne pratiquons pas l'avortement et nous ne prescrivons pas la pilule…

— Oh, il ne s'agit pas de cela. Cet homme, voyez-vous, est superbe. Toutes les femmes l'adorent et je…

— N'en dites pas plus, dit-il avec un sourire entendu. J'imagine le reste : il vous a quittée, vous vous sentez déprimée, crispée… Ne bougez pas.

Il sortit de la pièce en se dandinant et revint moins de cinq minutes plus tard, muni d'une seringue.

— Avec ceci, vous vous sentirez une autre femme. Vous allez le reconquérir. J'en suis sûr.

Il ajustait l'aiguille. Elle espérait qu'il allait se laver les mains.

— Vous autres jeunes filles, quand vous tombez amoureuses, vous vous donnez à fond. Mais l'homme se lasse et vous commencez à lui téléphoner sans arrêt. Pas vrai ?

Avant qu'elle pût lui répondre, il continua :

— Mais si. C'est toujours la même histoire. On lui téléphone, on le prie, on le supplie, et ce faisant on l'éloigne de plus en plus. Toujours la même histoire.

Il dénoua le lacet de sa blouse, qui lui glissa jusqu'à la taille, mais c'est à peine s'il remarqua sa nudité. Il posa son stéthoscope entre ses seins, écouta, sembla satisfait de ce qu'il entendit. Puis il passa un tampon d'alcool sur la veine de son bras.

— Écoutez, il ne faut pas l'appeler. Promettez-le à l'oncle Simon… N'appelez pas ce salopard.

Elle sentit l'aiguille s'enfoncer dans sa veine. Elle détourna les yeux. Si étonnant que ce fût, il avait la main légère et elle ne sentit aucune douleur. Abaissant le regard, elle vit son propre sang jaillir dans la seringue, s'y mélanger avec le liquide et rentrer peu à peu dans son bras. Il lui sourit.

— Maintenant, gardez votre bras levé, comme ça. Gardez-le ainsi une seconde. Vous avez de jolies veines.

Elle ne pouvait y croire, et pourtant la réaction fut instantanée. Une légère impression de flottement, l'esprit un peu vague, mais au total une sensation agréable. Puis tout à coup, elle se sentit parcourue par une merveilleuse sensation de chaleur, comme après le penthotal de sodium à Rome… Cette stupéfiante impression de fluidité gagnait tout son corps. Mais au lieu du vide et du sommeil qui suivaient l'injection de penthotal, elle se sentit exploser de vitalité. Elle dut même résister à l'envie de passer la main entre ses jambes, car c'était là qu'elle sentait vibrer son pouls.

Le Dr Alpert lui sourit.

— Vous sentez-vous mieux ?

Il lui pinça la pointe d'un sein et elle rit. Ce n'était pas le geste d'un vieux lubrique. Ce n'était qu'un petit signe d'amitié d'oncle Simon.

— Vous allez vous sentir mieux, ajouta-t-il. Votre tension va monter à douze ou treize en un rien de temps. Peut-être aurez-vous envie de vous faire une piqûre par semaine, à moins que vous n'achetiez une série… Arrangez cela avec Mlle Sutton, ma réceptionniste. Certaines personnes aiment recevoir une piqûre deux fois par semaine… D'autres demandent des doses plus légères mais quotidiennes. J'ai un client qui a quinze de tension, mais qui en prend tout de même une tous les matins : c'est un compositeur célèbre, qui travaille dix-huit heures par jour. Il met tant d'énergie dans son œuvre qu'il a un besoin fréquent de vitamines. C'est exactement la même chose pour vous autres, petites nanas maigrelettes, qui passez toute la journée au travail et faites l'amour la nuit entière, n'est-ce pas ?

Il lui pinça de nouveau le sein et sortit. Elle sauta de la table d'auscultation et la blouse blanche tomba par terre. Elle se caressa les seins du bout des doigts, une fois, deux fois. Les pointes durcirent. Elle sentait toujours entre ses jambes cette douceur incroyable. Elle se caressa ; oh ! la délicieuse sensation, oh ! l'admirable Dr Alpert, avec ses ongles noirs et ses fabuleuses vitamines. Dans un éclair de lucidité, elle se rendit compte qu'elle n'avait fonctionné qu'à moitié jusqu'à présent. Peut-être souffrait-elle d'anémie depuis toujours. Ou du moins depuis l'accident. Bien sûr… auparavant. Elle s'était toujours sentie vivante comme aujourd'hui tant qu'elle était auprès de Mike. Et voilà qu'elle se sentait revivre. Elle avait le monde entier à sa portée.

Elle se vêtit rapidement, rédigea un chèque de cent vingt dollars pour l'électrocardiogramme, les analyses de sang et la piqûre. La réceptionniste lui expliqua qu'à l'avenir chaque piqûre lui coûterait vingt-cinq dollars, à moins qu'elle n'en achète une série de vingt ; dans ce cas, le prix s'élevait à quatre cents dollars, payables d'avance. January sourit ; elle se ferait faire une piqûre quand elle en aurait besoin et paierait vingt-cinq dollars.

Elle s'arrêta chez Saks, où elle acheta une cravate pour Tom, puis chez Gucci, d'où elle fit envoyer à Linda une ceinture qu'elle avait admirée avec ce mot : « Merci pour la recommandation du Dr Alpert. »

Puis elle courut chez elle boucler ses bagages et, quand, à trois heures, la sonnette retentit et que le chauffeur lui annonça que la voiture l'attendait, elle flotta dans l'ascenseur, toute à la joie du week-end qui commençait.

Elle mourait de hâte de revoir Tom. Et Hugh également… Lui aussi était un homme merveilleux. Le monde entier était merveilleux !

19

Tom fut enchanté par la cravate.

— Je la porterai chaque fois que je passerai à la télévision, dit-il.

Il gardait une bouteille d'alcool dans la voiture et lui en proposa. Elle secoua la tête en disant : « Mon alcool, c'est toi. »

Quand ils arrivèrent à Westhampton, elle se précipita dans les bras de Hugh Robertson, qui, s'il fut surpris d'un abord aussi exubérant, n'en laissa rien paraître. Elle avait pensé si souvent à cette journée passée ensemble à Westhampton qu'elle avait le sentiment, aujourd'hui, de retrouver sa propre maison. L'immense divan et la cheminée étaient exactement tels qu'elle se les rappelait. Le bruit du ressac semblait lointain, bien qu'elle pût voir l'océan à travers la baie du séjour.

Ils prirent place autour du feu. Tom sirotait son verre, Hugh grillait les steaks et January allait de l'un à l'autre, tantôt blottie contre Tom dans un angle du divan, tantôt debout pour donner un coup de main à Hugh.

À dix heures, Hugh se leva.

— Eh bien, il est temps que j'aille faire mon tour dans les dunes.

— Vous allez geler, dit January.

— Oh, je n'y resterai pas longtemps. J'ai un atelier près de la cuisine, avec un canapé. J'y dors souvent quand j'ai la flemme de grimper l'escalier pour monter à la chambre. Vous pouvez donc vous installer là-haut en toute tranquillité.

Après le départ de Hugh, Tom et January restèrent assis à regarder les bûches se craqueler dans l'âtre et à écouter la rumeur des rouleaux sur le rivage. January ne se lassait jamais d'observer les vagues. Elle appréciait leur entêtement à grandir avec puissance, s'abattre sur la plage, et se rassembler à nouveau pour un autre assaut. Elles lui rappelaient ces enfants espiègles trottinant vers la mer avant d'être tirés en arrière par leur mère.

Elle se serra davantage contre Tom et s'amusa à suivre son profil du bout des doigts. Il se pencha pour l'embrasser, saisit la bouteille de bourbon et la prit par la main pour l'emmener en haut vers la chambre.

C'était un grenier aménagé où le propriétaire avait manifesté son patriotisme dans le choix des couleurs : meubles ripolinés bleu et rouge sur fond blanc. Un énorme lit à édredon de plume occupait presque toute la pièce. January sauta dessus, envoya promener ses souliers et se mit à bondir joyeusement.

— Tom ! Viens !... Oh là ! Pas de ressorts. On a l'impression de flotter !

Puis, elle descendit du lit et elle vint vers lui.

— Je t'aime, dit-elle en déboutonnant son corsage.

Ses yeux rencontrèrent les siens et ne les quittèrent plus, tandis qu'elle défaisait son jean, qui glissa jusqu'au sol. Lentement, elle dégrafa son soutien-gorge, ôta sa culotte.

— Et me voici, murmura-t-elle.

Il la contempla un instant avec un demi-sourire. Elle mit les bras autour de son cou.

— Allons, viens, paresseux, souffla-t-elle en déboutonnant sa chemise. Allons au lit.

Il se retourna vers le bureau et se versa un verre qu'il but d'un trait, puis tendit la main pour éteindre la lumière. Étendue sur le lit, elle le regarda se déshabiller dans la pénombre. Elle remarqua le contraste entre ses fesses claires et ses épaules et son dos bronzés. Ses cuisses étaient vigoureuses. Il se retourna et sauta sur le lit avec une telle ardeur que celui-ci craqua. Ils rirent tous les deux et s'enlacèrent.

Il se mit sur elle, son poids reposant sur ses avant-bras, et lui caressa les cheveux en murmurant dans le noir :

— Je veux te rendre heureuse.

— Je suis heureuse, Tom.

Elle mit de nouveau les bras autour de son cou et l'attira vers elle. Il roula sur le côté et la tint serrée contre lui tandis qu'ils s'embrassaient. Elle laissa courir ses doigts le long de son dos. Elle se sentait détendue, à l'aise, comme si leurs corps avaient déjà connu pareille intimité. Elle ne songeait qu'à le toucher, à être prise par lui, à lui appartenir.

Il s'écarta ensuite doucement, et elle sentit sa langue courir sur tout son corps… sur ses seins… sur son ventre… Elle étreignit sa tête… c'était une sensation si chaude et si merveilleuse. Mais elle voulait lui faire plaisir, à lui… faire tout ce qu'il désirait… Maintenant sa langue caressait sa cuisse… ses doigts l'exploraient… chaque nerf de son corps répondait à l'excitation… il lui sembla que sa langue était partout à la fois. Puis elle éprouva cette sensation folle, si insupportablement délicieuse. Elle ne pouvait croire à ce qui arrivait… Elle n'avait jamais rien ressenti de pareil. Elle gémit. Tout son corps se dissolvait dans une éclatante extase… Elle lui tint la tête, vibra, et retomba enfin, totalement vidée, épuisée. Il remonta s'allonger près d'elle et lui caressa les seins.

— Est-ce que je t'ai donné du plaisir ?

— Oh, Tom… Je n'ai jamais rien senti de comparable… Mais nous n'avons pas… Je veux dire… tu…

— Je voulais te faire jouir, dit-il.

— Et maintenant…

Elle sentait revenir ses forces. Il allait sûrement la pénétrer.

— Maintenant, restons ainsi, simplement, dans les bras l'un de l'autre.

Elle demeura immobile, figée. Quelque chose n'allait pas. Il la serrait contre lui, mais elle se sentait mal, éperdue. Elle n'avait pas réussi à l'exciter. Elle se mit à l'embrasser dans le cou, à le caresser. Elle ne savait trop comment s'y prendre… Mais peut-être qu'en faisant comme lui…

Elle se redressa et commença à lui embrasser la poitrine, puis glissa de plus en plus bas. Mais elle ne trouva rien de semblable à ce membre frémissant que David avait dressé vers elle… Elle ne vit entre ses jambes qu'une petite chose inerte, pas plus grande qu'un pouce d'homme. Elle n'en croyait pas ses yeux. Comment un homme aussi grand, aussi viril que Tom, pouvait-il n'avoir qu'un si petit pénis ? Elle se mit à le caresser, mais il resta sans réaction. Puis elle y posa les lèvres. Elle se sentit portée vers lui par une vague soudaine de tendresse protectrice… Le célèbre Tom Colt, dont les romans débordaient de sexualité ardente. Tom Colt, adulé par les femmes, respecté par les hommes… Tom Colt, vivant symbole de la virilité doté d'un pénis de jeune garçon ! Dieu ! Comme cela avait dû le tourmenter sa vie durant. Autrefois, à l'école, elle s'était inquiétée parce que ses seins ne grandissaient pas assez, mais du moins en avait-elle. Tandis que pour un homme, ne rien avoir… Un homme, dont le pénis est l'unique objet sexuel. Telle était donc la raison de toutes les compétitions, des plongées, des championnats de golf et de tennis, des rixes dans les bars.

Elle lui manifesta un amour d'autant plus tendre. Pauvre, pauvre Tom… réduit à décrire sur le papier des fantasmes sexuels qu'il ne pouvait réaliser dans la vie.

Soudain, il l'attira vers lui.

— January, ne crois pas que tu m'aies déçu. Mon plaisir, c'est de t'en donner.

Elle ne bougeait pas et se demandait à combien de femmes il avait dit la même chose. Et elle décida tout à coup qu'elle lui rendrait la sensation de sa virilité. Elle se mit à le caresser. Elle fit courir sa langue le long de son bras, de ses hanches… Elle se fit obsédante, se serrant contre lui, de plus en plus, puis s'éloignant, sans cesser de le caresser… Et elle vit que le petit pénis se mettait à durcir… Elle continua de plus belle, le frôlant de ses lèvres, puis bondissant vers un autre point de son corps… ses doigts l'explorèrent… soudain, il la fit rouler sur elle-même et se plaça sur elle… Il commença à se mouvoir à un rythme régulier… plus vite… intensément… puis elle l'entendit gémir et sentit son corps retomber, inerte. Il resta sur elle quelques secondes encore, puis la regardant dans les yeux il lui dit :

— Merci, January.

— Merci, Tom.

Il se retira et la prit dans ses bras.

— January, je t'aime.

— Moi aussi, je t'aime, murmura-t-elle.

Il lui caressa les cheveux.

— Sais-tu ce que tu viens de faire pour moi ? demanda-t-il. C'est la première fois depuis dix ans que j'y arrive.

— Je suis tellement heureuse, Tom.

Elle lui embrassa la joue : elle était humide. Elle vit alors les larmes dans ses yeux.

— Tom… Quelque chose ne va pas ?

Il enfouit la tête contre son cou et elle l'enlaça, le réconfortant comme elle l'eût fait pour un enfant. Au bout de quelques minutes, il descendit du lit et alla jusqu'au bureau. Il but une longue rasade de bourbon sans se retourner.

— January, je suis désolé. Je…

Elle sauta du lit et le rejoignit.

— Tom… je t'aime.

Il pivota et la regarda.

— Je suis navré de m'être laissé aller de cette manière. Je ne crois pas avoir versé une seule larme depuis vingt ans.

— Est-ce que c'est ma faute ? demanda-t-elle.

Il lui caressa la tête.

— Non, mon petit…

Il la ramena vers le lit et ils s'y étendirent côte à côte. Il la serra contre lui en disant :

— Tu m'as donné un grand bonheur, January. Je crois que les larmes étaient pour nous deux. Pour moi, parce que j'ai trouvé une fille d'une grande classe… Et pour toi, parce que tu n'auras connu que des vestiges de Tom Colt. Non que j'aie jamais été mieux équipé… Un homme ne peut se servir que de ce qu'il a… Mais du moins était-ce en bon état. Durant ces dix dernières années, j'ai eu beau recourir aux call-girls, aux aphrodisiaques… à tout ce que tu veux… aucun effet. Jusqu'à ce soir… avec toi…

— Mais Tom… Tu as un enfant.

— Je veux que tu saches la vérité. Tu vois, toute ma vie, les femmes que j'ai eues ont accepté que je ne sois pas bâti comme un étalon. Mais elles voulaient être vues en ma compagnie. Et, bon Dieu, j'avais d'autres moyens de les satisfaire. Mais il y a quelques années, j'ai commencé à m'interroger… Toutes ces années de travail, mon œuvre d'écrivain… à qui les léguer ? Qui s'y intéresserait ? Je n'avais personne. J'ai perdu deux frères pendant la Seconde Guerre mondiale. J'ai une sœur aînée qui n'a pas d'enfants. Alors, tout à coup, j'ai compris que je voulais un gosse. J'ai décidé d'en adopter un. Mais pour pouvoir adopter un enfant, il faut être marié. J'ai commencé à passer en revue toutes les femmes que je connaissais pour trouver celle qui serait susceptible de devenir la meilleure mère. Aucune ne convenait. Ou bien elles avaient déjà des enfants d'un précédent mari, ou bien elles déclaraient de but en blanc qu'elles détestaient les gosses. Il n'y avait donc personne dans mes relations qui fasse l'affaire. Puis, il y a de cela un an et demi environ, je suis tombé sur Nina Lou Brown, une espèce de starlette, dans une réception à Malibu. À vrai dire, pour une starlette elle avait plutôt passé le cap… Elle avait vingt-sept ans à l'époque et avait abandonné son rêve de faire carrière, ne tournant plus que dans des spots publicitaires à la télévision. Elle m'a sauté dessus et nous nous sommes mis à discuter. Elle m'a raconté qu'elle était originaire de Géorgie, avait douze frères et sœurs et n'avait pas porté de chaussures avant l'âge de douze ans. Elle m'a aussi confié qu'elle adorait les gosses et songeait même à épouser un cameraman de ses relations pour avoir des enfants, car à vingt-sept ans elle estimait qu'il était temps. D'abord, tout cela m'a semblé trop beau pour être vrai, puis je me suis dit qu'elle ne pouvait pas l'avoir inventé à mon intention, puisqu'elle ignorait tout de mon désir d'enfant. Notre hôte avait deux petits garçons et, plus tard dans l'après-midi, le plus jeune qui avait environ cinq ans s'est enfoncé un éclat de bois dans le pied : une grosse écharde provenant d'un quelconque bois de flottaison. Il ne voulait pas que sa mère y touche. Soudain Nina Lou s'est avancée. Elle a commencé sur le mode du jeu, pariant avec lui qu'il ne pourrait pas l'aider à sortir l'écharde. Elle s'est fait apporter un verre de scotch et a demandé à l'enfant d'y plonger l'aiguille. C'était pour la stériliser, mais elle lui a raconté qu'elle allait lui soûler le pied. Eh bien, crois-moi si tu veux, il l'a laissée enlever cette saleté qui était entrée diablement profondément dans les chairs. Et quand elle a eu fini, il l'a embrassée. C'est à ce moment que j'ai eu la certitude que ce serait elle, la mère de mon enfant.

« Nous nous sommes revus régulièrement pendant un mois, sans jamais coucher ensemble. Mais je lui ai demandé de m'épouser et lui ai exposé mon problème. Et c'est Nina Lou qui a eu la grande idée : l'insémination artificielle. Je n'y avais jamais pensé. Nous nous sommes mariés et avons immédiatement consulté un médecin… Cela a pris plusieurs mois, mais ça a fini par marcher. Et il y a environ six mois, elle m'a donné un fils.

January restait étendue, immobile. Tom alluma une cigarette et la lui tendit.

— Maintenant tu connais l'histoire de ma vie.

— Oui… répondit doucement January. Tu dois donc être bien amoureux d'elle.

— Reconnaissant serait le mot juste. Je n'ai jamais été amoureux d'elle. Mais je l'aime pour ce qu'elle m'a donné. En échange, je lui laisse sa liberté sexuelle, dans la mesure où elle est discrète. Elle a un jeune acteur qui vient lui rendre ses devoirs de temps à autre. Mais elle est une mère géniale pour Tom junior. Et elle apprécie les avantages de se faire appeler Mme Tom Colt. Elle aime le prestige, les soirées où elle est invitée, la maison de Malibu… Et le mariage tient, si tant est que l'on puisse appeler cela un mariage. Mais je ne peux tout de même pas demander à une fille de vingt-neuf ans de renoncer à avoir une vie sexuelle normale jusqu'à la fin de ses jours. Elle adore le petit et…

— Tom… Entre nous, ce soir, tout s'est passé normalement. As-tu jamais vraiment essayé avec elle ? Il m'a semblé que tu ne voulais rien tenter avec moi.

Il secoua la tête.

— Bien sûr, j'ai essayé. Elle m'assurait qu'elle ferait des miracles. J'ai souffert l'humiliation de la laisser essayer nuit après nuit jusqu'à ce que nous tombions d'accord sur le fait qu'il n'y avait aucun espoir. Ce soir, je ne m'attendais vraiment pas à ce qu'il se passe quoi que ce soit entre nous… Mais je t'aimais assez pour que tu saches la vérité.

Il la serra davantage contre lui.

— January, tu vois ce que tu as fait pour moi. Même si cela ne se reproduit jamais plus… je te serai reconnaissant pour le reste de ma vie.

— Cela se reproduira.

— January, je ne pourrai pas divorcer. Nina Lou ne me l'accordera jamais et je suis incapable d'abandonner mon fils. Je veux que tout lui revienne. C'est pour cette seule raison que j'ai consenti à cette tournée de promotion. J'ai bien assez d'argent pour vivre à l'aise le temps qu'il me reste. Mais je veux leur laisser un gros paquet, à elle et au petit.

Il sortit du lit et revint avec la bouteille.

— On se verse un grog ?

Elle secoua la tête et murmura :

— Non merci, je me sens bien ainsi.

Il but une longue gorgée.

— Je ne sais pas comment te le dire… Je t'aime comme je n'ai jamais aimé aucune femme. Je n'ai jamais été sincère avec aucune femme, à part toi et Nina Lou. Avec elle, j'étais obligé. Avec toi, je le souhaitais. Je me suis comporté comme un mufle avec la plupart des femmes. Je me contentais de leur dire qu'elles ne m'excitaient pas ; comme si avec celles qui en étaient dignes mon sexe pouvait dépasser un mètre… Écoute, je ne sais pas pendant combien de temps encore tu voudras de moi, mais aussi longtemps qu'il en sera ainsi… Ce sera comme tu voudras… Pas de comédie. Je t'aimerai sans limites… Et si tu me veux tel que je suis… alors… je t'appartiens.

Elle l'étreignit.

— Oh Tom… Je t'aime. Et je te veux… Et je serai avec toi quand tu voudras de moi… et pour aussi longtemps que tu le voudras… pour toujours… Nous *sommes* liés pour toujours… Je le jure.

Ils restèrent étendus l'un près de l'autre puis, après un moment, elle devina à son souffle régulier qu'il s'était endormi. Elle était encore tout à fait éveillée et avait envie d'une cigarette. Elle voulait aussi réfléchir un peu. Elle l'aimait – la taille du pénis d'un homme n'est pas un baromètre de l'amour. Il fallait qu'elle arrive à l'en convaincre.

Elle se glissa hors du lit en prenant garde à ne pas l'éveiller, enfila sa robe de chambre et descendit l'escalier sur la pointe des pieds. Dans le séjour désert, le feu finissait de mourir. Elle y ajouta du papier journal et une nouvelle bûche, et bientôt il se remit à craquer et chauffer la pièce.

Elle s'assit sur le divan, les jambes repliées sous elle, et contempla les flammes en pensant à Tom. Elle avait toujours cru que les hommes étaient faits sur le même moule. Oh, elle savait bien que certains étaient plus grands que d'autres, mais elle n'aurait jamais pensé qu'on pût être fait comme Tom. Elle s'interrogea soudain sur son père. Était-il, comme David, un étalon ? Bien sûr. Il ne pouvait en être autrement. Mais pauvre Tom. Ses sentiments étaient confus : elle pensait à lui avec l'envie de le protéger, et pourtant aussi avec tendresse et désir. Le désir d'être entre ses bras, de sentir sa poitrine nue contre ses seins, de le sentir proche, de sentir ses lèvres sur les siennes – c'était cela que l'amour signifiait.

Elle entendit la porte s'ouvrir et comprit que Hugh venait d'entrer derrière elle. Il s'approcha et la regarda, puis jeta un coup d'œil vers l'étage.

— Il dort, dit-elle. Il a terminé la bouteille de Jack Daniel's.

Il se dirigea vers la table de bois qui servait de bar et se versa un scotch.

— En voulez-vous ?

Elle secoua la tête.

— Mais je veux bien du Coca.

Il lui apporta un verre.

— Voulez-vous de la viande froide ? Vous devez mourir de faim. Vous n'avez pas mangé une bouchée du dîner.

Elle s'étira.

— Je me sens délicieusement bien. Je n'ai aucune envie de manger.

Il parut soucieux.

— January, je ne sais pas ce que vaut son mariage, mais il adore son bébé et…

— Hugh, je sais qu'il ne m'épousera jamais. Ne vous inquiétez pas à ce sujet.

— Vous êtes amoureuse de lui ?

— Oui.

Il s'assit près d'elle.

— J'ai déjà vu des filles tomber amoureuses de lui. Toutes prétendaient qu'elles sauraient s'y prendre. Mais quand il les a quittées, plusieurs d'entre elles ont tenté de se suicider.

— Hugh… vous connaissez bien Tom ?

— Qui peut dire qu'il le connaît vraiment ? J'ai fait sa connaissance il y a six ans. Il voulait écrire un passage sur l'espace dans l'un de ses romans et il est venu à Houston pour se renseigner sur le sujet. Nous sommes devenus copains. Quand je suis arrivé à Los Angeles, il était sur le point de divorcer, du coup nous avons habité ensemble. Il m'a rencardé avec des filles dont il ne voulait plus et je me suis bien amusé. Mon propre mariage était à l'agonie, mais j'avais des scrupules à divorcer pour des raisons du genre… vous savez… « Attendons que les enfants soient en âge de comprendre », etc. Bon Dieu, ils ne comprennent jamais vraiment, même lorsqu'ils sont devenus adultes et qu'ils ont leurs propres gosses. Ma fille, que Dieu la bénisse, a un gamin de trois ans, et elle me dit encore : « Papa, pourquoi vous séparer, maman et toi, après tant d'années ? » Eh bien, je…

Il s'arrêta soudain.

— Qu'est-ce qui me prend de radoter ainsi ? Vous me posez une question simple et je vous réponds en vous racontant ma vie, alors qu'en fait c'est celle de Tom qui vous intéresse. Bon. Est-ce que je connais bien Tom ? Non. Il n'est pas facile de connaître Tom. Nous sommes amis. De bons amis. Je sais qu'en cas de besoin, je peux compter sur lui. Et même chose de son côté. Nous nous ressemblons beaucoup sur plus d'un point. Tom, c'est le genre d'homme qui se perd dans son œuvre d'écrivain : ses personnages deviennent lui et inversement. Moi aussi, je me perds dans mon travail. Je n'ai jamais réussi à bien connaître mes gosses…

Il se mit alors à parler de ses enfants et de ses premiers vols. Elle l'écoutait avec attention, comprenant qu'il cherchait à se soulager de ses propres sentiments de culpabilité, pour sa vie conjugale ratée et l'éloignement de ses enfants. Elle lui dit qu'il ne devait pas se sentir coupable de se contenter de suivre sa propre destinée…

— Vous croyez vraiment que les gens doivent vivre d'abord en accord avec eux-mêmes ? demanda-t-il.

Elle fit signe que oui, et pas une seconde il ne lui parut étrange de distribuer des conseils à Hugh Robertson, car en cet instant il lui semblait qu'elle pouvait tout résoudre. Ils discutèrent du mystère de la vie, du système solaire, de l'infini. Il lui expliqua que l'hypothèse de l'existence d'êtres intelligents au-delà de notre système solaire était désormais communément admise. Il estimait que les siècles à venir verraient s'amorcer la communication entre systèmes solaires. Il y aurait des satellites et des planètes satellites à la chaîne formant à travers l'espace une sorte de pont gigantesque entre planètes et systèmes solaires.

— Mais, demanda-t-elle, comment entrerons-nous en contact avec les petits hommes verts ?

— Qu'est-ce qui vous fait croire qu'ils sont verts ? Si une planète est proche d'un autre soleil, dans la même position que notre Terre par rapport à notre Soleil, elle doit produire le même type d'êtres vivants.

— Vous voulez dire qu'il y a peut-être une autre Terre ? Avec une race supérieure ?

— Des millions. Certaines ont des milliards d'années d'avance sur nous, et d'autres, bien entendu, des milliards d'années de retard…

Ils gardèrent le silence un moment. Puis elle eut un petit sourire désabusé.

— Voilà qui, par comparaison, souligne l'insignifiance de ce que nous sommes ou ce que nous pensons. Je veux dire, si l'on songe que dans tous ces autres mondes il existe des gens comme nous, priant Dieu… Quand je pense à la façon dont je Le suppliais de m'aider à marcher…

— Marcher ?

Ils se retournèrent ensemble : c'était Tom qui descendait l'escalier. Il avait enfilé une robe de chambre et tenait à la main une bouteille vide.

— Quand je me suis réveillé, j'ai constaté que ma chérie et ma bouteille avaient toutes les deux disparu…

Il vint s'asseoir près de January.

— Vous ai-je bien entendus parler de marcher ? Il est près de deux heures du matin…

— Non, répondit Hugh. January racontait qu'elle priait Dieu de l'aider à marcher.

— Je n'arrivais pas à dormir, dit-elle en se blottissant contre lui. Hugh et moi avons discuté des étoiles.

— Et cette histoire de déambulation ? insista Hugh.

— C'est une longue histoire.

— Il me semble que je t'en ai moi-même raconté d'assez longues cette nuit, dit Tom. Maintenant, c'est ton tour.

Elle commença à se livrer, d'abord avec hésitation. Mais bientôt elle se mit à revivre ces mois interminables et désespérés. Le feu mourut, sans qu'aucun des deux hommes parût s'en apercevoir. Et tandis qu'elle parlait, le regard sombre de Tom la soutenait, lui témoignant en silence admiration et sympathie. Elle comprit qu'elle n'avait jamais confié à personne tout ce qu'elle avait vraiment souffert. À Linda, elle n'avait relaté que les faits. Mike lui-même n'avait jamais su quel abîme de désolation elle avait traversé, parce qu'elle avait toujours arboré devant lui un air de bravade. Mais ici, dans la pénombre, avec le bras de Tom autour de ses épaules, elle laissait soudain se déverser toute sa souffrance et sa solitude passées. Quand elle eut terminé, les deux hommes gardèrent le silence. Puis Tom se leva.

— Je crois que nous avons tous bien besoin d'un remontant.

Hugh se versa un scotch.

— Tu en veux ? Il ne nous reste plus une goutte de bourbon.

— Je ne suis pas venu sans munitions, répondit Tom. J'ai demandé au chauffeur d'en mettre une caisse dans la cuisine. Je reviens tout de suite.

Hugh le regarda sortir de la pièce. Puis il leva son verre à la santé de January, qui était toujours blottie sur le divan.

— À présent, j'ai une tout autre opinion de vous. Vous savez, je crois que ça peut fonctionner entre Tom et vous. Il a su dénicher une sacrée femme dans une petite gamine de rien du tout.

La porte extérieure s'ouvrit si doucement qu'aucun d'eux n'entendit entrer les deux hommes. January allait se retourner quand une main s'abattit sur sa bouche, et elle vit luire la lame d'un couteau qu'on venait de poser sur sa gorge.

Au même moment, l'autre homme surgit devant Hugh et lui braqua une lampe électrique en pleine figure.

— Maintenant, bonhomme, si tu ne veux pas qu'on supprime ta gonzesse, passe la monnaie et les bijoux. Si tu cries, ou si tu appelles au secours, on lui tranche la gorge.

— Il n'y a ni argent ni bijoux, souffla Hugh.

— Allons… Allons…

L'homme dominait Hugh de sa taille gigantesque : il devait mesurer plus de deux mètres.

— La semaine dernière, reprit-il, on s'est déjà intéressés à des gens sur la côte. Un couple en week-end, comme vous. Il a fallu menacer le type de lui couper les couilles pour que sa bourgeoise se décide à cracher ses perles. Vous autres, les gens bien qui venez en week-end au bord de la mer, vous avez toujours du fric et des bijoux.

— Elle n'a pas une bague, rien ! murmura celui qui tenait le couteau sur la gorge de January.

Hugh vida ses poches. Un peu de monnaie, deux billets de cinq dollars, quelques billets de un dollar et des clés s'éparpillèrent sur le sol.

— Tu peux te la garder, ta mitraille, grommela le géant, qui avisa l'escalier.

— Toi, surveille la fille, ordonna-t-il à l'autre. Moi, je l'emmène là-haut. Il finira bien par me dire où il cache les trucs intéressants.

January resta seule avec l'homme au couteau. Où donc était Tom ? La cuisine était derrière l'atelier. Il fallait qu'elle crie pour qu'il puisse l'entendre. L'homme était petit, il lui arrivait tout juste à l'épaule, mais il tenait sa lame tout près de sa gorge…

Il avança une de ses mains et dénoua la ceinture de son peignoir, qui s'ouvrit, révélant sa nudité aux yeux de l'homme, dont le rictus se fit plus obscène.

— Oh… toi et ton vieux, vous étiez prêts pour un peu de rigolade, hein ?

Elle ferma les yeux et s'efforça de ne pas crier tandis que la main rugueuse se posait sur ses seins. Faisant alors glisser la fermeture Éclair de son pantalon, il se déshabilla.

— Pas mal pour un petit gars comme moi. Comme je dis toujours, il faut savoir profiter des occasions. Mon copain qui est là-haut – il secoua la tête en direction de l'escalier –, y pense qu'au pognon. Mais moi, j'aime bien combiner le travail et le plaisir. Du coup, toi et moi, on va se payer une petite séance de baise.

Il arracha complètement son peignoir.

— Tourne-toi !

— Je vous en prie… implora-t-elle.

— Oh, p't-être que tu voudrais du romantisme hein ? Sur le divan là, toi dessous et moi dessus. Et même que ça te donnerait une chance de piquer le couteau. Oh non, ma vieille. Je vais te prendre comme une chienne. Comme ça, tu seras pas en position pour la bagarre. Allez, tourne-toi et baisse-toi ! ricana-t-il.

— Je vous en prie ! Je ne prendrai pas votre couteau… Je vous en prie.

— Tu parles que tu le prendras pas. Et puisque t'as des lèvres qui causent, je vais te les faire servir, moi, tes lèvres. Marrant ce que je dis, non ? Tu piges au moins ? Mais avant que je te la mette, tu vas travailler un peu.

Il la fit tomber sur les genoux et lui flanqua son pénis en plein visage. De dégoût, elle oublia sa peur. Elle se leva d'un bond et courut à l'autre bout de la pièce. En un instant il la rattrapa, la prit par le bras, la gifla et la poussa de nouveau à terre.

— À genoux, connasse. Finie la comédie. Je vais te la mettre si profond dans le cul qu'elle te ressortira par la gorge !

Au moment où il se penchait, elle hurla. Surpris, il sauta instinctivement en arrière. Mais elle sentit presque aussitôt sur sa nuque la lame glacée du couteau.

— Tu veux réveiller les voisins ? Ben y a personne des deux côtés. On a piqué quelques transistors, mais rien d'intéressant. Toi, essaie plus de crier, tu pourrais m'enlever mon plaisir et je pourrais bien te tailler la peau avant de t'avoir baisée.

Elle continua pourtant à se débattre, tandis qu'il s'efforçait de la faire retomber à genoux. C'est alors qu'elle aperçut l'ombre de Tom sur le pas de la porte. Il avait entendu son cri ! Dans un sursaut d'énergie, elle se tordit sur elle-même et réussit à s'échapper. Le petit homme l'attrapa à nouveau. Elle le sentit contre elle, essoufflé, faisant encore un essai dérisoire pour la pénétrer. Elle savait que Tom évoluait silencieusement dans la pièce. Dans un ultime effort, elle s'arracha à l'emprise de l'homme. Fou de colère, il lui griffa le sein en tentant de la reprendre pour l'attirer vers lui. Mais Tom était maintenant derrière son dos.

Elle perçut le bruit sourd de la bouteille assenée sur le crâne de son agresseur. Celui-ci suffoqua, lâcha prise et s'effondra à terre.

Elle se mit alors à sangloter nerveusement.

— Oh, Tom ! Il essayait de… Oh, mon Dieu ! Si tu n'étais pas arrivé à temps !

Il saisit son peignoir et l'en enveloppa. Claquant des dents elle lui désigna l'étage.

— Il y en a un autre. Un géant. Il est avec Hugh.

Tom regarda l'homme qui gisait, inconscient, sur le sol et tendit la bouteille à January.

— Écoute, si ce salaud fait le moindre mouvement, frappe-le avec ça. Pas de pitié. Songe à ce qu'il voulait te faire.

Il monta vers la chambre, où l'on entendait des bruits de lutte. Manifestement, le géant commençait à malmener Hugh. Tom grimpa les marches une à une en silence. Une planche craqua. January retint sa respiration. Le petit homme, par terre, remua un peu. Elle leva la bouteille en vacillant mais, après avoir émis un faible gémissement, l'homme retomba dans l'inconscience.

Elle en fut soulagée. Elle avait l'impression qu'elle n'aurait pas pu le frapper, pas à terre : ce n'était pas comme quand il l'attaquait. Elle l'observa : étendu, les yeux fermés, la bouche ouverte, ce vilain petit homme avec sa barbe de deux jours et son odeur de pourri avait paradoxalement quelque chose d'innocent et de pitoyable.

Elle se retourna et regarda Tom qui montait lentement l'escalier. De nouveau, des échos de bagarre retentirent dans la pièce. Du mobilier craqua, et l'on eût dit que le plafond allait s'effondrer. Du coup, Tom monta les marches deux à deux.

Il venait d'atteindre le palier lorsque la porte s'ouvrit et le géant apparut. Il s'immobilisa un instant, surpris par l'arrivée inattendue de ce deuxième homme, et son regard alla de Tom à son complice inanimé sur le sol. Il lâcha un juron guttural et sauta sur le nouveau venu. Ils roulèrent ensemble jusqu'au bas des marches. Tom fut le premier debout, face au mastodonte, qui bientôt repassa à l'attaque.

— J'ai laissé ton pote à moitié mort dans la chambre, ricana-t-il. Mais avec toi je vais en finir.

Et il envoya son poing dans l'estomac de Tom, qui se plia en deux, titubant. Sans perdre une seconde, l'homme visa sa mâchoire. Cette fois, Tom esquiva. Il tenta de reprendre son souffle, mais son immense adversaire ne lui en laissa pas le temps et lui envoya un nouveau coup, terrible, dans l'estomac. Tom s'écroula.

January resta figée sur place tandis qu'il s'approchait d'elle. Puis, voyant le couteau par terre, elle le saisit et s'enfuit à l'autre bout de la pièce.

Le géant éclata de rire.

— Oh ! on veut s'amuser ! Tu veux que Henry le Géant essaie de prendre le coupe-coupe à la petite fille ?

Il s'avança vers elle. Elle sauta derrière le divan. Il la rejoignit. Elle bondit de l'autre côté.

— TOM… HUGH… AU SECOURS ! cria-t-elle.

L'homme se remit à rire.

— Personne n'est réveillé à part nous, les poules !

Et sa plaisanterie le fit rire de plus belle. Il s'approchait. Elle hésita. Si elle tentait de le poignarder et le manquait, c'en serait fini pour tout le monde. Il lui fallait traîner en longueur, gagner du temps. Elle courut de l'autre côté du divan. Le géant riait.

— Fine mouche, va ! Si seulement j'avais le temps de te la mettre !

Il s'était rapproché. Elle recula, faillit trébucher sur le corps du petit homme et entendit remuer du côté de Tom. Le géant l'entendit aussi, et son sourire disparut.

— Bon, ça va, espèce de garce. Assez joué.

Enjambant le divan, il se rua sur elle. Elle essaya de lui lacérer le visage à l'aide du couteau, mais il lui tordit le bras, lui arrachant un cri de douleur, et l'arme tomba par terre. Il la ramassa, poussa January de l'autre côté de la pièce, et marcha sur Tom qui s'était relevé.

— Mon vieux, cette fois-ci tu vas regretter de t'être réveillé, ricana-t-il.

Il se jeta sur Tom en essayant de lui trancher la gorge, mais celui-ci se baissa et enchaîna avec un direct en pleine mâchoire. L'homme parut à peine s'en rendre compte. Déjà il revenait sur Tom à pas lents, souriant. Tom recula encore ; puis il s'accroupit comme un chat, en attendant l'attaque. L'homme avançait, brandissant son couteau. Tom ne broncha pas. L'homme s'approcha encore.

Et soudain Tom jaillit comme une panthère, frappant la trachée du goliath du côté de la main avant de lui envoyer son poing dans la mâchoire. Ce fut si rapide que January n'en crut pas ses yeux quand le corps immense de l'homme s'effondra à terre tel un sac en papier.

Déjà Tom se précipitait en haut pour aider Hugh dans la chambre. January le suivit. Hugh, étendu sur le plancher, commençait seulement à reprendre ses esprits. Sa mâchoire enflait, et l'un de ses yeux restait fermé, mais il réussit à faire un petit sourire.

— Je survivrai, allons… Je crois que je n'ai pas servi à grand-chose… Je ne suis plus en très bonne forme pour la bagarre.

Ils redescendirent. Le petit homme était en train de revenir à lui. Hugh se dirigea vers le téléphone, mais Tom l'arrêta.

— Que vas-tu faire ?

— Appeler la police. Ce sont des drogués. Regarde le bras de celui-ci… criblé de piqûres d'aiguille.

— Laisse tomber, ordonna Tom. Nous allons trouver de la corde pour les attacher ensemble et avec la voiture nous irons les déposer à un ou deux kilomètres d'ici… Si nous faisons d'abord venir la police, January sera inévitablement impliquée, et tu vois d'ici les articles que les journaux vont en tirer !

Hugh alla chercher de la corde, tandis que Tom essayait, à grand renfort de claques, de ranimer le géant, sans succès. Lorsque Hugh revint, Tom tentait de lui masser la nuque pour le réveiller. En vain : l'autre restait aussi inerte qu'une poupée de chiffon.

— Nous ne pouvons pas les déposer dehors, objecta Hugh. Ils ne tiendraient jamais le coup, ils crèveraient de froid.

— Mais si, ils vont tenir le coup. Les drogués ne ressentent pas le froid… Hugh, je crois que celui-ci est mort.

Tom observait la masse amorphe du géant. Hugh se pencha sur lui, tâta son poignet et son cou.

— Je sens un léger pouls, dit-il.

— Alors, il faut l'envoyer à l'hôpital. Hugh, tu vas reconduire January à New York. January, habille-toi immédiatement.

C'était un ordre et January monta l'escalier en courant.

— Mais que vas-tu faire ? demanda Hugh.

— Dès que vous serez partis tous les deux, j'appellerai la police et je leur demanderai d'envoyer une ambulance. Je raconterai que je voulais écrire un peu et que tu m'avais prêté la maison. Pour le reste, je dirai ce qui s'est passé, que j'étais dans la cuisine et que je les ai surpris...

— Pourquoi ne reconduis-tu pas toi-même January à New York ? J'appellerai l'ambulance et je raconterai la même histoire. January préférerait qu'il en soit ainsi, j'en suis sûr.

— Moi aussi, répliqua Tom. Mais écoute, mon vieux. Avec ton mètre soixante-dix, il n'est pas vraisemblable que tu aies pu frapper ce type à la gorge ou à la mâchoire, à moins qu'il n'ait bien voulu se pencher vers toi...

Il considéra son poing écorché.

— D'ailleurs, mes éraflures prouveront mes propos, conclut-il.

January descendit avec son sac. Elle était extrêmement pâle, et se serra contre Tom lorsque Hugh partit chercher la voiture.

— Je vous ai entendus discuter, dit-elle. Mais que se passera-t-il si ces hommes racontent qu'en fait nous étions trois ?

— Ce sont des drogués. Donc, ils ont pu voir double, ou triple – et ce sera ma parole contre la leur. Ne t'en fais pas.

Ils entendirent Hugh klaxonner et il la mena jusqu'à la porte.

— Oh, Tom, dit-elle en s'accrochant à lui, je pensais que nous passerions tout le week-end ensemble, et pas seulement une courte nuit.

Il la regarda, et réussit tant bien que mal à sourire.

— Je sais. Mais reconnais tout de même que ce fut une sacrée nuit.

20

Sur le chemin du retour, January et Hugh étaient demeurés silencieux, plongés dans leurs réflexions. La nuit s'était fondue en une aube couleur d'ardoise lorsqu'ils arrivèrent à New York. La voiture était surchauffée, mais January fut soudain prise d'un frisson. Tout dans cette ville lui paraissait désespérément gris. En même temps, les moments passés à Westhampton, et notamment la scène de violence qui s'y était déroulée, lui semblaient irréels. Hugh se gara devant l'immeuble où elle habitait. Les rues étaient désertes. Un vent glacé faisait valser des lambeaux de papier sur le trottoir. Elle se sentait l'âme aussi sombre que la rangée de stores noircis des bâtiments résidentiels mal entretenus qui bordaient la rue.

— Ces immeubles ont l'air morts sans leurs portiers, dit-elle.

Hugh sourit et lui tapota la main.

— Allez vous reposer, January.

Il l'aida à sortir de la voiture. Ils restèrent un instant sur le trottoir. L'air froid du petit matin la fit claquer des dents.

— Vous devez être fatigué et engourdi d'avoir conduit si longtemps, dit-elle. Je n'ai à vous offrir qu'un mauvais café instantané, mais si vous le souhaitez…

— Non, merci. Les policiers de Westhampton sont très polis, mais tout aussi minutieux. Et bien que Tom soit capable de faire face à toutes les situations, je crois qu'il préférerait que je sois là-bas avec lui.

Il se pencha pour l'embrasser sur la joue.

— Voyez-vous, January, j'aimerais que vous oubliiez une grande partie des mises en garde que je vous avais servies si généreusement quand nous nous sommes rencontrés. Le courant qui passe entre vous et Tom ne s'était encore jamais manifesté avec aucune autre fille. Je ne le dis pas parce que vous êtes amoureuse ; je le dis parce que j'ai observé Tom, la manière dont il vous regardait cette nuit, son attitude : votre relation n'a rien à voir. Maintenant, allez vous reposer et nous vous appellerons dès que tout sera arrangé.

De retour chez elle, elle eut le sentiment que le temps s'était arrêté. Dans l'appartement traînait encore tout ce qu'elle avait renoncé à emporter dans ses bagages. Un pantalon sur la chaise, un chemisier sur le lit, comme autant de signes figés d'un passé lointain : une vie entière s'était écoulée en vingt-quatre heures.

Elle ouvrit le réfrigérateur et se versa un Coca. Elle se rendit compte soudain qu'elle n'avait rien mangé. Hugh lui avait reproché en plaisantant de ne pas faire honneur à sa cuisine. Elle devrait peut-être préparer des œufs brouillés. Toutefois, la seule idée de nourriture lui répugnait, sans savoir pourquoi. Elle se sentait parfaitement éveillée, débordante d'énergie et les idées bien en place. Elle avait envie d'une balade matinale en solitaire. Elle se pencha à la fenêtre : la rue était comme emmitouflée dans un épais brouillard. Elle eut l'impression qu'il lui suffirait de se promener pour le dissiper, tel un génie tout-puissant, et disperser les rayons du soleil d'un simple geste de la main. Elle était plus puissante que le brouillard… plus forte que le mauvais temps… Parce que, pour reprendre l'expression de Hugh, elle était une femme amoureuse. Mais voilà, il lui était impossible de sortir, car elle devait attendre le coup de téléphone de Tom.

Elle fuma cigarette sur cigarette, elle but un autre Coca… Il était encore trop tôt pour appeler Linda. D'ailleurs, elle ne voulait pas occuper la ligne dans le cas où Tom essaierait de la joindre. Elle alluma la télévision. Sur l'une des chaînes passait un sermon, sur une autre, un dessin animé pour les enfants. Sur une autre chaîne, elle tomba sur un vieux film de Van Johnson – les débuts du cinéma –, dont la bande sonore était si mauvaise qu'elle n'arrivait pas à suivre. Elle éteignit le poste.

Soudain, elle pensa à ses messages téléphoniques. Elle avait complètement oublié de les consulter. Elle n'attendait aucun appel important.

Aux abonnés absents, la femme était contrariée.

— Mademoiselle Wayne, vous devez penser à nous appeler. Ou du moins à nous laisser un numéro si vous vous absentez un certain temps. Votre père était très mécontent. Il s'est fâché contre nous comme si nous étions responsables de ne pas pouvoir vous joindre. Après tout, nous ne sommes que le service des abonnés absents, pas un…

— Quand a-t-il téléphoné ? l'interrompit January.

— Vendredi soir à dix heures. Il s'était enregistré au Plaza et vous demandait de le rappeler (vendredi soir, dix heures… elle était au Plaza… et bien sûr elle avait oublié de consulter ses messages). Puis, il a rappelé samedi matin, à neuf heures trente, continua la femme. Il voulait vous inviter à déjeuner avec lui (elle se trouvait chez le Dr Alpert). Ensuite à midi (elle était chez Saks, pour son shopping), puis à cinq heures, à sept heures, et enfin à dix heures hier soir.

Il est parti pour Palm Beach et souhaite que vous le contactiez là-bas.

Elle regarda la pendule : huit heures dix. À neuf heures, elle appela Palm Beach.

— Où diable étais-tu ? demanda Mike.

Elle parvint à rire.

— Tu ne le croiras pas, Mike, mais j'oublie toujours de m'enquérir de mes messages téléphoniques. J'étais sortie faire des courses le matin et j'ai oublié de rappeler les abonnés absents. Je suis ressortie dans l'après-midi et j'ai dû te manquer de justesse. Enfin, j'ai dîné en ville. C'est affreux… Je suis absolument désolée. Mais dis-moi, comment était Gstaad ?

— Épatant. Dee est arrivée deuxième au tournoi. Elle a aussitôt repris l'avion pour Palm Beach, mais j'ai voulu m'arrêter à New York pour te voir. Et au lieu de m'installer dans notre appartement au Pierre, j'ai pris une chambre au Plaza, pensant que cela te ferait plaisir. Je n'ai pas pu obtenir ma suite habituelle… Devine qui l'occupe ? Tom Colt. Mais on m'a installé dans une autre suite identique, quelques étages plus bas, et c'est là que j'ai attendu ma fille – tel un jeune marié planté devant l'autel.

— Oh, Mike…

Il rit.

— Ce n'est pas grave. Écoute, Dee n'en sait rien. Je lui ai assuré que nous nous étions vus, je ne voulais pas avoir l'air d'un imbécile.

— Évidemment.

— Bon. Maintenant, écoute-moi bien. Nous restons ici jusqu'à Pâques et nous comptons sur votre présence, à toi et à David, ce week-end-là. Dee organise sa dernière grande soirée de la saison. Et puis, j'ai une vraie surprise pour toi.

— Laquelle ?

— Le festival de Cannes.

— Le quoi ?

— Rappelle-toi, nous en parlions en Suisse, tu rêvais d'y aller ! Eh bien, il y a un tournoi de backgammon organisé à Monte-Carlo à la même époque et j'ai convaincu Dee d'y participer. Nous descendrons au Carlton, à Cannes – maintenant que tu as vingt et un ans, je peux t'emmener au casino, t'initier au chemin de fer et au baccara… Nous irons voir tous les films, tous mes vieux amis, et j'aurai peut-être encore quelques surprises supplémentaires pour toi.

— Et tout cela va se passer quand, Mike ?

— Le festival commence en mai, mais je suppose que, si nous débarquons autour du 15, nous en profiterons bien assez. Cela permettra à Dee de revenir à New York directement depuis Palm Beach, de reprendre ses quartiers dans la suite du Pierre, qui doit être ensevelie sous une multitude de housses. Et pendant ce temps, moi, j'irai regarder des spectacles. Peut-être m'accompagneras-tu, si David le permet ? Mais il faut que je t'apprenne le backgammon, ce jeu me passionne, et je finirai bien par jouer gros. Pour l'instant j'en suis seulement à cinq dollars du point, mais ce n'est qu'une question de temps.

— Tu es heureux, Mike, n'est-ce pas ?

— Je joue, je flambe et c'est tout ce qui importe – pour moi du moins.

— J'en suis ravie.

— Comment vont les choses entre toi et David ?

— David est vraiment gentil.

— C'est tout…

— Je crains que oui…

— Quelqu'un d'autre en vue ?

— Oui… Mike…

Elle sentit soudain qu'elle allait lui raconter. Il comprendrait.

— Mike... J'ai rencontré quelqu'un... je crois... je veux dire, je suis sûre...

— Qui est-ce ?

— Il est marié.

— Continue, dit-il d'une voix brusquement durcie, déplaisante.

— Tu ne vas pas me dire que cela te choque.

— Cela me dégoûte. À l'époque où je fricotais, moi, je fréquentais des putes. C'est le seul mot qui leur convenait, toutes vedettes qu'elles étaient, parce qu'elles savaient toutes, au départ, que j'étais marié et père d'un enfant. Alors, quand toi, à vingt et un ans, une fille qui a tout, y compris un mec comme David qui est amoureux de toi...

— L'amour doit aller dans les deux sens, Mike.

— Tu veux me faire croire que, de tous les types que tu pouvais rencontrer, le seul qui te convenait devait être un homme marié ? Et père de famille, bien entendu.

— Il a un enfant.

— Peut-il obtenir le divorce ?

— Je l'ignore. C'est...

— Ne me dis rien. Je vois le tableau d'ici : un publiciste quelconque... la trentaine, fatigué de la fille qu'il a épousée en début de carrière et qu'il a reléguée à Westchester...

— Pas du tout, Mike.

— January, dis-moi une chose. As-tu... as-tu été... intime avec cet homme ?

Elle regarda fixement le récepteur, sidérée. Elle n'en croyait pas ses oreilles. Elle n'en revenait pas de son expression désuète, ni de la voix hésitante avec laquelle il l'avait prononcée. Un ton de prédicateur, tellement étranger à Mike... Elle ne pouvait pas se confier à lui, il ne comprendrait jamais. Bien qu'elle trouvât affreux de devoir lui mentir, elle s'entendit lui répondre :

— Nous n'en sommes pas là, Mike. Je t'ai seulement dit que j'avais fait la connaissance de quelqu'un et…

— January, t'ai-je jamais mal conseillée ? Écoute-moi bien, je t'en prie. Cesse de le voir. Il ne peut pas avoir de respect pour toi s'il s'imagine que tu vas le fréquenter alors qu'il est marié…

— Mike… Tu parles comme… comme… un arrière-grand-père.

— Je m'adresse à ma fille, et je me moque des nouvelles tendances dans le vent. Évidemment, il y a plus de liberté sexuelle. Je ne serais pas choqué si tu me disais que tu avais couché avec David… disons… quelques mois avant de l'épouser. Ou que tu as déjà couché avec lui et qu'il t'a laissée indifférente. Voilà pour l'évolution, la libération, la transformation des mœurs. Mais, pour ce qui est de leurs émotions, les hommes ne changent pas, et laisse-moi t'affirmer qu'ils ne respecteront jamais une fille qui couche avec eux tout en les sachant mariés. Car quel que soit le genre d'histoire qu'ils te racontent… leur femme n'est plus leur femme que de nom… ou ils font chambre à part… ou ils ont conclu un accord, mieux vaut te dire que, les soirs où ils ne te voient pas et rentrent à la maison, ils continuent à partager le lit de leur femme. Même si c'est par pitié. Je le sais… parce que je suis passé par là. Et leur épouse prend des allures de sainte pour cette raison. Et plus la fille est bonne au lit, plus ils se sentent coupables envers leur épouse. Et quand la culpabilité devient trop lourde, quand la fille demande plus que quelques nuits par semaine, ou un voyage clandestin, ou qu'elle se fait trop exigeante, ils la laissent tomber et retournent à leur femme pour quelques semaines, le temps de dénicher une autre fille. Alors, ne me sers pas le couplet de la libération. Un homme marié reste un homme marié ; en 1950… 1960… ou 1970. Les lois et la morale peuvent bien changer, mais les sentiments restent toujours les mêmes.

— D'accord, Mike. Je t'en prie, calme-toi. Tout va bien.

— Bon. Alors, retourne vers David ou un garçon comme lui. Fais plaisir à ton vieux père. Je te rappellerai plus tard dans la semaine. Maintenant, il faut que je me dépêche d'aller au golf. Je joue une partie où j'ai parié beaucoup d'argent car, comme je l'ai toujours dit, quand on a de la chance, il faut en profiter.

Il raccrocha. Elle reposa le récepteur, fit quelques pas jusqu'à la fenêtre et contempla d'un regard absent la surface aride de la cour. Elle était folle d'avoir pensé que Mike pourrait comprendre. Même s'il ne s'était pas emballé, elle n'aurait jamais pu tout lui raconter. Et, à moins qu'il ne connût le secret intime de Tom, il n'y aurait aucun moyen de persuader Mike de la profondeur des sentiments de Tom à son égard et du fait que leur amour n'avait rien à voir avec les aventures qu'il avait connues. Ses pensées retournèrent vers Tom avec un tel élan d'amour et de tendresse qu'elle se sentit oppressée. Cet homme plus grand que nature et qu'elle avait réussi à rendre heureux.

Le téléphone retentit. Elle se précipita, si vite qu'elle faillit se tordre la cheville.

— Allô…

Elle s'arrêta. Elle avait failli dire « Allô, Tom », mais c'était Mike.

— January, je ne peux pas partir au golf après la conversation que nous venons d'avoir. Écoute, si ce rigolo qui a l'air de te plaire est un bon gars, s'il est prêt à divorcer et que tu l'aimes vraiment…

— Oh, Mike, il n'y a rien de semblable, je t'assure.

— J'ai exagéré en faisant un tel esclandre… excuse-moi.

— Ce n'est rien, Mike.

— Je t'aime, chérie. Et souviens-toi que tu peux tout confier à ton père. Tu le sais, n'est-ce pas ?

— Oui, Mike.

— Tu m'aimes ?

— Bien sûr.

— Bon. Je te rappelle dans quelques jours.

Elle passa le reste de la journée assise auprès du téléphone. À cinq heures, Tom appela enfin.

— J'ai envoyé la voiture pour te prendre. Veux-tu venir au Plaza ?

— Bien sûr, Tom. Tout va bien ?

— Tout ira mieux dès que je te reverrai.

La circulation était dense. Elle se sentit de plus en plus nerveuse à mesure que la voiture approchait du Plaza. Quand elle y parvint, elle courut littéralement jusqu'à son appartement.

Bien qu'il semblât tendu et fatigué, c'est avec un sourire qu'il la reçut dans ses bras. Il s'installa sur le divan et, tout en sirotant son bourbon, l'informa des derniers événements.

L'homme était dans le coma, mais aucun chef d'inculpation n'avait encore été retenu. Il avait déjà été arrêté à plusieurs reprises. La police était toujours occupée à interroger son complice.

— Je ne sais pas comment tu y es parvenu, dit-elle. Tu étais passablement éméché.

Il sourit avec mélancolie.

— Quand je me bats, c'est jusqu'au sang.

— As-tu jamais perdu ?

— Parfois quelques dents. Mais il y a en moi un instinct de tueur qui me pousse à gagner. Parfois, je m'en inquiète, car je pourrais tuer pour de bon… C'est un coup de karaté que j'ai donné au grand type. J'ai voulu éviter sa trachée et, Dieu merci, j'y ai réussi, sans quoi il serait mort à l'heure qu'il est. Je me suis promis un jour de ne jamais recourir à ce coup, sauf si ma vie était menacée.

— Mais elle l'était.

— Non. J'aurais pu l'assommer avec mes poings. Tandis qu'au karaté – il lui montra le mouvement du revers de la main – tu frappes ton homme à l'endroit voulu avec ça… et c'est fini.

Elle passa la nuit avec lui et réussit une fois de plus à l'exciter suffisamment pour qu'il ait une érection.

Il lui manifesta une gratitude débordante et, quand il l'étreignit en lui disant qu'il l'aimait, elle sut que c'était sincère.

Le lendemain, il fut submergé par les reporters. L'affaire de Westhampton avait éclaté dans tous les journaux : c'était exactement le genre d'histoire que la presse associait au nom de Tom Colt.

À midi, la police reçut une fiche concernant l'un des agresseurs : le petit. Il était recherché à Chicago pour le viol et le meurtre de trois femmes. Du coup l'histoire prenait une dimension nationale. On vit arriver les enquêteurs de Chicago. Les téléphones allèrent bon train, et l'appartement de Tom Colt fut littéralement envahi par un flot de policiers et de reporters, que Rita Lewis, ravie, s'efforçait de canaliser.

Le matin, January s'était glissée dehors dès huit heures et demie, avant la première interview inscrite au programme (et avant que la nouvelle ne fût connue). Il l'appela dans l'après-midi à son bureau et lui dit :

— Ma suite est une véritable maison de fous. Même le FBI s'en mêle maintenant et il est possible qu'ils me demandent de me rendre à Washington demain, pour témoigner au sujet du petit homme. Et comme si je n'en avais pas par-dessus la tête, le grand, qui se nomme Henry Morse, a une épouse légitime et deux enfants à charge, et celle-ci a engagé un avocat qui me réclame un million de dollars pour coups et blessures.

— Elle ne peut rien contre toi, n'est-ce pas ? demanda January.

— Rien, sinon me faire perdre mon temps. Pour finir, elle se satisfera de quelques centaines de dollars.

— Mais pourquoi donc faut-il que tu lui verses le moindre sou alors que cet homme était là pour nous tuer tous les trois ?

— C'est moins ennuyeux que de s'engager dans une interminable procédure judiciaire et son avocat ne l'ignore pas. C'est malheureusement ainsi que les choses se passent : des gens qui ont tout leur temps et rien à perdre escomptent que le désagrément qu'ils vous causent vous amènera à les payer, de guerre lasse. Et, en effet, on paie.

— Oh, Tom… c'est écœurant.

— Quoi qu'il en soit, mieux vaut que tu te tiennes à distance dans les jours qui viennent. Je me fais du souci pour les prochains jours. Le petit gangster, qui se nomme Buck Brown, commence à bredouiller qu'il y avait là une fille aux longs cheveux bruns. Personne ne le croit, mais il vaut mieux qu'on ne me voie pas en ta compagnie tant que les choses ne se seront pas tassées.

— C'est-à-dire, combien de temps ?

— Pas plus de quelques jours. Mon éditeur jubile, comme si j'avais monté cette mise en scène pour mieux lancer le bouquin. Nous avons reçu plus de huit mille nouvelles commandes durant les dernières vingt-quatre heures. Ils vont faire une grosse réimpression. Tout le monde semble persuadé que je suis en bonne voie pour devenir le numéro un.

— Oh, Tom, c'est formidable !

— J'allais y arriver sans cela, dit-il d'une voix morose. J'étais déjà en troisième position cette semaine. J'enrage à l'idée de devoir attribuer ma première place à un pugilat.

— Tu sais bien que, si le livre n'existait pas, toutes les bagarres du monde ne pourraient pas le faire vendre.

— Dis-moi, January, comment ai-je pu vivre aussi longtemps sans toi ?

— J'en étais justement à me demander, moi, comment j'allais réussir à passer cette journée sans toi.

— Le téléphone nous permettra de rester en contact et, dès que je le pourrai, nous nous retrouverons.

Il partit l'après-midi même pour Washington et la rappela vers minuit.

— Je vais rester ici quelques jours. Comme j'en profite pour écrire un peu, tout ira bien. Tu sais, ce petit gangster de Buck Brown – celui qui t'appuyait un couteau sur le cou –, je crois qu'il t'aurait tuée. Il procédait toujours ainsi : viol, puis meurtre. Il s'était acoquiné avec le grand depuis quelques semaines seulement, pour une affaire de drogue. Ils s'intéressent aux stupéfiants tous les deux, comme consommateurs et comme trafiquants. Mais le petit est paranoïaque : on estime à présent qu'il a tué six femmes et la liste n'est sans doute pas close. Il reconnaît en tout cas que, lorsqu'il a violé une femme, il faut qu'il la tue.

Il poursuivit sur un ton plus bas :

— Tu sais quoi, ma chérie, je vais peut-être cesser de boire. Supposons que j'aie été complètement bourré ce soir-là, j'aurais dormi tout le temps de l'attaque tandis que toi… Écoute, reprit-il après un instant de silence, je serai de retour à la fin de la semaine. Toi, repose-toi bien. Ensuite, nous passerons le week-end ensemble…

— Pas à Westhampton, dit-elle vivement.

— Non, au Plaza. Dans la sécurité totale de la grande ville où on s'amuse. Et au nom du ciel, January, ne va surtout pas raconter à Linda que tu étais là-bas. Après tout, j'ai prêté serment.

Ce ne fut pas chose facile car, dès que la nouvelle fut connue, Linda se transforma en Inquisiteur espagnol.

— Où étais-tu donc quand tout cela est arrivé ? Je croyais que tu passais le week-end avec lui à Westhampton ?

— Non. J'y suis allée seulement pour la journée. Il m'a renvoyée pour pouvoir travailler.

— Et rien ne s'est passé ?

— Eh bien, on dirait qu'il s'est passé pas mal de choses après mon départ.

— Je veux dire côté lit.

— Tout va très bien, Linda.

— January, es-tu franche avec moi ?

— Oui.

— Quand donc as-tu fait l'amour ?

— Mais enfin, Linda ! Je ne suis partie de là-bas que vers dix heures.

— Il a été bien ?

— Oui…

— Tu n'as pas l'air bien enthousiaste.

— Je suis fatiguée, simplement… Je n'ai pas beaucoup dormi.

— Tu as très mauvaise mine, January. Et tu maigris.

— Je sais. Je vais prendre un dîner copieux et me mettre au lit de bonne heure.

Mais elle n'avait rien mangé et, après sa conversation avec Tom, elle fut également incapable de trouver le sommeil. Une semaine entière sans lui… Soudain la sensation de bien-être qu'elle éprouvait jusque-là disparut. Le lendemain matin, elle s'éveilla crispée, la nuque douloureuse. Elle se rendit tout de même au bureau mais, vers trois heures, elle déclara qu'elle avait certainement attrapé un virus. Linda lui dit de rentrer chez elle.

— Sincèrement, January… D'ordinaire, quand les filles sont amoureuses, elles s'épanouissent… Tandis que toi tu dépéris.

Elle se mit au lit. Bientôt elle se sentit gelée et se mit à trembler. Comme elle ne connaissait aucun médecin et ne voulait pas déranger Linda, elle pensa au Dr Alpert. Évidemment, c'était sûrement un bon médecin : elle repensa aux nombreux tests auxquels il l'avait soumise avant de lui faire sa piqûre. Mais quand elle lui téléphona, la réceptionniste répondit qu'il ne faisait pas de visites à domicile et lui conseilla de venir immédiatement à son cabinet.

Il y avait foule dans l'antichambre. La réceptionniste la fit entrer discrètement dans une petite salle d'auscultation.

— Je vais m'arranger pour vous l'envoyer, promit-elle.

Quelques minutes plus tard, le Dr Alpert entra en traînant les pieds. Il l'observa, hocha la tête et ressortit. Puis il réapparut peu après avec une seringue.

— Ne faut-il pas prendre ma température ? demanda-t-elle. Je veux dire… Je sais que les vitamines font toujours du bien. Mais je me sens malade, comme si j'avais attrapé quelque chose.

Il lui toucha le front.

— Vous n'avez pas dormi, rien mangé, trop de dépenses énergétiques. À quand remonte votre dernier repas ?

— Euh, je…

Elle tenta de se souvenir. Tom l'avait grondée la veille au soir parce qu'elle n'avait pas touché à son steak, et elle n'avait avalé ce matin qu'un petit morceau de pain grillé.

— Je n'ai rien mangé depuis... depuis... vendredi, peut-être. J'ai grignoté, mais je n'ai pas faim.

Il acquiesça.

— Ceci va vous remettre d'aplomb, je vous le garantis.

Elle portait une salopette et un chemisier. Elle remonta sa manche et tendit le bras, mais il secoua la tête.

— Enlevez votre pantalon, je vais vous faire une piqûre intramusculaire.

Elle fit glisser la salopette et se mit sur le côté. L'aiguille pénétra sans peine dans sa fesse, mais elle ne sentit pas jaillir en elle la bouffée de bien-être qu'elle espérait. Elle se redressa et rajusta son pantalon.

— Je ne sens rien, dit-elle.

— Vous n'êtes pas venue ici chercher des sensations. Vous êtes venue parce que vous vous sentiez malade, bougonna-t-il.

— Oui mais, la dernière fois, la piqûre de vitamines m'avait donné une sensation délicieuse.

— Quand vous êtes en bonne santé, la piqûre vous donne une sensation délicieuse. Si vous êtes malade, elle vous permet simplement de vous sentir mieux.

Elle s'assit sur le bord de la table et le regarda, étonnée. Elle devait reconnaître que sa nuque n'était plus ankylosée. Mais elle ne ressentait pas cette extraordinaire euphorie de la fois précédente. Elle passa dans l'antichambre et versa vingt-cinq dollars à la réceptionniste.

En rentrant chez elle, elle remarqua que les frissons avaient disparu, elle se sentait plus forte et ses douleurs dans le dos et la nuque s'étaient dissipées. Mais enfin, elle n'avait pas, contrairement à la dernière fois, ce sentiment de pouvoir conquérir le monde.

Quand Tom revint, le vendredi après-midi, elle se précipita au Plaza pour l'accueillir. Il semblait solide, moins fatigué. Quand il ouvrit la bouteille de Jack Daniel's, il insista pour qu'elle boive avec lui.

— Je sais bien que j'ai dit que j'allais peut-être y renoncer, et j'ai diminué ma consommation, mais aujourd'hui on arrose. Je viens d'apprendre que dans une semaine – à compter de dimanche – je serai numéro un sur la liste des best-sellers. Et apparemment je vais vendre les droits pour un film : en ce moment, je reçois des propositions de la Columbia, la Metro, la Century et la Twentieth, sans oublier quelques producteurs indépendants reconnus. Et, le meilleur pour la fin, le gangster – le grand – va s'en tirer. Il est sorti du coma – je ne risque donc plus d'avoir à porter toute ma vie ce fardeau de culpabilité.

Il fouilla alors dans sa poche, d'où il tira un paquet qu'il lui remit.

— Ce n'est pas à proprement parler un cadeau. C'est simplement quelque chose que j'ai aperçu dans une vitrine et je n'ai pas pu m'empêcher de te l'acheter.

Elle défit l'emballage. C'était une magnifique écharpe de soie, où était imprimé le mot Capricorne.

— Oh, Tom… Elle me plaît… Mais plus encore… Je suis heureuse que tu y aies pensé.

Mais cette nuit-là, elle ne parvint pas à lui donner une érection. Il l'étreignit et s'efforça de passer outre.

— Je suis épuisé, et peut-être que je n'ai pas vraiment diminué la boisson comme je l'avais promis. Prenons tous deux une bonne nuit de sommeil. Demain, ce sera différent.

Le lendemain matin, elle prétendit qu'elle avait rendez-vous chez le dentiste. Il lui demanda de l'annuler, mais elle promit d'être de retour en début d'après-midi.

Elle se précipita aussitôt chez le Dr Alpert, sans même prendre de rendez-vous. Heureusement, il y avait peu de monde, et le médecin avait retrouvé son sourire. Il lui assura qu'elle avait meilleure mine. Elle lui répondit qu'elle avait mangé et suivi un rythme de vie plus régulier. Comme si elle quémandait des bons points auprès du maître d'école. (Vous voyez comme je suis docile ? Maintenant allez-vous me donner la vraie piqûre de vitamines ?) Elle attendit avec espoir pendant qu'il sortait chercher l'aiguille. Son cœur battit plus vite quand elle le vit revenir de son pas traînant, avec la grande seringue. Elle n'avait pas revêtu la blouse blanche des patients, mais elle mit moins d'une seconde pour ôter son corsage et lui tendre le bras.

— Vous me promettez de manger, même si vous n'avez pas faim ?

Elle acquiesça avec ferveur, tandis qu'il nouait autour de son bras le ruban de caoutchouc. Elle regarda l'aiguille pénétrer dans la veine et, comme l'autre fois, un flot de son propre sang emplit la seringue, qui le refoula ensuite dans sa veine. De nouveau elle fut parcourue par un extraordinaire courant d'énergie. Elle se sentit renaître, pleinement vivante pour la première fois… Ses sens percevaient les couleurs, les odeurs, avec un regain d'acuité.

Mais surtout, il y avait cette sensation de puissance : aucune tâche ne lui semblait au-dessus de ses forces. Son corps entier fourmillait et, tout à coup, elle crut avoir un orgasme.

Elle n'avait plus qu'une hâte : rejoindre Tom. Elle enfila son corsage, embrassa le médecin, griffonna un chèque pour la réceptionniste et se précipita dehors. Le froid était revenu, mais elle avait conscience que le printemps arriverait bientôt. Elle le ressentait. Tout ce qu'il y avait de positif dans l'univers approchait. Le Plaza n'était qu'à quelques centaines de mètres, mais elle héla un taxi, toute à son impatience de se retrouver dans les bras de Tom.

Il était au téléphone quand elle arriva. Comme il s'agissait d'un appel longue distance, elle s'assit patiemment, tandis qu'il répondait aux questions habituelles. De temps à autre, il levait les yeux vers elle et lui souriait. Mais au bout d'un moment, il poussa un soupir : le journaliste glissait vers des considérations générales sur la médiocre qualité littéraire du roman contemporain. Tom s'efforça de rester poli.

— Écoutez, je préférerais ne pas m'engager sur ce terrain. Je ne critique jamais les autres écrivains. Vous savez, c'est du boulot d'écrire un roman. Même mauvais.

Comme l'autre insistait, January se leva et entoura Tom de ses bras. Il était toujours en robe de chambre. Elle commença par lui embrasser le cou. Puis elle passa devant lui, se glissa sur ses genoux et se blottit dans ses bras, sous le téléphone. Ses mains glissèrent sous la robe de chambre. Il sourit et tenta de poursuivre son interview tout en la retenant d'une main. Elle se mit alors à l'embrasser sur la joue. De guerre lasse, il déclara :

— Écoutez, je crois que nous avons fait le tour des choses. Comme j'ai un autre rendez-vous assez urgent, si vous le permettez nous nous arrêterons là.

Il raccrocha aussitôt et la serra dans ses bras.

— Tu viens de démolir une interview, dit-il en riant.

— Tu essayais d'en finir.

— J'ai essayé, mais toi tu as réussi.

Elle encercla sa poitrine nue, puis, ouvrant son corsage et dégrafant son soutien-gorge, elle pressa ses seins contre lui.

— Je t'aime, Tom. Vraiment.

Ce disant, elle se leva et l'attira dans la chambre à coucher.

Plus tard, tandis qu'ils étaient allongés côte à côte, il lui demanda :

— Comment faut-il te remercier ?

— Pour quoi ? demanda-t-elle en se serrant contre lui.

— Pour m'avoir évité de ruminer après mon échec d'hier soir, pour m'avoir allumé ce matin, puis maintenant, et avoir fait de ces instants les meilleurs que nous ayons eus.

— Oh Dieu ! C'était merveilleux, dit-elle en l'embrassant avec violence.

— L'était-ce pour toi ? Pour moi, oui, parce que tout a fonctionné normalement, mais pour toi, tu n'as rien ressenti ?

— Si, Tom.

— January, dit-il en se penchant pour la regarder dans les yeux gravement, n'était-ce pas une partie de notre contrat, la sincérité absolue ? Surtout ne me mens jamais…

Elle l'étreignit.

— Tom, une femme et un homme, ce n'est pas la même chose : je n'ai pas besoin de jouir chaque fois. Le seul fait de te tenir dans mes bras en sachant que je te rends heureux me donne davantage le sentiment d'être une vraie femme que tout ce que j'ai vécu auparavant.

Les yeux sombres de Tom brillèrent dans la pénombre de la chambre.

— January, je ne pourrai plus vivre sans toi, plus jamais.

— La question ne se posera pas, Tom : je serai toujours là à attendre… chaque fois que tu voudras de moi.

Il lui donna une tape sur les fesses.

— Très bien. Allons prendre notre douche ensemble. Dis-moi, fais-tu de la bicyclette ?

— Est-ce que je fais quoi ?

— De la bicyclette.

— Je ne sais pas… Non, je n'ai jamais essayé.

— Alors tu vas t'y mettre aujourd'hui.

Ils louèrent des bicyclettes et passèrent l'après-midi à Central Park. Elle eut vite fait d'apprendre car elle avait un excellent équilibre et, très vite, elle le dépassa en coup de vent sur les pistes cyclables. Ils allèrent regarder un film sur la Troisième Avenue, dînèrent d'une pizza et regagnèrent le Plaza. Et quand ils firent l'amour, tout fut parfait, et Tom insista pour la faire jouir jusqu'à ce qu'elle crie.

Le lendemain, ils se promenèrent en ville à vélo. Il l'emmena jusqu'à Irving Place pour lui montrer la maison où avait vécu Mark Twain. Il lui indiqua aussi celle où avait habité Oscar Wilde durant son séjour aux États-Unis. Ils déjeunèrent dans un petit restaurant français où il lui raconta des anecdotes sur Sinclair Lewis – du temps où lui-même était jeune homme, et où Lewis le « Rouge » s'était mis en tête de devenir acteur. Il lui parla de sa rencontre avec Hemingway, et aussi avec Tom Wolfe, à l'époque où il enseignait à l'université de New York.

Il évoqua aussi son enfance. Né à Saint Louis, il était venu travailler à New York, où il avait trouvé un emploi au *Sun*. Il avait fait ensuite un très bref séjour à Hollywood, le temps d'en connaître la faune, à l'époque où les industriels du cinéma manifestaient le plus parfait mépris envers les écrivains.

— Voilà pourquoi je n'accepterai plus jamais d'adapter pour l'écran aucune de mes œuvres, quel que soit le prix qu'on m'en offre. J'ai écrit tellement de scénarios nuls taillés aux mesures des vedettes des années 1940 que je me suis juré de ne plus en écrire un seul, si je parvenais à être romancier.

Durant les deux semaines qui suivirent, le temps et les jours se fondirent, pour January, en une étrange nébuleuse. Elle avait beau faire des efforts pour se concentrer au bureau, sa vie n'avait de sens que lorsqu'elle était avec Tom. Le matin, elle s'éveillait dans ses bras, prenait un déjeuner rapide en sa compagnie, s'éclipsait juste avant l'arrivée de Rita Lewis… Puis elle courait chez elle se changer, se précipitait tous les trois jours chez le Dr Alpert pour sa piqûre, retournait au journal où elle expédiait en deux heures le travail d'une journée.

Un jour où elle reçut une piqûre de vitamines, elle dicta cinq cassettes l'une après l'autre, et même Sara Kurtz dut reconnaître que les enregistrements étaient bons. Elle y évoquait la solitude du grand écrivain Tom Colt, les importuns qui lui volaient son temps, son opinion sur l'ambiance de cirque qui accompagnait désormais la publicité promotionnelle d'un livre. Elle rapportait ses commentaires sur l'évolution des médias – à l'époque où il y travaillait, on ne publiait que trois journaux à New York. Enfin, elle fit un portrait qu'elle intitula « L'Écho d'un lion », où elle comparait le célèbre Tom Colt au lion sorti de sa jungle pour affronter notre civilisation. Au bout de quinze jours, Sara déclara qu'elle avait matière à un bon papier.

Mais elle ne s'animait vraiment que le soir quand, débordant d'une énergie renouvelée, elle courait chez elle prendre sa douche et se changer, puis arrivait en trombe au Plaza. Ils allaient parfois au spectacle et chez Sardi : un soir, il l'emmena dîner au Danny's Hide-a-Way, où ils s'assirent à la table de devant, l'ancienne table de Mike…

Parfois, quand il avait eu une dure journée, ils se faisaient servir à dîner dans l'appartement et elle l'écoutait faire le récit de ses empoignades avec les journalistes, les gens de la télévision, ses propres agents… Ensuite, il y avait toujours la merveilleuse tendresse de ses bras quand ils s'allongeaient au lit tous les deux.

Certains soirs, ils ne faisaient pas l'amour.

« J'ai cinquante-sept ans, petite, et je suis fatigué, disait-il alors. Mais je veux que tu sois près de moi. »

Ces nuits comptaient parmi les meilleures. Quand elle eut ses règles, elle lui demanda s'il préférait qu'elle reste dormir chez elle. Il la regarda stupéfait.

— Je te veux dans mes bras, la nuit, pas seulement pour te prendre, mais parce que je t'aime. Je veux te trouver à mes côtés à mon réveil, je veux pouvoir tendre le bras et t'enlacer au milieu de la nuit – n'est-ce pas ainsi que nous l'entendons tous les deux ?

Il y eut aussi des nuits où il voulait seulement la satisfaire, ces nuits où il lui faisait l'amour jusqu'à ce qu'elle tombe inerte d'épuisement.

Et puis il y avait l'inévitable Linda avec ses éternels interrogatoires, toujours aux aguets et de plus en plus mécontente car January était devenue experte dans l'art d'escamoter ses questions.

À la fin du mois de mars, Tom dut repartir pour une nouvelle tournée publicitaire de quelques jours à Detroit, Chicago, Cleveland.

— Il vaudrait mieux que tu ne m'accompagnes pas, lui dit-il. Pourquoi déchaîner les commérages ? En ce qui me concerne, cela m'est indifférent. C'est à toi que je pense… De toute façon, je ne serai parti que cinq jours.

Voyant ses yeux pleins de larmes, il la serra dans ses bras.

— January, au nom du ciel… Tu sais bien que tu peux venir. Je t'en prie, ma chérie, ne pleure pas.

Elle secoua la tête.

— Ce n'est pas de cela qu'il s'agit. Bien sûr, tu as raison : ce n'est que pour cinq jours et puis tu reviendras. Mais tout à coup j'ai pensé que le temps viendra où tu devras t'éloigner beaucoup plus que cinq jours… où tu ne reviendras pas…

— Moi aussi, j'y ai pensé, dit-il lentement. Bien plus que tu ne pourrais le croire. C'est quelque chose à quoi je dois réfléchir pendant ce voyage. Je t'ai déjà dit que je ne pourrais jamais vivre sans toi. Et je le pense. Mais j'ai aussi réfléchi au nouveau livre que je veux écrire. Maintenant, je tiens mon sujet. Et, d'habitude, quand j'en suis à ce stade, je dois partir immédiatement pour écrire dans la solitude. Pourtant, ce n'est pas le cas cette fois-ci. Quand je réfléchis à mon livre, tu traverses mes pensées. Jusqu'à présent, pour moi, la rédaction d'un nouveau roman prenait toujours le pas sur tout le reste… Je rompais le contact avec le monde extérieur et mon livre devenait ma nouvelle maîtresse. Cette fois-ci, c'est différent…

— Mais il ne faut pas, Tom… Il faut que tu écrives.

— Je le sais et je vais devoir m'y mettre. Écoute, nous en reparlerons quand je serai de retour.

Il partit, et ce fut comme si elle était privée d'oxygène. Elle laissa passer son rendez-vous habituel avec le Dr Alpert. Au bout de deux jours, elle se sentit apathique et crispée. Elle fit pourtant l'effort de dîner avec Linda, qui était récemment tombée amoureuse d'un certain Donald Oakland, journaliste à la télévision locale. Elles allèrent chez Louise, où January écouta Linda lui conter par le menu sa vie sexuelle avec Donald.

— Il n'est pas très fort côté oral, mais c'est parce qu'il est juif. Les garçons israélites trouvent ces sortes de pratiques inconvenantes. Il apprendra. J'ai chargé Sara de faire un papier sur lui, continua-t-elle en croquant une branche de céleri. Pour l'instant, il est chargé des informations locales. Mais quand l'article paraîtra, qu'il aura goûté à la renommée et compris ce que je peux faire pour lui, il laissera tomber sa femme pour se mettre avec moi. Je ne peux pas supporter de le voir seulement trois-soirs-et-un-après-midi-par-semaine.

— Désires-tu l'épouser ?

Linda haussa les épaules.

— J'aurai bientôt trente ans ; alors pourquoi pas ? En tout cas, j'aimerais qu'il vive avec moi. Il m'apprend des foules de choses. Tiens-toi bien : il a un quotient intellectuel de 155 – autrement dit, proche du génie. Je viens de réaliser combien je suis ignare en politique. Je n'ose pas lui avouer que je n'ai jamais voté. Il m'a donné à lire toutes sortes de bouquins. Il est démocrate à fond. Comme je veux être capable de me mesurer avec lui et ses amis, je lis maintenant *The New Republic* et *The Nation* comme s'il s'agissait de *Cosmo* et de *Vogue*. Jusqu'à présent, je me préoccupais seulement de mes concurrents afin que *Gloss* n'ait rien à leur envier. Mais je me rends compte tout à coup que *Gloss* s'est épanoui, et moi non. Je veux dire qu'au-delà des sujets traités par le magazine je ne connais pas grand-chose. Comme Donald pense beaucoup de bien du Mouvement de libération des femmes, je vais peut-être devenir membre dans l'un de leurs groupes…

Elle se mit à rire…

— Cela dit, quand il passe la nuit chez moi, il oublie tout de la libération des femmes et compte quand même sur moi pour laver ses slips.

— Et tu le fais ? demanda January.

— Bien sûr. Je lui ai même acheté une brosse à dents et son dentifrice habituel pour qu'il les trouve toujours chez moi. Quand il dort là, je lui prépare son petit déjeuner, un repas meilleur que celui que lui confectionne sa bobonne. Elle prétend devenir poète : résultat, elle passe la première partie de la nuit à écrire et est encore endormie au moment où il quitte Riverdale. Certains soirs aussi, je fais à dîner – comme un vrai cordon-bleu, parce qu'il n'a pas les moyens de m'emmener tous les jours au restaurant. Tu comprends, il faut qu'il paie pour sa maison de Riverdale, où sa femme vient d'installer une piscine, et pour les études de son frère à l'université et…

— Linda, tu ne trouveras donc jamais un garçon sympathique et disponible à la fois ?

— Non… et toi ?

21

Tom téléphonait tous les soirs : ils s'entretenaient de ses conférences de presse, d'un accrochage avec un critique lors de son passage à l'émission de Kup, des interviews sans fin, des critiques contradictoires publiées sur son livre. Bien que celui-ci fût toujours best-seller, Tom s'inquiétait de la concurrence des nouveaux titres parus au printemps. Mais il ne disait mot de ses projets la concernant.

Vers le milieu de la semaine, January se sentit mal en point physiquement et moralement. Tom avait prévu de rentrer le vendredi soir. Il avait affirmé ne plus pouvoir jamais vivre sans elle. Mais c'était pourtant ce qu'il faisait en ce moment. De plus, il avait avoué que son travail avait toujours été sa préoccupation majeure. Cette brève séparation n'allait-elle pas le faire changer d'avis ?

Dès le lendemain matin, elle patientait dans l'antichambre du Dr Alpert. Elle n'avait pas pris rendez-vous, mais cette fois encore la réceptionniste l'introduisit dans la petite salle d'auscultation et elle entendit de nouveau le pas traînant du médecin. Il n'eut qu'à insérer l'aiguille dans la veine pour que disparût toute incertitude au sujet de son avenir avec Tom, et elle sortit sur un petit nuage, royalement sûre d'elle.

Tom revint le vendredi soir et décida de la retrouver directement chez elle, à l'improviste. En le voyant, elle poussa un cri de joie et lui tomba dans les bras.

Ils s'étreignirent, parlant tous les deux à la fois, chacun jurant à l'autre que son absence lui avait été intolérable. Serrée contre lui, elle fut soudain certaine que ses inquiétudes étaient sans fondement : jamais plus il ne la quitterait.

Il s'écarta et regarda autour de lui. Il était si massif là, au centre de la pièce, que celle-ci parut rapetisser.

— Quand est-ce que ton bail arrive à échéance ?

— C'est une sous-location. En principe en août, mais M. Bailey m'a écrit que je pouvais le conserver un an de plus si je le souhaitais, car il reste en Europe.

— Tu peux t'en débarrasser. Je vais acheter un appartement pour nous deux. Et je te charge de le choisir : je voudrais qu'il donne sur le fleuve, et qu'il soit doté d'une cheminée où l'on puisse brûler des bûches, avec une chambre à coucher, une salle de séjour et une troisième pièce où je vais pouvoir m'atteler à mon nouveau livre.

— Mais la Californie ?

— Eh bien ?

— Ne dois-tu pas y aller ?

— Si. Nous partons la semaine prochaine.

— Nous ?

— Écoute, dit-il en la regardant d'un air grave, je ne sais pas ce qu'il en est pour toi, mais ces cinq jours m'ont semblé aussi longs que cinq grandes années. Et j'ai beaucoup réfléchi. Dans deux ans, j'aurai soixante ans. Toi, tu seras encore une enfant. Nous n'avons donc que le présent. Je ne sais pas combien de temps ce moment présent va durer, mais il faut le saisir. Je t'aime. Je veux que tu vives près de moi. Il me reste encore deux semaines de promotion à subir sur la côte.

Je ne supporterai pas d'être séparé de toi si longtemps. J'ai téléphoné à Nina Lou pour lui parler de toi… sans te nommer, mais j'ai été franc avec elle. Je lui ai dit exactement où nous en étions : que je t'emmenais et qu'aussi longtemps que tu voudrais de moi nous vivrions ensemble. Je lui ai annoncé que je descendrais dans un bungalow de l'hôtel Beverly Hills, aux frais de mon éditeur : pour sauvegarder les apparences, je louerai à ton nom une chambre que tu n'occuperas pas. Aux yeux de tous, tu seras là-bas pour écrire un article sur moi dans ton magazine. J'irai au bord de la mer pour voir mon fils, mais les choses s'arrêteront là. Nina Lou est d'accord. D'ailleurs, elle est très amoureuse de son acteur et donc, tant que je ne la mets pas en mauvaise posture aux yeux de ses amis, elle a les meilleures raisons du monde de ne pas s'en faire.

January trouvait que les choses allaient beaucoup trop vite, mais elle l'écoutait d'un cœur léger, toute à la certitude de l'avoir bien à elle.

— Comme nous restons encore une semaine à New York, continua-t-il, ton travail va consister à trouver l'appartement. Choisis-le déjà meublé afin que nous puissions emménager dès notre retour. Évidemment, le délai est un peu court, mais un bon agent immobilier devrait nous dénicher ça : va les visiter tous et, quand tu auras réduit ton choix à deux ou trois appartements, je viendrai les visiter pour que nous décidions ensemble.

— Mais Tom, si tu vis à New York avec moi, tu ne pourras plus voir ton fils ?

— Je prendrai l'avion pour la côte Ouest un week-end sur deux. Ne t'en fais pas, tout ira bien. Je sais seulement que je ne peux plus vivre sans toi.

Dès lors, elle passa huit heures par jour à visiter des logements. Linda fut à ce point transportée par la nouvelle qu'elle offrit à January de considérer le séjour sur la côte Ouest comme des congés aux frais du magazine.

— C'est une prime bien méritée. Et rappelle-toi : ne te soucie de rien d'autre que de satisfaire le génie littéraire. En attendant, il nous faut trouver l'appartement le plus sensationnel de New York. Te rends-tu compte, January, qu'en tant que compagne de Tom Colt tu pourrais tenir salon ? Étant donné sa personnalité, tous les VIP de la ville s'y précipiteront. Nous pourrons lancer quelque chose de totalement nouveau, un genre de déjeuner du dimanche, dont je tiendrai la chronique dans *Gloss*... Oh ! ce sera formidable. Nous deviendrons *le* club à la mode, nous ferons l'événement… nous donnerons le ton ! Et comme je vais épater Donald Oakland ! Il est déjà très impressionné que je connaisse Tom Colt. Alors, quand il viendra dans ton salon et verra toutes les personnalités que j'y rencontre… January, ton histoire tombe à pic. Exactement ce dont New York a besoin en ce moment. Bon. Il faudra un immense salon, de préférence débouchant sur une salle à manger…

Amusée par l'enthousiasme de Linda, elle se dit qu'il valait mieux la laisser donner libre cours à son imagination. Mais l'appartement serait la forteresse exclusive de Tom. Pas d'invités, pas de réceptions, rien qu'eux deux.

Elle permit pourtant à Linda de l'accompagner dans quelques visites, car elle avait un peu peur de la matrone que l'agence avait désignée pour la guider.

Au bout de quatre jours, January estima qu'elle avait vu tout ce que New York comptait de beaux immeubles. Elle ne retint que deux appartements : l'un près des Nations unies, l'autre à Sutton Place, un rez-de-chaussée avec une immense terrasse surplombant le fleuve. Linda aimait beaucoup l'immeuble des Nations unies, Tom fut emballé par l'appartement de Sutton Place.

Il était vendu en copropriété, et le prix de cent dix mille dollars ne sembla pas l'émouvoir. Notant avec satisfaction les charges mensuelles relativement basses et le bail emphytéotique de quatre-vingt-dix ans, il se borna à hocher la tête tandis que la femme dévidait sa litanie de précisions juridiques.

— Marché conclu, trancha-t-il enfin. Faites rédiger le contrat de vente et adressez-le à mon notaire, sur la côte Ouest. J'enverrai le chèque.

La conseillère immobilière était aux anges. Après lui avoir remis les adresses et numéros de téléphone utiles, il emmena January au bar le plus proche pour arroser la transaction.

— J'aime cette histoire de bail emphytéotique, dit-il avec un sourire de mélancolie. Quatre-vingt-dix ans ! January, dire qu'un homme de mon âge espère voir son amour durer avec une enfant comme toi… Je sais que je suis fou, dit-il en hochant la tête, mais je veux vraiment essayer : ne songeons pas à la durée de notre relation, mais uniquement à notre bonheur.

— Tom, nous resterons toujours ensemble.

Il leva son verre.

— Alors, à l'éternité. En ce qui me concerne, cinq bonnes années, ce serait déjà pas mal.

Elle passa les jours qui restaient à s'acheter des vêtements pour la Californie et à régler au bureau des problèmes de dernière heure. Tous les soirs, elle courait au Plaza, débordante de vitalité.

Ils devaient partir le mercredi après-midi. Le matin même, elle rendit visite au Dr Alpert. Il parut surpris de la voir.

— Vous êtes venue il y a seulement deux jours… Vous ne deviez revenir que demain.

— Je pars pour Los Angeles aujourd'hui, répondit-elle en le regardant préparer la seringue. Docteur Alpert, continua-t-elle, je vais m'absenter pour une semaine au moins. Ne pourriez-vous pas me donner une piqûre dont l'effet soit plus durable ?

— Où descendez-vous à Los Angeles ?

— Au Beverly Hills.

— Vous avez de la chance, dit-il en souriant. Mon frère, le Dr Preston Alpert, s'y trouve depuis une semaine. Un chanteur célèbre fait là-bas sa rentrée dans une grande salle de spectacle et il a besoin d'une injection quotidienne de vitamines. Du coup mon frère va rester avec lui pendant toute la durée de son contrat. Vous l'appellerez au Beverly Hills.

— Docteur Alpert, demanda-t-elle, en proie à une soudaine appréhension, ces piqûres créent-elles une accoutumance ?

— Pourquoi cette question ?

— Eh bien, si ce chanteur a besoin d'une piqûre journalière…

— Il boit près d'un litre de brandy par jour, il ne mange rien et couche chaque nuit avec une nouvelle femme… Vous comprendrez qu'il lui en faut, des piqûres de vitamines ! Vous aussi d'ailleurs vous en avez grand besoin. Dites-moi : avant votre première visite ici, auriez-vous souffert d'un traumatisme ?

Elle sourit.

— Mettons trois ans de traumatisme suivis d'une espèce de choc, mais qui remonte à septembre. Depuis tout va bien.

Il secoua la tête.

— Effet à retardement. Écoutez-moi bien, ma petite. Il existe des médecins qui soignent la tête. Et pour quelle raison ? Parce qu'un événement qui a eu lieu il y a vingt ans déclenche une souffrance psychique aujourd'hui. Alors, pourquoi ne pas imaginer que des faits survenus plusieurs mois auparavant soient susceptibles de vous affecter physiquement aujourd'hui ? De toute façon, puisque vous êtes à plat, quel mal y a-t-il à recevoir trois fois par semaine des piqûres de vitamines qui vous permettent d'aller de l'avant et de vous sentir bien dans votre peau ? Ne vous faites-vous pas nettoyer les dents plusieurs fois par an ? Ne les brossez-vous pas trois fois par jour ? N'appliquez-vous pas de crème pour le contour des yeux tous les soirs ? Eh bien, pourquoi priver votre jeune sang des tonifiants dont il a besoin ? Avec la nourriture que les jeunes filles d'aujourd'hui consomment… ou plutôt ne consomment pas…

Il avait raison, le cher homme, qui prenait le temps de lui expliquer toutes ces choses alors que ses nombreux patients l'attendaient dans son antichambre.

— Amusez-vous bien, dit-il avec un bon sourire. Téléphonez à mon frère. Et quand vous reviendrez, prenez un rendez-vous à l'avance.

Elle rentra à pied, sachant qu'il lui suffirait de quelques instants pour faire ses bagages. C'était une de ces admirables journées d'avril, fraîches et lumineuses, où le ciel est limpide et bleu comme de la porcelaine. Elle se demanda pourquoi la nouvelle année débutait au milieu de l'hiver quand tout était mort, alors qu'elle devrait commencer en avril, par un jour comme celui-là, où affleurait de partout une vie nouvelle. Cette vie, elle la voyait dans ce chiot minuscule et chancelant que promenait une dame au bout de sa laisse d'apprentissage ; ou dans les bourgeons éclos aux branches nues de ces arbres nouvellement plantés, et dont la tige frêle s'appuyait sur des tuteurs grâce auxquels ils survivraient sur leur maigre carré de terre dans les rues de New York.

Mais elle aperçut aussi une vieille femme, les bas en accordéon sur ses jambes trop maigres, promenant à petits pas un chien arthritique. January sentit les larmes lui monter aux yeux. Elle ressentait de la pitié pour toutes les personnes désertées par la jeunesse. En fait, elle plaignait tous ceux qui n'étaient pas sur le point de partir en Californie et n'avaient pas la chance de connaître un homme tel que Tom Colt.

Son état d'euphorie s'accrut à mesure que le jour avançait. Jamais elle n'avait atteint ce degré de plénitude et de lucidité. Enfin elle prit place près de Tom dans le 747. Le voyage fut sans heurt et le service sans accroc, tout fut parfait… jusqu'au moment où l'hôtesse déposa sur leur assiette à dessert les petits œufs de Pâques en sucre glacé. Des œufs de Pâques !

Le dimanche qui suivrait, ce serait Pâques !

Le lendemain, l'avion de Dee viendrait l'attendre pour l'emmener passer le week-end pascal à Palm Beach.

Dès son arrivée à l'hôtel, elle envoya un câble à son père.

À LOS ANGELES, HÔTEL BEVERLY HILLS. JE FAIS UN PAPIER SUR TOM COLT. OBLIGÉE DE MANQUER LE WEEK-END PASCAL. BONS BAISERS. TA CARRIÉRISTE DE FILLE.

Elle espérait que la légèreté volontaire du ton ferait attribuer son absence à une obligation de dernière minute et non à son insouciance. Elle fit mine de s'installer dans sa propre chambre dans le bâtiment principal, mais ses bagages furent envoyés au bungalow de Tom.

— J'irai tous les jours dans ma chambre pour froisser les draps, histoire de sauvegarder les apparences, dit-elle.

Il se mit à rire et hocha la tête.

— Avec tous ces gens qui cohabitent et ces vedettes qui ne se cachent même plus d'avoir des enfants hors mariage, crois-tu vraiment que quelqu'un se soucie de savoir où tu passes tes nuits ?

— Oui. Moi.

L'éditeur avait mis sur pied un programme chargé pour les deux jours suivants : petit déjeuner-interviews, déjeuner-interviews, émission de Merv Griffin, émission d'informations, et même une émission télévisée à sept heures du matin. Elle l'accompagna partout, arborant un calepin et jouant le rôle d'une journaliste en reportage pour *Gloss*.

Le samedi, Tom lui suggéra de s'installer à la piscine tandis qu'il allait voir son fils à Malibu. Sven, le jeune et beau garçon de cabine, lui proposa une confortable chaise longue en plein soleil, et lui apporta de la crème solaire et quelques magazines.

Mais elle ne parvenait pas à se détendre. Au bout d'une heure, elle se sentit même de plus en plus tendue. Elle s'imposa de rester à la piscine, car elle avait bien besoin de prendre des couleurs. D'ailleurs, Tom avait admiré son hâle la première fois qu'ils s'étaient rencontrés. Elle crispa nerveusement les doigts sur les accoudoirs de la chaise, faisant un terrible effort pour tenir bon, car elle avait intérieurement l'impression de devenir dingue. Elle tenta de se persuader que sa nervosité était simplement due à l'absence de Tom. Mais bientôt elle dut admettre que les douleurs dans sa nuque étaient bien réelles et qu'elle était en proie à une migraine de plus en plus insupportable. Elle reconnaissait ces symptômes sans erreur possible : il était temps d'appeler le frère du Dr Alpert.

Elle quitta la piscine et monta dans sa chambre. Une jolie pièce mais, malgré la chemise de nuit et le peignoir pendus dans la salle de bains, il était évident que personne ne l'occupait. Elle se demanda ce que pouvait bien penser la femme de chambre. Elle alluma une cigarette, décrocha le téléphone et demanda à parler au Dr Preston Alpert. L'opérateur lui répondit qu'il devait rentrer à six heures. Il se trouvait à Malibu. Bon sang, tout le monde était-il donc parti à Malibu aujourd'hui ?

Il était à peine trois heures. Comment pourrait-elle tenir le reste de l'après-midi ? Elle s'étendit sur le lit, espérant atténuer la douleur intense et pulsative dans sa tête. Vers quatre heures, elle fit couler de l'eau froide sur sa nuque. Deux heures encore à endurer…

Elle regagna le bungalow pour enfiler un pantalon et une chemise, puis elle parvint à se servir un verre de bourbon malgré ses mains tremblantes. Elle faillit vomir, mais réussit à avaler un peu d'alcool. Le bourbon semblait faire tant de bien à Tom… Peut-être apaiserait-il son mal de tête ? Elle but une nouvelle gorgée. La gorge lui brûlait, mais il lui sembla que sa migraine perdait de son intensité. Elle glissa la bouteille dans son sac et regagna sa chambre.

Elle s'allongea de tout son long sur le lit et se remit à boire à petites gorgées. Que cette chambre était calme ! Quel dommage de la laisser inoccupée…

— Désolée, la chambre, dit-elle à haute voix. Je n'ai rien contre toi mais, voilà, mon homme est dans un bungalow…

À mesure qu'elle buvait, la douleur s'assourdissait, mais elle sentait aussi qu'elle s'enivrait, et elle ne voulait pas que Tom, à son retour, la trouve dans cet état d'ébriété. Peut-être un bain chaud lui ferait-il du bien ? En tout cas cela l'aiderait à passer le temps. Elle s'imposa de demeurer dans la baignoire jusqu'à ce que la peau de ses doigts commence à se friper. Quand elle eut retouché son maquillage, elle vérifia l'heure à sa montre : cinq heures quinze. Elle rappela la chambre du Dr Alpert, mais on lui fit la même réponse : il serait de retour à six heures.

Son mal de tête reprenait de plus belle et il lui semblait que son cou n'était plus qu'une masse de ganglions enflammés. Oh, Dieu, cette fois, elle devait être proprement anémique. Elle n'avait rien mangé de la journée, et s'était contentée d'un café ce matin avec Tom. Le Dr Alpert l'avait pourtant mise en garde : elle devait manger. Or, elle avait perdu du poids, même ses pantalons taille basse glissaient sur ses hanches.

La demi-heure suivante fut interminable ; elle souffrait de la chaleur et alluma la climatisation. Puis elle eut froid et l'éteignit. À cinq heures quarante-cinq, elle laissa un nouveau message pour le Dr Alpert, précisant que c'était urgent. À six heures quinze il n'était toujours pas de retour.

Mon Dieu… Et s'il ne revenait plus du tout ? S'il décidait de passer le week-end entier à Malibu ? Elle constata qu'elle n'avait plus de cigarettes, et se mit à fumer ses mégots.

Tom devait la rejoindre à sept heures. Elle voulait être en grande forme pour l'accueillir. Après tout, sa femme devait être très belle. Fatalement, puisqu'elle avait été starlette… Bah ! le temps des starlettes était révolu ! Elle se versa un autre verre. Cette femme avait fait de la figuration, rien de plus. Une figurante qui avait même passé l'âge. Elle n'avait aucune inquiétude à avoir, quoique certaines figurantes ayant passé l'âge restassent séduisantes. Il suffisait de voir celles qui étaient devenues présentatrices à la télévision.

Allons, tout cela était stupide. Tom était allé voir le bébé… Mais pouvait-on passer une journée entière avec un bébé de huit mois ? Cet enfant devait bien faire la sieste, non ?

Il était six heures trente et elle venait de fumer le dernier mégot à peu près convenable. Bien sûr, le drugstore était juste en bas, mais elle craignait de quitter la chambre et de manquer le coup de téléphone du médecin. Elle se fit apporter un paquet de cigarettes par un employé de la réception, qu'elle gratifia de un dollar de pourboire.

À sept heures moins le quart, elle tenta de nouveau d'appeler le Dr Alpert. Sa ligne était occupée ! Elle s'assit à côté du téléphone, tambourinant des doigts sur la table. Pourquoi sa ligne était-elle occupée ? N'avait-elle pas laissé un message en précisant qu'il devait la rappeler de toute urgence ? Elle attendit cinq minutes et recomposa le numéro. Une voix calme et léthargique lui répondit :

— Ouiii ?

— Le Dr Preston Alpert ?

— Qui est à l'appareil ? s'enquit la même voix molle.

— January Wayne.

— De quoi s'agit-il ?

— Oh, je vous en prie, dites-moi si vous êtes le Dr Alpert.

— Je vous ai posé une question : de quoi s'agit-il ?

— Je suis une patiente du Dr Simon Alpert, et celui-ci m'a dit que vous seriez dans cet hôtel, et que vous…

— Peu importe, trancha-t-il, d'une voix sèche. Que voulez-vous ?

— Une piqûre de vitamines.

— À quand remonte la dernière ?

— Mercredi matin.

— Et il vous en faut déjà une autre ?

— Oui… Sincèrement, docteur, oui…

Il s'arrêta un instant.

— J'en parlerai à mon frère dans la soirée. Voudriez-vous rappeler demain midi ?

— Oh non ! Je vous en prie, pas demain… Il me la faut tout de suite. Écoutez, je travaille pour *Gloss*. Je suis en train de faire un reportage sur Tom Colt, et…

— Tom Colt ? fit la voix, impressionnée.

— Oui. Et, vous comprenez, il faut que je sois constamment sur le qui-vive, que je remarque tout et que je m'en souvienne car je ne pratique pas la sténo.

— Oh, je vois… Bon… Je vais demander à mon frère quelle sorte de vitamines vous prenez. M. Colt est au bungalow numéro 5, n'est-ce pas ?

— Oui, mais moi je n'y suis pas… Je me trouve dans la chambre 23.

— Vous n'êtes donc pas la fille qui vit avec lui ?

— Il n'y a pas de fille avec lui !

— Ma chère, s'il est vrai que vous l'interviewez, vous ne pouvez pas ignorer qu'il est accompagné d'une superbe jeune femme, assez jeune en vérité pour être sa fille. Il n'y a pas une personne dans cet hôtel qui ne soit au courant.

Après un silence, elle répondit :

— Merci. Mais elle ne sera bientôt plus ni jeune ni jolie si vous ne vous dépêchez pas d'arriver. Au nom du ciel… Il est déjà sept heures cinq…

— Je viens tout de suite.

Dix minutes plus tard il frappait à sa porte. D'emblée, il lui déplut. Grand, avec une épaisse chevelure roussâtre et un nez aquilin, il avait une vilaine peau et de longs doigts osseux, si blancs qu'ils paraissaient exsangues. Elle préférait son frère, qui était peut-être plus négligé, mais sympathique et chaleureux. Celui-ci ressemblait à un poisson parfaitement aseptisé… Elle remonta sa manche pendant qu'il préparait la seringue. Puis il lui ordonna, sans la regarder :

— Étendez-vous sur le côté et ôtez votre pantalon.

— On me les fait en intraveineuse.

Bien qu'il semblât surpris, il serra le lacet de caoutchouc autour de son bras et mélangea la solution. Elle tiqua lorsque l'aiguille pénétra dans son bras, puis retomba sur l'oreiller.

Jamais on ne lui avait injecté ce genre de vitamines auparavant. La tête lui tournait comme si elle venait d'être projetée dans l'espace. Son cœur battait la chamade, sa gorge était nouée, et elle se sentit monter, monter. Puis elle eut l'impression de choir dans un trou d'air infini et sans fond… Elle s'affola un instant. Puis tout s'apaisa et elle sentit circuler dans tout son corps la lumière dorée de son énergie vitale.

Il lui appliqua un sparadrap sur le bras et elle rabaissa sa manche.

— Combien vous dois-je ? demanda-t-elle.

— C'est un cadeau.

— Comment ?

— Une fille capable d'attirer un homme tel que Tom Colt mérite bien qu'on lui fasse cadeau d'une piqûre de vitamines…

— Eh bien, merci, merci beaucoup.

— Combien de temps pensez-vous rester ici tous les deux ?

— Une semaine encore. Il travaille beaucoup. Il lui reste quelques interviews à faire la semaine prochaine, après quoi il passera deux jours à San Francisco avant de regagner New York et de…

Elle s'arrêta.

— De retourner auprès de sa femme ?

Elle était sur le point de confier à cet affreux individu qu'ils s'apprêtaient à signer l'acte d'achat de leur nouvel appartement. C'était le danger de ces piqûres de vitamines : on se sentait si bien que l'on était tenté de discuter avec tout le monde, de faire confiance à n'importe qui.

— Je devrais regagner le bungalow, dit-elle.

Il hocha la tête.

— Un homme comme M. Colt, qui a tant de travail, tirerait certainement profit d'une série de piqûres…

— Il n'en a pas besoin, répondit-elle en se forçant à sourire, il carbure au Jack Daniel's.

— Vous savez que je soigne un chanteur…

Elle fit quelques pas vers le bureau et fit semblant de se recoiffer. Ses façons onctueuses lui portaient sur les nerfs. Mais elle ne pouvait pas le remettre à sa place trop brutalement, car elle pourrait avoir encore besoin de lui.

— J'ai aussi parmi mes patients un très célèbre compositeur qui reçoit une piqûre par jour, et plusieurs personnalités de la télévision qui commencent le traitement. Un homme de l'âge de Tom Colt – bien qu'assurément il semble très viril – gagnerait à recourir aux vitamines. N'importe quel homme, d'ailleurs, pourrait en bénéficier s'il vivait sur un tel rythme : écrire un livre, assurer sa publicité, faire l'amour avec une jeune femme…

Ses yeux gris brillèrent quand il fit cette allusion.

Elle trouva la seule réponse qui lui évitât de le mettre à la porte :

— Je lui en ferai la suggestion, dit-elle en se tournant vers lui avec un léger sourire. Maintenant, il faut vraiment que j'aille me changer.

Il referma sa mallette et sortit. Elle attendit qu'il se fût éloigné, puis se précipita au bungalow. Tom n'était pas encore rentré. Elle se sentait merveilleusement bien. La piqûre du Dr Preston Alpert était beaucoup plus puissante que celle de son frère. Elle se versa un autre verre de bourbon : Tom serait content de la surprendre en train de boire. Dieu ! La bouteille était presque vide alors qu'elle était aux trois quarts pleine quand elle l'avait emportée dans sa chambre !

Elle se rendit au bar et ouvrit une autre bouteille. Tout en pensant à Tom, elle porta le goulot à ses lèvres et but longuement. Elle s'étrangla un peu, mais l'alcool passa. Elle recommença. Bientôt, toute la pièce se mit à flotter autour d'elle. Elle comprit alors qu'elle était ivre. Follement ivre, et la chose lui parut très drôle. Elle se mit à rire, de plus en plus, à en avoir les larmes aux yeux et des crampes à l'estomac. Elle essayait de se calmer, mais en vain. Son corps lui semblait de plus en plus léger, aérien. Elle riait encore lorsque le téléphone sonna.

Elle regarda la pendule : presque huit heures. Ce ne pouvait être que Tom qui voulait s'excuser de son retard. Elle tendit le bras, puis se ravisa : après tout, pourquoi Tom et l'opérateur ne se donneraient-ils pas un peu de mal pour la localiser ? Elle connaissait la procédure. Ils essaieraient le Polo Lounge, puis le hall d'entrée… Bon. Maintenant, elle allait les autoriser à la trouver. Elle décrocha le téléphone.

— Hello, l'opérateur ? Ici, Mlle Wayne. Vous avez un appel pour moi ?

Elle se remit à rire. Tout cela était si incroyablement drôle. Puis il y eut un silence, le temps que l'opérateur établisse la communication, et enfin elle entendit la voix de Mike.

— January…

— Mike.

Elle se mit à rire de plus belle. C'était Mike, pas Tom. Elle rit encore. Non parce que c'était drôle, mais parce qu'elle ne pouvait plus s'en empêcher. Elle essaya de s'arrêter…

— January, qu'y a-t-il ? Qu'y a-t-il de si drôle ?

— Rien, répondit-elle, calmée. Simplement j'ai fait une piqûre et j'ai bu du bourbon et je me sens si merveilleusement bien… et…

Elle s'arrêta de nouveau, secouée par le rire.

— Mais une piqûre de quoi ?

— Des vitamines. C'est divin.

Elle ne riait plus. Elle était portée par un nuage. Les vitamines avaient pris le pas sur le bourbon. Elle se sentait douce comme de la soie à l'intérieur, alors qu'elle flottait dans l'espace.

— January, es-tu sûre que tout va bien ?

— Ô mon père bien-aimé… Jamais je ne me suis sentie mieux. Jamais… Jamais… Jamais…

— Avec qui es-tu en ce moment ?

— Personne… J'attends Tom.

— Dis-moi, comment se fait-il que le magazine t'ait choisie, toi, pour cette interview ? Depuis quand es-tu devenue leur reporter vedette ?

Elle se remit à rire. Mike semblait si sérieux. Si sévère. Ah, si seulement il savait combien elle était heureuse, combien tout le monde devrait être heureux. Elle voulait lui faire plaisir, qu'il sache l'effet que cela faisait de flotter.

— Mike, es-tu heureux ? demanda-t-elle.

— Mais de quoi parles-tu ?

— Du bonheur. La seule chose qui compte. Es-tu heureux avec Dee ?

— Qu'importe. Que fais-tu là-bas ? De quelles piqûres parles-tu ?

— Rien que des vitamines. De célestes, de merveilleuses vitamines. Oh, Mike, il y a des palmiers ici, plus beaux que ceux de Floride. Et le bungalow numéro 5 est ma résidence privée. As-tu habité dans le bungalow numéro 5 lors de ton séjour ? Je parie que oui… Parce que, toi et lui, vous vous ressemblez beaucoup. Après tout, il a même loué notre suite au Plaza.

Il l'interrompit d'une voix dure.

— Je veux que tu quittes Los Angeles immédiatement.

— Pas question ! Et après Los Angeles, je m'installe dans mon grand appartement tout neuf avec un jardin terrasse au-dessus du fleuve et…

Elle perdit soudain le fil de ses pensées.

— Qu'est-ce que je disais, déjà ?

— Tu en as bien trop dit. Au revoir, January.

— Au revoir, ô père magnifique… mon seigneur… mon beau… mon…

Il raccrocha.

Elle était étendue nue sur le lit lorsque Tom rentra, à neuf heures. Il la contempla un moment, puis sourit.

— Eh bien, voilà ce que j'appelle une réception.

Elle tendit les bras vers lui, mais il secoua la tête en s'asseyant sur le bord du lit.

— Je suis trop fatigué. Ce voyage a été pénible. Et cette journée a été aussi casse-pieds que les autres.

— Autrement dit, tu es épuisé d'avoir joué avec le bébé ?

Il éclata de rire.

— J'ai tenu le bébé dans mes bras pendant exactement vingt minutes. Après quoi, il s'est mis à vomir, la nourrice m'a jeté un regard assassin et l'a aussitôt escamoté. Je ne l'ai revu qu'après son bain.

— Qu'as-tu donc fait pendant tout ce temps ?

Il se leva et enleva sa veste.

— Tu parles comme une femme jalouse. Tu n'as pourtant aucune raison de l'être. Je t'ai expliqué que je m'étais engagé à sauvegarder les apparences de mon mariage. Eh bien, aujourd'hui, il m'a fallu être gentil envers toutes sortes de gens que Nina Lou avait invités pour le brunch, des cocktails, etc. Bref, elle a pratiquement tenu table ouverte toute la journée en l'honneur du retour du grand écrivain, etc.

— Je me sens hors jeu, dit-elle soudain. Comme si tu avais une autre vie, à laquelle je suis étrangère, alors que toi, tu es toute ma vie.

Il se rassit sur le bord du lit.

— Écoute, chérie. Ma vie, c'est l'écriture. Tu y es entrée par la grande porte et tu y resteras tant que tu voudras. Je t'aime. Mais aucune femme ne peut prétendre être toute ma vie. Sauf en ce moment, dans cette arène de cirque créée autour de la promotion de mon livre. Pour la simple raison que, dans tout ça, tu es le seul être réel. Mais dès que je recommencerai à écrire, tu devras accepter que pour moi l'écriture ait priorité absolue.

— Oui, mais pas une autre femme.

— Aucune autre femme, je le jure.

Elle sourit joyeusement et sauta du lit.

— J'accepte tes conditions. À toi d'accepter les miennes pour ce soir.

Elle l'obligea à se mettre debout et commença à déboutonner sa chemise.

— Maintenant que tu as sacrifié à ton devoir conjugal, voici venue l'heure de t'occuper de ta geisha amoureuse, dit-elle en lui caressant la poitrine et en faisant courir ses doigts le long de son dos.

Il lui prit les mains et les serra entre les siennes.

— Chérie, je ne m'en sens pas la force, dit-il, parce que je suis trop fatigué, mais si tu veux je te ferai…

— Non… Passons simplement la nuit à bavarder dans les bras l'un de l'autre.

— Très bien. Mais je crois qu'il serait temps de te commander à dîner.

— Je n'ai pas besoin de dîner… Je t'ai, toi.

— Je suis curieux de savoir de quoi tu te nourris… J'aimerais y goûter moi aussi.

— Des vitamines, répondit-elle. Tu devrais essayer.

Il se mit à rire.

— Que c'est merveilleux d'être jeune. Il te suffit de recharger les piles pour fonctionner à nouveau. Moi aussi je pouvais me le permettre à ton âge. La vieillesse est une saloperie, dit-il avec un profond soupir. Je ne pensais pas que j'en ferais l'expérience à mon tour. Je croyais que je resterais éternellement fort, éternellement jeune, et que je pourrais m'en tirer malgré les excès d'alcool et le manque de sommeil. Chez moi, la santé et l'endurance allaient de soi. Mais voilà, l'âge vous rattrape, dit-il en soupirant de nouveau. Et c'est moche de se dire qu'on arrive à soixante ans.

— Tu n'es pas vieux, protesta-t-elle. Et je t'assure que je prends des vitamines. Des piqûres… Ici… regarde mon bras.

Elle le tendit vers lui et ôta le sparadrap.

— Mais qu'est-ce que tu fabriques ? s'exclama-t-il en contemplant la petite trace bleue de l'aiguille.

— C'est une piqûre de vitamines.

— Mais on les fait dans la fesse !

— On m'en a fait une seule dans la fesse, et elle n'a pas été aussi efficace. C'était une intramusculaire, tandis que celle-ci est une intraveineuse.

— Très bien, docteur Nimbus. Maintenant dis-moi : où t'es-tu fait faire cette injection ?

— J'ai consulté le Dr Preston Alpert. Il se trouve ici en ce moment. À New York, je m'adresse à son frère.

— Et quel effet te font ces piqûres précisément ?

— Elles te donnent l'impression de posséder la terre entière.

— Fais-le venir, ordonna-t-il.

Ils joignirent le Dr Alpert dans le Polo Lounge. Quinze minutes plus tard, il se présenta au bungalow. Il fut si impressionné de faire la connaissance de Tom que sa main tremblait tandis qu'il adaptait l'aiguille à la seringue.

January était assise sur le lit, emmitouflée dans un des peignoirs de Tom. Et celui-ci, qui portait encore son pantalon de cotonnade blanche avait retiré sa chemise. Sa peau était tannée par la plage et, en comparaison, le Dr Alpert faisait penser à une longue sauterelle verte. Il saisit la seringue et se pencha sous le regard attentif de Tom. January détourna les yeux au moment où l'aiguille pénétrait dans la veine. Si Tom sentit quelque chose, il n'en donna aucun signe et attendit, impassible et silencieux, la fin de l'injection. Il observa le sparadrap collé sur son bras puis fouilla dans sa poche.

— Combien vous dois-je ?

— Cent dollars.

— Cent dollars ! s'exclama January. Mais c'est incroyable ! Votre frère me facture vingt-cinq dollars !

Le Dr Alpert lui jeta un regard mauvais.

— C'est le prix d'une consultation à son cabinet. Ici, il s'agit d'une visite à domicile et en dehors des heures normales, qui plus est.

Tom lui flanqua l'argent dans la main.

— Prenez votre argent et écoutez-moi bien. Si vous remettez les pieds ici, je réduirai en miettes tous les flacons que vous avez dans votre sacoche.

Son vis-à-vis resta abasourdi.

— Voulez-vous dire que la piqûre ne vous satisfait pas ? Vous ne sentez donc rien ?

— Oh si, je la sens bien. Beaucoup trop même pour une simple piqûre de vitamines. Cette piqûre contient clairement du speed.

Le Dr Alpert se dirigea vers la porte, mais Tom le suivit et l'empoigna par le revers de la veste.

— Rappelez-vous que je vous interdis de vous approcher d'elle, dit-il. Dans le cas contraire, je vous chasserai de cette ville.

Le Dr Alpert reprit contenance.

— Monsieur Colt, dit-il, si l'on vous faisait une prise de sang et une analyse sur-le-champ, on y trouverait de fortes doses de vitamines A, E, C et toutes les B.

— Ainsi que des méthamphétamines, j'en suis certain. Je ne doute pas que vos piqûres contiennent des vitamines, mais c'est le speed qui donne au patient cette impression de se sentir si bien.

Dans son empressement à quitter le bungalow, le Dr Alpert trébucha en passant le seuil de la porte. Tom se retourna alors vers January.

— Depuis combien de temps est-ce que tu en prends ?

— Je ne prends rien, Tom. Je veux dire… J'ai seulement fait quelques piqûres… C'est Linda qui m'en a parlé…

Et elle lui parla de Keith et de toutes ces personnalités importantes qui recouraient aux services des frères Alpert.

Tom la prit dans ses bras et la serra très fort.

— Écoute, chérie, en ce moment, j'ai l'impression que je pourrais faire l'amour avec toi toute la nuit, que je pourrais écrire mon prochain livre d'une seule traite, que je pourrais plonger du point le plus élevé du Miramar à Acapulco et prendre les courants aussi bien que n'importe quel plongeur professionnel mexicain… C'est une sacrée sensation. Je l'ai déjà éprouvée lorsque j'étais correspondant au cours de la Seconde Guerre mondiale. Je prenais des comprimés de benzédrine qui me faisaient cet effet-là Les pilotes de bombardiers qui faisaient leurs raids à l'aube en avalaient comme si c'était des boules de gomme. Peut-être parce qu'ils avaient plutôt mal dormi la nuit précédente, craignant que ce ne fût leur dernière. Vers quatre heures du matin, ils avalaient ces trucs-là et, quand ils décollaient une heure plus tard, ils allaient planer là-haut, dans le bleu infini, avec la certitude qu'aucune balle ne pouvait les atteindre. Je pense que la moitié d'entre eux croyaient même pouvoir se passer d'un avion… En cet instant, j'éprouve la même chose. Je pourrais… Allons, nom de Dieu, ne gaspillons pas cette piqûre.

Et il la jeta sur le lit.

Le lendemain matin, la piqûre semblait déjà faire moins d'effet sur Tom, mais January débordait toujours d'énergie et d'entrain. Tom la fit s'asseoir et essaya de la mettre en garde.

— Moi, tu comprends, je mesure plus d'un mètre quatre-vingts et je pèse quatre-vingt-quinze kilos. Mon organisme est donc capable d'éliminer assez vite. Mais toi, je parie que tu ne pèses même pas cinquante kilos et cette injection contenait probablement des méthamphétamines. Cela ne crée pas d'accoutumance comme les drogues dures, mais quand l'effet s'estompe tu te retrouves avec une gueule de bois carabinée.

— Mais ces piqûres ne peuvent pas vraiment me faire du mal ?

— À la longue, si tu en prends tous les jours, tu peux en mourir : le pouls s'accélère, le cœur bat trois fois plus vite… Donc suis plutôt mon conseil : si tu cherches à te défoncer, bois plutôt de l'alcool. Tu n'arriveras pas à en boire assez pour te démolir. Moi oui

– et je le fais. Mais j'ai vécu ma vie… Alors plus de piqûres, hein ? Promis ?

— Promis.

Ce soir-là, ils se firent servir à dîner dans le bungalow et ils n'avaient pas tout à fait terminé de manger qu'il se leva d'un bond et la tira par la main vers la chambre à coucher.

— Tom, dit-elle en riant, le serveur pourrait revenir.

— Qu'il revienne. Nous allons fermer la porte de la chambre. Peut-être est-ce le bourbon qui réactive les derniers effets de la piqûre… En tout cas, je ne veux pas en perdre le bénéfice.

Ils n'entendirent pas qu'on sonnait à la porte d'entrée. Ils n'entendirent pas plus s'ouvrir la porte de la chambre. Ensuite, tout se passa si vite qu'elle eut du mal à réaliser ce qui arrivait. Elle s'aperçut que les lumières s'allumaient, et qu'on arrachait Tom d'entre ses bras. Elle vit un poing s'écraser sur la mâchoire de Tom. Et Tom titubant, crachant du sang. Alors, elle faillit suffoquer de surprise : c'était Mike ! Planté là debout devant elle, les poings fermés, les observant tous les deux.

— Mike !

Son cri s'étouffa dans sa gorge.

Tom s'était ressaisi et fonçait sur Mike, mais celui-ci lui expédia de nouveau son poing dans la figure. Tom contre-attaqua, mais Mike s'accroupit tel un boxeur de rue, l'empêchant de l'atteindre, et, l'assaillant avec une violence de dément, se mit à lui marteler le visage de ses poings, encore et encore.

January voulut crier, mais aucun son ne franchit ses lèvres.

Tom tint bon, face à Mike qui le bourrait de coups. Il essaya de riposter, mais à contretemps. Le visage couvert de sang, il continua d'encaisser les coups redoublés de Mike dans la mâchoire, l'estomac, le visage encore, et de nouveau la mâchoire, des coups plus violents que tout ce que January aurait jamais pu imaginer.

Elle les regardait, hébétée, comme dans un rêve. Des images se succédaient devant ses yeux à la vitesse de l'éclair. Tom battant des bras commençait à chanceler sous l'impitoyable assaut de Mike, mais celui-ci l'obligea à rester sur ses pieds pour continuer à le frapper…

Le sang coulait à flots de la bouche de Tom. Son œil était blessé. Elle le vit s'appuyer, titubant, contre le mur, et cracher des dents…

Elle bondit sur son père.

— Laisse-le ! Arrête ! ARRÊTE ! hurla-t-elle.

Mike s'arrêta et Tom glissa le long du mur jusqu'à terre. January s'agenouilla près de lui, puis leva les yeux vers son père.

— Fais quelque chose, aide-le. Mon Dieu ! Tu lui as cassé toutes les dents de devant.

Mike fit un pas vers elle, l'aida à se relever.

— Ce ne sont que des facettes, répondit-il, on les lui a sans doute déjà cassées auparavant.

Alors, seulement à ce moment-là, il parut s'apercevoir qu'elle était nue. Extrêmement gêné, il devint cramoisi et se retourna.

— Habille-toi. Je t'attends dans l'autre pièce.

— Comment ça ? cria-t-elle. Tu entres, tu tabasses l'homme que j'aime et tu te permets de me donner des ordres. Et pourquoi ? Serais-tu jaloux ? C'est bien ça ? M'as-tu jamais vue faire irruption dans ta chambre pour matraquer Dee ? Non, moi je me rends à Palm

Beach et distribue de jolis sourires, comme une brave petite fille.

— C'est un vaurien.

Elle avait le visage inondé de larmes.

— Je suis amoureuse de lui. Tu ne comprends pas ? Je l'aime et il m'aime.

Il la repoussa et consulta sa montre.

— Habille-toi. L'avion nous attend.

— Pourquoi es-tu venu jusqu'ici ? sanglota-t-elle.

— Parce que hier soir, au téléphone, tu étais complètement dans les nuages. J'ai craint que tu ne te sois laissé embarquer dans une affaire de drogue. Le voyage m'a semblé interminable. À présent, je regrette d'être venu. Mais puisque je suis là, finissons-en. Nous oublierons tout ceci si tu rentres à Palm Beach avec moi.

— Pas question, répondit-elle.

Il regarda de nouveau sa montre.

— Je vais t'attendre une demi-heure dans le Polo Lounge. Si au bout de ce temps-là tu ne me rejoins pas, je partirai. Mais s'il te reste un brin de cervelle, tu vas ramasser tes affaires et lui demander de téléphoner à sa femme pour qu'elle vienne le chercher. Je t'attends une demi-heure, pas plus.

Puis il sortit en claquant la porte du bungalow.

Elle resta un instant les yeux fixés sur la porte. Puis réalisant que Tom avait réussi à se traîner jusqu'à la salle de bains, elle courut après lui, mouilla une serviette et la lui appliqua sur le visage. Il revêtit un peignoir et, avec son aide, regagna la chambre à coucher.

— Tom… tes dents…

Il essaya de sourire, mais ne parvint qu'à cligner de l'œil.

— Comme le vieux l'a dit… des facettes. Je peux les faire réparer. C'est plutôt ma mâchoire… Je crois qu'elle est cassée…

— Oh ! Tom !

— T'en fais pas, ce n'est pas la première fois. Ton père a un sacré punch.

— Pardon, Tom.

— Je déteste ce type, reprit-il, mais je crois que j'en aurais fait autant s'il s'était agi de ma fille.

— Tu n'es pas furieux ?

— Non, dit-il. Il a juste précipité les choses. J'ai toujours vaguement soupçonné que j'étais un substitut pour toi. Maintenant, j'en suis certain. Alors il vaut mieux que tu t'habilles et que tu partes avec lui.

— Tom, je t'aime. Je lui ai dit que je t'aimais.

— Cette remarque que tu lui as décochée à propos de sa femme m'a ouvert les yeux, mon petit.

— Quelle remarque ?

— Laisse tomber, fit-il en se détournant.

Elle enfila son pantalon et sa chemise, il la regarda en hochant la tête et dit simplement :

— Au revoir.

— Je reviens tout de suite.

— Tu reviens ?

— Oui. Je veux seulement le voir pour lui annoncer que je reste avec toi.

— De toute façon, s'il ne te voit pas apparaître au bout d'une demi-heure, il le saura bien.

— Mais il faut que je le lui dise en face.

Il lui saisit la main.

— Écoute, ma chérie. Nous y voici. C'est le moment où tu dois faire un choix. C'est moi ou papa, mais pas les deux. Parce que si tu sors d'ici, ton choix est fait.

— Je veux seulement lui dire… Je veux dire… Je ne peux pas le laisser partir comme ça. Je ne peux pas le laisser attendre ainsi…

— Si tu sors d'ici, il est inutile de revenir, répéta-t-il lentement.

— Mais, Tom, je dois lui parler. Ne peux-tu pas le comprendre ?

— Tu m'aimes, non ?

Elle fit signe que oui, l'air angoissé.

— Bien. Quelqu'un vient d'entrer ici et de me tabasser parce que tu m'aimes. Comprends que si tu me quittes, ne serait-ce que dix minutes pour faire la paix avec ce type, tu fais de moi un pauvre con.

— Mais ce n'est pas n'importe quel type… C'est mon père.

— Pour l'instant, il est le type qui m'a cassé la figure et tu es sa fille. Mike connaît la règle. Sors d'ici, pour quelque raison que ce soit, et ce sera comme un autre coup dans mes gencives.

Il regarda la pendule et conclut :

— Il te reste vingt minutes.

Elle hésita. Elle pensa à Mike qui l'attendait au bar. Puis elle considéra l'homme meurtri qui était étendu sur le lit. Elle hocha la tête et marcha lentement vers lui. Il la prit dans ses bras et ils restèrent ainsi immobiles à écouter s'égrener les minutes…

En sortant du bungalow numéro 5, Mike alla jusqu'aux toilettes et laissa couler l'eau froide sur sa main. Elle commençait à enfler et la peau de ses phalanges était déchirée en plusieurs endroits. Il se demanda si sa main n'était pas fracturée et n'osa pas songer à ce que Tom Colt devait éprouver à la mâchoire.

Il se dirigea vers le Polo Lounge et commanda un scotch. Il regarda sa montre : dix minutes s'étaient écoulées. Elle viendrait. Mais il fallait bien qu'elle aide Tom Colt à se remettre un peu.

Il n'avait pas eu l'intention de massacrer le bonhomme. Seulement, pour avoir déjà assisté à des bagarres avec Tom Colt, il savait que, contre lui, on n'avait pas une chance. C'est pourquoi ce soir il avait cogné sans répit, s'attendant à tout moment à recevoir de Colt un coup qui le mettrait K-O. C'était cette angoisse qui l'avait conduit à frapper comme un fou furieux.

S'il avait réfléchi, il aurait peut-être hésité à s'accrocher avec Colt. Mais quand il l'avait aperçu ainsi, couché sur sa fille, quelque chose s'était déclenché en lui, et il lui était devenu impossible de s'arrêter.

Il était stupéfait de s'en être tiré avec seulement une main abîmée. Il est vrai qu'un type qui vient de tirer son coup n'est pas précisément en grande forme pour la bagarre. Il repensa à January avec Colt. Son cœur se souleva : son corps si mince, si beau, était trop pur, trop fin, pour un type comme celui-là.

Il regarda de nouveau sa montre. Quinze minutes. Elle devait être en train de faire sa valise. Il commanda un autre verre. Il lui sembla que le serveur le fixait d'un air compatissant. Non, c'était son imagination. Ils ne devaient même pas savoir qu'elle était sa fille.

Un type assis tout seul au Polo Lounge a toujours l'air de quelqu'un à qui on a posé un lapin. Mais elle ne lui poserait pas de lapin : elle allait faire irruption dans la salle d'un instant à l'autre, il se contenterait de sourire et on oublierait de parler de tout ça. Il avait fait assez de conneries dans sa vie pour ne pas la chapitrer. Vingt minutes. Pourquoi tardait-elle tant ? Bah ! L'essentiel était qu'elle revienne. Et tout allait être différent désormais… Il l'emmènerait à Cannes au mois de mai… Ils ne parleraient que de cela dans l'avion jusqu'à Palm Beach. Il évoquerait sa chance, qu'il était en train de retrouver.

Vingt-cinq minutes. Bon Dieu ! et si elle ne venait pas ? Mais elle allait venir. Elle était sa fille après tout. C'était à lui qu'elle appartenait. Qu'est-ce qu'elle avait sorti au sujet de Dee ? Était-elle jalouse de Dee ? Elle n'avait pas lieu de l'être, elle savait parfaitement qu'il n'éprouvait pas d'amour pour Dee. Il n'était pas jaloux de Tom Colt, lui, mais il avait eu la nausée de la trouver avec un homme comme lui. Un homme trop vieux, déjà marié, un ivrogne… Un type qui avait fréquenté toutes les traînées possibles. Il n'était pas digne de toucher sa fille.

La demi-heure s'était écoulée. Il contempla sa montre, incrédule, puis jeta un coup d'œil vers la porte. Il lui concéderait cinq minutes de plus.

Il commanda un troisième verre. C'était bien la première fois qu'il buvait trois scotchs en une demi-heure. Sa main l'élançait, mais la douleur dans ses tripes était plus intense. Il avait compris qu'elle ne viendrait plus. Ce dernier verre lui fournirait une excuse pour s'attarder dix minutes de plus.

Il le fit durer un quart d'heure et en commanda un autre. Allons, il lui accorderait une heure. Merde… Après tout il prendrait son temps. Il était trop abruti pour bouger. Il avait besoin de réfléchir à cette histoire : ainsi, sa petite January le laissait tomber pour Tom Colt… Il avait toujours pensé qu'elle aurait piétiné n'importe qui pour lui, comme il le ferait pour elle. Et il en avait toujours été ainsi. Oui, toujours. Mais à présent, c'était Tom Colt qui habitait la suite d'angle au Plaza. Tom Colt qui louait le bungalow numéro 5. C'était le livre de Tom Colt qui était en tête de liste. Oui, Tom Colt était un vainqueur, alors que lui, Mike Wayne, n'était que le mari de Dee Milford Granger !

Bon, elle ne viendrait pas. Elle appartenait pour l'instant à Tom Colt. Seulement, quand cette aventure s'achèverait – ce moment finirait bien par arriver –, comment s'y prendrait-il pour restaurer leur vieille intimité ? Lui pardonnerait-elle jamais d'avoir surgi dans la chambre de cette façon ? Lui accorderait-elle le respect qu'elle avait témoigné envers ce vaurien, cet ivrogne ? Pour demeurer avec un type qui recrachait ses dents, il fallait qu'elle ressentît de l'amour pour lui, ou alors de la pitié. Non. January n'était pas le genre de fille à rester par pitié. Elle était sa fille, et il n'était jamais resté avec personne par pitié. Si elle était avec Tom Colt, c'était parce qu'elle respectait ce vieux salaud. Et après tout, pourquoi pas ? Comme écrivain, il arrivait premier de liste. Et comme baiseur aussi sans doute.

De nouveau, il tiqua en évoquant la relation de Colt avec sa fille. Puis il s'imposa d'affronter la réalité. Tom Colt avait toujours charmé les filles. Aucun doute là-dessus, c'était un terrain où il excellait. Quant à January, elle était sa fille, et donc elle devait aussi être plutôt bonne au lit. Il serra son verre si fort qu'il le brisa. Maintenant, sa main blessée était également entaillée sur la paume. Le garçon se précipita vers lui, mais Mike le repoussa ; c'était juste un accident. Il enveloppa sa main dans son mouchoir, jeta un billet de vingt dollars sur la table et quitta l'hôtel. Il avait attendu une heure et quinze minutes.

Il continua d'y réfléchir en roulant vers l'aéroport : comment pourrait-il se réconcilier avec elle ? Jamais aucune femme ne lui avait résisté. Et jamais il n'oublierait la façon dont elle l'avait regardé : comme un étranger.

Il alluma une cigarette et poursuivit ses réflexions. Pour commencer, il devrait reconquérir son estime. Il en était capable ; sa chance avait tourné, et il avait déjà gagné plus de cent trente mille dollars dans des paris : golf, gin, et même backgammon. Si cela continuait… Il écrasa sa cigarette. Si cela continuait, il n'aboutirait nulle part. Car, lorsqu'on tient la chance, il ne suffit pas de la laisser faire, il faut l'aider. C'était ce qu'il avait fait autrefois et il avait gagné des millions de dollars.

Mais à quoi cela rimait-il, pour lui, de s'asseoir comme une vieille dame à toutes les tables de jeu, de thésauriser ses gains pour les déposer à la banque au nom de sa fille ? À quoi bon cet argent si elle le méprisait, lui ?

Ce n'était pas en s'obstinant à jouer petit qu'il regagnerait son respect !

Arrivé à l'aéroport, il traversa le terrain à pied jusqu'à son avion.

— Palm Beach ? demanda le pilote.

— Non, trancha Mike. Demandez l'autorisation de partir pour Las Vegas. Nous allons y passer quelques jours.

Installé dans l'avion, il songea aux vols qu'il prenait autrefois, tous les week-ends, entre la côte Ouest et Las Vegas. En tant que mari de Dee, le casino lui permettrait d'emprunter davantage. Il allait tout miser et entasser un vrai magot pour Cannes. Une fois de plus l'enjeu était considérable, peut-être le plus important de sa vie : c'était pour sa fille qu'il s'apprêtait à jeter les dés.

22

Le bruit de la pluie réveilla January. Oh, Dieu ! Pas encore ? Rien n'était pire que la Californie sous la pluie. Le radioréveil indiquait sept heures treize. Elle referma les yeux et essaya de se rendormir.

Il pleuvait depuis trois jours. Elle considérait désormais le martèlement monotone sur le toit du bungalow comme une donnée de sa vie quotidienne ; de même qu'elle acceptait le cliquètement incessant de la machine à écrire de Tom. Elle se trouvait en Californie depuis un mois, mais elle avait l'impression que cela faisait une éternité. Peut-être parce que tous les jours se ressemblaient : quand le soleil brillait il semblait éternel, et quand la pluie tombait elle semblait ne jamais devoir s'arrêter.

Seulement, la pluie faisait d'elle une captive du bungalow numéro 5. Tom dormait encore. Elle l'observa dans la lumière confuse du petit matin. Il avait toujours une petite ecchymose sous l'œil gauche, mais sa capacité de récupération avait stupéfié January. Son visage avait guéri en moins de deux semaines. Ses dents avaient été réparées en trois jours : il lui expliqua que son dentiste lui gardait toujours en réserve une série complète de facettes.

Étonnamment, c'étaient ses côtes cassées qui l'avaient fait le plus souffrir, mais il l'avait pris avec philosophie : il avait à son palmarès des querelles d'ivrognes en trop grand nombre pour se laisser démoraliser à cause de quelques côtes brisées.

« Avec le nez cassé et la mâchoire immobilisée, j'avais le droit de me plaindre… Et pourtant, ces bagarres-là, je les avais gagnées. »

Il décréta qu'après tout il avait bien besoin d'un peu de repos, et qu'ainsi il serait disponible quand son agent aurait fini de négocier les droits d'adaptation de son livre à l'écran. L'accord conclu, ils s'envoleraient pour New York et fêteraient l'événement. L'accord fut effectivement conclu et ils l'arrosèrent, mais c'était sa faute à elle s'ils habitaient encore dans le bungalow numéro 5.

L'enthousiasme s'était emparé de Tom le jour où il avait signé le contrat. Il l'avait fait tourbillonner tout autour de la pièce.

« Cinq cent mille dollars et vingt-cinq pour cent du bénéfice net. Tu réalises ce que cela représente ? Ils comptent sur un budget de deux millions pour faire le film. Donc au-delà de cinq millions, tout est pur bénéfice. Si la recette est supérieure à la moyenne, je peux arriver au million.

— Ce sera le cas, à condition qu'ils restent fidèles à l'intrigue. Mais j'ai vu de tellement de best-sellers adaptés au cinéma et, en fin de compte, gâchés…

— Il ne reste plus qu'à espérer qu'ils trouveront un bon scénariste et un réalisateur à succès. En attendant, nous arroserons cela ce soir chez Matteo. Demain, j'irai rendre visite à mon fils, et après-demain nous décollerons pour New York, où je signerai l'acte d'achat de l'appartement.

— Tom, pourquoi n'écris-tu pas le script toi-même ?

— Je te l'ai déjà dit : je refuse d'écrire un scénario.

— Pourquoi ? »

Il haussa les épaules.

« Parce que ma réputation n'y gagnera rien.

— Tu es marqué par un mauvais souvenir de tes débuts. Mais aujourd'hui beaucoup de romanciers écrivent leurs propres adaptations. Regarde Neil Simon… D'ailleurs si je devais recevoir vingt-cinq pour cent des bénéfices, je ferais diablement attention à garantir mon argent à l'aide d'un bon scénario. »

Il demeura un moment les yeux fixés sur elle.

« Tu sais quoi ? Tu viens de me donner à réfléchir. Jamais encore je n'avais été associé aux bénéfices. »

Peu après, il appelait son agent. Les jours suivants, le téléphone n'arrêta pas de sonner. À la fin de la semaine, ils s'attablèrent au Polo Lounge avec Max Chase, l'agent littéraire de Tom, pour célébrer l'accord conclu : Tom recevrait cinquante mille dollars pour l'adaptation et, une fois celle-ci acceptée, il recevrait cent cinquante mille dollars de plus pour la rédaction proprement dite.

« Voilà qui finance l'appartement de New York ! À ta santé, Max… Ce contrat est vraiment formidable. Et à la santé de January qui m'a poussé à le faire.

— Quel appartement de New York ? demanda Max Chase.

— Un appartement que j'achète. Mon conseiller juridique doit encore apporter quelques retouches au projet de contrat qu'ils nous ont envoyé – hypothèques, etc. –, mais l'affaire est pratiquement réglée. À mon avis, nous pourrons emménager vers le mois de juin. January s'occupera de l'ameublement, et moi j'adapterai mon texte. Je suppose que je devrai ensuite revenir ici pour discuter du scénario.

— J'ai une longueur d'avance sur toi, dit Max Chase en souriant. J'ai réussi à faire ajouter quelques petites choses à votre contrat… À ma demande, la Century s'est engagée à payer la note du bungalow, et à te fournir une voiture pendant que tu travailles sur l'adaptation et le scénario. Alors ne parlons plus de New York pour l'instant. D'ailleurs, il est préférable pour toi de travailler ici ; de cette manière, tu pourras garder un œil sur le film, le choix du réalisateur et des acteurs. Étant sur place, tu auras la possibilité d'en discuter au lieu d'en être informé par écrit après coup. »

Tom se tourna vers January et lui sourit.

« Crois-tu pouvoir t'accommoder du bungalow numéro 5 quelques mois de plus ? »

Elle fit signe que oui et ajouta :

« Je vais annoncer à Linda que je quitte le magazine.

— Ne sois pas ridicule ! s'exclama-t-il. Elle peut te donner quelques travaux à faire ici, au moins assez pour t'occuper. »

Linda y consentit avec enthousiasme.

« Bien sûr ! Fais-moi un reportage sur Doris Day, sur George C. Scott, sur Dean Martin, et aussi sur Barbara Stanwyck : demande-lui ce qu'elle pense de la télévision, du nouveau Hollywood par rapport à l'ancien. On m'a dit que Melina Mercouri vient d'arriver : essaie aussi de ce côté. Et fais-moi quelque chose sur cette élégante colonie de Malibu, où ton homme a sa maison. »

Mais ce ne fut pas si facile. Quand elle voulut prendre contact avec les attachés de presse des vedettes, on lui répondit que la plupart étaient en vacances.

Après quelques coups de téléphone, elle finit par renoncer. Une curieuse léthargie s'était emparée d'elle. Dès que les effets de la dernière piqûre s'étaient complètement dissipés, elle avait enduré deux jours atroces de migraine et de nausée.

Mais Tom l'avait soutenue et l'avait obligée à résister jusqu'au bout : maintenant, elle se sentait mieux, mais se trouvait étrangement désorientée, comme si on l'avait amputée d'une jambe ou d'un bras.

Elle sentait que son état avait quelque chose à voir avec Mike, de même, d'ailleurs, que sa totale désaffection pour *Gloss*. Elle comprit alors qu'elle n'avait pris ce travail que dans un seul but : attirer son attention, mériter son approbation. Une approbation qu'elle ne recevrait jamais plus. Ce regard qu'il lui avait jeté en sortant, comment pourrait-elle l'oublier ? Quelle raison de vivre lui restait-il, à part Tom ? Mike l'avait rejetée. C'était Tom qui l'aimait.

Les premiers temps, elle avait passé ses journées à la piscine, à lire les derniers romans. Le livre de Tom était toujours en tête des best-sellers. Comme Tom était aussi de plus en plus absorbé dans son travail, elle s'imposait de rester loin du bungalow jusqu'en fin d'après-midi et d'occulter le fait qu'il ne se passait plus rien entre eux la nuit. Bien entendu, pendant les deux premières semaines, il avait été trop mal en point et avait prétendu que les côtes mettaient longtemps à guérir. Mais elle devinait que, ce qui les séparait, c'était son travail.

Souvent, quand elle rentrait, il lui faisait signe d'aller dans l'autre pièce, sans même lui dire un petit mot de bienvenue, de peur de casser le rythme. Parfois, aussi, il lui demandait de baisser le volume de la télévision. Le soir, ils se faisaient servir à dîner dans le bungalow et il lui lisait ce qu'il avait écrit dans la journée.

Étendue maintenant dans son lit à écouter la pluie, elle se demandait quelle était la raison de son découragement. C'était ainsi que les choses devaient se passer.

D'une certaine manière, elle collaborait à son travail par sa présence et par l'attention qu'elle lui accordait. Pourtant quelque chose lui manquait. Elle tendit la main pour toucher son épaule. Il marmonna dans son sommeil et se tourna de l'autre côté. Elle sentit les larmes lui monter aux yeux : même dans son sommeil il la repoussait. Quel mensonge se racontait-elle en s'imaginant lui être utile ? Elle ne l'aidait pas du tout. La place qu'elle tenait dans sa vie n'était même pas indispensable ! Elle se glissa hors du lit et s'habilla sans bruit.

Elle s'assit au comptoir et commanda du café noir et un petit pain. Tous les sièges étaient pris. Los Angeles semblait déborder de vie et d'ardeur dès huit heures du matin. Certains lisaient les dernières nouvelles de la Bourse, et elle entendit des bribes de conversations – les coûts de distribution à l'étranger… le plan Eady… pas de tennis ce midi à cause de cette foutue pluie.

Elle régla son addition, monta jusqu'à la réception et demanda la voiture de Tom. La pluie tombait toujours à verse. Une file d'autos arrivait ; une autre sortait. Elle surprit des mots ironiques sur le merveilleux soleil de Californie, et bien sûr la réponse rituelle : « Ce n'est qu'une forte rosée. »

Elle vit le Dr Preston Alpert monter en voiture avec un chanteur – une star du disque venue de Londres pour un récital. Ciel ! Se faisait-il piquer aux vitamines lui aussi ?

Enfin, son véhicule fut avancé. Elle descendit Sunset Boulevard pour se rendre à Santa Monica, où elle passa un long moment à regarder la pluie battre la plage désolée.

Tom devina-t-il son humeur ? En tout cas, lorsqu'elle rentra, il cessa d'écrire et insista pour qu'ils prennent un verre ensemble. Il ne buvait plus depuis qu'il s'était attelé à la tâche, mais cette fois il se versa un double, insista pour qu'elle en prît un elle aussi, et l'emmena dîner au restaurant The Bistro.

À son arrivée, la conversation s'anima. On eût dit qu'il connaissait tout le monde. Avant la fin du repas, plusieurs acteurs et réalisateurs s'étaient installés à leur table, parlant boulot : ils échangeaient des anecdotes, discutaient l'attribution de certains rôles… Et elle se sentit plus que jamais hors jeu.

Il était en très grande forme quand ils rentrèrent au bungalow et, une fois au lit, il fit même une tentative, mais sans succès. Il voulut néanmoins la satisfaire. Lorsqu'il la crut endormie, il sortit du lit et passa dans le séjour. Elle attendit quelques secondes, puis se leva en cachette pour aller voir ce qu'il faisait… Il relisait les pages qu'il avait écrites dans la journée.

Elle retourna se coucher. N'avait-il pas dit, au début, qu'il travaillerait seulement quatre heures par jour, et passerait le reste du temps avec elle ? Et au début, il la rejoignait souvent à la piscine pour nager quelques instants. Mais il ne tardait pas à retourner à sa machine à écrire. Quand donc s'était-elle trompée ? Qu'était devenue l'excitation qui pimentait leur relation ?

Le lundi, la pluie reprit. Elle alluma la télévision et essaya de suivre les feuilletons. Le mardi, la pluie tombait toujours et elle s'efforça de lire. Le mercredi, elle voulut écrire un article intitulé « Une forte rosée », mais les mots ne venaient pas. Enfin, le jeudi vit apparaître le soleil. Elle entoura de ses bras les épaules de Tom installé devant sa machine à écrire.

— Accompagne-moi à la piscine… Promenons-nous un peu, faisons quelque chose ensemble…

— Tu devrais prendre des cours de tennis, répondit-il, les yeux rivés sur sa machine.

— Tom, je joue très bien au tennis. Je n'ai pas besoin de leçons.

— Ah ? Très bien. Alors je vais demander à Max Chase de te trouver quelques joueurs.

— Tom, je suis restée en Californie pour être avec toi, pas pour jouer au tennis.

— Tu es avec moi.

— Oui, mais toi, tu ne l'es pas.

— Je suis écrivain.

Il ne quittait toujours pas des yeux la feuille de papier sur la machine.

— Je t'en prie, c'est seulement une adaptation pour le cinéma. Ce n'est pas *Guerre et Paix*.

— Écrire est mon métier. Tu devrais le comprendre.

— Le métier de mon père était de produire des films, mais il trouvait toujours un peu de temps pour les gens qu'il aimait.

— January, bon sang, va te distraire un peu, va t'acheter des vêtements à la boutique de l'hôtel. Tu les mettras sur le compte du bungalow.

— Je n'ai pas besoin de vêtements. Tom, il n'est que onze heures du matin… Je suis toute seule et je me sens perdue… Dis-moi ce que je dois faire.

— Peu m'importe ce que tu fais pourvu que tu cesses de tourner autour de moi.

— Je rentre à New York, fit-elle calmement.

Il se retourna, le visage dur.

— Pour quoi faire ? Ramper vers lui ?

— Non… Pour sauver ce qui reste de notre relation… Je vais reprendre mon travail. Au moins, je pourrai me promener dans New York, voir les gens dans la rue, parler à l'aveugle qui a un gros chien et qui vend des crayons, aller au parc et me faire attaquer, n'importe quoi. Mais au moins, je cesserai de te tourner autour !

Il la prit violemment dans ses bras.

— Je ne l'entendais pas ainsi. Je t'en prie, chérie. J'ai besoin de toi. J'ai besoin de toi ici. Écoute, tu n'as encore jamais vécu avec un écrivain. Ce qu'il y a entre nous est épatant : je n'ai jamais été plus heureux, je n'ai jamais mieux écrit. Si tu me quittes, je me dirai que j'ai manqué à mes engagements envers toi. Ne me fais pas une chose pareille maintenant, alors que l'échéance est si proche. Du moins, nous aurons appris quelque chose : nous avons compris qu'il nous était impossible d'habiter à Los Angeles pendant la phase d'écriture de mon prochain livre. Vivre ensemble sert aussi à cela : découvrir ce qui nous convient et ce qui ne nous convient pas. Mais il y a bien une chose qui fonctionne, nous le savons, c'est nous deux. Pas vrai ?

— Je ne sais pas, Tom. Vraiment je ne sais pas. Je me sens perdue.

Il se détourna.

— Je vois. C'est Mike, n'est-ce pas ?

— Tom, je mentirais si je te disais que je n'ai pas pensé à lui, du moins inconsciemment. Je veux dire que je l'aimais… Et je l'aime encore. Je l'ai toujours aimé. Je regrette ce qui s'est passé cette nuit-là. Mais j'ai pris ma décision, je suis restée avec toi et, lui, je l'ai perdu.

— Mais qu'est-ce qui te fait croire que tu l'as perdu ?

— Tom, si je partais demain pour New York, est-ce que je te perdrais ?

— Oui, répondit-il doucement. Parce que je saurais pourquoi tu es partie.

— Et tu ne crois pas que Mike sait pourquoi je suis restée ?

Il hocha la tête lentement.

— Sans doute ai-je été égoïste. Écoute, laisse-moi seulement finir ce projet. Je le leur remets, nous montons dans la voiture et nous allons passer dix jours ensemble à San Francisco. J'ai plein d'amis là-bas. Ils te plairont. On s'amusera comme des fous. Et je te promets qu'à partir d'aujourd'hui, je n'écrirai plus que quatre heures par jour.

— Alors, je vais attendre. Nous pourrons aller à la piscine à deux heures. Il n'est encore que onze heures.

— Je n'ai pas tellement envie de me baigner, mais vas-y, je te rejoindrai peut-être un peu plus tard.

Mais il ne vint pas.

Et le lendemain, il passa toute la journée, jusqu'à huit heures du soir, devant sa machine à écrire.

Le samedi, la pluie recommença à tomber. Le matin, il partit voir son fils à Malibu. Il promit d'être de retour à cinq heures, et qu'ils iraient dîner quelque part, peut-être au cinéma. Il lui téléphona à neuf heures. Elle entendait de la musique et les voix de gens qui parlaient, des rires… Et à sa voix traînante, elle devina qu'il avait bu.

— Écoute, mon chou, il pleut des cordes, ici. Il vaut mieux que je passe la nuit ici. Fais-toi servir à dîner dans ta chambre. À demain.

Il raccrocha.

Elle resta figée quelques instants. Ainsi, il prenait du bon temps chez sa femme. Il n'avait aucune hâte de venir la rejoindre. Pourquoi en aurait-il été autrement d'ailleurs… puisqu'elle ne savait que se plaindre ?

Où donc était passée la joie dans leur relation ? Toute sa vitalité, son entrain ? Elle était celle qui, un soir, lui avait permis de se sentir de nouveau un homme. Pourtant, il n'essayait jamais plus. Il se contentait de la satisfaire quand il pensait qu'elle en avait besoin. Le cunni de la pitié, dirait Linda.

Et maintenant, il s'apprêtait à passer la nuit à Malibu et reviendrait seulement le lendemain. Mais si elle continuait ainsi, un jour il ne reviendrait plus du tout.

Sa situation lui sembla soudain désolée, désespérée… Elle ne pouvait pas se permettre de perdre Tom… c'était impossible ! Il ne lui restait plus que lui. Il fallait que leur vie retrouve son éclat, sa passion. Elle demeura encore immobile quelques instants, puis elle décrocha le téléphone et appela le Dr Preston Alpert.

23

Accoudé au bar du « 21 », David attendait son père. Le vieil homme était en retard de dix minutes. David avait les yeux fixés sur la table vide qu'il avait fait retenir devant la banquette du fond. Le restaurant se remplissait. Peter pointait sa liste pour essayer de satisfaire les VIP qui débarquaient sans avoir fait de réservation. Walter venait d'ajouter une table sous la voûte qui séparait la première et la deuxième salle. Mario distribuait des œillets blancs à trois jolies femmes.

David vida son verre et estima qu'il valait mieux attendre à sa table : trop de nouveaux clients la guignaient depuis la porte.

Il en était à son second martini lorsque son père arriva. Il commanda à boire et se répandit en excuses.

— Dieu, que les femmes peuvent être insupportables, soupira-t-il.

David se mit à rire.

— Ne me dites pas que vous vous êtes lancé dans une nouvelle aventure sentimentale !

Son père s'empourpra légèrement.

— David, j'ai toujours eu le plus grand respect pour ta mère. Mais elle, euh, elle n'est pas ce que tu appellerais une sensuelle. Néanmoins, je n'ai jamais eu d'aventures sentimentales, comme tu dis. Bien entendu, j'ai eu quelques écarts discrets de temps à autre, mais jamais de liaison.

— Alors, comment se nomme ce nouvel écart, insupportable mais discret ?

— Rien de tel. C'est ta mère, mon cher, qui est insupportable, et c'est à cause d'elle que je suis en retard. Nous partons pour l'Europe dans trois semaines ; ce sera la première fois depuis six ans, et nous avons dû faire renouveler nos passeports. Croiras-tu que j'ai passé ma journée au bureau des passeports depuis onze heures ce matin, et que ta mère s'y trouve encore ?

— Il y avait tant de monde que ça ?

Son père haussa les épaules.

— Mais non, assez peu en fait, ce n'est pas la saison touristique. Mais ta mère en est à sa troisième séance chez le photographe. Elle refuse d'avoir sur son passeport une photo peu flatteuse. Pourtant, qui diable la verra, à part les fonctionnaires des douanes et une poignée de réceptionnistes d'hôtel à l'étranger ?

David rit à nouveau.

— Si elle y attache tant d'importance, elle devrait peut-être se faire un lifting. Elle serait vraiment merveilleuse du coup.

— Grands dieux, quelle idée.

— Cela se fait, vous savez.

— Pas ta mère. La seule idée d'aller chez le dentiste la met en transe. Ce genre de choses n'est pas pour elle. D'ailleurs…

Il se tut tandis qu'une rumeur parcourait le restaurant. Tous les regards étaient tournés vers la femme qui venait de faire son entrée.

— C'est Heidi Lanz ! s'exclama George Milford. Nous parlions de liftings, eh bien, elle doit en être à son dixième. Mon Dieu, cette femme a beau approcher de la soixantaine, elle en paraît à peine trente.

David observa la célèbre actrice viennoise qui recevait les effusions des patrons du restaurant et serrait les mains des maîtres d'hôtel. Accompagnée de deux jeunes hommes, elle saluait les gens tout en se dirigeant vers sa table. Son allure était superbe et, contrairement à Karla, elle n'avait *jamais* pris sa retraite. Quand sa cote au cinéma avait baissé, elle s'était rabattue sur Broadway et avait joué un rôle dans une comédie musicale. Tous les ans, elle paraissait dans un show télévisé unique et se produisait à Las Vegas.

— Je me demande comment elle s'arrange pour garder une telle silhouette, poursuivit George Milford. Est-ce que tu l'as vue le mois dernier à la télévision dans cette robe très ajustée ? Elle a le corps d'une fille de vingt ans.

David approuva.

— J'ai regardé l'émission avec Karla. Elle m'a assuré que Heidi portait une gaine pour avoir l'air svelte.

— Karla est bien placée pour le savoir, insinua George Milford.

— Pourquoi ? demanda David, agressivement. La silhouette de Karla est sensationnelle. Mais elle fait du sport, elle…

— Du calme, mon fils. Ce que je veux dire, c'est que Karla doit être bien informée de ce qui touche à la silhouette de Heidi Lanz. Tu n'ignores pas la liaison qu'elles ont eue autrefois.

David rougit et but une grande gorgée de martini.

— Les cancans de Hollywood, répondit-il enfin.

— Peut-être. Mais je me rappelle avoir lu des anecdotes à leur sujet dans des rubriques de potins. Vers les années 1940, les journaux publiaient des photos d'elles folâtrant ensemble en sous-vêtements, ce qui pour l'époque était déjà suffisamment osé. Bien sûr, à cette époque, ta Karla ne fuyait pas encore les photographes comme elle le fait aujourd'hui. Sa carrière ne faisait que commencer dans ce pays, tandis que Heidi était déjà une vedette.

— Karla a aussi failli s'enfuir avec l'un de ses partenaires, rappela David.

— Exact.

Les yeux de George Milford n'avaient pas quitté Heidi.

— Enfin, n'oublions pas que Heidi est mariée et qu'elle a déjà des petits-enfants. On dit aussi, il est vrai, qu'elle a toujours conservé quelques petites amies par-dessus le marché.

— Karla ne s'intéresse qu'aux hommes, dit David.

— Alors, votre liaison continue ? demanda George Milford.

David opina.

— Je la vois presque tous les soirs.

— January est toujours sur la côte Ouest ?

David fit signe que oui.

— Ne t'inquiète pas. Je ne la perds pas de vue. Nous nous écrivons.

— Tu ne crois pas que le temps est venu de prendre une décision ?

David fixa les yeux sur son verre et acquiesça.

— Malheureusement si. D'autant plus que Dee est maintenant de retour. Nous annoncerons nos fiançailles quand January reviendra. Oh, ne vous en faites pas, je ferai ce qu'il faut pour qu'elle s'attache vraiment à moi. Je crois que je ne peux plus reculer. Son voyage en Californie aura été pour moi une sacrée chance. Et à présent que je sens approcher l'échéance, je n'arrive pas à me rassasier de Karla.

— Le mariage ne signifie pas nécessairement la fin de ton histoire.

— Je crois que ce sera le cas pour Karla et moi. Après tout, si je veux obtenir de January qu'elle m'épouse, je vais devoir me consacrer tout entier à lui faire la cour. Or, Karla n'est pas le genre de femme que l'on met sur la touche avec la promesse de la voir un jeudi de temps à autre.

David poussa un profond soupir.

— Le mariage comporte une certaine part de sacrifices, dit son père. Allons, prenons un autre verre. J'ai toujours constaté que l'alcool rendait les choses plus positives.

Après avoir quitté son père, David s'arrêta chez Bonwit pour acheter la chemise sport de Cardin qu'il avait admirée toute la semaine. Soixante dollars. Mais elle allait parfaitement avec son pantalon gris. Il la porterait ce soir. La télévision diffuserait un film que Karla avait souligné dans le *TV Guide*. Elle comptait cuisiner des steaks et – chose rare – lui avait promis qu'il pourrait rester toute la nuit chez elle.

— C'est un long film, avait-elle dit. Nous le regarderons au lit. Ensuite, nous ferons l'amour. Et comme il sera vraiment très tard ensuite, je te permettrai exceptionnellement de passer la nuit.

En rentrant chez lui, il se rasa de nouveau, bien qu'il n'en eût pas vraiment besoin, puis il passa dix minutes sous la lampe à bronzer afin de renforcer son hâle de Palm Beach. Il essaya sa nouvelle chemise avec le pantalon gris, puis avec le bleu marine, pour enfin revenir au gris. Il noua une écharpe dans l'encolure de la chemise et puis il se prépara un martini. Karla ne buvait que du vin. Mais il avait toujours besoin de ce premier martini de la soirée pour se donner du courage avant de la retrouver.

Tout en sirotant son verre, il réfléchissait à leur situation. C'était dément. Dans quelques jours, cela ferait un an qu'ils sortaient ensemble et cependant, au début de chaque soirée qu'il passait avec elle, il avait encore des anxiétés de collégien.

Bon Dieu ! Il était pourtant son amant ! En ce moment même elle était en train de préparer de la salade… pour *lui* ! De ses propres mains ! Pour *lui* ! Et plus tard, quand il la tiendrait dans ses bras, elle gémirait et s'accrocherait… à *lui !*

Quand donc viendrait le moment où il envisagerait tout cela avec décontraction et s'habituerait à elle ? Dieu ! S'il réagissait encore de cette façon au bout d'un an, comment allait-il être capable de rompre et de commencer à courtiser January, pour de bon ?

Ce serait impossible ! Mais il préférait ne plus y penser pour l'instant. D'ailleurs, la lettre de January ne faisait aucune allusion à un retour imminent. Elle avait même écrit qu'elle profiterait peut-être de son séjour là-bas pour rédiger d'autres articles.

Il regarda sa montre : il avait encore une demi-heure devant lui. Le temps d'un autre verre en vitesse. Une vodka pure, cette fois. Il était vraiment à côté de la plaque. La seule pensée de renoncer à Karla lui donnait le vertige.

Il sirota son verre à petites gorgées. La vodka le réchauffa agréablement. Il savait bien qu'il était en train de se soûler. Mais quelle importance ? Il aimait être un peu éméché lorsqu'il allait la voir. Il y gagnait l'impression d'être plus détendu.

Quand il eut fini son verre, il se sentit mieux. Peut-être son père avait-il raison, peut-être son mariage avec January ne signerait-il pas la fin de son histoire. Peut-être même pourrait-il expliquer son plan à Karla, y compris les dix millions de dollars ? Non. Elle le mépriserait.

Alors quel moyen lui restait-il de la convaincre et de la persuader d'attendre ? *Aucun*. Il se sentit emporté par une vague de déprime.

Pourtant, tout cela était ridicule. January se trouvait à plus de cinq mille kilomètres. Elle serait peut-être absente un mois de plus ou davantage. Pour l'heure, il était libre de consacrer tout son temps à Karla. Il refusait de songer au mois prochain… Ou même à la semaine prochaine. Il jouirait de la vie au jour le jour. Et ce soir il allait voir Karla.

La sonnerie du téléphone le fit sursauter. Il bondit et décrocha au deuxième coup.

— David, je suis si contente d'avoir pu te joindre.

La voix rauque de Karla semblait essoufflée.

— J'allais partir, dit-il joyeusement.

— Tu ne peux pas venir ce soir.

— Pourquoi ?

— Un… un ami est arrivé à l'improviste.

— Je ne comprends pas.

C'était la première fois qu'il n'acceptait pas de bonne grâce de remettre une de leurs rencontres.

— Karla, nous avons rendez-vous !

— David, reprit-elle d'une voix chaude, presque suppliante, moi aussi je suis triste d'annuler pour ce soir. Mais il s'agit d'un très vieil ami. Il vient d'Europe… mon imprésario… Il est arrivé chez moi sans prévenir… Et comme nous devons discuter affaires, je dois passer la soirée avec lui.

— N'est-ce pas Jeremy Haskins, dont tu m'as souvent parlé ?

— Oui, mon vieil ami.

— Mais cela ne va sûrement pas durer toute la soirée, n'est-ce pas ? Je pourrais passer un peu plus tard.

— Je ne crois pas. Je serai trop fatiguée.

— Peut-être que non. Laisse-moi te rappeler, Karla, donne-moi ton numéro de téléphone.

— David, il faut que je raccroche.

— Bon Dieu, Karla ! Donne-moi ton numéro !

Le déclic du téléphone retentit dans son oreille. Il eut un moment de désarroi : il était allé trop loin, elle était fâchée, elle ne le rappellerait peut-être pas le lendemain. Peut-être même jamais. Il s'efforça de se ressaisir. Toutes ces inquiétudes étaient sans fondement. Le lendemain, elle lui téléphonerait et ils en riraient ensemble.

Il se versa une grosse lampée de vodka et y ajouta quelques gouttes de vermouth. Encore un verre et il serait ivre. Après tout pourquoi pas ? Pourquoi ne pas se prendre une bonne cuite ? La peau de son visage le picotait à cause de la lampe à bronzer. Il se regarda dans la glace : sa chemise avait de l'allure et la lampe avait ajouté à son bronzage une nuance cuivrée. Jamais il n'avait eu meilleure mine. Et elle lui posait un lapin pour un vieillard ?

Il finit son cocktail et s'en prépara un autre. Peut-être devrait-il appeler Kim ? Il était à peine six heures trente. Il se rendait compte qu'il était ivre. Il se versa encore un verre : de nouveau une vodka pure.

Assis dans le noir, il but lentement, méthodiquement. Il était là avec sa chemise neuve, son visage qui le picotait, sans un endroit où aller. Nulle part où il eût envie d'aller. Sauf chez Karla…

Ce serait pour le lendemain… Il devrait peut-être ôter sa chemise et la garder propre… Mais quelque chose lui disait qu'il ne la mettrait jamais plus. Elle lui avait porté malheur.

Il alluma une cigarette et essaya de réfléchir à la situation. Rien d'irrémédiable ne s'était produit. D'accord, il avait demandé, exigé, son numéro de téléphone. Et elle lui avait raccroché au nez. Rien de grave. Mais ils ne s'étaient pas vraiment querellés. Demain, tout serait arrangé. Ce Jeremy, après tout, n'était qu'un vieux bonhomme. Elle lui avait expliqué comment il était devenu son imprésario. Leur rencontre dans un abri antiaérien. Un des rares épisodes de sa vie qu'elle lui ait racontés. À l'époque, Jeremy était déjà un homme d'âge mûr. Il était son plus vieil ami. Il se rappelait cette fois où elle lui avait dit : « Jeremy est si bon, si généreux… il faut que vous fassiez connaissance un jour. »

Il reposa lentement son verre. « Il faut que vous fassiez connaissance un jour »… Pourquoi donc n'avait-elle pas saisi l'occasion, ce soir ? Ils auraient pu dîner tous les trois, dans sa cuisine. Elle n'avait pas besoin de le décommander. Elle et ce Jeremy pourraient parler affaires plus tard…

À moins que son invité surprise ne soit pas Jeremy. À cette pensée, son cœur se serra. Mais elle n'avait pas d'autre homme dans sa vie ! Elle le voyait presque tous les soirs. Et les soirs où elle ne le voyait pas, c'était parce qu'elle était lasse. Et même, il lui arrivait souvent de l'appeler pour lui dire quel programme télévisé elle regardait. Non. Elle n'avait pas d'autre homme.

Soudain surgit devant ses yeux, à la vitesse de l'éclair, l'image de Heidi Lanz faisant son entrée au « 21 ». La belle Heidi ! Heidi la gouine ! Elle aussi venait juste d'arriver en ville !

Ce n'était pas possible. Il se versa un autre verre, et se porta un toast à lui-même. À David Milford, roi des jobards, champion des imbéciles ! Amoureux d'une beauté de cinquante-deux ans au visage refait… qui refusait même de lui donner son numéro de téléphone.

Mais ce n'était pas n'importe quelle femme. C'était Karla ! Et en ce moment, elle était avec Jeremy Haskins, tandis que lui, David, était ivre et imaginait des choses délirantes…

Pourquoi avait-il fallu qu'il voie Heidi Lanz au « 21 » ce jour même ? Et pourquoi son père lui avait-il enfoncé cette idée dans la tête ? Évidemment, il avait dû entendre les rumeurs au sujet de Karla. Mais n'était-il pas également convaincu que toutes les Européennes avaient eu ce genre de relation dans leur vie, tout comme il était convaincu que tous les Anglais avaient couché avec un garçon ? Non, il était impossible que Karla aimât une femme. Non, elle ne pourrait pas s'abandonner ainsi dans ses bras, s'accrocher de cette façon à lui… impossible. En ce moment elle discutait avec Jeremy.

Il sentit qu'il lui serait insupportable de rester chez lui une minute de plus. Il sortit précipitamment et descendit Park Avenue. L'air frais lui permit de s'éclaircir les idées. Il continua à marcher vers Lexington et se rendit compte que ses pas le menaient vers l'immeuble de Karla. Et pourquoi pas ? *Pourquoi pas ?* Il pouvait toujours se présenter sans rendez-vous. Le portier croirait qu'il était attendu. Tout comme le garçon d'ascenseur. Il sonnerait à sa porte. Si c'était bien Jeremy et si elle se montrait fâchée, il implorerait son pardon, il lui dirait que c'était son anniversaire. Oui, voilà une bonne excuse. Il lui dirait qu'il avait eu besoin de la voir, ne fût-ce qu'un instant. Après quoi, même si elle lui proposait de rester, il partirait. Oui, c'était cela. Même si elle se montrait pressante et penaude, il refuserait de s'éterniser – après un petit verre pour arroser son anniversaire, il s'en irait. Mais au moins, une fois rentré chez lui, il parviendrait à trouver le sommeil.

Quand il atteignit le pâté de maisons où elle habitait, son courage s'envola. Il bifurqua vers la Première

Avenue et entra dans un bar. Il se fit servir une vodka – double – et se sentit mieux. Il n'y avait pas de quoi s'inquiéter : il s'était monté la tête. Elle rirait, sans doute, et le trouverait charmant, jeune, impétueux. Il descendit la rue. Le portier lui fit son petit salut habituel, qui lui rendit confiance. Le garçon d'ascenseur acheva de le rassurer quand il évoqua la bonne étoile de l'équipe des Yankees ces derniers temps en le menant jusqu'au quinzième étage

Il marcha le long du couloir, et resta un moment immobile devant la porte de Karla. On n'entendait aucun bruit à l'intérieur. La télévision était éteinte. Il hésita. Il n'était pas encore trop tard pour repartir, et elle ne le saurait jamais. Il rebroussa chemin vers l'ascenseur. Mais que penserait le garçon d'ascenseur ? Et le portier ? Ils savaient bien qu'elle se trouvait chez elle.

Il revint vers la porte et très vite appuya sur la sonnette. Il sentait, jusque dans sa gorge, les pulsations de son cœur qui battait la chamade. Il sonna une deuxième fois. Il perçut des bruits de pas à l'intérieur. Elle ouvrit la porte prudemment, sans retirer la chaîne de sûreté. Quand elle l'aperçut, ses grands yeux gris s'assombrirent de colère.

— Que veux-tu ? demanda-t-elle, glaciale.

Ce qui arrivait dépassait son entendement. Karla, qui lui avait toujours ouvert sa porte en grand – cette même Karla –, l'observait par l'étroite fissure de sa porte enchaînée… comme s'il était un intrus !

— C'est mon anniversaire, dit-il d'une voix pâteuse, et non de cette voix légère, aisée, qu'il avait prévu d'utiliser.

— Va-t'en.

Il coinça le pied dans l'entrebâillement.

— C'est mon anniversaire. Je veux seulement boire un verre pour arroser ça, avec toi… et Jeremy.

— Je t'ai dit de t'en aller !

— Je ne partirai pas.

Il voulut sourire, mais sa crainte l'en empêcha. La situation lui échappait totalement. Karla était vraiment furieuse. Désormais, il n'était plus possible de s'en sortir élégamment. Il devait entrer, il devait lui expliquer combien il l'aimait… et qu'il lui était impossible de vivre ainsi, sans pouvoir lui téléphoner.

— Si tu ne pars pas, je vais devoir appeler à l'aide, dit-elle.

Dieu ! Il avait tout gâché !

— Karla, pardonne-moi. Je suis navré…

Il fit un pas en arrière.

Elle profita de cette fraction de seconde pour lui claquer la porte à la figure.

Il resta figé sur place, n'en croyant pas ses yeux. Karla. Lui faire ça à lui ! La garce ! Bien sûr, il n'y avait pas de Jeremy chez elle. Elle devait être avec Heidi Lanz. Il appuya de nouveau sur la sonnette, puis se mit à marteler le battant.

— Ouvre la porte ! cria-t-il. Ouvre et montre-moi ton vieil imprésario. Ouvre la porte et je partirai. Prouve-moi simplement que tu me dis la vérité !

Il attendit quelques secondes, conscient qu'à l'autre bout du couloir quelqu'un avait ouvert sa porte pour regarder ce qu'il se passait. Son visage était en feu. La porte au bout du couloir finit par se refermer. Il appuya de nouveau sur la sonnette de Karla.

— Laisse-moi entrer, bon Dieu… Laisse-moi entrer !

Il cogna du pied dans le battant. Puis, prenant une allumette, il s'en servit pour coincer la sonnette.

— Je vais rester ici et j'attendrai ! cria-t-il. S'il le faut, j'attendrai toute la nuit pour vérifier qui sortira de cet appartement.

Il donna un autre violent coup de pied. Il sentait qu'il avait perdu tout contrôle de lui-même, mais il n'était plus en état de s'arrêter. Plusieurs portes s'ouvrirent dans le couloir.

Puis il entendit claquer la porte de l'ascenseur, et deux poignes vigoureuses s'emparèrent de lui. Il rua et se débattit. C'était le portier et le garçon d'ascenseur qui tentaient de l'éloigner de chez Karla. Ses vieux amis toujours souriants – le portier qu'il avait gratifié de tant de pourboires, le garçon d'ascenseur qui venait de discuter avec lui des Yankees. Ils s'efforçaient tous deux de le traîner dans le couloir.

— Lâchez-moi ! hurla-t-il. Mlle Karla n'a pas entendu la sonnette, c'est tout. Elle m'attend !

— Du calme, fiston, dit le portier. Elle vient de nous téléphoner pour nous demander de venir te chercher. Elle a dit que tu faisais du tapage.

Incroyable ! Karla le faisait jeter dehors ! Il les fixa du regard, puis regarda la porte. Il y donna un dernier coup de pied.

— Espèce de gouine ! hurla-t-il. Gouine et double gouine ! Je sais bien qui se trouve avec toi. C'est Heidi, *Heidi Lanz* ! *Heidi.* Pas Jeremy… *Heidi Lanz !*

Des portes s'ouvrirent. Les autres locataires de l'étage observaient la scène avec stupéfaction. Ces gens qui, par le passé, l'avaient considéré d'un œil envieux parce qu'il était admis auprès de leur prestigieuse voisine, le voyaient à présent traîné le long du couloir par le portier et le garçon d'ascenseur, ruant et hurlant toujours.

Il entendit un tissu craquer et comprit qu'il s'agissait de sa chemise neuve. Elle le faisait jeter dehors ! Jeter dehors ! Cela ne pouvait être réel, non, c'était juste un cauchemar.

Quand ils se retrouvèrent dans l'ascenseur, le portier relâcha un peu son étreinte.

— Écoute-moi bien, petit. On dirait que t'as bu un petit coup de trop, ce soir. Laisse-moi te mettre dans un taxi pour te ramener chez toi. Demain sera un nouveau jour. Tu lui enverras un beau bouquet et tout recommencera comme si de rien n'était.

Il se dégagea de l'emprise de l'homme et sortit de l'ascenseur en se tenant aussi droit qu'il le pouvait.

— Il n'y aura pas de lendemain. Jamais plus je n'enverrai de fleurs à cette salope de lesbienne. Et ne vous fatiguez pas à me chercher un taxi. Je ne veux rien d'aucun d'entre vous. C'est la dernière fois que je m'approche de cet immeuble.

Puis, fixant les fenêtres du quinzième étage, il bredouilla : « Je te déteste, salope… » Et, titubant, il redescendit la rue.

Karla, debout à sa fenêtre, le suivit des yeux jusqu'à ce qu'il disparaisse de sa vue. Alors seulement, elle alla frapper à la porte de la salle de bains. Son visage était pâle et tendu.

— Tout va bien, Dee. Maintenant tu peux sortir. Je ne crois pas que David reviendra jamais nous embêter.

24

Dee s'étira dans son bain moussant. La radio jouait de vieux airs de Sinatra. Quelle merveilleuse musique. Quel monde merveilleux. Mai était un mois magnifique à New York. Avril aussi avait été formidable. Tous les mois étaient fantastiques lorsque Karla était dans les parages. Ce dernier hiver à Palm Beach avait constitué leur plus longue séparation. Cinq mois interminables. Il y avait eu des moments où elle avait dû faire appel à toute sa volonté pour s'empêcher de décrocher le téléphone et de supplier Karla de la rejoindre. Peut-être qu'une telle initiative aurait été cependant couronnée de succès car, à son retour, elle avait compris que Karla avait réellement envie de la voir.

Bien sûr, il y avait eu cette affreuse nuit où David avait frappé à la porte comme un taureau en rut. Elle n'aurait jamais cru que David puisse perdre le contrôle de lui-même à ce point. Mais il avait bu. Elle n'avait pas entendu trop de vacarme – elle avait été si terrifiée lorsque le tapage avait commencé qu'elle s'était précipitée dans la salle de bains. Mais cela avait manifestement mis fin aux relations de David et de Karla – il n'était plus l'un de ses « gentils petits » compagnons pour ses sorties au théâtre ou au cinéma.

Curieusement, David ne semblait pas trop souffrir de cette rupture. D'après les journaux, il voyait de temps en temps ce mannequin hollandais, et parlait continuellement de January.

Il avait été très affecté qu'elle ne vienne pas à Palm Beach pour le week-end de Pâques. Bien sûr, c'était une superbe opportunité pour January d'écrire un article sur un homme comme Tom Colt. Elle habitait en Californie depuis quelque temps déjà. Dee se demandait s'il y avait quelque chose entre eux. Ridicule ! Tom Colt était marié et bien trop démodé pour January. Mike avait singulièrement témoigné peu d'enthousiasme pour l'importance de la mission de sa fille. Il avait insisté pour aller la voir. Il y avait passé près d'une semaine et, à son retour, il n'y avait plus de problème. Eh bien, elle allait devoir modifier son testament. Maintenant que David ne représentait plus une menace avec Karla, elle n'avait plus aucune raison de s'inquiéter de savoir s'il allait ou non épouser January.

Après le bain, elle appela George Milford. Il répondit immédiatement.

— Dee… J'étais justement sur le point de sortir. Qu'est-ce qui me vaut le plaisir de t'entendre ?

— George, je veux modifier mon testament.

— Parfait. Est-ce urgent ?

— Non, mais voyons-nous demain après-midi.

— Eh bien, c'est pour cela que je t'ai demandé si c'était urgent. Margaret et moi partons demain pour Paris. La fille de sa sœur se marie, et nous n'avons pas pris de vacances à l'étranger depuis longtemps. Alors nous faisons ça bien… nous allons faire la traversée en bateau… et nous serons partis tout un mois. Nous embarquons demain.

— Oh.

Dee se mordit les lèvres pensivement.

— Mais si c'est urgent, je peux te recevoir tout de suite. Il est cinq heures et demie. Nous pouvons discuter des avenants. Cela ne me gêne pas de rester quelques heures de plus au bureau… si tu es libre de ton côté, bien entendu. Nous pouvons voir cela ensemble et je prendrai des notes. Demain matin je ferai tout taper au propre et, si tu peux passer, disons, à dix heures, nous pourrons le faire certifier devant témoins et notaire et…

Karla l'attendait à six heures et demie. Cela prendrait trop de temps.

— Non, George, ce n'est pas urgent à ce point. Cela peut attendre ton retour. Bon voyage, et mes amitiés à Margaret.

Elle raccrocha et commença à s'habiller. Mike était au Friars Club. Elle lui avait raconté qu'elle allait à une réunion d'anciennes élèves et elle avait insisté pour qu'il y reste à dîner et joue aux cartes.

« Je suis *obligée* d'y aller. C'est quelque chose que je fais tous les ans. Nous ne sommes qu'une vingtaine, assises en rond pendant des heures à parler de l'ancien temps chez Mlle Briarly. Et si tu rentres avant moi, inutile de m'attendre. »

Le mariage l'étouffait. Karla était si disponible que demeurer avec Mike la rendait folle. Depuis son retour de Palm Beach, Karla manifestait toujours une joie exubérante lorsque Dee lui annonçait qu'elle était libre. Et ces derniers temps, elle ne lui avait plus sorti l'une de ses excuses habituelles. (« Oh, Dee, j'ai invité le Maestro à venir manger un steak. Il n'a pas travaillé depuis si longtemps et il va bientôt rentrer chez lui pour le film. ») Karla avait toujours eu de réelles raisons de ne pas la voir, mais leur fréquence n'en avait pas moins désespéré Dee. Pourtant, depuis son retour, il n'y avait plus eu une seule excuse. Chaque fois qu'elle appelait et disait « Je peux sortir ce soir »,

Karla s'écriait joyeusement : « Je suis si heureuse ! Je t'attends avec impatience... » Ou : « J'ai été invitée à dîner chez Boris, mais je vais décommander. »

Bien sûr, elle aurait eu l'occasion de voir Karla dans la journée, si elle avait eu l'intention de la suivre dans ses allées et venues et de faire les choses à sa manière. Mais curieusement, elle avait l'impression de perdre quelque peu de sa dignité à jouer les dames de compagnie, assise, dans un morne studio, à regarder Karla faire des exercices à la barre. Elle s'y était pliée, les premières années, lorsque le simple fait de voir Karla – d'avoir la permission d'être avec elle – était un privilège. Étrangement, après toutes ces années, elle avait toujours un peu le vertige chaque fois qu'elle voyait Karla. Mais dès que leurs relations avaient été fermement établies, elle avait senti qu'il était dégradant pour elle de l'attendre comme une fan hébétée. Elle n'avait aucune envie non plus d'aller marcher sous la neige et la pluie. Elle ne ressemblait pas à Karla, magnifique avec de la neige dans les cheveux ou le visage mouillé de pluie. Dee avait le nez et les yeux qui coulaient lorsqu'il faisait froid. Il suffisait à Karla de sortir de la douche et de se frotter les cheveux avec une serviette pour être irrésistible. Dee aurait été perdue sans un coiffeur pour prendre soin de sa chevelure tous les jours.

Non, la seule façon de voir Karla d'égal à égal, c'était de l'inviter dans l'une de ses maisons... ou de la rencontrer à New York en soirée. Aucune femme de plus de quarante ans n'a l'air glorieux à la lumière du jour. Dee avait tout essayé. Quel que soit le fond de teint qu'elle utilisait, il semblait trop rose, trop orange, trop blafard. Mais la nuit, elle était merveilleuse à regarder. Surtout éclairée à la lueur d'un feu de bois, ou lors d'un dîner aux chandelles avec Karla en vis-à-vis.

Elle avait pris la ferme résolution de ne plus manger dans la cuisine. Cela manquait de romantisme. En outre, elle avait une tête affreuse sous cette lumière. Karla avait toujours le teint légèrement bronzé sans fond de teint. Karla était Karla. Elle était unique. Même après dix années, il semblait encore incroyable que Karla lui appartînt. Non… elle ne lui appartenait pas, Karla n'appartiendrait jamais à personne. Pas même à Jeremy Haskins, dont elle disait qu'il avait été son imprésario et son grand ami. Elle reconnaissait ouvertement qu'ils avaient eu une relation amoureuse, mais que cela n'avait pas marché. Dee avait rencontré Jeremy lors de son séjour aux États-Unis en 1966, et à la vue de ses cheveux blancs et de ses épaules tombantes elle avait été si soulagée qu'elle avait même donné un dîner en son honneur. Et chaque année elle lui envoyait un cadeau de Noël.

Sous le coup de l'impulsion, elle saisit son carnet de chèques et rédigea un chèque de dix mille dollars. Elle avait cessé d'essayer de surprendre Karla par ses cadeaux. Celle-ci ne portait jamais de bijoux. Et elle se servait du manteau de zibeline qu'elle lui avait offert comme d'un imperméable, le portant sous la neige, et pour aller aux répétitions. Il n'y avait que quand on lui donnait de l'argent que Karla s'animait réellement. C'était un phénomène que Dee n'arrivait pas à comprendre. Après tout, Karla possédait beaucoup d'argent. Mon Dieu… toutes ces années où elle avait tourné ces films. Et aujourd'hui elle ne dépensait rien… à part les frais d'entretien de son appartement. C'était un appartement fabuleux, surtout en termes d'agencement. Un décorateur aurait pu le transformer en palace, mais Dee se demandait si Karla y avait investi plus de cinq mille dollars en mobilier. Bien sûr, il était impeccablement tenu. Karla ne voyait aucun inconvénient à astiquer elle-même les planchers et les fenêtres. Et il contenait des tableaux – un Monet, deux Dufy, un Vlaminck, et des dessins de Daumier. Tous des cadeaux. À Dee qui lui demandait pourquoi elle habitait un duplex de dix pièces pour n'en utiliser que trois, Karla avait répondu avec un haussement d'épaules : « C'était un cadeau… et maintenant il vaut le double de son prix d'origine. » Elle avait renoncé à essayer de rationaliser les excentricités de Karla. Tu parles d'excentricités ! Karla était carrément mesquine. Même les cadeaux de Noël qu'elle offrait à Dee étaient ce que Karla appelait des « cadeaux gags ». Une chope de bière arborant le message « Souvenir de New York »… Une chemise de nuit de flanelle rouge… Une décoration de sapin de Noël polonaise. Dee mettait cela sur le compte d'une névrose datant de la guerre. Tous les réfugiés étaient plutôt bizarres.

Dee quitta la maison à six heures quinze. Elle avait laissé partir le chauffeur et prit un taxi qui cahotait en se frayant son chemin à coups de klaxon enroué ; mais rien ne pouvait entamer sa belle humeur. C'était le printemps, la nuit était magnifique, et dans quelques minutes elle allait retrouver Karla. Mon Dieu, si seulement elle pouvait retenir le temps et faire de cette nuit une éternité. Elle s'amusa avec les feux de circulation. Lorsque le taxi arrivait à un feu rouge, elle comptait Un… puis épelait… U-N. Deux… D-E-U-X. Autant de chiffres qu'elle pouvait dire et épeler avant le changement de feu, autant de mois qu'elle et Karla allaient passer encore ensemble. Une fois, elle parvint ainsi à compter jusqu'à seize mais, le temps d'arriver à la Seconde Avenue, elle avait amélioré son score et était allée jusqu'à trente-cinq. Elle fronça les sourcils. Cela ne faisait que trois ans de plus. Non, elle ne pouvait pas se contenter de si peu. Elles resteraient toujours ensemble. Mon Dieu, si seulement elle pouvait y croire. Si elle avait réellement pu se persuader que Karla ne la quitterait jamais, elle n'aurait jamais épousé Mike. Mais, même au moment de leur plus grande intimité, Dee avait conscience de ce que Karla ne pourrait jamais être vraiment possédée par personne. Et si Karla pensait un jour qu'elle représentait tout dans la vie de Dee, elle pourrait disparaître… peut-être pour toujours. Non, Mike était sa soupape de sécurité, la béquille qui lui permettait de garder son bon sens. Mais Mike était aussi un problème… Les mensonges tortueux qu'elle devait lui dire pour avoir ses soirées de liberté ! En juillet, elle insisterait pour que Karla vienne à Marbella. Mais ce n'était encore que le début du mois de mai. Cela signifiait six semaines à se tourmenter à New York. Elle pensa qu'elle avait été très habile de montrer un tel enthousiasme devant Mike au sujet de Cannes. Monte-Carlo n'organisait pas le moindre tournoi de backgammon, et elle n'avait jamais eu la moindre intention de s'y rendre. Mais elle devait tout planifier méticuleusement. La suite au Carlton était réservée pour le 14 mai. Elle prévoyait d'attendre la veille pour lui annoncer que le tournoi était annulé. Mais elle insisterait pour qu'il aille là-bas – la suite était réservée, et il méritait deux merveilleuses semaines avec ses amis du milieu du cinéma. Elle resterait à New York pour s'occuper de sa garde-robe d'été. Elle avait répété son discours – il devait partir sans elle. Alors elle aurait deux semaines de pur bonheur avec Karla, pendant lesquelles elles pourraient passer toutes les nuits ensemble !

Karla l'attendait lorsqu'elle arriva. Elle avait le visage net et ses lourds cheveux étaient retenus en arrière par une barrette. Elle jeta les bras autour de

Dee et la conduisit à la table près de la fenêtre. Tout était prêt pour le dîner et Karla désigna les bougies.

— Regarde. Je les ai achetées aujourd'hui. Elles n'ont pas besoin de chandelier pour tenir debout car elles fondent de l'intérieur. Oh, j'ai passé un moment formidable. Cette merveilleuse petite boutique, et le petit homme ne m'a pas reconnue. Il m'a appréciée pour moi-même. Et il s'est donné tant de mal pour me faire sentir tous les parfums. Pour ce soir, j'ai choisi le gardénia. Dee, aimes-tu le gardénia ? J'adore ce parfum… J'espère que toi aussi…

— Naturellement.

À la lumière des bougies, dans l'obscurité qui commençait à tomber sur l'East River, Karla ressemblait à l'une de ses plus belles photos de film. Les ombres qui envahissaient son visage, le creux sous ses pommettes. Soudain Dee comprit qu'elle jouait un rôle. Elle mit la main dans son sac.

— Karla, je t'ai apporté un petit cadeau.

Karla ne regarda même pas le chèque. Elle sourit et le glissa dans le tiroir de son bureau.

— Merci, Dee. Viens maintenant, assieds-toi. J'ai préparé une grande salade de crevettes et de homard. Et regarde… un pichet de sangria. Nous allons faire un festin.

Et cette nuit-là, lorsqu'elles firent l'amour, Karla fut d'une joie débordante. En fait, son comportement était plus gai que d'habitude et, lorsqu'elles furent étendues toutes les deux, elle chanta une chanson polonaise de son enfance. Puis, comme embarrassée d'avoir révélé un côté caché d'elle-même, elle sauta du lit et alluma la télévision.

— Il y a un bon film récent, mais je sais que tu préfères les informations. Je vais prendre une douche.

Dis-moi s'il se passe quelque chose d'important dans notre triste petit monde.

Dee regarda les informations. Elle entendit Karla chanter sous la douche. Karla était heureuse. Elle-même était heureuse. Mais à son propre bonheur se mêlait un sentiment de désespoir. Parce que, dans peu de temps, elle devrait partir rejoindre Mike. Elle tendit la main vers la table de nuit et décida de goûter l'une des fortes cigarettes anglaises de Karla. Quand elle saisit le paquet, une enveloppe tomba par terre. C'était la note de téléphone de Karla. Elle fut soudain curieuse. La quittance devait être minimale. Karla appelait rarement les gens et, quand cela lui arrivait, elle se bornait à exposer rapidement la raison de son appel ou sa requête. Les conversations téléphoniques avec Karla étaient inexistantes. Dee sortit la facture de l'enveloppe. Elle leva les sourcils en déchiffrant le total. Quatre cent trente et un dollars ! Elle revérifia. Comment Karla pouvait-elle en arriver à une note pareille ? Elle l'examina avec soin. Karla n'avait pas dépassé le montant maximal d'appels urbains. Mais sur la facture figurait une longue liste d'appels en Angleterre. Bostwick 3322. Seize appels à ce numéro ! Et l'un d'eux durait plus de trois minutes. Il y en avait trois à un autre numéro, au central de Lowick, et deux au central de Belgravia. Mais seize à Bostwick 3322. Elle griffonna les chiffres sur un bout de papier, le fourra dans son sac, et remit la note de téléphone sous les cigarettes de Karla. Cependant, lorsque Karla sortit de la douche et lui refit l'amour, l'incident sortit complètement de son esprit. Elle n'y pensa plus jusqu'à son retour à la maison, où elle trouva le bout de papier dans son sac. Elle le rangea dans son coffret à bijoux. Karla avait probablement quelques affaires à Londres. Peut-être était-elle en contact fréquent avec Jeremy. Peut-être sa note de téléphone était-elle élevée tous les mois. Les gens connus pour leur avarice ont souvent un domaine dans lequel ils se livrent à de folles prodigalités. Peut-être que pour Karla c'était les appels téléphoniques outre-Atlantique.

Le jour suivant fut l'une de ces rares journées où Dee ne réussit pas à joindre Karla. Il était inutile d'essayer de l'appeler le matin, car elle partait se promener. Et à une heure, au moment où Karla serait rentrée chez elle, Dee était coincée dans un lunch au Plaza, en l'honneur de Baby Town, USA, un centre de réhabilitation qui accueillait de jeunes droguées enceintes. Cela n'intéressait pas vraiment Dee, mais c'était un bon moyen d'avoir un écho favorable dans les journaux. Tous les gens bien participaient à cette commission, et cela était positif pour son image de marque.

Elle appela Karla à cinq heures, mais Karla n'était pas là. Puis, juste au moment où elle allait essayer de nouveau, Ernest était arrivé pour la coiffer. Mike et elle étaient invités à un épouvantable dîner chez la princesse Marina dans son appartement sur Park Avenue, en l'honneur d'un sénateur quelconque, ce qui signifiait qu'ils seraient obligés de rester assis à écouter ses radotages sur Washington. Mais la princesse donnait de grandes réceptions à Marbella et, si son dada était de se tenir *au courant* des affaires politiques, alors il ne restait plus qu'à en prendre son parti.

Le lendemain matin, Dee se fit servir son petit déjeuner au lit, en attendant midi et demi, heure à laquelle Karla serait rentrée de sa promenade. Elle essayait aussi de penser à une excuse pour abandonner Mike le soir même. Le reste de la semaine était pris, mais cette soirée était libre. Mike avait parlé d'aller regarder deux films d'affilée. Il aimait vraiment s'asseoir dans ces infectes salles de cinéma, et même grignoter du pop-corn. En fait, il essayait de la convaincre de faire aménager une salle de projection à Winter Palace, où ils pourraient visionner leurs propres films. Mais le cinéma ennuyait Dee. Elle adorait revoir les anciens films de Karla, mais les productions récentes présentaient peu d'intérêt pour elle. Elle détestait ces mornes images pleines de jeunes gens à motocyclette qui portaient tous des jeans et fumaient de la marijuana. Elle pouvait se rappeler l'époque où, lorsque l'on allait au cinéma, on était sûr de voir sur l'écran les dernières créations des grands couturiers. Mais les films d'aujourd'hui étaient laids et sales. Sa vie à elle était bien plus excitante et merveilleuse.

Elle lut les journaux en diagonale. On parlait d'elle dans le dernier numéro de *Women's Wear*, à propos du lunch de la veille. Une belle photo – elle la montrerait à Karla. Mais maintenant elle devait penser à un plan pour se débarrasser de Mike cette nuit. Le backgammon ne constituait plus une excuse, car il *appréciait* le backgammon. Seigneur, pourquoi lui avait-elle appris à jouer ? Elle consulta l'heure. Peut-être pourrait-elle lui dire d'aller jouer au golf dans son club, car elle souhaitait… *que* souhaitait-elle ? Cela la rendait furieuse de devoir ainsi mentir. Elle était Dee Milford Granger. Elle entretenait cet homme. Pourquoi ne pouvait-elle pas simplement lui dire : « Je veux sortir ce soir », comme elle l'avait fait avec les autres. Parce que, au fond d'elle-même, elle savait qu'elle ne pouvait tout simplement pas dire cela à Mike. Il pourrait lui répondre : « D'accord. Tu peux sortir et ne jamais revenir. » D'autant qu'il ne semblait plus s'inquiéter pour sa fille. Ces derniers temps, il ne parlait plus jamais d'elle. Peut-être que les dix millions qu'elle lui avait légués en fidéicommis l'avaient pleinement rassuré sur le sort de January. Eh bien, à son retour, elle lui apprendrait que ce n'était pas un trust irrévocable. Elle allait tout modifier. Faire de David de nouveau son exécuteur testamentaire. Oh, elle ne toucherait pas au legs de dix millions destiné à January, mais elle ferait ajouter un codicille au contrat… Les dix millions reviendraient à January à la condition que Mike Wayne soit encore le mari de Dee Milford Granger. Elle commença à sourire. Évidemment… dans ce cas elle pourrait sortir toutes les nuits si tel était son bon plaisir. Mais pour le moment il fallait trouver une excuse pour ce soir. Impossible d'inventer une amie imaginaire pour le backgammon. Il connaissait toutes ses amies. C'était ridicule ! Toute sa vie, elle avait fait exactement ce qui lui plaisait, et maintenant, pour la personne qui comptait le plus pour elle dans sa vie, elle était obligée de comploter telle une criminelle pour avoir une nuit libre.

Peut-être Karla aurait-elle une idée. Non qu'elle eût jamais témoigné d'une quelconque imagination. Dee l'aimait à la folie, mais c'était tout de même une Polaque bornée. Il n'était que midi dix, mais elle essaya d'appeler Karla. Quelquefois elle rentrait plus tôt. Elle composa le numéro, mais il n'y eut pas de réponse. Bien sûr… Le jeudi, la bonne n'était pas là. Comment pouvait-on entretenir cette maison avec une bonne qui ne venait que trois fois par semaine !

Elle saisit le *Daily News* et le feuilleta. La princesse n'avait eu droit qu'à une demi-colonne. On parlait d'elle et de Mike, mais c'était le sénateur qui avait bénéficié de toute la publicité. Elle jeta le journal par terre. Il tomba ouvert sur la page du milieu. Elle le fixa pendant un moment, les yeux grands ouverts. Puis elle sauta à bas du lit et saisit le journal. Il y avait une photo de Karla… se protégeant le visage devant les caméras, à son arrivée à l'aéroport de Heathrow.

Karla se trouvait à Londres !

Elle roula le journal en boule et le jeta à travers la chambre. Pendant tout le temps où elle était restée couchée à faire des plans – à se demander comment la retrouver –, cette garce était repartie à Londres.

Londres !

Elle sortit du lit, se précipita sur son coffret à bijoux, et trouva le bout de papier qui portait les trois numéros. Puis elle attrapa le téléphone. Midi. Cela voulait dire qu'il était cinq heures de l'après-midi à Londres. Elle envoya un préavis à Anthony Pierson. Le cabinet Pierson et Maitland gérait toutes ses affaires à Londres. Ils la rappelèrent moins de cinq minutes après. Anthony Pierson était ravi d'avoir de ses nouvelles – ils parlèrent de la merveilleuse période de beau temps que connaissait Londres, de quelques-unes de ses actions en Bourse… Puis, sur un ton faussement désinvolte, elle se lança :

— Tony, je sais que ce n'est pas du tout de votre ressort… mais… eh bien… je dois prendre des renseignements concernant trois numéros de téléphone londoniens. Oh, ce n'est pas pour moi. C'est – c'est ma belle-fille. Oui, voyez-vous… elle vit avec nous et je viens juste de recevoir ma note de téléphone, et il y a trois numéros qu'elle a appelés à Londres. Elle n'a que vingt et un ans. Et naturellement je m'inquiète. Vous savez ce que c'est… Vous nous envoyez vos artistes de rock aux États-Unis et les filles de son âge s'imaginent qu'elles sont tombées amoureuses.

Elle rit.

— Oui… c'est exactement ça… Je ne voudrais pas qu'elle ait des ennuis ou aille se compromettre avec des personnes peu recommandables. Alors, si vous pouviez vérifier ces trois numéros… Oh, Tony, je vous suis tellement reconnaissante.

Elle lui donna les numéros, puis demanda combien de temps la recherche prendrait ? Moins d'une heure ? « Oh, Tony vous êtes adorable. »

Elle prit un bain en gardant les yeux rivés sur la lumière du téléphone, sur la coiffeuse. Elle ne la quitta pas des yeux le temps de se maquiller et, à une heure précise, la lumière s'alluma, et Anthony Pierson fut en ligne.

— Je détiens les informations, mais je dois dire qu'elles me déconcertent un peu. Le numéro de Bostwick correspond à une maison particulière près d'Ascot. Le numéro de Lowick est celui de Jeremy Haskins, un rentier à la retraite un peu connu par ici, car on le voit souvent en compagnie de Karla quand elle rentre en Angleterre… Soit dit en passant, vous la connaissez, n'est-ce pas ? Elle est descendue au Dorchester. Et le numéro de Belgravia est celui d'un psychiatre très connu. C'est un peu déroutant, car aucun de ces numéros ne semble correspondre à un interlocuteur de choix pour une jeune fille de vingt et un ans.

— Qui habite dans la maison d'Ascot ?

— Un couple nommé Harrington. Ils ont une fille. J'ai prétendu être un employé des postes ayant besoin de renseignements les concernant en vue d'un redécoupage administratif. J'ai trouvé cela très habile… pas vous ?

— Quel âge a la fille ?

— Je n'ai pas demandé, mais les Harrington ont l'air d'avoir dans les cinquante ou soixante ans.

— Tony, je dois en savoir plus sur eux. Surtout le psychiatre.

— Eh bien, cela sort un peu de mes activités… mais je connais un type, un certain Donald Whyte… une sorte de détective privé… tout à fait digne de confiance…

— Oui… s'il vous plaît… Essayez d'obtenir le maximum d'informations. Ne vous occupez pas de Jeremy Haskins. Mon mari était producteur, et il est très vraisemblable que ma belle-fille le connaisse. Mais renseignez-vous sur les Harrington et leur fille.

Elle raccrocha et tenta de maîtriser son affolement. Les Harrington étaient peut-être de vieux amis de Karla… peut-être les avait-elle rencontrés par l'intermédiaire de Jeremy… ou peut-être étaient-ils de vieux amis du temps où elle vivait à Londres…

Seize appels en un mois !

Aucun ami ne méritait seize appels de Karla. Sauf si elle était amoureuse. Peut-être la jeune fille était-elle riche et appelait-elle aussi Karla seize fois par mois. Peut-être se parlaient-elles toutes les nuits… ou deux fois par jour. Cette garce menait probablement une double vie. Ascot était une région ravissante. La jeune fille *devait* être riche. Peut-être était-ce pour cela qu'elle prenait toujours si secrètement l'avion.

Peut-être la jeune fille avait-elle rompu avec elle… Oui, c'était certainement cela, et cela expliquerait les seize appels. Karla la suppliant de ne pas l'abandonner… Cela expliquerait aussi pourquoi Karla avait été soudain si gentille et chaleureuse à son égard… Non, elle ne pouvait s'imaginer Karla suppliant qui que ce soit, pour quelque motif que ce soit. Mais quand même, *seize appels en un mois* !

Lorsque Mike rentra ce soir-là, Dee avait déjà élaboré un plan. Elle comptait découvrir ce que manigançait Karla, et l'affronter ! Mais elle devait jouer serré avec Mike.

Elle alla voir les deux films avec lui… et plus tard, lorsqu'ils se trouvèrent chez Sardi, elle attaqua la première phase. Elle regarda fixement le vide et poussa un profond soupir.

Ils avaient commandé des steaks. Il avait presque fini le sien. Il regarda son assiette intacte.

— Tu n'as pas faim ?

— Non… je… Oh, Mike… Je me sens bête.

— À quel propos ?

Il prit un peu de son steak.

— J'ai commis une erreur stupide.

— Quel genre d'erreur ? Ça ne doit pas être le bout du monde.

— Mike, le tournoi de backgammon aura lieu à Londres.

— Quand ?

— Oh… les 15, 16 et 17, je crois.

— Eh bien ! ce n'est pas un drame ! Nous irons à Cannes un peu plus tard. As-tu l'intention de finir ton steak ?

Elle poussa l'assiette vers lui.

— Mike, je pensais… Écoute, je ne suis pas tellement intéressée par Cannes… et c'est *ta* ville. Je veux dire que tu y connais tout le monde… et tu voudras être avec tes vieux amis… et il y a le casino. Je ne suis pas une vraie joueuse, du moins pas aux tables de jeu, et…

Il l'observa attentivement.

— Arrête d'argumenter. Qu'essaies-tu de me dire ?

— Mike… j'aimerais aller à Londres et…

— J'ai dit que nous irions.

— Mais je me sentirai chaque jour tellement coupable de te faire manquer ton festival. J'ai des amis à Londres. Je voudrais y rester une semaine. Puis aller à Paris acheter quelques robes. Et ensuite te rejoindre à Cannes à la fin.

— D'accord.

— Comment ?

— J'ai dit d'accord. Nous partirons le 14, je te déposerai à Londres et reprendrai l'avion pour Nice. Je te le renverrai et tu pourras me rejoindre quand tu voudras.

— Oh, Mike… tu es un ange !

— Écoute, ma chérie, je ne veux pas te tenir en laisse. Personne ne te force à apprécier un festival de cinéma. Je pense que ton séjour à Londres sera sensationnel.

— Pas sensationnel, dit-elle, mais certainement intéressant.

25

Dee s'assit dans le bureau d'Anthony Pierson et regarda les tableaux. Arrivée à Londres la veille à dix heures du soir, alors qu'il n'était que cinq heures à New York, elle était encore déphasée par le décalage horaire. Elle avait appelé Tony Pierson chez lui ; il lui avait annoncé qu'il disposait d'un dossier complet, mais les informations collectées ne lui semblaient pas pertinentes. Elle lui répondit qu'elle le rencontrerait à son cabinet le lendemain matin à onze heures. Puis elle prit trois Séconal pour dormir. Elle ne pourrait pas supporter une nuit sans sommeil et solitaire à Londres, sans programme de télévision nocturne, et sans pouvoir se concentrer suffisamment pour lire. Elle était descendue au Grosvenor House, car Karla était au Dorchester. Elle ne voulait pas risquer de tomber sur elle. Pas encore.

Elle sentit venir le début d'une migraine en s'asseyant dans le bureau silencieux et conventionnel d'Anthony Pierson, mais elle se domina pour avoir l'air calme.

Elle regarda rapidement les photos qu'il lui avait tendues.

— Excellentes, dit-elle, d'une voix atone.

Anthony Pierson acquiesça.

— Ce garçon, Donald Whyte, celui qui a fait – dirons-nous – les recherches, a surveillé cette maison au téléobjectif pendant plusieurs jours, juché dans un arbre. Le psychiatre est en vacances depuis deux jours… aussi n'avons-nous pas grand-chose de ce côté. Mais les clichés de Karla et de la jeune fille sont fantastiques, vous ne trouvez pas ? Bien sûr j'ai gardé les négatifs… cela faisait partie de notre accord. Whyte est quelqu'un de bien, sur qui l'on peut compter, mais Karla est encore une personnalité très connue et je crois qu'il est heureux que j'aie pris ces précautions.

— Grands dieux ! s'écria Dee, à bout de nerfs. Ce n'est pas comme s'il les avait trouvées au lit ensemble.

Anthony Pierson approuva.

— Tout à fait juste. Mais cette photo… les bras de la jeune fille autour du cou de Karla… et cette autre où elles s'embrassent… et regardez ici… marchant enlacées. Non, elles n'ont pas été prises au lit… mais cela ferait une rudement bonne affaire dans l'un de ces magazines à scandale.

Dee fixait les photos. Sa tête commençait à bourdonner. Comment pouvait-elle rivaliser avec une fille aussi jeune et ravissante ?

— Elle est très belle, dit doucement Dee.

— Tout à fait extraordinaire, n'est-ce pas ? Whyte a appris que les Harrington ne sont pas ses parents. De toute évidence, ils s'occupent d'elle, parce que cette fille s'appelle Zinaida Jones. La maison est louée ; elle est charmante. Pas trop grande, mais en retrait – un beau petit bout de terrain et le reste. Karla est venue tous les jours. Elle y a passé trois fois la nuit.

La main de Dee tremblait pendant qu'elle fouillait pour chercher une cigarette. Elle regardait fixement la jeune fille. La photo était floue à cause de l'agrandissement. Elle aspira à fond la fumée de sa cigarette.

— Auriez-vous de l'aspirine, Tony ? Je crains d'avoir attrapé un léger mal de tête avec le décalage horaire.

— Bien sûr !

Il se dirigea vers l'armoire à pharmacie dans la salle de bains. Lorsqu'il revint, Dee étudiait toujours les clichés.

— C'est plutôt particulier, n'est-ce pas ? Il semblerait que la grande Karla se soit trouvé un nouveau jeune amour dans sa vie. Mais de toute façon… il y a toujours eu cette rumeur autour d'elle, n'est-ce pas ?

— J'en ai entendu parler, mais je connais Karla. Elle a habité chez moi, et je n'ai jamais rien vu qui puisse y faire croire.

— Sauf ces photos, répliqua Anthony Pierson. Plutôt compromettantes. Pourquoi ces gens ne peuvent-ils pas réserver leurs ébats amoureux à leur chambre à coucher ? Pourquoi marcher dans le jardin, les bras noués autour de cette fille ?

— Peut-être parce qu'elle ignorait que M. Donald Whyte était assis dans un arbre avec un téléobjectif. Vous dites que c'est un endroit retiré ?

— Il s'étend sur un demi-hectare de pelouse. Mais, chère madame Wayne, en quoi cela peut-il concerner votre belle-fille ?

Dee secoua la tête.

— Eh bien… peut-être… peut-être connaît-elle Zinaida.

— Oh ! – Anthony Pierson rougit légèrement pendant une seconde : Eh bien… oh… je vois. Tous les appels téléphoniques… vous pensez que peut-être votre belle-fille était, euh… en bons termes avec cette Zinaida Jones ?

Dee haussa les épaules.

— Pourquoi pas ? Elle est allée à l'école en Suisse. Elle a été élevée dans des écoles de filles. Connaissez-vous l'adresse précise de la maison ?

— Oui, la voici. C'est à peu près à une heure en voiture de la ville.

— Merci. Pouvez-vous vous occuper des services de M. Whyte et m'envoyer la note ? Envoyez-la-moi demain au Grosvenor. Pour des raisons évidentes, je ne voudrais pas que cela arrive à New York.

En route pour la campagne, elle s'efforça de concevoir un plan d'action. Le chauffeur connaissait le chemin et ils se trouvaient maintenant à l'extérieur de Londres, dans un paysage verdoyant, à proximité d'Ascot… Mais quoi ? Elle ne pouvait pas simplement sonner à la porte et annoncer à cette Zinaida Jones : « Écoutez… elle est à moi ! » Peut-être devrait-elle rester dehors et essayer de les apercevoir. Tout cela était de si mauvais goût qu'elle se rencogna au fond de son siège. Mais elle était déterminée à aller jusqu'au bout. Toutes les années d'adoration vouées à Karla… tous les « cadeaux ». Karla avait-elle utilisé son dernier chèque de dix mille dollars pour courir rejoindre son nouvel amour ? Pour la première fois, elle comprit ce qu'un homme cocu devait ressentir. Cocue ! Comment pouvait-elle employer une telle expression ? Mais c'était exactement ce qu'elle ressentait. Cocue ! C'était un grand mot. Elle ne pouvait pas dire qu'elle avait été trompée… Il ne faisait aucun doute que Karla l'avait déjà trompée à maintes reprises. Elle ne lui avait jamais vraiment posé la question, de même que Karla ne lui avait jamais rien demandé sur sa vie sexuelle avec Mike. Elle avait essayé d'en parler à Karla une fois… de lui expliquer qu'elle ne faisait que subir la chose avec Mike… et son soulagement lorsque leurs ébats se terminaient… ce qui signifiait qu'il la laisserait tranquille pendant au moins deux ou trois jours. Elle y repensait à présent. Amusant… ces derniers mois, des semaines pouvaient s'écouler sans que Mike l'approche et elle n'avait même rien remarqué. L'idée la troubla. Ce n'est pas tant qu'elle souhaitait qu'il la touche… mais était-elle si peu attirante ? Elle savait que son corps se ramollissait… ses cuisses… son ventre. Elle en avait conscience lorsqu'elle était allongée à côté de Karla, parce que celle-ci n'avait pas un pouce de graisse. Mais elle ne s'était pas inquiétée de la mollesse de son propre corps… d'une certaine façon, cela l'avait rendue plus féminine par rapport à Karla. Mais pourquoi Mike s'écartait-il d'elle ? Jouait-il trop au golf ? Il jouait toujours tard. Elle se demanda combien il avait gagné. Mais cela ne la concernait pas. À cette heure, la seule chose qui l'intéressait, c'était Karla… et la nouvelle fille. Mais peut-être n'était-ce pas nouveau. Peut-être se fréquentaient-elles depuis quelque temps. Peut-être Karla entrait-elle dans une période où elle appréciait la « jeunesse ». D'abord David pendant un moment… maintenant cette fille…

Le chauffeur se rangea le long d'une haute haie d'arbres.

— Voici la maison, madame. L'entrée est un peu plus bas. Mais vous avez dit que vous vouliez vous arrêter ici.

— Oui. Je veux faire la surprise à de vieux amis. Si la voiture arrivait par l'allée principale, eh bien… l'effet de surprise serait manqué, n'est-ce pas ?

— Oui, madame.

Elle se demanda s'il la croyait. Les Anglais pouvaient prendre un air tellement inexpressif lorsqu'ils le souhaitaient. Il pensait probablement qu'elle allait surprendre un amant. Eh bien, c'était le cas.

La petite grille de fer n'était pas verrouillée. Elle l'ouvrit et emprunta l'allée. Il commença à pleuvoir. Elle portait un imperméable et attacha son écharpe sur sa tête. C'était une allée sans prétention, avec des pelouses bien entretenues. La maison était de style Tudor. Une petite voiture anglaise était garée devant.

Dee s'approcha à pas mesurés. Elle se demandait si cette Zinaida possédait un chien. Ce serait horrible si un dogue anglais lui sautait à la gorge. Elle pouvait déjà imaginer les gros titres : DEE MILFORD GRANGER ATTAQUÉE PAR UN CHIEN ALORS QU'ELLE PÉNÈTRE ILLÉGALEMENT DANS UNE PROPRIÉTÉ PRIVÉE. Mon Dieu, comment pourrait-elle se justifier ? Il y avait de la lumière dans la maison. Zinaida était probablement chez elle… ou bien se promenait-elle dans la campagne, son bras autour de la taille de Karla comme sur les photos ? Karla aimait marcher par n'importe quel temps, et elle était prête à parier que Zinaida était du genre à faire semblant d'adorer cela, elle aussi.

Elle s'avança vers la fenêtre sur la pointe des pieds. Une salle de séjour confortable, rien de prétentieux ; et vide à première vue. Peut-être que si elle faisait le tour… Karla avait toujours adoré les cuisines…

— Pourquoi ne pas entrer tout simplement… ? Il pleut dehors.

Elle sursauta en entendant la voix et se retourna… Karla se tenait derrière elle, le visage mouillé par la pluie, vêtue d'un imperméable et les cheveux couverts par un bandana.

— Karla… je…

— Entre. Il fait froid et humide.

Karla ouvrit la porte. Dee remarqua qu'elle avait la clé. Elle voulut s'enfuir. C'était la fin… Elle n'aurait jamais dû venir. Le visage de Karla était figé comme un masque. Elle était manifestement folle de colère et allait vraisemblablement lui annoncer que tout était fini entre elles. Mon Dieu, pourquoi avait-elle fait cela ? Elle se souvint d'avoir vu une pièce dans laquelle la maîtresse avait fait son possible pour que l'épouse découvre la vérité… parce qu'une fois mis en face des preuves de son infidélité le mari n'aurait pas eu d'autre solution que de l'admettre. Et si Karla avouait la sienne, Dee serait obligée de la quitter. La mort dans l'âme… elle la quitterait par fierté. Parce que, sans fierté, il n'y a pas de relation possible. Pourtant, au même moment, elle brûlait de tomber à genoux et de demander à Karla d'oublier sa venue… cet horrible incident.

Karla accrocha son imperméable sur un portemanteau près de la porte. Elle était vêtue d'un pantalon en gabardine et d'une chemise d'homme. Elle portait ses cheveux longs et raides et, malgré la fatigue qui se lisait sur son visage, elle était toujours aussi belle.

Dee resta parfaitement immobile. Karla se retourna et désigna le portemanteau.

— Enlève ton manteau. Il est tout mouillé.

En s'exécutant, Dee devina que ses cheveux étaient aplatis par l'écharpe. Elle n'avait probablement jamais eu plus mauvaise allure. Et quelque part dans cette maison – attendant Karla – se trouvait cette splendide jeune créature.

— Assieds-toi, dit Karla. Je vais chercher de l'eau-de-vie.

Elle disparut dans une autre pièce.

Dee regarda autour d'elle. Elle vit une photo de Karla dans un grand cadre. Puis celle d'un berger allemand manifestement mort depuis longtemps, car une petite fille se tenait à ses côtés ; probablement l'un des animaux domestiques de Zinaida enfant. Où se trouvait-elle ? Sans doute à l'étage, pour respecter la vie privée de Karla et céder à ses humeurs comme tout le monde.

Karla revint avec une bouteille d'eau-de-vie et emplit deux verres. Elle avala le sien d'un trait, sous les yeux ébahis de Dee, puis elle s'assit.

— Bon, Dee… Je ne te demanderai pas comment tu m'as trouvée. Je t'épargnerai cet embarras.

Les larmes montèrent aux yeux de Dee. Elle se leva et marcha jusqu'au feu qui se consumait.

— Je donnerais dix années de ma vie pour que cet après-midi n'ait jamais lieu.

— Je compte tant que cela pour toi ?

La voix de Karla était presque douce.

Dee se retourna vers elle, en tâchant de retenir ses larmes.

— Si tu comptes tant que ça pour moi ? Oh, mon Dieu…

Elle traversa la pièce et alla chercher une cigarette dans son sac. Elle l'alluma et se tourna vers Karla.

— Non… tu ne comptes pas beaucoup. Juste assez pour me rendre malade chaque fois que tu pars… assez pour faire de moi une menteuse invétérée doublée d'une hypocrite vis-à-vis de mon mari que je viens d'envoyer tout seul à Cannes pendant que je… je… J'ai appelé un ami… et appris où tu étais… et j'ai découvert la vérité sur Zinaida. Et je dois être masochiste. Au lieu de te chasser tout simplement de ma vie, je suis venue ici… pour voir par moi-même… pour… Oh, Dieu sait quoi. Pourquoi dois-je me torturer à ce point ? Je sais qu'elle a des années de moins que moi… et qu'elle est très belle… et Dieu sait que je n'aurais jamais dû venir ici… parce que, si je n'étais pas venue, nous serions encore ensemble.

— Où l'as-tu vue ? demanda Karla.

Dee ouvrit son sac et jeta les photos sur les genoux de Karla.

Karla les examina et leva vers Dee un regard stupéfait.

— C'est du travail de paparazzi.

Dee secoua faiblement la tête.

— Non… c'est un Anglais qui s'appelle Donald Whyte. Ne t'inquiète pas… j'ai les négatifs. Écoute, Karla, ma voiture attend dehors… je ferais mieux de repartir.

Elle se dirigea vers la porte. Elle tendit la main vers son imperméable et se tourna vers Karla.

— Dis-moi seulement une chose… depuis combien de temps cela dure-t-il ?

Karla regarda les clichés… puis Dee. Puis avec un triste sourire elle hocha la tête.

— Oui… je vois… les photos… Que sais-tu d'autre ?

— Je sais que tu as passé plusieurs nuits ici.

— Ah, ton homme est consciencieux. Pas assez consciencieux pourtant… n'est-ce pas ?

— Ce petit jeu t'amuse ?

Dee saisit son imperméable sur le portemanteau.

— Non… je souffre davantage que tu ne pourrais le croire. Mais puisque tu es venue de si loin… et que tu t'es donné tant de mal… je pense qu'avant de repartir tu devrais rencontrer Zinaida.

— Non.

Dee essayait péniblement d'enfiler son manteau. D'un mouvement brusque, Karla bondit vers le centre de la pièce et la poussa sur une chaise.

— Tu as fouiné partout… et maintenant tu veux partir. Eh bien, une fouine mérite de voir le résultat de son travail. Peut-être cela te servira-t-il de leçon à l'avenir.

Karla marcha vers l'escalier et cria :

— Madame Harrington !

Une petite dame aux cheveux gris se pencha par-dessus la rampe.

— Demandez à Zinaida de s'arracher à la télévision et de descendre. Je voudrais lui présenter une amie.

Karla se remplit un autre verre de cognac. Elle désigna celui de Dee, resté intact.

— Bois ton verre. Tu vas en avoir besoin.

Dee fixa son regard sur les marches. Puis elle aperçut la jeune fille, plus belle que sur les photographies, grande, presque autant que Karla. Ses cheveux blonds tombaient sur ses épaules. Elle paraissait plus jeune que sur les photos. Dee lui donna à peu près l'âge de January.

Karla lui sourit gentiment.

— Viens, Zinaida, nous avons une invitée, je te présente Mme Wayne.

La jeune fille sourit à Dee. Puis elle se tourna vers Karla.

— Je peux avoir du gâteau au chocolat ? Mme Harrington l'a confectionné cet après-midi et elle a dit que je ne pourrai pas en manger avant le dîner.

— Nous devons obéir à Mme Harrington, répondit doucement Karla. Peut-être voulait-elle que ce gâteau soit une surprise.

— Mais maintenant tu le sais, alors ce n'est plus une surprise. Je peux en avoir ? Juste un morceau ? S'il te plaît ? J'en ai tellement assez de ces biscuits aux flocons d'avoine qu'elle fait tout le temps.

— Retourne à ta télé, dit Karla.

La jeune fille soupira de mécontentement, puis elle désigna Dee.

— Elle reste pour dîner ?

— Est-ce que nous devrions l'inviter ?

Zinaida sourit.

— Bien sûr, à condition que tu me racontes l'histoire des Chaussons rouges avant que j'aille me coucher.

Elle s'enfuit de la pièce.

Pendant un moment, Dee resta les yeux fixés dans sa direction. Puis elle regarda Karla.

— Elle est très belle… mais qu'est-ce que cela signifie ? Une sorte de blague entre vous ? J'ai trouvé qu'elle se conduisait comme une enfant de douze ans.

— En fait, elle en a dix.

— De quoi parles-tu ?

— De son âge mental. C'est celui d'une fille de dix ans.

— Et c'est ton nouvel amour ?

— Elle est ma fille.

Dee garda le silence pendant un moment.

— Bois ton verre, dit Karla.

Cette fois, Dee l'avala d'un trait. Puis Karla leur en versa un autre à chacune.

— Enlève ton manteau et reste dîner. Enfin, si tu aimes le gâteau au chocolat.

— Karla, quand ta fille est-elle née ?

— Il y a trente et un ans.

— Mais… elle a l'air si jeune.

Karla haussa les épaules.

— Ils ont toujours l'air jeunes, peut-être parce qu'ils n'ont pas à supporter les soucis des adultes.

— Veux-tu me raconter tout cela ?

— Après le dîner. Mais d'abord, je te suggère de renvoyer ta voiture. Je te reconduirai en ville.

Le dîner se déroula sans encombre. Dee était si soulagée par le revirement des événements qu'elle débordait d'affection pour la magnifique femme-enfant qui se jetait sur la nourriture et bavardait sans cesse pendant tout le repas. M. et Mme Harrington étaient de toute évidence le couple qui prenait soin de Zinaida. Dee remarqua que Zinaida appelait Karla « marraine ». Lorsque le dîner fut terminé, elle bondit de son siège en disant :

— Et maintenant marraine va me raconter l'histoire des Chaussons rouges.

Dee resta assise, subjuguée, pendant que Karla racontait, mimait et jouait tout à la fois l'histoire. Elle n'avait jamais vu Karla donner autant d'elle-même. Elle ressentait pour Zinaida un amour radieux et libre. À neuf heures, Mme Harrington apparut.

— Viens, Zinaida… Marraine a de la compagnie et il est temps de prendre ton bain et d'aller au lit.

— Tu viendras écouter mes prières après ?

— Bien sûr, dit Karla en embrassant la jeune fille.

Karla remit du bois sur le feu. Elle s'assit et le contempla d'un air morose.

— Elle est adorable, n'est-ce pas ?

— Elle est fantastique à regarder, dit Dee. Je vois un peu de toi dans l'ossature de son visage… mais elle a les yeux noirs. Son père était sûrement très beau.

— Je ne sais pas qui c'était.

Dee ne répondit pas. Elle se rassit et demeura immobile, de peur de ruiner l'atmosphère. Karla parlait avec hésitation.

— Tu sais, un soir, j'ai été violée par une douzaine de soldats russes. Chacun d'eux pourrait être son père.

Puis elle s'assit par terre et fixa les flammes. Elle parlait doucement… sans lever les yeux de l'âtre. D'une voix basse et sans émotion, elle raconta à Dee son enfance à Wilno… sœur Thérèse… l'école de ballet… la guerre… l'occupation russe… et la violence et le viol. Elle raconta aussi comment il lui avait été impossible de quitter Wilno avant la naissance du bébé. Elle parla de Gregory Sokoyen, resté auprès d'elle la nuit de son accouchement… elle raconta comment elle n'avait pas pu crier sa douleur à cause des autres enfants qui dormaient dans le couvent… les dix-neuf heures d'insupportables souffrances… Gregory toujours là… même au dernier moment, lorsqu'il avait compris que quelque chose n'allait pas… un accouchement par le siège… C'était Gregory qui, dominant sa propre panique, avait attrapé le bébé dans son ventre et l'avait retourné avant de l'arracher littéralement de ses entrailles. Elle pouvait encore le voir, debout sous l'affreuse petite ampoule qui pendait du plafond… donnant des claques sur les fesses de l'enfant tout sanglant… jusqu'à ce que s'élève le premier pitoyable gémissement.

Karla leva la tête vers Dee.

— Sur les photos, et même dans les hôpitaux, on voit toujours la mère à qui l'on tend un petit paquet parfumé enveloppé dans une couverture blanche immaculée. Mais cette nuit-là, mon alcôve ressemblait à un abattoir. Le bébé était couvert de mon sang… le long cordon ombilical pendait… Gregory s'est occupé de tout pendant que dans un dernier spasme de douleur je faisais sortir le placenta.

Elle frissonna doucement.

— Je n'oublierai jamais cette nuit… D'abord il a nettoyé le bébé… puis il a fait disparaître les draps ensanglantés… il a mis le bébé à mon sein pour la première fois. Je n'avais jamais imaginé que je pourrais avoir une petite fille aux cheveux blonds. En quelque sorte, je crois que j'avais toujours pensé que ce qui sortirait ressemblerait à un petit soldat russe en miniature au gros nez et puant l'alcool. Et quand je l'ai tenue dans mes bras, j'ai su que je ne l'abandonnerais jamais.

Elle continua à parler d'une voix tranquille, et à raconter leur voyage plein de dangers en compagnie des résistants. Cachés à vingt dans les granges pendant la journée… traversant les toits-terrasses et les tunnels la nuit… le bébé attaché sur son ventre… étouffant les cris de l'enfant avec quelques gouttes de vodka quand les Russes étaient proches.

— Et voici comment tout est arrivé. Zinaida avait à peu près trois mois… une magnifique petite fille parfaitement normale. Nous étions arrivés près du couloir de Dantzig… nous nous sommes trouvés encerclés par les nazis… et le bébé s'est mis à crier. Nous avons tout essayé – la vodka n'avait aucun effet… rien ne marchait… même pas le chocolat que nous économisions comme de l'or. Ses cris devenaient perçants. Je lui ai donné le sein… mais j'avais si peu de lait. Je ne parvenais pas la calmer. Soudain, l'un des hommes me l'a arrachée des bras et lui a couvert la figure avec un oreiller pendant qu'un autre mettait sa main sur ma bouche pour m'empêcher de hurler. Et lorsque les Allemands sont partis… Zinaida était morte. Oh, Dieu ! Je n'oublierai jamais ce moment… Nous regardions ce petit corps sans vie. Je pleurais en silence… Et l'homme qui avait tenu l'oreiller avait le visage couvert de larmes. Soudain, il l'a saisie et a tenté de lui faire du bouche-à-bouche. Nous étions tous figés. Vingt personnes, sales et grelottantes de froid, qui avaient voyagé ensemble, dormi serrées les unes contre les autres pour avoir un peu de chaleur, s'étaient épouillées, avaient vécu ensemble pendant trois longues semaines avec deux idées fixes : survivre et s'échapper. Et tout le monde avait les larmes aux yeux pendant que l'homme s'acharnait sur Zinaida. Même les petits enfants au visage gercé – certains n'avaient pas plus de cinq ou six ans, mais ils avaient deviné ce qui était en train de se passer. Et lorsque Zinaida a laissé échapper un faible gémissement, chacun est tombé à genoux pour remercier Dieu. Zinaida avait été ramenée à la vie. Je suppose qu'elle est morte pendant quelques minutes…

cinq… peut-être dix minutes – juste assez longtemps pour priver son cerveau d'oxygène. Mais je l'ignorais à ce moment-là. Et lorsque nous sommes arrivés en Suède elle ressemblait à n'importe quel autre bébé, si ce n'est qu'elle était beaucoup plus belle. Je l'ai laissée aux soins d'une famille, les Oleson. Ils croyaient que c'était une enfant abandonnée au couvent et que j'avais recueillie. Je suis partie pour Londres en promettant d'envoyer l'argent pour sa pension… et de venir la reprendre dès que la guerre serait finie. Tu sais, je devais habiter chez l'oncle Otto. Je ne pouvais pas l'encombrer avec un enfant, et j'espérais être recrutée dans le ballet de manière à pouvoir subvenir à ses besoins.

« Tu connais la suite. Jeremy m'a trouvée dans un abri sous les bombes et j'ai commencé à faire du cinéma. Cela semble aller de soi, mais c'était un monde si différent pour moi, sans oublier une nouvelle langue à apprendre. J'étais tellement timide et je croyais que tout le monde se moquait de mon anglais, et j'avais si peu confiance en ma façon de jouer. La danse était la seule chose que je connaissais. Mais j'ai pu expédier de belles sommes à Mme Oleson toutes les semaines, elle était très gentille et m'envoyait sans cesse des photos de la petite Zinaida. Zinaida avait environ trois ans lorsque les premiers signes de ses problèmes sont apparus. Les lettres de Mme Oleson sont devenues moins enthousiastes. Zinaida montrait un retard pour marcher… elle babillait encore au lieu de parler… tous les autres enfants étaient en avance sur elle. Au début, j'ai essayé de me dire que beaucoup d'enfants étaient lents – tu sais ce que c'est. Tout le monde te raconte qu'Einstein n'a pas prononcé un seul mot avant cinq ans… et tu n'y penses plus. L'enfant rattraperait son retard. Mais Mme Oleson a fini par m'envoyer une lettre pour me demander la permission de placer l'enfant à l'Assistance publique. En ajoutant : « Après tout, ce n'est pas la vôtre, c'est une orpheline. Pourquoi dépenseriez-vous encore de l'argent pour elle ? »

Karla commença à arpenter la pièce.

— Peux-tu t'imaginer ce que j'ai ressenti ? J'ai insisté pour que l'enfant soit ramenée à Londres… pour l'élever moi-même. Mais Jeremy avait l'esprit pratique. À ce moment-là, j'étais très connue à Londres, et Jeremy m'a expliqué que divulguer l'existence d'une enfant illégitime – qui plus est une arriérée mentale – pourrait détruire toutes mes chances de faire carrière dans le cinéma. Tu dois te rappeler que nous n'étions pas en 1971. Aujourd'hui, les situations de ce genre sont bien acceptées, mais en 1946 une actrice avec un enfant bâtard aurait été chassée des studios. C'est Jeremy qui est allé chercher Zinaida. Il s'est débrouillé aussi pour obtenir un certificat de naissance anglais et a choisi le nom de Jones. Nous avons placé Zinaida dans un hôpital psychiatrique, le temps que les neurologues fassent tous les tests possibles. Les rapports disaient tous la même chose. Son cerveau était endommagé. Elle pourrait recevoir un enseignement… Mais personne ne pouvait se prononcer d'une manière précise sur l'âge mental qu'elle atteindrait.

Karla traversa la pièce et se versa un autre cognac.

— Eh bien, je suppose qu'en un sens nous avons de la chance ; elle a dix ans d'âge mental et à peu près six ans émotionnellement.

— Mais une fille de dix ans est capable d'accomplir beaucoup de choses, dit Dee.

Karla acquiesça.

— Tu as malheureusement raison. Elle est enceinte.

Karla se dirigea vers l'escalier.

— Maintenant je dois monter écouter ses prières.

Lorsqu'elle redescendit, Dee l'attendait assise sur les marches.

— Karla… qu'allons-nous faire ?

— Nous ?

Les yeux de Dee étaient pleins de larmes.

— Oui… *nous*. Oh, Karla… à présent je comprends tant de choses… toutes tes disparitions… pourquoi tu es tellement…

— Tellement radine ?

— Pas radine… mais…

— Radine, répéta Karla avec un sourire triste. Dee, je n'ai pas autant d'argent que les gens le croient. Quand j'ai pris ma retraite, j'avais un quart de million de dollars en banque, que j'ai investi, et je vis des intérêts et des cadeaux que je reçois. Jeremy vieillit et ne peut pas toujours m'appeler dès que les choses vont mal… comme maintenant. Alors j'ai trouvé une compagne pour Zinaida. En réalité, elle est infirmière, sans l'uniforme. Elle va vivre avec Zinaida et restera en contact permanent avec moi. Les Harrington sont des gens merveilleux… ils tiennent la maison… et font de leur mieux. Mais ils ne peuvent pas être avec elle à chaque seconde. Lorsque Mlle Roberts arrivera, elle passera tout son temps avec Zinaida. Elle montera à cheval avec Zinaida, jouera aux dames, lui fera la lecture… Elle me coûtera trois cents dollars par semaine, mais je serai tranquille. Je ne peux pas rester pour m'occuper d'elle… L'enfant m'adore. Lorsque je reste trop longtemps, elle s'attache. Elle… elle a essayé de faire l'amour avec moi une nuit. Eh bien, pourquoi pas ? Grands dieux, elle a un corps de femme ! Elle recherche tous les moyens de se donner du plaisir… Maintenant elle est sous tranquillisants, mais il vaut mieux que je ne m'attarde pas. Le psychiatre que nous avons consulté va pratiquer un avortement thérapeutique.

— Qui est le père ?

— Un livreur, peut-être. Qui peut le savoir ? Les Harrington ont soudainement remarqué ses nausées du matin, sa taille qui s'épaississait… et ils lui ont posé des questions. Elle a été très franche. Elle a dit qu'un homme lui avait raconté que, s'il mettait sa petite chose à lui dans sa petite chose à elle, cela lui donnerait du plaisir. Mais elle n'a pas aimé ça, elle a dit que ça faisait mal. Nous lui avons ordonné de ne plus jamais recommencer, et elle a dit qu'elle ne recommencerait pas… Mais je me sentirai plus rassurée la semaine prochaine, lorsque Mlle Roberts sera arrivée.

— Karla, je veux t'aider.

Karla sourit et prit la main de Dee.

— Tu m'as aidée. Tes chèques m'ont été tellement utiles.

— Non… je veux faire plus que cela. Écoute, la plupart des gens comme moi lèguent leur argent à des fondations et à des œuvres de charité. Je possède déjà mes fondations et mes œuvres, mais je voudrais aussi faire le bien de mon vivant… À mon retour, je modifierai immédiatement mon testament et placerai dix millions dans un trust irrévocable dont Zinaida et toi serez les seuls bénéficiaires. Je vais demander que vous puissiez en profiter dès maintenant. Les intérêts seuls devraient se monter à plus d'un demi-million par an. Et lorsque nous serons rentrées aux États-Unis, nous créerons la fondation Zinaida… Nous ferons construire une école à son nom pour aider les personnes affectées du même handicap que Zinaida. Nous gérerons ce projet ensemble. Et peut-être, plus tard, pourrons-nous faire venir Zinaida aux États-Unis. Elle pourrait vivre avec l'infirmière dans une petite maison d'amis à Winter Palace. Je ferai bâtir une salle de projection pour qu'elle puisse regarder des films… Mike en réclame une, de toute façon… et peut-être même organiserons-nous un grand bal de charité… et peut-être pourrons-nous même apprendre à Zinaida à s'exprimer un peu. Montrons-leur comme une enfant attardée peut être belle. Et tu pourras sortir de ta retraite et leur dire que c'est une filleule que tu as adoptée… et nous consacrerons notre temps à une œuvre utile. Je peux me passer de tous ces déjeuners oiseux ; quant à toi, tu pourras arrêter tes fichus exercices à la barre, car tu vas désormais avoir un vrai travail pour remplir tes journées. Et moi aussi. Et, Karla… nous allons travailler ensemble.

Elle prit Karla dans ses bras quand elle s'aperçut soudain qu'elle pleurait.

Cette nuit-là, lorsqu'elles se retrouvèrent toutes les deux au lit, Karla chuchota :

— Je t'aime, Dee, je ne te quitterai jamais. Je ne m'enfuirai plus jamais. Maintenant je peux respirer plus facilement. Tu sais, Zinaida n'a que moi. Je me suis toujours demandé : et si je tombais malade ? Peut-être était-ce la raison pour laquelle je faisais tant d'efforts pour garder une forme olympique. Je peux très bien m'en sortir avec mon propre argent. Mais la vieillesse ou une maladie prolongée pourraient tout balayer ; et alors, où Zinaida irait-elle ? Je ne pourrais pas supporter l'idée qu'elle se retrouve dans un hôpital public. Sans compter que je vais mourir avant Zinaida – les biens que je lui léguerai, après le prélèvement des impôts, ne suffiront pas à assurer sa subsistance pour le reste de sa vie. Mais maintenant, grâce à toi, pour la première fois il m'est donné de vivre sans avoir peur de l'avenir.

Dee fit des allers-retours entre Grosvenor House et la petite maison d'Ascot. Elle attendit que Zinaida ait avorté pour partir à Cannes. Karla devait rester encore une semaine avec Zinaida, puis elles s'étaient promis de se retrouver à New York.

Dee prit place dans son avion en se demandant si personne avait jamais connu le bonheur qu'elle éprouvait. Elle ferait même semblant d'apprécier Cannes. Elle permettrait à Mike de vivre une semaine agréable. Elle pouvait s'offrir d'être généreuse parce que, lorsqu'elle rentrerait à New York, sa vie allait réellement commencer…

26

Mike lança son troisième sept d'affilée. Il avait la même veine que cette fameuse semaine à Las Vegas. Une foule s'était amassée derrière son dos au casino de Monte-Carlo. Il récolta sa mise et lança de nouveau le dé. Un huit. Il couvrit le quatre, le cinq, le neuf et le dix. Puis il fit tourner la roulette. Le quatre sortit. Il fit monter l'enjeu.

— Annoncez les numéros ! cria-t-il en faisant rouler le dé.

Neuf… il augmenta les paris… puis il obtint un double six, un quatre, trois neuf, un dix, et un autre quatre avant de marquer le point. Il fit rouler de nouveau le dé. Onze ! Il était complètement échauffé maintenant. Le point suivant fut un six. Il continua à rouler le dé, en demandant les numéros. Des huit, des quatre, des dix… il poussa jusqu'à la dernière limite possible. Il gagna huit fois coup sur coup et, lorsqu'il fit le compte de ses gains, il avait remporté près de vingt-cinq mille dollars. Il garda dix mille francs de jetons et traîna dans le casino.

La soirée avait été profitable, mais il sentait que ce n'était pas fini. Il passa à la table du chemin de fer et demanda la banque, mais perdit. Il attendit la donne suivante et demanda de nouveau la banque. Il prit la moitié de la ponte et gagna. Puis il attendit son tour et tint la banque. Une heure plus tard, il quitta la table avec plus de cent mille francs de gains. Il se dirigea en flânant vers la table de roulette où Dee jouait. Elle posa un jeton sur le trente-six et lui posa les siens autour de ce numéro. Le trente-cinq gagna. Elle écarquilla les yeux de stupeur pendant que le croupier poussait la pile de jetons vers lui. Il les ramassa et passa à la caisse. En tout, il empocha près de cinquante mille dollars. Cela suffisait pour cette nuit.

Il fallait arrêter de jouer. Point barre. Il venait de passer toute une semaine au casino sans perdre une seule soirée. Et il avait trouvé le film qu'il allait produire. L'histoire sordide d'une fille qui va sur ses trente ans et gagne sa vie dans des concours de beauté qu'elle ne remporte jamais, mais dans lesquels elle se retrouve immanquablement parmi les finalistes. Elle gagnait de l'argent. Elle reprenait l'autobus… vers une autre ville… un autre concours. Il avait déjà regardé le film trois fois avant de prendre sa décision.

Le long-métrage avait été tourné en extérieur, au Texas, par deux jeunes réalisateurs indépendants qui s'étaient trouvés en panne d'argent et avaient emprunté trois cent mille dollars à une banque pour le terminer. Ils étaient venus à Cannes à la recherche d'un contrat de distribution. Mike avait acquis soixante pour cent des droits après avoir remboursé leur emprunt bancaire et s'être porté caution pour les frais de publicité. Il était tombé sur Cyril Bean de Century Pictures et l'avait convaincu de jeter un coup d'œil au film. Ils s'étaient serré la main avant même la fin de la projection. La Century prendrait trente-cinq pour cent de la distribution et partagerait les frais de publicité. Mike Wayne faisait son grand retour.

Il projetait de lancer le film dans une salle d'art et d'essai en le faisant porter par une énorme campagne de publicité. La fille qui jouait la concurrente à la beauté fanée était une actrice du *off Broadway*, inconnue du public. Plusieurs critiques qui avaient vu le film à Cannes débordaient d'enthousiasme. Il ne pouvait pas perdre. Quand bien même il ne deviendrait vraisemblablement pas un triomphe sans précédent au box-office, il ferait malgré tout un malheur et Mike allait récupérer son investissement. Mais le plus important était que ce succès le remettrait dans le circuit. La fille était destinée à recevoir un oscar. Tout était réglé comme une horloge. Le contrat signé l'attendait dans le coffre-fort de l'hôtel. Il avait remboursé la banque et il lui restait encore plus d'un demi-million de dollars en liquide. Plus que quelques nuits au casino, avant son grand retour à New York…

Et *seulement à ce moment-là* il appellerait January. Il avait répété l'appel dans sa tête, nuit après nuit. Il savait exactement ce qu'il lui dirait. Il ne mentionnerait même pas Tom Colt. Il lui annoncerait qu'il était de nouveau dans le circuit et lui demanderait si elle voulait travailler avec lui, il ouvrirait son propre bureau. Elle pourrait l'aider pour la campagne – l'accompagner dans toutes les grandes villes pour le lancement du film. Si elle refusait… il s'y prendrait différemment. Il garderait tout son calme… ferait semblant d'accepter sa décision. Puis, quelques jours plus tard, il la rappellerait, et lui demanderait un service – il lui dirait qu'il avait besoin de publicité sur le film. Serait-elle intéressée pour écrire un article dans son magazine ? Couvrir le lancement… prendre quelques photos de lui dans son bureau et en déplacement… (L'article dans *Gloss* était la dernière chose dont il avait besoin. Il avait engagé une firme de publicité de première classe pour faire un travail génial, mais il ne le lui dirait pas. Il agirait comme s'il avait *besoin* de son aide et elle ne pourrait pas refuser.) Il était certain qu'à partir du moment où ils se reverraient et passeraient du temps ensemble tout se remettrait en ordre. Les choses redeviendraient comme avant. Le tralala du bon vieux temps… l'excitation. Parce qu'à partir d'aujourd'hui il allait générer des tonnes d'excitation et de projets.

Il avait aussi effectué quelques tractations dans le hall du Carlton. Il avait pratiquement arraché les droits de distribution aux États-Unis d'un grand film italien réalisé par un jeune cinéaste. Il avait aussi obtenu cinquante pour cent des droits américains d'un film tchèque qui n'allait pas rapporter d'argent, mais serait primé à tous les festivals et lui permettrait d'afficher son nom. 1972 était l'année où Mike Wayne allait se retrouver de nouveau au firmament.

Et puis il allait aussi quitter Dee. Il l'amènerait à demander le divorce après l'avoir remerciée pour cette tentative de vie commune et lui avoir expliqué que ça n'avait tout simplement pas marché. Évidemment, cela signifiait qu'elle s'empresserait de modifier son testament et que les dix millions de dollars de January s'envoleraient. Mais cette année passée avec Dee avait mis beaucoup de choses en lumière. Il avait épousé Dee pour procurer de la sécurité à sa fille. Et où se trouvait-elle actuellement ? Bouclée dans un bungalow de l'hôtel Beverly Hills, avec un étalon entre deux âges, marié de surcroît. Quelle sécurité Tom Colt lui donnait-il ? Elle devait savoir que son travail passait avant tout… et que sa femme et son enfant l'emporteraient en fin de compte sur elle. Mais elle s'était engagée là-dedans en sachant qu'elle ne pouvait rien espérer d'autre que de finir en troisième position. Elle avait pris ce risque. Elle ne voulait pas d'une vie emballée dans un paquet-cadeau ou déposée à ses pieds. Lui non plus d'ailleurs. Il ne pourrait pas affronter un autre hiver à Palm Beach… un été à Marbella… les papotages dans les dîners… l'insipide sérénité apathique de Dee… Pas étonnant que son visage soit si lisse – elle ne ressentait rien. Elle vivait dans un monde rempli par les discussions sur la pluie et le beau temps, les tournois de backgammon et le shopping… Une vie fondée sur rien. Elle ne ferait probablement même pas de scène à propos de leur séparation. Oh, cela pourrait déranger quelques-uns de ses projets pour Marbella – en particulier la répartition des chaises pour ses dîners –, mais elle n'éprouverait pas le sentiment d'une grande perte. Et January ne perdrait vraiment pas grand-chose non plus sans cet héritage. Dès leur retour, il prendrait une solide assurance sur la vie et, quoi qu'il arrive, il ne la mettrait jamais en gage. Il reprendrait son ancienne suite au Plaza… avec deux chambres. Il lui demanderait de venir s'y installer. Non, il lui dirait que sa chambre l'attendait – qu'elle serait toujours à sa disposition –, si un jour elle souhaitait y revenir.

Il avait été plusieurs fois sur le point de l'appeler à l'hôtel Beverly Hills, mais il s'était toujours repris à temps. Il s'était arrangé pour que son acquisition du film fasse l'objet d'un long article dans *Variety*, qu'il avait découpé avant de le lui envoyer sans un mot d'accompagnement.

Ils projetaient de partir pour New York le vendredi. Deux jours auparavant, il avait fait un saut en Suisse pour y déposer un demi-million en liquide sur un compte en banque numéroté. Puis il avait télégraphié au Plaza pour réserver son ancienne suite pour le samedi 28 mai. Il attendrait d'être de retour au Pierre pour rompre avec Dee et reprendre ses quartiers au Plaza.

Le jeudi après-midi, Dee flâna rue d'Antibes pour acheter des parfums et des petits cadeaux à ses amis. Mike tomba sur un réalisateur qu'il n'avait jamais aimé et qui l'invita à venir faire une partie de gin-rummy dans sa suite. Mike hésita. Le réalisateur était connu pour sa veine insolente. En fin de compte, il accepta. Pourquoi pas ? Ce serait une dernière façon de tester le retour définitif de sa chance.

Il quitta la suite tard dans l'après-midi, enrichi de trente mille dollars, et se rendit chez Cartier pour acheter à Dee un mince étui à cigarettes en platine. Il le fit aussitôt graver et, le lendemain, sur le chemin de l'aéroport, il le lança sur ses genoux. L'inscription disait : À DEE. CELLE QUI M'A REDONNÉ MA CHANCE. AVEC TOUTE MA GRATITUDE, MIKE. Elle se pencha et lui embrassa la joue. Peut-être serait-il préférable de lui annoncer la nouvelle maintenant pour en finir… ? Mais il eut une meilleure idée. Ce serait terrible d'être coincé dans un avion pendant six heures, sans rien d'autre à faire que de ressasser les circonstances d'un mariage inutile. En outre, ce n'était pas sa faute à elle. Elle s'était acheté un cavalier légitime. Et maintenant il était temps pour elle d'en trouver un autre. Celui-ci retournait vivre parmi les humains.

Ils quittèrent Cannes et embarquèrent à Nice. Il prit place du côté de l'allée en face de Dee. Il avait apporté du caviar et du champagne à ses frais. Il avait d'abord hésité, car c'était un rituel qu'il réservait à January. Mais de toute façon, tout ce qu'il faisait, c'était *pour* January. Et voilà qu'il retournait vers sa fille et vers la liberté.

Ils ouvrirent le champagne et le caviar après le décollage. Le nouveau maître d'hôtel les servit, un jeune Français qui avait été leur chauffeur à Cannes et rêvait de voir l'Amérique. Mike lui avait offert le passage, et Dee lui avait assuré qu'il y avait toujours une place de jardinier ou de chauffeur à Winter Palace. Il s'appelait

Jean-Paul Valon et avait vécu dix-neuf années depuis sa naissance à Cannes. Il n'était même jamais monté à Paris. Sa mère, sa tante, ses trois cousins, sa sœur et son beau-frère étaient venus lui dire au revoir. Aucun d'entre eux n'avait encore jamais pris l'avion et l'opulence du jet personnel de Dee les avait éblouis.

Dee leva son verre et sourit à Mike.

— À Cannes… et à tes amis.

Il leva son verre.

— À Marbella… à ta vie et à tes amis.

Elle sourit et but à petites gorgées. Mike porta le verre à ses lèvres… mais ne put se décider à boire. Soudain, il lui sembla déplacé de siroter du Dom Pérignon avec une autre personne que January. Son verre à la main, il contempla la vue par le hublot. Il n'allait pas être facile de rompre avec Dee. Après tout, elle n'avait rien fait de mal… à part être elle-même. Mais cela n'était pas pour lui.

Dee ouvrit son étui à cigarettes et en prit une. Elle regardait les nuages par le hublot. L'inscription gravée sur l'étui était très belle. Mike était si gentil… si généreux… Il se souciait vraiment d'elle. Mais elle ne pouvait tout simplement pas continuer à vivre ainsi. Elle n'avait pas l'intention de passer toutes ses nuits éveillée à imaginer des excuses pour retrouver Karla. Non, lorsqu'elle aurait modifié le testament, elle serait obligée de lui dire la vérité. Et elle lui annoncerait qu'elle avait l'intention de mener sa propre vie – et qu'il pouvait en faire autant – aussi longtemps qu'il ne ferait pas de scandale et se rendrait toujours disponible lorsqu'elle aurait besoin de lui. S'il acceptait ces termes, elle ne toucherait pas à l'héritage de January.

Elle observa son profil bien dessiné. Elle allait profondément le blesser, mais elle ne voyait pas d'autre solution. Elle contempla l'étui à cigarettes.

C'était le premier cadeau coûteux qu'elle eût jamais reçu d'un homme. Elle le palpa doucement. Il avait dû dépenser beaucoup d'argent. Probablement tous ses gains au jeu. Ses yeux se brouillèrent. Mon Dieu, pourquoi fallait-il toujours que quelqu'un soit meurtri ? Elle aspira une grande bouffée de sa cigarette avant de l'écraser dans le petit cendrier. Elle lui avait donné une bonne année… avait fait tout ce qu'elle avait pu pour sa fille… sans compter que celle-ci deviendrait une femme très riche si Mike faisait ce qu'il fallait. Toutefois, sa conscience la tourmentait encore. Elle observa de nouveau l'étui. Un homme devait être vraiment amoureux pour faire graver une inscription pareille : LA FEMME QUI M'A REDONNÉ MA CHANCE. Mais il n'y avait pas de raison qu'elle se sente ainsi coupable. Si un homme était à sa place, serait-il généreux envers la femme ? Non, bien entendu ! Et il aurait de plus la conscience tranquille !

Karla avait quitté Londres pour New York trois jours auparavant… Elles s'étaient parlé au téléphone pendant près d'une heure. Zinaida s'était bien entendue avec Mlle Roberts et Karla était impatiente de rentrer à New York et de revoir Dee.

Karla l'avait suppliée à voix basse :

« Dee… s'il te plaît, dépêche-toi de rentrer. »

Rien que d'y penser la faisait vaciller de bonheur. Elle ferma les yeux et s'appuya en arrière, essayant d'enraciner la vision de Karla dans son esprit. Karla lui appartenait, maintenant. Elle lui appartenait vraiment !

L'avion fit une embardée, mais Dee garda les yeux fermés. Le verre de Mike s'était renversé et Jean-Paul accourut pour nettoyer. Mike essuya l'attaché-case qui contenait le contrat de distribution du film. Plus cent cinquante mille dollars en espèces. Une somme suffisante pour lui permettre d'ouvrir un bureau et de lancer la campagne publicitaire.

Jean-Paul remplit le verre de Mike bien que celui-ci lui eût fait signe qu'il n'en voulait pas. Il prit la bouteille des mains du garçon et remplit le verre de Dee.

— Et pour toi aussi, Jean-Paul. C'est une grande occasion… ton premier voyage en Amérique. Et à partir de maintenant, pour chaque grande occasion… achète-toi une bouteille et fais-en un rituel. Un rituel porte-bonheur.

Le garçon regarda attentivement Mike remplir son verre. L'avion fit une nouvelle embardée, et un peu de vin se renversa sur son pantalon noir tout neuf. Mike rit.

— Cela porte bonheur, Jean-Paul.

L'avion fit un nouvel écart et chuta de cent cinquante mètres… puis il sembla basculer. Les yeux du garçon devinrent vitreux de peur. Mike lui sourit.

— Va attacher ta ceinture, mon garçon. On dirait bien que nous allons traverser un orage.

Mike se renversa contre son dossier et ferma les yeux. L'avion tressauta… puis remonta. Il était en train de penser à January lorsqu'il entendit un bruit irrégulier dans le moteur du jet – comme un emballement de motocyclette. Il se redressa sur son siège et écouta attentivement. Dee le regarda d'un air interrogateur. Il détacha sa ceinture de sécurité et entra dans la cabine. Les deux pilotes s'activaient furieusement sur les leviers de commande. De la fumée sortait d'un des moteurs. L'avion commença à louvoyer dans tous les sens.

— Arrêtez le moteur et libérez-le, ordonna Mike d'une voix rauque.

— Je ne peux pas, cria le pilote, il est coincé. Envoie le signal de détresse, dit-il à son voisin. Retournez vous asseoir, monsieur Wayne, nous allons devoir procéder à un atterrissage forcé.

Mike retourna à son siège. Dee le fixa avec appréhension. Le jeune Français, le visage blême, avait sorti son chapelet. Il regarda Mike, les yeux suppliants, en quête d'un réconfort. Mike parvint à sourire.

— Tout va bien, un petit ennui de moteur imprévu. Nous allons atterrir et arranger cela. Détends-toi.

C'est alors que la voix du pilote s'éleva dans l'habitacle :

— Monsieur et madame Wayne, nous allons procéder à un atterrissage forcé. Ayez l'amabilité de détacher vos ceintures de sécurité. Retirez vos chaussures et mettez-vous à genoux par terre. Si vous portez des lunettes, enlevez-les, et protégez votre tête entre vos mains.

Jean-Paul se mit à sangloter.

— Je ne verrai jamais l'Amérique. Nous allons tous mourir…

Dee était silencieuse. Elle avait le visage tendu et blanc. Oh, Dieu ! Ces choses-là n'arrivaient qu'aux autres ! Cela ne pouvait pas lui arriver à elle… pas maintenant… au moment où elle avait enfin trouvé une véritable raison de vivre… Oh, s'il vous plaît, pas maintenant !

Mike s'agenouilla en tenant fermement l'attaché-case. Puis il tendit la main et saisit la bouteille de champagne qui était par terre. Il la porta à sa bouche et but une longue rasade. C'était l'occasion rêvée… une sacrée occasion pour picoler. Et juste avant que l'avion explose en plein ciel, il pensa à January. Il n'aurait jamais la chance de lui demander pardon et de lui dire combien il l'aimait. Et lorsque l'explosion se produisit, la dernière chose qui lui vint à l'esprit fut le numéro de son compte en banque en Suisse et le fait que sa chance le désertait décidément au pire moment qui soit…

27

January ferma les yeux tandis que le Boeing 747 commençait sa descente sur l'aéroport Kennedy. Il lui était pénible de regarder les lumières de New York sachant que Mike ne viendrait pas l'attendre à l'aéroport, qu'il ne viendrait plus jamais la chercher dans aucun aéroport.

Moins d'une heure après l'explosion en plein vol de son avion au-dessus de l'Atlantique, la nouvelle avait éclaté sur les écrans de télévision de New York, interrompant tous les programmes. Heureusement, George Milford était parvenu à joindre January à l'hôtel Beverly Hills avant qu'elle ne soit informée de cette manière.

Tout lui avait semblé complètement irréel. Lorsqu'elle avait raccroché, la lumière du soleil entrait toujours à flots dans la pièce. Tom continuait à taper sur sa machine à écrire dans la pièce à côté. Mike était mort… et le monde continuait comme si de rien n'était.

Elle avait écouté calmement George Milford lui raconter les détails. Elle avait gardé le silence lorsque David lui avait présenté ses condoléances au téléphone. Fallait-il qu'ils viennent la chercher ? Fallait-il qu'ils s'occupent du service funèbre ? Fallait-il ?… Quelque part au milieu d'un « Fallait-il », elle avait raccroché. Elle avait commencé par s'asseoir, se demandant pourquoi les oiseaux étaient toujours en train de chanter… se demandant pourquoi elle respirait toujours.

Elle ne se rappelait pas quand elle avait commencé à hurler. Tout ce qu'elle savait, c'était qu'elle hurlait et ne pouvait pas s'arrêter… et Tom l'avait prise dans ses bras en la suppliant de s'expliquer. Et soudain les téléphones s'étaient mis à sonner dans toutes les pièces et Tom avait fini par demander à l'opérateur de renvoyer tous les appels, et elle avait compris en voyant son visage qu'il était au courant… Et pendant ce temps-là, ce maudit soleil continuait à briller et les oiseaux s'interpellaient et l'opérateur faisait appeler des gens à la piscine.

Elle se rappelait un brave homme, le Dr Cutler, qui était arrivé et lui avait fait une piqûre. Une autre piqûre que celles du Dr Alpert. Une piqûre douce et moelleuse qui l'avait calmée. Tout lui avait semblé apaisé… même la lumière du soleil avait pâli… elle avait eu l'impression de flotter, et que les oiseaux étaient très loin. Puis elle s'était endormie.

À son réveil, elle avait pensé que peut-être tout cela avait été un rêve, un cauchemar absurde. Mais Tom ne se trouvait pas devant sa machine à écrire. Il était assis à côté du lit et, lorsqu'elle lui avait demandé si elle avait rêvé tout cela, il avait détourné les yeux.

Il l'avait tenue serrée toute la nuit. Elle n'avait plus pleuré. Elle avait eu peur de se remettre à pleurer et de ne plus jamais s'arrêter…

Garder tout cela pour soi, c'était presque un signe de refus d'admettre que c'était réellement arrivé.

Tom avait fini par débrancher tous les téléphones. Linda avait réussi à passer au travers ; elle avait proposé de venir sur place et de ramener January à New York. George et David Milford lui avaient proposé la même chose. Mais January refusait que quiconque vienne la chercher. Tom avait fini par prendre les choses en main et lui réserver une place sur le vol TWA du lendemain à midi. Il avait télégraphié à David et à George le numéro de son vol et son heure d'arrivée. Il l'avait conduite à l'aéroport et avait obtenu la permission de l'accompagner dans l'avion avant l'embarquement des autres passagers. Elle s'était assise sur le premier siège de l'énorme avion vide et, soudain, avait été prise de panique.

« Viens avec moi, Tom. Je ne peux pas affronter cela toute seule.

— Tu ne vas rien affronter seule, avait-il répondu doucement, je suis toujours avec toi. Souviens-toi seulement de cela, raccroche-toi à cette pensée à tout moment. Et George et David Milford t'attendront à l'aéroport.

— Oh, Tom, ce n'est pas cela que je veux. »

Il était parvenu à sourire.

« Ce n'est pas ce que nous *voulons*... mais ce qui doit être. Regardons les choses en face, ma chérie... Je *suis* un homme marié. David et son père croient réellement que tu es ici pour écrire un article sur moi. Ce n'est pas que je me soucie de ce qu'ils pensent, mais je m'inquiète pour toi. Après tout, il y aura des reporters qui t'attendront à Kennedy.

— Des reporters ? »

Elle avait eu l'air hébétée.

« Eh bien... ton père était un sacré type en son temps, et Dee Milford Granger, l'une des femmes les plus riches du monde. Leur mort fait partie des nouvelles du jour et le public est attiré par la mort.

— Tom. Je t'en prie, viens avec moi, l'avait-elle supplié en agrippant ses mains.

— J'aimerais bien, ma chérie. Mais je ne peux rien faire pour t'aider. Je dois aller me cacher dans un hôtel pendant que tu fais les arrangements nécessaires. Parce que c'est tout ce dont la presse aurait besoin – toi enterrant ton père, ton amant marié sur les talons. De plus, je suis très en retard dans mon travail. Le studio est sur mon dos. Il semble que j'ai été trop amant et pas assez écrivain. »

Elle s'était cramponnée à lui et il lui avait assuré qu'il serait là… qu'il l'attendrait.

« Règle tes affaires… et appelle-moi… à n'importe quelle heure… chaque fois que tu as besoin de moi… je serai là. »

L'avion survolait Kennedy en attendant de pouvoir atterrir. Elle ouvrit son sac, en sortit la coupure de *Variety* et la relut. Une fois de plus, elle se demanda pourquoi il l'avait envoyée sans un mot d'accompagnement ? Était-ce parce qu'il était encore en colère contre elle ? Mais dans ce cas, il ne l'aurait pas envoyée du tout – c'était sa façon de dire que tout était réglé entre eux. C'était forcément ce qu'il voulait dire ! Oh, Dieu… il n'y avait pas d'autre choix.

L'avion toucha la piste. L'atterrissage s'était passé en douceur. La musique d'ambiance se fit entendre. Tous les passagers détachèrent leurs ceintures de sécurité et se levèrent alors même que l'hôtesse leur demandait de rester assis jusqu'à l'arrêt de l'appareil. Les gens cherchaient leurs bagages à main… un bébé se mit à pleurer à l'arrière… on amena la passerelle contre l'avion… les hôtesses se tenaient maintenant devant la porte ouverte… souriantes… saluant les voyageurs avec un sourire sincère… remerciant chacun d'avoir choisi la TWA… Elle se dirigea vers la porte comme les autres passagers. C'était fou de constater que votre monde pouvait s'arrêter de tourner alors que, vous,

vous continuiez de faire toutes les choses ordinaires. Comme s'asseoir pendant un vol de quatre heures et demie… et même grignoter un peu de nourriture… et maintenant descendre la passerelle comme tout le monde. Elle aperçut les photographes, mais il ne lui vint pas à l'esprit qu'elle était celle qu'ils attendaient avant que les flashs n'illuminent son visage. Ils se serraient autour d'elle, jusqu'à ce que David et son père brisent le cercle et la conduisent dans un salon privé de l'aéroport, tandis qu'un chauffeur rassemblait les étiquettes de ses bagages.

Puis ils prirent le chemin du retour vers New York, le même trajet qu'avec Mike. La même route, les mêmes reliquats de la Foire internationale. Les bâtiments étaient toujours là, mais Mike, lui, était mort.

— … Et c'est pourquoi nous pensons qu'il serait préférable… était en train de dire George Milford.

— Préférable. Qu'est-ce qui est préférable ?

Elle regarda les deux hommes.

David parla d'une voix douce.

— Préférable pour toi de demeurer au Pierre. Cela prendra quelque temps avant que la succession soit validée. Par la suite, le Winter Palace, Marbella et l'appartement du Pierre seront mis en vente, et l'argent reviendra à la fondation. Mais jusque-là tu peux vivre où il te plaira. Et tu seras bien installée au Pierre.

— Non… j'ai mon propre appartement.

— Mais ta vie privée sera mieux protégée au Pierre.

— Ma vie privée ?

— Je crains que les journaux ne parlent de cette affaire pendant des jours, expliqua George Milford. Quand la nouvelle a éclaté, la presse m'a appelé pour me poser des questions sur la succession de Dee et j'ai peur d'avoir laissé échapper par inadvertance que vous alliez hériter de dix millions.

— Dix millions ?

Elle les regarda.

— Dee m'a légué dix millions de dollars ? Pourquoi ? Je la connaissais à peine.

George Milford sourit.

— Elle aimait beaucoup votre père. Je suis sûr qu'elle l'a fait pour le rendre heureux. Elle m'a confié combien il vous aimait et c'est pour cette raison que vous devriez vivre au Pierre. Après tout, c'est ce que souhaitait votre père.

— Comment savez-vous ce que souhaitait mon père ? demanda-t-elle. Vous ne l'avez pas vraiment connu.

— January, je l'ai connu… assez bien, vers la fin, dit calmement David. Nous avons beaucoup discuté à Palm Beach pendant ce week-end de Pâques où tu n'es pas venue. Il m'a confié qu'il avait espéré que nous nous marierions plus tard… Je lui ai parlé de ce que je ressentais pour toi, et il m'a conseillé d'être patient, de ne pas te brusquer. Ce sont ses mots. Il n'a jamais voulu te forcer à quoi que ce soit. Il détestait l'idée de te voir vivre dans cet appartement de mauvais goût. Mais il a dit qu'il ne te le dirait jamais, pas plus qu'il ne t'a parlé de sa déception lorsque tu as quitté le Pierre.

Elle sentit les larmes couler sur ses joues. Elle acquiesça dans l'obscurité.

— C'est entendu, David… Bien sûr, je vais m'installer au Pierre.

Les quatre jours suivants, January fonctionna sur pilote automatique, carburant au Librium et aux somnifères. Le Dr Alpert lui avait fait une piqûre la veille de l'accident d'avion. L'effet s'était estompé à son arrivée à New York, mais sa souffrance mentale l'emportait sur n'importe quelle réaction physique. Elle accueillait presque avec plaisir les maux de tête, sa poitrine oppressée, ses membres courbatus ; elle comprenait ces douleurs et elle savait qu'elles passeraient. C'était le vide immense de son existence sans Mike qu'elle ne pouvait pas accepter.

Sadie rôdait autour d'elle comme une infirmière dévouée. Elle était une âme en peine sans Dee et semblait toujours à l'écoute, comme si d'une seconde à l'autre allait retentir l'un des ordres coupants de Dee. Sadie travaillait pour Dee depuis trente ans. Elle avait *besoin* de quelqu'un sur qui veiller, et elle transféra ce besoin sur January, lui apportant des plateaux de nourriture que January touchait à peine, répondant au téléphone, éconduisant tout le monde sauf les Milford, montant la garde comme une farouche sentinelle, silencieuse… triste… en attente.

David s'assit à côté de January au service funèbre de Dee et de Mike. Le visage de la jeune fille était inexpressif, un peu comme si elle était endormie les yeux ouverts. Le père de David s'installa de l'autre côté, et sa mère près de son mari, toute raide, pétrissant son mouchoir, l'air désespéré. L'église était assiégée et la présence de la haute société et de toutes les célébrités avait amené la presse dans son ensemble. La jet-set internationale était représentée par de véritables membres des familles royales. Certains amis européens de Dee avaient affrété un avion particulier pour être là. Et de nombreuses vedettes du show-business, pressentant que les caméras de télévision seraient dans les parages, avaient soudain trouvé nécessaire de présenter leurs derniers respects à Mike. Mais ce fut l'apparition de Karla qui causa la plus grande sensation. La foule des curieux avait presque réussi à traverser le cordon de police lorsqu'elle était arrivée.

David ne l'avait pas vue, mais il avait entendu s'élever les cris à l'extérieur, ses admirateurs l'appeler par son nom. Il savait qu'elle était assise quelque part au fond de l'église et il priait pour ne pas la croiser. Après cette nuit dramatique, il avait chassé toutes les pensées qui la ramenaient à lui. Il avait véritablement utilisé une forme d'autohypnose pour l'exorciser de ses pensées. Il se disait « haine » chaque fois que son nom lui venait à l'esprit, puis songeait à tout ce qu'évoquait le mot haine : Hitler, les viols d'enfants, la pauvreté. Et quelque part, au fil de l'association d'idées, son esprit se concentrait sur un autre sujet. Il accepta aussi de nouveaux clients et du travail supplémentaire. Et il fit en sorte de ne plus jamais se trouver seul la nuit, passant de Kim à Valerie, une splendide Eurasienne. Et lorsque la nouvelle de l'accident d'avion lui parvint, il laissa tout tomber et se jeta à corps perdu dans l'urgence immédiate des « soins et égards » à apporter à January.

Et maintenant, il allait se concentrer sur January jusqu'au bout.

Sa frêle petite héritière, belle et pâle. Les caméras de télévision lui avaient fait passer un moment difficile à son arrivée dans l'église. Désorientée, elle s'était accrochée à lui. Elle était vraiment très belle, une très belle petite fille perdue – une très belle petite fille perdue riche de dix millions de dollars. Il pressa sa main gantée. Elle le regarda, et il espéra que son léger sourire communiquait sympathie et assurance.

Le service était débité sur un ton monocorde. Il savait que l'église était comble et que les gens s'entassaient sur trois rangées dans le fond. Quelqu'un lui avait dit que le gouverneur était présent en personne. Où Karla était-elle assise ? Il prit conscience avec quelque stupéfaction du fait qu'aujourd'hui – à cette minute – c'était la première fois qu'il s'autorisait à penser à elle. Il la chassa de son esprit. Sans succès. Dans l'église bondée, il ressentait confusément sa présence. C'était ridicule. Mais il la ressentait vraiment. Et soudain, même l'autohypnose ne marchait pas. Il resta assis, sans ressource, et se permit enfin de songer à elle. Était-elle venue seule ? Ou accompagnée par Boris ou l'un de ses chevaliers servants ? Ou bien avait-elle quelqu'un d'autre ? Il devait arrêter d'y penser ! Concentre-toi sur January, se dit-il. Concentre-toi sur Dee et sur ta famille. Il comptait parmi ses proches parents. Son proche parent certes, mais exclu du testament. Dieu, pourquoi fallait-il que cet avion ait explosé ? N'aurait-il pas pu exploser *après* que Dee aurait modifié son testament ? D'ailleurs, elle avait eu l'intention de le corriger. Pourquoi avait-elle attendu pour appeler son père la veille du jour où le vieux partait pour l'Europe ? Et elle avait aussi câblé un message du midi de la France, disant qu'elle voulait faire d'importantes modifications à son retour. Pour quelle raison ?

Aurait-il été réintégré dans le testament ? January en aurait-elle été exclue ? Mais toutes les spéculations du monde n'avaient plus aucune importance désormais. Le testament était fermé hermétiquement. Et January était devenue la fille la plus riche de la ville.

Puis il entendit l'orgue et les bruits assourdis de la prière du Seigneur. Il baissa la tête et se leva automatiquement avec les autres. Il tint le bras de January pendant que son père et sa mère quittaient le banc. Il garda la tête baissée en menant January en haut de la nef, loin de la demi-obscurité de l'église, vers le trou béant illuminé par la lumière du jour, où les attendaient le public des curieux et la presse.

En passant devant la troisième rangée à partir du fond, il la repéra. Elle portait un foulard de mousseline noire sur la tête et se préparait à se précipiter vers la sortie. Mais à ce moment précis, avant qu'elle ne remette ses perpétuelles lunettes noires, leurs yeux se croisèrent. Puis elle partit, se frayant un passage sur le bas-côté, avec l'espoir de s'enfuir par une entrée latérale. Il tint le bras de January et continua à marcher d'un pas solennel jusqu'à la limousine. Et il parvint à conserver un air sombre approprié, pendant que les caméras de télévision les filmaient en prévision du journal de six heures.

Il reconduisit January au Pierre et, pendant les trois heures qui suivirent, le salon résonna des tintements de verres des nombreuses célébrités et de tous les gens du beau monde qui trinquaient. Des gardes de sécurité veillaient à ce que les hommages ne tournent pas au cocktail mondain. David demeura aux côtés de January jusqu'à ce qu'elle montre des signes visibles de fatigue, et Sadie la conduisit dans sa chambre tandis que la réception suivait son cours. De nouveaux arrivants continuaient à affluer. Il regarda sa mère jouer les hôtesses de maison. Même le vieux semblait se payer du bon temps. Il voyait quelque aspect barbare dans toute cette cérémonie. Il jeta un coup d'œil sur les cadres d'argent du piano. La plupart des figures célèbres étaient représentées en chair et en os dans l'immense salon du Pierre. Toutes sauf une. Ses yeux se posèrent sur la photo de Karla. Il se dirigea vers elle et la fixa. Ses yeux étaient distants, voilés de solitude, exactement comme il les avait vus aujourd'hui.

Il vit Sadie sortir de la chambre. Elle vint sur la pointe des pieds l'informer que January se reposait. Elle avait pris un sédatif. Et lorsqu'il fut certain que personne ne le remarquait, il se glissa hors de l'appartement.

Il savait pertinemment où ses pas le portaient. Il avait cru pourtant qu'il serait incapable d'y retourner, de faire face au portier ou au garçon d'ascenseur. Mais soudain cela n'avait plus aucune importance. Après l'avoir regardée dans les yeux aujourd'hui, il savait qu'il pouvait tous les affronter – une armée entière. Il fallait qu'il la revoie !

Néanmoins, son soulagement fut immense quand il aperçut un nouveau portier devant son immeuble. Bien sûr, il n'était jamais venu à midi. L'homme l'arrêta en lui rappelant que tous les invités devaient être annoncés. Il hésita un moment. Si Karla faisait dire qu'elle ne voulait pas le recevoir, il se trouverait bien embarrassé devant ce nouvel employé.

Mais à présent, tout cela lui paraissait si futile. Il donna son nom et attendit pendant que l'homme se dirigeait vers l'interphone. Ce gros maladroit d'étranger dans son uniforme à galons aurait le privilège de lui parler… mais *lui* peut-être pas. Il alluma une cigarette. Cela lui sembla durer une éternité. Peut-être n'était-elle pas rentrée. Si le portier disait qu'elle était sortie, ce serait peut-être la vérité, mais lui ne le saurait jamais.

Le portier revint à pas lents, comme si marcher le faisait souffrir. David jeta sa cigarette et attendit.

— Appartement 15 A, dit le portier, ascenseur d'en face.

Pendant un instant David resta immobile. Puis il avança à grands pas dans le hall. Ce n'était pas le moment de se sentir nerveux. Il fut réconforté de voir que l'ascenseur était déjà là et, lorsqu'il en sortit, elle se tenait déjà à la porte de son appartement.

— Entre, dit-elle calmement.

Il la suivit à l'intérieur. La lumière du soleil dessinait des ombres jaune sombre sur l'East River brouillée.

Il aperçut un remorqueur qui passait en provoquant de petites vagues à la surface de l'eau.

— J'ignorais que la vue était tellement splendide, dit-il.

— Peut-être parce que tu n'es venu que la nuit.

— Ou peut-être parce que je n'ai jamais vraiment regardé.

Pendant un moment, aucun d'eux ne pipa mot. Puis il ajouta :

— Karla… je ne peux pas vivre sans toi.

Elle s'assit et alluma une de ses cigarettes anglaises. Puis, comme après réflexion, elle lui tendit le paquet. Il fit non de la tête. Puis il s'assit à côté d'elle.

— Tu ne me crois pas, n'est-ce pas ?

Elle acquiesça doucement.

— Je pense que tu en es convaincu… à l'heure actuelle.

— Karla, je m'excuse pour l'autre nuit, dit-il avec effort.

Soudain, les mots se bousculèrent.

— Mon Dieu, je devais être fou. On ne peut même pas mettre ça sur le compte de l'alcool, car je m'étais soûlé exprès. Pour me donner la force de venir, pour faire cette scène.

Il regarda ses mains.

— C'est juste que toute la difficulté de notre situation me rattrapait. Je m'inquiétais constamment du temps, combien nous en aurions, à quelle date tu repartirais à l'improviste. Mais aujourd'hui, quand je t'ai regardée, mes idées se sont mises en ordre dans ma tête et j'ai su ce qu'il en était. Je t'aime. Je veux vivre avec toi… au vu et au su de tous. Je veux me marier avec toi – si tu veux bien de moi – ou bien je resterai auprès de toi, comme ton consort si c'est ce que tu préfères. J'ai passé toute ma vie à me demander si j'allais hériter de l'argent de Dee et, maintenant, il semble que je sois censé passer ma vie à mettre la main sur celui de January. Et je m'y étais résigné jusqu'à ce que je t'aperçoive à l'église. Parce que, par le passé, je n'avais rien de mieux à faire. Mais lorsque je t'ai revue…

Elle posa la main sur les lèvres de David.

— David, cela me fait plaisir de te voir. Et je suis désolée pour cette nuit-là.

Il saisit ses mains et les embrassa.

— Non, c'est moi qui te demande pardon. Je ne pensais pas un mot de tout ce que j'ai dit. Je…

Il savait que son visage était brûlant.

— Je ne croyais pas ce que j'ai dit à propos de Heidi Lanz. Je ne pensais pas vraiment qu'elle était là.

— Rien de tout cela n'a d'importance, dit-elle. Je l'ai connue il y a si longtemps, à mon arrivée en Amérique. Je ne l'ai pas revue depuis des années, sauf dans les rediffusions de ses vieux films à la télévision.

— Bien sûr. Et je l'avais aperçue ce jour-là au « 21 », et c'est elle qui m'est venue à l'esprit et…

Elle posa les doigts sur ses lèvres et sourit.

— Je t'en prie, David. Rien de tout cela n'a d'importance. Heidi ou…

— Tu as raison, dit-il. Rien n'a d'importance sauf nous.

Elle se leva et traversa la pièce. Elle lui sourit, mais il y avait de la tristesse dans ses yeux.

— Non, David, nous ne sommes pas si importants non plus. Toutes ces années, j'ai mené une vie très égoïste. J'ai toujours eu l'intention de faire tant de choses, mais j'ai toujours considéré que j'avais tout mon temps. La mort de Dee m'a appris à voir les choses différemment. Nous ne savons jamais combien de temps il nous reste à vivre. Mon vieil ami Jeremy

Haskins a presque quatre-vingts ans. Chaque fois que je reçois un appel de Londres, je retiens mon souffle. Et pourtant qui aurait pu croire que Jeremy vivrait plus longtemps que Dee ?

Il s'avança vers elle et essaya de la prendre dans ses bras, mais elle rompit son étreinte. Il la prit par les épaules et la regarda dans les yeux.

— Karla, c'est pour cela que je suis ici. Justement pour cette raison. Nous avons parlé de la différence d'âge entre nous. Mais maintenant tout cela paraît stupide. Tout ce qui compte c'est d'être ensemble, l'un pour l'autre.

— Non, David, ce n'est pas tout ce qui compte.

Elle s'écarta. Puis elle désigna le canapé.

— Assieds-toi. Je veux que tu m'écoutes. Oui, nous avons eu de merveilleux moments. Mais cela appartient au passé. Maintenant je vais te parler de ce qui compte. Je vais te parler d'une fille qui s'appelle Zinaida…

David roula en boule son paquet de cigarettes vide. Il fixait Karla debout contre le manteau de la cheminée. Plusieurs fois, il avait senti ses yeux se remplir de larmes pendant qu'elle racontait son combat pour élever son enfant. Son sang-froid lorsqu'elle lui narra le viol des nonnes au couvent ne faisait qu'ajouter à l'horreur de la scène. Lorsqu'elle eut fini, elle dit :

— Ainsi, tu vois combien tout ce qu'il y a entre nous a vraiment peu d'importance. Jusqu'à présent je me la suis coulée douce et j'ai laissé les autres s'occuper de Zinaida. Mais désormais tout est différent.

— Dee était-elle au courant pour ton enfant ?

Karla hésita. Puis elle parvint à sourire.

— Bien sûr que non. Pourquoi Dee aurait-elle été au courant ? En réalité, nous n'étions pas si proches.

Je n'étais qu'une photo dans l'un des cadres d'argent posés sur son piano.

— Si elle avait su, elle aurait pu te laisser quelque chose dans son testament.

Karla haussa les épaules.

— J'ai assez d'argent, mais seulement à condition de changer de style de vie. J'ai mis cet appartement en vente et j'en tirerai une grosse somme. Et il existe une merveilleuse petite île grecque nommée Patmos, peu visitée par les touristes. C'est calme, je vais y acheter une maison et habiter avec Zinaida et les Harrington.

— Fais-la venir ici, supplia David. Nous pourrons vivre tous ensemble.

— Oh, David, tu ne comprends pas. Elle est très belle. Mais c'est une enfant. Il lui semblerait normal de gambader dans les rues, ou d'éclater en sanglots chez Schwarz si on ne lui achetait pas tous les jouets qu'elle demande. C'est une enfant. Une enfant de trente et un ans ! Je suis très secrète et tu sais combien je dois lutter pour conserver le peu de vie privée qui me reste. Ce ne serait pas juste pour Zinaida de l'exposer aux photographes, qui la pourchasseraient. Sa vie deviendrait un sujet de moquerie. Mais à Patmos… nous pourrons nager ensemble, nous promener, jouer. Personne ne me connaîtra là-bas. Nous vivrons dans le secret le plus complet. Jeremy a envoyé un agent pour arranger ça. Je pars demain choisir la maison.

— Karla… épouse-moi ! Je t'en prie ! Tu as assez d'argent pour subvenir aux besoins de Zinaida. J'en gagne assez pour que nous puissions vivre et…

Elle caressa doucement son visage.

— Oui, j'en suis sûre. Et nous passerions une merveilleuse année ensemble.

— Des années, corrigea-t-il.

— Non, David, un an tout au plus. Et puis tu verrais ton adorable petite January se marier. Tu penserais aux dix millions de dollars, au style de vie que tu aurais pu mener avec elle… Non, David, cela ne pourrait jamais durer. Ma place est avec Zinaida. Je dois lui apprendre tant de choses ; et en particulier que je suis sa mère. Elle est tellement perdue. Et ta place est avec January. Je l'ai vue aujourd'hui. Elle aussi est perdue et a grand besoin de toi.

— Mais moi, c'est de toi que j'ai besoin.

Elle ouvrit les bras et il la serra contre lui pendant un long moment. Il couvrit son visage de baisers. Puis elle s'écarta de lui.

— Non, David…

— Karla… supplia-t-il, si tu as l'intention de me renvoyer, je t'en prie, laisse-moi être avec toi une dernière fois…

Elle secoua la tête.

— Cela ne ferait que rendre les choses plus difficiles pour nous deux. Adieu, David.

— Tu me chasses ? demanda-t-il.

— Mais cette fois-ci, c'est avec tout mon amour.

Il se dirigea vers la porte. Soudain, elle courut vers lui et l'étreignit.

— Oh, David ! Sois heureux, je t'en prie. Pour moi… sois heureux.

Et il sentit les pleurs sur le visage de Karla, mais il ne se retourna pas en sortant, car il était conscient que ses propres yeux étaient remplis de larmes…

28

January avait pris trop de calmants pour se rappeler quoi que ce soit, y compris le service funèbre. Elle se souvenait que David était assis à côté d'elle, mais les événements lui revenaient comme dans une bobine d'actualités sans le son. Le Dr Clifford, le médecin de Mme Milford, lui avait prescrit des tranquillisants et elle avait pris trois fois la dose. Elle savait que l'église était comble et se rappelait avoir pensé : « Mike aurait aimé l'idée de jouer pour une salle pleine. » Mais elle s'était sentie bizarrement distante des caméras qui avaient crépité à sa sortie de l'église, comme des spectateurs curieux qui l'appelaient par son nom.

Elle avait été stupéfaite devant la foule qui avait envahi l'appartement du Pierre, abasourdie par le fait qu'elle était censée les recevoir comme s'ils étaient des invités. Et quand cela avait été trop pour elle, elle s'était glissée dans la chambre et avait repris des tranquillisants.

Les jours qui suivirent se déroulèrent exactement comme dans un rêve. Des journées entières consacrées à des réunions sérieuses et à la signature de documents dans le bureau de George Milford, David toujours à ses côtés. Dee lui avait légué dix millions de dollars ! L'énormité de la somme ne parvenait pas à éveiller en elle la moindre émotion. Cet argent avait-il le pouvoir de ramener Mike à la vie ? De faire revenir à cette soirée dans le bungalow numéro 5 ?

Les jours se traînaient en longueur. David l'emmenait dîner chez ses parents tous les soirs. Elle essayait de tenir une conversation quelconque avec Margaret Milford, qui s'efforçait nerveusement de prévenir tous ses désirs. Par-dessus tout, elle éprouvait une juste reconnaissance envers David. Parfois, elle avait l'impression de se noyer lorsqu'elle était entourée par tous ces visages étrangers et par la batterie de journalistes qui semblait surgir de tous les côtés. C'était alors qu'elle s'accrochait à David et trouvait un soulagement devant son visage familier. Et il y avait toujours Sadie, qui attendait invariablement son retour chaque soir au Pierre. Elle dormait désormais dans la chambre de maître, sur le côté du lit que Sadie disait être celui de Mike. Et Sadie devait bien le savoir, puisque c'était elle qui avait apporté son café à Dee tous les matins.

C'était aussi Sadie qui lui distribuait ses somnifères tous les soirs. Deux Séconal et une tasse de lait chaud. À la fin de la semaine, January découvrit que mélanger du Jack Daniel's au lait lui permettait de s'endormir immédiatement. Et dans tout ça, elle appelait sans arrêt Tom. Elle n'était jamais totalement consciente de l'heure à laquelle elle le faisait… ni du nombre de fois. Elle l'appelait lorsqu'elle se réveillait… que ce soit le matin ou au milieu de la nuit. Chaque fois qu'elle se retrouvait seule, elle tendait le bras vers le téléphone et l'appelait. Il la consolait toujours, même s'il paraissait parfois harassé ou somnolent. Plusieurs fois, il l'accusa gentiment d'avoir bu.

Mais ce qu'elle aimait par-dessus tout, c'était dormir. À cause de ce rêve qui revenait chaque nuit. La vision floue d'un homme très beau aux yeux d'un bleu aigue-marine. Elle avait rêvé de lui une fois, il y avait longtemps, lorsqu'elle avait rencontré Tom. Cela avait été un rêve déconcertant, alors, car l'homme lui avait rappelé Mike, d'une certaine façon. Mais lorsque Tom et elle étaient devenus amants, elle n'y avait plus pensé. Par ailleurs, lorsqu'elle était sous l'effet des piqûres du Dr Alpert, elle ne rêvait jamais, faute de sombrer dans un profond sommeil. Mais le songe était revenu la première nuit où elle avait pris du Séconal et bu du lait au Jack Daniel's, un songe étrange. Elle se trouvait dans les bras de Mike et il lui disait qu'il était encore vivant… que tout cela avait été une erreur… un autre avion avait explosé… il allait bien. Et soudain il tombait de ses bras et elle le voyait glisser dans l'océan… plus bas… plus bas… tout au fond… et juste au moment où elle essayait d'aller à son secours, deux bras puissants la rattrapaient. C'était Tom… la tenant serrée contre lui et lui affirmant qu'il ne la quitterait jamais. Et lorsqu'elle s'accrochait à lui et lui disait combien elle avait besoin de lui… elle se rendait compte que ce n'était pas vraiment Tom. Il ressemblait à Tom… et il ressemblait à Mike… sauf les yeux. Les yeux les plus magnifiques qu'elle ait jamais vus. Et à son réveil, elle pouvait encore voir ces yeux…

Elle réclama d'autres somnifères au Dr Clifford, mais celui-ci lui suggéra d'essayer de s'endormir sans.

— Si vous étiez veuve ou plus âgée, seule au monde, je pourrais continuer à vous prescrire des somnifères pour vous aider à surmonter votre solitude. Mais vous êtes une jeune et jolie jeune femme, avec un fiancé qui vous adore, et vous devez vous efforcer de vivre normalement.

Elle passa une nuit sans sommeil et, en désespoir de cause, la tête lourde et la gorge pâteuse, elle alla chercher une aspirine dans l'armoire à pharmacie de

Dee, et tomba sur une mine d'or. Des tubes et des tubes de somnifères. Aucun d'entre eux ne portait le nom du Dr Clifford sur l'étiquette. De toute évidence, Dee avait son propre « docteur pilules » ; elle découvrit des pilules amaigrissantes (qu'elle reconnut facilement car Linda en utilisait de temps à autre), deux tubes de barbituriques, trois tubes de Séconal, un tube de Tuinal, et plusieurs boîtes de suppositoires français. Elle les retira rapidement de l'armoire et les dissimula.

Le rêve venait maintenant à elle toutes les nuits. Parfois c'étaient juste les yeux, qui lui semblaient vouloir la réconforter, lui donner de l'espoir, et la convaincre qu'il existait un monde merveilleux qui n'attendait qu'elle... Mais à son réveil, il ne restait plus que la solitude de la chambre obscure et le lit vide. Alors elle appelait Tom... et lui parlait jusqu'à ce que ses paroles deviennent embarrassées et qu'elle sombre dans le sommeil.

Ce fut au milieu de la troisième semaine que les pilules cessèrent de faire effet. Elle s'endormait immédiatement... pour se réveiller quelques heures plus tard. Et une nuit, elle se réveilla et s'aperçut qu'elle n'avait pas fait le rêve. Son sommeil avait consisté en quelques heures sombres dans le néant. Elle prit un autre Séconal dans le tiroir où elle gardait les pilules, et essaya d'avaler en même temps un comprimé de barbiturique. Elle se sentit vaseuse, mais le sommeil ne vint pas. Elle appela Tom, qui répondit après plusieurs sonneries, réveillé en plein sommeil.

— January, pour l'amour du ciel... il est deux heures du matin.

— Eh bien, au moins je ne t'ai pas interrompu au milieu de ton travail.

— Non, mais tu m'as réveillé. Chérie, je suis très en retard. Le studio est sur mon dos. Je dois absolument terminer ce projet.

— Tom… j'aurai achevé toutes les formalités dans quelques jours. Et puis je reviendrai.

Après un court silence, il lui répondit :

— Écoute, je crois qu'il est préférable d'attendre un peu.

— Attendre quoi ?

— Attendre que je finisse l'adaptation. Si tu viens ici, tu ne peux pas t'installer avec moi pour l'instant…

— Pourquoi pas ?

— Pour l'amour du ciel, tu n'as pas lu la presse ?

— Non.

— On ne voit que ta photo dans tous les journaux. Ces dix millions de billets n'ont pas tardé à faire de toi une célébrité.

— On dirait Linda… Elle… elle… elle n'arrête pas de dire… que je…

Elle se tut. Sa langue était devenue pâteuse et elle ne se souvenait pas de ce qu'elle avait eu l'intention de dire.

— January, tu as pris quelque chose ?

— Des somnifères.

— Combien ?

— Juste deux.

— Bon, eh bien, va te coucher. Écoute, j'aurai bientôt fini le script. Alors nous reparlerons de tout cela.

Elle s'endormit le téléphone à la main. Et lorsque Sadie vint la réveiller le lendemain midi, elle ne se souvenait d'aucun détail de leur conversation. Mais elle avait le sentiment que quelque chose n'allait pas.

Quelques jours plus tard, elle invita Linda à dîner. Le repas fut excellent, Sadie avait fait rafraîchir une bouteille du meilleur vin de Dee, mais leurs échanges manquaient de naturel. Linda, les cheveux mi-longs, picorait dans son assiette et paraissait plus mince que d'habitude dans sa combinaison pantalon.

— Je veux être mince comme un fil, dit-elle. C'est ma nouvelle image. Comment trouves-tu mes lunettes ?

— Géniales. Mais j'ignorais que tu en avais besoin.

— J'ai toujours porté des verres de contact. Mais je préfère mon nouveau look. Je sors avec Benjamin James en ce moment.

Elle attendit la réaction de January, qui ne vint pas.

— Écoute, ma chérie. Ce n'est pas exactement Tom Colt. Mais il a gagné un tas de petits prix littéraires. En réalité, on le considère comme un peu trop littéraire pour réussir vraiment. Son dernier recueil de poèmes ne s'est vendu qu'à neuf cents exemplaires. Mais il y a un authentique groupe de gens dans le vent qui le considèrent comme un génie. En outre, il est parfait pour moi en ce moment.

— Linda, tu ne cherches toujours pas à te caser pour de bon ?

— Plus maintenant. Lorsque je vois les photos de toi dans les journaux…

Elle se tut et jeta un coup d'œil circulaire sur la pièce.

— Lorsque je regarde cet appartement, j'ai la preuve que j'ai raison. Il n'y a que deux moyens de réussir. L'argent… ou la célébrité. Avec l'un ou l'autre, tu peux avoir n'importe quel homme. Et lorsque je serai célèbre, je n'aurai pas vraiment besoin d'un homme.

— Pourquoi pas ?

— Parce que quand je réussirai, il n'y aura de place que pour une seule superstar dans ma vie… *moi-même*. Jusque-là, j'ai encore besoin de l'aide de Benjamin et des autres. Mais lorsque j'y arriverai, je ne supporterai plus de me faire emmerder par aucun homme. C'est comme ça que je veux vivre – je refuse de devenir une partie d'un homme, et je veux être la *seule et unique* Linda Riggs. C'est pour ça que je lave les chaussettes de Benjamin et que je cuisine pour lui – parce qu'il est brillant et qu'il est entouré d'un tas d'intellectuels. J'ai besoin de lui maintenant. Jusqu'à la convention. Alors je commencerai à travailler pour mon candidat en septembre. Je suis décidée à faire le maximum pour lui.

— Pour qui ?

— Muskie. Benjamin prétend qu'il ne peut pas perdre.

Après un instant, Linda demanda :

— Et vous en êtes où, Tom et toi ?

— Il est en train de terminer l'adaptation de son roman.

— Et tu vas retourner là-bas, je suppose.

— Non.

— Ne me dis pas que c'est fini. Bien que tu n'aies pas réellement besoin de lui en ce moment.

— Ce n'est pas fini. Et j'ai besoin de lui plus que jamais. Mais avec toute cette publicité à mon sujet… eh bien, Tom trouve que je suis trop connue pour… eh bien… pour arriver comme si de rien n'était et m'installer chez lui.

— Eh bien, retourne là-bas et loue une grande maison. Un manoir. Seigneur, tu peux faire tout ce que tu veux à présent. Engage un attaché de presse, fais-toi inviter à toutes les réceptions chics. Organise toi-même quelques soirées. Maintenant que tu as dix millions de dollars, peut-être se laissera-t-il fléchir pour obtenir le divorce.

— Le divorce ?

— Écoute, January, voyons les choses en face. Tu es une vraie petite chatte. Tu as besoin d'un homme, et au fond de toi tu souhaites que tout se passe dans les règles. Tu as essayé de vivre en concubinage, mais je suis prête à parier que cela ne te convient pas. Tu m'as raconté tout au début qu'il écrivait ce scénario pour préserver sa part des bénéfices et financer votre appartement à New

York. En d'autres termes, uniquement pour des raisons financières. Eh bien, désormais, il n'a plus à se faire de souci sur ce plan. Toi, tu es en mesure de lui acheter cet appartement. Et si tu voulais réellement te montrer généreuse, tu pourrais verser à sa femme un dédommagement tellement important qu'elle te tendrait Tom *avec* l'enfant sur un plateau d'argent. Et s'il a vraiment la lubie de jouer au papa, tu peux te permettre d'avoir ton propre enfant avec lui. Je veux dire que tu es le genre de femme qui a envie de tout ça, pas vrai ?

— Je veux me marier. *Oui*, j'en ai vraiment envie. Et je pourrais donner un enfant à Tom, bien sûr… pourquoi pas ? Linda, tu as raison. Je vais lui en parler ce soir.

Linda ramassa son sac et regarda toutes les photos exposées sur le piano.

— Dee connaissait-elle réellement tous ces gens ?

— Oui.

— Tu vois. C'est bien ce que je disais. Avec l'argent ou la célébrité, tu peux posséder le monde.

January sourit.

— Je ne veux pas du monde. Tout ce que je demande, c'est une raison de me lever tous les matins.

Elle y repensa après le départ de Linda. Elle n'avait pas bien dormi la nuit précédente. Elle avait attendu le rêve, qui n'était pas venu. Elle s'était réveillée désespérée, presque comme si on l'avait repoussée. Ces derniers temps, les rêves étaient plus réels que ses pensées à l'état de veille. Le bel étranger aux yeux bleus était tendre et compatissant. Elle ne pouvait pas se rappeler s'ils avaient jamais parlé ensemble… ou s'ils s'étaient touchés… elle savait simplement qu'il était à ses côtés lorsqu'elle s'endormait. Récemment, elle s'était remise au lit un après-midi, essayant de se rendormir. Mais le Dr Clifford avait raison. Elle devait regarder la réalité en face. Tom était réel. Tom était enfermé dans le bungalow numéro 5 et travaillait sur ce scénario uniquement pour payer leur appartement. Elle pourrait être en train de le meubler en ce moment, de faire quelque chose de son temps. Cela lui donnerait une bonne raison de se lever tous les jours !

Elle saisit le téléphone et commença à composer le numéro. Puis elle se souvint de la différence d'heure. Il était onze heures – huit heures à Los Angeles. Tom devait être juste en train de s'installer pour son travail du soir. Il travaillait toujours de huit heures à onze heures. Cela signifiait trois heures d'attente…

Elle essaya de regarder la télévision et fit défiler les chaînes, mais aucune émission ne retint son attention. Elle se déshabilla et prit un bain pour passer le temps. Puis elle s'allongea sur le lit. Elle sut qu'elle s'était endormie, parce qu'elle eut conscience de rêver. Mais *le rêve* ne revint pas et elle fit un cauchemar. Elle voyait l'eau et le clair de lune, puis un avion piquer, l'avion de Mike. Il tournoyait. Il piquait… piquait… piquait… jusqu'à ce qu'il disparaisse dans le sillon d'argent que répandait la lune sur l'océan. Elle se sentit prise de panique, comme si elle tombait elle aussi. C'est alors qu'elle sentit une force la soulever et elle comprit qu'elle était saine et sauve. Puis elle aperçut les yeux bleus. Il marchait vers elle, mais se trouvait très loin. Elle essaya désespérément de voir son visage. Il se trouvait dans l'ombre mais, d'une certaine façon, elle savait qu'il était beau…

« Veux-tu vraiment me rejoindre ? » murmura-t-il. Et, avant qu'elle puisse lui répondre, il disparut et elle se réveilla.

Le rêve avait été trop réel. Elle observa la chambre, espérant à moitié l'y trouver. Qui que ce soit, il était l'homme le plus merveilleux du monde. Et cependant elle n'avait jamais vu son visage. C'était juste un sentiment qu'elle avait. Mais c'était ridicule. Il n'existait pas. C'était un homme qu'elle avait créé dans ses rêves. Peut-être était-elle en train de perdre la raison. N'était-ce pas ainsi que cela se passait ? Les gens commençaient par avoir des visions, par entendre des sons qui n'existaient pas. Elle était vraiment effrayée. Car elle pouvait encore entendre sa voix… ainsi qu'un cliquètement dans l'obscurité.

Au bout d'un moment, elle comprit que le bruit en question était la sonnerie du téléphone. Un son très réel. Et elle s'était réveillée parce qu'il sonnait. Le cadran lumineux du radioréveil indiquait une heure cinquante-cinq. Qui pouvait bien l'appeler à cette heure-ci ? Personne, à part… *Tom* !

Elle saisit le téléphone et, lorsqu'elle entendit sa voix, elle ne fut pas surprise. Juste transportée de joie. Elle avait besoin de lui plus que jamais à cet instant. Elle avait besoin d'être rassurée par un homme réel, non un homme imaginaire.

— Oh, Tom, je suis si heureuse que tu m'aies appelée. J'allais te téléphoner, mais après ta séance d'écriture du soir.

Il éclata de rire.

— D'où provient ce nouvel élan de considération ?

Elle tâtonna dans le noir pour chercher ses cigarettes.

— Je ne comprends pas.

— January, ces trois dernières semaines tu m'as appelé en moyenne vingt fois par jour, à n'importe quelle heure du jour et de la nuit. Et maintenant ce soudain couvre-feu.

— Oh, Tom, je m'excuse, je ne m'étais pas rendu compte… c'est tout simplement parce que, dès que je suis malheureuse ou perdue, je tends la main vers toi. Tom, je n'en peux plus. J'arrive. Dès demain.

— Ce n'est pas la peine, January. Tout ce que tu as à faire est de traverser la rue.

— Je ne comprends pas.

— Je suis au Plaza. Je viens d'arriver.

— *Tom* !

Elle s'assit dans son lit et alluma la lumière.

— Oh, Tom, j'enfile un pantalon et je te rejoins.

— Chérie, attends une minute ! Je suis crevé. En plus, j'ai rendez-vous demain matin à neuf heures avec mon éditeur.

— Alors, quand te verrai-je ? Je ne peux pas attendre !

— Au déjeuner.

— Au déjeuner ? Oh, Tom ! Qui a besoin de déjeuner ? Je veux me retrouver seule avec toi. Je souhaite…

— Ma chérie, mon avocat veut me voir chez l'éditeur. Nous réglerons les détails du contrat pour le prochain livre. Après cela, j'aurai besoin de me reposer et de boire un verre ou deux. Alors, retrouvons-nous au Toots Shor. Disons… midi et demi ?

— Tom… – elle parlait à voix basse : Je veux te voir tout de suite. Je ne peux pas supporter l'idée que tu es juste de l'autre côté de la rue. Je t'en prie. Laisse-moi venir.

Il soupira.

— Chérie, tu te rends compte que tu parles à un homme de cinquante-huit ans qui souffre du décalage horaire et aurait grand besoin de se reposer ?

— Cinquante-sept.

— Cinquante-huit. J'ai fêté mon anniversaire en ton absence.

— Oh, Tom… tu aurais dû me le dire.

Il éclata de rire.

— C'est bien la dernière chose au monde que j'irais crier sur les toits. À demain, chérie. Midi et demi. Et, January... pour l'amour du ciel, n'apporte pas de gâteau d'anniversaire...

Il était debout, appuyé au coin du bar, lorsqu'elle entra au Toots Shor. Il avait déjà retrouvé quelques vieux amis et leur payait à boire. Il ouvrit les bras en la voyant, et elle s'y réfugia pendant qu'il lui dégageait une place au bar. Il la présenta, puis fit un large sourire en la regardant.

— D'accord, les amis. À partir de maintenant je suis hors circuit, dit-il en l'embrassant doucement sur la joue : Vin blanc ?

— Non. La même chose que toi.

— Jack Daniel's pour la dame. Avec beaucoup d'eau.

— Tom, tu es superbe. Tout bronzé et...

— J'ai enfin fini le script. C'est-à-dire l'adaptation. Et j'ai passé les derniers jours dans la piscine de mon metteur en scène pour apprendre que je devais modifier la fin.

— Tom ! Tu ne peux pas changer la fin.

— Si je ne le fais pas, ils demanderont à quelqu'un d'autre de le faire.

— Tu veux dire que tu n'as aucun droit de contrôle ?

— Aucun. Depuis que j'ai été payé pour les droits du livre, celui-ci leur appartient. Et accepter leur argent pour écrire un scénario signifiait que je m'engageais à écrire un scénario à leur goût.

— Qu'arriverait-il si tu refusais ?

— Eh bien, d'abord, ils ne me paieraient pas. Ensuite ils prendraient un type qui ferait exactement ce qu'ils demandent.

Il vida le fond de son verre.

— Mais ne sois pas si triste. Cela fait partie du jeu. Je savais pertinemment ce qui m'attendait lorsque j'ai signé le contrat. La seule chose dont je n'avais pas idée… c'était que cela me ferait si mal.

Puis il fit signe au garçon qu'ils étaient maintenant prêts à s'asseoir à leur table. Elle attendit qu'ils soient installés et qu'il ait commandé un autre verre pour lui dire :

— Laisse tomber, Tom. Laisse-les trouver quelqu'un d'autre pour le faire. Cela n'en vaut pas la peine.

Il secoua la tête.

— Ce n'est plus possible. Et puis, de cette manière je conserve au moins quelque contrôle. Et certaines parties du scénario sont vraiment bien. Si je suis obligé de transiger, il vaut mieux que je sois présent pour m'assurer que le compromis tient la route.

— Mais tu as accepté de t'occuper de l'adaptation uniquement pour payer l'appartement à New York et…

— Je l'ai fait parce que je touche une participation aux bénéfices. Tu te souviens ? Et je reste là-bas pour défendre mon livre.

— Mais tu as aussi dit que cela paierait l'appartement. Eh bien, maintenant, tu ne dois plus t'inquiéter pour ça ou… je veux dire… eh bien…

Il lui saisit la main.

— January, j'ai annulé l'achat de l'appartement.

— Comment ?

— Écoute, j'ai beaucoup réfléchi depuis que nous sommes séparés. J'ai aussi beaucoup travaillé pendant que tu étais partie. Et je me rends compte que je ne pourrai jamais écrire sérieusement si je continue à vivre avec toi.

— Tom… ne dis pas cela !

Le garçon plaça les menus en face d'eux. Tom étudia le sien. Elle avait envie de crier. Comment pouvait-il s'occuper de nourriture ? Ou penser à quoi que ce soit au moment où leur vie commune était en jeu ?

— Essaye les coquilles Saint-Jacques. Elles sont toutes petites. Comme tu les aimes.

— Je ne veux rien.

— Deux hamburgers, dit-il au garçon. Et apportez de la sauce piquante. Saignant pour moi. Et le tien, January ?

— Ça m'est égal.

— Saignant aussi pour la dame.

À peine le garçon avait-il tourné les talons qu'elle l'affronta.

— Tom, que veux-tu dire ? Bien sûr que tu peux écrire quand je vis avec toi. Peut-être que c'est plus difficile lorsque nous habitons dans le bungalow, mais si nous avons un grand appartement à New York je ne serai jamais dans tes jambes. Je resterai dans l'ombre. Je ne te gênerai pas. Je te le promets.

Il soupira.

— Malheureusement, je sais bien que tu le feras, ma chérie. Écoute, j'ai reçu beaucoup d'amour dans ma vie. Et j'ai toujours pensé que je continuerais à aimer et à boire jusqu'au bout. Mais chaque année, le travail devient plus difficile et l'amour perd de son importance. J'ai aussi constaté qu'à cinquante-huit ans je n'avais pas encore écrit la moitié des livres que je m'étais promis de publier. Je ne crois pas que je puisse encore me permettre le luxe d'aimer.

Elle essayait de retenir ses larmes, mais sa voix devenait rauque.

— Tom… tu ne m'aimes pas ?

— Oh, Dieu du ciel, January… je te suis tellement reconnaissant. Tu m'as donné quelque chose de merveilleux. Et je ne l'oublierai jamais. Écoute, ce que nous avons vécu a été formidable. Mais ça ne pouvait pas durer. Peut-être quelques mois de plus… Mais je pense qu'il vaudrait mieux se quitter tout de suite.

— Tom, tu m'as dit une fois que tu ne pourrais jamais vivre sans moi. Étais-tu sincère ?

— Tu sais parfaitement que je l'étais sur le moment.

— Sur le moment.

Le serveur vint remplir leurs verres d'eau. Ils gardèrent le silence jusqu'à ce qu'il s'éloigne. Puis Tom prit les mains de January dans les siennes.

— Maintenant écoute-moi… ce que j'ai dit… je le pensais. Sur le moment. Et ce n'était pas des mots que l'on prononce quand on est dans le feu de l'action. Je pensais ce que je disais. Mais la situation a changé…

— Rien n'a changé, dit-elle d'une voix étranglée.

— D'accord. Disons que j'ai changé. Disons qu'une année de plus a changé beaucoup de choses. Chérie, à ton âge, tu as toute la vie devant toi. Bon Dieu, ça fait un sacré bout de temps. Et il t'appartient. Le temps d'aimer, le temps de rêver, le temps pour faire de folles équipées… et je n'ai été qu'un de ces moments.

— Non !

— Peut-être que je serai quelqu'un qui a fait partie des gens importants dans ta vie lorsque tu auras l'âge de regarder en arrière. Peut-être même celui qui aura le plus compté. Mais chérie… pense un peu : dans trente-sept ans – en 2008 – tu auras juste mon âge.

Il se tut et sourit.

— Cela paraît inconcevable, non ? Et je vais t'exposer des faits encore plus inconcevables. En 2008, *si* je suis encore là, j'aurai quatre-vingt-quinze ans !

Le garçon arriva avec les hamburgers. January se força à sourire pendant qu'il les servait. Dès qu'il fut parti, Tom se jeta sur le sien. January lui toucha le bras. Elle parla d'une voix sourde et pressante :

— Tom, tu as dit que si nous avions un an, deux ans – tout ce que nous pourrons récupérer –, ce serait déjà bien.

— C'est exactement ce que j'ai dit.

— Alors, prenons-les. Ne me renvoie pas avant la fin de la course.

— Mais bon Dieu, January, c'est la fin de la course. Je ne peux plus travailler. Tu ne vois pas ? Je dois retourner à ce bungalow et me mettre au travail dare-dare. Et puis je dois écrire encore quelques livres. Il le faut.

— Tom.

Elle avala sa salive et baissa la voix, car il était évident que les gens de la banquette à côté essayaient d'écouter.

— Tom, je t'en prie. Je ferai tout ce que tu diras – mais ne me quitte pas maintenant. Je ne peux pas vivre sans toi. Je n'ai que toi. Il n'y a que toi qui comptes.

Il la regarda et sourit tristement.

— Vingt et un ans, tout cet argent, comblée de beauté et de santé, et tu n'as que moi ?

— Je ne veux rien d'autre.

Ses yeux étaient noyés de larmes.

Il garda le silence pendant un moment. Puis il inclina la tête.

— D'accord. Essayons. Ce ne sera pas facile. Mais essayons. Je t'ai promis une fois que je ne te quitterais jamais, que tant que tu voudrais de moi nous resterions ensemble. Et je tiendrai cette promesse.

— Oh, Tom…

— Maintenant mange ton hamburger. Parce qu'il faut que tu rentres chez toi et que tu commences à faire tes valises. Je dois retourner à Los Angeles dès demain.

Elle picora sa viande et essaya de la repousser sur son assiette. Au fur et à mesure que le restaurant se remplissait, des gens qu'il connaissait s'arrêtaient à leur table pour le complimenter sur son livre, pour le féliciter de conserver toujours la première place. Certains lui posèrent des questions sur le film, sur la distribution des rôles… Et pendant ce temps-là, elle arrivait à sourire quand il faisait les présentations. Quelques hommes l'insultaient amicalement et demandaient à January ce qu'elle pouvait bien trouver à un affreux vieillard comme lui. Mais elle savait que leurs plaisanteries venaient d'une admiration et d'une affection véritables envers lui.

Ils se retrouvèrent enfin seuls au moment du café et il prit la parole en premier.

— Bon, si tu crois pouvoir le supporter, retour au bungalow numéro 5.

Elle croisa son bras avec le sien.

— Il pleut toujours là-bas ?

— Non. Du moins il ne pleuvait pas quand je suis parti.

Il soupira une fois de plus.

— Tu n'as pas vraiment envie que je rentre avec toi.

— Ce n'est pas ça. C'est juste ce foutu script.

— Ne le fais pas, Tom.

— Peut-être n'écoutais-tu pas quand je t'ai expliqué…

— J'ai entendu chaque mot. Je me souviens aussi que tu as dit qu'à cinquante-huit ans tu voulais écrire tous les livres que tu t'étais promis d'écrire. Alors, pourquoi t'enterrer encore pendant six mois à massacrer et à tailler en pièces une de tes propres œuvres ? Commence à faire les choses que tu veux vraiment faire.

— Il y a aussi en jeu la bagatelle de soixante-quinze mille dollars.

— Tom, j'ai beaucoup réfléchi pendant que nous étions séparés. Écoute. J'ai dix millions de dollars. Je donnerai à ta femme un million si elle accepte de divorcer. Je placerai un autre million dans un trust pour ton enfant. Cela te libère de tout sentiment de culpabilité comme de tes responsabilités. Nous pouvons vivre ensemble, nous marier, avoir notre enfant, autant que tu en voudras… et tu pourras toujours écrire.

Il la regarda bizarrement.

— C'est la première fois que tu parles comme une millionnaire.

— Que veux-tu dire ?

— Chaque chose et chacun est à vendre aux enchères. N'est-ce pas ? Chacun a un prix. Un million, deux millions. Ce que veut le pauvre salaud que tu achètes ne compte pas. Dans la mesure où tu paies le prix, il t'appartient.

— Tom, ce n'est pas vrai ! Je veux que tu sois mon mari. Je veux que nous soyons ensemble tout le temps. J'ai assez d'argent pour que tu ne t'enfermes pas avec cette machine à écrire pour faire ce que le réalisateur ou le producteur te demande de faire. Je veux que tu puisses écrire comme tu l'entends. Et par-dessus tout, je souhaite que nous restions ensemble. À nous aimer et être heureux.

Il secoua tristement la tête.

— January, tu ne vois pas ? Ça ne marchera jamais. Il n'y a pas de place pour ce que nous avons connu ensemble avant. Tu es entrée dans ma vie à un moment où je m'embourbais. J'avais besoin de quelqu'un comme toi. Mon Dieu, j'avais tant besoin de toi. Et tu as donné à un homme entre deux âges sa dernière occasion de jouer les étalons. Pour cela, je te serai toujours reconnaissant. Nous avons trouvé ensemble quelque chose de spécial, au bon moment. Tu m'as redonné de la chaleur et de la dignité pendant que je me prostituais sur le grand circuit. Et en échange, j'ai remplacé ton père auprès de toi. Nous sommes quittes. Je vais retourner à mon écriture et, toi, tu vas retourner vers l'argent que papa a obtenu pour toi. Retourne à ta vie de jeune fille. Là-bas, tout ce que tu désires est à ta portée.

— Non ! Tom, tu ne penses pas vraiment ce que tu dis. Tu es seulement déprimé. Je ne veux pas d'autre vie. Je veux juste être avec toi et…

— Mais ma vie, c'est l'écriture ! Ne peux-tu pas le comprendre ? Écrire passe avant tout. Et ce sera toujours comme ça.

— Parfait. Bon. Tu peux écrire. Tu peux écrire tout ce que tu voudras. Je veux que tu écrives. Je vais nous acheter une maison dans le midi de la France, loin de tout. Tu n'auras plus jamais à écrire d'adaptations cinématographiques. Tu ne seras jamais plus obligé d'écrire ce que tu n'as pas envie d'écrire. Je ne ferai aucun bruit. J'aurai des domestiques pour répondre à tes moindres désirs. Si tu aimes écrire à New York je t'achèterai le plus grand appartement que tu aies jamais vu. Je…

— Arrête, January ! C'est à Tom Colt que tu t'adresses. Pas à Mike Wayne.

Elle resta silencieuse pendant un moment. Lorsqu'elle parla, elle fixait la table et sa voix était tendue.

— Que veux-tu dire par là ?

— Exactement ce que j'ai dit. Je ne suis pas ton père. Je ne veux pas être entretenu par une femme riche.

Elle repoussa la table et se leva. Elle était consciente que le café s'était renversé, mais elle sortit du restaurant sans un regard en arrière.

29

January dormit pendant trois jours d'affilée. Sadie venait avec dévouement lui porter des plateaux et essayait de la convaincre de manger. Parfois, elle l'écartait d'un geste ou marmonnait de façon incohérente qu'elle ne se sentait pas bien. Lorsque Sadie la menaça d'appeler le Dr Clifford, January fit un effort pour avaler quelque chose et expliqua qu'elle souffrait de règles douloureuses. Cela soulagea Sadie, qui expliqua à son tour à David : « Mlle January traverse sa mauvaise période du mois. »

Elle était arrivée au point où les pilules ne lui procuraient même plus un sommeil suave et sans rêves. Le quatrième jour, elle était couchée à moitié éveillée, trop somnolente pour lire, trop droguée pour dormir. Elle se souvenait de son obligation d'aller dîner chez les Milford avec David le lendemain soir, car personne ne pouvait avoir une « mauvaise période du mois » de plus de cinq jours.

Chaque fois qu'elle prenait une pilule, recherchant l'inconscience floue qu'elle provoquait, elle se disait que c'était temporaire ; pour l'aider à surmonter la blessure que Tom lui avait infligée. Elle ne voulait pas mourir. Simplement, elle ne pouvait pas supporter le profond abattement qui l'avait frappée lorsqu'elle s'était rendu compte de ce qui s'était produit. Mike et Tom l'avaient quittée tous les deux… et, maintenant, même « le rêve » l'avait abandonnée.

Elle revivait les dernières semaines passées avec Tom. En quoi avait-elle mal agi ? Qu'avait-elle fait ? Elle se rappelait la sincérité de sa voix, la tendresse de son regard lorsqu'il lui avait juré : « Je ne pourrai jamais plus vivre sans toi. » Comment pouvait-il prononcer ces paroles en février et lui déclarer en juin que tout était fini ? Mais elle devait se forcer à continuer à vivre. Elle se rappela les jours où elle avait dû réapprendre à marcher, et voilà qu'elle était couchée dans son lit, essayant d'expérimenter la mort un peu tous les jours grâce aux somnifères. Elle se dit que Dieu la punirait. Puis elle se cacha la tête dans l'oreiller parce qu'il lui semblait que Dieu l'avait suffisamment punie depuis vingt et un ans…

Elle avait retrouvé la santé… et elle avait de l'argent. Mais à ce moment précis, ce n'était que des mots. Elle entendit sonner le téléphone et attendit que Sadie aille décrocher, mais la sonnerie continuait à retentir. Elle décrocha l'appareil de sa chambre au moment où Sadie prenait la ligne pour informer son correspondant qu'elle n'acceptait aucune communication. Soudain elle reconnut la voix et intervint :

— Ça va, Sadie. Je le prends. Hugh ! où êtes-vous ?

— Allongé sur une dune avec mon téléphone personnel branché sur une étoile.

Elle parvint à sourire. Il semblait si vivant… si bon.

— Sérieusement… où êtes-vous ?

— Dans votre hall, en bas. Je passais justement par là et j'ai pensé que vous aimeriez sortir manger un morceau.

— Non… je suis au lit… mais montez.

Hugh s'assit sur une chaise près du lit. Sa vitalité faisait paraître la pièce étroite et étouffante.

— Voulez-vous quelque chose ? demanda-t-elle. Sadie peut vous servir un verre ou vous préparer un steak en vitesse si vous le souhaitez. Elle veille à ce que le congélateur soit toujours rempli à ras bord.

— Non. Mais pourquoi ne pas enfiler quelque chose et sortir avec moi manger un hamburger ?

Elle secoua la tête et chercha une cigarette.

— Je ne me sens pas en forme. Rien de sérieux. Juste cette période du mois.

— Des conneries.

— C'est la vérité, Hugh.

— Vous ne vous êtes jamais alitée pendant tous les mois où vous étiez avec Tom, sauf pour faire l'amour.

Il la vit tressaillir à ces mots, mais il poursuivit.

— J'ai pris un verre avec lui avant qu'il ne retourne sur la côte Ouest. Il m'a raconté l'épisode au Toots Shor.

Elle examina la cendre de sa cigarette sans répondre.

— Cela devait se terminer, January, dit-il doucement. Cela n'aurait jamais pu marcher. Vous devez comprendre que, ce qui compte avant tout pour Tom, c'est d'écrire. Cela a toujours été comme ça. Personnellement, je ne crois pas qu'il soit capable d'aimer vraiment aucune femme.

— Il m'a aimée, dit-elle obstinément. Il… il m'a même brouillée avec mon père.

Hugh secoua la tête.

— Il m'a raconté ça. Il a dit que c'était le plus mauvais coup qu'il ait jamais fait. Il l'a regretté dès qu'il s'est mis à y penser sérieusement. Parce qu'il a compris à partir de cet instant qu'il s'était engagé envers vous. Mais Tom ne souhaite pas s'engager, sauf envers son travail. Il a dit qu'en fin de compte c'était vous qui aviez rompu. Vous l'avez quitté.

— Je n'avais pas le choix.

— D'accord. Mais il se sent dégagé de ses obligations. Il a recouvré tous ses esprits quand vous êtes sortie de ce restaurant.

— Mais Hugh… Tom m'aime ! Je sais qu'il m'aime. Il m'a dit qu'il ne pourrait jamais vivre sans moi.

— Je suis sûr qu'il l'a dit. Et il y croyait probablement sur le moment. J'ai dit la même chose à bien des femmes. Et j'y croyais aussi – sur le moment. Les hommes croient toujours ce qu'ils disent *au moment où* ils le disent. Si seulement les femmes pouvaient le comprendre et ne pas les retenir comme s'ils avaient signé un contrat à vie. Écoutez, Tom est un écrivain… et un ivrogne. Vous aviez fait de lui toute votre vie. Il n'a pas pu le supporter.

— Pourquoi me racontez-vous tout cela ?

— Parce que je me fais du souci pour vous. J'avais envisagé que vous le preniez mal. Mais je ne m'attendais pas à vous trouver allongée comme une mourante. Pour l'amour du ciel, avec toutes ces fleurs – il ne nous manque plus que de la musique d'orgue.

— Tom reviendra, dit-elle avec obstination.

— C'est terminé, January. Terminé. Fini. *Pour de bon !* Bien sûr, Tom pourrait revenir si vous vous traîniez sur les genoux et l'y contraigniez en jouant sur sa mauvaise conscience. Si c'est comme ça que vous voulez qu'il revienne vers vous, vous pouvez toujours essayer. Mais dans ce cas, vous ne seriez pas la fille que j'imaginais. Il est grand temps de sortir de cette déprime. Vous avez tout ce qu'une fille peut désirer.

— J'ai dix millions de dollars, dit-elle. Je vis dans cet endroit magnifique et j'ai un placard rempli de vêtements.

Son visage ruisselait de larmes.

— Mais je ne peux pas coucher avec dix millions de dollars. Je ne peux pas enlacer cet appartement.

— Non. Mais vous pouvez commencer par prouver que vous aimiez vraiment votre père.

— Prouver que je l'aimais ?

— Exactement.

Il se pencha vers elle.

— Écoutez, Dee Milford Granger était une femme sympathique. Mais d'après ce que j'ai entendu dire, Mike Wayne levait toujours les plus belles filles du coin. Tom Colt était un amateur, à côté de lui. Et voilà que, brusquement, il épouse cette millionnaire et que vous héritez de dix millions de dollars. Pensez-vous qu'elle vous les ait légués par amour pour vos grands yeux bruns ?

Elle secoua la tête.

— Non… je ne sais toujours pas pourquoi elle m'a légué cette fortune.

— Doux Jésus ! Vous passez tellement de temps couchée à vous lamenter sur votre sort que vous ne vous êtes même pas souciée de réfléchir. Écoutez, jeune fille. Votre père *a gagné* ces dix millions de dollars pour vous. Peut-être a-t-il seulement besogné pendant un an, mais je peux vous garantir que c'est sans doute l'argent qu'il a eu le plus de mal à gagner.

Il l'observa tandis que les larmes coulaient sur son visage.

— Maintenant, arrêtez de pleurer. Ça ne le fera pas revenir. Quittez ce lit, sortez, amusez-vous. Si vous ne le faites pas, cela voudra dire que Mike Wayne a sacrifié la dernière année de sa vie pour rien. Et il se sentirait probablement plus mal que vous s'il vous savait couchée, à pleurer pour un homme qui ne veut pas de vous.

Elle bondit du lit et le serra dans ses bras.

— Hugh, il est trop tard pour ce soir, j'ai pris deux somnifères avant votre arrivée. Mais demain… voulez-vous m'emmener dîner ?

— Non. Je vous avais invitée à sortir ce soir pour vous dire ce que j'avais sur le cœur. J'ai tout dit maintenant.

— Mais cela ne signifie pas que nous ne pouvons pas être amis.

— Amis… oui. Je suis votre ami. Mais n'essayez pas de faire de moi un autre substitut de votre père et de Tom.

Elle sourit et dit d'une voix taquine :

— Pourquoi pas ? Je vous trouve très attirant.

— Je suis en pleine forme et dans la force de l'âge. Et j'ai rencontré une gentille veuve de quarante et un ans, séduisante, qui me fait à dîner trois fois par semaine ; je l'emmène parfois à New York voir un spectacle, et je me considère comme un homme heureux.

— Pourquoi me racontez-vous tout cela ?

— Parce que je sais que vous êtes encore au fond de l'eau et que vous vous agripperez à la première bûche qui flottera à la surface. C'est exactement ce qu'il ne faut pas faire. Si vous tentiez d'être autre chose pour moi qu'une amie, je pourrais faiblir, et cela tuerait votre père une deuxième fois. Après tout, il n'a pas supporté tout cela pour vous voir finir avec un ex-astronaute sur la pente descendante.

— Je crois qu'il voulait que je me range avec David.

— David ?

— Les fleurs.

— Il vous intéresse ?

— Je ne sais pas… Je ne lui ai pas vraiment donné sa chance. Au début j'ai cru que je ferais l'effort. Et puis, j'ai rencontré Tom et…

— Faites une autre tentative. Plusieurs tentatives. Avec David, Peter, Joe, n'importe qui… Sortez, rencontrez des gens. Vous avez le monde à vos pieds. C'est ce que voulait votre père. Sortez et débrouillez-vous pour qu'il puisse reposer en paix.

Elle recommença à sortir avec David tous les soirs. La mère de David lui avait affirmé que ni Dee ni son père n'auraient voulu qu'elle porte le deuil trop longtemps. Elle se força donc à écouter la musique à fond du Club… à sourire malgré le bruit au Maxwell's Plum et au Unicorn… elle alla dîner chez Gino le dimanche soir… noua de nouvelles connaissances, des filles qui l'invitaient à déjeuner, des amis de David qui la serraient de trop près lorsqu'ils l'emmenaient sur la piste de danse. Elle souriait, bavardait, acceptait les invitations… Et pendant ce temps-là, elle savait qu'elle était impatiente que la soirée se termine pour pouvoir prendre deux comprimés rouges et aller au lit.

Les jours se fondaient les uns dans les autres. Quelques-unes des belles jeunes femmes qu'elle rencontrait l'appelaient pour sortir déjeuner, et elle se forçait à accepter. Elle s'asseyait au « 21 », chez Orsini, à La Grenouille… Elle écoutait les papotages sur les nouvelles idylles, les dernières boutiques à la mode, les hôtels dans le vent. Elle recevait des invitations pour aller passer le week-end à Southampton, partir en croisière dans les îles grecques (trois couples souhaitaient affréter un bateau et David était certain de pouvoir prendre quatre semaines si elle voulait partir). Et bien sûr, il y avait toujours Marbella. La maison de Dee était équipée en personnel toute l'année et à son entière disposition à n'importe quel moment.

Oui, au-dehors le monde était plein de lumière. Un brillant été se préparait.

C'était le milieu du mois de juin et elle savait qu'elle devait faire des projets. Tout le monde lui répétait qu'elle ne pouvait pas rester là, dans la chaleur de la ville. Aucun être civilisé ne restait en ville pendant l'été. Elle écoutait, acquiesçait, et était consciente que David, patient et gentil, attendait qu'elle prenne une décision quelle qu'elle soit, mettant ses propres projets en suspens. Pourtant, il ne se plaignait jamais. Il l'appelait tous les jours et la retrouvait tous les soirs.

Il n'était pas le seul à l'appeler tous les jours. Un prince, un acteur de cinéma séduisant, un jeune Italien dont la famille était très lancée, un agent de change qui travaillait dans une firme rivale de celle de David…

Ils appelaient et ils lui envoyaient des fleurs, mais elle ressentait la même indifférence envers chacun d'eux. Elle lut que Tom avait rendu son adaptation du scénario et était parti passer quelques jours à Big Sur. Avait-il emmené sa femme ou quelqu'un d'autre ?

Même Linda était sur le départ. Elle avait loué une maison à Quogue pour le mois de juillet. Benjamin et elle allaient passer de longs week-ends ensemble ; Benjamin y consacrerait tout le mois à écrire.

Tout le monde partait donc quelque part. Elle avait lu que Karla avait acheté une maison dans une île grecque nommée Patmos. Oui, tout le monde avait survécu, l'univers continuait de tourner sans Mike, sans Dee et tout son argent. Le même soleil brillait. Tous les gens des portraits exposés dans les cadres d'argent sur le piano de Dee continuaient à sourire, à vivre et à éprouver des sentiments…

Elle aussi *avait envie* de ressentir quelque chose. Elle désirait se lever un beau matin, avide de commencer la journée. Parfois, lorsqu'elle ouvrait les yeux – ces premières secondes avant que la conscience l'envahisse –, elle se sentait bien. Puis tout lui revenait, et le poids de la dépression l'écrasait de nouveau. Mike était parti… Tom était absent… même le rêve avait disparu. L'homme aux yeux magnifiques l'avait quittée, tout comme son père et Tom…

Hugh l'appela plusieurs fois. Il prononçait des paroles d'encouragement, lui annonçait que c'était une belle journée et qu'elle devait sortir et essayer d'être heureuse. Or c'était une chose d'essayer… et une autre de réussir.

Son placard était rempli de vêtements pour Marbella et Saint-Tropez. Tous les jours, elle avait fait du shopping avec ses nouvelles amies et acheté les mêmes choses qu'elles. Elle portait une mince chaîne autour du cou… des chaussures Gucci… des boucles d'oreilles en or de chez Cartier… un sac à bandoulière Louis Vuitton. Elle savait qu'elle commençait à avoir la même allure, dans des vêtements identiques à ceux portés par Vera, Patty et Debbie, car Vera lui avait un jour montré une photo de leur groupe dans *Women's Wear* et elle avait dû chercher son nom pour se distinguer des autres.

Elle s'étira dans son lit. Elle avait informé Sadie qu'elle se reposerait pendant une demi-heure. Mais elle n'avait pas réussi à trouver le sommeil. Elle se demanda dans quel restaurant David souhaiterait l'emmener dîner. Elle n'avait encore porté aucune de ses nouvelles robes ; peut-être revêtirait-elle une tenue spéciale ce soir.

Elle vit clignoter la lumière du téléphone. Elle oubliait toujours de rebrancher la sonnerie et décrocha juste au moment où David disait à Sadie de ne pas la déranger si elle se reposait.

— Dites-lui que je ne pourrai pas venir ce soir. Il y a des petits problèmes au bureau. Je l'appellerai demain.

Elle entra dans la salle de bains. Il était cinq heures. Autant prendre un bain et se faire monter un plateau-repas pour le dîner. Elle fit couler l'eau et ajouta des sels de bain dans la baignoire. David avait-il vraiment des problèmes… ou n'était-il simplement pas disposé à subir une autre soirée monotone avec elle ?

Elle s'immobilisa. Une autre soirée monotone avec elle… C'était *elle* qui l'avait dit ! Jusqu'à présent, elle avait toujours considéré qu'elle passait des soirées monotones avec David, mais soudain c'était comme si elle avait pénétré dans ses pensées à lui.

Bien sûr qu'elle était ennuyeuse et insipide. Ses seuls efforts consistaient à s'empêcher de bâiller. Pourquoi aurait-il envie de passer toutes ses soirées avec elle ? À propos, Patty n'avait pas téléphoné depuis deux jours et Vera l'avait justement informée ce midi qu'elle n'aurait plus le temps de déjeuner avant son départ – trop occupée à faire ses achats de dernière minute en prévision de son voyage. Elle *était* un poids mort… Un poids mort de première classe. Bientôt tout le monde la laisserait tomber.

Elle rentra dans la chambre et contempla le parc. Le monde entier était dehors. Un monde que Mike lui avait offert sur un plateau et qu'elle ne trouvait pas la volonté de saisir. Qu'était-il advenu de toute cette énergie inépuisable qui l'animait quand elle travaillait au magazine… avec Linda… avec Tom ?

Elle se figea. Bien sûr ! Pourquoi ne pas y avoir pensé plus tôt ? Au lieu d'avaler des somnifères, elle avait besoin d'une piqûre ! Tom avait affirmé que ces injections étaient nocives. Eh bien, cela ne pouvait pas être pire que les somnifères et cette sensation de total abrutissement. Elle regarda l'heure… cinq heures et demie. Le Dr Alpert serait encore à son cabinet. Elle vida la baignoire et fouilla dans le fond du placard pour trouver un jean que Sadie avait essayé de jeter à la poubelle. Elle l'enfila avec un tee-shirt, attrapa des lunettes noires, son sac et s'élança au-dehors.

Elle ne voulait pas courir le risque d'appeler le Dr Alpert et de s'entendre répondre de venir le lendemain. Il *fallait* qu'elle le voie maintenant.

Elle crut d'abord s'être trompée de cabinet. Elle avait l'impression de se retrouver à la réunion d'un club de motos. Des garçons et des filles en jeans et tee-shirts sans manches étaient affalés sur des chaises. Une odeur de haschisch flottait lourdement dans la pièce. La réceptionniste la regarda d'un air ébahi. Puis son visage s'épanouit en un lumineux sourire et elle lui prit la main.

— Félicitations. Je veux dire… je suis désolée pour votre père, mais félicitations pour votre héritage. Je lis tous les articles à votre sujet.

— À mon sujet ?

— Bien sûr. On parle de vous tous les jours dans les journaux. Partirez-vous vraiment à Marbella, ou à Saint-Tropez ? J'ai lu que vous étiez pour ainsi dire fiancée avec David Milford.

January ne sut que répondre. Elle n'avait pas lu la presse depuis son départ de Californie. Elle savait que de nombreux articles étaient parus sur l'enterrement. Mais pourquoi les journaux écrivaient-ils des colonnes à son sujet ? Était-ce à cause de ses dix millions de dollars que le monde entier s'intéressait soudain aux endroits où elle allait déjeuner, ou à ceux où elle projetait d'aller en vacances ?

Elle regarda la salle d'attente comble.

— Je n'ai pas de rendez-vous, dit-elle.

— Oh, je suis sûre que nous pouvons vous prendre, dit la réceptionniste. C'est toujours agité à cette heure-ci. Vous voyez, nous avons là toute la troupe d'un grand spectacle de Broadway. Ils viennent tous les soirs à cette heure-ci. Mais nous allons trouver un moment pour vous recevoir. Le Dr Preston est revenu de la côte Ouest. Nous avons donc nos deux médecins à résidence en ce moment.

— Qu'est-il arrivé à tous ses gros clients de là-bas ?

— Oh, il n'a pas vraiment de cabinet là-bas. Il s'y trouvait uniquement parce que Freddie Dillson était incapable de chanter sans le Dr Preston dans les coulisses.

— Mais la semaine dernière, au journal télévisé, j'ai vu qu'on transportait Freddie dans une ambulance.

La réceptionniste hocha la tête tristement.

— Il s'est complètement effondré, en plein milieu du spectacle. Et tout ça malgré tout le travail du Dr Preston, qui était resté là-bas près de sept semaines pour essayer de le remettre sur pied, mais la voix de Freddie est fichue.

— Mais il était si formidable. J'écoutais sans arrêt ses disques en Suisse.

— Vous auriez dû le voir lorsqu'il est venu ici, il y a deux ans. Sa femme l'avait quitté – c'est un grand joueur, vous savez – et il était sans un sou. Le Dr Preston l'a pris en main, il a fait sa rentrée au Waldorf et signé un retour spectaculaire. Puis il a joué à Las Vegas et il a craqué. Le Dr Preston est parti là-bas pour essayer de le remettre en forme en prévision de sa rentrée à Los Angeles… et il a réussi. Mais il ne pouvait pas rester avec lui tout le temps. Le Dr Preston n'est pas une bonne d'enfants, vous savez.

— Mais s'il a besoin de piqûres ?

La réceptionniste haussa les épaules.

— Ma chère, le Dr Preston a enseigné à deux de nos plus grands sénateurs à s'administrer eux-mêmes leurs piqûres intraveineuses, mais Freddie ne pouvait pas s'habituer aux aiguilles. Enfin… après tout… supposez que quelqu'un soit diabétique… il ne faut pas avoir peur de l'aiguille.

— Je préférerais voir le Dr Simon si c'est possible, dit January.

— Eh bien, c'est lui qui s'occupe de la troupe, mais voyons ce que nous pouvons faire. Je vais vous dire… suivez-moi et je vous ferai entrer dans l'autre salle d'attente, celle où nous faisons patienter nos célébrités.

Elle suivit la réceptionniste dans une grande salle juste au moment où un jeune homme sortait d'une cabine en baissant sa manche. Il s'arrêta en la voyant. Ils se regardèrent quelques secondes. Puis il la prit dans ses bras.

— Hé, l'héritière… qu'est-ce que tu fais ici ?

— Keith !

Elle le serra passionnément dans ses bras. Il avait maigri et ses cheveux étaient plus longs. Elle fut soudain si contente de le voir.

— Keith, qu'est-ce que *tu* fais ici ?

— Je viens ici tous les soirs. Je joue dans *Caterpillar*. Tu l'as vu, bien sûr.

— Non… je n'étais pas à New York.

— J'ai lu ce qui t'était arrivé. Sans blague, tu as besoin de ça ? Pourquoi est-ce que tu prends des piqûres d'amphétamines ?

Elle haussa les épaules.

— Manque de globules, je suppose.

— Eh bien, quand tu voudras voir la pièce…

Il s'interrompit et secoua la tête.

— Non, pas la peine.

— Pas la peine de quoi ?

— Il y a une grande soirée ce soir chez Christina Spencer. Elle serait folle de joie si tu venais… Mais j'imagine que tu es prise.

— Non… je suis libre.

— Toute la soirée ?

— Dès que j'aurai eu ma piqûre.

— Tu veux voir la pièce ?

— Ça me ferait très plaisir.

— Formidable ! Je t'attendrai. Je te donnerai une place tout devant, mais cette fois je ne pourrai pas m'asseoir à côté de toi.

— Et cette fois je ne m'enfuirai pas.

— Attention, il y a de la nudité dans cette pièce, la prévint-il.

— Je suis une grande fille maintenant, Keith.

— D'accord. Fais-toi faire ta piqûre. Je t'attends là-bas.

30

Elle était électrisée par l'activité frénétique du spectacle. Keith récitait sans chanter l'une de ses chansons. À sa grande surprise, il n'était pas très bon, contrairement à ce qu'elle aurait pensé ; la vitalité de sa personnalité ne transparaissait pas. Il y avait une scène de nu frontal et Keith y figurait avec presque toute la troupe. Elle s'aperçut soudain que tous les pénis étaient de la même taille. À peu près la même longueur que celui de David. Peut-être était-ce la taille standard. Il semblait que presque tous les hommes sortaient d'une chaîne de montage. Sauf Tom. Pauvre Tom ! Vraiment, elle se sentait désolée pour lui. Était-ce la piqûre ou était-elle enfin capable de voir les choses sous leur véritable aspect ? Elle commença à rire nerveusement. Imaginez une guirlande de pénis se démenant sur scène, et elle était là, à philosopher sur l'existence.

Elle repensa à Mike. Elle comprenait qu'il était parti… mais soudain elle parvenait à l'accepter. Pour la première fois, elle pouvait songer à Mike sans se sentir morte à l'intérieur. Mike avait pleinement profité de sa vie et, pour reprendre l'une de ses expressions, il était parti en beauté. Mike avait vécu une vie spectaculaire, et il en avait goûté chaque minute… sauf, peut-être, la dernière année. Comme l'avait rappelé Hugh, il avait vécu cette période-là pour elle, afin qu'elle puisse avoir des dizaines de bonnes années devant elle.

Heureusement que Hugh était là. Et merci au Dr Alpert. Peut-être les piqûres étaient-elles nocives pour sa santé, selon Tom. Mais ça ne pouvait pas être pire que tout ce Jack Daniel's qu'il absorbait. Il avait cinquante-huit ans, mais même avec tout ce bourbon il pouvait encore écrire et représenter ce que Linda appelait « une superstar ». Et malgré son tout petit pénis, il s'offrait encore le luxe de la chasser de sa vie. Tout le ridicule de la chose lui apparut subitement. Comment avait-elle pu être si désespérée parce que leur relation était terminée ? Elle se sentait vivante et ardente au milieu de ce public. Elle pianotait des doigts en cadence, les idées de nouveau claires. Assise au troisième rang, elle regardait *Caterpillar*, et y trouvait du plaisir, au lieu d'être couchée dans son lit au Pierre, à prendre des somnifères. Il *existait* un monde à l'extérieur, un univers dans lequel les gens bondissaient sur la scène, des filles découvraient leurs seins dans un rock frénétique… et tout était bien ainsi.

Ils décidèrent de se rendre à pied à la soirée après le spectacle. La maison de ville de Christina Spencer se trouvait dans la 60e Rue, côté est, et la nuit était chaude et claire. January s'accrocha au bras de Keith. Elle avait envie de sauter, de courir… Elle contempla le ciel assombri.

— Oh, Keith, n'est-ce pas magnifique de se sentir vraiment bien ?

Il hocha la tête.

— Le Dr Alpert a dû t'administrer la dose complète. Il était tellement défoncé lui-même ce soir qu'il a dû penser que tu faisais partie de la troupe.

Elle rit aux éclats.

— C'est pour ça qu'il ne m'a même pas parlé ? Tu sais, j'étais vexée qu'il ne m'ait même pas saluée d'un « Soyez la bienvenue » ou « Heureux de vous voir ».

Keith sourit et la regarda.

— Tu tiens la grande forme, hein ?

— J'ai l'impression de pouvoir entendre pousser les arbres, sentir venir l'été… je *suis capable* de voir grandir les feuilles. Keith, regarde cet arbre ; *ne vois-tu pas* comme cette feuille pousse devant nos yeux ?

— Tu parles. C'est important de voir et de sentir tout ça. Il n'y aura jamais qu'un seul jeudi de juin comme celui-là. Demain nous serons vendredi, et ce jeudi ne reviendra jamais.

— Pourquoi as-tu quitté Linda ? demanda-t-elle brusquement.

— Linda exigeait trop de moi.

Elle hocha la tête. Personne ne pouvait obtenir tout de quelqu'un. C'était justement pour cette raison que Tom l'avait chassée de sa vie. Elle s'arrêta de marcher et examina de nouveau le ciel. À cette minute précise, elle se sentit à la veille de quelque chose… Comme si elle pouvait prévoir l'avenir… tout comprendre… Elle se tourna vers lui.

— Keith, ces piqûres, elles créent de l'accoutumance ?

— Non mais, même si on ne s'en aperçoit pas, c'est un mauvais moment à passer lorsque l'effet se dissipe. Parce que tu tombes au fond du trou et les couleurs s'effacent. Tu regardes le ciel, et tu discernes la poussière sur le soleil, la rouille sur les feuilles et la merde sur les trottoirs. Bon, si tu tiens à vivre dans un monde sale et moche, tu peux arrêter les piqûres. Chacun a le droit de vivre sa vie comme il l'entend. Les fous de Jésus ont leur doctrine, les adeptes de la nature aussi… Moi, je suis un adepte du LSD et tant qu'il rendra tout vert et orange… ça ira. Un jour arrivera peut-être où je n'aurai plus envie de tout voir en technicolor, et ce jour-là peut-être que je décrocherai. Mais pourquoi maintenant ?

Ils s'étaient arrêtés en face d'un immeuble en pierre de taille, dans une rue à trois voies. Plusieurs limousines étaient garées devant. Keith escorta January. Elle aperçut un célèbre chanteur de rock dans l'entrée. La salle de séjour était pleine de visages connus. Des artistes pop, des acteurs underground, des vedettes du monde musical, plusieurs jeunes actrices de cinéma. Tous vêtus de jeans, ensembles en velours, blouses transparentes, vestes rayées, et une pincée de tenues indiennes çà et là.

Et puis Christina Spencer en chair et en os. Elle ondula vers eux, son visage si souvent photographié plus souriant que sur les photos. Elle avait une allure encore plus fantastique que sur papier glacé, et pourtant elle devait approcher la soixantaine. Son visage était tendu par les liftings successifs. Elle portait un ensemble de soie à fleurs, sa poitrine pleine débordait de son profond décolleté. Son corps était celui d'une femme de vingt-cinq ans. Elle accueillit chaleureusement January.

— J'ai bien connu votre père, ma chère. Nous avons passé quelques nuits merveilleuses ensemble, à Acapulco, il y a longtemps. C'était juste avant que je rencontre ce cher Geoffrey.

Keith entraîna January.

— Personnellement, je pense qu'elle a tué Geoffrey, chuchota-t-il. Elle s'est mariée trois fois, et chacun de ses maris est décédé en lui léguant plus d'argent. Avec la veine qu'elle a, elle finance *Caterpillar*, et ça fait un malheur.

— Je croyais que tu étais son amant, dit January.

— Oh, j'ai couché avec elle. Mais elle se disperse. Chaque semaine, elle a besoin d'un nouvel et jeune amant pour se prouver que le médecin brésilien qui lui a tout retendu a fait du bon travail. Mais elle n'est pas mal. Et après tout… elle laisse chacun libre de faire ce qu'il veut. Je suis peut-être le premier de la liste, mais ce soir elle croit que je vais coucher avec toi et elle ne m'en veut pas.

Une fille s'avança vers Keith.

— Chéri… ça manque de sangria par ici, elle est dans la piaule d'en haut.

Keith conduisit January à l'étage, dans un salon obscur. Tout le monde était assis sur des coussins. Il tira la jeune fille par la main pour qu'elle prenne place par terre et sortit une mince cigarette de sa poche. Il l'alluma et la lui passa. Elle aspira profondément et expira une mince volute de fumée.

— Seigneur, chérie… tu fumes ça comme une Chesterfield.

— J'ai avalé la fumée, dit-elle.

— Mais avec l'herbe, tu ne dois pas laisser sortir la fumée. Il faut inspirer de l'air avec.

Il prit la cigarette entre ses deux doigts du milieu pour illustrer la technique. Elle fit un essai sans réussir à garder la fumée dans ses poumons. Brusquement, il lui dit :

— Ne bouge pas… Je vais t'en filer une bouffée.

Puis il se pencha vers elle pour l'embrasser, et lui souffla de la fumée dans la bouche en lui pinçant le nez.

— Maintenant, avale.

Elle s'étouffa, mais parvint à garder presque toute la fumée. Il recommença deux fois, et elle commença à avoir le vertige et à se sentir flotter. Une très belle fille vint vers eux avec un pichet de sangria.

— Voilà quelques gobelets en carton. Qui voudrait goûter de cette boisson extra ?

Keith acquiesça et saisit les verres qu'elle leur tendait.

— January, voici Arlene.

— Bois du vin… tu vas halluciner… Anita est shootée à mort dans la pièce à côté.

January sirota son verre.

— C'est bon.

— Bois doucement, dit Keith. Il est pas mal mélangé.

— Quoi ?

Elle reposa le verre.

— Détends-toi. Il y a juste assez d'acide pour faire un bon voyage. Crois-moi sur parole. Écoute, nous devons tous jouer demain et j'en prends quand même… Mais bois doucement.

Elle regarda autour d'elle. L'odeur douceâtre de la marijuana flottait dans l'air. La musique sortait de toutes les pièces. Tout le monde sirotait la sangria. Elle haussa les épaules… pourquoi pas ? Tout le monde ici l'avait déjà fait… et ils semblaient tous impatients de recommencer. Cela devait procurer une sensation fantastique. Après tout, comme l'avait dit Keith, il n'y aurait qu'un seul jeudi de juin comme celui-ci dans sa vie !

Elle termina son verre, puis lui tendit le gobelet vide. Elle s'appuya sur son épaule. Elle ne sentait pas de forte réaction, juste une profonde détente. Elle avait été tendue après la piqûre, tendue et défoncée, surexcitée ; désormais tout lui semblait calme et tranquille. Quel mot curieux : « tranquille », mais le monde entier lui paraissait tranquille. Elle avait chaud et voyait le soleil ; puis un arc-en-ciel aux couleurs vibrantes s'accrocha au-dessus de la mer. Elle voyait les vagues et l'océan… doux et bleus, et brusquement elle devina avec une étrange netteté que Mike n'avait pas eu peur lorsque l'avion était tombé… il avait été presque reconnaissant de glisser dans cette mer douce et bleue… il allait se reposer… comme elle reposait la tête sur l'épaule de Keith… et Mike n'était pas mort… rien ne mourait jamais… la vie subsistait éternellement… et les gens étaient bons… les lèvres de Keith étaient chaudes… Keith l'embrassait… il ouvrait son corsage et elle ne portait pas de soutien-gorge… mais cela n'avait pas d'importance… tout semblait se dérouler au ralenti maintenant… peut-être n'était-ce pas bien de sa part d'embrasser Keith… parce que Linda l'avait aimé… *avait… avait…* tout cela était si loin et rien ne durait éternellement.

Elle se renversa sur les coussins. Les lèvres de Keith étaient sur ses seins. Elle aperçut une fille complètement nue qui dansait seule… un garçon nu serrait un autre garçon contre lui, et ils dansaient. Arlene flotta à travers la pièce et tourna un bouton… des lumières psychédéliques dansèrent sur les murs. January changea de position et mit la tête sur les genoux de Keith. Il contemplait le vide en caressant ses seins. Elle regarda son visage, mais elle savait qu'il ne la voyait pas… il écoutait sa propre musique. Il lui semblait qu'elle pouvait voir ses cheveux devenir plus foncés… et tout était si calme que, même à travers la musique, elle pouvait discerner les battements de son propre cœur, et soudain elle sentit qu'elle pouvait voir le passé et l'avenir. L'avenir sans Mike. C'était comme si Dieu entrouvrait les cieux pendant un moment. C'est alors qu'elle le vit… ses yeux bleus… il était revenu. Il lui tendait les bras. Il était parti depuis si longtemps… et maintenant il était revenu et elle était bien éveillée. Il avait les yeux si bleus… peut-être était-ce Dieu. Dieu avait-il les yeux bleus ?

Elle entendit des voix… elles semblaient si lointaines. L'une de ces voix venait d'un jeune homme debout à côté de Keith… Norton… oui… il avait fait un grand numéro dans le spectacle. Norton lui souriait… mais elle regardait derrière lui… où Dieu était-il parti ? Norton avait les yeux bruns… ambrés… dorés.

— Mon vieux, elle a des tétons tout petits mais superbes… de si petits mamelons roses… J'adore les mamelons roses. Je peux les avoir, vieux ?

Et puis Norton caressa l'un de ses seins et Keith, à genoux, caressa l'autre. Ils en embrassaient chacun un… c'était doux et agréable et elle tenait leurs deux têtes contre elle. Tout le monde s'aimait… tout était si paisible… et Christina arriva… elle avait retiré le haut de sa robe… et ses seins pendaient. Pourquoi pendaient-ils ? Ils étaient si jolis et si ronds dans le décolleté de sa blouse. Christina prit le bras de Norton.

— Norton, viens avec Arlene et moi…

Elle releva Norton. Un autre garçon arriva. Il sourit à Keith.

— Salut, vieux. Elle est chouette…

Il se mit à genoux et regarda January dans les yeux.

— Je suis Ricky.

Elle sourit et lui toucha les jambes.

— Vous êtes celui qui dansait…

Ricky était nu… il était déjà presque entièrement dévêtu pendant le spectacle… mais maintenant il ne portait plus aucun vêtement… il commença à remuer son corps… exécutant la danse du spectacle… il tendit les mains… il voulait qu'elle danse avec lui. Elle se leva lentement… elle se sentait capable de faire n'importe quoi… même de voler à travers la pièce… de flotter au-dessus des têtes.

— Tu ne peux pas danser habillée, lui dit-il.

Elle sourit en faisant glisser son jean à terre, puis elle retira sa culotte. Il promena les mains le long de son corps et elle lui sourit. Elle se sentait libre… elle bougeait sensuellement… sur le même rythme que lui… tournant en même temps que Ricky. Ils se tenaient à trente centimètres l'un de l'autre, leurs regards rivés l'un à l'autre. Il se rapprocha d'elle. Tout le monde commença à frapper dans ses mains sur un rythme qui suivait leurs mouvements dans le lointain. Elle leva les mains au-dessus de sa tête et se joignit aux autres. Clap… Clap… Clap… Ricky fit claquer ses doigts à la même cadence. Keith vint derrière elle et la souleva… elle se sentit plus légère que l'air. Quelqu'un lui ouvrait les jambes… tout le monde tapait dans ses mains… doucement… en rythme… Clap… Clap… elle tapait dans ses mains… elle vit le jeune pénis vigoureux venir vers elle… Clap… Clap… Clap… le pénis de Ricky… Clap… Clap… Clap… c'était une mélopée… le pénis entra en elle. Tout le monde chantait. Vas-y… Vas-y… Vas-y… Keith poussait le corps de January d'avant en arrière… Un groupe tenait aussi Ricky… Vas-y… Vas-y… Vas-y… Il n'y avait rien de mal à cela. Le jeune pénis entrait, sortait… entrait, sortait… entrait, sortait… Clap… Clap… Clap… Vas-y… Vas-y… Vas-y… Nous sommes tous amis… Vas-y… Vas-y… Vas-y… les lumières s'éteignirent… Christina embrassant ses seins… c'était doux et agréable… pauvre Christina avec ses longs seins pendants… elle vit plusieurs filles retirer leurs vêtements… toutes en un lent mouvement rythmique… un autre garçon arriva et lui embrassa les seins… Tout le monde s'aimait… c'était doux et bon… Clap… Clap… Clap… comme un rituel… Clap… Clap… Clap… Vas-y… Vas-y… Vas-y… Bois-la… Bois-la… tout le monde l'aimait. Oh, Dieu, c'était merveilleux… elle flottait… elle n'avait rien éprouvé de semblable auparavant… le pénis de Ricky… les lèvres de quelqu'un sur elle et le pénis de Ricky en même temps… Christina sur ses seins…

elle sentit venir l'orgasme… elle vit Keith lui passer quelque chose sous le nez… Vas-y… Vas-y… Vas-y…

— Respire fort, January… c'est un popper.

Elle respira à fond… Il lui semblait que sa tête allait se disloquer… et l'orgasme dura longtemps. Elle avait envie de le prolonger… encore et encore…

— Mike, je t'aime ! cria-t-elle.

Puis elle s'évanouit.

Lorsqu'elle ouvrit les yeux, elle était enroulée dans une couverture de fourrure ; accrochée à Keith. Son corsage et son jean étaient à terre, tout près d'elle. Elle s'assit. Elle avait les idées claires et pensa au rêve bizarre qu'elle venait de faire. Puis elle regarda son corps. Elle était nue ! Ricky était étendu par terre, nu lui aussi, et endormi. Elle se leva et enfila son jean. Ce n'était pas un rêve. Elle avait participé à quelque chose d'insensé, à un rituel. Elle prit son corsage et marcha au milieu des gens endormis. Il fallait qu'elle retrouve ses chaussures. Une pendule sonna dans l'entrée… elle sortit de la pièce… deux filles étaient nues… étroitement embrassées. Elles s'arrêtèrent en la voyant et sourirent. January leur sourit et elles marchèrent vers elle et chacune l'embrassa doucement sur une joue. Elle sourit à ce geste d'amitié et d'amour… un éclair de lumière éclata devant ses yeux… des flamboiements de couleurs… elle avait chaud partout… mais elle sentait qu'elle devait rentrer. Il y avait des sandales un peu partout… Il fallait qu'elle en trouve une paire à sa taille. Elle aperçut son sac et le passa sur son épaule. Keith s'avança vers elle.

— Où vas-tu ?

Elle sourit en remettant son corsage.

— À la maison…

Il lui tendit un morceau de sucre.

— Mange… c'est dément.

Puis il fourra une enveloppe dans le sac qu'elle avait passé sur son épaule.

Elle suça le morceau de sucre.

— Qu'as-tu mis dans mon sac ?

— Un cadeau, dit-il en déboutonnant son corsage.

Elle se sentit de nouveau flotter… sa tête vibrait. Mais elle l'interrompit avec un sourire.

— Non ! tu appartiens à Linda.

Lorsqu'elle retourna dans l'entrée, les deux filles, toujours enlacées, relevèrent la tête. Elles se redressèrent et la tirèrent vers elles. Elles l'embrassèrent et ouvrirent son corsage. L'une d'elles fit glisser ses lèvres sur l'un des seins de January. Toutes deux commencèrent à la caresser. C'était merveilleux… ces deux filles qu'elle n'avait jamais vues auparavant… qui voulaient la rendre heureuse… qui voulaient être ses amies… elle sentit qu'elles ouvraient la fermeture de son jean… elle sentit une main douce la caresser… non… c'était mal… seul un pénis pouvait faire cela… ou un homme… Elle les repoussa… elle sourit et secoua la tête. L'une d'elles reboutonna sa blouse… l'autre l'aida à remonter sa fermeture Éclair. Elles lui firent un geste d'adieu et se remirent à faire l'amour ensemble. Elle les regarda… on aurait dit un ballet… merveilleux… elle marcha jusqu'à la porte.

Elle sortit. La nuit d'été était fraîche et pure. Ses idées encore plus claires qu'avant, si c'était possible. Elle pouvait discerner par-delà le temps et l'espace… à travers les immeubles… à travers cette maison en pierre de taille qu'elle venait de quitter, où des gens étaient en train de faire l'amour. Des gens heureux et merveilleux.

L'univers lui semblait magnifique, merveilleux, et demain elle raconterait tout cela à Mike. Non, Mike était parti. Eh bien, quand elle le reverrait… car elle le reverrait… tout le monde était éternel… et il saurait qu'elle l'aimait. Car les gens devaient s'aimer les uns les autres… tout le monde devait aimer toute chose, même un arbre – un arbre pouvait répondre à l'amour. Elle s'arrêta devant un arbre et l'enlaça.

— Tu n'es qu'un jeune arbre tout chétif… mais n'aie pas peur… un jour tu deviendras grand. Et je t'aime.

Elle se serra contre l'arbre.

— Un si petit arbre si faible… toute la rue est plantée de petits arbres si faibles… mais, savez-vous, les petits arbres ? Vous resterez tous là longtemps après que nous serons partis. Et peut-être quelqu'un d'autre viendra-t-il vous dire combien il vous aime. Ce n'est pas ce que tu souhaites ? Dis-moi, l'arbre, si cet arbre à côté de toi te disait qu'il veut être à toi pour l'éternité… entrelacer ses branches aux tiennes… ne faire qu'un avec toi… ne serais-tu pas heureux ? Est-ce qu'à vous deux vous ne formeriez pas un grand arbre solide et heureux ?

Elle soupira.

— Mais non, tu es condamné à rester là tout seul, chétif et solitaire… et peut-être quelques-unes de tes feuilles s'envoleront-elles contre les siennes… portées par le vent, et vous pourrez tous les deux chuchoter et parler… et être ensemble… tout en étant séparés. Est-ce cela que demande la nature ? Alors c'est peut-être aussi comme cela que nous sommes censés vivre. Mais, oh, l'arbre… c'est si bon d'appartenir à quelqu'un…

Elle abandonna l'arbre et commença à marcher en zigzag. Elle était consciente de la manière dont elle avançait, comme un enfant qui essaie consciencieusement de ne pas marcher sur les fissures du trottoir. Elle regarda le ciel. Les étoiles aussi étaient séparées. Pourquoi étaient-elles solitaires ? Puis elle vit une étoile filante traverser le ciel et fit un vœu. Peut-être à cet instant précis son père regardait-il la même étoile du fond de l'océan. Ou peut-être à cet instant précis son père se trouvait-il sur l'une de ces étoiles et commençait-il une nouvelle vie.

— Brille, brille, petite étoile, chantonna-t-elle comme quand elle était enfant.

Elle rit. C'était ridicule. Les étoiles n'étaient pas petites. Chacune était un grand soleil…

— Comme j'aimerais savoir ce que vous êtes !

Elle savait ce qu'était une étoile. Elle fixa son attention sur l'une d'elles qui semblait clignoter vers elle. Elle était tellement étincelante, mais elle devinait que le velours du ciel commençait à se décolorer… bientôt le matin allait venir… cet unique jeudi de juin se terminait pour ne jamais revenir. Maintenant commençait un vendredi très spécial. Elle se remit à marcher… parfois en zigzag… parfois en sautillant. Le feu rouge de Madison Avenue avait l'air si rouge… et le feu vert si vert. Et ces feux indiquaient aux gens et aux voitures ce qu'ils devaient faire… quand traverser… quand s'arrêter. Un monde de feux verts et de feux rouges. Mais qui avait besoin d'eux ? Les gens ne se feraient pas de mal. De quoi essayaient-ils de la protéger tous ? Pourquoi les gens essayaient-ils d'insinuer la peur ? On leur apprenait à avoir peur et à obéir. À avoir peur des étrangers… peur des voitures… à obéir aux feux ! Qui avait besoin de feux ! Le monde serait bien mieux sans les feux de circulation. Les gens s'arrêteraient et repartiraient tout à fait convenablement sans ces feux. Parce qu'ils prenaient soin des autres. Elle s'arrêta au milieu de la chaussée, rejeta la tête en arrière et regarda le ciel. Il n'y avait pas de feux rouges dans le ciel… et malgré tout ce grand ciel… l'avion de Mike était tombé… de ce doux ciel dans cette douce mer… et maintenant Mike regardait le ciel lui aussi… et rien ne pourrait plus jamais lui faire du mal… comme maintenant… personne ne la blesserait… personne ne la frapperait… parce qu'à ce moment précis elle était une part de l'infini. Rien de mal ne pourrait jamais arriver… même la mort n'était pas la fin… elle faisait simplement partie d'une nouvelle existence. Elle en était certaine à présent. Elle fixa le ciel et attendit une réponse… elle entendit le crissement des freins… un taxi pila à deux pas d'elle. Le chauffeur bondit de sa voiture…

— Espèce de garce d'ivrogne !

— Ne dites pas ça.

Elle sourit. Elle lui glissa les bras autour du cou.

— Ne soyez pas en colère, je vous aime.

Il la repoussa et l'observa.

— Vous auriez pu y passer. Bon Dieu… vous êtes de ceux-là. Vous êtes complètement défoncée.

— Je vous aime, dit-elle en posant la tête contre sa joue, tout le monde devrait s'aimer.

Il la dévisagea.

— J'ai deux filles de votre âge. Je travaille la nuit pour qu'elles puissent étudier. L'une est au collège… l'autre à l'école d'infirmière. Et vous… la hippie… qu'est-ce que vous pouvez bien étudier ?

— J'apprends à aimer… à connaître… à sentir.

— Montez dans le taxi. Je vous ramène chez vous.

— Non… je veux marcher… flotter… sentir.

— Montez… Je ne vous ferai pas payer la course.

— Vous voyez bien que vous m'aimez, dit-elle en souriant.

Il la prit par le bras et l'installa sur le siège à côté de lui.

— Je n'ai pas confiance avec vous à l'arrière. Bon… où habitez-vous ?

— Là où est mon cœur.

— Écoutez, j'ai fini mon travail à quatre heures, mais j'ai été appelé à l'aéroport. Il est cinq heures moins le quart. J'habite dans le Bronx. En ce moment, ma femme m'attend devant un café, et elle m'imagine déjà avec un couteau sur la gorge. Alors, finissons-en. Où voulez-vous aller ?

— Au Plaza. C'est là que vit mon père.

Il se dirigea vers le Plaza. Après quelques pâtés de maisons, elle lui toucha le bras.

— Non… pas au Plaza… Il n'y est pas en ce moment. L'homme que j'aimais vivait au Plaza… maintenant il habite à l'hôtel Beverly Hills.

— Alors… où voulez-vous aller ?

— Au Pierre.

— Qui êtes-vous ? Une de ces dingues qui traînent dans les hôtels ? Allez… où est-ce que je vous dépose ?

Elle regarda sa plaque d'identification.

— Monsieur Isadore Cohen, vous êtes un homme merveilleux. Conduisez-moi au Pierre.

Il s'arrêta au bas de la Cinquième Avenue.

— Et comment vous appelez-vous, la hippie ?

— January.

— Il ne manquait plus que cela, dit-il.

Il commençait à pleuvoir lorsque Isadore Cohen la déposa à l'entrée du Pierre. Elle regarda le ciel lourd et gris.

— Où sont les étoiles ? Où est partie ma belle nuit ? demanda-t-elle.

— Elle s'est transformée en matin, grommela Isadore Cohen. Un matin moche et humide… Maintenant retournez d'où vous venez.

Elle lui fit un signe d'adieu lorsqu'il regagna son taxi. Il avait refusé son argent, mais elle avait laissé un billet de vingt dollars sur le siège. Elle entra sur la pointe des pieds dans sa chambre et tira les rideaux. Sadie dormait encore. Le monde entier dormait, à l'exception de ce cher, cet adorable M. Cohen, qui rentrait chez lui dans le Bronx. Un homme merveilleux. Les gens étaient merveilleux si l'on prenait le temps de les comprendre. Comme Keith, qu'elle connaissait bien maintenant – il était merveilleux lui aussi. Elle se déshabilla lentement et jeta son sac sur la chaise. Il tomba par terre. Elle se pencha et le ramassa avec douceur.

— Vous, monsieur mon sac, vous êtes un Louis Vuitton, et je vous trouve laid. Mais ils disent tous que vous êtes à la mode.

Elle examina son sac. Vera le lui avait fait acheter chez Saks. (« Mais je ne porte pas souvent du marron », avait dit January. « Un sac Louis Vuitton n'est pas bêtement marron, avait insisté Vera. Il va avec tout. »)

Bon, pour cent trente dollars, elle avait bien l'intention de le porter avec tout. Puis elle se mit à rire. Que représentaient cent trente dollars par rapport à dix millions ? Mais l'idée des dix millions de dollars était impossible à saisir. Pas plus qu'elle ne parvenait à croire que cet appartement était le sien. C'était celui de Dee. Elle se demanda si Mike avait jamais éprouvé le sentiment que c'était chez lui. Mais le sac Louis Vuitton à cent trente dollars lui appartenait. Cette somme, elle pouvait la comprendre. Elle s'assit sur le bord du lit et passa la main sur le sac. Elle le posa sur l'oreiller et se glissa dans le lit.

Elle n'avait pas sommeil. Elle eut envie de prendre un somnifère et tendit la main vers le tube, dans le tiroir de la table de nuit… puis elle abandonna cette idée. Pourquoi en prendrait-elle ? Elle se sentait trop bien… Et comme l'avait dit Keith : ce jeudi ne reviendrait pas – mais aujourd'hui on était vendredi et c'était *ce* vendredi qui ne reviendrait pas. Elle était allongée calmement, savourant la merveilleuse sensation d'apesanteur qui l'envahissait. Elle savait qu'elle ne s'endormirait pas… elle en était incapable… mais elle comprit qu'elle s'était endormie parce que le rêve était revenu… D'abord les yeux… si clairs, si bleus. Le visage était flou… il était toujours flou, mais elle savait qu'il était merveilleux. C'était un étranger, mais elle comprenait instinctivement que c'était avec lui qu'elle voulait vivre. Il tendit les bras… et elle sut qu'elle devait aller vers lui. Elle sentit qu'elle sortait de son lit pour plonger dans ses bras… mais elle devait être *dans* son lit en train de rêver toute la scène. C'était cela, une scène de film… parce qu'elle se vit sortir du lit… se diriger vers les bras tendus. Mais, chaque fois qu'elle l'atteignait, elle avait le sentiment de ne pas s'être suffisamment approchée. Il l'attendait toujours. Elle le suivit dans la salle de séjour… vers la fenêtre. Mais maintenant il se trouvait derrière la fenêtre ! Elle l'ouvrit… le ciel était noir… rempli d'étoiles. Elle savait que tout ceci n'était qu'un rêve parce qu'elle s'était endormie quelques minutes après l'aube… une aube grise et poisseuse, ce qui voulait dire qu'elle était encore au lit et non devant la fenêtre à regarder les étoiles et cet homme mystique. Mais cette fois-ci, elle était bien déterminée à voir son visage. Elle se pencha sur le rebord de la fenêtre. « Voulez-vous de moi ? » lui cria-t-elle. Il tendit les bras vers elle. « Si je viens vers vous, il faudra m'aimer vraiment, lui dit-elle. Je ne pourrai pas supporter de vous aimer et de vous voir disparaître, même si vous n'êtes qu'un rêve. »

Il ne répondit pas. Mais ses yeux lui assurèrent qu'il ne lui ferait jamais de mal. Et, soudainement, elle comprit qu'il lui suffirait de sauter par la fenêtre et de se laisser flotter jusque dans ses bras. Elle posa une jambe sur l'appui de fenêtre. C'est alors qu'elle sentit quelqu'un la tirer en arrière, la détacher de lui… elle se débattit… et se réveilla car Sadie la tirait par le bras en criant… elle la tirait à l'intérieur. Elle regarda la rue, dessous… son torse était sorti de la fenêtre !

— Mademoiselle January ! Oh, mademoiselle January ! Pourquoi ?

Pourquoi ? Sadie sanglotait de peur.

Elle resta accrochée à Sadie pendant un moment. Puis elle parvint à esquisser un faible sourire.

— Ce n'est rien, Sadie. Ce n'était qu'un rêve.

— Un rêve ! Vous étiez sur le point de sauter de cette fenêtre. Dieu merci, j'étais dans la cuisine quand je vous ai entendue l'ouvrir.

January regarda par la fenêtre. Il faisait noir et des étoiles brillaient dans la nuit.

— Quelle heure est-il ?

— Dix heures. J'étais justement en train de me préparer du thé et sur le point de m'installer devant les informations. J'ai essayé de vous réveiller à midi, mais vous avez vaguement marmonné que vous aviez fait une nuit blanche. M. Milford a appelé à sept heures et je lui ai dit que vous dormiez. Il était très inquiet. Il vous a appelée toutes les heures.

— Ne vous inquiétez pas, Sadie… J'ai pris des somnifères ce matin. Je n'ai pas pu dormir la nuit dernière. Je crois que j'ai fait le tour du cadran.

— Alors… voulez-vous appeler M. Milford ? Il se fait beaucoup de souci.

Elle acquiesça et entra dans sa chambre.

— Je peux vous apporter quelque chose à manger, mademoiselle January ?

— Non… je n'ai pas faim.

Elle prit le téléphone et commença à composer le numéro de David. Soudain, la chambre devint noire.

Puis des lumières éclatantes jaillirent devant ses yeux et elle le revit… juste en un éclair… les yeux bleus… il se moquait d'elle… Comme si elle s'était conduite avec lâcheté.

— Tu aurais pu me tuer ! cria-t-elle. Me tuer ! C'est ce que tu cherches ?

Sadie se précipita dans la pièce. January regardait fixement le téléphone, qui émettait maintenant le bruit caractéristique du récepteur trop longtemps décroché.

— Mademoiselle January, vous avez crié !

— Non… je… j'ai crié contre l'opératrice parce qu'elle m'a passé deux fois un mauvais numéro. Ne vous inquiétez pas, Sadie… je vous en prie. Je vais appeler M. Milford. Allez vous coucher.

Puis elle composa le numéro. Sadie rôda autour d'elle jusqu'à ce qu'elle entende January prononcer « Bonjour, David », puis elle quitta la pièce.

David semblait sincèrement inquiet. Elle essaya d'adopter un ton léger, mais la chambre redevenait noire et les éblouissements de couleurs recommençaient.

— Je suis allée à une soirée, dit-elle en clignant très fort des paupières pour faire disparaître les couleurs.

— Elle a dû durer un sacré moment, tu as dormi toute la journée.

Elle ferma les yeux pour arrêter les éblouissements.

— Elle s'est prolongée tard… Des… des amis de mon père… des acteurs… des metteurs en scène.

Les couleurs avaient disparu, et tout allait bien maintenant. Sa voix s'affermit.

— Une soirée tardive qui a commencé vers minuit. Et lorsque je suis rentrée à la maison, bizarrement, je n'avais pas sommeil. Du coup, j'ai lu… jusqu'au petit matin. Et puis j'ai pris des somnifères… et… alors… tu connais la suite.

— Comment vas-tu pouvoir t'endormir, maintenant ?

— Facile. Je vais lire un livre ennuyeux et prendre des pilules. Demain, ma routine sera rétablie.

— January, je n'aime pas cette histoire de somnifères. Je suis opposé aux pilules. Je ne prends même jamais d'aspirine.

— Eh bien, à partir de cette nuit, je n'en prendrai plus.

— C'est ma faute. Je t'ai laissée toute seule. Et il ne faut pas que tu restes seule en ce moment… ni jamais. January, n'attendons pas jusqu'à l'été prochain. Faisons ça tout de suite.

— Quoi ?

— Marions-nous.

Elle garda le silence. Il ne lui avait jamais demandé de coucher avec lui depuis cette première fois. Mais toute son attitude avait été différente depuis l'accident. Il était gentil… plein d'égards… et toujours inquiet à son sujet.

— January, tu es là ?

— Oui…

— Alors… est-ce que tu veux m'épouser ?

— David… Je…

Elle hésitait. Mais pour quelle raison ? Qu'attendait-elle ? Un autre Tom pour la détruire ? Des relations avec Keith… et ses amis ? Elle commençait seulement à comprendre ce qui s'était passé. Même le rêve était dangereux. Elle avait failli sauter par la fenêtre. Elle fut soudain effrayée. Que lui arrivait-il ? Où était la fille qu'elle avait été… qu'elle était encore ? Mais cette fille avait laissé un étranger lui faire l'amour au milieu d'une pièce remplie d'autres étrangers. Pourtant tout semblait parfaitement normal sur l'instant. Elle commença à trembler… elle se sentit souillée… violée…

— January, tu es toujours là ?

— Oui, David. Je… j'étais juste en train de réfléchir…

— Je t'en prie, January. Je t'aime… je veux prendre soin de toi.

— David.

Elle s'accrocha au téléphone.

— J'ai tant besoin de toi. Oui… Oui…

— Oh, January ! Je te promets que tu ne le regretteras jamais. Nous allons fêter cela demain soir. J'inviterai quelques amis à dîner. Vera et Ted… Harriet et Paul… Muriel et Burt… Bonnie et…

Il s'arrêta.

— Où allons-nous fêter cela ? Au Lafayette ? À La Colombe ?

— Non ! Allons au Raffles. C'est là que nous avons eu notre premier rendez-vous, n'est-ce pas ?

— January, serais-tu sentimentale ? Je n'aurais jamais cru cela.

— Nous avons beaucoup de choses à découvrir l'un sur l'autre, dit-elle. David, tu te rends compte… en réalité, nous nous connaissons à peine.

— Ce n'est pas ma faute, dit-il. Je… eh bien… je ne t'ai pas invitée chez moi et je ne me suis pas invité chez toi parce que j'ai pensé que tu étais trop bouleversée.

— Oh, David, ce n'est pas ce que je veux dire. Des étrangers peuvent coucher ensemble.

— Je crois que je ne suis pas très démonstratif, dit-il. Je veux dire… lorsque quelqu'un compte pour moi… peut-être que je ne sais pas comment le montrer. Mais, January… toi non plus. Sais-tu comment tous mes amis t'appellent ? « Sa Majesté des Glaces ». Même les journaux l'ont appris… ils t'appelaient comme cela dans un article, hier.

— J'ai l'air froide ?

— Lointaine, par moments, dit-il. Mais, grands dieux, comment ne le serais-tu pas ? Après tout ce qui t'est arrivé en moins d'un an.

— Oui, tu as raison. Il s'est passé beaucoup de choses…

Elle se rappela soudain cette première soirée au Raffles. Tout lui semblait complètement irréel. Pourrait-elle réellement passer le reste de sa vie avec David… vivre avec lui… dormir dans le même lit que lui ? Elle fut prise de panique.

— David, je ne peux pas ! Ce n'est pas juste pour toi.

— Qu'est-ce qui n'est pas juste pour moi ?

— De me marier avec toi… Je ne suis pas vraiment amoureuse de toi.

Il garda le silence un moment. Puis il dit :

— As-tu jamais aimé vraiment quelqu'un ?

— Oui.

— À part ton père ?

— Oui.

Il hésita.

— C'est fini ?

— Oui.

Elle avait une toute petite voix.

— Alors, ne m'en parle pas.

— Mais David… puisque je sais que je peux aimer quelqu'un d'une certaine manière, et que je ne ressens pas le même sentiment pour toi, est-ce juste pour toi ? Je veux dire… oh, je ne sais pas comment m'exprimer.

— Je comprends. Parce que, moi aussi, j'ai aimé quelqu'un. Et pas de la même façon que je t'aime. Mais il n'y a pas deux amours qui se ressemblent. Si on recherche chaque fois la même forme d'amour, on n'aime plus jamais vraiment, car chaque nouvelle aventure devient la continuation de ce premier amour.

— Comment peux-tu en être si sûr ? dit-elle.

— J'en ai parlé avec un psychiatre renommé, le Dr Arthur Addison, à une soirée donnée par ma mère. Ma mère est allée le voir au moment de son retour d'âge, elle était un peu déprimée. Je ne crois pas à la psychiatrie – sauf dans le cas des vrais cinglés –, mais je dois reconnaître qu'il l'a aidée, et depuis il est devenu un grand ami de la famille. Mais, January, l'amour dont nous parlons tous les deux ne se produit qu'une seule fois dans une vie. Et puisque nous l'avons tous les deux connu… ce qui nous reste maintenant, c'est quelque chose de nouveau pour nous deux. Nous pouvons construire une nouvelle vie et oublier les vieux souvenirs.

— Crois-tu que cela soit possible ?

— Bien sûr. Il faut être névrosé pour s'accrocher au passé. Et tu me donnes l'impression d'être une fille très équilibrée. À présent, va dormir et essaie de rêver de moi.

Elle raccrocha et pensa à leur conversation. David avait raison. Elle ne pouvait pas faire revivre Mike, ni retrouver ce qu'elle avait connu avec Tom. Cette partie de sa vie était terminée. Mais comment rejeter les souvenirs ? Peut-être était-ce plus facile pour un homme. Dieu, si seulement elle pouvait oublier la nuit dernière. Tous ses sentiments d'amour universel avaient disparu. Elle ne ressentait plus que de la répugnance et du dégoût. Envers Keith, envers ses amis… mais avant tout envers elle-même. Et pour couronner le tout, elle avait failli se jeter par la fenêtre. Si Sadie n'était pas arrivée à temps, elle serait morte. Le serait-elle ? Y avait-il quelque chose là-bas ? Quelque chose qui l'appelait ? Elle regarda par la fenêtre… les étoiles… puis elle courut à son placard et trouva un autre jean. Elle revêtit un chemisier, un sweater et attrapa son sac. Il était seulement dix heures et demie… elle irait à la plage discuter de tout ça avec Hugh. Elle allait tout lui raconter. Les piqûres d'amphétamines… la soirée…

l'orgie… et l'homme aux yeux bleus. Elle lui raconterait aussi qu'elle avait failli se jeter par la fenêtre.

Elle se glissa hors de l'appartement en prenant garde à ne pas réveiller Sadie. Elle savait que Dee garait ses voitures dans un garage de la 56e Rue côté ouest et marcha dans cette direction.

Il y avait plusieurs garages dans la 56e Rue, mais elle tomba sur le bon du premier coup et prit cela comme un signe de chance. Le gardien de nuit la reconnut et lui donna la Jaguar. Elle quitta le garage et se dirigea vers le centre. Elle se rappelait que le chauffeur de Tom avait pris le passage souterrain du centre-ville en direction de l'autoroute de Long Island. Elle arriverait à Westhampton vers une heure. Peut-être aurait-elle dû appeler Hugh… Mais il lui aurait sûrement demandé d'attendre jusqu'au lendemain et il fallait qu'elle lui parle tout de suite. Elle quitta l'autoroute et entra dans une station d'essence. Le pompiste fit le plein et lui indiqua la route de Westhampton. Elle dépensa tout son argent pour l'essence et donna ses derniers centimes en pourboire, mais le réservoir était plein, la route était bonne et elle allait bientôt revoir Hugh. Elle sentait confusément qu'une bonne discussion avec lui arrangerait tout.

Il était une heure et quart lorsqu'elle se gara devant la maison. Elle sonna, mais le bruit résonna dans le vide. Seigneur, était-elle tombée sur l'une de ces nuits qu'il passait avec sa veuve ? Elle rentra dans sa voiture. Elle allait s'asseoir et attendre. Elle regarda vers les dunes. Elles semblaient si lointaines, si hautes, si hostiles cette nuit. Mais c'était ridicule… elles n'étaient que des monticules de sable. Hugh y dormait souvent. Bien sûr ! Peut-être y était-il couché en ce moment ! Elle sortit de la voiture et partit sur la plage.

La marche était difficile. L'herbe sauvage poussait dans tous les sens. Plusieurs fois, elle buta contre des morceaux de bois mort. Ses sandales étaient pleines de sable, mais elle continuait péniblement à avancer. Elle était épuisée lorsqu'elle atteignit les dunes. Elle se dressa sur le sommet de la plus haute et observa toute la plage. Aucun signe de vie nulle part. Même l'océan semblait anormalement calme. Les vagues donnaient l'impression de murmurer de discrètes excuses en se déroulant sur le rivage. Peut-être Hugh était-il parti sur une autre dune, plus éloignée.

Elle cria son nom, mais personne ne lui répondit… juste le son creux de sa voix. On n'entendait pas même le cri d'une mouette. Où les mouettes passaient-elles donc les nuits ? Elles qui passaient leurs journées à tournoyer en poussant des cris perçants. Elle se laissa tomber sur le sable et fit glisser des grains frais entre ses doigts. Où partaient donc les mouettes à la nuit tombée ? Elle regarda vers la maison, sombre et solitaire. La nuit calme, les étoiles scintillantes, le bruit des vagues lui paraissaient plus hospitaliers que la maison vide.

Elle roula son sweater en boule et en fit un coussin pour y poser sa tête. Puis elle s'allongea et contempla le ciel. Il sembla se rapprocher et la recouvrir telle une couverture. Soudain elle eut l'impression que le ciel était le monde et que la terre composait seulement le plancher. Qu'y *avait-il* là-haut ? D'autres planètes ? D'autres mondes ? Elle regarda de nouveau en direction de la maison. Peut-être Hugh passait-il la nuit chez sa dame.

Elle pouvait retourner à sa voiture et dormir jusqu'à son retour, mais elle n'avait pas sommeil et tout était si paisible sur la dune. Toutes ces étoiles. Les Rois mages les avaient observées la nuit de la naissance de Jésus… et Galilée… et lorsque Christophe Colomb cherchait sa nouvelle route pour les Indes, il s'était lui aussi fié aux étoiles. Combien de gens avaient fait l'amour sous leur lumière ? Combien d'enfants avaient fait des vœux devant les étoiles filantes et prié le Dieu qu'ils imaginaient assis au-dessus d'elles, comme elle l'avait fait dans son enfance ? Les lumières de Dieu. C'était ce que sa mère lui disait ! Cela lui revint brusquement – les lumières de Dieu. Sa mère ! Jusqu'à cette seconde, sa mère n'avait été qu'un vague souvenir. Une dame silencieuse qui « se reposait » tout le temps. Toujours belle lorsqu'elle était debout et dans les parages… de grands yeux bruns qui regardaient son père avec adoration… jamais elle. En fait, elle ne pouvait pas se rappeler l'avoir elle-même regardée dans les yeux… *Si ! Une fois !* Cela lui revenait. Le souvenir de s'être blottie dans les bras de sa mère, et de ses grands yeux bruns qui la dévisageaient tendrement. Elle avait fait un mauvais rêve et avait crié. La nurse était venue immédiatement. Mais cette fois-ci, sa mère aussi. C'était l'une des rares fois où sa mère, et non la nounou, l'avait consolée. Et lorsqu'elle avait montré sa frayeur de rester seule dans le noir parce que le mauvais rêve pouvait revenir… sa mère l'avait prise dans ses bras et lui avait dit que rien de mal ne pouvait arriver la nuit. Quelquefois les choses semblaient affreuses dans la lumière, mais la nuit était douce et consolatrice. Elles s'étaient assises devant la fenêtre et avaient admiré ensemble les étoiles, et sa mère lui avait dit : « Ce sont les petits signaux de lumière de Dieu… pour te rappeler qu'Il veille toujours sur toi, qu'Il sera toujours là pour t'aider et pour t'aimer. »

Elle y repensait en regardant les étoiles. C'était une merveilleuse histoire à raconter à une petite fille effrayée. Comment avait été sa mère ? Soudain, elle souhaita avoir pu être plus âgée pour la consoler. Sa mère aimait Mike… mais il avait d'autres femmes dans sa vie. Mon Dieu, comme elle avait dû souffrir. Elle se rappelait ce qu'elle avait ressenti lorsque Tom était resté à la plage avec son épouse. Les larmes lui vinrent aux yeux. Sa pauvre, pauvre mère. Amoureuse de Mike et abandonnée avec une petite fille pendant qu'il se trouvait en Californie. Probablement au bungalow numéro 5 avec l'une de ses maîtresses. Soudain, ce fut comme si elle se dédoublait. Elle était à la fois la maîtresse de Mike au bungalow numéro 5 et elle était sa jeune mère délaissée… seule trop souvent… trop souvent en pleurs… Elle l'appela :

— Maman… tu n'aurais pas dû faire cela. La fille qui était avec lui souffrait aussi. Au moins, tu savais qu'il te reviendrait toujours. Et tu m'avais, moi. Pourquoi m'as-tu abandonnée ? Ne m'aimais-tu donc pas ?

Sa voix résonna dans la nuit… et les étoiles l'observaient. Mais tout à coup, elles ne lui semblaient plus chaleureuses et amicales, mais dures et froides… comme si elles lui en voulaient de son intrusion dans leur intimité. Elles étaient lointaines et sûres d'elles… certaines qu'elles seraient là pour l'éternité. Se moquant de ce petit fragment d'humanité sur la plage. Et elles n'étaient pas les signaux de lumière de Dieu, mais représentaient des mondes, des soleils et des météorites. Et désormais on trouvait même de la ferraille qui flottait dans l'obscurité veloutée. Elle vit une étoile rayer le ciel… puis une autre… la lune semblait si basse. Telle une mère dominant le ciel, avec ses enfants les étoiles. C'était triste de savoir que la lune n'était pas faite d'argent et de lumière. Ce n'était qu'une terre inculte… scarifiée… grêlée… plus petite que la Terre… une escarbille dans le ciel. L'homme y avait atterri, en avait révélé les mystères et détruit le romantisme.

Elle se sentait sur le qui-vive et les couleurs étaient toujours intenses. Le ciel était noir, mais elle discernait des reflets bleus et pourpres dans l'obscurité.

Elle jeta un coup d'œil vers la maison de Hugh. La lune se tenait au-dessus d'elle, illuminant ses fenêtres sombres d'une lumière étincelante. Peut-être avait-il emmené la veuve à New York ce soir.

Elle ouvrit son sac pour y chercher ses cigarettes. Ses mains rencontrèrent une enveloppe, qu'elle tira du sac. Une épaisse enveloppe toute simple et chiffonnée, celle que Keith avait glissée dans son sac juste avant son départ. Elle la déchira. Elle contenait deux morceaux de sucre dans un petit tube en plastique et un mot qu'elle lut à la lueur vacillante de son briquet. « CHÈRE HÉRITIÈRE : JE T'AIME. JE NE PEUX PAS T'EMMENER À MARBELLA OU DANS LE MIDI DE LA FRANCE. MAIS SI TU VEUX DE MOI JE PEUX T'EMMENER EN VOYAGE HORS DE CE MONDE. POUR COMMENCER VOICI DEUX BILLETS DE MA PART. JE T'EMBRASSE. KEITH. »

Elle ouvrit le flacon et prit les morceaux de sucre dans sa main. Elle était sur le point de les jeter, mais quelque chose la retint. Pourquoi ne pas en prendre un ? Sa tristesse s'évanouirait et elle pourrait tendre la main et toucher les étoiles. Elle remit les morceaux dans le flacon et le tout dans le sac. Non, l'acide n'était pas la solution. Le problème serait toujours là lorsque son « voyage » serait terminé. Mais quelle était la solution ? Essayer de s'adapter ? Essayer d'apprendre à aimer David ? Apprendre le backgammon ? Déjeuner avec de nouvelles personnes tous les jours ? Acheter des vêtements ? *Non !* Elle ne voulait pas d'une vie fade. Même les dépressions valaient la peine, si l'on savait qu'il y aurait des périodes de grand bonheur. Pas une défonce à l'acide. Un vrai moment d'euphorie. Comme quand Mike s'était avancé vers elle ce jour-là à l'aéroport de Rome, comme quand Tom lui avait dit qu'il ne pourrait jamais vivre sans elle…

Mais ils étaient tous les deux partis. Tom et Mike.

Elle sortit le flacon. Qu'arriverait-il si elle les prenait *tous les deux* ? Peut-être partirait-elle en voyage pour l'éternité sans jamais revenir.

Elle frissonna. Le vent s'était levé de nulle part et la frigorifiait sans qu'elle comprenne pourquoi. Le sable commença à lui cingler le visage. Elle se leva et brossa ses vêtements. Le vent soufflait vraiment, désormais. Elle enfila son sweater. Et aussi soudainement qu'il s'était levé, le vent retomba. Le silence était singulier – comme celui qu'elle avait perçu une fois en Californie juste avant un petit tremblement de terre. Lorsque les grillons s'étaient arrêtés de chanter et que même les feuilles ne crissaient plus. Elle reporta son regard vers l'océan. On aurait dit une plaque de verre et la lune traçait un sillon étincelant sur l'eau sombre. Mais c'était impossible ! Juste quelques secondes auparavant, la lune se trouvait derrière elle, au-dessus de la maison de Hugh. Elle se retourna. Bien sûr. Elle y était… Une lumière pâle et amicale qui donnait sur la rangée sombre des maisons de plage. Puis elle regarda de nouveau l'océan… *elle* y était aussi ! Claire et scintillante… une autre lune !

Elle avait des hallucinations ! C'était ce morceau de sucre que Keith lui avait donné à la soirée. Elle bondit et tourna le dos à la « nouvelle lune ». Elle se mit à courir, mais elle avait l'impression de se trouver dans un de ces affreux cauchemars où l'on court sur place. C'était ce qui lui arrivait. Ses pieds bougeaient, sa respiration était rapide, mais elle restait au sommet de la dune… prise au piège entre deux lunes.

Elle se retourna et regarda en arrière. La nouvelle lune avait disparu. L'océan était noir et solitaire, et les étoiles semblaient plus distantes que jamais. Elle avait peur désormais et commença à courir. Cette fois ses pieds suivirent. Elle trébucha et glissa dans l'obscurité. Oh, Dieu, l'acide était vraiment une substance dangereuse. Elle avait failli sauter par la fenêtre. Maintenant il lui avait fait voir une autre lune. Ce devait être ce qu'ils appelaient des retours d'hallucinations. Ou bien avait-elle pris un autre morceau de sucre ? ou les deux d'un coup ? Mon Dieu... c'était ça ? Elle regarda de nouveau en arrière. Elle pouvait apercevoir son sac sur la dune, là où elle l'avait jeté. Elle pouvait le voir car il était illuminé par le clair de lune. Le clair de *l'autre* lune ! Elle était de retour !

Peut-être avait-elle effectivement pris les morceaux de sucre. Mais elle était pourtant certaine de les avoir remis dans son sac. Était-ce le cas ? Cela n'avait aucune importance. Elle avait des hallucinations, elle voyait deux lunes... Tout pouvait arriver. Elle pouvait être entraînée jusqu'à l'océan. Si elle avait pensé pouvoir sauter par la fenêtre et planer, qui sait ce qui pouvait advenir ? Oh, mon Dieu, elle ne prendrait plus jamais de drogue. Elle se marierait avec David et aurait des enfants. Un enfant à elle et qu'elle aimerait. Peut-être n'éprouverait-elle jamais pour David ce qu'elle avait éprouvé pour Mike. Non... ce qu'elle avait éprouvé pour Tom. Mais au moins elle se marierait avec quelqu'un que Mike approuvait. Elle aurait un petit garçon qui ressemblerait à Mike. Et une petite fille aussi. Et elle les aimerait et serait une bonne mère. Oui ! Mais s'il vous plaît, mon Dieu, faites seulement qu'elle puisse atteindre la maison.

Pourquoi la maison semblait-elle si lointaine ? Elle se trouvait de l'autre côté de la dune, maintenant. Dans un vallon, gravissant une autre dune...

Elle était toujours là. January se retourna et la vit suspendue au-dessus de l'océan. Soudain la lune traversa le ciel, revint et tournoya, pirouettant – un ballet inquiétant rien que pour elle. Elle s'enfonça dans les cieux jusqu'à ce qu'elle retrouve la taille d'une étoile et que

January soit convaincue que c'était une étoile. Puis elle gonfla pour atteindre sa taille normale, dardant sa lumière en un sillon parfait à la surface de l'eau.

Elle l'observa un moment. Ce n'était pas une hallucination. C'était la réalité ! Car lorsqu'on a des hallucinations, on n'en est pas conscient. Comme quand elle avait failli sortir par la fenêtre. Elle avait cru qu'elle rêvait. Mais peut-être que ce qui lui arrivait était également un rêve. Peut-être ne se trouvait-elle pas sur la plage. Peut-être se trouvait-elle à la maison, dans son lit. Peut-être n'était-elle pas au Pierre et tout le reste n'avait-il été qu'un rêve. Peut-être était-elle toujours avec Tom, et Mike était encore vivant. Peut-être les piqûres d'amphétamines lui avaient-elles donné un long et horrible cauchemar. Et à son réveil, elle se retrouverait dans le bungalow numéro 5 avec Tom et elle le quitterait et se précipiterait vers Mike pour se réconcilier avec lui. Ou peut-être la bagarre n'avait-elle jamais eu lieu et faisait-elle partie du cauchemar – dans ce cas elle ne serait pas obligée d'abandonner Tom. Mais peut-être n'avait-elle jamais rencontré Tom. Peut-être était-elle toujours en Suisse, et elle se portait bien, elle était sur le point de rentrer à la maison voir Mike qui n'avait pas rencontré Dee, et rien de tout cela n'était arrivé… Mais alors peut-être n'y avait-il jamais eu de Franco ou d'accident de moto. Et peut-être n'était-elle jamais née – car elle ignorait à quel instant précisément avait commencé le cauchemar.

Mais tout n'avait pas été un cauchemar. Elle avait connu des moments merveilleux. Son séjour au pensionnat de Mlle Haddon avait été supportable grâce aux merveilleux week-ends et aux samedis, lorsqu'elle courait se jeter dans les bras de Mike. Et même la clinique n'avait pas été désagréable à cause de ses visites, de l'attente et de l'espoir de sa guérison, notamment pendant le mois précédant son retour à la maison, quand elle avait appris qu'elle vivrait avec lui...

Au moins, elle avait vécu ce mois empli de rêves, et les rêves valaient parfois mieux que la réalité. On ne pouvait pas appeler cauchemar un mois de rêves merveilleux. Et ce mois-là avait culminé en un moment de réalité fantastique cet après-midi où elle l'avait retrouvé qui l'attendait à l'aéroport. Elle ne savait rien de Dee alors. Pendant quelques heures, il lui avait appartenu, comme à Rome, avant l'entrée en scène de Melba. Elle avait connu, à un moment donné, des instants de bonheur... Exactement comme sa mère avait dû être heureuse – à un moment donné –, puis elle avait dû faire face, accepter le fait que tout était fini, qu'un certain type de bonheur n'arrive qu'une fois...

— Non ! cria-t-elle. Une fois ne suffit pas ! Oh, maman, comment as-tu pu survivre si longtemps comme cela !

Elle ne bougeait plus. Elle avait crié en direction de la lumière fantomatique, plantée devant elle. Elle regarda la lune suspendue sur l'océan. Elle ressemblait exactement à l'autre à part l'absence des zones d'ombre.

Alors une pensée nouvelle la frappa. Peut-être tout ceci avait-il une explication logique. Peut-être s'agissait-il de l'une de ces soucoupes volantes qui apparaissent de temps en temps aux informations. Eh bien, si tel était le cas, elle était certainement la seule personne dans tout Westhampton à l'avoir vue. Elle jeta un regard vers toutes les maisons sombres. Y avait-il quelqu'un qui ne dormait pas dans toute la ville ? Quel que soit l'endroit où Hugh s'était installé, ne pouvait-il la voir lui non plus ? Toutes ces nuits passées dans les dunes, et rien de semblable ne lui était jamais arrivé.

Et il avait fallu qu'elle vienne juste *une* nuit… Dans quel guêpier s'était-elle fourrée !

Elle restait là, nimbée de cette étrange lumière, seule sur la plage. Elle s'imaginait confusément que, si elle restait tranquille, la chose ne la verrait pas. Mais c'était ridicule. Cette chose ne pouvait pas la voir – elle se trouvait à des milliers de kilomètres. Peut-être devrait-elle essayer de se souvenir de tout. Ses dimensions, à quelle distance elle semblait se trouver et dans quelle direction elle allait. Peut-être devrait-elle tout rapporter à la police. Oh, naturellement, elle n'avait plus que cela à faire !

Mais la chose était là, dans le ciel, en face d'elle. Elle commença à crier :

— RÉVEILLEZ-VOUS, QUELQU'UN ! N'Y A-T-IL PERSONNE À WESTHAMPTON QUI SACHE QUE VOUS AVEZ SOUDAIN DEUX LUNES !

Le silence lui répondit. Ce n'était pas la peine de courir, car elle se sentait clouée sur place. Elle se laissa tomber sur le sable, frais et doux. Elle sentait la lumière de la nouvelle lune sur elle, presque identique à la lumière du soleil – chaude et réconfortante. C'est alors qu'elle le vit s'avancer vers elle. Il venait du rivage et, comme il suivait précisément le sillon de la lune, son visage restait dans l'ombre. Mais elle ne fut absolument pas surprise devant ces étonnants yeux bleus qu'elle avait déjà vus si souvent.

Comme elle le regardait s'approcher, toute peur la quitta. Elle se souvint soudain d'une strophe d'un poème de John Burroughs, *Waiting*, qu'elle avait mémorisé en Suisse plusieurs années auparavant :

Sereine, je joins les mains et j'attends,
Sans souci du vent, de la marée, ni de la mer ;
Que m'importent le temps ou le destin,
Car voici ! Mon bien-aimé viendra vers moi.

Et à ce moment précis, pour la première fois, elle sentit que l'attente était terminée. Il se rapprocha, et soudain elle retint sa respiration. C'était Mike !

Mais non, ce n'était pas Mike. Il avait le sourire de Mike, il ressemblait à Mike… mais ce n'était pas Mike. Il se tenait devant elle et lui tendait les bras. Elle se leva et alla vers lui. Il la prit contre lui.

— Quel bonheur de te voir, January.

— Mike, murmura-t-elle.

Il caressa ses cheveux.

— Je ne suis pas Mike.

— Mais vous ressemblez à Mike.

— C'est seulement parce que tu le désires.

Elle se colla à lui.

— Écoutez. C'est mon hallucination. Elle fera ce que je désire. Qui que vous soyez, je vous ai désiré toute ma vie. Peut-être ai-je toujours su que vous viendriez un jour. Peut-être ai-je aimé Mike parce qu'il vous ressemblait. Peut-être vous ai-je aimé parce que vous ressemblez à Mike. Peut-être que lui et vous ne faites qu'un. Cela n'a pas d'importance…

Elle se laissa tomber sur le sable, et il la prit dans ses bras. Lorsque leurs lèvres se joignirent, ce fut exactement comme elle l'avait imaginé. Et lorsqu'il la prit, elle sut que c'était le moment qu'elle avait attendu toute sa vie. Ses caresses étaient douces mais fermes. Elle se tendit vers lui et le serra fort contre elle… très fort… jusqu'à ce qu'ils soient unis comme le sable à la vague qui l'emporte dans la mer.

— Ne me quitte jamais, je t'en supplie, murmura-t-elle.

Il la serra contre lui et lui promit qu'il ne la laisserait plus jamais repartir.

New York (AP) – 29 juin 1972.

Il y aura aujourd'hui un an que January Wayne, l'héritière des millions Granger, a disparu. Son fiancé, David Milford, n'a pu faire aucun commentaire, car il se trouve en vacances dans l'île grecque de Patmos. Mais ses amis affirment qu'il s'accroche encore à l'espoir qu'elle est vivante. Le Dr Gerson Clifford, le médecin de Mlle Wayne, a indiqué qu'elle traversait une grave dépression depuis la mort de son père et de sa belle-mère. Selon la théorie hasardée par le Dr Clifford, il est possible que Mlle Wayne se soit avancée dans l'océan et s'y soit noyée, car sa voiture a été retrouvée près de l'entrée d'une plage le matin qui a suivi sa disparition. Dans la même journée, deux jeunes garçons, Edward Stevens, 9 ans, et Tommy Karol, 8 ans, avaient trouvé sur la plage un sac à main qui a pu être identifié comme appartenant à Mlle Wayne et ne contenant rien d'autre qu'un portefeuille avec des cartes de crédit, et deux morceaux de sucre dans une fiole en plastique…

FSC
www.fsc.org
MIXTE
Papier issu de sources responsables
FSC® C003309

10/18, une marque d'Univers Poche, est un éditeur qui s'engage pour la préservation de l'environnement et qui utilise du papier fabriqué à partir de bois provenant de forêts gérées de manière responsable.

10/18 – 92 avenue de France, 75013 PARIS

Imprimé en France par CPI

N° d'impression : 3041702
X07710/01